김이석문학전집 5

신홍길동전

김이석 글/이승만 그림

동서문화사

신홍길동전

차례

신홍길동전

춘풍(春風)

인왕산 밑에 자리를 잡고 있는 홍판서의 집은 대지가 만여 평이나 되었다. 꽤 오래된 건물이었지만 서까래 하나하나도 허술히 다루지 않은 공든 집이다. 기둥과 마루는 오랫동안의 걸레질로 눈이 부시게 끔 윤이 났으며 넓은 뜰에는 못이 있고 정자가 있고 노목이 빽빽이 차 있었다. 그중에서도 특히 눈을 끌게 하는 것은 사랑채 앞에 서 있는 소나무들이다. 모두가 백년은 됐을 성싶은 노목들이다.

이 댁 고조(高祖)는 성종(成宗) 때 홍문관(弘文館) 대제학(大提學)을 지냈다고 하니 모르긴 해도 이 집도 그때 지은 집이리라.

뒷 울안에는 지금 복사꽃이 한창이다. 그 연분홍 복사꽃과 더불어 봄빛이 가득찬 이 집 뜰에서는 풍악소리가 은은히 들려온다. 뜰에 돗자리라도 내다 깔고 꽃놀이를 하는 셈인가.

아니 그런 것 같지만도 않다. 아침부터 소슬대문을 활짝 열어놓고 평교자 남여(藍輿) 초헌(軺軒) 보교(步轎) 등으로 구름처럼 몰려드는 손님들을 받아들이는 것을 보니 분명 무슨 경삿날인 모양이다.

─그렇다면 무슨 날인가.

차일을 친 사랑채 앞 뜰에는 붉은 도포에 사모관대를 한 혈색 좋은 문관들도 보였고 호수(虎鬚)를 꽂은 주립(朱笠)에 융복 차림을 한 험상궂은 무관의 얼굴도 보였다.

고관대작들은 계속해서 모여들었다.

"오늘같이 기쁜날에 날씨까지 좋으니 금상첨화격이군요."

"허허, 모두가 대감이 염려해준 덕이요."

손을 맞는 이 집 주인인 홍판서는 희색의 웃음을 감추지 못했다.

"어쨌든 대감은 복을 탄 분이요. 생일까지 좋은 계절을 타고 났으니."

그들의 말을 듣고 보니 오늘은 이댁 주인인 홍판서의 생신이었다.

이댁에서는 오늘을 맞이하기 위해서 소 세 마리와 돼지 열 마리 그리고 술 일곱 섬을 빚었다고 한다.

뿐만 아니라 기녀와 광대를 백여 명이나 불러들였다고 한다. 이것을 봐도 그 놀음들이가 얼마나 거창하다는 것을 능히 알 수 있는 노릇이다.

수파련(水波蓮) 잔치꽃이 꽂힌 잔칫상에는 가지각색의 날짐승의 형태로 된 밀과(蜜果)를 비롯해 산해진미가 가득 찼다.

화관(花冠) 몽도리로 곱게 단장한 기녀들은 고관대작들의 틈에 사이사이 끼어앉아 술따르기에 여념이 없다.

"이술 받고 만수무강하소서."

라는 권주가도 불렀다. "지화자!"의 노랫소리도 들렸다. 그 노랫소리는 낮이 기울수록 점점 더욱 높아졌다. 그러면서 바람도 차지는 듯 했으나 오히려 그편이 술맛을 더욱 돋워주는 모양이었다. 이제는 노랫소리는 없어지고 장고와 꽹과리소리로 소란해졌다. 기녀들을 얼싸안고 춤판이라도 벌어진 모양인지.

그러나 뒤뜰 초당(草堂)에는 그런 소리도 들리지 않는 양 총각 하나가 네활개를 벌리고 낮잠을 자고 있었다.

"드렁드렁—"

코를 고는 사나이는 이 집의 둘째 아들인 길동이다. 그는 어젯밤도 그저께 밤도, 아니 그그저께 밤도 제대로 자지를 못했다. 부친 생일 준비로 부산을 피우는 통에 잠을 잘 수가 없었다.

　그는 부친의 생일잔치도 귀찮은 모양으로 아까부터 이곳에 혼자 올라와서 기분 좋게 코를 골기 시작한 것이다.

　이곳은 잔솔들이 앞을 가리고 있어 주연이 베풀어진 앞마당에서는 보이지 않았으므로 숨어 자기는 안성맞춤이었다.

　그가 자고 있는 이 초당은 앞채뜰보다는 더 오랜 연대를 겪은 모양이다. 못 하나 하나가 빨갛게 녹이 슨 것을 봐도 알 수가 있다. 마루의 기둥들은 비바람에 풍화되어 늙은이의 뱃가죽처럼 거칠기가 그지없다.

　벌들이 날아와서는 터진 그 기둥 틈 사이로 기어들어가 없어진다. 그러나 코를 골고 있는 길동은 그런 벌소리도 들릴 리가 없었다. 그저 코만 그렁그렁 골았다. 그러던 그가 갑자기 목덜미를 탁 치면서 눈을 떴다. 그 순간 그의 손에는 말벌 한마리가 잡혔다.

　"이놈이로구나, 내 단잠을 깬 놈이."

그는 쓴웃음을 지어 벌을 퉁기고나서 눈시울을 비벼댔다. 얼마나 잤는지는 모르나 하품을 하고나니 한결 머리가 가벼워지는 모양이다. 그러나 그는 일어날 생각 없이 멍청하니 하늘만 쳐다보고 있었다.

솔잎 사이로 비껴진 푸른 하늘! 푸른 하늘을 헤엄치듯이 흘러가는 흰 구름떼—.

단조로운 그 풍경을 보고 있으면서도 물리지도 않는 모양이다. 그러면서도 또 한편 무엇을 엿듣고 있는 것 같기도 했다.

앞마당에서 들려오는 고관대작들의 웃음소리를 들어가며 그들을 비웃어 보는 것인가. 아니, 어쩌면 자기 자신을 비웃고 있는지도 모른다.

그는 이 집의 틀림없는 둘째 도련님이면서도 떳떳한 존재가 못되었다. 어머니가 한낱 계집종이었기 때문이다. 그 때문에 그는 아버지를 아버지라고 부르지 못하고 대감이라고 불러야했고 정부인(貞夫人)에서 난 형을 형님이라고 부르지 못하고 반드시 진사(進士)님이라고 불러야 했다.

누구나가 홍판서댁 홍도령이라면 대단한 미소년에다 혀를 찰 만한 재간을 갖고 있다고 했다. 그러나 그는 아무리 애써 학문에 정진한다고 해도 고작 지평(持平)이나 정랑(正郞) 벼슬밖에 오르지를 못했다. 천첩자손은 정오품(正五品) 밖에 될 수 없었기 때문이다.

길동은 이러한 자기 신세를 한탄해 본 것이 물론 한두 번이 아니었다.

그는 글을 읽다가도 이 어둡고 답답한 마음을 풀지 못해 서안(書案)을 밀어 놓고 지금처럼 누워서 멍청하니 하늘을 쳐다보기가 일쑤였다. 그러면서 그는,

"아, 어쩌면 저 푸른 하늘처럼 내 마음은 맑을 수가 없을까. 어쩌

면 저 구름처럼 자유롭게 둥둥 떠다닐 수도 없나 말이다."

하고 한탄했다.

그렇다고 길동이는 지금도 한탄으로 날을 보내는 것은 아니었다.

어느 날 그는 글을 읽다가 '人生我材必有用'이라는 이백(李白)의 글귀를 대하고 그때까지 비관만하던 자기 생각을 달리하게 됐다.

'그렇다. 하늘이 나를 낸 이상 반드시 필요하기 때문에 냈을 것이다. 생각해 보면 세상엔 천첩소생으로 태어난 것이 비단 나뿐만이 아니고 또한 나보다도 비천한 사람이 얼마나 많으냐. 그것을 생각해 보면 고관대작에 오르는 것만이 값지게 사는 것이 아니고 출신이 천한 자는 모두 값 없게 살라는 법도 없을 게다. 아니 농사꾼은 농사꾼의 즐거움이 있을 게고 장사치나 대장장이도 역시 마찬가지다. 그런데도 그들은 자기가 할 일을 하고 있으면서도 멸시와 수모를 받고 살아야 하는 것은 무슨 이유인가. 양반이니 뭐니 하는 세력 가진 족속들이 자기들만이 잘살기 위해서 그런 제도를 만든 때문이다. 만일 이런 제도만 없이 하여 위에서부터 아래까지 시원한 바람이 통할 수 있게 한다면—그렇게 되면 하잘것없이 수염이나 쓰다듬으며 당파싸움이나 일삼는 양반도 없어지고 따라서 백성의 고혈을 빨아먹는 탐관오리도 자연 없어질 게다. 그렇게만 된다면 지금 같은 탁한 공기는 싹없어지고 누구나가 자기 재주껏 부지런히 일하면 잘 살 수 있는 맑고 신선한 세상이 될 수 있는 일이다. 그런데 왜 이리 고리타분한 제도를 때려 부수지 못하는가.'

여기까지 생각한 길동이는 잠시 눈을 감고 생각했다. 그 이유는 너무나도 간단하고 뻔한 것이다. 병마권과 행정권의 세력을 가진 그들은 이 제도를 조금도 싫어할 리가 없었기 때문이다. 뿐만 아니라 그들은 언제까지나 이 제도에서 살고 싶어한 것도 알 수 있는 일이다.

'무엇이나 마음대로 빼앗을 수 있는 것이 그들의 권력이다. 이렇게 되면 백성들은 어떻게 되겠는가. 그들이 세상에 난 보람이 어디 있느냐 말이다.'

길동이가 다시금 어둠에 묻혀버리려던 그 순간, 갑자기 그의 머리에는 번개치는 것이 있었다. 권력을 잡은 족속에 비하면 억압에 허덕이는 백성의 수가 너무나도 많다는 일이었다.

'그렇다. 백성들의 힘을 모으면 권력 있는 양반의 세력을 물리치고 누구나가 잘 살 수 있는 세상을 만들 수 있는 노릇이다. 내가 세상에 난 사명이 이것인지도 모른다. 그러나 지금 당장 내가 그들을 통솔해 나갈 능력이 있는가.'

이렇게 생각한 길동이는 그후부터 무슨 책보다 병서를 가까이 했다. 밤이면 뜰에 나가 검술을 배웠다.

그렇다고 따로이 검술선생이 있는 것도 아니었다.

그의 선생은 초당 앞에 서 있는 소나무였다. 아무리 기운을 내서 쳐도 꿋꿋이 서 있는 소나무, 그 소나무와 맞서 길동이는 언제나 기운이 지쳐 쓰러졌다.

그러나 오늘은 그 소나무를 상대로 싸울 기분도 나지 않았다. 땅거미가 내리기 시작해도 앞마당의 주연은 끝날 줄 모르고 꽹과리 소리가 더욱 높아지니 그런 기분이 날리도 없었다. 이윽고 길동이는 몸을 일으켰다. 울적한 마음을 풀기 위해서 거리에 나가 막걸리라도 한사발 마시고 들어올 생각을 한 것이다. 그러나 앞대문으로 나가자면 그들의 눈에 띌 노릇이므로 하는 수 없이 뒷담을 넘었다.

담밑은 바로 한길이었다. 그곳은 대가(大家) 집들이 연달아 있는 곳이라 낮에도 행인이 별로 없는 한산한 언덕길이다.

길동이는 어둠에 젖어드는 그 길을 어슬렁어슬렁 내려오다가 문득 인기척 소리를 듣고 고개를 돌렸다. 뒤에 오던 사나이가 당황해서 휘늘어진 버들 속으로 몸을 감췄다.

"무슨 일로 내 뒤를 따라?"

그러나 뒤의 사나이는 아무 대답이 없다.

"내 주머니를 털 생각인가. 그렇다면 그런 곳에 숨어가지고야 털 수 없는 노릇 아냐."

길동이는 다시금 비양하듯이 말했다. 이 부근에는 가끔 그런 사나이가 나타났으므로 길동이도 그런 생각이 든 것이다. 그러자 뒤의 사나이도 이제는 숨어봤자 별수 없다고 생각한 모양인지 버들 속에서 툭 튀어나오며

"선비님. 무슨 말씀을 그렇게 하십니까."

하고 약간 화가 난듯이 말했다. 하늘 높은 것은 모르고 가로만 퍼진 몸에 사정없이 밟아놓은 코를 가진, 천성으로 악한 마음은 먹을 수 없는 것 같은 사나이다. 나이는 기껏 삼십이 됐을까.

"그렇지 않고서야 내 뒤를 따를 일이 없지 않아."

길동이는 가던 길을 다시 걷기 시작하며 점잖게 말했다. 그러자 코납작이도 분주히 따라오며

"선비님 전 봤습니다."

하고 히죽거리는 콧소리로 엉뚱한 소리를 했다.

"보다니?"

길동이가 우뚝 서며 묻자 그도 역시 서며

"봤기에 봤다는 거지요."

"도대체 뭘 봤다는 거야."

"뭘 보긴요. 선비님이 담 넘는 걸 봤지요."

"아 그걸 봤구먼."

길동이는 어이가 없어 쓴 웃음을 짓고 나서

"알고 보니 우린 서로 통할 수 있는 동업자인 모양인데 뭐 그렇게 떨어져서 이야기할 것도 없지 않아?"

하고 고갯짓으로 가까이 오라고 한 다음 다시 천천히 걸었다. 그러나 코납작이는 겁이 앞서는 모양으로 몇 발자국의 간격을 두고 따라오면서

"동업자라니. 선비님, 그런 실례의 말씀은 삼가세요."

"그러면 자넨 도둑이 아니란 말인가."

"그런 조롱은 그만 하세요."

코납작이는 대답도 하기 싫다는 얼굴로

"선비님, 제가 보기엔 어느 대갓집 도련님 같은데 사실 그렇지 않습니까."

"그건 자네 말이 어지간히 맞은 셈일세. 대단한 집은 아니지만 나두 몇 대째 내려오는 사전미로 살아온 것만은 사실이니."

"그런 대감집 도련님이 무슨 일로 남의 담을 넘나 말이요. 그 이유를 좀 말해줘요."

"그런 말씀을 하시는 걸 보니 분명 나와 동업자는 아니신 모양이군요."

길동은 넌지시 공대어를 써 줬다.

"말씀대로 전 그런 놈이야 아니지요."

뒤에서 따라오는 코납작이도 한술 더 뜬 수작이다.

"그러니 포교님인 것만은 틀림없군?"

"선비님두, 사람만은 잘 보십니다. 어떻게 그렇게두 잘 아시우?"

"그렇지 않고서야 남이 담을 넘건 지붕을 넘건 관심이 있을 리가 없겠지요."

"그래서 나도 선비님이 담을 왜 넘었는지를 알고 싶다는 게 아닙니까. 제발 그 이유를 말씀해 주세요."

코납작이는 자기 본색이 드러나자 오히려 빌붙듯이 말했다. 그럴수록 길동은 흥미 있는 얼굴이 되어

"그래도 포청 밥을 그렇게 오래 자시진 못한 것 같군요."

"그렇지요. 포졸에서 포교가 되기까지 한 삼년 먹었으니 오래 됐다고야 할 수 없겠지요."

"그렇다면 영리한 분도 못 되는군. 포청밥을 삼년이나 먹었다면서 머리가 그렇게밖에 돌지 않는 걸 보니."

길동은 아주 멸시하듯이 말했다. 그렇다고 코납작이는 화를 내는 일도 없이

"하기야 그렇다고 할 수 있지요. 내 나이에 포도대장도 지내는 분이 있는데 여태 포교질이나 해먹고 사는 놈이니"

하고 한탄하듯이 말했다. 길동이도 보통 포교놈이 아니라고 생각한 모양인지 다시 한 번 얼굴을 돌아다 봤다. 그러고는 히죽 웃으며

"그래 나를 꼭 도둑으로 몰 셈이군요?"

"원 무슨 말씀을, 사실 저도 점잖은 선비님을 그렇게 보고 싶을 리가 있겠습니까만 담 넘는 걸 내 눈으로 봐 논걸 어떻게 하겠어요. 어쨌든 곡절이나 알아야 할 것 아니겠습니까."

어디까지나 점잖은 말이 비양하는 투다.

"담이야 제기 받다가도 넘는 수가 있지 않소."

"그렇지만 선비님은 제기 받을 어린 나이도 아니니 이상스럽다는 것이지요."

"담은 그 집의 규수를 보려고 들어갔다가도 넘는 수가 있는 거요."

"글쎄 저도 그런 생각은 해보았습니다만 선비님이 담을 넘는 홍판서 댁엔 나이 찬 따님은 고사하고 젖 먹는 따님도 있다는 말은 여태들은 일이 없으니 말입니다. 그러니 하는 수 없이 선비님의 뒤를 따르는 수밖에 없다고 생각한 것이지요."

"규수가 아니라면 종년이라고 생각하구료."

"글쎄요. 저도 그렇게 생각할 수 있다면 오죽이나 좋겠어요. 세상에는 그런 일도 많으니 말이에요. 그러나 그 말도 믿어지지가 않는군요. 오늘은 그 집 대감의 생신이라 대문을 활짝 열어놓고 오가는 사람을 받아들이는 판인데 종년을 만나려고 들어갔던 사람이 담을 넘어 나올 리가 없으니 말입니다."

내 앞에서는 거짓말이 통하지 않는다는 듯이 히죽 웃었다.

"그러니 나는 포교님 앞에서 영락없는 도둑이 되었군요."

길동이는 하는 수 없다는 얼굴이다.

"선비님이 알려준 대로 내 둔한 머리 갖고서는 그렇게밖에 생각되지 않는군요."

코납작이는 여전히 능청을 부리며 같은 간격을 두고서 따라온다.

"내 말을 척척 뒤집어 놓는 걸 보니 포교님이 그렇게 아둔한 분 같지도 않습니다. 그렇지만 세상에서 담 넘게 되는 일이 그런 경우 뿐일까요. 또 다른 경우도 있겠지요."

"그걸 나보고 말해보라는 것입니까?"

"나도 갓쓰고 도포까지 입은 놈이 도둑으로 몰리니 억울해서 하는 소리요. 담을 넘게 되는 딴 경우를 생각하면 내가 왜 담을 넘었는지도 알게요."

"선비님이 그렇게 말씀하시면 딴 경우를 말해보겠습니다. 혹시 잘못 생각했다 해도 너무 화를 내지 마시오. 그렇게 되면 아무래도 둘 중의 한사람은 피를 흘려야할 노릇이니."

은근히 협박조로 나왔다. 코납작이도 검술엔 꽤 자신이 있는 모양이다. 그럴수록 길동이는 더욱 재미나다고 생각하며

"잘못 생각이야 누구나 있는 일인데 화를 왜 내겠소. 어서 이야기나 해 보우."

하고 이야기를 재촉했다.

"그렇다면야 이야기하지요. 제 둔한 생각으로선 아무래도 선비님이 돈에 궁해서 담을 넘은 것 같군요. 그렇다고 집에 당장에 먹을 쌀이 떨어진 때문도 아니라 다방골에 있는 아씨를 보러갈 돈 때문에 말입니다."

이 말엔 너도 꼼짝 못하겠지 하듯이 히죽 웃는다.

"대단한 포교님이십니다. 그런 일까지 생각이 미치시는 걸 보니."

"어지간히 맞은 모양이군요."

"그래도 내 경운 좀 다르군요."

"그러면—."

"좀 더 생각해 봐요. 갓 쓰고 도포 입고 담 넘을 때가 또 어떤 때 있을 거라구."

"잘 생각나지 않는군요. 난 역시 선비님 말대로 아둔한 놈인 모양입니다."

노상 풀이 죽은 얼굴이 되었다.

"아니 아니 포교님의 생각은 비상한 거요. 좀 더 생각해요. 반드시 내가 어떻게 돼서 담을 넘었다는 걸 알게 될 거요."

"선비님 똑똑지 못한 사람 갖고서 조롱만 하지 말고 어서 그 말을 해줘요."

"그렇다면 이야기하지요. 초당에서 글읽던 도련님이 막걸리나 계집 생각났을 때도 담을 넘는 수밖에 없는 노릇이 아니오."

그러자 코납작이는 우뚝 서며 눈이 둥그레져

"그게 정말이요?"

"뭐가요?"

"선비님이 홍판서댁의 도련님이란 말이."

"믿지 않는 거야 포교님 마음대로지요."

길동이는 보란듯이 부러 팔자걸음을 걸었다.

"도련님을 몰라뵌 죄를 어떡하면 좋아요."

코납작이는 사과의 말을 하면서도 길동이의 말이 그대로 믿어지지는 않는 모양이었다.

"그거야 자네 잘못이 아니지. 포교야 도둑을 잡는 것이 직분 아닌가. 그런 사람으로서 담을 넘는 걸 보고서야 의심을 갖는 건 지당한 일이니."

길동이는 코납작이를 치켜줬다. 그러면서도 말만은 다시 하게조로 바꿔 말했다.

"그렇게 이헬 해주시니 고맙습니다. 그러면 이왕 이해해주는 김에 의심나는 일을 한 가지만 더 묻겠습니다. 그래도 괜찮겠지요?"

"뭐가 또 의심이 가는가."

"도련님이 이제 말씀하시길 술과 계집 때문에 담을 넘은 것처럼 말

씀하셨는데 아무리 생각해도 그럴 리가 없다고 생각되니 말입니다."

"이 사람아 그건 나를 도둑으로 보는 말보다도 더한 말일세 그려."

고개를 돌리며 화를 냈다.

"제말이 그렇게도 노할 말인가요?"

"노할 수밖에 없는 말 아닌가. 계집도 술도 모르는 미물로 나를 본 모양이니."

"제 말은 그런 뜻이 아닙니다. 제가 알기에도 오늘은 엄친의 생신으로 아는데 별로 취한 것 같지도 않은 도련님이 거리의 술집을 찾아가신다니 아둔한 저로선 이해가 잘 가지 않는다는 겝니다."

코납작이는 싱긋이 웃으면서 따라가던 간격을 두서너 발자국 단축시켰다. 이 녀석이 할 말이 없게 되면 끝내 달아날 것이 뻔하다고 생각한 모양이었다. 그러나 앞서가던 길동이는 달아나는 대신에 같이 걷자고 걸음을 늦추었다. 그 바람에 코납작이는 하는 수 없이 어깨를 같이 하게 됐다.

"말하자면 집엔 술뿐만 아니라 좋은 안주도 많을 텐데 거리의 술집은 왜 찾아가냐 말이지?"

"예 바로 그말입니다. 소문에 의하면 오늘 댁에선 소와 돼질 십여 마리나 잡고 술을 일곱 섬이나 담갔다고 하는데……."

"그러면 한 가지 묻겠네. 자넨 갈비찜에 술마시는 것하고 예쁜 계집 놓구 강술 마시는 것하고 둘중에서 어느 쪽을 택하겠나."

"우리야 갈비찜에 술을 택하지요."

"그렇다면 다시 한 번 더 묻지. 갈비찜을 잔뜩 먹었을 때라면?"

"그때야 말할 것도 없지요. 계집을 택하게 마련이지요."

"말하자면 내 경우가 바로 그걸세. 부친의 생신 덕으로 기름진 고기만 먹었더니 아래쪽이 자꾸만 요동쳐 견딜 수가 없더라고."

"아, 알겠습니다. 오늘은 예쁜 기녀들도 많이 왔을 테니 도련님 심정도 알 수 있겠어요. 그렇다고 어른들이 계신 앞에선 속을 보일 수도 없는 노릇이라."

"자넨 어쩌면 그렇게도 내 마음을 꿰뚫어보듯 아는가."

길동이는 자못 감탄하듯이 말하고 나서

"자네 같은 머리라면 반드시 출세하기 마련이네."

"사람 놀리지 말아요."

"놀리는 말이 아니라 자네처럼 머릴 민첩하게 쓰는 데야 출세하지 않을 수가 없는 노릇이지. 포교뿐만 아니라 사람이란 머릴 쓰고 안 쓰는 데서 결이 달라지는 것이니까."

길동이는 한층 위해서 일러 주듯이 말했다.

"도련님이 지금 말씀하신 그 말은 옳은 말 같으면서도 반드시 그렇다고는 생각되지 않습니다."

젖비린내 나는 도령에게 설교같은 말을 듣게 되니 코납작이는 비위가 거슬리는 모양이었다.

"내 말이 틀렸단 말인가."

"그럴 리야 있겠습니까만 제 경우에 비해 말하면 ……."

"어떻단 말인가."

"전 포청에 들어간 것이 열아홉 살 때 입니다. 금년째 꼭 십년이 되는 셈이지요."

"그렇다면 풋내기도 아니구만. 십년이면 서당개도 풍월을 읊는다는 말이 있으니."

"그렇기에 말입니다. 그러면서도 아직 포교를 못 면하구……."

"그동안에 공이야 많이 세웠겠지?"

"도둑이야 결코 남보다 못잡지 않았지요. 삼년 전에 장안을 소란케 한 혹부리 도둑도 결국 제가 잡았으니까요."

"그런데도 왜 그렇게 출세가 늦나?"

"글쎄 말입니다. 제가 도련님에게 묻고 싶은 말이 그것입니다. 본시 둔한 놈이지만 그래도 머린 꽤 쓴다고 생각하는데 여태 이꼴이니."

"그렇다면 자네 상전에게 눈밖에 나는 일이라도 한 모양이군. 예를 들면 자네 상전이 침 흘리는 계집과 내통이 있었다든가."

"그런 일은 없었지만 몇 번 말을 듣지 않은 일은 있지요."

"무슨 일로?"

"생판 죄 없는 사람을 잡아 오라니 모가지가 당장 날아가는 한이 있어도 그럴 수가 있어야지요."

"죄 없는 사람을 잡아오라니 자네 상전이 미친 놈이 아니고서야 어떻게 그런 말을 했겠나."

길동이는 부러 놀란 얼굴을 해보였다.

"도련님은 대가집 울안에서 사셔서 그런 일은 모르지만 세상은 그렇게도 컴컴한 걸요."

이번엔 코납작이가 길동이를 비웃듯이 설교조로.

"그러니 자넨 양심대로 일을 했기 때문에 여태 출세를 못한 셈이 되는군."

"그렇다고도 할 수 있지요."

"그렇다면 자네 상전의 또 상전에게 고해 바치면 될 일 아닌가."

"상전의 상전은 더 컴컴한 놈인 걸요."

"그렇다면 백성들이 어떻게 기를 펴고 살 수가 있겠나?"

"그러니 어디 백성들이 기를 펴고 삽니까. 그저 모두 죽었소 하고 살지요."

"그게 정말이라면 모두 없애는 수밖에 없겠군."

"예? 없애다니요?"

어둠 속에서 보이지는 않았지만 코납작이의 눈은 급기야 뚱해진 모양이었다.

"컴컴한 마음을 가진 벼슬아치놈들을 다시는 우쭐대지 못하게 모두 없앤다는 말일세. 그러면 밝은 세상이 될 것 아닌가."

"그게 도련님 생각처럼 간단히 될 일입니까."

"물론 한 두 사람의 힘으론 될 수 없는 일이지만 자네처럼 바르게 살겠다는 사람들이 힘을 모으면 안 될 노릇도 아니겠지."

"그런 밝은 세상이 된다면야 누가 싫다겠소만 그렇게 쉽겐 안 될겝니다."

이윽고 달이 떠오르기 시작했다. 어둠에 가리웠던 담 위의 복사꽃들이 달빛에 드러나기 시작했다. 낮에 보던 꽃과는 달리 짙은 안개가 끼인 것처럼 보이는 것이 꿈나라의 꽃을 보는 것만 같다.

그러나 코납작이의 눈길은 그런 풍경에 눈을 빼앗길 여유가 없었다. 언덕 밑에 서 있는 세 사람의 그림자를 보았기 때문이다. 세 사람은 길을 비켜 어두운 회나무 밑에 서 있는 폼이 그들이 지나가는 것을 기다리는 모양이었다.

그 가운데 하나는 너울을 쓴 여인이었고 두 사나이는 머리에 수건을 동여맨 것이 그녀를 보호하러 나선 하인인 모양이었다.

여인의 얼굴은 너울에 가리워 눈만 반짝였지만 어깨 밑으로 흘러

내린 날씬한 몸매로 젊은 여인이라는 것을 알 수가 있었다.

길동이도 그들을 보느라고 잠시 말이 없다가,

"그래서 내 말이 그렇게도 철없는 소리로 들리는가."

하고 그들이 서있는 회나무 앞을 지나면서 물었다.

"뭐라고요?"

그들을 다시 한 번 더 보려고 고개를 돌리던 납작이는 길동이의 말을 잘 듣지를 못한 모양이다.

"탐관오리들을 없앤다는 소리가 그렇게도 씨가 먹지 않은 소리냐 말야?"

"글쎄 말입니다. 세상에 탐관오리가 한두 명이라면 선비님의 힘으로 그것이 가능할 수 있을지도 모르지요. 그러나 권력을 가진 벼슬 아치들이란 모두가 그런 걸요. 될 일이겠어요."

"그러니 그들을 싹수 없이 하기 전에 밝은 세상이 올 수가 없다는 말이군."

"말하자면 그런 것이지요. 그러니 선비님도 애써 그런 생각은 하지 않는 것이 좋다는 겁니다."

"그렇다면 한 가지만 더 묻지. 자넨 권력을 가진 벼슬아치와 권력에 잡혀 사는 백성의 수와 어느 편이 더 많다고 생각하나?"

"그야 백성이 더 많겠지요."

"많다면 얼마나? 벼슬아치 한 명에 백성이 백 명 꼴이 된다고 생각하나."

"그보다도 더 많겠지요. 천명에 하나 꼴이나 될까요."

"자넨 그걸 알면서도 내 말이 씨먹지 않은 소리라고 비웃나?"

"비웃다니요?"

"그게 비웃는 소리가 아니고 뭔가. 백성 천명이 탐관오리 하나쯤 해치우는 건 문제 없다니까 그런 철없는 소리 말라지 않았나."

"예?"

코납작이는 뚱해진 눈으로 길동이를 쳐다봤다. 이런 말을 태연스럽게 하는 것을 보니 홍판서댁의 도련님 일리가 없다고 생각됐기 때문이다.

'그렇다면 뭣일까, 조정을 둘러엎으려는 역도가 아닐까?'

코납작이는 불시에 가슴이 뛰는대로 자기도 모르게 두서너 걸음 움쳐섰다. 그러나 다음 순간 포청밥을 십년이나 먹은 녀석이, 하는 생각과 함께 겨우 설레는 가슴을 진정시켜

"아무래도 선비님을 포청으로 모셔야 할 것 같군요."

"왜?"

"하는 말씀이……."

"이 사람아, 잡아야 할 사람들은 그대로 지나치고 왜 또 그런 소리야."

"지나치다니요?"

"회나무 밑에 서 있던 사람들 말일세."

뜻밖의 말을 꺼냈다.

"선비님은 그들이 수상하단 말이오?"

사람 보는 눈만은 자신을 갖는 코납작이인만큼 길동이에게 대들 듯이 말했다.

"그렇지 않고서야 무엇하자고 이 밤중에 젊은 여인이 그런 곳에 서 있겠나?"

"그거야 뻔한 일 아니오. 그 아가씬 어느 귀한 집 딸인데 어떤 급한 일로—그렇지요. 집의 어머니가 갑자기 가슴앓이라도 앓게 되어 의술영감을 부르러 가는 모양이지요. 선비님은 이 동네에 사신다면서 저 언덕에 침술이 능한 성초영감이 사시는 것도 모르시는 모양이시군요."

아무래도 홍판서의 아들은 아니란 눈으로 길동이를 다시 칩떠봤다. 그러나 길동이는 그런 눈길을 아랑곳하지 않고

"그렇다면 왜 우릴 경계하는 눈으로 보고 서 있었겠나."

"우리가 혹시 수상한 녀석들이 아닌가 하고 생각한 것이겠지요. 이곳엔 가끔 그런 놈들이 나오니 말이오."

"난 그렇다고 생각지 않는데."

코납작이를 무시하듯이 말했다.

"그렇다면 무슨 이유란 말이오?"

코납작이도 결코 지지 않겠다는 말투다.

"자네 말대로 그집 어머니가 앓는다고 하게. 그렇다면 그집 딸이 꼭 의술영감을 데리러 가야할 이유가 어디 있는가."

"……."

"의술 영감이 아가씨가 아니라면 따라 나서지 않는 색골 두상이 아닌 이상 아가씨를 따라나선 하인 가운데 하나만이라도 뛰어가서 불러 올 수 있는 일이라고 생각되니 말야."

"하긴 그렇기도 하군요."

코납작이는 그만 뒤통수를 한대 얻어맞은 것 같은 얼굴이 되었다.

"내가 보긴 그 아가씨가 양가의 딸이라고도 생각되지 않네."

"무슨 소린지요. 그렇지 않고서야 하인이 둘씩이나 따라 가겠어요."

"모르긴 해도 양가의 아가씨가 나서지 않으면 안 될 무슨 급한 일이라면 우리 같은 것이 수상하다고 주저하고 서 있을 틈이 없었을걸세. 그저 급한대로 자기 걸음만 걸어 지나쳐 버렸겠지. 그런데 그 아가씬 우리가 그 옆을 지나는데 너울로 가리워 눈만 드러낸 눈으로 우리를 말끔히 보고 있지 않던가. 양갓집 딸이라면 아무리 어두운 밤이라고 남의 얼굴을 그렇게 빤히 쳐다보지는 못한다네. 버릇을 그렇게 배우기 때문이지. 그리고 또 아가씨 양쪽에 서 있던 두 젊은 녀석들도 수상하지 않던가. 우리가 만일 건드리기라도 하면 언제든지 달려들려고 적의에 찬 눈으로 보고 있던 것이……."

"그럼 역시 담을 넘으려던 도둑패거리였단 말요?"

"글쎄, 젊은 아가씨가 끼어 있는 걸 보니 단순히 그렇게만도 볼 수 없겠지."

"그럼 뭣들이란 말요?"

"그건 나도 잘 모르겠네만 어쨌든 뒤를 밟았더라면 자네가 혹부리 도둑을 잡은 일보다 더 큰 공을 세웠을지도 모르지."

"그런 말을 왜 지금 와서 하고 있어요."

코납작이가 오던 길을 돌아서서 뛰어가려고 하자 길동이도 고개를 돌려

"포교님 그만 두시오. 잡으려던 노루가 언제까지 한곳에 서 있는 법은 없다오."

약 오르라는 듯이 공대말을 해주었다.

"지나 놓고 보니 역시 그것들이 수상한 놈들이었소. 아가씨가 있다고 그만 방심한 것이······."

풀이 죽어서 따라오던 코납작이는 생각할수록 분한 모양이다.

"그런 말을 하시는 걸 보니 포교님도 아가씨에게 쓰는 마음은 너그러우신 모양인데."

길동이는 고개를 돌려 히죽 웃고 나서

"하기야 나이 삼십에 포교님은 아직 입장도 못한 신세니 아가씨들에겐 너그러울 수밖에 없는 노릇이겠지요."

"네?"

코납작이가 또 눈이 둥그레졌다.

"왜 또 놀라는 거요."

"내가 입장 못한 것은 어떻게 아시오?"

"그거야 알지요."

"어떻게요? 설마 내가 장갈 못 들었다고 얼굴에 써 있을 리도 없을 터인데."

"집에서 아내가 기다리고 있다면야 날 이렇게 따라 다닐 리가 없지요. 한 걸음이라도 빨리 순을 돌고 집에 돌아갈 생각을 하실 터인데 그렇지도 않은 걸 보니."

"선비님은 참 잘도 아시는군요."

아주 감탄한 얼굴로 고개를 끄덕였다.

"아직 독신이라면 밥을 붙이고 있소? 그렇지도 않으면?"

"어머니가 아직 계셔서 모시고 있어요."

"효자시군요."

"그렇다고 뭐 효자라고 할 수 있나요."

하고 겸손을 부린다.

"어머니의 성화가 대단하시겠군요. 과년한 아들이 여태 장가를 안든다고."

"그렇다고 그것이 우리 같은 신세에 뜻대로 되는 일입니까."

"그렇다면 좋아하는 색신 있는 모양이군요. 그렇지만 쉽게 부부가될 수 없는 딱한 사정이 있기 때문에……."

"선비님은 정말 어떻게도 그렇게 잘도 아시오?"

다시금 감탄하는 말로 길동이를 쳐다봤다.

"그것이 신분이 다른 양가집 따님이기 때문이요? 혹은 돈에 매인 여자이기 때문에?"

"우리 같은 것이 양가집 딸이야 쳐다나 볼 수 있나요. 돈 때문이지요. 돈에 묶인 여자이기 때문에……."

"다방골의 기녀인 모양이군요?"

"우리 같은 신세에 기녀하고 정이나 통할 수 있나요. 전동에 있는 술청 계집이지요. 그래도 마음만은 곧은 계집이랍니다."

우울한 얼굴이면서도 좋아하는 계집의 자랑은 잊지 않았다.

"그래서 포교님은 순찰도 열심이었군요. 혹부리 도둑 같은 걸 잡아서 상금을 두툼이 타 좋아하는 사람의 몸값도 치러 줄 생각으로……."

"마음뿐이면 무엇해요. 정작 뒤밟아야 할 건 밟지 못하고 애매한 선비님의 뒤를 따랐으니."

코납작이는 드디어 실토를 하고 말았다.

"그렇다고 너무 분개할 것도 아닙니다. 그들의 뒤를 밟지 않은 것이 오히려 잘 했는지도 모르지요."

"지금 와서 그건 또 무슨 말입니까."

"포교님 말대로 도둑질을 나선 놈들이라면 여자가 끼었을 리가 없고. 그렇다고 그놈들에게 잡혀가는 여자라면 자기 발로 순순히 걸어 갈 리도 없는 노릇이 아니요. 그러니 내가 생각하기엔 원수라도 갚으러 가는 사람들인지도 모른다는 거지요."

"원수를요?"

코납작이는 알 수 없다는 듯 머리를 비꼬았다.

"이 언덕길에 있는 집들은 모두가 대감집이 아니요."

길동이는 지금과는 달리 정색한 얼굴이었다.

"그렇지요. 선비님댁을 비롯해서."

"그 대가집들이 그렇게 잘 살게 되자면 좋은 일만 하고선 그럴 수 없다는 것은 누구보다도 포교님이 잘 아는 일이 아닙니까."

"하긴 그렇다고 할 수 있겠지요."

이런 집에서 사는 벼슬아치들의 명령으로 포청의 포교나 포졸들이 죄 없는 백성들을 잡아다 치는 일은 예사이니 코납작이도 길동이 말엔 수긍하지 않을 수가 없었다.

"그러니 이런 대가집에 원한을 품고 있는 사람도 있을 게 아닙니까. 다시 말하면 원수를 갚겠다고 기회를 노리고 있는 사람들 말입니다."

"그렇다면 회나무 밑에 서 있던 그들도?"

"지금 생각해 보니 그렇게밖에 더 생각되지 않는군요. 이 언덕 어느 양반집 댁 때문에 부친을 잃은 삼남매라고 생각할 수도 있지 않습니까. 이건 내가 좀 지나친 생각입니까."

"그래도 젊은 아가씨가 그런 일로 나설 수가 있을까요. 오빠들이 하는 일에 자기까지 따라 나설 리도 없지 않아요."

"포교님의 말이 옳은 것 같군요. 그렇다면 화적의 동생이나 아내라고 생각합시다. 화적도 본시부터 악한 사람이 하는 노릇이 아니라 착한 사람도 못살게 되면 하는 수 없이 하는 노릇이니 그런 화적아가씨라면 못할 노릇도 아니겠지요."

하고 지나온 담을 가리키며

"포교님은 이 집이 뉘댁인지 아시겠지요?"

"제용감정(濟用監正)을 지내시는 김대감댁이 아니요."

"그분이 어떻게 제용감정 자리에 올라앉게 되었는지 아시오?"

"본시 이댁은 돈이 많았다더군요. 제용감정이 되자면 돈도 많이 썼겠지요."

"그 돈을 어떻게 해서 벌었는지 아시나 말입니다."

"글쎄요. 그것까진 내가 알 리 없지요."

"상주원님 노릇하면서 학정질로 벌어온 돈으로 산 벼슬이랍니다. 그러니 인심을 얻고 사는 사람은 될 리 없지. 그 웃집은 누가 사는 집인지 아십니까."

"예조판서 지내시는 이 대감댁 아니시오."

"그분은 어떻게 궁궐 같은 집에 살게 되었는지 아시오."

"평안감사를 지내면서 졸부가 됐다더군요."

"평양감사를 지내면 왜 그렇게도 졸부가 되시는지 아십니까."

"글쎄요?"

"평안도엔 양반이 없기 때문이랍니다. 이렇다 저렇다 잔소리하는 놈도 없으니 마음대로 해 먹을 수 있을 것 아닙니까. 그렇다고 뜯기는 백성이야 억울하다는 생각이 왜 없겠어요."

"그 웃집은 조 대감댁이지요."

이번엔 코납작이가 먼저 말했다.

"그만합시다. 이렇게 쫓아 올라가단 우리집까지 헐어야 할 판이니."

길동이는 웃고 나서

"이런 생각 잊고 어디가 술이나 한잔 나눕시다. 이렇게 만난 것도 인연이니."

하고 코납작이를 끌었다.

코납작이 포교와 술을 한잔 나누고 헤어진 길동이는 달빛을 밟으며 혼자 돌아오고 있었다. 얼큰한 기분이 결코 싫은 기분이 아니었다.

주경무한월(酒傾無限月)

객취기중춘(客醉幾重春)

　이것이 이백(李白)의 시였던가. 길동이는 이런 생각을 해 가며 아까 내려온 조용한 언덕길을 다시 올라가고 있는데 저편 담 밑에 사람들의 그림자가 문득 눈에 띄었다. 자세히 보니 너울을 쓴 여인 하나와 수건으로 머리를 동여맨 사나이들이 서 있는 것이 좀전에 회나무에서 만난 그들인 것이 틀림이 없었다.

　'정말 코납작이한테 말한 대로 이 집에 대한 무슨 원한이라도 있어 담을 넘으려는 자들인가.'

　이런 생각으로 길동이는 그들 앞을 그대로 지나치려고 했다. 그러나 그대로 지나칠 수 없는 호기심에 끌려

　"아까부터 이곳에 서 있는 걸 보니 집을 찾는 분들 같은데 뉘댁을 찾는지요?"

　하고 공손히 물었다.

　"우린 집 찾는 사람들이 아닙니다. 사람을 기다리고 있는데 오지 않아 이러고 있어요."

입을 연 것은 너울을 쓴 젊은 아가씨였다. 구슬이 구르는 것 같은 맑은 소리다.

길동이는 그대로 지나가는 수밖에 없었지만 아가씨의 예쁜 목소리까지 듣고 나니 호기심이 더욱 끓어올랐다. 그는 얼마쯤 가다가 다시 걸음을 멈추고 어둠 속에서 그들을 잠시 보고 있었다.

그러자 그들도 그것을 안 모양이었다. 이번에도 아가씨가 겁내는 일도 없이 길동이가 서 있는 곳으로 가까이 와서

"선비님은 우리가 수상한 사람들이 아닌가 하고 서 있는 모양인데 그런 사람 아니니 어서 돌아가세요."

길동이는 이 말을 들으니 더욱 돌아가지 못할 것만 같은 생각이 들었다.

"아가씨들이 서 있는 것과 마찬가지로 나도 서 있을 수 있지 않소."

"무슨 일로 서 있겠다는 겁니까."

"달을 쳐다보기 위해서 서 있소. 참 달이 좋군요."

순간 아가씨가 힘껏 눈을 흘긴 것 같았다. 그러나 말만은 여전히 온순하게,

"그야 선비님 마음대로겠지요."

하고 나서

"그러나 선비님이 여기 있게 되면 우리가 곤란한 일이 있으니 댁으로 돌아가 달라는 겁니다."

"무슨 일이 그렇게도 곤란하오?"

"글쎄 그것을 자세히 말해 드렸으면 좋겠지만 지금은 그럴 수 없는 사정이 있으니. 젊은 여자가 이렇게 빌 테니 돌아가 주세요."

어디까지나 애원하는 태도였다. 그럴수록 길동이는 더욱 호기심이 느껴질 뿐이었다.

"무슨 꺼릴 일이 아니라면야 말하지 못할 것도 없겠지요."

"그래도 지금은 말할 수가 없어요. 나중엔 말할 기회가 있을지도 모르지만."

"그렇다면 나도 여기서 당신네들이 하는 일을 보는 수밖에 없습니다."

"왜 그렇게도 고집을 부리세요."

"그렇지 않고선 집에 들어가야 잠을 자지 못하는 성미니 하는 수 없지요."

"참 선비님은 여자의 마음을 살 수 없는 분이네요."

원망스러운 듯이 다시 눈을 흘겼다. 그 흘기는 눈만 보아도 그대로 지나치고 싶지 않은 매력 있는 눈이었다.

"선비님이 그렇게 고집을 부리신다면 하는 수 없어요."

너울을 쓴 아가씨는 길동이를 설득하려던 것을 그만 단념하고 돌아가려고 했다. 그러다가 다시 생각을 돌려

"그러면 이렇게 해줄 수 있나요? 이 말까지 들어주지 않는다면 하

는 수 없어요. 우린 딴 기회로 미루는 수밖에."

"무슨 말을?"

"선비님이 이곳에서 우리가 하는 일은 봐도 좋아요. 그러나 우리가 하는 일에 절대로 방해를 하지 않겠다는 약속을 해 달라는 겁니다."

"부처님처럼 보고만 있으란 말이군요."

길동이는 자기도 모르게 미소를 지었다. 자기의 상상대로 어지간히 들어가 맞는 것 같았기 때문이다.

"그렇지요. 부처님처럼 말도 말고요."

"그러기로 합시다. 그렇지만 아가씨도 한가지 약속을 해 줘야겠소. 절대로 옳지 않은 일은 하지 않는다는 약속, 그 약속도 할 수 있겠지요?"

"네, 절대로 우리가 하는 일은 옳지 못한 일이 아닙니다. 그러나 좀 거친 일일지는 몰라요."

"옳기만 하다면 아무리 거친 일이라도 난 놀라진 않소."

길동이는 나무 뒤로 가서 서고, 너울을 쓴 아가씨는 자기 패거리 있는 곳으로 다시 갔다.

달은 가끔 구름 속에 숨곤 했다. 그러면서 달도 서쪽으로 기울기 시작했다. 그래도 이 길엔 사람 하나 얼씬하지 않았다. 그저 아가씨의 패거리들만이 어두운 달 밑에서 움직이는 것이 보일뿐이었다.

'도대체 누구를 기다리는 것일까?'

길동이는 이렇게 되고 나서는 돌아가려고 해도 돌아갈 수 없게 된 자기 처지를 쓴 웃음을 지으며 그들을 지켜보고 있었다.

'도대체 어떻게 돼서 사나이 녀석은 둘씩 있으면서 젊은 아가씨가 나와 대면까지 하는가. 하여간 무슨 곡절이 있는 것만은 틀림없으니 두고 보면 알겠지.'

얼마 동안 양쪽에서 모두 말이 없었다. 그러자 저편에서 갑갑증이

난 모양으로 젊은 사나이 하나가

"선비님은 참 이상스러운 분입니다. 봐서 별로 흥미도 없는 일을 뭣하자고 기다리고 있는지 알 수 없군요. 그러다가 고뿔이라도 걸리면 화만 나지 않아요."

하고 말을 건네었다.

"그런 걱정은 말구 어서 기다리는 사람이 오나 잘 보시오. 난 여태 그런 병이란 모르고 산 사람이니."

얼마 동안 또 말이 끊어졌다. 이번엔 길동이가 먼저 입을 열었다.

"아무리 생각해도 무슨 일로 아가씨까지 이 밤중에 나와서 떨구 있어야 하는지 알 수 없군요. 누구를 기다립니까."

"그 말에는 대답하지 못하겠다고 하지 않았어요."

아가씨가 말을 받았다.

"이 근처에 원한이라도 있는 사람이 있는 것 아닙니까."

"그 대답도 할 수 없어요."

"나는 되도록 바르게 살려는 사람인 만큼 바른 일에는 힘이 돼 달라면 그럴 용의도 있습니다. 그럴 필요가 없다면 약속대로 보고만 있지요."

"조용해요."

너울을 쓴 아가씨가 재빨리 소리쳤다. 보니 언덕 밑에서 초롱불이 올라오는 것이 보였다.

언덕 아래 초롱불은 점점 가까이 다가왔다. 그와 함께 발소리도 들려왔다. 어둠에 가리워서 잘 보이지는 않았지만 언덕 밑에서 가마가 한 채 올라오는 모양이었다.

너울을 쓴 아가씨 패거리들은 담 뒤에 숨어서 숨쉬는 것도 잊은 듯이 그쪽만 보고 있었다. 그곳으로 가마가 오는 것을 미리 알고 기다린 모양이었다.

이윽고 가마는 그들이 숨어 있는 담 앞을 지나가게 되었다. 그곳에서 대여섯간이나 떨어진 길동이의 눈에도 초롱을 들고 앞서서 걸어오는 키가 구척 같은 사나이 뒤에 장독교(帳獨轎) 한 채가 따라오는 것이 분명히 보였다. 그러나 담 뒤에 숨어 있는 그들은 움직이지 않았다. 자기들이 노리는 적인지 아닌지를 신중히 살피기 위한 모양이었다. 가마가 그들이 숨어 있는 맞은편 들목으로 돌려고 하자 셋은 일시에 가마로 달려들었다. 제각기 뽑아든 비수가 달빛에 번쩍였다. 그와 동시에 교군들은 질겁을 한 채

"살려줘요!"

하고 소리치면서 가마를 내동댕이치듯 버리고 비틀거리며 달아났다. 앞섰던 사나이도 초롱을 던지고 달아났다. 그러나 세 사람은 교군을 쫓아갈 생각은 없이 재빨리 앞쪽의 가마문을 열었다.

"웬일이야!"

그 순간 세 사람은 모두 놀라며 뒤로 움쳐 섰다.

그것을 보고 있던 길동이는 그제야 싱긋이 웃으며

"기다리던 사람이 아닌 모양이군요."

하고 조롱하듯이 소리쳤다. 그러나 극도로 흥분한 그들에겐 그 말이 들리지 않은 모양으로 가마를 지켜보다가

"넌 뉘집 계집이야?"

하고 너울 쓴 아가씨가 물었다.

그러나 가마에서는 아무 대답이 없었다.

"이럴 줄 알았으면 교군들이라도 잡고 볼 노릇이었어. 어떻게 된 곡절이나 알게."

사나이 하나가 화가 나서 가마문을 사납게 내리자 뒤 이어 아가씨가

"하는 수 없어요. 다음 기회로 미는 수밖에……."

하고 단념하듯이 말하고서 가마를 내버려둔 채 그곳을 떠나려고
했다.

"잠깐만 기다려."

길동이가 바삐 나서며 소리쳤다.

"선비님은 아직도 가지 않고 있었어?"

너울 쓴 아가씨가 고개를 돌리며 웃었다. 물론 눈만 반짝이는 웃
음이었다.

"기다리던 사람이 아닌 모양인데 누구를 기다렸소?"

"그 녀석의 딸이 가마 속에 있으니 물어봐요."

"딸?"

"그렇다고 그 딸에 원한이 있는 것이 아니니 내버려두고 가는 거예
요."

몹시 빠른 걸음이었다. 어느덧 어둠 속에 가리워 보이지가 않았다.

'대단한 아가씬데.'

길동이는 그 아가씨가 사라진 쪽을 잠시 보고 있다가 가마 옆으

로 가서

"뉘댁 규수인지 모르지만 불의의 봉변을 당하셨군요."

하고 공손히 말했다. 그러나 가마 안에서는 아무 대답이 없었다.

"대답이 없는 걸 보니 저도 흉한 놈으로 아시는 모양이군요."

이런 말로 길동이는 가마문을 열었다. 기절한 십 팔구 세의 아가씨의 얼굴—그 얼굴을 보고 길동이는 급기야 낯빛이 달라졌다. 너무나도 잘 아는 금녀였기 때문이었다.

금녀의 부친인 이춘섭이는 본시 길동이의 부친 밑에서 교리(敎理) 벼슬을 지내던 사람으로 집도 담 하나를 사이에 둔 이웃 간이었다.

그러니만큼 두 집에서는 내왕이 잦게 마련이었으며 따라서 둘이는 어렸을 때부터 뒷산에 잠자리를 잡으려 다녔고 정초 때면 때때 옷을 입고 같이 세배도 다녔다.

금녀가 아홉 살 났을 때이다. 금녀가 화를 내는 것이 재미나서 길동이는 그녀의 신을 한짝 감춘 일이 있었다. 길동이네 뒤뜰에서였다.

"그러면 난 길동이 각시 안 돼줄 테야."

금녀가 앵두나무 뒤에서 울며 말했다. 길동이는 잘못했다고는 생각되면서도 신을 내주지를 않았다.

지는 것 같았기 때문이었다.

"너 같은 울볼 누가 각시한대."

"나두 너같은 심술장이 싫어요. 엄마한테 이를 테야."

금녀는 자기 집으로 뛰어갔다.

"각시가 안 돼주면 누가 겁날까봐."

길동이는 이상스럽게 얼굴이 붉어진 채 혼자서 중얼거렸다. 그러나 이어 후회했다. 그렇게도 예쁜 각시를 얻을 것 같지 못한 생각이 들었기 때문이다. 뿐만 아니라 오늘 밤엔 금녀 아버지가 화를 내갖

고 와서 아버지에게 일러줄 것이 겁이 났다.

'그 말을 아버지가 들으면 종아리를 때리겠지.'

길동이는 화가 나는 대로 소나무를 발길로 마구 찼다. 밤까지도 마음이 허전해서 잠도 잘 오지 않았다.

다음 날 아침 으레 아버지가 부를 줄만 알고 있었는데 어떻게 된 일인지 부르지를 않았다.

길동이는 글을 읽으면서도 가슴이 두근거렸다. 그러나 글을 다 읽고 나도 아버지는 역시 부르지를 않았다. 길동이는 뒤뜰로 나갔다. 그는 금녀가 다시는 놀러오지 않을 것을 생각하니 울고 싶게끔 화가 났다. 화가 난대로 마구 사철나무를 흔들어댔다. 그러면 마음이 좀 후련해질 것 같은 생각이 들었기 때문이다.

"오늘은 나무에다 심술을 부리니?"

길동이는 그 소리에 문득 고개를 돌렸다. 다시는 놀러오지 않을 줄 알았던 금녀가 나무라는 듯이 눈을 흘기다 웃었다.

"너 정말 내 각시가 안 돼줄 테냐."

길동이는 너무나도 기뻐서 금녀 앞으로 달려가면서 물었다.

금녀는 귀밑머리를 살레살레 흔들기만 하고 대답은 하지 않았다.

"안 돼줄 테야?"

"으응."

"정말이야?"

금녀는 캬들거리며 저쪽으로 달아났다. 길동이는 분주히 따라갔다. 그러면 금녀가 또 달아나고, 달아난 금녀를 길동이는 또 따라가고─

그러다가 드디어 금녀를 붙잡고서

"너 신 감춘 것 집에 가서 알리지 않았니?"

하고 금녀의 신을 보며 물었다.

"······."

금녀는 이번에도 대답 대신에 고개만을 흔들었다.

"왜?"

이번에도 금녀는 웃기만 하고 대답하지 않았다.

"왜냐고 묻지 않아."

"네가 꾸지람 듣는 게 뭐가 좋아."

금녀는 그 한마디를 하고 저쪽으로 또 달아났다.

그러자 이번엔 따라갈 생각도 없이 멍청하니 서 있었다.

그것이 벌써 십년 전의 일이었다. 십년이면 산천이 변한다는 그 말대로 세상일도 그동안에 많이 바뀌었다. 선조(宣祖)가 돌아가시고 광해군이 임금의 자리에 오르게 되자 영창대군(永昌)을 옹호하던 소북파는 물러나게 되고 광해군을 지지한 이이첨(李爾瞻) 정인홍(鄭仁弘) 등의 대북파(大北派)가 정권을 잡게 되었다.

금녀의 부친인 이춘섭은 대북파에 붙어 사헌부(司憲府)의 장령(掌令)이란 벼슬을 얻었다. 장령이라면 당하관(堂下官)의 대단치 않은 지위였다지만 조신백관의 부정을 규탄하는 권한이 있는 만큼 세력이 대단했거니와 또한 먹을 알도 많았다.

이러한 자리에 앉게 된 그는 자기 딸 금녀가 길동이와 가까이하는 것을 좋아하지 않았다. 그것은 거의 노골스러운 태도였다. 하기는 명색이 양반의 집이라면 아무리 잘난 서자라고 해도 딸 줄 생각을 하지 않을 것은 그때의 생각으로 당연한 일일지도 모른다.

금녀네 집에서는 금녀가 열다섯 살 나기가 바쁘게 혼사를 맺으려고 서둘렀다. 그러나 금녀는 아무리 좋은 자리라고 해도 듣지를 않았다.

"난 아직 시집가고 싶지 않아요."

누가 물어도 그 한마디로 대답할 뿐 이유를 물어도 웃기만 한다는 것이다.

길동이도 이런 말을 여러 번 들었다. 나인들의 물건을 팔러 다니는 박물장수 할머니한테도 들었고 마을의 이웃 할머니한테도 들었다.

물론 길동이는 금녀가 시집을 가지 않겠다는 그 이유를 모르는 것이 아니었다.

그러나 만날 생각을 하지 않았다. 서출인 자기 처지를 너무나도 잘 알고 있기 때문이었다.

'만나야 무슨 필요가. 피차 가슴만 더 아픈 일이 아닌가.'

그러한 어느 날 아침 길동이가 뜰을 거닐고 있는데 난데없이 그의 앞에 종이로 만든 새가 하나 떨어졌다. 담을 넘어온 것이 분명했다.

펼쳐보니 "오늘 저녁 인왕산에 올라와서 기다려주세요. 꼭 말씀을 올려야 할 말이 있어요."

이러한 사연이 씌어 있었다.

길동이는 약속한 시각에 바로 집 뒤인 인왕산으로 올라갔다. 금녀는 먼저 와 있었다.

금녀는 좀처럼 볼 수 없던 굳어진 얼굴로 말을 더듬거리며 이야기를 했다.

사헌부에 부친과 같이 있는 친구의 중신으로 급작스럽게 혼사가 진전되어 가고 있다는 이야기였다.

상대는 그때 권력을 독차지하고 있던 이이첨의 조카로 금부(禁府)의 지사(知事)를 지내고 있는 이윤철이라고 했다.

"권력에 눈이 어두운 아버진 이번만은 내 승낙도 받지 않고 혼사를 맺을 모양이에요."

금녀는 여기까지 말하고 나선 그만 울먹해진 얼굴을 길동의 가슴에 막 묻었다.

"도련님은 내가 싫어요?"

"싫을 리가 없지. 좋아하지."

"그러면 왜 말이 없어요. 딴사람에게 시집가면 안 된다는 말을—"

"……."

길동이는 대답 대신에 긴 한숨을 쉬었다. 그러자 금녀는 묻었던 가슴에서 열띤 눈을 들어

"싫어요, 싫어요. 난 도련님의 그러한 숨소리 듣자고 이곳에 온 것이 아니에요."

하고 원망하듯이 말했다.

"금녀!"

가슴 속에서 뜨거운 불이 타오르는 대로 길동이는 금녀의 이름을 불러봤으나 다음 말은 무엇이라고 해야 할지 몰랐다. 금녀를 안은 채 그저 멍청하니 있다가

"나도 이대로 금녀를 놓아주고 싶지가 않아. 그러나 우린 그럴 수 없는 숙명인걸."

"어째서 그런 숙명이에요?"

"금녀가 그 이율 모를 리도 없겠지."

"정말 저는 어째서 그런 말을 하는지 몰라요. 무슨 이유에요."

금녀는 눈물이 가득찬 눈을 반짝였다. 길동이는 그 눈을 피해 허공에 눈을 둔 채

"천한 첩의 자식은 양가의 딸을 얻을 수 없는 건 금녀도 모를 리가 없지 않어."

하고 힘없이 말했다. 금녀는 그 말에 화가 난 듯이 입술을 발발 떨다가

"그래서 우린 부부가 될 수 없다는 것인가요?"

"법이 그런 걸 어떻게 하겠나."

"그럼 나도 첩의 딸이라고 생각하면 되잖아요."

"첩의 딸이 아닌 걸 어떻게 그렇게 생각할 수가 있어. 그건 금녀를 불행하게 하는 것밖에 없는 거야."

"그러면 난 어떻게 하라는 거에요?"

"나두 모르겠어."

"딴 사람에 시집을 가도 좋다는 거에요? 분명히 말해줘요."

"차라리 그것이 금녀를 행복하게 하는 일인지도 몰라."

"싫어요. 싫어요. 그런 말은—난 도련님이 아니면 행복할 수가 없어요."

금녀는 길동이의 가슴을 더욱 파고들면서 흐느껴 울었다

그날 저녁 그렇게도 자기에게 정열을 쏟아준 그녀—그녀의 그 애절한 울음과 함께 자기 몸에 옮겨지던 체온을 잊으려고 하면서도 잊을 수 없어 허탈상태를 길동이는 밤마다 소나무와의 칼싸움으로 극복하려고 했다.

그러면서 일년이 지난 지금 뜻하지 않은 한길에서 다시금 금녀를 만나게 됐으니 감회가 단순할 수가 없었다. 그것도 기절을 한 금녀

를 만났으니—

그러나 금녀는 눈앞에 사모하고 있는 길동이가 서 있는 것도 모르고 혼곤히 잠을 자듯 깨어날 줄을 모른다.

그 얼굴은 달빛을 받은 때문인지 약간 핼쑥해진 것 같았지만 자기가 늘 그리워하던 얼굴인 것만은 틀림없었다.

지나온 일년을 생각해 보면 몹시 빨리도 지나간 것 같지만 마음의 고민은 결코 간단한 것이 아니었다.

왜 좋아하는 남녀가 같이 살면 안 되는 것인가. 왜 첩의 아들은 정실의 딸을 아내로 맞으면 안 되는 것인가. 남자와 여자가 서로 사모한다는 것은 무엇인가. 그러한 모든 고민을 이겨나가기에는 길동이로선 너무나도 젊었고 남들에게 백안시를 당하는 그의 처지로서는 너무나 고독했다.

얼빠진 사람처럼 멍청하니 흘러가는 구름만 쳐다보고 있던 덧없는 마음……금녀를 잊는 것이 그녀의 행복을 위한 일이라고 생각해 봤댔자 눈앞엔 어두운 절망만이 보이던 답답한 마음. 그것이 자기뿐만이 아니라 금녀도 역시 마찬가지일 것이라고 생각될 땐 미칠 것만 같은 연정을 억제할 수가 없어 금녀네집 담 넘을 생각을 한 것도 몇 번인지 모른다. 그 금녀가—

길동이는 혼수상태에 빠진 금녀의 이마에 손을 갖다 댔다. 그 순간 금녀는 몹시 괴로운 듯이 이맛살을 찌푸리며 눈을 떴다. 그러나 자기 이마에 손을 대준 길동이를 알아보지 못한 채 다시 눈을 감았다.

"금녀, 정신을 차려! 나야 나 길동이야."

길동이는 당황해서 소리치며 금녀의 두 어깨를 잡고 흔들어댔다.

"예?"

금녀는 힘 없이 고개를 들려다가 이내 떨구었다.

"정신을 차려서 나를 봐요."

길동이는 더욱 흔들어댔다. 그러나 금녀는 여전히 의식이 없이

"머리가 뽀개지는 것 같아요. 물을 좀 줘요."

하고 견딜 수 없게 괴로운 모양으로 헛소리를 치듯 말했다.

"잠깐 기다려. 나 물을 떠 갖고 올게."

길동이는 언덕 중턱에 샘터가 있는 곳으로 뛰어갔다. 그러나 막상 가고 나서 물을 뜰 그릇이 없으므로 하는 수 없이 자기가 신었던 발막신에 떠 왔다.

목이 대단히 탔던 모양으로 금녀는 정신없이 그 물을 마셨다. 바위 틈에서 나오는 샘물인 만큼 시원하기가 이를 데 없었다.

금녀는 얼마 동안 눈을 감고서 숨결이 고르어 지기를 기다리고 있었다.

괴롭던 가슴과 찢어지는 듯하던 머리가 조금씩 나아져 가는 모양이었다.

"어때 정신이 좀 들어?"

한참 보고만 있던 길동이가 물었다.

"예? 길동이 도련님 아니세요?"

몸의 고통이 덜어지자 금녀는 갑자기 기억력이 되돌아온 모양으로 놀란 눈이 되었다.

"이제야 날 알아보겠어."

"도련님 어떻게 된 일이에요. 내가 꿈을 꾸는 것 아니에요?"

알 수 없다는 듯 눈을 깜박거렸다.

"나를 알아 볼 수 있으면 이젠 제 정신으로 돌아온 거야."

"도련님 만난 게 정말 꿈이 아니란 거지요?"

급기야 가마 속에서 일어서 나온 금녀는 길동이 가슴에 쓰러지듯이 안기며 어깨를 떨어댔다.

"무서워 금녀?"

"아니에요. 지금은 기뻐요."

"나도 금녀를 이런 곳에서 만날 줄은 몰랐어."

세찬 감정의 회오리바람이 가슴속에서 일어나는 대로 길동이는 금녀의 몸이 으스러져라 하고 껴안았다. 그럴수록 기쁘기만 한 금녀—

"좀 진정해요. 듣고 싶은 이야기도 묻고 싶은 이야기도 많으니."

떨어지고 싶은 마음은 아니었지만 언제까지나 이러고 있을 수도 없는 노릇이므로 길동이는 금녀의 귀에 속삭이듯이 말했다.

"싫어요. 좀 더 이대로 있고 싶어요."

금녀는 떨어지지 않으려고 가슴에 머리를 박고 더욱 파고들었다.

"그래."

"날 언제까지나 놓아주지 않겠다고 분명히 말해줘요."

금녀는 열띤 눈을 들어 말했다.

작년 봄에 인왕산에서 금녀를 만났을 땐 그녀의 행복을 위해선 지금까지의 애정도 잊을 수밖에 없다고 생각했던 길동이다. 그러나 일 년이 지난 지금엔 더욱 잊을 수 없는 연정뿐이었다.

그 연정은 떨어져 있으면 떨어져 있을수록 견딜 수 없게 가슴을 타게 하며 얼빠진 미친 사람처럼 만들어 줄 뿐이었다.

"금녀!"

길동이는 성숙할 대로 성숙한 금녀의 달콤한 살냄새에 취한 듯한 소리로 불렀다.

"예?"

대답하는 금녀도 벅차오르는 감정을 억제하지 못한 목쉰 소리였다.

"금녀."

길동이는 다시 한 번 더 금녀의 이름을 부르고 나서

"다시는 놔주지 않을 테야."

금녀의 복사꽃 같은 입술을 세차게 빨았다.

둘이서는 아무 것도 생각하지 않았다. 아니 생각할 수가 없었다. 두 몸이 단 하나로 화해버린 그들은 환희에 떨면서 지금의 이 약속을 마음속 깊이 서약하는 것뿐이었다.

이윽고 길동이가 서쪽으로 기울어진 달을 쳐다보며 겨우 자기의 의식으로 돌아갔다.

금녀는 아직 길동이 품에 얼굴을 묻은 채 들려고 하지 않았다. 어깨를 들먹이는 것이 우는 모양이었다.

"울긴 왜 갑자기 울어?"

길동이는 불안스러운 얼굴로 금녀의 고개를 받들자 금녀는 고개를 절레절레 흔들며

"부끄러워요. 오늘 제가 한 일이."

"무슨 일이?"

"이 대감댁에 갔던 것이."

"그러면 그댁에서 지금 오는 길인가."

"예."

"그런데 걸을 수는 있어?"

금녀 말을 묻기 전에 길동이는 그녀의 몸을 걱정했다.

"예."

"그러면 걸으면서 이야기 해. 집까지 부축해줄 테니."

길동이는 품에 안았던 금녀를 옆에 끼고서 걷기 시작했다.

금녀는 몸을 길동이에게 한껏 기대며 이 길이 좀 더 멀었으면 하고 생각했다. 밤마다 그리던 꿈이 그대로 실현된 셈이니 그렇게 생각할 수밖에 없는 노릇이었다.

'지금 우리가 이렇게 걸어가는 걸 남들이 봐준다면 얼마나 좋을 일이야. 나한테 장가를 든다고 짓궂게 따라다니는 이이첨의 조카녀석도 그리고 나를 그 집에 기어이 시집을 보내고야 만다고 야단치는 아버지도 이런 소문이 나면 결국 단념하게 될 게 아냐. 그러면 길동이 도련님과 난 자연 부부가 될 것이고 밤잠을 못 자면서 속 태우는 일도 없게 될 노릇이지.'

금녀는 길동이 옆구리에 꼭 붙어서 걸으며 어린애 같은 이런 생각을 했다. 그러나 밤이 늦은 이 조용한 언덕길엔 사람은커녕 개 하나 얼씬하지 않았다. 그것이 안타까울 뿐이었다.

'그러나 길동이 도련님은 나를 아내로 삼겠다는 말을 분명히 해주지 않았어. 그 이상 뭘 더 바랄 것이 있어.'

금녀가 그의 겨드랑이 밑으로 더욱 파고들자 그는 금녀의 손을 꼭 잡으며

"오늘 밤 이이첨네 집은 어떻게 갔다고?"

하고 물었다.

"아버지의 심부름으로 갔던 것이지요. 이이첨대감네 집에 비단을 한필 갖다 주라는 심부름으로요. 그러나 막상 가보니 그런 것이 아니었어요."

그 생각을 하면 화가 나는 모양으로 금녀는 자기도 모르게 옷고름을 뜯어 가며 말했다.

"아니라면?"

"이윤철이라는 그자와 나를 만나게 하기 위해서 두 집이 짜고 한 노릇이었다는 거예요."

"이윤철이라면 이대감의 조카가 된다는?"

"그렇지요."

"짜고 한 노릇이라니 무슨 일이 있었기에?"

길동이는 비로소 핵심을 파고들듯이 물었다.

"난 아버지의 심부름이 끝나자 타고 갔던 가마로 곧 돌아오려고

했지요. 그러자 그집 마나님이 저녁을 먹고 놀다 가라며 부득부득 나를 잡아놓고선 교군들을 먼저 보내겠지요."

"그래서?"

"그때까지만 해도 그것이 호의인 줄만 알았던 걸요. 그래서 싫다고 할 수도 없어 사랑으로 끌려 들어가니까 뜻밖에도 이윤철이란 사나이가 싱글싱글 웃고 있지 않아요."

"그러니 금녀도 하는 수 없이 그 사나이와 맞상을 하게 됐구만."

길동이는 약간 조롱하는 투로 말했다. 금녀는 그런 조롱이 원망스러운 듯 눈을 흡떠보고 나서

"어떻게 해요. 마음으론 내 몸에 손가락 하나 대봐라. 그대로 두지 않을 터니, 이런 생각이었지만 그댁 마나님도 있는 자리라 노골스럽게 싫은 얼굴도 할 수 없었던 걸요."

"저녁만 먹고 왔다면 이렇게 늦을 리도 없는 일인데."

이번에도 능청대는 말투다.

"저녁을 먹고나자 마나님이 또 윷을 놀자는 거예요. 난 빨리 집으로 돌아오고만 싶은데 그래서 꼭 한 판만 한다는 약속으로 놀았지요. 그런데 한 판이 끝나서도 어디 놓아 줘요? 한 판이 두 판, 두 판이 세 판되고—내가 그만 울상이 되다 시피하자 마나님은 그제야 가마를 내준다면서 수정과나 마시고 가라는 거예요. 나는 그때까지만 해도 모두 마나님의 호의인 줄만 알았어요. 그런데 그 수정과를 마시고 나니 갑자기 졸음이 오는 것이 정신을 차릴 수가 없지 않겠어요?"

"그러면 수정과에 무슨 약을 탄 모양인가?"

"무슨 약이긴요. 잠자는 약이지요."

금녀는 톡 쏘아주듯이 하고 나서

"내가 정신을 못차리자 마나님은 캐들캐들 웃어대며 네년이 오늘 밤엔 별 수 없이 이윤철의 여편네가 되는 수밖에 없다고 하지 않겠어요? 나는 그 말을 듣고 정신이 오싹했지요. 그러나 바로 정신을 잃고 만 걸요."

"그러면 좀전에 너울 쓴 아가씨 패거리를 만난 것도 모르는 모양이구만?"

"너울 쓴 아가씨라니요."

알 수 없다는 얼굴을 했다.

"모르긴 해도 윤철이란 그 자가 금녀에게 잠자는 약을 먹여 놓고 자기 집으로 데리고 가려던 모양인데……."

하고 길동이는 좀전에 이 언덕에서 있었던 일을 말해줬다.

"그렇다면 너울을 쓴 아가씨 패거리라는 것은 우리 아버지에게 원한이 있는지도 모르겠구만요?"

금녀는 서슴지 않고 말했다.

"단순히 그렇게 생각할 수도 없겠지."

길동이도 금녀와 같은 생각이 없지 않아 있었지만 그럴 거라고 말할 수도 없었다. 금녀가 너무나도 가엾은 생각이 들었기 때문이다.

"아버지는 그런 사람이에요. 나를 이이첨대감 댁에 심부름을 보낸 걸 봐두 알 수 있지 않아요."

금녀는 풀 죽은 말이면서도 자기 말이 옳다는 것을 한번 더 내세우듯이 말했다.

"그것도 금녀의 잘못 생각이겠지. 설마 아버지라는 사람이 자기 딸을 그렇게까지 하려구."

"도련님은 정말 그렇게 생각하세요?"

분명히 노기를 띤 눈이 되었다. 길동이는 그것도 일부러 모르는 체하고

"빨리 갑시다. 댁에서도 걱정할 테고 금녀를 두고 온 교군들도 얼

마나 마음을 쓸 거요.”

“그런 말을 하는 건 도련님이 날 진심으로 생각지 않는 거예요.”

“어째서?”

“도련님은 아버지가 어떤 사람이라는 걸 너무나도 잘 알면서—난 그런 집에 돌아가고 싶지 않아요.”

소매부리로 아주 얼굴을 가렸다. 길동이는 안타까운 마음이 울컥 솟아 그 어깨를 가만히 흔들며

“오늘 밤 내가 말한 약속도 믿을 수 없다는 것인가.”

“……”

금녀는 그제야 입을 다물고 말이 없었다.

바로 그 무렵—

금녀를 버리고 달아난 교군들은 금녀네 집으로 달려가서 도둑을 만났다고 알려줬기 때문에 큰 법석이 일어났다. 부친 이춘섭이는 딸도 걱정이려니와 기껏 꾸며놓은 일이 뜻대로 되지 않은 것이 화가나서

“기어이 일을 저질러놨군 그래. 제까짓 게 뭘 안다고 고집을 부리다 이 꼴을 만들어 놨으니.”

하고 투덜댔다. 마나님은 마나님대로

“영감. 역정은 앨 찾아 놓거나 내시우. 스라소니 같은 교군녀석들이 남의 애를 혼자 남겨 놓고 왔으니 이 일을 어떻게 한담.”

하고 야단을 쳤다. 이런 판에 대문간이 왁자지껄하면서

“아가씨 돌아오셨어요.”

“홍판서댁 도련님을 만나 예까지 같이 오셨대요.”

하인들이 아뢰 바치는 소리가 났다. 하인들을 따라 대문밖에까지 뛰어나갔던 금녀 모친이 굳이 들렀다 가라는 통에 길동이는 어쩔 수 없이 이춘섭에게 인사나마 드리고 가지 않을 수가 없었다.

"길동인가. 거 오래간만이로군."

세도놀음에 제법 살점이나 붙은 이춘섭이는 점잖게 인사를 받았다. 예전에 교리로 허리를 굽히면서 길동이네 집을 드나들 땐 적출의 형은 큰 도령, 서출인 길동이에게는 작은 도령하며 깍듯이 존대를 잊지 않던 이 위인이 사헌부의 세도 쓰는 벼슬자리에 앉게 된 지금엔 또 그리만한 풍채가 있어 보이는 것이 이상한 노릇이기도 했다.

"노상에서 도둑을 만난 우리 딸앨 구해줬다구?"

금녀의 아버지 이춘섭이는 부러 안석에 몸을 기대 가며 물었다. 경박하게도 자기의 지위를 자랑해 보려는 심사가 노골적으로 드러나 보였다.

"생각지 못한 우연한 일이었습니다."

무릎을 꿇고 앉은 길동이는 어디까지나 공손히 말했다.

"자네도 그 도둑들을 보았나?"

"봤습니다."

"너울을 쓴 여도둑도 끼어 있었다지?"

교군들에게 들은 모양이었다.

"그렇더군요. 그걸 보니 단순한 도둑패거리 같지는 않습니다."

"도둑패거리가 아니라니 그건 무슨 말인가."

이춘섭이는 알 수 없게도 당황해진 얼굴로 길동이의 내심을 찾듯이 바라봤다.

"단순한 도둑이라면 젊은 여자가 끼었을 리가 없겠지요. 뿐만 아니라 금녀 아가씨에게 손 하나 대지 않고 곱게 갈 리도 없는 노릇 아닐까요?"

"그렇다면 자넨 어떤 녀석들이라고 생각하나."

거칠면서도 급한 어조로 물었다.

"누구를 노리는 사람들이 아닐까요."

"노린다니 누구를?"

"글쎄요, 누구를 노린다는 것은 제가 알 수 없지만 어쨌든 그들에게 원한이 있는 사람이라는 것만은 틀림없겠지요."

"원한?"

이춘섭이는 문득 소리쳤다. 그리고는 자기가 그렇게도 놀란 것이 스스로도 우스운 모양으로 허허 웃고 나서

"그건 자네 말이 옳을지도 모르겠네. 이 동네 잘사는 사람들이 많으니까 남에게 원한을 사고 사는 사람도 혹시 있을는지 모르지. 그런데 한 가지 이상한 일이 있네 그려."

길동이의 내심을 살피듯이 정색한 얼굴이 되었다.

"그건 무슨 말씀입니까."

"이런 늦은 밤에 자네가 무슨 일로 그런 한산한 길을 걷게 됐는지 알 수 없는 일일세."

마치 길동이가 금녀를 구해준 것이 무슨 잘못이나 되는 것처럼 말했다.

길동이는 이런 말이 비위에 거슬렸지만 꾹 참고

"달이 하두 밝길래 뒷산에 올라갔다가 내려오던 길이었습니다."

하고 듣기에 편할 대로 대답했다.

이춘섭이는 그 말이 그대로 믿어지지 않는 모양인지 잠시 눈을 찌푸리고 있다가

"어쨌든 오늘 밤에 있은 일은 자네만 알고 남에겐 이야기하지 말게나. 자네도 들어 알겠지만 우리 딸앤 이윤철 대감과 혼사가 된 거나 다름없는 애야. 그런 애가 야밤중에 자네같은 사람과 길을 걸었다면 어떻게 생각하겠나. 아무리 위급한 자리를 구해준 처지라고 해도 그 댁에선 불쾌할 노릇이 아닌가."

길동이는 너무나도 어이없는 모욕에 주먹이 불끈 쥐어졌다. 그러나 말만은 여유 있는 웃음으로

"그렇다고 너무 걱정은 마십시오. 따님 같은 재원을 갖고서 딸 줄 곳이 없어 그런 걱정이십니까?"

"뭐 어쨌다구?"

"그땐 제가 따님을 아내로 맞겠다는 겝니다."

길동이는 화를 내거나 말거나 한마디하고 초연히 밖으로 나왔다.

낙서(落書)

이춘섭이는 서재에서 혼자 잤다. 세도를 쓰게 된 후로 임질(淋疾)에 걸려 여자를 멀리하는 수밖에 없었기 때문이었다. 임진왜란 이후로 이 나라에 없던 그런 병이 퍼지기 시작한 것이다. 그는 자리에 누우면 그 고름이 대단했다. 그러나 오늘 밤은 그런 아픔도 느낄 수 없게 길동이가 하고 간 말이 분해 견딜 수가 없었다.

"천첩의 자식이 자기 신분도 모르고 내 딸을 아내로 맞는다구."

분한 마음 같아서는 당장에 하인들을 시켜 길동이를 묶어오라고 호령치고 싶은 마음이었다. 그러나 그도 서출일망정 홍판서의 자식이니 그럴 수도 없는 노릇이었다. 홍판서도 지금은 옛날 같은 세도는 아니었지만 당당한 대가집인 것만은 틀림이 없었다. 그러니 만큼 섣불리 굴다가는 자기 도끼로 자기 발등을 찍는 격이 되기가 쉽다는 것은 그도 잘 알고 있었다.

'지체가 없는 천비의 씨는 그래서 하는 수 없는 거야.'

결국 이런 말로 분한 마음을 잊을 생각이었던지 몸을 일으켜 서가에서 책을 찾고 있었다. 그러던 그가 갑자기 바람벽 한곳에 눈을 둔 채 움직일 줄을 몰랐다. 그리고 그는 새하얗게 질린 얼굴이 되었다. 입술도 벌벌 떨렸다.

문갑 위에 걸린 산수화 족자에 먹글씨가 커다랗게 씌어져 있었기 때문이었다.

活貧黨이라는 석 자였다.

그것은 좀전에 들어왔을 때도 없던 글씨였다. 아니, 먹이 아직도 마르지 않은 것을 보니 금방 쓴 글씨다.

이춘섭이는 분주히 문갑 위에 놓여 있던 벼루함을 보았다. 뚜껑이 열린 채 갈았던 먹이 반쯤 말랐다.

그 위에 붓이 아무렇게나 던져 있었다. 이 붓으로 마구 갈겨 쓴 것이 분명했다.

'활빈당?'

도대체 그것은 무슨 뜻인가. 어쨌든 누가 이 방에 들어왔던 것만은 틀림이 없지 않은가. 그렇다면 누가 들어왔단 말야. 금녀가 탄 가마를 습격한 그 놈들인가. 그러나 내게 원한이 있는 자라면 저런 글씨나 써 놓고 그대로 돌아갈 리가 없겠지. 이 방에 아직도 숨어 있을지도 몰라—

그는 극도로 마음이 퉁탕거리는 대로 요 밑에 감춰 둔 예도를 꺼내려고 했다. 자기 처신이 불안스러운 만큼 그는 언제나 그런 준비를 잊지 않았다. 그러나 그 예도를 꺼내들기 전에 어디선가 웃는 소리가 났다. 분명 여자의 웃는 소리였다.

이춘섭이가 자기도 모르게 얼굴을 돌렸을 때

"그 칼은 쥐지 않는 것이 좋을 거요."

하고 분명히 말했다. 그 목소리는 장짓문으로 막은 웃간에서 들렸다. 문틈 사이로 반짝이는 눈이 보였다.

매눈처럼 날카로운 눈이었다. 그러면서도 웃고 있는 눈 같기도 했다.

"누구야?"

겁결에 춘섭이는 예도를 뽑아들며 일어섰다.

그 순간에 웃간 장지문이 찢어지듯이 열렸다. 그곳에는 너울을 쓴 아가씨가 서 있었다.

그 바람에 질겁을 한 이춘섭이는 달려드는 대신에 뒤로 나자빠졌다.

"누……누구야!"

온몸이 떨려 말도 제대로 나오지가 않았다.

"손에 드신 칼은 놓고 이야기하는 것이 좋을 것 같구만요."

아가씨는 여유 있게 생글생글 웃었다. 너울로 얼굴이 가려 눈밖에 보이지 않았지만 그 웃는 표정은 너무나도 분명했다.

"네가 어떤 계집이야?"

"어떤 계집이냐구요?"

이번엔 비양 치는 웃음을 웃고 나서

"제가 누구라는 건 알려드렸는데도 아직 모르시는 모양이군요. 족자를 보세요. 거기에 내가 누구라는 건 커다랗게 써 놓았으니."

"활빈당이 뭐야!"

　겁에 질렸던 이춘섭이도 약간 뱃심이 생긴 모양으로 몸을 바로잡으며 소리쳤다. 칼까지 손에 쥐고 있는 자기가 스무 살도 못됐을 것 같은 계집 앞에서 떨고 있는 것이 우습다는 생각이 든 모양이었다.

　"억울한 사람을 돕는 것이 활빈당이랍니다."

　"우리 집엔 뭣하러 왔어?"

　"저도 댁에까지 들어오고 싶은 생각은 없었습니다. 오늘 댁에서 이이첨 대감 댁으로 가는 가마가 있길래 필연 영감님이 타신 가마인 줄만 알았지요. 그래서 조용한 뒷길에서 돌아오는 것을 기다리고 있었는데 그게 아니더군요."

　"그러면 내 딸을 습격한 것이?"

　"그것이 틀림없는 영감님인 줄만 알았어요."

　"무슨 일로 나를 못살게 구는 거야?"

　"그건 제가 말씀드리기 전에 영감님이 자신에게 물어보면 더 잘 알 걸요."

하고 침착하게 말했다.

"도대체 넌 누구 딸이야?"

"그것도 자기 가슴에 손을 대고 물어보면 아실 겁니다."

"……"

"말씀이 없으신 걸 보니 잘 생각이 나지 않는 모양이시군요. 영감님두 육십이 넘었으니 노쇠하셔서 생각이 잘 나지 않을지도 모르지요. 그리 그렇게 오래지도 않은 재작년의 일을 벌써 잊었을 리도 없겠는데."

"……"

"혹시 가슴에 짚이는 일이 너무나 많아서 무슨 일인지 모르시는 것은 아닌가요?"

"……"

"그렇다면 영감께서 생각해 낼 수 있도록 말씀해 드리지요. 바로 삼 년 전의 일입니다. 어떤 청렴한 선비영감이 자기도 모르는 모반죄를 뒤집어쓰고 참을 당했고 그 집의 재산은 모두 몰수 당했어요. 그분에게 죄를 뒤집어씌운 방법도 아주 교묘한 것이었지요. 형조의 문서를 위조한 어떤 죄인에게 면죄해준다는 조건으로 그런 말을 발설케 한 모양이니! 이쯤 말하면 영감님께서두 생각이 나시겠지요?"

"이 계집년이 무슨 말을 하는 거야."

갑자기 미친 사람처럼 춘섭이는 칼을 들어 너울 쓴 아가씨를 내리쳤다. 그러나 아가씨는 약간 비켜섰을 뿐으로 춘섭이는 장지문 앞에 넘어졌다.

"그러기에 칼을 거두라지 않았어요."

계집애 답지 않은 웃음을 웃었다.

"그렇다면 조금 더 자세히 말씀드리기로 하지요. 그들이 이 착하

고 어진 선비영감을 죽인 것은 자기들이 반대하는 소북파를 없애기 위한 하나의 계책이었다나요. 소북파가 그대로 남아 있으면 자기들의 일이 방해되기 때문이겠지요. 그래서 그들은 이 늙은 선비님이 순화군(광해군의 형)의 양자인 진릉군(晉陵君)을 추대하려는 반란을 계획하고 있다며, 없는 일을 꾸며대어 그의 목을 자르고 그가 속하고 있던 소북파의 많은 사람을 처벌하게 했다더군요. 이춘섭이란 영감도 그 악한들의 앞잡이로 춤을 춘 한사람에 틀림없다니 그게 사실인지요."

"입을 닫쳐, 내가 뉘인 줄도 모르고……"

넘어졌던 이춘섭이는 일어나 앉으며 눈을 부릅뜨고 호령했다. 그런 허세로 극도에 달한 공포감을 면해 보려는 생각인 모양이었다. 그러나 그런 호령을 두려워 할 아가씨가 아니었다. 오히려 어이가 없다는 웃음을 웃으며

"영감님이 조신백관의 악을 도마에 놓고 규탄하는 장령 벼슬이라는 걸 잘 알지요. 뿐만 아니라 그 벼슬을 어떻게 얻은 것도 알고 있지요. 무서운 일을 무서운 줄도 모르고 태연스럽게 하는 악당들에게 충성을 들인 댓가라는 것을요."

"……"

이 말은 무엇보다도 아픈 말인 모양이다. 이춘섭이는 붉어지다 못해 검어진 얼굴로 그저 아가씨를 흘겨보고 있을 뿐이었다.

"왜 말이 없으세요."

"……"

"말이 없는 걸 보니 제 말이 어지간히 맞은 모양이군요. 하긴 이춘섭이가 장령 벼슬에 앉고 나서 팔자를 고쳤다는 것은 삼척동자도 알고 있는 일, 이렇게도 유복하게 살게 된 게 다 어디서 난 것인지 좀 알고 싶군요."

"너같은 계집애가 알 일이 아냐."

"그렇다고 애써 감출 필요는 없습니다. 그것이 탐나서 이 밤중에 영감님을 찾아온 것은 아니니까요."

아가씨는 여전히 비양 치는 웃음을 웃고 나서

"제가 찾아온 것은 이이첨, 정인홍(鄭仁弘), 이창준(李昌俊), 유영근(柳永謹) 등이 어떻게 모의해서 그 착한 선비 영감님을 죽였다는 것을 좀 더 분명히 알기 위해서 찾아온 것입니다. 영감님은 그들의 사주를 받은 사람인 만큼 누구보다도 잘 알 일이라고 생각되니 말입니다."

"……"

"영감님, 영감님도 이제는 머지않아 죽을 나이도 되지 않았습니까. 죽어서 극락 갈 걱정도 해야겠지요. 그러니 이제부터는 세상의 물욕과 지위만을 생각지 마시고 바른 마음을 가져 보시란 겝니다."

"……."

"좀 전에 영감님이 사랑에서 어떤 젊은 사나이와 이야기하는 걸 엿들으니 권력을 얻기 위해 딸까지 팔 생각을 하시는 모양이더군요. 아무리 권력이 좋다고 귀한 딸과 어떻게 바꿀 수 있겠습니까. 영감님도 그런 마음은 버리시구 바른 생각을 가져 보시오. 사실 제가 찾아온 것도 별다른 일이 아니고 영감께서 바른 일을 해 달라기 위해서입니다."

아가씨는 무슨 청이나 대듯이 공손히 말했다.

"몰라, 내가 그런 일을 알 리가 없어."

이춘섭이는 공포에 떨면서도 그것을 감추듯이 고개를 흔들었다.

"모른다고요?"

아가씨는 어이가 없다 못해 울상이 되었다.

"영감님은 그 일을 끝까지 숨길 수 있다고 생각하시는 모양이군요. 지금 누리고 있는 부귀영화도 끝까지 계속될 줄 아시고……."

"어쨌든 난 모르는 일이야. 그걸 알았으면 어서 돌아가."

"그렇게 쉽게 돌아갈 생각이라면 무엇하자고 이 밤중에 영감님을 찾아왔겠어요. 영감님이 사실을 말할 때까지 좀 더 이야기해야겠군요."

아가씨는 얼굴을 가렸던 너울을 벗어 젖히며 가슴에 품었던 비수를 뽑아들고 춘섭이 앞으로 걸어왔다. 파란 불이 일어나는 것처럼 불이 번득였다. 춘섭이가 눈을 뒤집고 뒤로 움치기 시작한 것은 그 순간이었다. 자기를 죽일 것만 같은 예감이 느껴진 모양이었다.

"잠깐만 잠깐만, 제발 잠깐만 기다려!"

"……."

아가씨는 불을 뿜는 그 눈에 비웃음을 담을 뿐 말도 없이 그의 앞으로 다가갔다.

"이야기를 할테니 잠깐만 서 있으라구!"

바람벽까지 밀려간 춘섭이는 이제는 더 뒷걸음 칠 수도 없는 체 손이야 발이야 빌어댔다. 이제는 체면은 생각할 계제가 못 되는 모양이었다.

"지금에야 생각이 좀 나서는 모양이군요?"

"어쨌든 그 칼은 거두고……도대체 나보고 무슨 말을 하라는 거야?"

"그렇게 힘든 이야기도 아닙니다. 영감님이 그때 일은 누구보다도 잘 알 것이 아닙니까. 그러니 사실을 사실대로 밝혀 달라는 것입니다. 그것으로 무고의 죄로 참을 당한 김윤대(金允大) 선비 영감은 누명을 벗어날거고 그를 모함한 무리들은 벌을 받게 되겠으니."

"그것은—"

하고 말이 막히는 모양으로 마른 침을 꿀떡 삼키고 나서

"그건 할 수 없는 노릇이야."

"왜요? 영감님은 입이 없어요?"

"설혹 그런 일이 있었다고 해도 그런 일을 지금 와서 이야기 해봤댔자 세상에선 믿어줄 리가 없는 것이고 공연히 내 목만 날아가게 되는 노릇이지."

"그러니 그럴 수가 없다는 말이군요?"

"……."

"그러면 나도 하는 수 없지요. 아버지의 누명을 씻기 전엔 영감님도 마음놓고 살진 못하게 할 테니."

"아버지라니 그럼 김윤대가?"

놀라며 소리쳤다.

"그래요. 바로 제가 그분의 딸이랍니다."

하고

"영감님도 저를 본 기억이 있겠지요?"

"……."

"그것도 생각이 잘 나지 않는 모양이군요. 아버지가 참을 당한 그 날 밤 서린동의 망나니들을 끌고와서 어머니와 오빠를 난도질로 죽인 것이 분명 영감님이라고 나는 기억하고 있는데……."

"아니야, 그건 내가 아니야."

춘섭이는 미친 듯이 소리쳤다.

"아니라면 내 얼굴을 다시 한번 분명히 쳐다보고 그런 말을 해요."

아가씨는 자기 얼굴을 보라는 듯이 내대었다.

"……."

춘섭이는 얼굴을 들 용기도 없는 모양이었다. 꿇어앉아 머리를 푹 숙이고 있는 자세가 죄수나 다름이 없었다.

"하긴 아니라고도 하고 싶겠지요. 사람의 탈을 쓰고는 감히 생각도 못할 짓을 했으니까요. 그러나 그 무서운 틈에서 으레 죽었어야 할 내가 살아났으니 아니라고도 할 수 없겠지요."

아가씨는 그때의 일이 눈앞에 벌어지는 모양으로 비통한 얼굴이 되었다.

"생각하면 내가 살아난 건 정말 기적이었지요. 난도질에 배가 갈라지고 나서도 내가 살았으니⋯⋯."

가볍게 쓴 웃음을 웃고 나서 다시 입을 열어

"내가 복수의 귀신이 될 생각을 한 게 그때부터랍니다. 내가 활빈당 소굴을 찾아들어가 검술을 배운 것도 그 때문이고. 영감을 비롯해 이이첨, 정인홍, 어쨌든 아버지를 죽인 악마들은 한 명도 남기지 않고 내손으로 지옥에 몰아넣고야 말 생각을 한 것이지요. 그래서 내가 오년만에 서울을 다시 찾아온 것이랍니다. 그렇다고 당신네들을 곱게 죽일 줄 알아요? 천만에. 원한이 얼마나 무서운 것이라는 걸 분명히 알게 하고서 죽일 줄 알아요. 그래서 오늘은 곱게 돌아가요. 그런 줄이나 알고 내일 밤부터 문건사나 잘해요."

이 말을 남겨놓고서 아가씨는 미닫이를 열고 밖으로 사라졌다.

'지금이다.'

춘섭이는 자기가 요 밑에서 꺼내 들었던 예도가 문갑 앞에 떨어져 있는 것을 보면서 그런 생각도 해봤지만 바로 몸을 일으킬 수가 없었다.

너울아가씨가 밖에 있는 한 다시 들어올지도 모르기 때문이었다.

'어쨌든 오늘밤만 무사하면 돼.'

춘섭이는 손에 땀을 쥐어가면서 바깥에 귀를 기울이고 있었다. 조용할 뿐 아무 소리도 들리지가 않았다. 그것이 더욱 불안해질 때

"도둑이야!"

"어디야, 어디?"

"저기 아냐."

밖에서 고함치는 소리와 함께 소란스러운 발자국소리가 났다.

그제야 한숨을 쉰 춘섭이는 급기야 격분이 솟구쳐 오르는 대로 힘껏 미닫이를 열었다.

뜰에는 달빛만이 차가울 뿐 너울쓴 아가씨는 그림자도 보이지가 않았다.

"어떻게 된 일입니까."

처음으로 달려온 것은 아들 진호였다.

"무엇들 하길래 이 방에 도둑이 든 것도 몰라."

"네?"

"금녀를 습격한 여도독이야."

몸을 와들와들 떨어댔다.

지금 일을 생각하니 간담이 서늘해지는 모양이다.

"여도둑이라니 그게 정말입니까."

청지기가 마루 아래서 물었다.

"너희놈들은 그것도 모르고 잠만 자고……스물을 못났을 계집년이 비수도 품고 들어와—."

"비수를요?"

모두가 눈이 둥그레졌다. 이춘섭이는 그것이 더욱 화가 나는 모양으로

"이놈들아, 그리구 있지 말고 여도둑을 잡을 생각을 해. 아직도 이 집에 있을게다."

"오늘 밤은 어느날과도 달리 앞대문과 뒷대문을 잘 단속했는데 도둑이 어떻게 들어왔을까요?"

본시 사람이 어리직한 청지기는 비수를 품은 여도둑이 들어왔다는 말에 그것이 자기 잘못이나 되는 것처럼 얼굴을 붉히며 말했다.

"그런 말은 그만하고 빨리 그 계집년이나 잡을 생각을 해. 장정이 칠 팔명이나 있으면서 그물에든 계집년 하나 못잡아내고 밥을 먹는다 구 하겠어. 진호, 너와 난 빨리 뒤뜰로 가 보자. 어떻게 해서든지 그 년을 잡아야지."

춘섭이는 불호령을 치며 신방돌에 내려서서 신을 찾아 신었다.

"비수를 품은 계집이라는데 아버진 여기 가만히 계셔요."

아들인 진호가 타일렀다.

"걱정말아. 그까짓 계집년 하나 당하지 못하겠니. 어서 너두 칼을 들고 앞서라."

뱀머리가 사나운 그는 그 계집년에게 협박을 받던 일을 생각하며 화가 나서 견딜 수가 없었다.

"그년이 버릇없게두 나를 지옥에 떨어친다구. 아니 나뿐만 아니라 이이첨, 정인홍 대감들까지두……."

그로서는 누구보다도 공경하는 상관들인 만큼 자기가 욕을 당한 것보다도 더 화가 나는 모양이었다. 그는 칼을 찾아든 아들을 앞세우고 뒤뜰로 갔다.

뜰에는 어두운 그림자가 쳐 있는 나무가 많은 만큼 어디서 너울아가씨가 나타날지 모른다. 앞선 진호는 불안스러운 모양으로 사방을 두룩거렸다. 그녀에 대한 증오심에 불붙은 춘섭이는 그것이 또한 화가 나는 모양이었다.

"이 녀석아, 칼까지든 사내녀석이 계집년 하나가 뭐가 무섭다구."

아들을 멸시하듯이 꾸짖었다. 그러나 좀 전에 자기 칼을 피하던 그 너울아가씨를 생각하면 자기도 겁이 앞서지 않는 것은 아니었다.

'어쨌든 당돌한 계집이야. 그년을 그대로 뒀다가는 무슨 일을 당할는지 모르지.'

그럴수록 마음이 더욱 초조해지며 그날 밤에 저지른 자기 실책이 새삼스럽게 느껴지기도 했다.

그날 밤도 오늘같은 달밤이었다. 망나니 둘을 데리고 김윤대네 집 뜰로 들어선 그는 먼저 안사랑으로 갔다. 그곳에서 김윤대의 두 아들을 망나니들의 손으로 처치하게 하고 자기는 혼자서 안방으로 들어갔다. 딴 생각이 있었기 때문이었다.

그는 전부터 그 집을 드나들며 김윤대 아내에게 엉뚱한 마음을 품고 있었던 것이다. 후처로 들어앉은 김윤대의 아내는 그때 나이가 사십이었지만 아직도 수밀도같은 물이 흐르는 얼굴이었다.

춘섭이가 방문을 열었을 때 딸이 잠자는 옆에서 그녀는 얼빠진 사람처럼 멍청하니 앉아 있었다. 죽은 남편을 생각하고 있는 모양으로 춘섭이가 들어선 것도 느끼지 못하고 있었다.

춘섭이는 처음부터 그럴 생각으로 들어왔지만 선뜻 손이 나가지를 않았다. 그렇다고 언제까지나 그녀를 보고만 있을 수도 없었다.

욕정이 그러고만 있게 하지 않았다.

'저 계집이 순순히 들을 리야 만무하지. 우물쭈물 할 필요도 없어.'

춘섭이는 그녀 앞으로 걸어갔다. 그제야 그녀는 그를 느끼고 화들짝 놀랐다. 그러나 그때는 이미 그녀의 몸을 그가 끌어안았을 때였다.

"어쩌자는 거야!"

김윤대 아내는 춘섭이의 구린내 나는 입을 피해가며 그의 몸을 때밀어냈다. 그러나 바위처럼 육중한 그의 몸이 좀처럼 물러날 리는 없었다.

"이년아, 잠자코 내말을 들어. 그렇지 않으면 네 딸년까지 죽일 테다."

오른손으로 그녀의 목을 졸라 쥐고 떠미는 바람에 그녀는 넘어져 숨을 못쉬고 픽픽거렸다. 그녀를 타고 앉은 춘섭이는 그녀 목을 누른 손에 힘을 늦추기는커녕 반대로 더욱 힘을 주었다.

"이 짐승같은 놈, 내 딸 내 은주까지……."

겨우 그 한마디를 하고 나서 그녀는 반항할 수도 없게 핏기 없는 얼굴이 되고 말았다.

그 육체에 욕정을 채우고 났을 때 옆에서 자던 은주가 눈을 반짝 떴다. 공포가 가득찬 눈이었다. 그 눈이 말할 수 없게 무서운데도 그는 가슴에 품었던 비수로 어린 그녀의 배를 푹 찔렀다.

"으악—"

그 순간 그녀의 눈알이 툭 튀어나오는 것같은 공포에 밀려 그는 뒤도 돌아보지 못하고 뛰쳐나왔다.

'무섭다 무섭다해도 그때처럼 무서운 일은 없었지. 그 눈알을 봤을 땐 정말 간담이 서늘했으니까. 그러나 그건 벌써 오년 전의 일이 아닌가. 지금 와서 그 복수를 한다구 어처구니없는 수작 말아.'

　지금에 나는 그때에 교서관(校書館)에서 경서(經書)나 맡고 있는 사람이 아니라 사헌부에 앉아서 조신백관들에게 이래라 저래라 명령할 수 있는 사람이 된 거야. 내가 그런 잔악한 일을 했다고 아무리 떠들고 다닌대야 누가 믿어줄 리가 없어. 그때 일은 생각하기도 싫다는 춘섭이었다.

　그러면서도 지금 약간 후회되는 일은 그때 은주의 목을 한 번 더 칼로 찌르지 못하고 그대로 나온 일이었다.

　'하긴 죄없는 어린 계집을 죽이자니 다소 양심에 걸렸던지도 모르지. 그 계집애의 눈을 보고서 겁을 먹고 당황해 한 것도 분명 그때 문인걸. 어쨌든 그 계집년이 그때 죽지 않고 여태 살아 있었다는 건 목숨이 이만 저만 질긴 년이 아니야.'

　하고 혼자서 쓴 웃음을 웃어 보는 또 한편

　'뭐 그렇다구 걱정할 노릇도 못되지. 그 계집년이 아직 담은 못넘었을 테니 독안에든 쥐나 다름없는 걸. 그년을 잡기만 하면 제 에미처럼 장난도 칠 수 있는 걸. 그 계집년이 독살스러운 걸 보면 제 에미와는 또 다른 감칠맛이 있을는지도 모르지. 두꺼비 벌 잡아먹는 맛 말야.'

이런 생각으로 혼자서 흥분도 해 보는 춘섭이었다. 달빛이 흐르는 뜰에는 남종들이 두셋씩 짝을 지어 여기저기서 너울아가씨를 찾고 있었다. 그러나 독안에든 쥐라는 그 너울아가씨는 좀처럼 보이지가 않았다.

뒤뜰에 와보니 뜻밖에도 금녀가 혼자서 멍청하니 서 있었다.

"네가 정신이 있니. 무엇하려고 여기 나와 서 있니?"

춘섭이는 급기야 얼굴빛이 달라지며 꾸짖었다.

"아버지."

달을 물끄러미 쳐다보고 있던 금녀는 춘섭에게로 눈을 돌렸다.

"아버진 원한을 갖게 한 사람이 있는 것 아니에요?"

"내가?"

춘섭이는 딸에게 이런 질문을 받으면서도 조금도 놀라지를 않았다. 오히려 그런 질문을 하는 것이 뜻밖이라는 듯이 허허 웃으며

"나 같은 인심 좋은 사람이 무슨 일로 남에게 원한을 사겠니. 그런 말은 왜 갑자기 물어?"

"너울쓴 아가씨가 지금 막 내 방에 들어 왔었어요."

"뭐?"

춘섭이 눈이 뒤집어지자 뒤 이어 아들이 그녀 앞으로 다가서며

"그래서 그 계집년이 뭐라던?"

하고 핏대를 올려 물었다.

"아버진 사람의 탈을 썼을뿐 사람이 아니라는 걸요. 그러면서 내 순결을 지키기 위해서 하루 속히 나가라는 거예요."

　조금도 주저하는 일 없이 냉정하게 말했다.

　"그랬다면 빨리 우리한테 알려줘야 할 일 아냐. 왜 여기서 미련하게도 멍청하니 서 있어?"

　진호가 화가 나서 꾸짖고 있는데 문득 뒤에서

　"난 아직도 여기 있으니 동생을 꾸짖을 것 없어요."

　젊은 여자의 소리가 났다.

　"앗!"

　고개를 돌린 춘섭이와 진호는 일시에 소리쳤다. 대여섯 발짝쯤 되는 뒤에는 키가 늘씬한 너울아가씨가 웃고 있었다.

　"아직도 있었구나."

　춘섭이는 극도로 화가 났으나 어떻게 할 수는 없었다.

　진호는 백짓장처럼 얼굴이 새하얗게 질려 벌벌 떨고만 있었다.

　"아드님은 왜 그렇게 떨고 있어요. 아드님도 아버지의 죄는 알고 있는 모양이군요?"

너울아가씨는 비양 치듯이 웃고 나서

"그러면 아버지의 죄를 씻을 수 있도록 마음을 바르게 먹어요. 그렇지 않으면 아드님도 내 칼에 죽을 줄 아세요. 나는 댁의 부친에게 능욕을 당하고 죽은 어머니의 혼이 붙은 몸인 걸요. 그래서 젊은 계집이 악귀가 된 거랍니다. 그 원수를 갚아주기 전엔 나도 악귀를 면할 수 없는 몸이랍니다. 그러니 아드님도 이제부터 댁의 부친이 어떻게 죽는지를 잘 봐요."

조용조용히 일러주는 말이었으나 가슴을 써늘하게 하는 음성이었다.

'계집년이 요망스럽게도—.'

속으로 생각하면서 춘섭이는 자기도 모르게 등골이 써늘해짐을 느꼈다.

"여자가 악귀로 변하면 정말 무섭답니다. 지독한 것이지요. 이 집뿐만 아니라 우리 집의 원수놈들은 모두가 제 명에 죽지 못할 줄 알아요."

'네 생각대로 우리가 그렇게 만만히 죽을 줄 알아.'

고함치고 싶은 마음이었으나 춘섭이는 역시 입밖에는 내지 못하고 혼자서 중얼거려 볼 뿐이었다.

"이만하고 오늘은 곱게 돌아갈 테니 돌아서서 저쪽을 봐요."

이 말에도 부자간은 순순히 몸을 돌렸다.

"움직였단 얼굴에 칼자국이 날 줄 아세요."

너울아가씨는 명령하듯 소리쳤다. 그리고는 자기를 보고 있는 금녀에게 의미 있는 웃음을 웃고 어둠 속으로 사라졌다. 그러나 춘섭이와 진호는 좀처럼 움직일 생각을 못하고 그대로 서 있었다.

이윽고 삐걱하고 대문소리가 났다. 너울아가씨는 뒷 대문을 열고 나가는 모양이었다.

"저 계집 뒷대문으로 도망친다. 빨리 잡아라!"

그제야 춘섭이는 미친 듯이 소리쳤다.

"어디? 어디요?"

청지기와 하인들이 헐떡이며 뒤뜰로 달려왔다. 그 바람에 용기를 얻은 진호는 대문으로 가서 대문을 열었다. 그러나 대문 밖으로 나서지 못하고

"빨리 저 계집년을 따라가 잡아."

하고 하인들에게 소리만 치고 있었다. 그러던 그가 갑자기

"앗!"

하고 얼굴을 싸매며 쓰러졌다. 어디선가 기왓장이 날아와 그의 면상을 갈겼기 때문이었다.

"도련님이 칼에 맞았어요!"

뒤에서 따라오던 청지기는 진호가 칼에 맞고 넘어진 것으로 안 모양이었다. 질겁을 해서 고함치는 소리에 춘섭이가 재빨리 달려갔다.

쓰러진 진호는 눈을 힐뜬 채 의식이 없었다.

"빨리 뒷대문을 걸어."

춘섭이는 너울아가씨가 다시 들어올 것이 겁이 난 모양이었다. 그 소리부터 먼저 지르고서는 하인에게 진호를 업어 안방으로 데리고 갔다.

아랫목에 누이고 주물러 준다, 청심환을 먹인다 하고 부산을 떠는 동안에 백짓장처럼 됐던 진호의 얼굴은 점점 핏기가 돌기 시작하며 숨소리도 골라졌다.

이때 하인 하나가

"이윤철 나리가 오셨습니다."

하고 알렸다.

"그분이?"

춘섭이는 반가움을 숨기지 못한 얼굴을 금녀에게 돌려

"네가 걱정이 돼서 이 밤중에 집까지 찾아왔구나."

그리고 하인에게

"서재로 모셔라. 그리고 찬모에게 술상을 차리게 해라."

자기는 옷을 고쳐 입고 서재로 갔다.

"나도 지금 막 들었는데 댁엔 무슨 여도둑이 들었다구요?"

불안스러운 얼굴로 앉아 있던 윤철이가 분주히 얼굴을 들며 물었다.

"글세 말이요. 바루금녀의 가마를 습격한 그 여도둑인 모양이요."

"그래요."

윤철이는 더욱 놀라는 얼굴이 되어

"그 여도둑이 혼자서 이방에 들어왔다지요?"

하고 물었다. 이집 하인에게 그런 말까지 들은 모양이었다.

"난 아무 것도 모르고 서가에서 책을 찾고 있는 데 갑자기 웃간에

서 웃는 소리가 나지 않아요. 그래서 돌아다보니……."

"무척 대담한 계집이군요. 몇 살이나 났어요?"

"아직 스물 미만의 젊은 계집이요."

"그렇다면 도대체 어떤 계집일까요?"

"놀랄 계집이요. 김윤대의 딸인 모양이요."

"예?"

윤철이는 급기야 낯색이 달라졌다.

이윤철이가 놀란 것도 무리는 아니었다. 그때 김윤대의 무고사건의 각본을 꾸민 것이 자기와 춘섭이 둘이서 한 일이었기 때문이었다.

"김윤대 딸이 살아 있다니 무슨 일인지 알 수가 없구만요. 그 집의 가족을 몰살시키기 위해서 망나니를 데리고 갔던 것이 바로 영감님이 아니었소?"

윤철이는 알 수 없다는 얼굴로 물었다.

"그러나 나도 알 수가 없다는 거요. 모녀를 죽이려고 들어갔던 망나니가 그녀들의 배를 가르고 창자까지 끄집어 놓았다는 말을 분명 들었는데 아직 살아 있으니……."

춘섭이도 그의 말에 맞장구를 치듯이 이맛살을 짚었다. 자기가 사위를 삼으려는 윤철이라고 해도 그때 일을 그대로 이야기해 줄 수는 없는 모양이었다.

"창자까지 끄집어낸 계집이 어떻게 살 수 있었겠소. 그건 김윤대의 딸이 아니라 딴 계집일는지도 모르겠군요."

"딴 계집이라면 뭐가 안타까워서 그런 위험을 무릅쓰고 김윤대의 딸이라면서 다니겠소."

"하긴 그렇기도 합니다."

윤철이는 그 말을 순순히 긍정하고 나서

"그래서 그 계집이 들어와서 뭐라고 해요?"

"자기 부친을 죽인 일족을……그중엔 사위님도 들어가는 것이지요. 모두 지옥에 떨어뜨리겠으니 그런 각오로 있으라는 아니꼬운 수작을 하더군요."

"지옥에?"

흐린 얼굴이 되었다.

그 얼굴로

"그 계집이 그렇게도 검술에 능한가요? 댁의 하인이 모두 들고 나서도 못 잡았다니?"

"자기 말로 입산해서 오 년동안 검술을 배웠다니 방심할 수야 없는 노릇이지요."

춘섭이는 간담이 서늘해졌던만큼 특히 이 말엔 심각한 얼굴이 되었다.

"그렇다면 골치가 아프게 됐군요. 옛날의 일을 갖고서 떠돌아다니
며 광포하는 노릇도 귀찮고."

걱정하는 얼굴이 되자

"그렇다구 너무 걱정할 것두 없소. 아무리 원한을 갚기 위한 일이
라고 떠들어봤댔자 담을 넘는 계집은 포청에서 잡아주기 마련인걸,
두려워할 일은 없다고 생각되오."

"하긴 담을 넘는 도둑은 법이 용서하지 않겠다, 내버려 둬두 포청
에서 잡아주기야 하겠지요."

"그러니 말요. 이편에서 오히려 목을 베어 죽인다고 해도 담을 넘
은 도둑에겐 죄 될 것도 없지 않소."

춘섭이는 뱃심 좋게 웃었다. 그리고 무슨 생각을 했는지 갑자기
웃음을 뚝 끊더니 심각한 얼굴이 되어

"뿐만 아니라 오늘 들어왔던 여도둑을 잘 이용하면 재미난 일도
꾸밀 수 있다고 생각되는군요."

"재미난 일이라니?"

"옆집 홍판서댁의 길동이를 잡는 일을……."

"어떻게 길동이를 잡는다는 말요?"

윤철이는 분주히 무릎걸음으로 다가앉으며 물었다. 그로서는 지금 누구보다도 미운 사나이가 길동이며 그럴 수밖에 없는 일이었다.

"길동이를 여도둑으로 꾸미자는 거요."

춘섭이는 자기 내심을 꺼내 보이듯이 히죽 웃었다.

"길동이를 여도둑으로 꾸미다니?"

윤철이는 그 말이 잘 납득이 가지 않는 얼굴이었다.

"말하자면 길동이가 너울을 쓴 아가씨로 변장을 하고 내가 자던 이 방에 들어온 것으로 꾸미자는 거요."

"길동이가 들어온 것으로? 그것 참 좋은 생각을 하셨군요."

윤철이는 고개를 크게 끄덕이고 나서

"그렇다면 무슨 증거가 될 만한 일이 있어야 하겠군요."

하고 그것이 문제라는 듯이 말했다.

"그런 걱정은 마시오. 길동이가 의심을 받을 만한 일은 한두 가지가 아니니."

"아니라면?"

"첫째로 늦은 밤에 이렇다 할 일도 없이 뒷길을 걷다가 여도둑에게 습격을 받은 금녀를 봤다는 것부터 남이 들으면 이상스럽다고 생각할 노릇이 아니오."

"그렇지만 그것이 꼭 증거가 된다고야 할 수 없겠지요. 글을 읽다가 골치가 아플 땐 누구나가 산책을 하고 싶은 것이 사람의 마음인 걸요. 그보다는 재간이 비상하다는 길동이 놈도 꼼짝 못할 증거가 될 만한 것을 잡아야겠지요."

윤철이는 누구보다도 길동이를 없애고 싶은 마음이 간절한 만큼

되도록 틀림없고 완전한 방법을 쓰고 싶은 모양이었다.

"그렇다면 포도대장에게 뇌물을 쓰는 수밖에 없지."

무엇이나 돈으로 해결된다고 생각하는 춘섭이라 이런 말이 툭 튀어나왔다. 그러나 윤철이는 왠지 고개를 흔들어

"그것은 잘 안 될 일입니다. 지금의 좌우 포도대장이 모두 홍판서 댁과는 가까운 처지니 이런 일을 섣불리 꺼내났다가는 오히려 우리 편이 낭패를 보게 될지도 모르는 일이오."

그런 어리석은 생각은 하지도 말라는 어투였다.

"그래, 사위님은 무슨 좋은 생각이 없소?"

춘섭이는 별로 신통한 생각이 떠오르지 않는 모양으로 물었다.

"지금 내 생각 같아서는 그 댁의 초란이를 움직이는 수밖에 없다고 생각되는군요."

"초란이를 움직이다니 길동이의 갓끈이라도 훔쳐 오게 해서 방에

떨어지게 한단 말이우."

"갓끈요?"

윤철이는 웃고 나서

"너울아가씨로 변장하고 들어온 사람이 갓끈은 어떻게 떨어뜨리겠소. 그것이 아니라, 초란이 마음을 잘 삶기만 하면 좋은 수도 있을 것 같소."

"그렇다면 이야길 해보우."

그러나 윤철이는 그 대답은 하지 않고

"초란이란 계집이 사나이를 더 좋아하는 편입니까, 돈을 더 좋아하는 편입니까."

하고 물었다.

"그 년이 사나이도 무척 바치는 년이지만 그래도 돈을 더 좋아하는 편이지요."

"그렇다면 그리 힘든 노릇도 아닙니다. 그런 계집이라면 손쉽게 휠 수가 있는 노릇이니."

"도대체 어떻게 할 생각으로 그런 말을 하우."

"어쨌든 내일 그년에게 은자나 좀 보냅시다."

분명히 말하지 않지만 그로서는 무슨 생각이 있는 모양이다.

자객(刺客)

옛날 광교다리 옆에 김을부(金乙富)란 늙은 판수가 있었다. 그의 점은 맞는 것보다는 맞지 않는 것으로 유명했다. 길하다면 흉했고 반대로 흉하다면 길했다. 그러므로 점괘를 반대로만 생각하면 틀림없이 맞는 셈이었다.

어느 정승이 자기 아들이 과거를 보러 가서 지은 글을 보고, 글 뜻이 얕다며 선(選)에 들지 못하겠다고 했다. 그러나 막상 방(榜)이 나붙은 것을 보니 장원으로 뽑혔다. 친구들이 웃으며

"자네야말로 흉하다고 하면 길하다는 광교다리의 판수일세 그려."

하고 조롱댔다고 한이다. 판수가 유명하듯이 배평골에도 이름난 젊은 점쟁이가 있었다. 그렇다고 이 젊은 점쟁이는 안 맞는 것으로 유명한 것이 아니라 백발백중 맞는 점으로 유명했다. 그러니 점 보려 오는 사람이 물밀듯 모여들게 마련이었다.

그렇다면 그의 복술엔 반드시 무슨 비결이 있는 것이 사실이다. 그 비결은 도대체 무엇인가.

그것도 알고 보면 그리 대단한 것이 아니다. 첫째로 점괘를 좋게만 이야기해 주는데 있었다. 누구나가 복채(卜債)를 내면서 죽을상이라도 있다는 불길한 말을 들으면 좋아할 리가 없다. 그 반대로 운수 대통이라면 복채를 많이 받는다고 해도 아까운 생각도 잊어버리게 마련이다. 점은 행운을 바라기 위해서 치는 것이다. 그 행운이 돌아오게 된다면 누구나가 좋아할 노릇이요, 따라서 점이 용하다는 말

도 나오게 마련이다. 둘째로는 복채를 많이 받는 데도 비결이 있다. 그는 점 한번 치는 데 모시를 한 필씩 받았다. 결코 싼 값이 아니었다. 그만한 복채를 내고 점을 치는 사람이라면 대체로 부유한 사람이다. 다시 말하면 이미 행운이 트인 사람이다. 그런 사람들에게 앞으로도 행운이 계속되리라고 말해서 크게 틀릴 일이 없다. 그래서 옛날부터 부잣집 마누라 점은 호박에 침 놓기보다도 더 쉽다는 말도 있는 모양이다.

셋째로는 점을 오래 보는 데도 비결이 있었다. 그는 점 한 번 치는 데 복서를 뒤지며 산가지를 세는 등 한 시간 이상을 소비했다. 그런 연극이 점쟁이로서의 권위와 위신을 올려주는 모양이었다.

넷째론 이것은 비결이라고까지 말할 수는 없는 일이지만 그는 젊은 데다 눈도 멀지 않고 얼굴이 꽤 미끈하게 생겼다는 것도 유명해진 이유의 하나라고 할 수 있었다. 점은 남자보다도 부인네들이 흔히 치는 노릇이다. 같은 점을 치는 데도 이왕이면 미끈하게 생긴 젊은 점쟁이를 찾기 마련이다. 더욱이 그때는 내외가 심해서 남자 앞에선 얼굴도 마음대로 들지 못하던 때였으니 그런 생각이 더했을 것도 사실이다.

어쨌든 그는 수표교 옆에서 점을 치기 시작한 지가 일년도 못되어 장안에서 모르는 사람이 없게 됐다.

그중에서도 특히 태점(胎占)만은 백발백중으로 귀신 같이 알아맞힌다는 소문이다. 그렇다면 태점을 치는 데도 필연 무슨 비결이 있을 것이 분명하다.

태점이라면 뱃속에 가진 아이가 아들인지 딸인지를 맞히는 점이라 둘 중에서 하나를 맞히면 되는 노릇이니 아주 쉽고 간단한 점일 것 같다. 그러나 알고 보면 점 중에선 제일 힘든 점이다. 결과가 뚜렷이 나타나기 때문이다.

　더욱이 태점이란 대체로 말 많은 대감댁네 같은 권력 있고 돈 있
는 마나님들을 상대로 하는 일이다. 아들을 기다리는 집에서 아들이
라는 점괘를 받아 갖고 딸을 낳았다면 잠자코 있을 리가 없다. 하인
을 데리고 가서 판수네 집을 부수는 일도 있을 일이요, 잡아다가 곤
장을 때릴 지도 모르는 일이다. 그러나 수표교의 이 젊은 판수는 아
직까지 그런 일이 한번이나마 있었다는 말도 들리지 않았다.

　그것을 봐도 그의 태점이 백발백중으로 맞는다는 소문이 사실인
모양이었다.

　그렇다면 그가 과연 명인이 되어 태점도 꼭꼭 맞히는 것인가. 그
러나 알고 보면 여기에도 그의 비결이 없지 않아 있었다.

　그는 태점을 치러 온 사람에게는 누구에게나 아들이라고 했다. 그
렇지만 장책에는 점을 치러 온 사람의 이름과 날짜를 적고 그 밑에
는 자기가 말해준 점괘와는 반대로 딸이라고 써 넣었다.

아들 낳은 집에서는 불평이 있을 리가 없으므로 찾아올 리가 없었다. 간혹 찾아오는 사람이 있다고 해도 태점을 잘 봐줘서 고맙다고 떡이나 해갖고 올는지 모른다. 떡은 못해 갖고 와도 태점이 귀신 같다는 소문은 내주게 마련이다.

화가 나서 찾아온 사람은 딸 낳은 집뿐이다. 그런 사람에게는 장책에 적어둔 것을 보여준다.

"딸 낳을 것은 분명했지만 그런 괘는 말하지 않는 것이 판수의 예의랍니다. 그래서 여기다 적어만 두었지요."

이렇게 말하는 데는 아무리 화가 났던 세도집 마나님도 뭐라 말 한마디 못하고 돌아가는 수밖에 없었다.

이 능글스러운 판수가 어느 날 아침 홍판서의 집을 찾아왔다.

그날 홍판서는 연 사흘이나 계속된 잔치에서 풀려나 오래간만에 마누라와 한가로이 마주앉아 뜰을 내다보고 있었다.

"어느새 꽃도 다 졌구만."

혼잣말처럼 이런 말을 하자

"춥지도 않고 덥지도 않은, 참으로 좋은 절기올시다."

난데없이 신방돌 밑에서 젊은 사나이 하나가 넙죽 절을 하며 대꾸했다. 도무지 기억에 없는 얼굴이었다. 홍판서가 의아한 얼굴로

"너는 누군데 어떤 일로 거기와 있느냐?"

하고 물었다.

"수표교 옆에서 복서를 업으로 하는 이필부라는 놈이올씨다."

"그렇다면 태점을 잘 친다는 첨사님이구만."

마님도 그가 태점 잘 친다는 말은 어디서 들은 모양으로 알아주자

"예, 바로 그놈입니다."

"부르지도 않은 점쟁이가 우리 집엔 뭣하러 왔나."

"부르지도 않은 사람이 대감을 찾을 리가 있겠습니까."

"누가 불렀단 말인가."

"대감님의 작은댁이."

"초란이가 나도 모르게 자네를 불렀을 리는 없을 터인데."

홍판서는 양미간을 약간 찌푸리며 알 수 없다는 얼굴을 했다.

"실은 어제 작은 마님이 저한테 점을 치고 갔소이다. 그런데 점이 하도 신통하다며 대감님의 관상을 봐 달라기에 온 것입니다."

점쟁이는 무릎을 꿇고 공손히 말했다.

"태점이 용하다는 말은 나도 들었는데 관상도 그렇게 잘 보우."

마님이 옆에서 물었다.

"무녀들이 함부로 지껄이는 요사스러운 말과는 달리 관상은 근거 있는 신수풀이올씨다. 관상을 모르고 어찌 남의 일을 안다고 할 수 있겠습니까."

"하하……아주 그럴 듯한 소리를 하는군. 그래 내 관상도 꽤 봄직

하나?”

홍판서는 관상쟁이 말에 불쑥 호기심이 끌어오른 모양이었다.

“대감님의 관상을 보러 일부러 온 놈이 못보겠다는 말이야 할 수 있겠습니까.”

“그렇다면 내 관상을 한 번 말해보게나.”

관상쟁이 얼굴은 갑자기 엄숙해지며 홍판서를 쳐다봤다.

“아드님을 두 분 두셨군요.”

“내가 아들이 둘이라는 건 세상이 다 아는 일. 그걸로써 자네 관상이 맞는다는 소린가. 그런 싱거운 수작하자면 어서 돌아가게나.”

홍판서는 관상을 뵐 흥미가 없어진 모양이었다. 그러나 젊은 관상쟁이는 그런 말은 들은 체도 없이 여전히 홍판서를 쳐다보고 있었다. 그러다가 문득 눈을 감고서 몹시 괴로운 듯이 언제까지나 입을 열지 않고 앉아만 있었다.

“왜 눈을 감고 지걸스럽게 앉아 있나? 소경이 되지 않고선 내 관상도 볼 수가 없단 소린가.”

홍판서가 그만 화가 나서 목청을 돋우자

“그런 것이 아니오라 참으로 말씀드리기가 괴롭기 때문에.”

“괴롭다니?”

“예, 대감께선 부귀영화 아무 부족한 것 없이 모두 누리실 수 있는 관상이 옵니다만.”

“그런데…….”

“다음 말은 묻지 마십시오. 대감께서 이런 상이 있으리라고는 정말 천만 뜻밖이라…….”

이런 함축 있는 말을 듣게 되면 누구나가 당황하는 한편 버썩 알고 싶어지는 것이 사람의 심정이다.

“주저 말고 어서 이야기를 해.”

"그렇지만 제가 대감에게 이런 말을 올렸다가는 당장에 목이 달아
날 판이니 어찌 말씀을 드릴 수 있겠습니까."

"내가 대단한 흉상을 쓰구 있다는 말이구나."

"정말 저로서도 알 수 없는 일입니다. 어떻게 대감 같은 분이……."

"무슨 흉상을 쓰고 있다는 거냐?"

"목을 자르지 않는다는 약속을 해주셔야—."

"그런 걱정은 말고 어서 이야기해."

"그렇다면 이야기 하겠습니다. 대감께선 일년 내로 멸문지화(滅門
之禍)를 당하실 상이 올씨다."

그런 엄청난 말을 했다.

자기 얼굴에 멸문지화의 상이 있다. 일년이 못 가서 그 많은 죄
중에서도 제일 무서운 역적으로 몰려 일가가 몰살하게 된다는 말을
들으면 누구나가 화가 날 것은 말할 것도 없다. 홍판서는, 생벼락을

맞은 사람처럼 안석에서 벌떡 일어나

"이런 고얀 놈 그 말을 다시 한번 더해 봐."

손끝에 닿는 퇴침을 집어서 관상쟁이 면상에다 냅다 던졌다. 그러나 젊은 관상쟁이는 머리를 약간 돌려 퇴침을 피하고 나서는 조금도 당황하는 기색이 없이

"그러기에 제가 뭐랬습니까. 이런 말은 말씀드리지 않는 것이 좋을 거라고 하지 않았나요."

"이 불칙한 녀석. 네가 그걸 어떻게 안다고 감히 내 앞에서 떠벌리느냐."

"저도 그런 말씀을 드리고 싶어 드린 게 아니라 대감 관상에 나타나 있는 걸 어떻게……."

"내 얼굴에 나타나 있다구……."

홍판서는 눈을 휘두르며 다시 집어던질 물건을 찾았다.

"대감 고정하시오. 그런 역정으로 대감님 상에 나타난 화가 모멸되는 것은 아니올씨다."

천연스레 동정하는 듯한 표정까지 지으며 홍판서를 쳐다봤다. 그럴수록 홍판서는 더욱 분이 치바쳐

"이놈, 그렇다면 그것이 네 망발이 아니고 어디까지나 내 상이 흉하다는 수작이지?"

"황공하옵니다만 그것이 사실입니다."

"만일 네 말과는 달리 일년이 지나고 집이 망하지도 않고 내가 죽지도 않을 땐 어떻게 할 생각이냐? 나를 이렇게까지 화를 내게 하고 말야."

홍판서는 이를 부드득 갈며 관상쟁이를 노려봤다.

"그때는 제 목을 내놓기로 하겠습니다. 대감에게 공연히 화를 내게 했다면 세상에 이렇게도 큰 죄가 없을 줄 아옵니다. 그러므로 흔

히 죽을 상과 패가망신하는 상과 간통상은 절대로 입밖에 내지 않
는 법이랍니다. 그러나 대감께서 억지로 말을 시켰기 때문에 저도
하는 수 없이 말씀을 올린 것이지요. 제가 본 관상엔 여태까지 틀린
일이 없습니다."

　어디까지나 냉정한 얼굴로 자신 있게 말했다.

　"그렇게 네가 남의 일을 잘 아는 놈이라면 우리 앞집 이춘섭 정령
집에 들었던 여도둑이 어떤 계집인지도 알 수 있는 일 아냐. 어디 네
입으로 맞춰 봐라."

　홍판서의 눈에서는 불꽃이 튀었다.

　"그것은 관상쟁이가 알아낼 일이 아니고 포도청의 포교들이 알아
낼 일이겠지요."

　"어쨌든 난 네 말을 믿을 수가 없어. 그런 고얀 말을 누가 믿겠어."

　"제가 본 관상이 믿을 수 있는지 믿을 수 없는 지는 두고 봐야 알
일―대감 노염을 산 것 같사오니 저는 그만 물러가겠습니다."

"안 된다. 네가 그렇게 우길 테면 흉하다는 그 연유부터 말해라."

관상쟁이는 잠시 생각에 잠기는 척하다가

"하기는 화액을 사전에 모면하는 법이 아주 없는 것도 아니지요. 대감, 역정만 내지 마시고 제 말을 들어 보시오."

"화액을 면할 수 있다는 것인가."

홍판서는 자기도 모르게 끌려들었다.

"그러합니다."

관상쟁이는 자신 있게 말했다.

"어떻게 면할 수 있는가."

"그렇다면 저를 똑바로 보시오."

"그래 무슨 수작을 하려나."

홍판서는 조소하는 투로 말했지만 이마에 땀이 밴 것을 보면 불길한 예감에 사로잡혀 있는 것만은 틀림이 없었다.

관상쟁이는 다시 엄숙해진 얼굴로 홍판서를 물끄러미 보고 있다가

"대감께서 자제분을 둘 뒀지만 한 분은 서출이군요."

"그래서 어떻단 말인가."

다음 말을 재촉했다.

"인물로 말하자면 천고 영웅에 일대호걸이겠습니다. 그 기상으로 왕가에 태어났다면 부귀영화와 만수무강을 아울러 누리고 요순(堯舜)의 칭호까지 받겠습니다만 부족한 지체에 이 엄청난 팔자를 타고 났으니 어찌 무사할 수 있겠습니까."

"그래서 화근은 바로 그 아들 때문에 있다는 말이로군."

"그렇다구 할 수 있겠지요."

"흐음!"

홍판서는 어두운 얼굴로 한숨을 쉬고 나서

"화근을 모면할 수 있다고 했것다?"

"글쎄올씨다. 화근이 무엇이라는 것을 밝혀드렸으니 그 다음은 대감께서 알아 처리할 일이겠지요."

"그렇게 어물거리지 말구 분명히 말해주게나."

"대감께서두 생각해 보시우. 제가 어떻게 그 말을 분명히 할 수 있겠나⋯⋯."

홍판서는 그만 더 캐어 묻지를 못하고 가만히 눈을 감아버렸다.

서출 자식이라면 물론 길동이를 두고 하는 이야기일 것이었다. 자식에 대한 것은 누구보다도 그 부모가 잘 알고 있다는 말 그대로 길동이가 총명무영(聰明武英)하다는 것은 홍판서 자신이 잘 아는 일이었다. 그러기에 그 재간을 아깝게 여겨서 서출인 것을 한탄한 것이 한두 번이 아니었다. 재간이 비상한 놈이 자기가 나갈 길이 막히면 어떻게 된다는 것도 그는 잘 알고 있었다. 이것은 조정에서 많은 사람을 대해 오며 자신이 몸소 느껴온 일이었다. 그러니만큼 화근이 길동이에게 있다는 말은 터무니없다고만 생각할 수도 없는 일이었다.

'그렇지, 역적이 따로 있는 것이 아니라, 불평을 갖게 되면 누구나 될 수 있는 일이지. 그렇게 되면—'.

감았던 눈을 뜬 홍판서는 어두운 얼굴 그대로

"네가 오늘 여기서 본 관상 이야길 함부로 퍼뜨리고 다니다가는 네 일신이 어떻게 된다는 것쯤 알겠지?"

젊은 관상쟁이를 똑바로 보며 말했다.

"여부가 있겠습니까. 그러나 대감께서 그렇게 다짐을 주지 않으셔도 본시 저는 남의 관상에 대한 이야긴 절대로 누설하는 일이 없습니다. 그 점만은 조금도 염려마십시오."

관상쟁이는 홍판서와 마나님에게 인사를 하고 일어섰다.

회현방의 아담한 집에서 살고 있는 초란(初蘭)이는 홍판서의 총첩(寵妾)이다. 나이는 스물아홉이니, 첩의 나이로선 환갑이 지난 셈이지만 여자로선 단물이 오르기 시작한 나이라고도 할 수가 있다.

아직도 주름이 가지 않은 얼굴에 실눈이 되며 웃는 웃음을 보면 사나이의 간장을 막 녹여내는 것만 같다.

이러한 초란이가 언제나 대감마님만 기다리고 독수공방을 지키고 있을 리는 없다. 요즘엔 그녀가 수표교 관상쟁이를 하루 건너 멀다고 찾아다니는 것은 그저 관상이나 손금만을 보기 위한 때문만도 아니리라.

그러나 오늘은 어쩐 일인지 아침부터 골패만 떼고 있었다. 패가 떨어지면 혼자서 웃어 보고 불만스러운 얼굴이 된다. 그걸 보면 무슨 초조한 일이라도 있는 모양인지.

"분이야"

골패를 떼던 초란이는 갑자기 골패쪽을 내던지고 종년을 불렀다.

“예.”

뒤뜰 우물에서 빨래를 하던 분이가 행주치마에 손을 씻으며 조르
르 달려왔다. 얄밉게도 귀엽게 생긴 계집이다.

“너 분명 수표교 아재가 대감님댁으로 가는 걸 보고 왔지?”

“아까도 보고 봤다지 않아요.”

“그렇다면 왜 대감마님이 오시지 않을까.”

혼잣말처럼 말하자

“그 때문에 수표교 아재가 대감마님댁에 가셨나요?”

하고 분이가 물었다. 초란이는 당황해서

“너 이런 말 대감마님 오셨을 때 하면 큰일이다.”

“아까도 한 말을 또 하시네.”

“어제 이대감댁에서 은자를 갖고 온 것도……”

“마님, 내가 바본줄 아시우.”

샐죽해서 오히려 초란이를 나무라는 얼굴이 되었다. 그렇다고 초

란이는 분이를 꾸짖는 일 없이

"어제 사준다는 비녀 이걸 갖구 말아라. 거리에선 이런 것 구할 수 없단다."

머리에 꽂았던 비녀를 뽑아줬다. 비취옥 비녀였다.

"정말 날 줘요?"

"말 잘 들으라구 주는 거야."

"언제 내가 말을 듣지 않은 일 있어요?"

좋아서 껑충껑충 뛰듯이 뛰어가던 분이가 문득

"아이고 대감마님 오시네. 마마님 대감마님 행차시얘요."

하고 소리치며 가마 앞으로 달려갔다. 그 소리에 초란이도 치맛자락을 끌면서 바삐 나와 해사한 웃음으로

"오늘도 안 오시는 줄만 알았어요. 그동안 쉰네는 눈이 감게 기다렸는데."

하고 하얀 손을 내밀어 가마에서 나오는 홍판서의 손을 잡아주었다.

"마마님은 오늘도 온종일 집에서 골패만 떼고 있은걸요. 대감마님 안 오신다구 화가 나서지요."

분이는 비녀를 받은 값을 당장에 갚은 셈이다.

"그동안에 분이가 더 예뻐졌구나."

홍판서는 웃으면서 분이의 머리를 쓸어줬다. 그러나 그 웃음 속에도 침울한 빛을 감추지는 못했다.

갓을 벗고 창의로 갈아입은 홍판서는 안석에 비스듬히 기대앉고 나서

"봄이 돼서 그런지 몹시 피곤하구나."

하고 다리를 펴며 말했다.

"그런가 봐요. 집에서 아무것도 안 하는 젊은 것도 노곤해 견딜 수

가 없는데 정사에 바쁘신 대감께서야 피곤하기 마련이지요. 꿀물 좀
타오랄까요?”

　“싫다, 다리나 좀 쳐다고.”

　퇴침을 끌어다 배고 길게 드러누웠다. 어두운 얼굴이었다. 그러나
초란이는 그런 얼굴을 아랑곳하지 않고,

　“대감.”

　하고 다리를 쳐주면서 입을 열었다.

　“응—.”

　“대감 생신 잔치가 굉장했다지요?”

　“정승 자리에 앉았으니 허술히 차릴 수도 없는 노릇이라. 자연 그
렇게 되더군.”

　“그동안 대감께선 초란인 아주 잊어버리고 있었지요?”

　홍판서는 힘 없는 미소를 지어,

　“내가 왜 초란이를 잊어? 반대로 초란이만 생각했지.”

"거짓말만……."

초란이는 눈을 흘겨 홍판서의 넓적다리를 꼬집었다.

"아야, 아프다."

"아프라구 꼬집은 거 아프지 않을까."

뾰로통한 그 얼굴이 귀여운 듯 홍판서는 잠시 보고 있다가,

"넌 무슨 일로 오늘 아침 관상쟁이를 보냈노."

하고 그 말을 꺼내며 정색한 얼굴이 되었다.

"무슨 일로 보내다니요? 그럼 그말을 듣고서도 걱정이 되지 않겠어요."

묻지 않을 말을 묻는다는 얼굴이었다.

"그 말이라니?"

"그러면 대감께서 그런 소문을 아직 모르시나요?"

이번엔 놀랍다는 눈이 되었다.

"무슨 말이야 어서 말해 봐."

"이춘섭 정령댁에 든 여도둑이 바로 작은 도련님이라는 걸."

"작은 도련님이라니?"

누웠던 홍판서가 벌떡 일어나 앉았다.

"작은 도련이 두 분 있어요? 그야 길동이 도련이지요."

극히 태연스럽게 말했다.

"그, 그 말을 누구에게 들었어?"

입이 떨려서 말도 잘 나오지가 않았다.

"누구에게 듣지 않았어두 뻔한 것이지요. 금녀가 싫다는 사나이에게 금녀를 주면 너는 네 명에 살지 못할 줄만 알라고 이정령을 협박하고 갔다는 걸요. 그렇다면 누구라는 거 너무나도 잘 알 수 있는 일 아니에요."

"그런 되지도 않는 소리 말어. 그 집에든 도둑은 여도둑이라는데

애매한 길동인 왜 끄집어 갖고서."

홍판서는 얼굴이 붉어지며 꾸짖었다.

"대감마님은 너무 아들 두둔만 하시지 말고 사리를 밝혀서 생각하세요. 길동이 도련은 여복으로 변장할 수가 없나요?"

"그런 애 아니야."

"그래서 수표교 관상쟁이가 뭐라고 해요?"

그러나 홍판서는 대답을 못하고 더욱 어두운 얼굴이 되었다.

이런 일이 있은 후로 홍판서는 길동이를 서강 강변에 있는 산정(山亭)에 가 있게 했다.

홍판서의 생각으로는 그렇게 함으로써 첫째로 길동이를 남의 이목에서 멀리 하려는 것이었고, 둘째로는 불경공부나 하게 하여 장차 적당한 시기에 입산이나 시킬 생각이었다.

그러나 그는 읽으라는 불경은 거들떠 보지도 않고 병서며 천문지리에 관한 책만 읽어댔다. 검술공부도 여전히 계속했다.

'허, 기어이 이놈이 집안을 망칠 모양이구나.'

홍판서도 벼슬을 내놓고 두문불출했다. 사는 게 통 사는 것 같지가 않았다. 마침내는 발병까지 하여 드러눕게까지 되었다.

그것도 그럴 것이 태조가 이씨조선을 세우고 근 이백 년을 내려오는 동안 왕위 계승문제로 여러 번의 분규가 있었다. 태조 때에 벌써 방번 방석의 변이 있었고 정조의 선위 사건 또 그 뒤에 단종 퇴위 사건이 있었고 중종반정 그리고 지금 광해군의 폭정을 원망하는 백성들의 원성이 곳곳에서 소용돌이치고 있었다.

그러므로 양반의 집에서는 힘깨나 쓰고 검술이 능한 자식을 가진 것을 매우 꺼렸다. 이런 아들일수록 화집을 터뜨릴 위험성이 있기 때문이었다.

또한 조정에서도 이런 자들을 걸핏하면 역모라 해서 잡아 죽이곤 했다. 그뿐이랴. 일문(一門)이 연좌되어 가족들을 모조리 죽였다. 그야말로 멸문지화인 것이다.

판서마님과 적출의 맏아들인 좌랑(佐郎) 벼슬을 지내고 있는 인형(仁衡)도 판서의 병이 길동이 때문인 것을 알고 있었다. 그들은 서로 얼굴을 맞대기만 하면

"모두가 수표교 관상쟁이 말대로 들어맞으니 이 일을 어떻게 한담."

"그렇기 말입니다. 이춘섭 영감이 그 말을 입밖에만 내면, 우린 못 사는 판이 아니오."

삼년고개에서 넘어진 노인이 앞으로 삼년밖에 더 못산다는 말을 듣고 하릴없이 신음하며 죽을 날만 기다렸다는 옛날이야기대로 그들은 닥쳐 올 무서운 운명을 어떻게 해야할지 몰라 절절 끓고 있을 뿐이었다.

그러나 이런 일은 모두가 김윤대 무고사건을 꾸민 이춘섭이와 이윤철이가 초란이를 시켜 조작한 일이다. 길동이의 친어머니인 춘섭이도 초란이와 마찬가지로 소실이었지만 초란이는 그녀를 미워했다. 자기에겐 소생이 없었기 때문이다. 그 때문에 초란이는 홍판서댁 울안에도 못 들었으므로 더욱 시기한 것이다. 그런 사이인 체 이윤철이가 은자까지 갖다주며 길동이를 없앨 일을 꾸미자니 싫다고 할 리가 없었다.

"그런 일이라면 나리님한테 은자를 받지 않고도 손을 걸고 나서 하겠어요. 그러나 청이 한 가지 있소."

"무슨 청?"

"이 일을 쉽게 하자면 수표교 관상쟁이하고라도 손을 잡아야 할 거예요. 그러자면 그에게도 무슨 값이 있어야 하지 않겠어요."

"얼마가 필요하나?"

"그 사람은 돈이 필요한 것이 아니고 양반이 되고 싶다는 거예요."

"그런 일이야 힘든 일이 아니지."

이리하여 홍판서는 수표교 관상쟁이의 거짓 관상에 상심하고 병석에까지 들게 되었으니 그들의 계교는 일단 성공한 셈이었다.

길동이는 혼자서 산정에 나와 살게 된 것을 오히려 잘됐다고 생각했다. 아침 저녁으로, 아니 온종일이라도 마음 놓고 검술연습을 할 수가 있었기 때문이다.

이곳에 나와 있으면서도 그의 검술 스승은 역시 나무였다.

산정 앞에는 커다란 느티나무가 무성하다. 밑둥이 두 아름도 더 되는 것을 보면 백년은 훨씬 넘었을 거목이다.

길동이가 그 나무를 상대로 칼싸움을 하는 것을 보면 마치 굶은 독수리가 닭을 보고 달려드는 것 같은 무서운 기세였다.

아무리 내리쳐도 꿈쩍할 줄 모르는 나무—

길동이에겐 그 나무가 때로는 무서운 괴물처럼 보였고 때로는 앞을 막고 있는 절벽 같이도 보였다. 그럴수록 필사적으로 달려들었다.

전신에 땀이 비오듯 흘러 앞이 보이지 않을 땐 우물로 뛰어가서 두레박으로 물을 끼얹고 다시 대들었다.

이러기를 수십 번 반복하며 눈앞이 핑핑 돌게 되면 그만 기운도 빠져 나가 넘어지게 된다. 그렇다고 그는 한번도 그 나무에게 졌다고는 생각지 않았다.

"이놈, 네가 언제구 내 단칼에 넘어질 날이 있을 게다."

길동이는 오늘도 해뜨기 전인 이른 새벽에 일어나 느티나무 앞으로 갔다.

"이놈—."

목칼을 번쩍 들다가 문득 고개를 돌렸다.

등 뒤에는 두서너 간 떨어져서 앵두나무들이 있었다. 그 나무들이 흔들렸다. 바람에 흔들린 것처럼 보였지만 길동이는 사람이 숨어 있는 듯한 기색을 분명히 느꼈다.

"누구야."

소리친 길동이의 음성은 그렇게 요란스럽지는 않았지만 그러나 저편의 태도에 따라 공세를 취할 준비는 갖추고 있었다.

앵두나무는 또 움직였다. 이번엔 버석거리는 소리까지 났다.

"거기서 우물거리고 있으면 재미없으니 빨리 얼굴을 들어!"

여유 있게 소리쳤다.

이윽고 앵두나무 속에서 사나이의 얼굴 하나가 불쑥 튀어 올라왔다. 갓쓴 사나이였다.

"누구야?"

"나를 모르겠어요?"

하고 되물은 사나이는 히죽 웃었다.

"갓쓴 도둑은 난생 처음 보니 내가 알 리 없지."

"사람을 너무 그렇게 나쁘게만 보지 말아요. 그래도 선비님을 위해서 여기까지 찾아왔는데."

"나를?"

"그렇지요."

"무슨 일루?"

길동이가 분주히 물었다. 그러나 갓 쓴 사나이는 조금도 덤비는 일없이

"그래도 선비님은 너울아가씨는 기억하고 있겠지요?"

하고 놀리듯이 히죽 웃었다.

"그렇다면 자넨 그 너울아가씨와 한 패거린가."

"예, 바로 그날 밤 적선골 언덕에서 선비님을 만났던 놈이지요."

무슨 자랑이나 하듯이 말했다.

"자네를 첫눈으로 못 알아본 것이 미안하네. 그러나 그건 내 잘못만도 아닐세. 그날 밤은 수건을 썼던 막놈이 오늘은 갓을 잡수셨으니 알아보겠나."

길동이는 웃으며 긴장을 풀고 나서

"너울아가씨가 자넬 무슨 일로 보내던가."

"선비님이 우리들 때문에 공연한 누명을 쓰고 이런 곳에서 고생을 하게 됐으니, 그래서 너울아가씨가 사과하겠다고 선비님을 모시고 오라고 절 보낸 것입니다."

하고 자기가 온 뜻을 말했다.

"그런 일이라면 조금도 미안해 할 것 없이 어서 돌아가게. 이 주변엔 포교들이 감시하고 있으니 자네같은 사람들이 오는 건 재미가 없어."

"그렇지만 선비님을 모시고 가지 못하면 제 입장이 곤란합니다."

어떻게서든지 길동이를 데리고 갈 생각인 모양이다.

"하여간 나는 엄친의 명령이 떨어지기 전엔 이 산정에서 한 발자국도 나설 수가 없어. 그리 알구 어서 돌아가."

"그런 말씀 말아요. 포교들이 잡으러 온다고 해도 미륵처럼 서 있다가 잡혀 가겠다는 말이오?"

"내 엄친의 명이 있기 전엔 포도대장도 날 잡아갈 수는 없으니 그런 걱정은 말어."

길동이는 그래도 부친만은 믿는 모양이었다. 그러나 이 갓쓴 젊은 친구는 길동이의 그 말을 믿을 수가 없는 모양으로 고개를 기웃거리고 서 있다가 문득

"저 담 뒤로 포교들이 넘어오는 군요. 나를 잡으러 오는 거요. 그렇지도 않으면 선비님을……."

하고 웃고 있는 눈을 분주히 길동이에게 돌린 채 움직이지를 않

았다.

　길동이는 뒤에서 바람결에 들려오는 발소리를 들었다. 그렇다고 덤비는 일은 없이 그쪽으로 고개만 돌려보자 아직도 어두워 잘 보이지 않는 숲속에 몸을 감춰 가며 이곳으로 점점 가까이 오고 있는 사람이 보였다. 십여명은 잘 될 것 같았다.

　길동이는 그것들이 포도청에서 나온 포교들이라는 것을 직감적으로 알았다.

　다시 고개를 바로 돌렸을 때 그곳에는 지금까지 서 있던 갓 쓴 그 사나이는 그림자도 보이지 않고 앵두나무 옆으로 무엇인가 걸핏 달려가는 것이 보일 뿐이었다. 눈으론 보기 힘든 빠른 속도였다. 그것이 산정 옆에 무너진 돌각담 위로 넘어서고서는 아주 없어지고 말았다. 확실히 둔갑술(遁甲術)을 알고 있는 자의 빠른 동작이었다.

　길동이는 포교들이 달려오는 쪽으로 향한 채 우뚝 서 있었다.

그가 서 있는 곳은 축대 위였으므로 밑에서부터는 대여섯 자의 높이가 있었다.

"저기 길동이가 있다!"

포교들은 길동이를 중심으로 폭을 좁히며 달려왔다.

"놓치지 말아!"

길동이를 본 포교들은 축대 위로 올라올 생각은 못하고 살기띤 눈으로 쳐다보고만 있었다.

"왜 이 야단이냐, 새벽부터."

"이 녀석아 사람을 죽였으면 순순히 칼을 받아라!"

"이 흉악한 놈!"

포교들은 제각기 한마디씩 지껄였다.

"나를 잡으러 왔는가."

아래의 포교들은 모두가 살기띤 눈으로 칼을 뽑아들고 있었지만 길동이는 조금도 싸울 의사가 있는 얼굴이 아니었다.

"사람을 죽인 놈이 그걸 몰라서 묻느냐!"

급기야 포교 중의 하나가 소리쳤다.

"사람을 죽였다니!"

"어젯밤에 이춘섭 영감님의 아들을 죽인 것이 네 놈이지."

"그 영감의 아들이 죽었다구?"

"모른 척하지 말어. 네 놈이 너울을 쓰고 그 집에 들어갔던 것을 알구 있어."

이 말을 듣고 난 길동이는 그 때문에 포교들이 자기를 잡으러 왔다는 것을 알았다. 뿐만 아니라 조금 전에 너울아가씨가 이곳에 사람을 보낸 것도 자기를 피하게 하기 위해서 보냈다는 것도 알았다.

"자네들은 사람을 잘못 찾아온 것 같네."

"네 놈이 길동이가 아니란 말인가."

"내가 길동인 것만은 틀림없지만 난 사람을 죽인 일은 없네."

"뭐 없다구?"

"엄친과 약속한 대로 난 이 산정에 온 이후로 바깥엔 한발자국도 나가 본 일이 없네. 그런 사람이 어떻게 이춘섭 영감댁을 들어가 사람을 죽였겠나."

"그런 수작은 그만하고 이 쇠도리깨나 받아라!"

고함치는 소리와 함께 길동이 앞으로 쇠도리깨가 날아왔다. 축대 위에 서 있던 길동이는 그 쇠도리깨를 날쌔게 피했다. 그리고는 포교들의 머리 위를 넘고 뛰어 한 간쯤 떨어져 있는 저쪽 앵두나무 뒤에 우뚝 섰다.

목칼을 든 쪽의 팔굽으로 흩어진 머리카락을 쓰다듬고 나서 씽긋 웃었다.

"난 너희놈들에게 쇠도리깨 맞을 죄가 없으니 어서 곱게 돌아가."

꾸짖는 듯한 길동이의 말에 포교들은 더욱 화가 치밀어 올랐다. 반원형으로 길동이를 둘러싸고 달려들 기세를 취하고 있었다.

십여명 중에서 쇠도리깨로 노리고 있는 자가 두 명, 긴 칼을 뽑아 들고 있는 자가 다섯명, 그 밖에는 모두가 육모 방망이를 들고 있었다. 쇠도리깨와 칼을 든 자들은 검술엔 꽤 자신이 있는 모양으로 길동이에게 달려들 틈을 엿보고 있는 모양이었다. 그러나 길동이는 그들을 상대로 싸울 마음도 별로 느끼지 않았다.

"칼을 받아라!"

문득 바른쪽의 한 놈이 앵두나무 가지를 베면서 칼을 내리쳤다.

그 흩어지는 나뭇잎이 휘날리는 것처럼 길동이는 대여섯 발자국쯤 왼쪽으로 뛰었다. 그러면서 손에 들고 있던 목칼을 휘둘렀다. 눈에 담을 수 없는 번개 같은 동작이었다.

그 바람에 좌우 끝에 있던 두 놈이 찍소리도 못치고 앵두나무 속에 얼굴을 구겨 박았다.

남은 포교들은 질겁을 하고 뒤로 움츠렸다.

그들은 이미 사기를 잃은 얼굴이다.

어둠은 걷혔으나 안개비가 내리기 시작했다. 그 빗속에서 길동이는 그들을 보고 있었다.

지금 마음은 그렇게 상쾌한 것이 아니었다. 그 반대로 비를 뿌리고 있는 구름낀 하늘처럼 찌뿌드드한 마음이었다. 그는 검술을 배운 후로 남과 싸우는 일은 이것이 처음이었다. 그러나 이런 싸움을 위해서 검술을 배운 것은 아니었다. 이와는 달리 큰 뜻을 품고서 검술을 배우기 시작한 것이다.

이런 생각을 하니 스스로 자기 결심을 배반한 것만 같은 생각이 드는 대로 들었던 목칼을 그들 앞에 던져줬다. 그리고는

"싸움은 그만 하세."

하고 앵두나무 밭에 쓰러진 두 사나이를 슬쩍 보고서 돌아서 걸었다.

"도망친다."

칼든 놈 하나가 뒤에서 쫓아오며 그의 어깨를 내리쳤다.

길동이는 번개같이 몸을 돌려 달려든 놈의 손을 잡아 공중거리로 집어던졌다. 그리고는 담을 넘어 숲속을 향해 뛰었다.

그러나 포교들도 지질스럽게 따라왔다.

숲을 지나 보리밭을 지나 성황당이 있는 산턱까지 뛰어온 길동이는 다시 소나무가 총총히 들어선 골짜기를 향해 달렸다.

그곳에는 비안개가 자욱하니 끼어 있어 시야를 막고 있었다.

이곳 지리에 밝은 길동이도 소나무 속에서 두 번이나 걸음을 멈추고 방향을 찾으려고 했다.

그동안에도 포교들은 서로 고함을 쳐 연락을 하면서 기어이 길동이를 잡으려고 쫓아오고 있었다. 그를 잡으러 온 포교들은 십여명뿐이 아니었다. 많은 포졸들이 산정 밖에서 기다리고 있었던 모양이다.

"길동이가 골짜기로 내려갔다."

"올라오지 말고 길목을 지켜."

뒤에서 옆에서 바람결을 따라 그런 소리가 들려왔다. 비안개 속을 헤매고 있던 길동이는 그만 좁은 골짜기에 쫓겨들고 말았다.

문득 눈앞에는 높이가 삼십자쯤 되는 폭포가 우윳빛 안개를 통해 보이며 요란스러운 소리를 내고 있었다.

그 폭포 때문에 더 갈 수도 없었다.

이곳이 자기가 죽을 장소인지도 모른다고 생각하며 길동이는 조그마한 바위 위로 올라섰다.

폭포소리에 고함소리는 들리지 않았지만 그들이 가까이 오고 있는 것은 알 수 있었다.

바위 위에서 길동이는 숨을 힘껏 들이 쉬었다. 요란스러운 폭포소리가 지금까지의 잡념을 지워주는 것같아 길동이는 다시 자기 정신을 가다듬을 수가 있었다.

"길동이가 저기 있다!"

"이제는 독안에 든 쥐다!"

소리치면서 가까이 오는 포교의 수가 칠팔명은 되는 것 같았다. 그것이 길동이 눈에도 분명히 보였다. 그는 포교들이 달려오는 그쪽을 보고 있다가 역시 싸울 마음이 없는지 절벽을 기어오르기 시작했다. 바위에는 물기가 있어 마음대로 발을 옮겨 놓을 수가 없었다.

"저기 올라간다."

폭포 앞에까지 온 포교들은 아래서 돌을 집어 길동이를 향해 던지기 시작했다.

"이제는 네놈도 도망칠 생각을 못하겠지."

"빨리 내려와서 오랏줄이나 받어."

"골사발이 돼야 내려올 모양이구나."

계속해서 날아오는 돌은 사정없이 길동이의 목덜미를 치고 잔등을 쳤다. 허리도 쳤다.

발 하나 마음대로 움직일 수 없는 절벽에서는 아무리 날쌘 길동이라고 해도 돌을 피할 재간이 없었다.

'안 되겠다. 이러다가는 정말 돌에 맞아 죽을지도 모르겠다.'

죽음의 공포가 느껴지는 순간에 길동이는 이가 부드득 갈리는 대로

"나를 잡아 보겠으면 잡아봐."

하고 십여자나 되는 높이에서 내리뛰려고 했다. 그러자 포교들이 있는 뒤에서

"선비님, 내려오지 말아요!"

고함치는 소리와 함께 긴 칼이 번득이는 것이 보였다. 눈 깜짝하는 동안에 포교 셋이 쓰러졌다.

"여기 놈들은 내가 맡을 테니 그대로 올라가요!"

다시 고함을 쳤다. 절벽 앞으로 가까이 온 것을 보니 좀 전에 산정에 나타났던 사나이였다.

"이놈도 한 패거리구나."

"저놈을 베어!"

칼을 내댄 포교들은 제각기 소리쳤다. 그러나 그 사나이의 검술 앞에는 포교들이 상대도 되지 않았다. 안개비를 찢듯이 다시 긴 칼이 공중에 날자 포교 하나가 풀썩 주저앉고 그 반대쪽의 포교는 얼굴에 피칠을 한 채 비틀거리며 대여섯 발자국 걸어 가다가 앞으로 고꾸라졌다.

위에서 보고 있던 길동이가 감심한 채 혀를 찼다.

"칭찬을 해주니 고맙소."

사나이는 싱긋이 웃고 나서

"선비님도 이제는 양반집 울타리 속에서 다리 펴고 살 팔자가 못됐다는 것은 알겠지요."

"그러니 나두 자네들의 패거리가 되란 말인가."

"선비님이 우리 패거리가 될 리야 없겠지요."

"왜?"

"선비님이야 우리처럼 무슨 원한이 있을 리가 없지 않아요."

"나도 원한이야 많지."

"무슨 원한이요."

"사람으로서 사람의 대우를 받지 못하는 원한, 난 서자라네"

"그렇다면 우리들과도 통할 수가 있겠구만요. 저와 같이 가서 너울 아가씨를 만나봐요. 너울을 벗으면 아주 예쁜 아가씨랍니다."

"예쁜 아가씨라면 이 꼴루야 갈 수 있나."

비에 젖은 자기 옷을 훑어 보며 길동이가 웃자

"그런 농담은 마시고 같이 가요."

"아가씨야 후에도 만날 기회가 있겠지. 그런네 그 아가씨도 자네처럼 검술이 능한가."

"나 같은 것은 옆에도 갈 수가 없습니다."

"그렇다면 대단하구만."

"그렇기에 서울 바닥을 마음 놓고 다니지요. 어쨌든 아가씨는 원수를 모두 갚고서야 서울을 떠날 생각이지요."

길동이는 알겠다는 듯이 고개를 끄덕이고 나서는 다시 절벽을 기어오르기 시작했다.

공포(恐怖)

사람이란 뜻하지 않은 일로 죽는 수가 많다. 비 오는 날 길을 가다가 벼락을 맞아 죽는 수도 있고, 더운 날에 미역을 감다가 갑자기 쥐가 일어나서 죽는 일도 있다. 요즘처럼 의학이 발달하지 못한 옛날엔 뇌출혈이나 뇌빈혈로 쓰러져도 천벌을 받아 죽었다고 했을는지도 모른다.

그러나 다음 순간에 죽는 한이 있다고 해도 그것을 모를 땐 아무런 걱정도 없고 근심도 되지 않는다. 그렇지만 생명의 위험이 시시각각으로 닥쳐온다는 것을 알게 되면 결코 태평할 수는 없는 것이다.

그것은 고칠 수 없는 난치병에 걸린 환자의 심정과도 다른 것이다. 아무리 중한 환자라고 해도 훌륭한 명의를 만나 약만 잘 쓰면 나으리라는 희망만은 가질 수가 있다.

그러나 화폭에 활빈당이라고 쓴 그 글자는 이윤철이에게 사형선고를 내린 것이나 다름이 없었다.

어젯밤에 이춘섭의 아들이 죽은 것을 보면 그 형벌이 정확하게 내려졌다고 밖에 볼 수가 없다. 그들이 이춘섭이 당사자를 죽이지 않고 아들을 죽인 것을 보면 그만큼 그의 마음을 더 괴롭게 하기 위해서 한 일이라는 것도 알 수가 있었다.

그 순서로 형벌이 온다면 이번엔 자기 차례라는 것이 분명했다. 그 형벌이 어떠한 잔악한 것으로 자기를 괴롭히려는지도 알 수 없는 일이었다.

　이이첨 대감의 권력 밑에서 자기가 하고 싶은 것은 모두 하면서 산 그였다. 자기 눈에 조금이라도 거슬리는 자에겐 인정 사정없이 해치우는 잔악한 성미도 갖고 있는 그였다. 그러나 자기에게 복수를 한다고 선언한 그 너울아가씨만은 자기 힘으로 어떻게 할 수가 없었다.

　그것이 귀신처럼 아니 바람처럼 어디서 어느 사이에 나타날지 알 수가 없었기 때문이다.

　이윤철이는 이런 생각을 잊어버리려고 애도 써봤으나 역시 잊을 수가 없었다.

　문간수를 지나치게 하는 버릇도, 자다가 저 놈 잡아라 하고 고함치는 잠꼬대도 전에는 없던 버릇이었다.

　등청할 땐 말할 것도 없고 옆집을 갈 때도 길을 살피고 하인을 따르게 했다.

그는 확실히 요즘 말로 '노이로제'에 걸린 셈이었다.

"어쨌든 몸을 조심하게. 대담하다는 게 자랑이 아니라네."

친구가 걱정해주는 이런 말도 그의 귀에는 "너두 며칠 못 가서 너울아가씨에게 죽을 놈이다" 하고 빈정대는 것만 같았다.

물론 그도 아무런 대책도 없이 걱정만 하는 것은 아니었다. 장안의 쌈꾼은 모두 불러들여 대문을 굳게 지키게 하고 바깥 사랑에는 포졸이 십여 명이나 치고 있었다.

그렇다고 해도 역시 불안스러운 마음은 잊을 수가 없었다. 긴장해 있으면 긴장해 있을수록 마음은 더욱 초조해지기 때문이었다.

그가 요즘은 술상을 앞에 놓지 않고서는 잠시도 앉아 있을 수 없는 것도 그 때문이다.

이러한 공포가 날이 갈수록 더해 갔다.

그때 서울 근방의 놀이터로서는 자하문(紫霞門) 밖을 첫손가락으로 꼽았다.

봄에는 꽃이 좋았고 여름에는 물이 많아 천변놀이를 즐길 수 있었고 가을의 단풍과 겨울의 설경을 손쉽게 볼 수 있는 곳도 그곳이었다.

세검정에서 장안으로 넘어오는 고갯길 양쪽에는 수목이 우거져 깊은 산속이나 다름이 없었다.

야금(夜禁) 시각도 지난 어두운 밤에 말방울을 요란스럽게 울리며 고갯길을 넘어오는 말 한 필이 있었다.

도포 입은 젊은 사나이가 탄 말이었다. 술이 얼근히 취해서 시각도 개의치 않고 앞뒤로 마부가 달린 말 위에 앉아서 건들거리며 내려오는 것을 보니 세도깨나 쓰는 집의 자식인 모양이었다. 그렇지 않다면 친구들과 풍월(風月) 짓기에 밤가는 줄도 모르다가 문득 집의 마누라 생각이 나서 불시에 돌아올 생각을 한 것인가, 아니 그보

다도 정이 솟기 시작한 어떤 기녀를 찾아가는 길인지도 모른다.

　어쨌든 그런 길이라면 길이 어두워도 즐거운 판인데 달까지 밝으니 흥겹지 않을 수 있으랴.

　꽃이 진다하고 새들이 슬퍼 말고

　바람이 흩날리니 꽃의 탓 아니로다

　목청을 돋워 시조를 읊고 있는데 앞에서 말고삐를 잡고 가던 말꾼이,

　"아이쿠."

　하고 머리를 싸맸다.

　"왜 그래."

　하고 말에 앉은 사나이가 시조를 뚝 끊고 물었다.

　"어느 놈이 돌질을 하는구만요."

　"이 밤중에 누가 돌질을 해?"

이 말이 떨어지기 전에 이번엔 뒤의 말꾼이.

"아야."

하고 머리를 감싸쥐었다.

"이것들이 갑자기 도깨비에 홀렸어."

"아닙니다. 저저 저 녀석이요."

길옆에 있는 커다란 나무 뒤에서 불쑥 나타난 검은 그림자를 보고 분주히 달려 가려던 말꾼은 손에 든 시퍼런 예도를 보고

"칼도둑이다."

그 한마디로 걸음아 날 살리라는 격으로 달아났다.

그 소리에 말 위의 사나이도 놀라 분주히 말에서 뛰어 내리려고 하는데 물을 끼얹는 듯한 획하는 소리가 나며 그의 모가지가 땅에 굴러 떨어졌다.

괴한은 길 한옆에 서서 피가 콸콸 뿜는 것을 기다리고 있다가 옆 차기에서 붓 한자루를 꺼냈다. 그리고는 피를 찍어 그의 도포 자락에다 활빈당이라는 글자를 써 놓고는 붓을 던지고서 유유히 돌아가 버렸다.

그 후에도 이 괴한은 계속해서 나타났다.

맹현 고개에서 생일집을 갔다 오던 이창준의 동생이 찔렸는가 하면 포천(抱川) 현감이 서울 자기집을 다니러 왔다가 넘어졌다.

그것은 날이 어둡기를 기다려 으슥한 길목에 숨어 있다가 달려드는 자하문 고개에서 있었던 것과 마찬가지의 수법이었다. 넘어진 그들은 모두가 김윤대 무고사건과 관련이 있는 자들이었다.

그렇게도 매일 같이 칼에 맞아 사람이 죽으면 서울 장안이 들끓어댈 것은 사실이었다.

그때의 도둑을 잡는 포도청(捕盜廳)은 좌우 양 청으로 갈려 있었다.

하나는 파자교(把字橋 現 鍾路3街)에 있었고 또 하나는 혜정교(惠政橋 現 世宗路)에 있었다. 그러나 두 곳에 있는 포교와 포졸을 모두 합해서 삼백명이 되지 못했다. 그 인원수로 서울을 경비했으니 활빈당 패거리들이 동에서 번쩍 서에서 번쩍 활개를 치고 다닐 수도 있었으리라.

포청에서는 활빈당 패거리를 잡으려고 야단을 쳤다. 이춘섭이와 이윤철이가 소문낸 대로 길동이도 활빈당이라고 생각한 모양으로 활빈당 패거리를 잡으면 그도 잡을 수 있다고 생각한 모양이다.

거리 골목 어귀에는 포졸들이 두세 명씩 서서 장 보러온 시골사람들을 마구 잡아다가 쳤다. 그 바람에 애매한 죽음을 한 시골사람도 한두 명이 아니다.

성문에도 포교들이 지켜서서 드나드는 사람들을 일일이 조사했다. 피 묻은 옷자락이나 몸에 지닌 흉기를 찾아내어 단서를 잡아 보겠다는 생각인 모양이었다. 그러나 그런 일에 활빈당 패거리들이 걸려들 리는 없었다. 공연히 백성들만 불안케 할 뿐이었다.

"포청놈들은 도대체 무엇하고 있는 거야. 정작 활빈당은 잡지 못하고 소란만 피우고 있으니."

"여보게 그런 소리는 하지도 말게. 포청놈들의 귀에 들어갔단 제 목숨에 살지 못할 테니……."

장판에서나 목로주점 같은 데서 두세 사람만 모이게 되면 으레 이런 말이었다. 그러나 활빈당 패거리를 잡지 못하기 때문에 누구보다도 불안한 것은 김윤대 무고사건에 관련된 사람들이었다.

그들은 밤이 무서워졌다. 집에 있어도 문간수를 엄중히 해야 했고 웬만한 일엔 밖에 나갈 생각도 못냈다. 이이첨 대감이 의논할 이야기가 있으니 집에 좀 와달라고 윤철이에게 사람을 보냈다. 만나자는 시간이 대낮인 것도 그 때문이었다.

그렇다고 해도 활빈당은 한두 사람이 아니다. 어느 골목에서 뛰어나올지 모르니 조금도 마음을 놓을 수는 없었다.

"대감, 뜻밖에도 난처한 일이 생겼습니다."

이것이 윤철이가 이이첨 대감을 대하고 인사를 드린 첫마디였다.

"그런데 어젯밤엔 포천 현감 이덕응이 죽었다고?"

"그렇다고 합니다. 도대체 포청에서는 무엇을 하는지 알 수가 없습니다."

"그건 어쨌든 다음 차례엔 자네나 내가 걸릴지도 모르는 일 아닌가."

"그렇다고도 하겠지요."

"그러니 우리들도 잠자코 있을 수는 없는 일 아닌가. 하루라도 빨리 베개를 높이 베고 잘 수 있는 방법을 생각해야겠다는 말야."

"무슨 좋은 생각이 있습니까."

"그러기 위해선 먼저 이춘섭이를 없애야 한다고 생각하네."

"예?"

"나는 활빈당 패거리보다는 이춘섭이가 더 무서워."

"그건 무슨 말인가요."

윤철이는 통 알 수 없다는 얼굴로 물었다.

"춘섭이를 없애야 한다는 말을 모르겠나?"

이이첨이는 한심한 듯이 눈살을 찌푸려 윤철이를 쳐다봤다.

"글쎄요."

윤철이가 눈만 껌벅거리고 있자

"이 사람이 사헌부의 지사자리에 앉았다는 사람이 그만한 눈치도 없고서 세상 처리를 어떻게 하겠나."

하고 꾸짖고 나서

"이 사람은 왜 이렇게도 늦는가."

눈을 돌려 바깥을 내다봤다. 뜰 한옆에는 모란꽃이 소담스럽게 피어 있다.

"누가 또 오기로 했습니까."

윤철이가 조심스럽게 물었다.

"응 정대감이 오기로 했는데 왜 이렇게도 늦는지 알 수가 없구만."

정대감이라는 정인영이는 이이첨이와 가장 배가 맞는 대북파(大北派)의 영수였다.

"그렇다면 오는 중에 무슨 잘못이라도 생긴 것이 아닐까요?"

불안 속에 잡혀 사는 만큼 윤철이의 입에서는 이런 말이 튀어나왔다.

"그런 걱정은 말어."

이이첨이는 다시 꾸짖듯이 말했다.

"사람을 몇 씩이나 죽인 놈들이 그래 대낮에도 활보할 수 있다고 생각하는가."

"……."

"그놈들이 우리들한테 원한을 하나하나 갚는다고 하지만 그렇게 그들 생각대로 될 리는 없어. 지금 시중에는 곳곳에서 포리들이 지키고 있는 만큼 그놈들도 자기들의 신변지키기가 급급한 판이야. 그런데 무서운 건 김윤대 무고사건을 잘 알고 있는 놈이니 언제 어느 시에 그놈의 입에서 그 말이 나올지 모르니."

"그 때문이군요. 춘섭이 영감을 없애야 한다는 말은……."

"이제야 내 말을 알아들었나?"

"그래도 그 영감이 그런 말을 입밖에 낼 리는 없지 않습니까. 무엇보다 자기 목숨을 생각해서도……."

"참 자네는 그 영감의 사위될 사람이지. 그래서 두둔하는 셈인가."

비양쳐 웃자, 윤철이는 분주히 머리를 흔들어

"그런 것이 아니라, 그 영감이 대감을 신주처럼 모시는 건 제가 잘 알고 있습니다."

"나도 그걸 모르는 건 아닐세. 그렇지만 그를 믿는다는 건 천만 위험한 짓이지. 보게, 그놈들이 정작 죽여야 할 이춘섭이는 죽이지 않고 그의 친근자들만 죽이는 것을 봐도 알 수 있는 일이야. 그것은 그 영감을 공포 속에 몰아넣어 괴롭히자는 뜻이 없는 것도 아니지만, 그보다도 그런 공포로 위협해 갖고서 그 영감에게 그때 일을 실토하게 하려는 그놈들의 속셈이라는 것도 알아차려야 해."

"그렇다고 그런 위협에 넘어갈 그런 영감은 아닐 겁니다."

윤철이는 어디까지나 비호하려고 했다. 이이첨이는 그 말을 막듯이

"이 사람아 자네 경우를 생각해 보게. 당장 목에 칼을 대고 고백서를 쓰라면 안 쓰고 견디겠나. 그것이 장안 한복판에 나붙어 보게나. 우리 입장이 어떻게 되겠나."

"……."

"그래서 정대감과 같이 셋이서 그 의논을 하자고서 자네도 오라고
했네. 그런데 정대감이 왜 이렇게 늦어?"

다시 뜰을 내다보는데 하인이 정대감이 온 것을 알려줬다.

"정대감, 어서 오시오. 그렇지 않아도 대감의 이야길 하고 있었소."

이이첨이는 자리에서 일어나 정대감을 맞이했다.

"사람이 살자면 별 일을 다 당하오. 마음놓고 길도 걸을 수 없게
됐으니."

정대감은 쓴 웃음을 웃으며 들어왔다. 밝은 데서 갑자기 어두운
방으로 들어선 때문이랄수 없게 질린 얼굴이다. 무슨 일이 있었다는
것은 첫눈으로 알 수가 있었다.

"왜 그런 얼굴이요?"

이이첨이가 물었다.

"그렇기에 지금도 하는 말이 그거 아닙니까. 십년감수는 되었소."

뜻모를 대답을 하며 크게 숨을 몰아쉬었다.

"도중에 무슨 일이라도 있었습니까."

이번엔 윤철이 뻥해진 눈으로 물었다.

"정말 귀신이 곡할 일이외다."

"……?"

"비수를 품은 너울아가씨와 같이 무사히 이곳까진 왔지만 살아서 여기 앉아 있는 것이 기적 같기만 하오."

생각만 해도 땀이 나는 모양이었다. 수건을 꺼내 목덜미를 씻었다. 그리고는 멍청히 앉아 있었다.

"어서 좀 자세히 이야기하시오. 어떻게 된 일이라구?"

"그게 바로 김윤대의 딸인가요?"

둘이서는 서로 앞을 다투듯이 물었다. 정대감의 말을 듣고서는 그들도 불안스러운 얼굴이 되지 않을 수가 없는 모양이었다.

"그렇게 당돌한 계집은 난생 처음이오."

정대감은 겨우 제정신을 돌리고 나서

"바로 중학교(中學橋)에 이르렀을 때 어디선지 난데없는 계집 하나가 내가 타고 오던 가마 옆으로 다가서는 것이 아니겠소. 그리고는 비수를 내대며 김윤대 딸이라는 걸요."

"그래서 교군들은?"

"그렇지 않아도 요즘 소문으로 겁을 잔뜩 먹었던 그놈들이라, 계집의 비수를 보고선 꼼짝을 못하고 잠자코 가라는 대로 여기까지 왔지요."

"……"

"가마를 타고 나온 것이 잘못이었소. 그 속에 앉아서야 어떻게 할 도리가 있어야 말이지. 될 대로 되라 하고 생각하는 수밖에 없더군요. 그런데 그 계집은 어떻게 아는지 내가 대감댁에 오는 것까지 다 알고있지 않소."

"그걸 어떻게 알까."

"그러기에 귀신이 곡할 일이란 거요."

"그래 무슨 말을 합디까."

"길동인 죄가 없는 사람이랍디다."

"……?"

"이춘섭이네 집을 들어갔던 것은 자기라고 너울까지 벗어 얼굴을 보이며 그걸 길동이라고 소문낸 것은 이춘섭이와 이윤철이니 벌을 주라고, 그렇지 않으면 내게도 앙갚음을 하겠다고."

"내가 그런 말을 하다니 정대감이 그 말을 사실로 믿소."

윤철이가 얼굴이 붉어지며 대들 듯이 말했다.

"나도 그 말을 그대로 믿는 건 아니요. 그렇지만 내가 그 계집을 본 이상 누가 꾸며낸 말인 것만은 사실이요."

함축 있는 말을 하자 잠자코 듣고 있던 이이첨이가

"지금은 그걸 밝히자고 왈가왈부할 때가 아니야. 이춘섭인 빨리 없애야 할 놈이니 그것들을 어떻게 없애자는 걸 논할 일이지."

결단을 내리듯 말하고서

"자네, 무슨 좋은 생각이 없나."

하고 윤철이에게 음흉스러운 눈을 돌렸다.

이대감댁을 나온 윤철이는 그 길로 초란이 집을 찾았다.

초란이와 눈이 맞은 수표교 관상쟁이가 전에 진무영(鎭撫營)에서 교련관 노릇을 했다는 생각이 났기 때문이다.

'그놈은 이미 거랠 튼 놈이라, 그 놈을 잘 움직이면 모든 게 수월히 될지도 몰라.'

초란이는 경대 앞에서 머리를 빗고 있었다. 그 머리를 움켜쥐고 윤철이를 맞으며

"대감 무슨 바람이 불었어요."

하고 비양거렸다.

"무슨 바람이 불긴……."

"우리 집을 잊은 줄만 알았으니 말이지요."

"그런 말은 마우. 거리가 소란스러워 마음대로 다닐 수도 없는 신세가 된 걸 동정을 못해줄망정……."

이것은 공연한 말도 아니었다. 그러나 초한이는 한술 더 떠서

"대감 같이 청렴하고 덕망이 있는 분이 뭐가 두렵겠어요. 죄 있는 사람이나 두려울 노릇이지."

하고 눈을 슬쩍 치며 윤철이를 보았다. 그가 어떤 얼굴을 하는가를 보고 싶은 모양이었다.

"마님 얼굴 같아서는 마음씨도 착할 것 같은데 왜 그렇게 못됐어. 나 같이 정직하고 착한 사람을 조롱댈 생각만 하시니."

싱긋 웃으며 툇마루에 올라가 앉고 나서

"오늘은 누구를 만나려고 대낮부터 수다스러운 단장이우?"

초란이의 옆모양을 넌지시 넘겨다 봤다. 어깨 위로 흐른 치렁치렁한 머리카락이 견딜 수 없게 욕정을 돋우었다.

"그래 난 머리도 빗을 수 없는 사람인가."

화가 난듯한 얼굴을 윤철이에게 돌렸다. 그 얼굴은 오히려 건드려주지 않아 화가 난 듯한 얼굴 같기도 했다.

윤철이는 빈 침을 삼키고 나서

"수표교 관상쟁이 이필부를 만나려고 빗는 머리가 분명하니."

"잘도 아시네요."

숨기는 대신 웃고 나서

"사람을 부려 먹었으면 약속을 지켜야겠지요. 그 사람 언제 양반에 넣어주는 거예요?"

그쪽으로 말을 돌렸다.

"일이 끝나기만 했다면야 어련히 약속을 안 지킬라구."

"홍대감을 골병들어 눕게 해서 길동일 산정에 내쫓게까지 했으면 그뿐이지 뭐가 부족하다는 겝니까."

"처음 약속이야 어디 그랬소. 없애 준다고까지 했지."

"포청에서 떨쳐 나가서도 못 잡은 그 사람을 갖고서 어떻게 그런 말을 하시우."

부러 화난 얼굴이 되자

"그래도 마님이 나서면 못할 일이 아닙니다. 일만 잘해주면 마님의 호적단자도 고쳐 드릴테니."

싫은 조건이 아니었다. 그러나 이런 때일수록 욕심은 더 생기는 법이다.

"그렇다면 그 사람에게 벼슬을 시켜준다는 약속을 해요."

"벼슬?"

"그렇다고 평양감사를 시켜달라는 건 아니에요. 시골 현감이나 한 자리 시켜달라는 건데."

윤철이는 무엇을 잠시 생각하는 듯이 있다가

"그렇다면 나도 청이 하나 더 있지. 이왕 손대는 김에 이춘섭이 영감까지 처치해주우."

이 말에 놀랄 줄 알았던 초란이가 뜻밖에도 깔끔한 웃음으로

"그런 말을 하시는 걸 보니 대감도 흐린 데가 있는 모양이야."

어쨌든 그들의 흥정만은 이걸로 이럭저럭된 셈이었다.

다음 날 아침—

보약을 한 제 지어 갖고 적선골 큰집으로 찾아간 초란이는 먼저 마님방에 들렀다.

마님은 초란이를 작은댁이라고 흰눈으로 대하는 일이 없었다. 언제나 귀여운 딸이나 며느리처럼 대했다. 연령이 삼십년이나 벌어진

사이니 그럴 수도 있으리라.

　마님은 약봉지를 받아들며

　"전번에 지어 온 약도 아직 남았는데 무슨 약을 또 지어 왔니."

　"그러니 어떻게 해요. 대감께서 차도가 없으시니 답답은 하구……."

　"글쎄 약이나 써서 나을 병이라면야 여태까지 누워 계시겠니 벌써
일어났을 일이지."

　마님은 꺼지는 한숨으로 흐린 얼굴이 됐다.

　"그래서 저도 수표교 이첨사한테 지금 다녀오는 길이랍니다. 이대
로 보고만 있을 수 없잖아요."

　"그래서 병점은 뭐라고 하던?"

　"그말이 그말이지요."

　"그말이라니?"

　"큰 화를 작은 화로 때우는 수밖에 없다는— 그렇지 않으면 처음
으로 살(殺)을 받을 사람이 대감이라는 걸요."

"……."

"그러니 어떡합니까. 대감님을 이대로 눈을 감게 할 수는 없잖아요."

"그래서 무슨 수가 있대?"

"없는 것도 아니지만 그것이 너무 엄청나고 난처한 일이니."

"어떤 일이기에?"

"돈 천 냥만 싸놓고 길동이 도련님이 간 곳을 알려주면 액땜을 맡아 해주겠다는 구만요."

"돈 천 냥 싸는 일이야 힘들겠지만 길동이 거천 무슨 필요가 있어 알겠대던?"

"길동이를 없애 준다는 거죠."

초란이는 냉정하게 잘라서 말했다.

"길동일 그건 안 될 말이다. 영감의 노염을 크게 살 일이야."

"횡사했다는데야 대감님도 누굴보구 탓하겠어요. 오히려 앓던 이 빠진 것처럼 좋아하실 일이지요."

"그런 일이 혹시라도 세상에 알려지게 되면 어떻게 되는 일인가."

어두운 얼굴이 되었다. 그것을 보니 길동이의 거처를 알고 있는 것은 분명했다. 초한이는 바싹 다가앉으며

"그런 적정은 말아요. 그 일을 맡은 사람들이 어련히 안 꾸밀라고요. 도둑이 들어 인명을 해쳤다고 해도 될게고 그렇지 않아도 요즘은 변사가 많은데 무슨 걱정입니까."

"그러니 차마 인륜을 갖고 할 일인가."

마님이 이번엔 또 인륜을 찾자 초란이는 그런 체면에 화통이 터진다는 듯이

"그건 알아서 좋도록 하셔요. 저야 본시 운수 기박한 년 마지막 내쳐진대야 술청장밖에 더 떨어지겠어요. 대감이며 죄랑님 신상이 기

가 막힐 뿐이지요.”

샐쭉해진 얼굴이 됐다. 마님은 그제야 마지못해

“큰액을 작은액으로 떼우자는 네 지극한 정성을 내가 모르기야 하겠니. 길동이도 살자고 세상에 나왔던 것이 가련해서…….”

말을 채 못맺자

“글쎄 그런 말을 하고 있을 때가 못 돼요. 어디에요. 길동이가 어디 있어요?”

“다리를 다쳐 성초영감의 술네집에 숨어 있다더라.”

괴로운 듯이 눈을 감으며 말했다.

화동골짜기에 아담한 술집이 있었다. 해주 퇴기가 하는 술집이었다. 넓은 뜰에는 화초가 많았고 뒤뜰에는 미역감기 좋은 냉천이었다. 풍객들이 많이 모였다.

초란이와 수표교 관상쟁이 이필부는 늘 이곳에서 만났다. 역시 남의 눈을 꺼렸기 때문이다.

여자란 처음이 힘들지 한 번 길만 트고 나면 그 편에서 몸이 달아 염치도 수치도 모르고 덤벼드는 모양이다. 더욱이 초란의 경우는 그럴 수밖에 없었다. 홍판서의 그것과 관상쟁이 이필부의 그것은 너무나도 판이했기 때문이다. 홍판서의 것을 무우말랭이 같다고 하면 이필부의 것은 벌겋게 단 쇠뭉치와 같다고나 할까. 그러나 이필부는 만나자는 약속을 한번도 제대로 지켜본 일이 없었다. 관상 보러 오는 손님이 워낙 많으니 그럴 수밖에 없었다.

“내일은 날이 없어요? 내가 기다리고 있는 걸 뻔히 알면서도 지금에 오는 건 뭐예요?”

초란이는 이필부가 들어서기가 무섭게 기다린 화풀이로 부은 얼굴을 했다.

“오늘은 정말 늦지 않을 생각이었는데 윤대감네 며느리가 태점을 치러왔으니 어떻게 할 도리가 있어야지."

"그래서 그년의 손을 여태까지 주무려 주느라고 늦었군요?"

"그야 하는 수 없지. 그것이 직업이니."

히죽 웃자

"저 얼굴로 무슨 짓을 못할라구. 젖금을 본다구 할지도 모르지."

"젖금이라니?"

그런 말이 무슨 말인지 모를 리가 없는 이필부이면서도 부러 어리칙칙한 얼굴을 했다.

"태점을 치자면 젖꼭지를 봐야 한다고 저고리를 벗기고 남의 귀한 집 딸의 젖가슴을 마구 만지는 거 아니냐 말예요."

이필부는 한술 더 떠서

"그렇게도 좋은 방법이 있는 걸 난 여태 모르구 있지 않았나. 내일부터는 가르쳐 준 것을 써 먹기로 하지."

하고 히죽거리며 말하자

"저것 봐, 가슴이 집히면서도 얼굴 하나 붉힐 줄 모르는 걸. 저러다가는 거기의 상(相)까지 본다고 할는지도 모를 사람이야."

"거기의 상이라니?"

무슨 말인지 모른 체 하고 있다가

"아. 그걸 말하는군. 그거야 분명 상이 있지요. 세상 사람의 얼굴이 다른 것처럼 백사람이 백, 모두가 그것이 다른 거지요. 그래서 남자가 아니면 모르는 천태만상의 여자가 있다는 것이고 또한 여자로서도 마찬가지지요. 그래서 남녀 간에 맞고 안 맞는 것은 대보지 않고서는 모른다는 것 아닙니까."

능청을 떨었다.

초란이는 그만 얼굴을 붉혀

"계집을 몇이나 건드렸으면 저런 소리가 구렁이 담 넘어가듯 술술

나올까."

"천만에, 그건 관상학을 공부하며 안 것 뿐이요."

"호호호, 저 능청스러운 눈 좀봐. 군영에서 쫓겨난 것도 계집 때문이란 걸 다 알고 있는데."

"아니 땐 굴뚝에 연기날 말만 하고 있구면."

"또 시치미를 떼지, 아무래도 오늘은 술의 힘을 빌어서라도 실토를 하게 해야겠네."

중노미가 들고 나온 주안상을 보니 여느 날과도 달리 대단했다. 초란이가 특별히 시킨 모양이었다.

"무슨 상이 오늘은 이렇게도 요란스러워, 마님이 생일이라도 되는 것 아냐?"

필부가 조롱대며 물었다. 초란이는 눈을 흘겨

"또 마님이란다. 술맛 떨어지는 소리 집어치워요."

"참 뭐라고 부르기로 했던가."

일부러 얼벌벌한 얼굴이 되자 초란이가 톡 쏘는 말로

"초란이라고 부르라지 않어."

"그 말은 당치도 않은 소리. 대감댁 마님을 어떻게 감히, 차라리 아씨라고 부르지."

"또 저런 소리."

다시 눈을 흘기고 나서

"조롱은 그만하고 어서 술이나 들어요."

필부는 초란이가 부어주는 술을 받으며

"영감병은 그래 어떻던가."

하고 말을 돌렸다.

"자꾸만 더해 가니 걱정이야."

"그게 무슨 걱정이야."

"걱정이 안 되겠어, 이제 관상에 영감만 죽어가는 판이니."

"그럼 잘 된 셈 아냐?"

필부가 알 수 없다는 얼굴이 되자

"일이 너무 잘 돼서 야단이란 거예요. 그러다가 정말 영감이 죽기라도 하면 난 어떡해."

"어떻게 하긴?"

"누굴 믿고 살라는 거야?"

"누굴 믿긴 나를 믿고 살지."

"어마, 아재를 믿고 살라고?"

초란이는 어이가 없다는 듯이 눈을 흘겨 웃었다.

필부는 그 웃음이 견딜 수 없는 듯

"내가 이렇게 안아줘두."

초란이의 허리 밑으로 손을 넣어 안으려고 했다. 초란이는 그 손

을 탁 치고 나서

"버릇없이 이러지 말어."

필부는 의외란 듯

"정말 내가 싫다는 거야?"

"싫은 건 아니지만."

"그런데 뭐?"

"이필부라는 건달을 일평생 믿고 살 수 없다는 거지."

"날 믿을 수 없다고?"

"그렇지 않고. 석달도 못 돼서 나 같은 건 헌신짝처럼 버리고 말 걸."

"천만에."

"뭐가 천만이에요. 그렇다구 얼굴에 써 있는 걸."

필부는 뜻밖에도 심각한 얼굴이 되며

"초란이 그런 말은 제발 말어. 나는 초란이가 없으면 잠시도 살 수가 없어."

"그런 말로 여태 계집들을 울리고 나까지 곯려 볼 생각이야?"

"난 초란이한테처럼 미쳐 보긴 난생 처음이야."

"글쎄 그런 말이나 갖구선 날 넘기지 못한 대두."

"초란인 내 속을 이다지도 태울 생각이야?"

"누가 속을 태워, 자기 혼자 타 갖구서."

역시 톡 쏘듯이 말하자 이필부는 이 말엔 더 참을 수가 없는 듯이 와락 달려들어 초란이의 허리를 끌어안았다. 그러나 초란이는 톡톡 쏘던 지금과는 달리 순순히 끌려들면서

"그러면 아재가 내 말을 들어 줄래?"

헬끔한 눈을 치떠 올렸다.

"내가 여태까지 초란이 말을 들어주지 않은 것이 뭐 있어. 홍판서 관상을 보러 가라고 해서 첫 마디로 갔겠다."

"누가 그걸 모른담."

"그런데 뭐."

"그렇지만 이번엔 아재두 들어줄지 의심스러우니 말야. 나를 진정으로 생각한다면 안 들어 줄 리도 없겠지만."

"그래서 내가 초란이를 사랑하는 것이 의심스럽다는 거야?"

"솔직이 말해서 그런 거지."

"내 눈이 이렇게도 움푹 패인 걸 보면서도?"

"그것도 나 때문인가."

"초란이를 생각하면 아무리 자려 해도 잘 수가 없어."

"정말?"

얄궂은 눈을 하자

"나를 이렇게도 미치게 하고 지금와서 나를 믿을 수 없다면 어떻

게 해."

"그러면 꼭 들어준다고 해요."

"글쎄 들어줄테니 어서 치마나 벗어."

"싫어 싫어 확답을 받기 전엔."

"뭐인데?"

"꼭 들어줘야 해요."

"들어준다지 않았어."

"정말?"

"제길, 내 그거라도 떼 달라면 떼줄 테니 염려말구 말해."

"어마, 그걸 떼 버린다면 난 뭘 믿구 아젤 좋아해요. 실상은 내가 말하는 것도 우리가 깨 쏟아지듯 재미있게 살기 위해서 하는 말인데."

"그렇다면 싫다 할 리도 없잖아."

"그러니 말이요. 정말 싫다는 소리 하지 말아요."

하고 초란이는 다시 다짐을 주고 나서 갑자기 음성을 낮추어

"우리집 둘째 도령을 없애 줘요."

"뭐 길동이를?"

급기야 놀란 이필부는 초란이를 안고 있던 팔의 힘이 빠졌다.

"겁나요?"

"겁나는 건 아니지만."

"그런데 뭐?"

"길동이를 꼭 죽여야 할 이유는 뭐야?"

이필부는 길동이를 잡으러 갔던 십여 명의 포교가 똥을 쌌다는 말을 알고 있는 만큼 성큼 대답이 나오지 않았다.

"뭐긴요, 아재 현감시켜 주고 나는 그분의 마님 되고 싶은 때문이지."

"……?"

"죄 없는 김윤대를 이이첨의 일파인 대북파에서 죽였다는 것은 세상이 다 아는 일 아니에요. 그런데 윤대 딸이 요즘 둔갑술을 배워 갖고 자기 아버지 원수를 갚으러 온 모양인데 길동이도 그 한패거린 가봐요. 어쨌든 이이첨의 조카되는 윤철이가 길동이만 죽여주면 아재를 현감 시켜주고 우리를 양반에 넣어준다고 했으니까요."

"흠."

"그렇지 않고야 정이 통한다고 해도 어떻게 밤낮 숨어서 살 수 있어요."

"그렇지."

"그러니 길동일 없애야 한다는 거지요?"

"사나이가 두 마디 하겠나."

말은 이렇게 하면서도 이필부는 역시 어두운 얼굴이었다. 그러나

초란이는 그런 것은 아랑곳없이 아양을 떨어

"난 사실 처음부터 아재가 그렇게 대답할 줄 알았어, 그럼 내 치마 벗을 게, 자리도 펴고 천천히 놀아요. 이제는 남이 아닌데."

초란이는 이필부의 팔을 풀고 일어나 침구를 내려 펴기 시작했다.

암야(暗夜)

길동이는 홍판서 마님의 말대로 적선골에 있는 의술 성초영감네 집에 숨어 있었다.

성초영감은 삼대째 내려오는 장안에서도 이름난 의술이었다. 뿐만 아니라 강직한 성격에 인정이 두터운 것으로도 유명했다.

그는 약값을 못 가져온 가난한 환자라고 해도 거절해 본 일이 없었다. 또한 지운 약값을 독촉하는 일도 없었다.

그 때문에 문을 닫게 된다고 해도 조금도 구애치 않고 찾아오는 환자는 누구에게나 병을 봐주고 약을 써줬다.

"그렇게 의술노릇을 했어야 집을 팔아 넣는다고 해도 당할까. 그러지 말구 약값을 가져오지 않는 자에겐 어떻게 해서든지 독촉을 해서 받도록 하게나."

이런 말로 충고해 주는 친구도 없지 않아 있었다. 그럴 때마다 성초영감은 웃으며

"자기 병을 고치고서도 약값을 내지 못하는 거야 낼 수가 없으니 못 내는 것 아니겠나. 그런 사람에게 독촉하면 마음만 괴롭게 할 뿐이지 무슨 소용인가. 하기는 처음부터 잘라 먹을 생각으로 안 내는 녀석도 있지. 그런 것들이야 사람의 가죽을 쓴 개 돼지나 다름없으니 개 돼지를 살려도 독촉할 수도 없는 노릇 아닌가."

옛날부터 의술은 인술(仁術)이라고 했지만 그것은 이런 성초영감 같은 분을 두고 말했으리라.

성초영감의 집에서는 대대로 홍판서집의 병을 봐줬다. 이런 관계로 두 집은 세교집으로 지냈다.

길동이는 여섯 살 났을 때 뒤뜰에 있는 돌배나무에 올라갔다가 떨어져 다리를 뺐다. 성초영감이 와서 뼈를 바로 잡아줘도 길동이는 눈물 한 방울 흘리지 않았다. 성초영감은 이런 아이는 처음이라 하며

"저 놈이 크면 인왕산 범도 맨손으로 잡을 놈이지."

하고 칭찬했다.

그 후로 성초영감은 길동이를 자기 자식처럼 귀여워했다. 자식이 없는 그였으니 그랬을 법도 한 일이다.

산정에서 도망친 길동이가 그 집을 찾게 된 것은 다리가 상한 때문이었다. 절벽을 오르며 포교들이 던진 돌에 맞아 발목이 부어서 걸을 수가 없었다.

그렇다고 길동이는 언제까지나 이 집에 숨어 있을 생각은 아니었다. 겨우 걸을 수 있게 되자 성초영감에게

"오늘 밤으로 전 서울을 떠나려고 하니 제 부모에게 이런 사연이나 전해주시오."

하고 말했다. 성초영감은 놀란 얼굴로

"어딜 떠난다는 것인가."

"강원도 춘천땅에서 저와 같은 서자들이 몇 모여서 지낸다고 하니 이 기회에 그곳이나 찾아가 볼 생각입니다."

"그렇다고 해도 그 발을 가지고 어떻게 길을 떠나겠나. 발이나 다 나은 후에 떠나도록 하게."

"그렇지만 이곳에 제가 숨어 있는 것을 관헌에서 알게 되면 존당님까지 욕을 보시겠으니……."

"이 사람아, 그런 말은 내 앞에서 하지도 말게. 자네 같은 옳은 사람을 돕다가 내 목이 떨어진들 무슨 한스러운 일이 있겠나."

오히려 길동이를 꾸짖듯이 말했다.

어두운 뜰에 꽃이 피어 있었다.

무슨 꽃인가.

꽃이파리가 두서너 개 떨어졌다. 방안에서 흘러나간 불빛 따라 그것을 무심히 보고 있던 길동이는 그만 책을 덮고 자리에 누웠다. 자시(子時)가 넘었을 시각이었다.

길동이는 이어 단잠에 빠졌다.

그때를 기다리고 있었던 듯 어디로 들어온지도 알 수 없는 어깨가 쩍 벌어진 장정 하나가 길동이가 자고 있는 초당 처마 끝에 나타났다.

그는 잠시 사방에 귀를 기울인 채 가만히 서 있었다.

멀리서 개 짖는 소리가 들려왔다.

그러나 그 소리도 이어 끊어지고 말았다.

검은 그림자는 발소리를 죽여 가며 다시 마루 위로 올라섰다. 그리고는 한 발자국 한 발자국 불이 꺼진 방문 앞으로 갔다.

"새근 새근—."

방 안에서는 일정한 간격을 둔 길동이의 숨소리가 들려 나왔다.

분명 깊은 단잠에 빠져 있는 고른 숨소리였다.

방문에 귀를 바싹 대고 그 소리를 듣고 있던 검은 그림자는 드디어 방문을 열고 들어섰다. 그의 손에는 어느새 뽑아 들었는지 비수가 들려져 있었다. 그것으로 내리꽂으면 길동이는 그대로 꿈속에서 저승으로 가는 판이었다.

그때였다.

검은 그림자는 "으악" 하는 소리와 함께 방문 밖으로 굴러 떨어졌다.

자고 있는 줄만 알았던 길동이가 벌떡 일어나며 그의 앞가슴을 찼기 때문이다.

"어이구, 어이구."

검은 그림자는 갈빗대라도 부러진 모양인지 도망칠 생각을 못하고 비명을 치고 있었다.

그러나 길동이는 더 달려들 생각은 하지 않고

"찍소리 말어. 남이 자는 방에 들어오면 그만한 욕을 보리라는 것도 모르고 들어왔어."

한마디 꾸짖고서는 도포를 입고 갓을 찾아 썼다.

그 틈을 타서 검은 그림자는 도망을 쳤다. 그래도 길동이는 덤비는 일 없이 갓끈까지 단정히 매고 그의 뒤를 따랐다.

검은 그림자는 어지간히 급한 모양으로 담장을 넘었다. 그러나 뒤따라가는 길동이가 담장을 넘는 동작은 확실히 더 빨랐다.

검은 그림자는 죽기를 한사코 달아나는 모양이었다. 그러나 그 거리는 점점 단축될 뿐이었다.

이제는 도망칠 수도 없다고 생각한 모양인지 담을 끼고 돌던 검은 그림자가 갑자기 돌아서며 뒤따라오는 길동이를 비수로 찌르려고 했다. 그 순간에 검은 그림자는 공중에 뒷다리를 들고 땅에 머리를 구겨박는 바람에 자기가 들었던 비수 위에 배를 깔았다.

"으악—."

길동이는 비명을 치는 검은 그림자의 목덜미를 발로 눌렀다.

"이놈, 무슨 원한이 있어 날 죽이려고 했니?"

"저는 다만 돈에 팔린 놈이니 제발 목숨만 살려 주시우."

비수가 앞가슴을 꿰뚫었는데도 놈은 살려달라고 애걸했다.

"그렇다면 누구의 부탁이야?"

"부친께서 친히 내리신 분부라고 들었소."

"뭐라구?"

길동이는 급기야 눈을 뒤집으며 움츠렸다.

멈춰섰던 길동이는 다시금 검은 그림자의 목덜미를 끌어잡아 일으켜

"이놈아, 바른대로 말해라. 누가 너를 보냈다구?"

하고 이를 부드득 갈며 물었다. 검은 그림자는 눈을 희번득이고 퍼득거리기만 하면서 말을 못했다. 목이 힘껏 졸리었기 때문이었다.

"이눔아, 어서 분명히 말해."

"네네, 사실대로 말……말할 테니 목을 놔야……."

길동이는 놈의 몸뚱어리를 힘껏 내던졌다. 놈은 땅에 쓰러져

"사실은 저도 초란이에게 속은 놈입니다. 그년은 홍판서의 분부라며 선비님을 죽이면 현감을 시켜준다고 했다지 않아요. 그 욕심에 그만 미욱하게도—그러나 지금 생각해 보니 그년이 딴놈과 눈이 맞아 갖고서 나를 죽일 생각이었던 걸요. 그런 계획을 꾸민 걸 모르고."

거짓과 사실을 반씩 섞어 가며 말했다.

　그러나 길동이는 이 말을 더 생각하기 전에 머리에 번개치는 것이 있었다.

　길동이는 전부터 초란이가 자기네 모자를 눈 속의 가시처럼 생각해 오는 것을 누구보다도 잘 알고 있었다. 그러니 만큼 부친을 감언이설로 꾀어 자기의 거처를 알아 갖고 자객을 보낸 것이 분명하다고 생각했다.

　그는 너무나도 분했다. 그래도 믿고 있던 부친까지 계집의 알랑거리는 참소에 넘어간 것을 생각하니 이가 부드득 갈렸다.

　'가자, 가서 부친에게 맺혔던 원한이나 풀고 어디론가 훌 떠나버리고 말자.'

　길동이는 어두운 길을 질풍같이 달렸다. 돌부리가 채이는 어두운 언덕을 편편대로처럼 달렸다. 도랑을 뛰어 나는 것처럼 달렸다.

　재상가자제(宰相家子弟)가 무엇이냐.

부생모육지은(父生母育之恩)이 무엇이냐.

'양반이니 서자가 도대체 무엇이냐 말이다. 집에서 부리는 종년들에 낯작이나 좀 반반한 계집이 있으면 기어이 요정을 내고야 마는 것이 기껏 양반이 아니더냐, 권력의 힘으로 벼슬자리에나 앉아 갖고서 죄 없는 백성을 잡아다 때려 남의 재물을 빼앗는 것이 세도 쓰는 양반이 아니더냐, 그런 놈들이 어째서 양반이라고 우쭐댈 수 있고 행세할 수 있냐 말이다. 체면도 수치도 모르는 짐승이나 도둑이나 다름이 없는 그 놈들이……'

이런 생각으로 단숨에 집까지 뛰어간 길동이는 대문을 열라고 소리치기도 귀찮아 담을 뛰어넘었다.

어두운 뜰안에 불빛이 흐르는 곳은 다만 부친이 든 방뿐이었다.

길동이는 그 방으로 가서 쌍살 미닫이를 열었다.

"길동이가 아니냐. 웬일로 이 밤중에?"

피로운 잠을 청하고 있던 홍판서는 깜짝 놀라 머리를 들었다. 몹시 여윈 얼굴이었다.

길동이의 분하고 억울했던 마음은 우선 눈물이 돼서 온 얼굴을 적셨다.

"사내자식이 눈물이 뭐냐."

그러나 한번 터지게 되면 좀처럼 거둘 수 없는 것도 사나이의 눈물이다. 길동이가 격한 감정을 못 누르고 그대로 흐느끼고 있자

"너는 왜 행동이 그다지도 경솔하냐. 지금 어떤 처지에 있는 것도 모르고 이 밤중에 이곳은 뭣하러 왔어."

노여움을 참지 못해 홍판서는 몸을 부르르 떨어대며 꾸짖었다.

"대감, 소인은 뉘 피를 받았기로 목숨까지 끊어야 할 죄가 있습니까."

길동이는 눈물로 젖은 얼굴을 번쩍 들어 말했다.

"해괴한 말. 목숨까지 끊어야 하다니 그게 무슨 소리냐."

홍판서는 자못 놀라며 이불을 차고 일어나 앉았다.

"오늘 밤 소인의 처소에 비수를 품고 들어온 자가 있었습니다. 곡산댁이 대감의 분부를 받들어 소인을 죽이려고 보낸 자라고 하옵니다."

"초란이가, 그게 정말이냐?"

"이제는 소인의 말도 믿을 수가 없습니까. 거짓이란 입에 담아 보지를 못한 소인의 말을—그러나 날이 밝으면 분명 아실 겁니다. 그놈은 지금쯤 싸늘한 시체가 되어 노상에 넘어져 있을 겁니다."

"그러면 또 네가 사람을 죽였니?"

"또라니오. 소인이 언제 사람을 죽였습니까. 그놈도 소인이 죽인 것이 아닙니다. 넘어지면서 자기 비수에 찔려 죽은 것입니다."

홍판서는 그만 어지러워 견딜 수 없는 듯 베개를 끌어 눕고 크게 한숨을 쉬고 나서

"분명 초란이가 시켰다고 했지."

"그놈의 입으론⋯⋯."

"이런 변괴가 어디 있냐. 어서 사람을 불러 이곳으로 초란이를 오게 해라."

"곡산댁을 불러서 무엇 하겠습니까."

냉정한 어조로 물었다.

"그것이 사실이라면 그년을 그대로 둘 수 없다."

"그만 두십시오. 다만 질투심이 앞선 곡산댁의 미련한 소행입니다."

그리고 나서는 다시

"죄인즉 오직 소인이 서출로 태어난 죄, 그러나 소인은 억울하옵니다. 세상만물에 애비 없고 애미 없는 것이 어디 있겠습니까. 그렇지만 소인은 부친을 부친이라고 부를 수도 없는 신세인 체 끝내는 대감 집안의 반목과 음모에 말려들어 까닭도 모르게 개죽음을 당할 뻔 했습니다. 이 설움을 어이 풀어야 하겠습니까. 대감! 이제 어미에게 정을 나눠 자식을 둔 때는 언제였고 죽으라고 천시할 때는 언제입니까. 이 일이 하늘의 마음일까요. 하늘이 그토록 비굴할 리도 없고 모순될 리도 없습니다. 오직 양반들의 철면피한 짓이 아니고⋯⋯."

"길동아 그만둬라. 나도 네 심정을 모르는 것은 아니다."

홍판사는 길동이의 말을 그 이상 더 듣기가 괴로운 듯이 소리쳤다. 그리고는 잠시 눈을 감고 있다가

"모두가 내 잘못 같다. 네가 숨어 있는 거처를 나만 알고 있었으면야 이런 일이 생겼겠니. 마누라를 믿구 그런 말을 한 것이 잘못이다. 필시 그 사람의 입을 통해서 네 거처가 초란이에게 알려진 모양이다. 그렇다고 내가 너를 저버리기야 하겠니. 너는 아무 근심 말구 이 집에 있거라. 너 하나 숨길 수는 있지. 그러노라면 세상도 평온해 질게다."

　길동이는 부친의 이 말이 뜻밖이었다.

　방자하다는 꾸지람은 각오하고 함부로 내뱉은 말이었는데 그만큼
이라도 이해해주니 고마울 수밖에 없었다. 그러나 그 말을 그대로
받아들이고 싶은 마음은 아니었다.

　"불초자식을 그렇게 생각해주시니 뭐라 말할 수 없습니다. 그러나
저는 이미 이 울타리 속에서는 살 수 없는 놈, 마지막으로 대감을
부친이라고 부르고 하직하겠습니다."

　그 한마디로 부친의 방을 물러나왔다. 밖에는 늦은 달이 떠 있
었다.

　길동이는 댓돌 위에 서서 잠시 어머니의 방을 보고 있다가 그대로
좀 전에 넘어온 담을 향해 걷기 시작했다.

　관상쟁이가 길동이의 방으로 들어갔던 바로 그 시각—

　이춘섭 정령의 집 담에는 검은 그림자 몇이 거머리처럼 붙어 있

었다.

검은 그림자는 일곱이나 여덟. 숨 쉬는 것도 잊은 듯이 움직이지를 않았다. 모두가 갈색으로 단장하고 있다. 흑색은 어둠 속에서는 눈에 띄지만 갈색은 어둠에 말려들어 보이지 않는 모양이다.

어두운 밤하늘엔 별들이 반짝였다. 그러나 그것도 구름에 가려 지금은 셀 수 있게끔 보일 뿐 그리고는 담 안의 나뭇잎을 스치고 지나가는 바람소리가 간간이 들릴 뿐이다.

이윽고 담 안에서 휙하고 휘파람소리가 났다.

그것이 암호인 모양이다. 그 대답으로 담에 붙어 있는 그들 중에 누구 하나가 재빨리 휘파람을 불어댔다.

동시에 지금까지 죽은 듯이 움직일 줄 모르던 검은 그림자들은 갑자기 활발한 움직임으로 담을 넘기 시작했다.

다시 그곳에는 어두운 밤뿐이 남아 아무 일도 없었던 듯한 정적에 싸여버렸다.

그러나 그 정적도 그렇게 오래 계속되지는 않았다. 좀 전에 담을 넘었던 그들이 다시 돌아온 모양이었다.

"덤비지 말아. 포교의 눈에 들었단 큰 일이야."

목소리를 죽인 말소리가 나며 키가 구척 같은 놈이 담 위에 올라섰다. 뒤 이어 또 한 녀석이 올라섰다. 둘이서는 잠시 주위를 살피고 나서

"아무도 없다, 빨리 넘겨."

하고 담 아래로 뛰어내렸다. 그러자 안에서 두 녀석이 또 담으로 올라와 무엇을 받아올렸다. 담 위에 올라온 것을 보니 커다란 자루였다.

자루 속엔 무엇이 들었는지 버둥거렸다. 그것을 보면 단순한 물건 같지는 않다.

　그들은 눈 깜짝하는 동안에 자루를 담 밖으로 넘겼다.

　"꾸물거리지 말고 빨리 나와."

　담 위에 서 있는 자가 소리쳤다. 안에 남아 있던 자들이 제각기 담을 넘었다.

　"다 나왔어?"

　나중까지 담 위에 서있던 자가 두령인 듯 그들을 둘러보며 물었다.

　"여덟 명이 모두 틀림없이 나왔습니다."

　누가 대답했다.

　이춘섭이네 집 북쪽은 낭떠러지와 대가집의 담으로 된 언덕길이다. 그 언덕을 넘어 오른쪽으로 돌면 솔밭 앞에 서낭당이 있었다.

　검은 그림자들은 그곳까지 단숨에 달려가서 잠시 숨을 돌렸다.

"미력이 틀림없지, 이춘섭이 영감을 찌른 건?"

키가 작달막한 친구가 미력인 모양이다. 두령이 그에 따지듯이 묻자

"예 틀림없습니다. 두령님이 벽에 활빈당이라고 써 놓고 나오라는 일까지 잊지 않았습니다."

이것을 보니 그들은 활빈당인 것처럼 꾸며 갖고서 이춘섭이네 집에 들어갔던 것이 틀림없다.

"그러면 자네가 자루맨 사람들을 데리고 대감댁까지 먼저 가게."

두령이 미력이란 사나이에게 명령했다.

"예."

"대감댁까지 가기 전엔 절대로 마음 놔선 안 되네."

"염려 마십쇼."

자루를 맨 일행은 어느덧 어둠 속에 말려버렸다.

서낭당 앞에 남은 것은 두령이라고 불리던 떡판이와 앞장을 섰던 키다리였다. 그들은 윤철이가 무슨 일이 있을 때마다 사들이는 쌈꾼들로 그곳에서 길동이를 찌르러 간 관상쟁이를 기다리고 있었다. 자기 칼에 넘어간 관상쟁이가 올 리 없었지만 그들이 그것을 알 리는 없었다.

"우리 일은 이걸로써 일단 끝난 셈이지."

키다리가 먼저 이런 말을 하자

"이 사람아 끝나다니 아직 큰일이 남아 있는데."

"무슨 일?"

"무슨 일이긴, 윤철이에게 약속한 돈 받는 일이지."

"그렇지, 우리에겐 그게 제일 큰일이지."

키다리는 그 말을 군소리 없이 수긍하고 나서

"그래, 자넨 돈 생기게 되면 무엇부터 하겠나?"

"그야 전등 색주계집부터 찾구 볼 노릇 아닌가."

"맞았어. 그건 내 생각하고도 똑같네."

둘이서는 이런 데도 배포가 맞는 듯 낄낄 웃어댔다.

"이러고 보니 이춘섭이 영감은 죽으면서 우리에게 큰 선심 쓰고 죽은 셈야."

하고 키다리가 흡족한 얼굴로 다시 입을 열자 떡판이는 그래도 정색한 얼굴이 되며

"그래도 죽은 사람 갖구선 농담하는 것이 아니라네."

타이르듯이 말했다. 주인을 죽인 일이 그래도 양심에 걸리는 모양이었다. 그러나 키다리는 태연스럽게

"그렇다고 죽은 그 영감이 우릴 원망할 리는 조금도 없어. 그 영감은 어차피 너울아가씨 칼에 죽을 목숨이었는데 그걸 우리가 하루라도 빨리 죽여줬으니 그만큼 괴로움을 덜어준 셈 아닌가. 오히려 고맙다고 할 일이지. 그리고 또 딸 금녀는 윤철이에게 주는 게 그 영

감의 소원이 아니었던가. 자루 속에 넣어 시집보낸 건 좀 안 됐을지
모르지만 그래도 영감의 소원은 풀어준 셈이라—."

"하긴 자네 말을 듣고보니 그렇기도 하네. 그렇다면 우린 너울아
가씨에게도 좋은 일 해준 셈 아닌가."

떡판이도 그만 웃으면서 말했다.

"그렇지, 너울아가씨가 갚을 이춘섭 영감에 대한 원한도 우리가 대
신 갚아줬으니 고맙다고 할 일이지."

"그러니 우린 나좋고 매부 좋은 일 한 셈이구만."

"그래도 싫어할 녀석이야 한 놈 있지."

"누구?"

"누구긴 길동이지. 죽자 살자 하던 금녀를 잃었으니 마음 편할 리
있겠나."

"길동일 찌르러 간 관상쟁이 놈을 기다리고 있으면서 그런 소린가."

"아직도 못 오는 걸 보니 찌르러 간 관상쟁이가 어떻게 된 것만 같
으니 말일세."

"그래도 관상쟁이 그놈이 강화군영에 있을 때 검술로 날렸다네.
자신이 있기에 나섰을 것 아닌가."

"자신이 있는 놈이 왜 여태 안 돌아오겠나."

"글쎄, 이상한데."

"이상할 것두 없는 거야. 여태 오지 않는 걸 보면 알 수 있는 일이
지."

"어쨌든 윤철인 지금쯤 금녀와 잘 것 아닌가."

"너무 부러워할 건 없는 거야. 우리도 내일이면 계집 끼고 자는 신
세될 걸."

그들이 이런 말을 하고 있는 동안에 밤은 깊어 갔다. 그러나 기다
리는 사람은 오지 않고 이따금 바람소리만 들릴 뿐이다.

"대감 주무시는가요?"

이윤철의 청지기가 방문에서 물었다.

"응 박편인가."

금녀를 데리고 오기로 한 사람들을 기다리다 못해 잠이 들었던
이윤철이는 턱에 흘린 침을 씻고서 분주히 미닫이를 열었다.

"어떻게 됐어?"

"다들 왔습니다."

"왔어, 그래 일은?"

"대감의 분부대로 모두가 순조롭게 잘 됐다고 합니다."

"금녀도 데리고 오구?"

지금의 윤철이로서는 무엇보다도 그것이 제일 알고 싶은 일이
었다.

"그렇지 않고서야 어떻게 일이 잘됐다구 하겠습니까."

청지기는 윤철이의 마음을 잘 알고 있다는 듯이 헤헤 웃어댔다.

"그러면 빨리 이리로 데리고 오게나."

"그렇지만 시간이 좀 걸려야 할 것 같습니다."

"왜?"

"데리고 온 놈들이 무식한 놈들이라 아가씰 자루 속에 넣어 갖고 왔기 때문에 헤헤…."

자기 잘못이나 되는 듯이 말했다.

"그래서 아가씨가 몹시 화났던가."

"화가 나긴요. 얽힌 머리로 대감을 뵈올 수 없다며 지금 사랑에서 침모할멈에게 머리를 빗기우고 있습니다.

"머리를 빗기우구 있다구?"

윤철이로서는 너무나도 뜻밖인 모양이다.

"네, 뿐만 아니라 지금까지의 대감에게 대한 일을 미안스럽게 생각하는 태도인 걸요."

"정말 그런 태도야?"

"대감 앞에 제가 거짓말을 하겠습니까."

"자네도 아는 일 아닌가. 금녀가 나를 별로 좋아하지 않던 일은—"

"그러나 그때와 지금은 경우가 아주 다르지 않습니까. 그땐 금녀아가씨도 세상 일을 몰라 길동이를 좋아했지만, 지금이야 달라질 수밖에 없지요. 자기 오빠를 죽인 것이 바로 길동이니."

윤철이가 듣기 좋게만 말했다.

"길동이 해치우는 일은 어떻게 됐다던가."

길동이란 말에 문득 생각이 난 모양이다.

"떡판이와 키다리가 알아갖고 오기로 했는데 아직 오지를 않았습니다."

"그래—."

약간 걱정이 되는 얼굴이었다. 그러나 지금엔 그런 생각은 잊고 싶은 모양으로

"금녀 아가씰 빨리 침방으로 보내게, 나도 그곳에 가 있을테니."

"예."

"문 건사도 잘하고."

"염려마십시오."

청지기가 물러나가자 윤철이도 침방으로 자리를 옮겼다.

사방등(四方燈)이 켜져 있는 침방에는 금침이 깔려 있었다. 진한 초록색에 자주 깃을 단 금침이 보기에도 폭신하다.

방안에 둘러친 병풍에는 복사꽃이 만발한 산수화가 그려져 있었다. 그 복사꽃의 빨간 빛깔이 사방등의 어두운 불빛을 받아 마음을 산란케했다.

머리 밑에는 술과 마른안주도 준비되어 있다.

윤철이가 안석에 기대어 금녀의 얼굴을 그려보고 있는데 밖에서 발자국소리가 났다.

금녀가 오는 모양이었다.

금녀를 데리고 온 것은 침모 한 명이었다.

"대감 이곳에 계신가요?"

침모는 가만히 소리를 내어 물었다.

"응, 미닫이를 열어."

"예."

침모는 조심조심히 미닫이를 열고 나서

"아씨께서 대감을 뵈옵고 사과드릴 말이 있다고 하옵니다."

하고 아뢰었다.

그 뒤에 서 있는 금녀는 무슨 큰 잘못이나 있는 것처럼 고개를 소곳이 숙이고 있었다. 그렇게도 온순하게 서 있는 금녀가 역시 윤철이로서는 이상한 대로

"금녀가 왔다기에 나도 놀랐지. 어서 들어와."

금녀는 별로 사양하는 일도 없이 가만히 방으로 들어가 앉았다.

침모는 이틈을 타서

"그럼 저는 물러가옵지요."

하고 자리를 피했다.

불빛에 반사되어 윤이 흐르는 무거운 머리, 갑사 저고리 속에 안개에 싸인 듯한 하얀 살결—

금녀와 둘이 마주앉은 윤철이는 자기도 모르게 호흡이 뜨거워졌다.

그럴수록 그의 마음 한편 구석에는 지금까지 생각지 못했던 어떤

질투심이 끓고 있었다.

'과연 금녀는 지금 단정히 앉아 있는 그대로 그 몸도 깨끗할 수 있을까. 길동이와는 어렸을 때부터 좋아하는 사이라는 것이 아닌가. 그런데도 아무 일도 없었다는 걸 믿을 수가 있어. 믿을 수 없는 일이지.'

윤철이는 질투의 빛을 노골적으로 드러내어 금녀의 몸을 더듬었다.

고개를 숙이고 있으면서도 금녀는 그의 눈길을 느끼고 있는지 굳은 자세로 몸을 도사리고 있었다.

입을 갖다 대기만하면 단물이 좔좔 흐를 것만 같은 빨간 입술, 손만 갖다대도 터질것 같은 팽팽한 젖가슴, 거기에 이미 길동이의 때가 묻어 있다면 그 분한 마음을 어떻게 하면 좋을지 몰라 윤철이는 몸을 부르르 떨고 나서

"내게 사과한다는 말이 뭐야?"

하고 물었다.

그러나 아가씨는 아무 말 없이 그대로 고개를 숙이고 있었다.

"금녀 왜 말이 없나."

윤철이는 참을 수가 없는 듯이 언성을 높였다. 아가씨는 놀란 듯 어깨가 들썩했다. 그러나 얼굴은 여전히 숙이고 있었다.

"왜 머리를 들고 나를 보지 못해. 분명 무슨 죄가 있기 때문이겠지."

"······"

아가씨는 여전히 고개를 숙인 채 머리를 살랑살랑 흔들었다.

"그래서 죄가 없다는 말인가."

"죄가 무슨 죄예요?"

아가씨는 비로소 입을 열어 말했다.

"길동이와 무슨 짓을 했냐 말이다."

어디까지나 납득이 가기까지 캐어 알지 않고서는 견딜 수 없는 듯이 눈살을 짚으며 말했다. 그러자 아가씨는 어이없는 듯 웃는 어조로

"사나이 되는 분이 계집애처럼 왜 그렇게 강짜가 심하세요?"

"뭐 어째—"

"이러자구 저를 자루에 넣어 갖고 왔냐 말예요. 전 대감 앞에 가면 좀 더 다정한 이야기를 하실 줄 알았는데."

"그러면 왜 얼굴을 들지 못해."

"제 얼굴을 그렇게 보고 싶다면 들지요."

그 순간

"아니 네가 금녀야?"

윤철이는 극도로 놀라 담벽을 지고 뒤로 나자빠졌다.

　윤철이는 놀라지 않을 수가 없었다. 금녀라고만 생각하고 있던 아가씨가 생전 처음 보는 아가씨였기 때문이다.

　"넌 누……누구야?"

　입술을 떨어대며 윤철이는 소리쳤다.

　"대감님 왜 그렇게도 놀라세요?"

　아가씨는 오히려 자기편에서 알 수 없다는 얼굴이다. 그 얼굴이 말할 수 없이 귀엽다.

　"도대체 어떻게 된 일이야?"

　"어떻게 되긴요?"

　"어떻게 돼서 네가 여길 왔냐 말이다?"

　"그러면 대감께선 전혀 모르시는 일인가요? 하인들을 시켜 저를 자루에 넣어 오란 것이 대감님의 분부가 아니냔 말입니다."

"그건 네가 아니야."

윤철이는 쓴 오이를 깨문 듯이 말했다.

"그래요?"

아가씨는 그만 실망하듯이

"그렇다면 전 혼자서 공연히 좋아했네요."

하고 풀이 죽은 얼굴이 되었다.

윤철이는 무엇에 꼭 홀린 것 같은 기분으로 시름없이 앉아 있는 계집을 잠시 보고 있었다.

'계집은 모두가 여우라는데 혹시 내가 여우에 홀린 것은 아냐.'

앞에 앉아 있는 계집이 귀여우니만큼 더욱 그런 생각이 들던 그는

"네가 누군지를 분명히 말해봐."

하고 날카로운 눈이 되며 물었다.

"금녀 아가씨의 몸종 은주에요."

"금녀의 몸종?"

"예."

모기소리 같은 소리로 대답했다. 이 대답에 윤철이도 이제는 일의 전말을 어렴풋이 짐작할 수 있는 듯 고개를 끄덕여

"그것들이 너를 금녀로 알고 데리고 온 모양이군."

"그런 모양인가봐요. 전 그것도 모르고 대감께서 처음부터 저를 데려오라고 사람을 보낸 줄만 알았으니."

실망과 부끄러움이 교차된 어지러운 표정으로 고개를 숙여 옷고름만 뜯고 있었다. 그 얼굴이 또한 사나이의 가슴을 타게 하는 얼굴이다.

윤철이는 달뜬 눈을 세워 은주를 더듬다가

"그것들이 필시 방을 잘못 들어갔어."

혼잣말처럼 중얼거리자

"그런 건 아니에요."

아가씨가 고개를 흔들었다.

"그러면?"

"제가 늘 아가씨 방에 가서 잤어요."

"네가 어떻게?"

"아가씨가 혼자 자기 무섭다고 늘 저를 불러다 같이 자곤했는데 어제는 길동이 도련님을 만나러 나갔기 때문에—."

"뭐?"

불시에 윤철이의 눈에서 불빛이 돌았다.

"놀라시는 걸 보니 여태 그걸 모르셨나봐요."

"지금도 둘이서 만나고 있어?"

"거의 매일 밤 만나고 있답니다."

"매일 밤?"

윤철이가 다시 놀라자

"그러니 제가 이 자리에 온 것도 대감께선 그런 일을 모두 알고 계시려니 해서이지요. 금녀는 이미 잊은 줄만 알고요. 그런데 막상 와 보니 대감께선 저 같은 계집은 하룻밤의 정을 나눠줄 계집도 못 되는 듯이 흰 눈으로 돌리고 아직도 금녀만을 찾고 있으니."

원망스러운 듯한 눈을 들었다.

아가씨의 원망스러운 눈길이 윤철이로서는 싫을 리가 없었다. 그 것은 목을 길게 뽑고 금녀를 기다리고 있던 그의 들뜬 마음에 부채질을 해준 것이나 같은 것이었다.

자주 댕기를 들여 곱게 빗은 그녀의 큰 머리는 불빛에 반사되어 더 한층 윤이 나면서 연한 동백기름냄새를 풍겨줬다. 그 냄새에는 견딜 수 없게 그의 가슴을 어지럽게 하는 마약 같은 무엇이 있었다.

목을 타게 하는 것 같기도 했다. 그러한 감정이 가슴속에서 맴돌다가 한데 뭉치며 지금까지 앞에 놓고 보고 있던 귀여운 토끼를 앞발로 덮치고 싶은 포악스러운 충동 같은 것으로 변해 가고 있었다.

그러나 그는 덮치지는 않았다. 계집은 그런 충동을 억제해 가며 낚는 데 더욱 묘미가 있다는 것을 알고 있기 때문이다. 그는 여유 있는 웃음으로

"너 같이 예쁜 계집의 심정을 내가 몰라서 될 말이냐."

그녀의 엉덩이를 끌었다. 엉덩이에는 발이라도 달린 것처럼 슬슬 끌려들어 그의 무릎 위로 올라앉았다. 계집이 너무나도 부난없게 끌려들면 긴장감이 풀리는 법이지만 그러나 윤철이는 그런 것을 생각할 계제가 아닌 모양이다.

"사실 나는 네가 방으로 들어오는 순간부터 세상에 이렇게도 예쁜 계집이 있는가 하고 놀랐다."

"그러면 저를 처음 보시고 벽을 지구 넘어갔던 것도 그 때문인가요?

"그렇지."

"거짓말 하지 마셔요."

"거짓말이라니."

"거짓말 아니고요. 금녀가 아니니까 놀란 것이지요?"

목을 꼬아 대답을 기다리듯이 말끄러미 쳐다봤다.

눈도 예뻤지만 빨간 입술을 물기만 하면 처음 생각 그대로 익은 앵두처럼 새콤하고 달콤한 단물이 좔좔 샘솟을 것만 같다.

윤철이는 욕정을 더 참을 수 없는 대로 그녀의 입술을 물려고 했다. 목을 껴안고 달려들 줄만 알았던 그녀가 입술을 피하고 나서

"싫어요."

하고 고개를 숙였다.

　윤철이는 의외인 듯

"왜?"

"금녀를 잊는다는 분명한 대답을 해줘요."

"하하…… 그 때문인가."

　윤철이는 시름없이 숙이고 있는 그녀의 고개를 손으로 받쳐들어
호담스럽게 웃고 나서

"자기 오빠를 죽인 길동이에게 정을 쏟고 있다는 그런 불측한 계
집이란 걸 알고서야 내가 마음을 주겠나. 꿈에 보일 것 같아 무섭
다."

"정말이세요?"

"정말 아니고."

"그럼 다시는 금녀라는 말을 입에 담지 않는다고 약속해 주시겠어
요?"

"너도 어지간하다."

"네?"

"강짜가 어지간 하단 말야."

"그런 딴소리는 그만하구 어서 약속해 준다고 해요."

"그래 그래, 약속을 할테니 어서 눈을 감어."

"눈은 왜요?"

"너 좋게 해주려는 거지."

"어떻게요?"

"글쎄 눈을 감아 봐."

윤철이는 뜨거운 단침을 삼키며 말했다.

"싫어요. 눈을 감으면 또 내 입술을 물려고—"

그러면서 생글생글 웃기만 하니 윤철이의 가슴은 불이 붙듯 타지 않을 수가 없었다.

"그럼 너도 약속해라. 금녀란 말을 하지 않으면 입 맞춘다는—"

"어마, 지금도 금녀란 말을 하시고서."

"내가 언제 금녀란 말을?"

"지금도 또 하셨지."

윤철이는 그제야 자기가 한 말을 알고서

"그런 말도 안 되는가."

"안 되지 않고요."

고개를 돌려 눈을 흘겼다.

"그럼 그런 말도 안 하지."

윤철이가 다시 입을 맞추려고 했다. 그러나 은주는 이번에도 재빨리 입술을 피했다. 그리고는 갑자기 정색한 얼굴이 되어

"대감께서 장난이 아닌 진정으로 저와 약속을 해 주시겠어요?"

"무슨 약속을 또—"

　"그건 너무나도 뻔한 일 아니에요. 대감께선 저같은 계집앤 오늘 하룻밤 희롱하고선 데려올 때처럼 손을 묶고 발 묶어 자루에 넣어서 홀 버릴 것이, 그러면 제가 너무나 가엾지 않아요."

　눈을 말뚱거려 말끔히 쳐다봤다.

　"너 같은 귀여운 계집을 하룻밤으로 버리다니 될 말이냐."

　"이틀밤도 싫어요."

　톡 쏘듯이 말했다.

　"하루 이틀이 아니라 너만 그럴 생각이라면 일평생 이 집에서 나와 같이 살아도 좋다."

　시침을 떼고 대단한 생각이나 해주는 것처럼 말하는 것을 보면 윤철이의 속이 얼마나 검다는 것을 알 수 있다.

　"그것이 정말이에요?"

　"내가 거짓말할 리가 있니, 네 마음 하나로 내일부터라도 마님이 되어 고개짓 하나로 하인들을 부릴 수가 있는 노릇이지."

이 말엔 은주도 귀가 솔깃 한듯

"여봐라 하고 말이지요."

하고 웃음을 피워 마님들의 호령을 흉내내고 나서

"아이 좋아라, 대감댁 하인은 몇 명이나 되는 가요?"

"남종까지 합쳐서 사나이가 십여 명 되고 침모니 찬모니 여종이 또 일고여덟 명 되지."

"대단한 가족이구만요."

"그러게 말야. 나와 살기만 한다면 손끝에 물 한방울 묻히지 않는 팔자가 되는 거야."

"대감께서 정말 그렇게 나를 귀여워해 주시겠어요?"

"말할 것도 없지, 업어 달라면 업어주고 안아 달라면 안아주고."

"빈대에 물린 잔등도 잘 긁어주시겠어요?"

"잔등뿐이겠나, 젖가슴도 긁어주지."

"싫어요, 그런 부끄러운 곳은—"

"우리 사이에 부끄러운 것이 뭐 있니."

벌써 남편이 된 것처럼 말했다.

"그래도 대감께선 공연한 말씀만 하시는 것 같아요."

"공연한 소리라니."

"그럼 딴 계집에게 눈도 돌리지 않겠다는 거에요?"

"절대루 절대루—"

"절대루라니 분명히 말해요. 그런다는 거예요? 그러지 않는다는 거예요?"

"너같은 예쁜 앨 두고 딴 계집에게 눈을 두다니 그럴 리가 없지."

이렇게 되고 보니 윤철이는 계집에게 완전히 홀린 셈이었다.

"대감께서 지금 말씀하신 것 정말이죠? 저를 그렇게도 귀애해 준다는 거."

은주는 헬끔한 눈을 들어 윤철이를 쳐다보며 물었다. 사나이의 가슴을 파고드는 눈길이었다.

"정말이다 뿐이겠니."

"그럼 제 청이라면 뭣이나 들어준다는 거죠?"

"암 들어주지. 비취가락지를 해 달라면 비취가락지, 산호 비녀를 해 달라면 산호 비녀—."

"제가 바라는 건 그런 패물이 아니에요."

"그럼 뭐를 바란다는 거냐?"

"대감의 마음 하나로 쉽게 될 수 있는 거예요."

"그것이 뭐냐 말야. 이야길 해야 알 것 아냐."

"대감의 큰마님으로 앉게 해 달라는 거랍니다."

뜻하지 않은 말에 윤철이는 놀란 얼굴로

"큰 마누라루?"

"안 되나요?"

윤철이의 기색을 살피듯이 눈을 말똥거렸다.

"그야 안 되지. 종의 몸으로 못 되는 일이야."

"그렇지만 첩노릇은 싫은 걸 어떡해요. 무엇보다 큰마님의 서릿발 같은 눈독이 싫어요."

"내가 있고서야 네게 그런 눈길을 받게 하겠니. 그런 딴생각은 말고 어서 옷이나 벗고 이불에 들자."

윤철이는 뜨거운 입김을 내뿜으며 은주의 손을 잡아끌었다. 은주는 순순히 손을 잡힌 채

"대감께서 진정으로 저를 귀애해 줄 생각이 없기 그렇지. 그렇지 않다면야 왜 못한다고 해요?"

"네가 그런 몸으로 태어난 거야 어떻게 하겠니."

"그렇다고 해도 제 호적단자를 고치면 되지 않아요."

"호적단자를? 그건 네가 생각하는 것처럼 그렇게 쉽게 되는 일 아니다."

"대감은 나는 새도 떨어뜨릴 수 있는 권력을 가진 분이라는데 그것쯤 못할라구요."

"될 일이면 첫마디로 된다고 하지, 왜 못한다고 하겠니."

윤철이는 은주가 아무리 마음에 드는 계집이라고 해도 호적단자까지 고쳐서 본마누라로 삼고 싶은 마음은 없는 모양이었다. 아니, 그럴 수도 없었다. 만일에 종년을 본댁으로 삼는다면 문중에서 들고 일어설 노릇이기 때문이다. 은주는 그만 시무룩한 얼굴이 되며

"으레 그럴 줄 알았어요. 대감 같은 분이 저 같은 종년을 마누라로 삼을 리가 없지 않아요."

하고 얼굴을 떨구었다. 윤철이는 그러한 은주가 가엾다고 생각할수록 욕정은 더욱 끓어오르는 모양으로

"내가 한껏 귀애해 준다는 데야 큰마누라면 어떻고 첩이면 어떠하니."

"그래도 저로선 큰마님으로 대감을 모시는 것과 소첩으로 모시는 마음은 스스로 다를 것이 아니겠어요."

"조금도 다를 것이 없다. 내가 이렇게 너를 좋아하는 데야."

은주를 쓰러안은 채 자리 위에 쓰러졌다.

"아이, 점잖지 못하게 이러지 마세요."

윤철이에게 안겨 자리 위에 쓰러진 은주는 그렇다고 별로 반항하는 기색은 없었다.

"네 앞에선 점잔도 피울 수가 없다. 이래도 내 마음을 몰라주겠니."

윤철이는 가쁜 숨을 내쉬며 말했다.

은주는 뜻밖에도 간지러운 미소를 지어

"그렇다고 해도 옷을 벗어야 할 것 아니에요? 구겨요."

"이제야 내 진정을 안 모양이구나."

윤철이는 히죽 웃어 은주를 안은 팔의 힘을 늦춰줬다.

은주는 일어나 앉아 윤철이를 가만히 내려다보며

"정말 저를 버리지 않는다는 거죠?"

"내가 너를 왜 버리겠니. 잠시도 네가 없으면 미칠 것 같다."

"참, 대감께선 말도 잘 하시네요. 제가 싫어지면 헌신짝처럼 버릴 분이—."

"절대로 그럴 리 없다지 않니."

"그러면서 왜 호적단자는 고쳐주지 못한다는 거에요?"

"또 그 말이야."

"대감께서 그걸 왜 고쳐주지 않으려는지 그 뜻을 저는 알고 있어요. 나를 희롱하다 싫어지면 종으로나 부려먹을 생각이지요."

해죽해죽 웃었다.

"네 말을 듣고 있단 내 간장이 다 타버리고 말겠다."

윤철이는 더 참을 수가 없는 듯이 은주를 와락 끌어안았다.

"대감은 왜 그렇게도 서두르셔요? 옷을 벗어야 한다지 않아요?"

"그럼 어서 옷을 벗어, 나도 벗을 테니."

윤철이는 분주히 일어나 옷을 활활 벗기 시작했다.

은주가 그것이 우스워 견딜 수 없는 듯이 캐들캐들 웃어대자

"너는 왜 옷을 벗을 생각은 않고 웃고만 있니."

"우습지 않구요."

"뭐가."

"대감은 정말 모르시네. 제 몸을 보시겠다면서 옷도 벗겨줄 생각을 않으니 말에요."

"그것 참 내가 잊었구만."

윤철이가 웃통까지 벗은 몸으로 은주의 옷을 벗기려고 했다. 은주는 여전히 웃어대다가

"웃통을 벗고 신부의 옷을 벗기는 신랑이 어디 있어요."

하고 눈총을 주었다.

"허, 그러면 옷을 다시 주워 입어야 하나?"

"그런 것쯤 모르실 리 없는 대감이 오늘은 왜 이렇게도 덤비셔요."

"네가 너무 예뻐 정신을 차릴 수가 없어 그런 모양이다."

"그런 말씀은 마시고 어서 옷이나 다시 입으셔요."

은주의 말이 어느덧 명령조로 되었다.

"옷을 입는다면 도포 입고 갓까지 써야 하나?"

"무슨 제삿날인 줄 아나베."

다시 톡 쏘아줬다. 그래도 윤철이는 좋기만한 듯 히죽거려

"그럼 저고리만 입으면 되는가."

"생각하면 아실 것 아녜요."

"그것 참 네년에게 장가들기도 힘들다."

윤철이는 자기의 열쩍음을 이런 말로 얼버무리면서 옷을 껴입기 시작했다.

"이제는 네 옷을 벗길 차례겠다."

옷을 주워 입은 윤철이는 유들스러운 웃음으로 은주의 저고리 고름을 풀려고 했다.

은주는 급기야 저고리 고름을 잡아쥔 체

"대감은 정말 모르시네 이러는 것 아니에요."

"뭐가 또 아니라는 거냐."

"옷을 벗기는 데도 차례가 있답니다."

"그럼 치마부터 벗겨야 하는가."

치마를 벗기려고 치맛자락을 움켜잡자 은주는 다시 그 손을 막으며

"왜 옷만 벗긴다는 거예요?"

"옷을 어서 벗어야 자리에 들지 않겠니."

"밤을 두고 뭐가 그렇게 바쁘시다구."

밉지 않게 눈을 흘겼다.

"그래도 난 바쁘다."

다시 옷고름을 다그쳤다. 은주는 여전히 그 손을 막으면서

"그런 것 아니란데 왜 이러세요. 앉아서 다정한 이야기를 하다가
옷은 벗는 법이랍니다."

"그건 이불 속에서 하는 것이 더 진지하다."

"그래도 앉아서 할 이야기와 이불 속에서 할 이야긴 따로 있는 거
예요."

"따로 있다니 뭐가 따로 있어?"

"대감은 저와 이렇게 마주 앉아서 이야기하는 것이 그렇게도 싫은가요?"

"그럴 리 없지."

"그러시다면서 뭐—."

맑은 눈에 요염스러운 웃음을 피워

"전 이불 속에 들기 전에 대감께 꼭 한마디만 더 묻고 싶은 말이 있어요."

"무슨 말을 또—."

"제가 양갓집 딸이 될 수 있다면 대감의 큰마님으로 삼아주겠냐 말에요."

"종의 몸이 양갓집 딸이 되다니?"

"될 수가 있으니 묻는 것 아니에요?"

"어떻게?"

"큰마누라로 삼는다는 대답을 해줘야 말할 테에요."

"양가의 딸이 될 수 있다면야 큰마누라로 삼다뿐이겠니."

"그렇다면 이야기하지요. 대감께서도 오년 전에 김윤대 영감댁이 몰살한 일은 기억하고 계시겠지요?"

"뭐 김윤대?"

윤철이는 달뜬 기분에서 깨어나며 놀란 얼굴이 되었다. 그러나 은주는 그것을 아랑곳도 하지 않고

"그 집엔 저와 같은 딸이 있었답니다. 그 딸의 이름까지도 공교롭게 저와 꼭 같은 은주였지요."

"은주?"

거듭 놀라며 뒤로 물러앉았다.

"그 은주가 그때 죽지 않고 살아 있었다고 하면 저도 양가의 딸이 될 수가 있지 않겠어요?"

은주는 여전히 생글생글 눈웃음을 피워 웃었다. 그러나 윤철이는 그 말로써 그것이 너울아가씨라는 것을 안 모양이다. 시퍼렇게 질린 얼굴이 된채

"오년 전에 죽은 계집이 이곳엘 뭣하러 왔어."

"뭣하러 오다니요. 대감께서 마누라 삼겠다고 절 데리고 온 것 아니에요?"

은주는 비로소 비웃는 웃음이 되었다.

"네가 바로 장안을 소란케하는 계집이구나."

제 아무리 검술이 능하다고 해도 계집이 아닌가, 하는 생각으로 윤철이는 눈을 부릅뜨며 소리쳤다.

"대감께서 저를 이제야 알아보신 모양이군요."

윤철이가 얼굴이 벌개질수록 은주는 여유 있는 웃음이었다.

"여긴 뭣하러 왔어?"

"대감께서 절 마누라 삼겠다고 데리고 오시고서 뭣하러 왔나 자꾸 물어보시면 전 뭐라고 대답해요?"

"난 그런 말을 한 기억이 없다."

"어마, 그러면 지금까지 한 말은 모두 공허한 말이었나요? 업어 달라면 업어도 주고 잔등을 긁어 달라면 긁어주겠다던 말—."

"입 닥쳐."

화가 발끈 치민 윤철이는 급기야 문갑 위에 놓여 있는 장검을 집으려고 했다. 그러나 은주는 어느덧 그의 앞을 막아서며

"그런 위험한 물건은 손에 잡을 생각하지 말아요. 이건 바로 대감을 위해서 하는 말입니다."

타이르듯 말하고 나서는 문갑에 걸터앉아 윤철이가 집으려던 칼을 자기가 들어 칼집을 뽑았다. 날이 시퍼렇게 선 칼이었다. 그 칼날을 훑어보며

"굉장한 칼이군요. 이걸로 사람의 목을 치면 휙 날아가는 것 아니여요?"

"……."

윤철이는 억지로 냈던 용기도 죽어버린 모양으로 아무 말 없이 몸만 떨어대고 있었다.

"이런 칼로 칠 생각을 하신 걸 보니 나를 마누라로 삼을 생각은 없어진 모양이군요. 그렇다면 나도 단념하지요. 영감처럼 나이 먹은 서방을 나로서도 그렇게 원치는 않으니까요."

칼을 칼자루에 넣어 본시 있던 자리에 놓고 나서

"지금까지의 일은 농담이라 치고서도 정작 대감께 꼭 한마디 묻고 싶은 말이 있어요."

"……?"

"이춘섭이가 내 원수라는 것은 대감께서도 아시겠지요. 그 이춘섭

이를 오늘밤 대감께서 왜 죽였나 말입니다. 그 말만 분명히 대답해
주면 저도 순순히 돌아가지요."

"그건 내가 한 일이 아니다. 난 모르는 일이야."

"모른다고요?"

"……."

"모르는 것이 아니라, 말할 수가 없겠지요."

"……."

"그럼 내가 말해볼까요? 김윤대 무고사건을 꾸며 갖고서 이춘섭이
를 하수인으로 쓴 것이 바로 대감이니까 제 마누라 삼겠다던 계집
한테야 낯이 뜨거워 말할 수가 있겠어요?"

"뭐……뭐라구?"

벌벌 떨고 있던 윤철이는 눈에 독기를 뿜으며 달려들기나 할 듯이
자기도 모르게 무릎을 세웠다.

"네가 지은 죗값으로 일생 빛을 보지 못하고 암흑 속에서 살아야 한다는 거야."

그 말이 떨어지기가 무섭게 번갯불 같은 하얀 섬광이 낮처럼 밝아지던 순간.

"앗!"

윤철이는 무서운 절규와 함께 얼굴을 감싸쥐고 넘어져 태질치듯 요동치고 있었다.

나그네

분한 없이 밝은 것은 여름의 밤이다.

병중의 부친을 하직한 길동이가 밤길을 걸어 한강 상류에 있는 덕소(德沼)에 이르렀을 때는 벌써 훤하게 동이 트기 시작했다.

어둠이 걷히자 강 위에는 하얀 안개가 끼어 있었다. 그것이 미풍을 따라 움직이며 점점 엷어지자 지금까지 가려 있던 풍경이 하나하나씩 드러났다.

마름냄새를 풍겨주는 아침의 강바람이 땀 밴 이마에 상쾌하기가 이를 데 없다.

'여까지 나왔으니 이제는 한시름 놓고 걸을 수 있겠지.'

팔꿈으로 땀을 씻고 난 길동이는 이것으로써 서울과는 이별이요, 이제부터는 세도댁 홍판서의 아들도 아니고, 정처 없이 떠돌아다녀야 하는 한갓 나그네의 신세가 된 것이라고 생각했다. 그렇다고 어떤 미련이 남는 것도 아니었지만 그래도 뭐라고 말할 수 없는 허전한 마음이기도 했다.

어디서 장이 서는지 한길에는 연신 사람들의 발길이 끊이지 않았다. 강 건너편에서도 사람과 짐이 나룻배로 넘어왔다. 그런가 하면 신행의 새색시가 소달구지에 앉아 덜거덕거리며 지나치는 한가로운 풍경도 보였다.

언뜻

"선비님!"

맑은 여자의 목소리가 바람결에 스쳐간 것 같았다. 그러나 길동이는 누가 나를 부르랴 하는 생각으로 개의치 않고 그대로 겁석겁석 걸었다.

그러자 다시금

"선비님!"

목소리는 더 분명히 크게 들렸다.

길동이는 목소리를 쫓아 뒤를 돌아다봤다.

지금 막 주막집에서 나선 여자가 부른 모양이었다. 뛰어오다 길동이가 돌아다보는 바람에 우뚝 서서 해쭉 웃었다. 얼른 봐서 어느 귀한 집의 따님 같은 행색이었다.

"날 불렀소?"

길동이는 약간 시무룩한 얼굴로 물었다.

"불렀소가 뭐에요. 몇 번이나 소리쳐 불렀는데도 돌아도 안 보시고."

"그랬어요."

"귀가 좀 잡순 건 아니에요."

가까이 오면서 조롱대듯이 웃었다. 까맣게 탄 얼굴에 흰 이를 드러낸 웃음이 여간 예쁜 얼굴이 아니다. 나이도 열일고여덟 살 밖에 돼 보이지 않으니 길동이보다는 분명 두세 살 아래다.

"무슨 일로 날?"

"무슨 일이긴요. 길 가는 사람끼리 길동무 되자는 거지요."

하고 허물없이 어깨를 같이하고 걸었다.

그런 청은 길동이도 싫을 리가 없었다. 그러면서도

"그건 좀—"

하고 난처한 듯이 입을 열었다. 그러나 아가씨는 그 말을 다 듣기도 전에

"정말 기뻐요. 선비님 같은 분과 동행이 돼서요."

"난 곤란하다고 말했소."

"네—왜요?"

"되도록 빨리 걸어야 할 길이니."

길동이는 부러 걸음을 빨리했다.

아가씨는 따라서 걸음을 빨리 놀려

"여잔 걸음이 늦어 싫다는 것인가요?"

"싫다는 것이 아니라 좀 짐스럽다는 거요."

"길이 늦어 해가 지면 범이라도 나올까 봐요?"

빈정댔다.

"범이야 걱정될 것 없지요. 그건 영물이라 나 같은 뻣뻣한 고기보다는 아가씨 같은 만문한 살을 더 좋아할 테니."

"그러면 저하고 동행해서 손해 볼 것 없지 않아요?"

생글거리는 웃음으로 길동이를 쳐다봤다.

여자도 결코 작은 키가 아니었지만 길동이의 키가 크기 때문에 쳐다보지 않고서는 이야기를 잘 할 수가 없었다.

"그래도 짐이야 되지요."

길동이는 먼 산을 보고 말하듯이 중얼거렸다.

"그런 걱정 마시고 어서 걸어요. 저도 선비님 걸음은 따라갈 수 있으니."

사실 그녀의 걸음은 보통걸음이 아니다. 깊은 산속에서 뛰노는 사슴과도 같은 가벼운 걸음이다.

그러고 보니 귀한 집 따님이라고 봤던 첫눈과는 달리 동물적인 강렬한 냄새를 풍기는 발랄한 데가 있었다.

"걸음이 아니라, 아가씨가 너무나도 예쁘기 때문에……."

"뭐라고요?"

눈을 돌려 다시 치떠 봤다.

"동행하긴 너무나도 예쁘다는 거요."

"그래요."

쳐다보던 눈을 내려 웃음을 지으면서

"그러면 선비님도 해로울 것 없지 않아요."

"그렇기 말입니다. 아가씨 같은 예쁜 사람과 동행하는 것이 난들 즐겁지 않을 리가 있겠습니까. 그렇지만……."

"뭐가 그렇지만예요?"

"골을 지나려면 눈을 밝히고 있는 늑대 같은 포교놈들의 심문을 받을 생각을 하니."

"그게 뭐가 걱정이에요. 그땐 우리가 부부라고 하면 되잖아요."

별로 얼굴 붉히는 일도 없이 태연스럽게 말했다.

그러나 길동이는 태연할 수 없는 모양으로 얼굴이 약간 벌개진 채

"부부라구요?"

하고 되물었다.

"선비님은 제가 싫다고 해도 그때만 잠깐 부부가 되자는 거예요."

"아, 그때만 잠깐 부부가 된다."

고개를 끄덕이자

"싫다고 하지 않겠지요?"

"싫은 것이 아니라 이왕 부부노릇을 하면서 그때만 부부노릇을 한다는 것이 어쩐지 마음에 차지 않는 것 같군요."

그러자 아가씨도 갑자기 밝은 얼굴이 되며

"저도 그런 마음이었어요. 허전하고 못마땅한게, 그러니 우리가 동행할 때까지 쭉 부부노릇을 하는 것이 어때요?"

"그것이 편리할 것 같군요."

"그렇게 해준다니 기뻐요. 그러면 서로 이름은 알아야 하지 않아요?"

"난 성이 홍가고 이름은 길동이요. 아가씬?"

"계집이 무슨 변변한 이름이 있겠어요? 제가 딸기를 좋아한다고 모두 산딸기라고 한답니다."

"산딸기."

정말 산딸기처럼 먹고 싶은 얼굴이다.

"사실 전 덕소 주막에서 자고 새벽부터 그 앞에 서서 동행할 사람을 찾고 있었답니다."

아가씨는 지금과는 달리 얌전한 새색시처럼 말했다.

"그것이 바로 내가 걸렸다는 거군요."

"그래요 마침 선비님 같은 훌륭한 분이 지나가지 않아요."

"이건 아가씨를 예쁘다고 한 그 값으로 말하는 거요?"

"저도 그만큼은 사람 볼 줄 안답니다."

약간 붉어진 얼굴로 눈을 흘겼다.

"하여간 눈에 들었다니 고맙소. 그래 아가씨는 어디까지 가십니까."

"선비님은 어디까지 가세요?"

대답 대신에 되물었다.

"나 말이요. 난 어디라고 할 것 없이 길가다 저무는 데가 나 가는 곳이요."

길동이가 대답할 말이 없는 대로 농담 같은 이런 말을 하자

"어마, 어쩌면 저하고 가는 데가 똑같아요."

얼굴 하나 까딱하지 않고 받아 넘기고서

"그렇다면 분주히 걸을 필요도 없지 않아요?"

먼저 걸음을 늦췄다. 길동이도 그만 걸음을 늦추자

"선비님은 먼 길을 가시면서 배낭도 행견도 치지 않았으니 웬일이세요?"

"그런 것이 다 귀찮아서……."

말은 그렇게 했지만 그런 것을 일일이 갖추고 떠날 계제가 못되었던 것이 사실이다.

"그렇다고 해도 선비님은 나그네 길이 처음인 것만은 틀림없어요."

길동이는 속으로 놀라며

"뭘 보고 그렇게도 장담을 하오?"

"우선 걸음걸이가 그런 걸요."

"내 걸음이 어째서?"

"나그네 걸음으론 칭찬할 걸음이 못된다는 거지요."

"……?"

"먼 길을 걷는 나그네들은 그런 팔자걸음을 걷지 않아요. 선비님은 양반걸음인 걸요."

"양반걸음?"

길동이는 더욱 놀라는 반면 그만 쓴웃음을 웃었다.

양반집 울타리 속에서 살았다고 나도 모르는 사이에 걸음까지 그들의 걸음을 흉내내고 있었던가. 그것을 대뜸 알아차리는 아가씨에게 감탄하지 않을 수가 없었다.

　'그렇다면 어떤 여자인가. 혹시 포도청의 순교질이라도 하는 계집이 아닌가.'

　그러나 여태까지 여자 순교가 있다는 말은 듣지 못한 일이다.

　길동이는 혼자서 피식 웃고 나서 이죽거리고 싶은 대로

　"포도청의 밥을 먹는 아재라도 있는 모양이군요?"

　하고 슬쩍 말을 던져 봤다.

　"왜요?"

　"내 팔자걸음을 선뜻 아는 걸 보니 도둑의 걸음도 모를 것 같지가 않으니."

　"그럼 역시 양반의 귀한 자제분이라고 제가 본 것이 틀림없다는 거지요?"

　길동이에게 눈을 돌려 해죽 웃었다. 그 눈웃음을 봐도 여간내기가 아니다.

　'도대체 어떤 계집인가.'

　"내가 양반의 자식인 걸 알았으니 아가씨도 이제는 생각이 달라졌겠지요."

　길동이가 고개를 돌려 말하자

　"달라지다니요?"

　아가씨는 알 수 없다는 얼굴로 물었다.

　"그래도 동행할 생각이 있느냐 말입니다."

　"동행하는 동안에, 부부까지 되자고 하시고서 벌써 그런 말씀이에요?"

　당치도 않은 소리를 한다는 얼굴이다.

"그런 말은 마시고 생각을 달리해요."

"왜요?"

"왜라니 그렇지 않소. 양반의 자식이 정처 없는 길을 떠나게 됐다면 집을 쫓겨난 것이 분명하고, 집까지 쫓겨 난 놈이라면 그놈의 행실이 어떻다는 것쯤 알 일 아니요."

"그래서 선비님의 행실이 그렇게도 좋지 않다는 것인가요?"

"그럼, 누구 이야기를 하겠소?"

"선비님의 행실이 좋지 못하다면 어떻게 좋지 못해요?"

비아냥거리는 웃음으로 물었다.

"예쁜 아가씨만 보면 나를 나로서도 어떻게 할 수 없게 확 달라지니."

"달라진다니 어떻게 달라져요?"

"그게 하고 싶어진다는 거죠."

"그게 무슨 대단한 행실이에요. 나비가 꽃보면 따르듯 사나이가 예쁜 계집을 보면 그럴 마음이 일어나는 건 조물주가 준 천성인 걸요. 그렇지 못하다면야 병신 아니에요."

극히 당연한 일처럼 말했다.

"그러니 아가씬 눕혀두 괜찮다는 말이군요?"

"그야 물어볼 것도 없는 일 아니에요. 우린 길가는 동안엔 부부인 걸요. 누가 제 마누라에게 그런 일까지 일일이 귀찮게 물어요."

눈 하나 까딱없이 말했다. 이렇게 되고 보니 이런 말을 꺼낸 길동이가 오히려 무안스럽게 되고 말았다.

길동이는 그만 쓴 웃음을 짓고 나서

"그렇다면 나도 마음을 놓을 수가 있군요."

"그러니 나를 떼어놓고 가진 말라는 거예요."

아가씨는 길동이 옆으로 한 걸음 더 바싹 다가섰다.

"동행하는 동안엔 부부까지 된다는 약속인데 떼어놓고야 가겠소. 그런데 아가씨는 무슨 일로 나 같이 정처 없는 길을 떠나게 되었소. 나는 이미 실토한 셈이니 이번엔 아가씨 말을 들어보기로 합시다."

아까부터 묻고 싶던 말을 꺼냈다.

아가씨는 눈웃음부터 치고 나서

"무슨 일로 제가 정처 없는 길을 떠났을 것 같아요?"

하고 이번에도 반문을 했다.

"글쎄요. 그것이 잘 생각이 가지 않아 묻는 거요."

"그래도 짐작이 가는 일이 있을 것 아니에요."

"생각이 간다면 이런 생각 밖에 없군요."

"무슨 생각?"

"어느 대감이 아가씨를 탐낸 것 아니오."

"정말 그래뵈요?"

"아가씨 같은 인물이라면 사나이치고서 욕심이 나지 않는 놈이 없
겠지요. 그런데 대감이 노리갯감으로 삼겠다니 그렇게 되고 싶진 않
고⋯⋯어때요. 내 말이 맞지 않았소."

"반쯤 맞은 셈이에요."

"반쯤?"

"그 반을 마저 맞혀 보세요."

"흠─."

길동이는 생각하는 체 심각한 얼굴이 되었다.

덕소에서 팔당까지는 십 리, 팔당에서 양수리까지 또 십릿길.

이 길은 강을 끼고 걷는 길이니 나그네의 발걸음을 즐겁게 해준다.
이런 길을 젊은 남녀가 둘이서 걷는다면 더욱 즐거울 수밖에 없는
일이다.

"그래 절반은 생각나지 않아요?"

아가씨는 길동이의 대답을 기다리다 못해 물었다.

"잘 생각이 나지 않는구면요."

"선비님 같이 난봉을 피우셨다는 분이라면 모를 리도 없을 것 같은데 모르셔."

조롱대는 어투다.

"그러지 마시고 남은 사연을 어서 말해 보시우."

길동이는 이 아가씨의 행색을 알기 위해서도 듣고 싶었다.

"별로 자랑할 이야기가 못 돼요."

"그러면 어떻소. 나그네의 길벗은 이야기가 좋아서 좋다는 것 아닙니까."

"웃으면 안 돼요."

"웃지 않지요."

한길의 나그네들이 정답게 속삭이며 어깨를 같이하고 가는 그들을 곁눈질하며 지나간다.

해도 벌써 두어발 올라와 길옆의 파란 보리밭에서는 종달새 지저귀는 소리가 들렸다.

"제가 먼저 그이한테 홀딱 반한 것이지요."

"그이라니?"

"바로 담 하나 사이인 옆집에 사는 분이 있어요."

"잘난 사나이였던 모양이구면."

"그렇지요. 그렇지만 선비님처럼 잘나지는 못했어요."

"그래요? 어쨌든 칭찬을 해주니 고맙소."

"정말이에요. 선비님은 저한테 열을 올리지 않지만 그분은 저한테 대단한 열을 올린 걸요."

생글거려 조롱을 또 피우니 견디어 낼 도리가 없다. 길동이가 그만 어이없는 얼굴이 되자

"그런데 우리가 서로 같은 처지였다면 무슨 일이 있었겠어요. 그런 데 난 행세를 못하는 집일망정 양반집 딸로 태어났고 그분은 행세를 하는 양반집의 서자로 태어났으니 한스럽게 된 것이지요."

"양반집의 서자!"

길동이는 어이없던 얼굴이 급기야 놀란 얼굴로 변하지 않을 수가 없었다. 이상스럽게도 이야기가 자기 이야기와 비슷해졌기 때문이다.

"그래서."

길동이는 이야기를 재촉했다.

"그렇지만 그분이 선비님처럼 잘난 분이었다면 무슨 한스러운 일이 있었겠어요. 소문나기 전에 벌써 저를 데리고 어디로 도망가서 살았을 테니, 나도 지금쯤 아이낳고 어머니가 됐을지도 모르는 일이지요."

"흠마!"

길동이는 서울에 두고 온 금녀가 가슴에 걸리는 모양이었다.

"그런데 그분은 아무리 달아나자고 해도 우리는 같이 살 수 없는 운명이라고 염불 외듯 자꾸만 외는 걸요. 그렇게 지지리 못난 사나이가 어디 있겠어요."

"그래서 아가씬 그 사나이가 싫어져 혼자 길을 떠났다는 것인가요?"

길동이는 가시에라도 찔린 듯한 기분으로 물었다.

"그런 것이 아니에요. 좀 더 복잡한 일이 일어났기 때문이지요."

"복잡한 일이라면?"

"하긴, 재미나는 이야기도 아니지요. 다음은 선비님이 생각한 것이나 다름없으니 그만하기로 해요."

아가씨는 팔소매에서 수건을 꺼내 땀을 씻었다. 그러나 길동이는 자기 경우와 비슷한 그 이야기에 몹시 흥미가 느껴지는 모양으로

"이야긴 이제부터 가경에 들어갈 것 같은데 그만 두시다니."

"그럼, 더 계속해서 할까요?"

"어서 하시우."

"그래도 그만 두지요. 다음은 선비님이 더 잘 아실 터인데."

아가씨가 해죽 웃자 길동이는 더욱 놀란 눈이 된 채

"그럼, 지금 이야긴 아가씨 이야기가 아니라 내 이야기란 말요?"

"그것두 선비님이 잘 아실 일이 아니에요?"

"어떻게 그렇게도 내 이야길 잘도 아시우."

길동이는 가슴이 집힌 대로 물었다.

"어떻게 아냐 말이지요? 선비님 얼굴에 써 있는 걸요."

"내 얼굴에 써 있다니, 그래 아가씨가 관상쟁이란 말요?"

"어마, 관상쟁이라니, 난 아직 가마를 못탄 계집이에요. 시집 못갈 그런 말 그만 둬요."

얼굴을 붉히며 눈을 흘겼다.

"그래도, 난 남의 얼굴을 보고 남의 일을 아는 것이 관상쟁이라고 알고 있었는데 내가 잘못 알고 있었던가?"

길동이는 부러 시침을 뗀 얼굴로 물었다.

"아무튼 난 관상쟁인 아니에요."

"그럼?"

"제 부친이 경학에 밝은 분이었어요. 그래서 주역을 좀 배운 덕택에 관상 보는 흉내나 낼 줄 알게 된 것이지요."

이것은 거짓말만도 아닌 모양이다.

"내 일을 그렇게도 신통하게 알아맞히는 것을 보니 결코 흉내가 아니라 관상을 업으로 삼는 사람을 등쳐먹겠소."

"정말 그래요?"

"예, 내가 지지리 못난 사나이라는 것까지도 신통하게 맞혔으니."

　길동이가 웃자 어마, 하고 말한 아가씨는 힐끔 눈을 들어 이쪽 얼굴을 살피고서

　"선비님은 점잖은 얼굴을 하고 있으면서도 입은 그렇게 점잖지가 못하시군요."

　하고 자기도 웃어댔다.

　"그러니 나도 관상볼 소질은 있군요."

　"그건 무슨 말이에요."

　"아가씨 입도 그리 깨끗한 편은 아닌데 관상을 잘 보시는 걸 보니."

　"그런 의미라면 선비님이야 아주 관상쟁이 될 소질이 많아요. 관상쟁이란 첫째로 거짓말을 떡 먹듯 해야 하는데 거짓말엔 둘째 가래도 설워할 사람이니."

　"내가 거짓말을 잘 한다?"

　"그렇지 않구요. 여자란 한 번도 누여보지 못한 사람이 수없이 누인 것 같이 말하니."

이 말에 찔린 길동이는 그만 쓴 웃음을 웃어

"그것두 내 관상에 써 있소?"

"써 있지 않고요. 말이 앞서는 사람은 그러지 못하는 사람이라구요."

아가씨는 태연스럽게 웃었다.

"그러고 보니 아가씬 남자들에게서 그런 꾐도 많이 당한 모양이군요?"

길동이는 되도록 점잖게 물었다.

"모르지요."

"모른다는 것을 보니 없지 않아 있는 모양이오."

"그야 한두 번 없을라고요. 그렇다고 내가 나쁜 건 아니에요. 여자라는 탈을 썼으면 처녀고 에편네고 종년이고 여승이고 눈이 벌게 구슬려 보려는 것이 남자인 걸요."

"그것이 남자의 본성이라는 걸 아시면서도 나한텐 여잘 한 번도 못 뉘어 보았다니."

"관상에 나타난 걸 어떻게 해요."

"그렇다면 그것도 지지리 못난 녀석이란 말과 통하는 셈이군요."

"네?"

아가씨는 무슨 말인지 몰라 눈을 살짝 떴다.

"나이 이십에 여태 계집을 못 뉘어본 사람이라면 공자나 석가모니 같은 성현이 아니면 지지리 못난 바보일 텐데 아무리 생각해도 내가 성현이라고는 생각할 수가 없으니."

"그래서요?"

"그렇다고 아가씨 같은 예쁜 분에게 더욱이 길 가는 동안 부부행세까지 하자는 아가씨에게 그런 수모를 받게 되니 억울하다는 겁니

다."

"억울해도 할 수 없지 않아요. 그것이 사실인 모양이니."

"그래서 나도 그 불명예를 벗어나 보겠다는 말이지요."

"어떻게요."

"한마디로 말해서 아가씨를 구슬려 내 실력을 보여주겠다는 겁니다."

"그래요? 그러면 어서 구슬러 보세요."

그 말을 기다리기나 한 듯이 생긋 웃었다.

"그야 구슬리는 데도 장소와 때가 있겠지요. 아침부터 한길에서 그러다가는 아가씨에게 맞고 창피나 당할 노릇이니."

"그것이 성현 같은 이야기에요."

"……."

"여자를 낚겠다면서 장소와 때를 가리고 뺨맞는 걸 창피하다고 생각해선 안 된다는 거에요."

"그것 참 듣고 보니 옳은 말이요. 역시 저보다 아는 것이 많습니다. 스승으로 모시지요."

"사람 놀리지 마시고 어서 길이나 걸읍시다."

"절대로 놀린 것이 아닙니다."

"그럼 정말이에요?"

"아무튼 난 아가씨처럼 얼굴이 예쁜 여자가 견식이 그렇게 높은 분은 처음이요."

항복을 하듯 말하자

"됐어요. 고만했으면 선비님도 훌륭해요."

"뭐가 훌륭하우?"

길동이가 정말 조롱감이 된 것처럼 눈이 둥그레지자

"여자를 낚을 땐 잊지말고 그 수법을 쓰라는 거에요. 그러면 틀림없이 난봉꾼도 될 수 있다는 거에요."

"그 수법이라니?"

"여자란 남자가 칭찬만 해주면 누구나가 귀가 솔깃해서 틈이 생기는 것이랍니다. 그 틈을 놓치지 않고 잘 설득만 시키면 제아무리 인물이 잘났다고 도도한 여자라도 넘어가게 마련이랍니다."

놀리듯 생글생글 웃어대니 견뎌낼 도리가 없었다.

도대체 어떤 여자야, 그 정체를 잡을 수 없으니 수수께끼 같은 여자라고나 할까.

"아무래도 아가씨를 구슬려 넘긴다는 그런 생각은 아예 단념하는 것이 현명할 것 같군요."

길동이는 아가씨의 정체를 알 수가 없었지만 그렇다고 서두를 필요는 없다고 생각했다. 차차 꼬리를 드러낼 때가 있으리라고 생각했기 때문이었다.

"왜요? 구슬릴 흥미가 없는 계집이라고 생각하셨나요?"

"흥미가 없어진 것이 아니라 아무리 구슬려 봐야 넘어갈 것 같지가 않으니."

"백번 찍어서 넘어가지 않는 나무가 없다지 않아요. 하물며 계집 하나쯤ㅡ."

웃음을 띤 눈으로 말했다.

"그래도 아가씨에겐 그런 속담이 통할 것 같지가 않습니다."

"어째서요?"

"너무나도 영리하기 때문에."

"어마, 저한테 금시 배운 계집 구슬리는 법을 벌써 써 먹자는 셈이에요?"

"그걸 저렇게 다 알고 있으니 어떻게 할 도리가 있어야 말이지."

길동이는 어린애가 장난을 치다 들킨 것처럼 히죽 웃었다.

해는 그들의 머리 위까지 올라와 송글송글한 땀방울이 아가씨 이마에 내돋았다. 이제는 양수 나루터도 그리 멀지가 않은 모양이다.

"그러고 보면 여자가 영리한 체 하는 건 결국 손해 보는 것밖에 없겠구만요."

"그건 또 무슨 말이에요?"

"사실 전 영리한 계집도 못돼요. 그러면서도 영리한 체한 건 선비님이 좀 구슬러주길 바라서 그랬는데."

아가씨가 갑자기 귀밑이 빨개진 것을 보니 이 말은 공연한 말만도 아닌 모양이다. 그러나 길동이는 그 말을 그대로 받아들일 수는 없는 모양으로

"나를 그만큼 놀려댔으면 이제부터는 좀 정직하게 말합시다."

하고 정색해서 말했다.

"그건 선비님이 정직하지 않기 때문에 저까지 그렇게 보이는 것이에요. 전 정직히 말했는데……."

"구슬려 주길 바란다는 말도?"

"그럼요. 저는 첫눈으로 이렇게 훌륭한 분은 처음이라고 생각한걸요."

정직한 말이라고 해도 맞대 놓고서 이런 말은 너무나 지나친 말이다. 길동이도 그만 얼굴을 붉히고서

"내가 훌륭하다니 나도 좀 알아둡시다. 도대체 어디가 훌륭하오?"

"계집의 입으로 이런 말을 하면 당돌하다고 꾸짖을는지 모르지만 첫째로 얼굴이 환한 것이 인자한 분이라고 생각되고, 눈이 맑으면서도 정기가 있는 것이 정의를 위한 정열에 타는 분이라고 생각되고, 이마가 넓은 것이 지혜와 도량이 깊은 분이라고 생각돼요."

"이것도 엄친에서 배운 관상인가요?"

"아무렇게나 생각해요. 전 정직하게 말한 것뿐이니."

"어쨌든 칭찬을 해주니 고맙소."

길동이는 이죽거리는 절을 한번 꾸벅 하고 나서

"그런데 한 가지 물어보기로 합시다. 아까 아가씨의 말에 의하면 남자가 여자를 칭찬해 주는 건 여자를 꾀는 수단이라고 했는데 그 반대로 여자가 남자를 칭찬하는 경우는 어떻게 되는 겝니까."

"그야 모를 것 없지 않아요. 여자가 남자에게 반했다는 것이지요."

이렇게 되고 보니 길동이는 그 여자의 정체를 더욱 알고 싶은 마음이다.

"어쨌든 아가씨는 보통 여자가 아니요."

길동이가 어이없는 얼굴이 되자

"선비님이 정직하게 이야기하래서 정직하게 이야기한 것뿐인데 뭐 그렇게 별다른 여자라고 생각해요. 보통 여자나 조금도 다름없는 여자 아니에요."

"보통 여자라면야 노상에서 만난 사나이에게 반했다는 말을 그렇게 태연스럽게 말할 수가 있소?"

"그렇다면 선비님도 보통 사람이 아니에요."

"왜?"

"노상에서 만난 아가씨에게 부부노릇을 하자는 것이 선비님 아니었어요?"

길동이는 그만 할 말이 없게 되었다. 그렇다고 입을 다물고 있을 수도 없는 일이므로

"그런 나한테 반했다는 게 정말인가요?"

"선비님은 몇 번 이야길 해야 알아들으세요? 정말 아니고선 안 한다고 하지 않았어요."

"어쨌든 놀랐소. 좀 전에 만난 사이인데."

"좋은 사나인 한 번만 보아도 좋아지는 거예요. 싫은 사나인 몇 번을 봐도 싫어지는 것이고요."

"그건 정말 옳은 말이요."

"그렇다고 반했다는 이런 말을 누구에게나 하는 건 아니에요. 선비님에게 처음인 걸요."

아가씨는 빨개진 얼굴을 감추듯이 얼굴을 숙였다.

"아가씬 내가 생각한 대로 남다른 여잔 아닌 것 같소. 너무나도 솔직하기 때문에 이상스럽게 보이는 것뿐이지."

"선비님이 그렇게 알아주니 기뻐요. 그 때문에 전 버릇없는 계집이니 말괄량이니 별로 반갑지 않은 말을 들어 왔답니다."

"나도 그런 말을 들을 아가씨라고는 생각되지 않는구만요."

"그렇지요? 보기에도 얌전한 게 보통여자나 다름없지요?"

"그래도 좀 다른 것은 보통여자보다는 아주 예쁘고 영리하고 용기도 있어 보이고—."

"걸음도 잘 걷고—."

"정말. 걸음만은 아까부터 혀를 차고 있소. 어쩌면 여자가 그렇게도 길을 잘 걸을 수 있을까 하구."

"그러니 늑대 같은 녀석이 나타나도 저를 버리고 달아나진 않겠다는 거지요?"

"버리고 달아나기는커녕 내가 아가씨를 따라갈 판이요."

"선비님, 저를 그렇게 칭찬해주지 않아도 돼요. 이미 제가 반한 걸요."

"아가씬 아무래도 보통 여자와는 다른 데가 있소."

길동이는 아가씨를 다시 살피며 한숨을 쉬었다.

"그런 말은 싫어요. 난 조금도 다른 데가 없는데요. 다른 건 선비님이 너무 훌륭한 것뿐이지요."

"그런 칭찬도 그만 하기로 합시다. 아가씨가 반한 것은 알았으니."

"그래서 제가 좋다는 것인가요, 싫다는 것인가요?"

"그건 좀 생각해 보기로 합시다."

"그런 뜨뜻미지근한 대답은 싫어요."

"지금은 부부나 다름없는데 오히려 그런 이야기가 쑥스럽지 않소."

"정말 그래요. 우린 좀 더 다정했어야 할 처지였는데."

아가씨가 바싹 다가서며 길동이의 팔을 끼려고 할 때

"백주에 노상에서 무슨 짓이야!"

뒤에서 갑자기 고함치는 소리가 났다.

돌아다보니 별로 인상이 좋지 못한 사나이 둘이 육모 방망이를 들고 서 있었다. 포교가 평민으로 변장한 것이 틀림없었다.

길동이는 그것을 모를 리가 없으면서도

"당신 아는 사람이요?"

하고 아가씨에게 물었다.

"모르는 사람이에요."

산딸기 아가씨는 길동이에게 매달린 채 고개를 흔들었다.

"노형들은 이 사람도 모르는 모양인데 왜 부르시우?"

길동이는 점잖게 물었다.

"너희놈들이 수상하니 부른거야."

절구통처럼 아래위가 밋밋한 서른 살쯤 난 사나이가 눈을 번득거렸다.

"수상하다니 어떻게 수상하다는 거유. 내 콧잔등에 밥알이라도 묻었습니까."

역시 점잖게 말했지만 결코 점잖은 말이라고는 할 수가 없었다. 절구통은 더욱 눈을 밝혀

"이 녀석아, 그건 뉘앞에서 하는 수작이야."

그러자 앞에 섰던 꺽다리가

"저런 양반을 해변가의 범 무서운 줄 모르는 녀석이라고 하지."

하고 비꼬아 말했다.

길동이는 그런 말엔 개의치 않고

"저희들은 조금도 수상한 사람이 아니라는 것입니다."

절구통이 다시 입을 열어

"이 녀석아 입을 닫혀, 네 녀석이 어느 집의 며느리를 훔쳐 갖고 달아나고 있다는 것을 다 알구 있어."

"다 알구 있다니 뉘집의 며느리를 훔쳐 갖고 달아난다는 거유?"

"그건 우릴 따라 관가에 가게 되면 네 입으로 실토할 게 아냐."

"말하는 폼이 당신들은 나리님들이신 모양이군요?"

"이제야 알았니?"

"그렇다면 우릴 그런 곳으로 데리고 가지 않는 것이 좋을 것 같습니다."

"뭐 뭐라구?"

"우릴 데리고 가야 원님에게 칭찬 받는 대신에 볼기 맞는 일 밖에

없을 테니."

길동이가 너무나도 의젓하게 말하는 바람에 그들은 그만 질린 모양이었다.

둘이서는 서로 얼굴만 쳐다보고 있다가 절구통이

"그래서 넌 누구야?"

"허 저 사람들, 내가 그렇게 일러줘도 못 알아채고 말버릇이 고약하다."

이렇게도 태연스럽게 말하자 그것이 사실인 것 같기도 하고 공연한 허세 같기도 한 모양으로 그들은 껌벅거리고 서 있었다.

그러자 딸기 아가씨가

"저런 것들하고 무슨 시비다툼이에요. 해가 있어 춘천까진 들어가야 할 판인데."

하고 한술 떠서 길을 재촉했다.

"내가 하고 싶은 시빈가. 저 사람들이 너무 버릇이 없으니 하는 소리지."

길동이는 보라는 듯이 아가씨의 손을 잡고 걷기 시작했다.

"별것들을 만나 괜히 길만 늦었어요."

"그렇다고 너무 화내지 말아. 배운 것 없는 것들이니 별 수 있어? 청평에서 점심참이나 하고 춘천까진 해 있어 들어갈 수 있어."

"그렇지만 저런 것들이 성가시게 따라오면 어떻게 들어갈 수 있어요?"

조금도 꺼리는 일 없이 손을 잡고 대로를 걸어가는 두 젊은 남녀가 뒤에서 어슬렁 어슬렁 따라가던 그들에게는 대단히 눈에 거슬렸을 것도 사실이다.

"선비님, 앞에 가는 선비님."

이번엔 껑다리가 소리쳤다.

"선비님은 서울 사시는가요?"

껑다리는 아까와는 달리 존대어를 썼다.

"보면 알 것이 아닌가."

"그러시다면 어느 관직에 계신가요?"

"난 그런 것에 매어 있는 사람이 아닐세."

"그럼 어느 대가의 자제신가요?"

"그런 집의 자제도 아냐."

"그러면?"

"의술이야."

"의술이라니, 사람의 병을 고치는?"

"응. 사람의 병도 고치지만 때로는 곱지 못한 사람의 마음도 고쳐주지."

의술이라는 소리에 그들은 지금까지 경계하던 태도가 확 달라지

며

"의술이라면서 무슨 일로 안사람을 데리고 길을 떠났어?"

다시 하게조로 나왔다.

"알고 싶다면 이야기하지. 난 이래뵈도 서울에선 대단히 유명한 의술이야. 그래서 우리집엔 병보러 오는 사람이 그칠 때가 없어. 그러니 사람이 살 수 없더라구. 그래서 이번에 환자보는 일 당분간 쉬기로 하고 아내와 함께 관동팔경이나 돌아보고 올 셈으로 길을 떠난 걸세."

길동이는 조금도 더듬거리는 일 없이 말했다. 그러나 그들은 이 말이 그대로 믿어지지가 않는 모양이었다. 둘이서는 서로 눈을 부리고 있다가

"젊은 사람이 어디서 그렇게 의술공부를 했다는 것인가."

절구통이 비꼬는 투로 말했다.

"그거야 자네들이 알 필요가 없는 일이지."

"뭐라구?"

이번엔 꺽다리가 눈을 부릅떴다.

"자네들도 속이 별로 고운 것 같지 못하니 내 동침을 한 대씩 맞아야 할 것 같네."

"저 녀석이 바른 정신으로 저런 소릴 지껄이고 있어?"

"정신이야 자네들보다 분명하지."

"이 녀석이 아직 방망이 맛을 못 본 모양이지."

둘이서 달려들 듯이 일시에 방망이를 들자,

"저걸 보지. 정신이 바른 사람이라면야 길가는 사람을 붙잡고서 저럴 리가 없지. 무더운데 싸울 생각은 그만하고 방망일 거두게."

길동이는 조금도 그들을 겁내는 얼굴이 아니었다.

"그렇다면, 자네 여편네라는 계집은 여기 두고 가게나."

절구통은 이상스럽게도 번득거리는 눈으로 말했다.

"남의 아내는 왜 두고 가래나?"

길동이가 어이없는 얼굴을 하자

"원님의 명령이야."

"원님의 권력이 아무리 당당하다고 해도 그럴 수야 있나. 자네들처럼 머리가 돌거나 모자라는 사람이 아니고서야."

"뭐 어쨌다구."

다시 방망이를 들자

"그 이유나 알자는데 뭐 그렇게 무서운 얼굴인가. 자네에게 내 아내를 맡기고 간다고 해도 이유나 알아야 할 것 아닌가."

"너희 녀석도 서울서 왔다면 너울아가씨 소문은 들었겠지. 우리가 여기서 길목을 지키고 있는 것도 그 계집을 잡기 위해서야."

"그런데 왜 내 아낼 두고 가라는 거야."

"이 앞을 지나가는 젊은 여잔 누구나가 관아로 가서 하룻밤 자며 조사를 받기로 돼 있어."

꺽다리가 뒤 이어

"그러니 아가씨로선 조금도 해로울 것 없지. 원님의 눈에만 들면 팔자도 고치게 될지 모르는 노릇이니."

아가씨에게 찡긋 추파를 던지며 웃었다.

"남을 그렇게도 생각해 주니 고마워요. 그러나 그런 친절은 집의 마누라한테나 가서 해요."

딸기아가씨는 징그러운 듯이 치를 떨었다.

"저 계집애도 주둥이 놀리는 걸 보니 만만치가 않은 모양인데. 여보게 젊은 친구, 자네는 빨리 없어지는 것이 유리할 걸세. 이런 계집하고 살아 봤댔자 바가지 긁힐 것밖에 없으니 어서 가던 길이나 가."

꺾다리가 치뜬 눈으로 길동이에게 고개짓을 했다.

"그랬으면 자네들도 마음 편하겠지만 비뚤어진 놈들의 속을 고쳐 주는 것이 내 직분이니 그대로 갈 수야 없지."

길동이는 한판 벌일 기세였다.

"그만 둬요. 개 같은 것들을 뭐 상대하겠다는 거예요. 그만 가요."

딸기아가씨가 찌푸린 눈으로 길동이의 소매를 끄는 순간

"이 계집이 누구 보고 하는 말버릇이야."

꺽다리가 아가씨의 왼팔을 다그쳐 보았다.

두어 발자국 비틀거리며 끌려들던 아가씨는 하얀 손으로 꺽다리의 배를 찔렀다.

"으악."

꺽다리는 숨이 넘어가는 비명을 치며 풀썩 주저앉았다.

"이 계집애 사람친다."

그 소리와 함께 절구통이 옆에서 뛰어들었지만

"개 같은 것들!"

한얀 손이 칼을 내리치듯 그 녀석의 뒷덜미를 내리쳤다.

"어이구."

외마디로 땅에 코를 박고 넘어졌다.

이 순간적인 일격으로서 꺽다리는 주저앉은 채 얼빠진 녀석처럼 멍청하니 눈을 뻗치고 있고 절구통은 뻗은 채 인사불성이 된 모양이다.

"내버려두고 어서 가요. 길을 걸으면 별놈들의 꼴을 다 보게 돼요."

빨개진 얼굴로 길동이의 소매를 끌어 양수리 쪽으로 걷기 시작했다.

"난 아가씨에게 그런 솜씨가 있는 줄은 몰랐소."

길동이는 아주 감탄한 얼굴을 했다.

"부끄러워요. 놀리지 말아요."

"절대로 놀리는 것이 아닙니다."

"사실 저는 아주 얌전한 계집이에요. 그렇지만 지금은 그럴 수밖에 없지 않았겠어요?"

아가씨는 길동이 팔에 매달려 가며 열심히 둘러댔다.

"지금 그 권술은 무슨 권술(拳術)이라는 겁니까."

"저도 잘 몰라요. 어렸을 때 옆집에 사는 영감님한테 배운 것이랍니다. 여자들도 배워두면 써먹을 때가 있으리라면서."

"어쨌든 아가씨가 그런 술법을 알고 있으니 되도록 멀리하고 싶어지는데요."

"싫어요 그런 말, 다시는 그런 술법 쓰지 않을 게요."

아가씨는 떨어지지 않으려는 듯이 길동이의 허리를 끌어안았다.

"그렇지만 아가씨에게 장가 들려던 생각은 단념하는 수밖에 없을 것 같아요. 아무래도 같이 살게 되면 부부싸움이란 있게 마련이니."

"걱정 말아요. 우린 부부가 된다고 해도 부부싸움할 린 없어요. 무

엇이나 당신 말이 떨어지기가 무섭게 복종하는 데야 무슨 부부싸움
이에요."

"정말 그럴 생각이요."

"염려 말아요."

"그렇다면 생각을 다시 해 보기로 합시다."

히죽 웃는 길동이도 이제는 이 아가씨가 너울아가씨인 은주라는
것을 안 모양이었다.

"생각할 것도 없지 않아요. 내가 좋다든가 싫다든가 하는 대답은
고갯짓 하나로 될 일 갖고서."

쇠뿔은 단김에 뽑고 싶은 것이 아가씨의 심정인 모양이다.

"그렇지만—."

"뭐가 또 그렇지만예요?"

"아가씨는 바른 말을 하기로 약속하고서도 조금도 바른 말을 하
는 것 같지가 않으니 믿을 수가 있어야 말이지요."

"어마— 바른 말을 안 하다니."

부러 놀란 체 한 얼굴을 했다.

"그것이 아가씨 얼굴에 나타나 있는데도 아니라니."

"선비님도 관상을 볼 줄 아세요?"

"지금 막 아가씨에게서 배우지 않았소."

길동이는 시치미를 뚝 떼고 말했다.

"그런 관상을 어떻게 믿어요."

"그거야 뵙고 나서 할 소리가 아니오."

"하긴 그렇기도 하군요. 그러면 제 관상을 말해 봐요."

아가씨는 장난스런 웃음으로 얼굴을 돌려댔다. 그러나 길동이는 얼굴을 돌리는 일도 없이

"스승이 청하는 일을 제자가 마다고야 할 수 있소. 무엇을 봐 드릴까요. 운세, 혼담, 재물 찾는 사람, 잃은 물건……."

"아무 것이나 좋으니 무엇이든 내가 놀라게만 맞혀 봐요."

역시 조롱대는 어조였지만 길동이는 뜻밖에도 엄숙한 얼굴이 되어

"아가씨는 좀처럼 보기 드문 미인이지만 미인박명이란 둘레에서는 역시 벗어나지 못한 것 같구면요. 육친을 일찍 여의고 의지할 친형제도 없는 고독한 몸이오. 부친은 혹시 무고죄로 돌아가신 건 아닙니까."

"어쩌면 그렇게도—"

예쁜 눈을 한껏 벌려 놀라는 얼굴을 했다. 그러나 사실은 그렇게 놀라는 얼굴도 아니다.

"어지간히 맞은 모양이니 이왕이면 한 가지 더 맞춰볼까요?"

"예 어서—"

"아가씨는 김윤대의 따님이 아니세요?"

"어마 그런 것까지도 관상으로 다 아세요?"

"그렇다든지 그렇지 않다든지 그 대답만 하시우."

"옳게 맞췄어요."

그만 정체를 드러내어 해죽 웃었다.

"그러고 보니 우린 초면도 아닌 것 같군요."

"그런가 봐요."

"그렇다면 아가씬 처음부터 나를 알고 있었던 모양이지요?"

"몰랐을라고요. 덕소 주막에서 선비님 오기를 기다리고 있었던 사람이."

"내가 덕소로 올 걸 어떻게 알고서?"

"점을 쳐보니까 그런 점괘가 나오더군요."

또 조롱대는 웃음으로 말했다.

"이제는 서로 누구라는 것도 알았으니 농담은 그만하고 정직하게 말하기로 합시다."

아가씨도 정색해서

"그래요. 저도 정직한 것을 무엇보다도 좋아하는 걸요."

하고 말하는데

"이것 봐요, 같이 갑시다."

등짐을 진 사나이가 분주히 소리치면서 따라오고 있었다.

뒤쫓아 온 사나이를 보니 포교들과 싸울 때 멀찍이 서서 구경하고 서 있던 도부꾼이었다.

"누군가 했더니 노형이군요."

길동이는 누구와도 친구가 될 수 있는 성격이므로 꺼리는 일 없이 그와 어깨를 같이하고 걸었다.

"예, 저는 장돌림으로 먹고 사는 윤갑수라는 놈이 올씨다. 아까는 어찌나 통쾌했던지, 어쨌든 그런 구경은 나이 삼십에 처음입니다."

해해 웃음을 헤쳐 놓는 폼이 단순한 도부꾼이라고는 볼 수가 없었다. 그러고 보니 짊어진 짐도 잔등에 잘 붙지가 않는 것 같다.

"그런 인사는 나보고 할 것이 아니라 내 아내에게 하우."

"아내?"

남자들이 어깨를 같이했기에 양보해서 한 걸음 뒤에서 따라오는 은주아가씨를 돌아다 봤다. 아내로 믿어지지 않는다는 얼굴이다.

"왜 그런 이상스러운 얼굴이요?"

"예 예, 예쁜 아가씨가 주먹까지 세니 너무나도 신기해서. 그러니 선비님의 주먹은 얼마나 세겠어요."

해해 아첨하는 웃음을 헤쳐 놓았다.

"그런 것도 아닙니다. 노형도 서울서 오는 길이요?"

"예, 물건을 하러 갔다가 오는 길입니다."

"그래, 장사 재미는 어떻소?"

"재미가 뭐 있겠어요. 등짐이나 밤낮 지고 다니는 노릇이—기껏 재미라야 주막에 들러서 막걸리나 켜는 재미가 있을 뿐이지요."

"그런 말을 하는 걸 보니 장사를 시작한 지도 어지간히 되는 모양이군요."

"어지간히가 아니지요. 이걸로 뼈가 굵은 셈이니 근 이십년이나 된답니다."

"그렇다면 돈냥도 좋이 앞섰겠군요?"

"돈이 다 뭐요. 여태 나귀 한 마리를 못 마련하고 등짐을 진걸 보시면서—하기는 이것도 포교녀석들의 등쌀만 피우지 않는다면 돈냥도 좀 앞세울 수 있는 노릇이지요. 그러나 십리가 멀다하고 서 있는 포교들이 손을 벌리니 견뎌낼 도리가 있어요? 죽도록 고생해선 결국 그 녀석들의 살이나 해주는 것이지요."

자기도 포교들에 대한 원한은 누구에게 못지않다는 어투였다.

"그런데 이십년이나 등짐을 지고 다녔다는 사람이 어떻게 짐이 잔
등에 잘 붙지가 않는 것 같으니 어떻게 된 일이요?"

길동이는 시침을 떼고 슬쩍 떠봤다.

"그래요?"

도부꾼은 이상한 말을 묻는다는 듯이 길동이를 쳐다보고 나서

"하기는 그럴 겝니다. 밤낮으로 이 짐이 잔등에 붙어다니니 잔등
도 짐이라면 역정이 날 것 아닙니까."

그럴 듯한 대구로 싱긋 웃었다.

"그런 이유가 있었구만. 난 그런 생각은 미처 못하고 어디서 횡재
나 한 짐인가 하고 생각했지."

"횡재라니요?"

"길에서 얻었거나 남이 자는 방에 들어가서 실례를 했거나."

뒤에서 따라오던 은주아가씨가 웃음을 터쳐 놓았다.

"선비님이 무슨 말씀을 하는가 했더니 그런 말씀이군요. 부처님
같이 인자한 분이 어쩌면 그렇게도 입이 헐어요. 전 사실 선비님께

부탁이 있어서—."

"난 그런 입 하나로 떠돌아다니며 사는 사람이오. 그래서 내게 부탁하고 싶은 것은 뭐요?"

"예, 그 부탁은 다름이 아니라—"

머리를 숙이며 손을 비벼댔다.

"어서 말해 보우, 들어 줄 수 있는 부탁이면 들어줄 테니."

길동이는 호인답게 말을 재촉했다.

"그리 힘든 부탁도 아닙니다. 동행이 좀 돼 달라는 겁니다."

그러나 손을 비벼대는 꼴을 보면 단순히 그런 청만도 아닌 모양이었다.

"동행은 이미 된 셈인데 새삼스럽게 무슨 부탁이오?"

길동이가 알 수 없다는 얼굴을 하자.

"아까도 말씀드린대로 전 서울에 물건을 하러 갔다 오는 길인데 잔등에 진 이 물건이 제 장사밑천의 전부랍니다. 그런데 길을 가는 도중엔 이 짐을 노리는 녀석이 한두 녀석이라야 말이지요. 큰길에는 포교녀석들이 눈을 부라리고 있고, 그렇다고 길을 피해 산길로 갈 수도 없지요. 화적들을 만나면 통째로 떼는 노릇이니……."

"그래서 결국 날 보고 권마성(勸馬聲)군으로 동행해 달라는 말이군요."

길동이는 어이가 없는 듯이 쓴웃음을 웃자 도부꾼은 펄쩍 뛰며

"무슨 말씀을. 선비님과 동행하는 동안에 저를 하인으로 삼아 달라는 겁니다."

이말로써 그가 동행하려는 본심을 알 수가 있었다. 말하자면 길동아와 동행하는 동안엔 짐을 안전하게 가지고 갈 수 있다고 생각한 모양이다.

"그러나 나는 노형이 생각하는 것처럼 세도 있는 사람이 못 되오."

"선비님이 그런 말씀을 한다고 해도 저는 다 알고 있습니다. 말씀
도 낮춰요 헤헤……."

"다 안다니 어떻게?"

"어쨌든 포교들이 신문할 때, 자네 짐이 무거울 텐데 좀 내려놓고
쉬게나. 이런 말을 한마디만 해줘요. 그것으로 만사는 충분히 해결
되는 겝니다."

"그만한 부탁이야 못들어 주겠소만 그렇다고 정말 수상한 물건은
아니우."

"수상하다니요. 화약이라도 짊어진 줄 아시는 모양이군요."

"그런 것이 아니라 아까도 말한대로 주인 허락 없이 지고 온 물건
이 아니냐고."

조롱대듯 히죽 웃자

"선비님은 기어이 절 그런 놈으로 만들 생각인 모양이군요. 남의

것이란 검부러기 하나 다쳐보지 못한 사람을—."

아주 굳어진 얼굴이 되었다. 그것이 도리어 이상스러웠으나

"그런 사람이 아니기를 바라서 한마디 한 것뿐이요. 과히 나쁘게 생각지 마우."

"나쁘게 생각하다니요. 그보다 말씀을 낮추세요. 누가 제 하인보고서 이랬습니까 저랬습니까 합니까."

"자네 청이 정 그렇다면 하게 하기로 하겠네. 그래 자네는 어디까지 가나?"

하게조로 물었다.

"저 같이 혼자 떠돌아다니는 장돌림꾼이 어디라고 딱히 가는 목적지가 있겠어요. 가다가 장판을 벌여 놓는 곳이 가는 목적지지요. 그런데 아까 선비님 이야기를 들으니 강릉을 가시는 모양이더군요. 그래서 저도 이번엔 선비님을 따라 강릉까지 가기로 했습니다."

"우린 구경 삼아 강릉을 가지만 자네는 무슨 일로 가겠다는 것인가."

"저야 구경보다도 장사 차로 가겠다는 거지요. 그곳은 길이 험한 곳인 만큼 서울 물건을 가져가면 부르는 것이 값이니까요."

제법 장사꾼 같은 이야기를 하고 나서 길동이에게 바싹 다가서며

"뒤에서 오는 아가씨는 어디서 만났어요?"

하고 목소리를 죽여 물었다.

"노상에서 만났네. 그건 왜 갑자기 묻나?"

길동이는 뒤에서 오는 은주를 조금도 꺼리는 일 없이 물었다. 그것이 난처한 모양으로 도부꾼인 갑수는 은주를 힐끔 돌아다보고서 대여섯 발자국 뒤떨어진 것을 보고는 좀 안심이 되는 듯

"그렇다면 선비님도 짐작이 갈 노릇이 아닙니까."

"무엇이 짐작이 간다는 거야?"

"선비님이 의심하지 않아도 좋을 사람을 의심하고 정작 의심해야
할 사람을 의심하지 않는다는 겝니다."

"그건 또 무슨 말인가."

알 수 없다는 얼굴을 하자

"그렇게 말해주는 데도 모르다니 뒤에서 오는 아가씨가 수상하다
는 겝니다."

"수상하다니?"

길동이는 더욱 의아스러운 얼굴이 되었다.

"선비님도 좀 생각해 보면 알 일이 아닙니까. 서울서 강릉까지 육
백리나 되는 험한 길을 더군다나 저렇게도 새파랗게 젊은 아가씨가
혼자 길을 떠났다는 걸 보면 알 수 있는 일 아니요."

"하긴 자네 말을 듣고 보니 좀 수상하기도 하네."

"좀만이 아니지요. 동행도 저 아가씨가 먼저 하자고 했지요?"

"어떻게 그렇게도 잘 아나?"

"난 저 아가씨가 뭐라면서 동행을 청했을 것도 다 알고 있어요. 자기 부친이 객지에서 신병이 났기 때문에 그곳을 찾아가는 길이라고 했지요?"

"그것이 아니라, 자기 부모는 무고죄로 죽어 서울엔 의지할 사람도 없기 때문에……."

"그러면 요즘엔 그 술법이 좀 달라진 모양이군요. 그러면서 뭐래요?"

"정처 없는 길을 떠난 길인데 나같이 훌륭한 사나이는 처음 본다는 거지."

"그래서요?"

"아내로 삼아달라는 거야."

"뭐 아내로요?"

"그걸 보니 나한테 홀딱 반한 모양이야."

"허, 선비님은 저 아가씨가 정말로 선비님한테 반한 줄로 아세요?"

"응 그건 틀림없어."

"그런 말을 하시는 걸 보니 선비님도 자부심이 어지간하시군요."

어이가 없다는 얼굴을 했다.

"왜?"

"저 아가씨가 선비님 얼굴에 반한 것이 아니라, 선비님 허리에 찬 전대에 반했다는 것이지요."

"전대에?"

길동이가 부러 놀란 척하자 도부꾼은 더욱 의기양양해서

"선비님의 허리에 찬 전대에는 은전 백 냥쯤 들었을 겝니다. 어때요, 내 말이?"

길동이는 역시 놀란 척한 얼굴로

"어떻게 그렇게도 잘 아나, 얼마가 들어 있는 것까지 신통하게 아니."

"그야 보면 알지요. 도부꾼 노릇 십년 동안에 얻은 건 사람보는 눈 하나 뿐인 걸요."

하고 자기가 틀림없는 도부꾼이라는 것을 또 내세우고 나서

"그러니 사람이란 겉보기하고 속하곤 다르다는 겝니다."

자기 말을 명심해 들으라는 듯이 말했다.

"그러니 저 아가씨가 내 전대를 노린다는 말이구먼."

한밤중에 길을 떠난 길동이는 전대를 찼을 리도 없으면서 천연덕스럽게 이런 말을 했다.

"솔직이 말해서 그 말이지요."

"어쨌든 자넨 보통 눈이 아닐세. 그만한 눈을 가졌으면 힘들게 등짐 지고 다닐 것 없이 관상쟁이로 나서는 것이 벌이가 좋을 것 같네."

"왜 또 사람을 놀리시우."

자기도 놀리는 말쯤은 안다는 듯 히죽 웃고 나서

"난 이래 뵈두 사람이 땀 흘려서 밥 먹어야 한다는 것은 안답니다."

제법 쓸 말을 했다.

"그렇지, 관상쟁이야 멀쩡한 사나이로선 못할 노릇이지. 그 말을 들으니 정말 자넨 믿을 만한 사람일세."

하고 길동이는 감심한 얼굴을 했다.

"그렇게 알아주신다니 저도 안심이 됩니다. 그러면 선비님이 여자에게 너무 친절하시다는 것도 아셔야지요."

"내가 그렇게도 여자에게 친절한가."

"뒤에 오는 아가씨가 어떤 여자라는 것도 모르고 동행한 걸 보면 친절도 이만저만 친절한 것이 아니지요."

"그래도 난 저렇게 얌전한 아가씨가 그럴 아가씨라고는 좀처럼 생각되지 않는데."

"얌전하다니요. 좀전에 포교들에게 팔꿈쐐기를 먹여 대는 것을 보고서도 그런 말이요."

"그렇지만 난 포교들처럼 아가씨의 팔꿈쐐기에 넘어갈 스라소니가 아니야. 그러니 좀 친절해도 될 노릇 아닌가."

하고 히죽 웃었다. 도부꾼은 딱한 듯이

"그게 벌써 선비님이 홀렸다는 증겁니다. 선비님에겐 팔꿈쐐기로서는 당할 수가 없으니 홀리는 법을 쓴 것입니다."

"내가 홀렸다?"

"예 홀려도 단단히 홀렸습니다."

"글쎄, 자네 말대로 내가 정말 홀렸는지는 모르겠네만 그래도 자네말보다는 내 아내 말을 더 믿고 싶은 마음이니 어떻게 하겠나."

"아내라니? 아니, 그게 농담이 아니고 정말이요, 부부가 된다는 약속을 벌써?"

도부꾼은 놀란 눈으로 물었다.

"저런 아가씨가 아내가 되겠다는데 자네라면 싫다고 하겠나."

"그런 말은 그만두고 분명히 말해요. 정말 부부가 된다고 약속을 했단 말이에요?"

"암, 약속을 했지."

도부꾼은 기가 막힌 듯

"선비님이 정신이 있어요? 그게 무슨 술책인지도 모르고."

"무슨 술책인가."

"오늘밤 선비님 품에 안겨서 자는 체하다가 전대를 풀어 갖고 달아날 생각이지요."

"그래도 그건 내일 아침 눈 떠 보고서 할 소리가 아닌가."

"보나 마납니다. 어쨌든 노상에서 처음 만난 계집이 아내가 되겠다는 걸 봐도 알 수 있는 일 아니오."

이맛살을 찌푸려 화를 내듯 말하자

"자네가 그렇게도 역정까지 내서 말하니 물어봄세."

"누구에게요?"

"누구엔, 내 아내에게 말이지."

가던 걸음을 문득 멈추고 뒤에서 오는 은주를 기다렸다.

"이 분이 당신을 수상한 여자라고 하는데 그게 사실이요?"

길동이는 뒤에서 오는 은주아가씨에게 물었다.

"수상하다니 어떻게요."

은주는 웃으면서 어깨를 같이했다.

"젊은 여자가 혼자 길을 떠난 것이 수상하다는 거지요. 그러니 필경 내 전대를 노리는 여자가 틀림없으니 주의하라고 이분이 친절하게 알려주는 군요. 그것이 사실입니까."

자못 심각한 얼굴로 물었다.

"그거야 자기가 그런 사람이니까 남까지 그렇게 보이는 것이겠지요."

화를 내는 대신 생글생글 웃으면서 말했다.

"아가씨, 이제 그 말을 다시 한 번 해봐요. 내가 그런 사람이라니 도대체 무슨 뜻입니까. 분명히 말해 봐요."

도부꾼이 한발자국 뒤에서 투덜댔다.

"분명히 말해서 아저씨가 수상한 사람이라는 거죠."

"뭐 내가 수상하다구? 아가씬 얼굴만 반반하지 눈은 머신 모양이군요. 내 잔등에 도부꾼의 짐도 못 보시는 모양이니."

"누구나가 잔등에 짐만 지면 도부꾼이 되시는 줄 아세요. 도부꾼이 되자면 첫째로 의리를 지킬 줄 알아야 해요. 남에게 귀뜸이나 해

주는 그런 짓은 안 한답니다."

입을 열지 못하게 내쏘았다.

"그래요? 정말 아가씨는 수상한 여자가 아니라는 거지요?"

"아저씨도 분명히 알아 둬요. 난 선비님의 아내랍니다."

"아가씬 어쩌면 그런 염치없는 말이 술술 나오십니까."

"내가 못할 말을 했어요?"

"좀전에 노상에서 만난 선비님을 붙잡고서 아내가 되고 싶다니 빨리 이불에 들고 싶다느니 그런 말을 천연스럽게 할 수 있나 말이오."

"어마 내가 언제 이불에 든다는 그런 부끄러운 말을 했어요.."

은주는 얼굴을 붉힌 채

"그저 난 선비님이 좋았으니 좋다고 솔직하게 말한 것뿐이에요. 선비님도 정직한 분인 만큼 내가 좋다고 한 걸요. 그래서 우린 부부가 됐는데 뭐가 이상해요? 조금도 이상할 것 없지 않아요?"

"그래서 선비님은 정말 부부가 될 생각입니까."

"이미 약속한 일이라고 하지 않던가. 사나이가 두 말 하겠나."

길동이는 묻지 않을 말을 묻는다는 얼굴이다.

"선비님은 너무나두 여잘 바쳐요."

"그야 내가 공자나 석가 같은 성현이 못 되니 하는 수 없지."

"그래도 오늘밤만은 좀 삼가요. 저는 저 아가씨가 어떻게 선비님을 골려댈 생각을 하고 있는 것도 다 알고 있어요. 주막에 들면 으레 술을 권할 겝니다. 정신을 잃게 할 생각이지요. 선비님이야 예쁜 아가씨가 권하는 술이니 좋기만 한 체 벌컥벌컥 받아 마시겠지요. 그러나 아가씨는 술을 못마신다고 고개를 돌리면서 한 잔도 안 할 겝니다. 코 베 가도 모르게 선비님을 재워 놓고 전대를 풀어갈 생각을 하고 있는 아가씨가 술을 입에 댈 리가 있어요?"

"그러면 자네가 자지말고 지키고 있게나."

"뭐, 저보구 밤을 밝히라는 겝니까."

"그래서 하인 두는 게 좋다는 것이지."

벌쭉 웃고 나서

"자네나 아가씨나 노상에서 만나긴 매 일반인 걸. 의심하려면 끝이 없으니 그런 생각은 그만하고 어디 가서 점심이나 먹음세."

그들은 어느덧 청평골로 들어선 참이었다.

"점심집은 내가 앞장을 서지요."

갑수가 그들을 안내한 집은 장폭을 드리운 납작한 순댓국집이었다.

이 집의 순대국은 싸고 맛난 것으로 유명했다.

돼지 피와 조찹쌀을 같이 맷돌에 갈아 숙주나물과 두부를 얼버무려 돼지 밸에 넣은 순대맛은 별미였다. 더욱이 순대에서 우러난 그 국물은 구수하기가 이를 데 없었다.

　그 벌겋고도 뜨거운 국물을 땀을 흘려가며 한사발 먹고 나면 아무리 숙취(宿醉)에 무거워졌던 머리도 대번에 거뜬해진다는 것이다.

　갑수가 이런 집을 알고 있는 것을 보니 도부꾼은 아닐는지 몰라도 뜨내기로 늘 돌아다니는 녀석이라는 것만은 틀림이 없었다.

　점심때로선 좀 늦었지만 술청에는 아직도 손님이 네댓패 있었다.

　그들은 골방으로 들어가 앉았다. 은주는 역시 젊은 여자인 만큼 순대국을 먹어도 얌전하게 먹었다.

　길동이는 이런 서민적인 음식을 처음 대했지만 조반을 먹지 못했던 만큼 맛나게 먹었다.

　점심을 먹고 나자 신을 한 켤레 사 갖고 온다면서 갓을 벗어놓고 나갔다.

　그 틈을 타서 갑수는 분주히 은주 옆으로 다가앉아

　"얼마를 주면 저 선비님을 내게 양보하겠소?"

라고 물었다.

"그게 무슨 말인가요?"

갑수의 말을 모르는 것도 아니면서 은주는 모른 척하니 시침을 떼고 되물었다.

"정말 내말을 몰라서 묻는가."

"계집도 아닌 상투튼 아저씨가 내 서방을 양보하라니 무슨 말인지 알 수가 있어요?"

"왜 이래 다 알면서."

"정말 몰라서 묻는 거예요. 뭘 양보하라는 거지요?"

"뭐 그렇게 시침을 떼면 내가 모를 줄 알아? 그러지 말고 선비님의 전댄 얼마를 주면 내게 양보할 테야?"

"역시 아저씨는 선비님이 처음 본대로 그런 사나이였군요."

"그래서 너는?"

"누가 아니래요."

"그런데 뭐."

"그래도 아저씬 손님을 낚는 솜씨가 너무나두 졸렬해요. 그런 방법 가지고 되겠어요."

"그건 나도 알겠어. 여편네되는 재간이야 당해 낼 재간이 없지."

"그런 수단도 따를 수 없다면 일찌감치 단념하는 것이 좋지 않아요?"

"그러니 타협하자는 것 아냐. 얼마면 내게 양보하겠어?"

이야기해서는 견딜 수 없으니 어서 값이나 정하자는 투였다.

"얼마 주겠어요?"

"그건 받을 사람이 먼저 말할 일이지."

"이 이야길 누가 먼저 꺼냈어요. 얼마를 주겠다는 요량도 있었기에 말을 꺼냈을 것 아니에요?"

"스무 냥이면 되겠어?"

"스무 냥이요?"

어림도 없는 소리 한다는 얼굴을 하고 나서

"아저씬 너무나도 욕심이 많아요."

"욕심이 많다니 스무 냥이면 돈이 어떻게 되기에—."

"그러기에 욕심이 많다는 것 아니에요. 아저씨는 좀 전에 자기 입으로 뭐랬어요? 선비님 허리에 백 냥은 찼다고 말하지 않았어요?"

"그럼 서른 냥."

그래도 아가씨는 싫다고 머리만 살랑살랑 흔들었다.

도부꾼

"서른 냥도 싫다는 거야?"

"으레 그럴 것 아니에요."

"서른 냥이면 돈이 어떻게나 되는지 알고서 그런 소린가."

도부꾼은 기가 찬 듯이 눈을 동그랗게 뜨고 말했다.

"그래도 백 냥보다야 적은 돈 아닌가요?"

"그렇지. 백 냥보다야 확실히 적은 돈이지. 그렇지만 그 돈이라면 아가씨가 마음을 고치고서 시집갈 밑천은 된단 말야."

"그래도 그건 사람 나름이에요. 아저씨 같은 분은 서른 냥이면 충분히 장가도 들 수 있을는지 모르지만 난 그걸로선 시집갈 밑천이 부족하다는 겁니다."

"뭐 어떻다구?"

도부꾼이 화가 나서 눈이 둥그레지자

"그렇다구 조금도 화낼 것은 없어요. 난 사실을 사실대로 말한 것뿐인데요."

"그러면 이렇게 하기로 하지. 절반 절반씩으로 쉰 냥 주기로 하지. 그러면 불만이 없겠지."

"싫어요."

"뭐, 싫다구?"

"싫지 않고요. 그 선비님의 백 냥은 내 허리에 띤 것이나 마찬가진데 왜 아저씨에게 쉰 냥을 떼 주겠어요?"

극히 당연한 일처럼 말하는데 도부꾼은 그만 어이가 없어지고 말았다.

"얌전히 생긴 아가씨가 어쩌면 그렇게도 욕심이 많소?"

"몸뚱아리가 작은 내가 아저씨 욕심을 당할라고요."

"그래도 욕심은 몸뚱아리로 가는 것 같지가 않소. 백 냥을 혼자서 통째로 먹을 생각을 하는 걸 보니."

"미안해요. 아저씨도 침을 흘리는 걸 내가 혼자 먹겠다구 해서."

생긋 웃자 도부꾼도 싱글 싱글 웃으며

"미안하다는 그 한마디 듣고서 내가 떨어질는지는 두고 보고 말할 이야기겠지."

심술을 부리듯 말했다.

"그러면 어떻게 하겠다는 거에요."

"혼자만 실속을 차리겠다니 나는 하는 수 없이 선비님의 충실한 하인노릇을 하는 수밖에 없다는 것이지."

"그래서 무슨 잇속이 있어요?"

"잇속은 없겠지. 그렇지만 아가씨가 화내는 걸 보면 그만큼 재미야 있겠으니."

"아저씨도 마음씨는 고운 분이 못되는 군요."

"그래도 아가씨보다야 못할라구."

"그래서 얼마 드리면 되겠어요?"

이번엔 은주편에서 흥정 말을 꺼냈다.

"아가씨가 절반도 싫다고 하니 불알 달린 사나이가 서른 냥을 달라겠나 스무 냥을 달라겠나."

"그러면 역시 그저 양보하겠다는 거죠?"

"그보다도 마음씨 곱지 못한 아가씨가 마음에 들었다는 거야."

"그말은 또 무슨 말예요?"

알 수 없는 듯이 물었다

"실상 난 돈 백 냥 같은 건 문제가 아냐. 등짐엔 수천 냥의 물건이 들어 있는 걸."

"그래요?"

"그러니 선비님의 전대 같은 건 포기하고 나와 같이 살아 볼 생각이 없냐 말이야."

"그렇지만 난 그렇게까지 욕심 많은 계집은 아니에요. 선비님의 백 냥이면 만족해요."

이런 말을 하고 있는데 길동이가 은주 신까지 사 갖고 돌아왔다.

길동이가 눈어림으로 사온 신은 은주에게 꼭 맞았다.

"어쩌면 이렇게도 내 발 크기를 잘 알았어요?"

지금까지의 도부꾼과의 이야기는 감쪽같이 잊은 얼굴이었다.

"그러면 자기 아내의 발 겨냥도 모를까봐."

"그래도 자기 여편네의 발 겨냥을 아는 분이 그리 많아요?"

남이 보면 다정하기가 짝이 없는 부부였다.

그들은 순대국집을 나와 길을 다시 걷기 시작했다. 은주 아가씨는 아까보다도 더 길동이 옆을 떨어지려고 하지 않고 바싹 붙어 갔다. 뒤에서 따라가는 도부꾼은 그것이 아니꼬운 대로

"어쨌든 아가씬 어젯밤에 꿈을 잘 꿨소. 발 겨냥까지 아는 남편을 만나 큰 횡재를 하게 됐으니."

하고 길동이에게 귀띔을 해주듯이 말했다. 그러나 길동이는 이 말을 별다르게 듣는 일은 없이

"횡재야 어떻게 이 사람만 했겠나. 이렇게 예쁜 아가씨를 아내로 얻게된 내가 더 횡재한 셈이지."

하고 만족한 듯이 히죽 웃었다. 그러자 은주는 무슨 생각인지

"참 당신은 사람의 마음씨도 고칠 수 있는 의술이라고 했지요?"

하고 조금 전에 포교들에게 한 말을 물었다.

"그건 왜 물어?"

"거짓말 잘하는 사람도 고칠 수 있나 해서요."

"그거야 쉽게 고칠 수 있지. 내 동침 한대면 나을 수 있으니."

"그럼 이분에게 동침을 한 대 놔줘요."

하고 고개를 돌려 뒤에서 오는 도부꾼을 가리켰다.

"그 사람을 왜?"

"선비님이 신 사러 갔을 때 자기는 도부꾼이 아니라는 걸요."

이 말에 당황한 갑수는 얼굴이 벌개지며

"아가씨 아가씨 무슨 쓸데없는 말을 하려고 해."

하고 입을 막으려고 했다. 그러나 은주는 천연스럽게

"저것 봐요. 금시 나보고서 도부꾼이 아니라고 하구도 또 딴소리 하려는 걸 봐요."

그러자 갑수는 네 년이 그렇게 나오면 나도 할 말이 있다는 기세로

"그래 내가 도부꾼이 아니면 어쨌단 말야."

하고 은주에게 대들었다.

그러자 길동이가 그의 말을 받아

"하긴 나도 저 사람이 도부꾼 노릇이나 해먹을 사람이라고는 생각지 않았네, 무슨 피치 못할 일 때문에 도부꾼 행장으로 나서게 된 것이겠지, 자네 그렇지 않은가."

하고 웃으면서 물었다.

"그래요. 바로 그것입니다. 제가 말하려던 것이."

"그러면 무슨 일로 도부꾼 행장으로 나서게 됐나?"

"전 이래뵈도 한다한 명문집의 아들이랍니다."

"그런 사람이 왜 도붓짐을 지게 됐나 말일세."

"그렇지만 난 서자의 신세로 태어난 걸요. 그런 놈이 양반의 딸과 눈이 맞게 됐으니 평안할 리가 있소."

"그렇다면 계집 때문에 등짐을 지게 됐구먼."

"말하자면 그렇지요."

"알고보니 대단한 집의 자제신 모양이구료."

"홍판서가 바로 내 부친이오."

"예?"

길동이는 놀라지 않을 수가 없었다.

"홍 도령님을 이렇게 몰라보고 이렇게 제가 주책없이 굴어 미안하우."

길동이는 갑수에게 절을 해 가며 사과를 했다. 이 바람에 갑수는 자신이 생긴 모양으로 지금까지의 태도와는 아주 달리

"그걸 나무랄 수야 있소, 하인은 내가 청해서 한 노릇인데."

"도련님은 검술이 대단하다지요?"

길동이는 이런 말로 다시 비위를 맞추었다.

"십여 명이나 되는 포교를 혼자서 당했다는 소문을 들었으면 내

검술이 어떻다는 건 알 수 있지 않소. 그런 재주도 없었다면 난 벌써 저승에 갔을 놈이오."

갑수도 이제는 배짱이 생긴 모양이다. 하기는 남의 전대를 노리고 다니는 놈이니 무슨 말인들 못하랴.

"어쨌든 도련님은 집을 나왔다고 해도 마음 든든하겠습니다. 그만한 검술 솜씨라면 길목을 지켜도 밥 굶을 걱정은 없겠으니."

"이분이 날 놀리자는 셈이오?"

갑수도 이 말은 비위에 거슬리는 모양으로 얼굴빛을 달리했다.

"그것이 아니라 도련님이 부러워서 하는 말입니다. 도련님도 강릉까지 가신다지요?"

"강릉뿐만 아니라 이왕 길을 나온 김에 팔도강산을 돌아볼 생각이오."

"실은 나도 같은 신세요. 전대에 돈이 있을 때는 걱정이 없지만 그렇다고 언제까지 돈이 남아 있을 리는 없는 것이오. 먹고 살자면 검술이 필요할 때가 있을 것 같군요. 강릉까지 노자는 일체 내가 댈 테니 그걸 좀 가르쳐 줄 수 없겠소."

"노형도 칼 쓰는 법을 꽤 아는 것 같은데 공연히 나를 놀리자는 뜻에서 이런 말 하는 것 아니오."

갑수는 이상한 눈으로 길동이를 보면서 물었다.

"무슨 말씀을, 내가 칼 쓰는 법을 안다면 이런 말을 왜 꺼내겠소."

"그렇다면 나를 스승으로 섬기고서 무슨 말이나 복종하겠나."

어느덧 하게조로 말했다.

"섬기다 뿐이겠어요. 바른 말이면 무슨 말이나 복종하지요."

"그리고 저녁이면 술도 사야 하네."

"염려 마시오."

"그렇다면 우선 뒤에서 오는 자네 여편네라는 계집을 떼어버리게."

명령하듯이 말했다.

"내 아내를요?"

"싫은가."

"스승의 말을 싫다고야 하겠습니까만 무슨 이유도 없이야 떼어버릴 수가 있습니까."

"자네가 신을 사러 갔을 때 저 계집이 날보고 뭐라고 말했는지 아나? 자네 허리에 찬 전댄 자기 것이나 마찬가지라고 그랬어. 그런 계집을 아내로 삼을 생각을 하냐 말야."

"그것이 뭐 어때서요?"

"당연한 것처럼 말하네그려."

"당연한 일 아니오."

"어째서 당연한 일인가."

"우린 부부가 된 이상 내 허리에 띤 전대의 돈이 자기 돈이나 마찬가지라는데 뭐가 이상하우."

"자넨 그걸로써 태평한가?"

"태평뿐이겠어요. 오늘 밤엔 전대를 풀어 저 사람에게 아주 맡길 생각입니다."

길동이는 히죽거리며 이런 말을 태연스럽게 했다.

"자네는 내 말을 통 믿으려고 하지 않네그려."

갑수는 여전히 홍길동이 행세를 했다. 그렇다고 길동이는 화내는 일 없이 오히려 심심치 않다는 얼굴로

"그런 건 아닙니다만 들을 수 없는 말을 하시니."

"그래, 자네 마누라는 떼어버릴 수 없다는 말이구면."

"별로 잘못도 없는 사람을 매정스럽게 떼어버릴 수는 없지 않습니까."

"없다니, 자네 전대를 노리는 도둑년이라는 걸 알려줘도 그런 소린

가."

"선생은 아직 독신이 돼서 모르시는 모양인데 부부란 그런 것이 아니랍니다. 말하자면 네 것 내 것이 없는 것이 부부지요. 그러니만큼 저 사람은 할 말을 했는데 도둑이라니 그건 선생의 잘못입니다."

"이 사람아, 날 놀리는 셈으로 그런 말을 하는가."

"천만에요. 난 사실을 이야기한 것뿐입니다."

"날 놀리겠으면 마음대로 놀려보게나. 그러나 내일 아침이면 눈이 뚱해져서 후회를 할 걸세. 여편네와 전대가 한꺼번에 없어졌으니 말야. 그때 가서 자네가 아무리 애걸복걸 해 보게나, 내가 다시 자네에게 검술을 배워 줄줄 아나."

이런 말로써 자기가 검술에 능하다는 것을 증명하려고 하니 머리가 그렇게 우수한 편이라고는 할 수가 없다. 그렇지도 않으면 한 술 더 떠서 일부러 그래보는 것인가.

"그야 그렇겠지요. 선생은 검술을 배워주겠다는 것이 술 생기는 것이 목적이었는데 내가 무일푼이 되면 검술 배워줄 흥미도 없어지겠지요."

"그런 것이 아니야. 이래 뵈도 난 자네를 검객으로 만들어 줄 생각에서 하는 말이야."

제법 스승 같은 말을 했다.

"그러니 내 아내를 꼭 버려야 한다는 말이군요."

"그렇지."

"그러니 참 난처한 일이구면."

길동이는 혼잣말처럼 말하고 나서 뒤에 오는 은주에게

"선생이 임자를 버려야만 검술을 배워준다니 어떻게 하면 좋은가."

"그래서 나를 버리겠다는 것이에요?"

은주는 급기야 화가 난 듯한 얼굴이 되었다.

"버릴 생각이라면야 임자에게 왜 묻겠나. 버리고 싶지는 않은데 검술도 배우고 싶으니 묻는 것이지."

"그렇다면 둘 중의 하나를 택하면 되잖아요."

"어떻게?"

"나를 버리지 않는 일."

"그렇지만 난 이분에게 검술을 배우고 싶으니 말야."

"당신은 정말 저 사람이 검술을 잘하는 홍길동이로 아시는 모양이군요."

"이분이 말하지 않던가, 자기가 홍길동이라구."

"그래도 난 믿지를 못하겠어요. 홍길동이라는 사람은 아주 훌륭한 분이라는데 아무려니 그런 말을 하겠어요. 나를 붙잡고서 당신을 버리고 달아나자는 말을—"

"그게 정말인가."

"내 말이 믿어지지 않으면 저 사람에게 물어봐요, 그것이 사실이냐 아니냐."

길동이는 갑수에게 얼굴을 돌려

"정말 그런 말을 했소."

하고 정색해서 물었다.

"무엇 말인가."

길동이와 은주가 하는 말을 듣지 못했을 리가 없으면서도 갑수는 못 들은 듯이 물었다.

"선생이 제 아내와 도망치자는 말을 사실로 했나 말입니다."

"했지."

선뜻 대답했다.

"그건 무슨 뜻에서 말했습니까."

길동이는 약간 안색을 달리하는 체하면서 물었다.

"이 사람, 아 그렇다고 화낼 건 없어. 그것도 자네를 위해서 한 일이니."

"나를 위해서요?"

"저 아가씨가 자네를 진정으로 좋아하는지 그렇지 않은지 떠보기 위해서 말야."

"그래요?"

길동이는 그 소리에 넘어간 듯이 히죽 웃고 나서

"그래 뭐라고 해요."

"뭐라고 했을 것 같나."

정색한 얼굴로 되물었다.

"그야 으레 나를 버리고 도망칠 수는 없다고 했겠지요."

"그랬으면 저 아가씰 버리라고 했겠나, 그런 말이 아니니 버리란 것이지."

"그럼 뭐라고 했어요."

"내가 도망치자니까 해쭉 웃으며 자네 전대를 훔쳐 갖고 도망치자고 합데."

갑수는 이런 거짓말도 눈 하나 깜짝하지 않고 말했다.

"그게 사실인가."

길동이는 뒤에서 오는 은주에게 물었다.

"저 사람이 정말이라면 정말이겠지요."

은주는 태연스럽게 말했다.

"내 아내가 된 사람이 무슨 짓이야. 내가 벌써 싫어졌나."

"싫어지긴요. 저도 저 사람의 마음을 떠보기 위해서 그래본걸요."

"그래 떠본 결과가 어떻든가."

"나그네의 봇짐을 터는 틀림없는 도둑이더군요."

"뭘로써 그렇게 말할 수 있어?"

"자기 입으로 말한 걸요. 자기와 내가 손을 잡으면 봉물짐도 털 수가 있다는 거지요. 내 팔꿈쐐기가 대단하다는 거예요."

"그렇다면 저 사람의 검술도 대단치가 않은 모양이구먼."

"그렇기 말예요. 그러기에 자기가 길동이란 말두 정소리 같지가 않다는 거예요."

"흠 —."

길동이는 은주의 말을 잠시 생각하는 체하고 걷다가

"내 아내의 말을 들어보면 선생이 길동이도 아니고 검술도 능한 것 같지가 않은데 혹시 그것이 사실이 아닙니까."

넌지시 물었다.

"여보게, 누가 자기 스승에게 그런 실례의 말을 하나."

"저는 앞에서도 말한 것처럼 공명정대한 세상을 만들기 위해 거짓말을 하는 사람을 고쳐주려고 길을 떠난 의술인 만큼 느껴지는 것을 사실대로 말했습니다."

"그 생각은 훌륭한 거야."

갑수는 약간 난처한 모양으로 쓴 얼굴을 하고 나서

"그렇지만 스승을 의심한다는 것은 옳은 일이 아니야."

하고 꾸짖듯이 말했다.

"그렇다면 틀림없는 길동이란 거지요?"

"틀림없는 길동이야."

"그러면 선생의 검술을 한번 뵈어줄 수는 없을까요?"

드디어 길동이는 난처한 주문을 꺼내놓고야 말았다.

"내가 칼 쓰는 법을 자네 눈으로 보고 싶다는 것인가."

갑수는 별로 당황하는 일 없이 물었다.

"나도 선생의 칼 쓰는 법이 어느 정도나 되는지 알고서야 아내를 버려도 버릴 것이 아닙니까. 내 아내라는 사람도 나 같은 사나이는 한둘쯤 건사하는 사람이라······."

길동이는 대여섯 발자국 떨어져서 오는 은주에게 슬쩍 눈짓을 하며 말했다.

"자네 말인즉 나와 자네 마누라 싸움을 한번 붙여볼 생각인 모양이네그려."

"솔직이 말해서 그렇습니다. 선생이 내 아내를 당해낼 수 없는 검술이라면 난 어떻게 됩니까. 공연히 아내만 잃고 코까지 깨질 판이 아닙니까."

길동이가 그것이 걱정이 된 듯 정색해서 말하자

"이 사람아, 사나이 대장부로서 계집 하나 못 누여 걱정인가."

자못 호걸다운 소리로 말했다.

"그렇지만 내 아내는 보통 여자가 아니라는 건 선생도 알지 않소. 좀 전에 포교들을 해치우는 걸 봤으니."

"아무리 주먹이 세다 해도 계집이야 계집이지."

"그래두 난 그렇게 생각지 않는데요."

"주먹이 세면 달리 누여두 되지 않아?"

"달리 누이다니."

"천리(天理)로 말야."

"천리로?"

"계집이란 사나이가 말만 잘하면 저 혼자 치마 벗고 벌렁 나가자 빠지게 마련이라네."

어기뚱한 말을 했다.

"그야 말이 쉽지 실제야 어디 그게 쉬운 일입니까."

"그건 방법을 몰라서 그런 거지 그리 힘든 노릇도 아냐."

"그 방법을 좀 알고 싶군요."

"알고 싶다면야 가르쳐 주지. 계집이란 칭찬만 해주면 고분고분해 지는 거야."

자신 있게 말하자 길동이가 선뜻 말을 받아

"그건 제 아내도 이미 알고 있습니다."

"그래."

의외란 듯한 얼굴을 하고 나서

"그렇다면 둘째 방법을 써야 하지."

"그건 뭣입니까."

"협박공갈. 말하자면 뒤의 아가씨가 내 말대로 전대를 노리는 계집이 아니래도 무슨 비밀이 있는 계집인 것만은 틀림없어. 그러니까 말을 듣지 않으면 관가에 알린다고 해보게. 코끼운 소처럼 양순해질 걸세."

"그래도 제 생각 같아서는 그것도 별 효과가 없을 것 같은데요."

"어째서?"

"코를 끼기 전에 내가 먼저 받힐 것 같으니……."

"그렇게도 자신이 없나?"

"예— 전."

"그렇다면 실제로 내가 누이는 걸 보겠나?"

"아까부터 제 이야기가 그것이 아닙니까. 어떻게 해서든지 누여보라구."

"그래 내가 자네 마누라를 누이면 어떻게 하겠나."

"어떻게 하긴요. 이왕 누였으니 제 마누라를 선생에게 드릴 수 밖에 없는 일이고, 그 대신 선생은 처음대로 우리의 하인이 되는 수 밖에 없는 일이 아니오."

길동이가 태연스럽게 말하자

"후회하지 말게나."

하고 뒤에서 오는 은주를 기다리는 모양으로 돌아다보자 은주는 보이지 않고

"앞에 가는 사람들 섰거라!"

고함치며 말을 타고 달려오는 사람들이 있었다.

말을 타고 달려온 사람들은 패랭이를 젖혀 쓴 포교들이었다. 어지간히 말을 달린 모양으로 모두가 땀투성이였다.

"우릴 왜 부르는 거요?"

길동이가 점잖게 물었다.

"어디서 오는 길이요?"

"서울서 오는 길이요."

"서울서 사시우?"

"서울이 아니라 춘천서 사는 사람이우. 서울 과거를 보러 갔다가 낙방을 하고 돌아가는 길이요."

마침 서울에서 과거가 있었으므로 이런 말이 통할 수 있었다.

"틀림 없소?"

"틀림이 없냐니 무슨 일이라도 있소?"

역시 점잖은 어조로 무슨 일인지 이편에서 알고 싶다는 듯이 물었다. 그러나 포교들은 그 대답은 않고

"젊은 두 남녀가 이리로 간 모양인데 노형들은 못 봤소?"

하고 물으면서 두 사람의 용모를 살폈다. 모르긴 해도 양수리 앞에서 뻗은 포교들에게서 젊은 남녀라는 나그네의 용모에 대한 것을 듣고 온 모양이었다.

"못 봤는데요."

그러자 다른 포교 하나가 입을 열어

"젊은 두 남녀가 아주 다정스럽게 손을 잡고 갔다고 하는데……."

이 말에 길동이는 깜짝 놀라는 얼굴로

"대낮에 젊은 남녀가 손을 잡고 가다니 무슨 일입니까."

"자세한 말은 할 수가 없지만 포도청의 명으로 뒤를 쫓고 있소. 정말 본 일이 없지요?"

"본 일이 있다면 왜 모른다고 하겠어요. 손을 잡고 가는 젊은 남녀라고 하면 도망꾼이 분명한데."

갑수도 한 마디 하자

"자네는 잠자코 있어."

길동이가 하인 취급으로 꾸짖고 나서

"우리도 그런 사람을 보게 되면 관가에 알리도록 하지요."

"부탁합니다."

그들은 다시 먼지를 피우며 말을 달리기 시작했다.

"자네 부부를 잡으러 온 것이 아닌가."

갑수는 뚱해진 눈을 돌리며 물었다.

"그런 모양이군요."

"그런데 자네 아내는 도대체 어디 가서 숨은 거야?"

“글쎄 알 수 없군요. 좀 전에도 우리 뒤를 따라오던 것 같은데.”

“뒤에서 포교들이 오는 걸 알고서 숨은 모양이야.”

“그렇겠지요.”

“그러면 찾아 갖고서 같이 가야하지 않겠나.”

“그럴 필요도 없을 겝니다. 그 사람은 우리보다 걸음이 빠르니까 우리가 가노라면 뒤에서 따라올 것입니다.”

길동이는 뒤돌아보는 일도 없이 걸으면서 말했다.

“그러다가 혼자서 그놈들에게 잡히기라도 하면 어떻게 하겠나.”

“그러면 잘된 셈 아니요. 아가씨와 동행하다가 잡히게 되면 우리까지 큰 봉변을 당할 게 아닙니까.”

“이 사람아, 아무리 노상에서 만난 부부라고 한번 약속한 아내에 대해서 어떻게 그렇게도 냉정할 수가 있나.”

“선생은 버리려던 제 아내에 대해서 어쩌면 그렇게 온정을 갖게 됐습니까.”

“그래도 동행하던 아가씨가 아닌가. 같이 가던 사나이가 둘씩이나 되면서 모른 척할 수야 없는 노릇이지.”

갑수는 처음으로 정색한 얼굴을 했다. 그 얼굴을 보니 생각보다 애교가 있는 얼굴이다.

“그보다도 선생은 내 아내를 누일 자신이 있는 모양이니 남이라고도 생각되지 않기 때문이겠지요.”

길동이가 조롱대듯이 히죽 웃었다.

“이 사람아, 지금 그런 조롱이나 하구 있을 땐가. 빨리 그 아가씨를 찾아놓고 볼 일이야.”

갑수는 은주를 찾기 위해서 온 길을 되돌아서려고 했다.

“뭐 그렇게 되돌아가서 찾을 필요는 없을 겝니다.”

“없다니?”

“내 아내를 잡으려는 포교들이 앞으로 갔는데 무슨 걱정입니까. 아가씨는 틀림없이 우리 뒤를 따라올 겝니다.”

“이 사람아, 말 같지도 않은 소리 말어. 그 포교들이 청평까지 가서 그대로 말을 달릴 줄 아는가. 그곳 포교들에게 아가씨를 봤냐고 물어보고서는 말머리를 다시 돌릴 것 아냐.”

“뒤쫓아오는 포교를 피한 사람이 앞에서 오는 포교를 못 피할라고요.”

길동이는 여전히 까딱도 하지 않는 태도였다.

“그뿐이 아냐. 말 탄 포교가 달리고 난 뒤에는 반드시 포졸들이 오게 마련이라네. 그렇게 되면 어떻게 되나, 아가씬 그물에 든 고기나 다름없게 되는 판 아닌가.”

“그래도 그 그물엔 걸려들지 않을 겝니다.”

“자넨 어떻게 그렇게도 장담할 수가 있지.”

"내 아내는 선생보다 머리가 좋으니까 그런 말도 할 수 있지요."

"뭐?"

"그러니 그런 걱정은 마시고 어서 가던 길이나 가자는 겝니다."

길동이가 걷기 시작하자 갑수도 마지못해 따라왔다. 그러나 얼마를 가지 못해 걸음을 멈추고서

"아무래도 난 그 아가씨를 내버려 두고는 갈 수가 없네. 난 혼자서라도 찾아보고서야 가겠어."

온 길을 다시 돌아서려고 했다.

그러자 길동이가

"그리로 가선 만날 수가 없을 겝니다."

"왜?"

"그 사람은 틀림없이 우리보다는 앞섰을 테니."

"앞섰다니, 자네는 무슨 소리를 하나?"

"우리보다 걸음이 빠른 사람이 왜 뒤떨어졌겠소. 그 사람은 벌써 청평 앞고개까지 가 있을 겝니다."

"뒤떨어졌던 사람이 어떻게 앞섰다는 거야?"

"어쨌든 내 말을 믿고서 그곳까지만 가 봐요, 으레 와 있을 테니."

길동이가 자신 있게 말했다.

"만일에 그곳에 아가씨가 와 있지 않으면 어떻게 하겠나?"

"선생이 땀을 흘려가며 제 아내를 누이지 않더라도 곱게 내드리지요."

"이 사람아, 없는 아내를 어떻게 내준다는 거야."

"참 그렇기도 하군요. 그러면 내 허리에 찬 전대를 풀어드리고서 평생 선생의 하인 노릇을 하지요."

"사나이로서 두 마디 하면 안 되네."

"염려 마시오. 그 대신 제 아내가 그곳에 와 있으면 어떻게 하겠습

니까."

"내 등짐을 자네에게 주고 평생 하인 노릇을 하기로 하지."

"선생의 등짐에 뭐가 들었는데요?"

길동은 그것을 따져 물었다.

"자네가 허리에 찬 돈 백 냥과는 비할 수 없는 물건일세."

갑수는 무거운 물건이라는 것을 말하기나 하듯이 일부러 등짐을 치켜올렸다.

"그렇지만 선생의 말이야 어디 믿을 수가 있어야 말이지요. 도부꾼이라고 했다가는 아니라고도 하고 내 아내를 버리라고 하고서도 버려서는 안 된다고 하니."

"그러니 내 등짐에 든 물건도 무엇인지 알 수가 없단 말인가."

"알 수가 없는 것이 아니라 헌 넝마나 들었을 것 같다는 말입니다."

길동이는 조금도 거리낌없이 말했다.

"스승에 대해서 무슨 말버릇이야."

갑수는 어지간히 화가 난 모양으로 눈을 부릅떴다.

"화낼 것도 없겠지요. 난 사실을 사실대로 말한 것뿐이니."

"어째서 그렇게 내 말을 믿으려고도 하지 않아."

"그건 제 탓이 아닙니다. 선생이 도무지 믿을 만한 말을 하지 않으니."

"뭐 어쨌다구."

갑수는 급기야 길옆에 있는 솔밭으로 들어가 등짐을 내려놓았다. 그리고는 팔을 걷어 굵은 나뭇가지를 하나 꺾어 다듬었다.

"그걸로 날 어떻게 할 생각입니까."

길동이는 길가에서 물었다.

"자네처럼 스승의 말을 믿지 않는 녀석에게 본때를 뵈 줄 생각일세."

"그런 생각은 그만두는 것이 좋을 것 같습니다."

"자네 생각대로 될 줄 아는가."

"그래도 그만두는 것이 좋을 겝니다. 이제 조금만 더 가면 가평 앞 고개입니다. 거기서부터 선생이 내 하인 노릇을 할 판인데 그때 가서 지금 맞은 매를 복수하면 재미없지 않아요."

"마치도 내기엔 자네가 이긴 것처럼 말하네그려."

"그럼 질 내길 처음부터 했겠어요."

"그건 내가 할 말을 자네가 하구 있는 것 같네."

"그런지도 모르지요. 어쨌든 그 고개까지만 가면 알 노릇 아니요. 나를 때릴 생각은 그만 하고 어서 길이나 부지런히 걸읍시다."

하고 히죽 웃고서는 다시 천천히 걷기 시작했다.

으르는 것 가지고는 별로 효과가 없다는 것을 안 모양으로 갑수는 따라왔다. 그러나 화가 난 얼굴은 아직 그대로였다.

"누더기가 들었다는 말에 화를 내는 것을 보니 정말 대단한 물건이 든 모양이군요?"

"자네 말대로 가평 앞고개만 가면 싫어도 자네가 이 짐을 지고 가야할 판이야. 그때 풀어보게나. 그러면 뭐가 든지 알 노릇 아닌가."

"그거야 내가 내기에 져야 말이지요."

"그럼 여태까지도 내기에 이길 줄 아는가."

가평이 가까워지자 날이 저물기 시작하며 주위는 갑자기 조용해졌다. 길을 걸으며 제일 적적한 때가 바로 이때다. 온종일 걸었으니 피곤도 하고 배도 고프기 때문이다.

그들이 말없이 걷고 있는데 길옆 소나무 아래서 쉬고 있던 은주가 일어서며

"왜 이렇게 늦었우?"

하고 웃으면서 물었다.

"아가씨, 어떻게 된 거요?"

갑수가 몹시 놀란 얼굴로 물었다.

"어떻게 되긴요. 두 분께서 너무 천천히 걷기에 내가 먼저 와서 쉬고 있었지요."

은주는 웃음을 지어 태연스럽게 말했다.

"아가씨가 우리 뒤에서 오는 줄만 알고 있었는데……."

"난 산을 넘어 왔어요. 그리로 오니까 길을 지르더군요."

"산을 넘어 왔다면, 저 돌산을?"

갑수는 은주가 넘어온 산을 쳐다봤다. 보통 사람으로서는 넘을 생각도 못 낼 험악한 산이었다.

"제가 저 산을 넘어 왔다는데 뭐 그렇게 놀란 얼굴을 하세요. 검술이 대단한 홍길동이란 분이."

은주가 조롱대며 웃자

"임자두 알아두게. 길동이는 생각하는 바가 있어 처음대로 다시 내 하인노릇을 하겠다고 했어. 그리고 잔등에 진 짐이 무엇인지 모르지만 나한테 바친다구 했어. 여보게 길동이, 자네 분명 그렇게 말했지?"

길동이는 히죽거리며 물었다.

"그래, 내긴 내가 진 셈이니 하는 수 없지."

갑수는 쓴 얼굴이면서도 군소리는 안 했다.

"당신 하인이라면 내 하인도 되는구면요. 그러면 나도 이제부턴 하게를 하겠어요. 아저씨 나무라지 말아요."

은주는 아무리 보아도 어수룩한 여자라고는 생각할 수가 없었다.

"내가 하인노릇을 하게 된 것이 뉘 때문인지나 알고서 그런 소리야."

"글쎄요, 뉘 때문인가요?"

"다 아가씨 때문이야."

"어마, 내 때문이라니 어째서요?"

은주는 부러 눈을 반짝거리며 물었다.

"지금 막 아가씨를 잡으러 포교 셋이 말을 달린 걸 알구나 있어?"

"나를 잡으러?"

"음."

하고 고개를 끄덕이고 나서

"그래서 나는 뒤떨어진 아가씨를 찾아가지고 가자는데 아가씨 남편이란 선비님은 그런 생각은 전혀 없더군."

"제 남편이 그렇게도 매정해요?"

"아가씨도 다시 한번 생각해 볼 일이야. 사나이로서 어떻게 그럴 수가 있겠어."

"그런데 아저씬 그런 사람의 하인은 왜 된다고 했어요?"

"내가 혼자라도 아가씨를 찾아가지고 간다니까 선비님은 아가씨가 먼저 가서 기다리고 있을 거라잖아. 그래서 난 화가 난 채 내기를 걸기로 했지."

"그래서 아저씨가 결국 져서 짐도 떼이고 하인노릇도 하게 됐군요."

"그러니 아무리 내가 하인노릇을 하게 됐다고 해도 아가씬 나보고서 하게 할 수는 없는 처지가 아냐."

"생각해 보면 정말 그렇군요. 아저씨가 그렇게 인정이 있는 분인 줄은 몰랐어요."

일단 추어주고 나서

"그렇지만 머리는 제 주인이 훨씬 좋은 편이군요."

"그래서 어쨌단 말이야."

"아저씨가 하인이 됐다고 해서 조금도 억울한 건 없다는 것이지요."

하고 해쑥 웃었다.

"그만 쉬었으면 다시 걸어보기로 하지. 그런데 오늘 밤은 어디서 쉬기로 한다?"

이런 말을 꺼낸 것은 길동이었다.

"그건 머리좋은 선비님이 알아서 할 노릇이 아니우."

갑수가 길동이의 말을 비꼬는 어조로 받았다.

"그래도 길이야 초행인 나보다 자네가 잘 알 노릇이지. 그런 소리 말구 어서 앞서게."

하고 추어주었다. 이 바람에 갑수는 화가 좀 풀린 모양으로

"어쨌든 오늘 밤은 가평골로 들어가서 다리 펴고 잘 생각은 말아야겠지요."

"그래서 자네보고 앞서라는 것 아닌가. 어디 가서 자면 포교 눈을 벗어날 것 같나?"

"되도록 순천 가는 길을 멀리 해야겠지요."

"그러자면 여기서 홍천 가는 길로 빠지는 수밖에 없구만."

"그 길은 재미가 적어요. 나루를 건너야 하니까요."

"저물어 나루가 끊어졌을 것 같아서 그런 말인가?"

하고 서쪽 하늘을 쳐다봤다. 해는 이미 졌으나 나룻배가 끊어지게 끔 어둡지는 않았다.

"그것이 아니라 나루터엔 으레 포졸 한 두 녀석이 지키고 있을 테 니."

"그까짓 포졸 한 두 녀석이야 뭐 겁낼 것 있겠나. 자네 같은 검객 이 있는데."

길동이는 히죽 웃으면 다시금 갑수를 추어올렸다.

"그렇지만 우리가 그곳으로 지나갔다는 걸 알리는 게 재미 없지 않아요. 그놈들이 알면 으레 뒤쫓을테니 시끄럽게 되지요."

"하긴 자네 말이 옳네. 그러면 어디로 가는 것이 안전한가."

"명지산(明知山) 쪽으로 갑시다. 여기서 오마장쯤 가면 암자가 있 으니 오늘밤은 거기서 자기로 하지요."

"그곳에서 우리를 받아주겠나?"

"염려마시오. 두 분을 위해서 신방을 마련해 드릴 터이니."

갑수는 길동이의 마음을 알아주듯이 히죽 웃었다.

길동이는 은주에게 고개를 돌려

"임자 생각은 어떤가. 이 사람이 명지산 쪽으로 찾아가면 우리가 잘 신방을 마련해 준다니."

하고 태연스러운 얼굴로 말했다.

"그렇다면 정말 고맙군요."

그러나 은주는 그 말을 그대로 믿을 수가 없는 모양으로

"그래도 그곳엔 화적떼들이 많다는데 혹시 우리를 그 적굴로 끌고

가는 것이 아닐까요?"

하고 길동이에게 말했다.

그러자 갑수가 분주히 입을 열어

"아가씨, 무슨 말을 그렇게 하는 거요?"

"아저씨 하는 말을 그대로만 믿을 수가 없으니 우리 주인보고 거짓말 못하게 동침을 한대 놔주라는 겁니다."

예사롭게 말했다.

"저 아가씨가 바로 오늘 밤에 신방에 들겠다는 것인가."

갑수가 어이없는 듯이 말하자

"왜요?"

"입이 헌 걸 보면 아무래도 새색시라고는 할 수 없으니."

"주인 마님보고 무슨 말버릇이야."

은주가 마님다운 얼굴을 하는 순간 저편 느티나무 밑에 수상한 젊은 사나이 하나가 이쪽을 보는 듯 마는 듯하면서 그들이 오기만을 기다리고 있었다.

'벌써 포교들이 이쪽으로 올 것을 알고 지키고 서 있는가.'

이것은 은주만의 생각이 아니었다.

나무 밑에는 키가 구척 같은 사나이가 눈을 부릅뜨고 서 있었다.

그러나 포교 같지는 않았다. 험상궂게 생긴 얼굴이 틀림없는 길목지기였다.

"우린 자네만 뒤따르겠으니 어서 앞장을 서게."

길동이가 이런 말로 갑수를 앞세우려고 했다. 그러나 갑수는 기겁을 하고 뒤로 물러서고 나서,

"선비님은 잠자코 가요. 난 뒤에서 가다가 저놈이 뭐라면 해치울테니."

"그럴까. 그럼 자네만 믿고 난 마음 턱 놓고 가겠네."

그러나 어둠을 가로막고 있듯이 뚝 버티고 있는 품이 그들을 내버려 둘 것 같지가 않았다.

"포교들이 혹시 저 녀석 뒤에 숨어 있는 건 아니에요?"

은주는 길동이가 너무나도 태연스럽게 가는 것이 불안스러워 옷깃을 잡아당기며 말했다.

"어쨌든 가봅세, 우리 뒤에 길동이 장수가 있는데 무슨 걱정이야."

길동이는 갑수 들으라는 듯이 말하고 히죽 웃었다. 그가 당황하는 꼴이 재미난 모양이었다.

그들이 괴한 앞을 대여섯 발자국 지났을 때였다. 말없이 서 있던 괴한이 갑자기

"나그네들, 거기 잠깐 서."

하고 고함쳤다. 그들을 지나치게 하고 나서야 소리친 것은 세 사람 수에 약간 질렸던 때문인 모양이다.

"무슨 일로 부르오."

길동이가 고개를 천천히 돌리며 물었다.

"나는 국사로 동분서주하는 사람이야. 중대한 사명을 띠고 지금 여주로 가는 길인데 노자가 떨어졌어. 그래서 자네들에게 노자를 나눠 쓰자는 것이네."

"대단한 고생을 하시는군요."

길동이는 온순히 말을 받았다.

"응, 이것도 모두가 너희들 때문이지."

"그래서 여주까지 가는 노자를 청하신다고?"

"있는 대로 주게나."

"그런 청이라면서 거절하겠습니까만 그러나 남에게 청을 하면서 그 언사가 너무나 무례한 것 같군요."

"뭐 어째—."

　괴한은 가슴에 비수라도 품은 모양으로 급기야 그곳에 손을 넣었다. 길동이는 그것을 모르는 체하고

　"그런 예의도 모르는 분이 어떻게 국사를 운운할 수가 있나 말입니다. 그런 큰 일을 하시려면 수양을 좀 더 쌓으시고 나서야 할 것 같습니다."

　"너 같은 녀석에게 그런 수작 듣겠다는 것 아냐. 준다든지 안 준다든지 그거나 분명히 말해."

　"노자야 드린다고 했으니 틀림없이 드리겠습니다. 그러나 다음부터는 남에게 무엇을 부탁할 땐 공손해야 한다는 예의를 아시오."

　"난 갈 길이 바쁜 사람이야. 한가롭게 그런 소리 듣고 있을 틈이 없다지 않아!"

　괴한은 산이 울릴 만큼 큰 소리로 고함쳤다.

　"그러면 이걸로써 노자를 삼으시고―."

길동이는 주머니에서 은전 한 닢을 꺼내 종이에 싸서 주었다.

"이것이 얼마나 되는데?"

괴한이 그것을 펼쳐 보는 품이 그렇게 길은 바쁘지 않은 모양이다.

"이게 은전 한 닢 아닌가."

괴한은 싸준 은전을 펼쳐보기가 무섭게 소리쳤다.

"예, 그것이면 여주가 아니라 강릉까지도 충분히 갈 수 있을 겝니다."

길동이는 여전히 온순하게 대답했다.

"그곳에 간다고 해도 산속에 숨어 사는 동지들은 나무 뿌리를 캐먹고 사는 형편이야. 그들을 위해서 자네 전대를 풀게나."

갑수가 가진 등짐보다도 실속 있고 홀가분한 전대가 더 필요한 모양이다.

"그래도 그건 너무 지나친 청입니다. 노형도 길을 떠나 노자가 떨어졌다니 그것이 얼마나 곤란한 것인가를 아실 것 아닙니까. 그런데 전대를 풀어 달라니."

"싫다는 것인가."

괴한은 다시 비수를 품은 가슴에 손을 댔다.

"싫다는 것이 아니라 노형에게 도와드릴 것은 충분히 도와 드렸다는 겝니다."

"노자만으로는 부족하다는 거야. 어서 전대를 풀어."

"글쎄, 그건 너무 무리한 요구라지 않습니까. 그야말로 청평골의 원님 같은 욕심이지……."

"뭐뭐…… 내가 청평골의 원님 같은 욕심이라고?"

알 수 없게도 그 말이 몹시 비위에 거슬리는 모양으로 괴한은 눈을 부릅뜨고 달려들 듯이 소리쳤다.

"예, 저로서는 그렇게 밖에 생각할 수가 없군요. 그 원님은 자기 골
을 지나가는 반반한 아가씨는 모두 잡아다 재미를 보는 모양이니 어
지간한 욕심이 아닙니까."

"이 녀석아, 듣기 싫어. 그놈은 내 칼에 죽을 녀석이야."

"화를 내시는 걸 보니 그 원님에게 대단한 원한이라도 있는 모양
이군요. 여주로 가신다면 길도 같은데 동행해 그 이야기나 들읍시
다."

넌지시 이런 말을 꺼냈다. 너무나도 태연스러운 길동이 태도에 괴
한은 겁을 먹은 얼굴이었지만 그러면 안 되겠다고 생각한 모양으로

"난 그렇게 한가한 사람이 아니야. 전대를 풀기 싫으면 이 칼을 받
을 생각을 해."

한 걸음 다가서며 비수를 꺼내들었다. 그 바람에 갑수는 질겁을
하고 은주 뒤로 물러섰다. 그러나 길동이는 당황하기는커녕 오히려

웃는 얼굴로

"허, 이 분이 청평 원님을 찌르겠다는 칼로 우릴 찌를 셈인가. 그러지 마시고 그 칼은 걷어 넣으시오. 노자를 주면서 동행하자는 사람에게 무슨 원한이 있다고—."

"그러면 전대를 풀겠다는 소린가."

"이분이 왜 이렇게도 내 말을 못 알아들을까. 그 칼은 잘 건사했다가 청평 원님 찌르고 그 험악한 얼굴도 그만 하라는 거유. 그렇지 않아도 노형의 인상은 그리 좋은 편이 아니니."

"뭐 어째."

"딱이 말하면 산돼지 인상이라는 말입니다."

"산돼지라고."

"아니 그저 비슷하다는 겝니다. 비슷하니까 노형은 눈을 부릅 뜰 수도 있고 공갈협박도 할 수 있는 것이 아닙니까. 그러나 공갈협박으로 세상을 살려는 놈은 사실 산돼지 보다도 못한 녀석이랍니다."

하고는 갑수에게 얼굴을 돌려

"그렇지 않은, 여보게."

하고 응원을 청했다.

"공갈협박으로 살겠다는 놈이야 사람인가요. 그런 놈은 제명에도 살지를 못할 겝니다."

움츠려 섰던 갑수도 이제는 괴한이 길동이를 당할 수 없다는 것을 안 모양이었다. 자기가 한 말은 잊고 태연스럽게 이런 말을 했다. 길동이는 그에게 다시 입을 열어

"그러니 자네도 알았으면 이제부터 생각을 고치라는 것일세."

하고 침을 주고 나서 고개를 돌려

"노자를 도와 달라기에 첫마디로 그러자고 했는데 전대까지 풀어 놓으라니 그거야 처음부터 도와달라는 뜻이 아니라, 의사(義士)의

이름을 팔아 날도둑질 하자는 것과 조금도 다름이 없지 않습니까. 제발 나라를 바로 잡겠다고 애쓰는 사람들의 이름만 더럽히지 맙시다. 그것은 무슨 짓보다도 고약한 것이니 정말 해서는 안 됩니다."

괴한도 이 말에는 가슴이 찔린 모양으로

"입을 닫쳐. 내가 날도둑이라구?"

부릅뜬 눈을 반짝거렸다.

"그러면 날도둑이 아니시란 말인가요?"

"반정(反正)을 위한 의사라지 않아."

"그렇다면 한 가지만 묻기로 합시다. 으슥한 길목에 비수를 품고 섰다가 행인에게 돈을 내라고 위협하는 것은 무엇입니까. 제가 알긴 그것이 바로⋯⋯."

"듣기 싫어. 이 칼이나 받어!"

그 순간에 괴한이 든 비수가 어둠 속에서 번쩍이며 길동이 가슴에 달려들었다.

"앗!"

놀라 고함친 것은 은주였지만 갑수는 고함도 못 치고 뒤로 나자빠졌다. 그러나 그 순간이 지나고 보니 찔린 줄 알았던 길동이가 어느덧 괴한의 손을 비틀어 잡았고 칼은 그의 발밑에 떨어졌다.

"어마."

은주도 길동이가 그렇게도 몸이 날쌔리라고는 생각지 못했던 모양이다. 다급했던 얼굴이 그대로 놀란 얼굴이 되었다.

"이 사람이 힘 내기엔 꽤 자신이 있는 모양이지."

길동이는 비틀어쥔 손에 좀 더 힘을 주면서 이런 칭찬을 해줬다. 비꼬인 손이 잔등에 얹히고서도 요동을 치려는 것을 보니 그도 결코 만만한 녀석은 아니었다. 뿐만 아니라 대답하는 말도 겁먹는 일 없이

"힘이야 자신이 있지. 바루 씨름꾼으로 소 열 짝이나 타 먹었으니."

하고 넌지시 말했다.

"그렇다면 이 부근의 씨름꾼은 모두 스라소니 모양이네그려."

길동이는 다시 호되게 비틀어 "아야" 소리를 치게 하고나서

"어쨌든 자넨 뻔뻔한 녀석이야. 이런 힘 갖고서 땀 안 흘리고 남의 것 빼앗아 살겠다니."

"난 정말이지 너같이 힘이 센 놈은 처음이다."

비틀어대는 아픔을 참을 수는 없는 모양인지 괴한은 그만 수그러졌다.

"그래? 그렇다면 이왕 우리가 손을 잡은 김에 이제부터 둘이서 나서볼까. 그러자면 통성명이나 해야겠지, 이름이 뭔가."

"길동이야."

"뭐 길동이?"

　그렇다고 이런 말에 두 번이나 놀랄 길동이는 아니었다. 갑수가 다만 당황했을 뿐이다.

　"길동이라니, 자네도 성이 홍간가."

　길동이는 시침을 떼고 물었다.

　"자네도 내 이름은 들은 모양이군."

　산돼지도 천연스럽게 말했다.

　"암, 들었지, 혼자서 포교를 십여 명이나 해치운 길동이를 모를라구."

　"알았으면 이제라도 전대를 풀 생각을 해."

　팔목을 꾀고서도 이런 말을 예사롭게 하니 비위도 어지간히 좋은 놈이다.

　길동이는 어이가 없어 그만 웃고 난 뒤

　"그 길동이가 이런 곳에서 길목을 지키고 있을 줄이야 누가 알았나."

"길동이도 배가 고프면 별 수 없는 거야."

길동이는 그만 어이가 없어 웃고 난 뒤

"이 녀석아, 정작 길동이는 여기 있는 줄이나 알고서 지껄여."

하고 다시 팔을 비틀었다.

"아야 아야, 그러면 바로 네가 길동이란 말인가."

"내가 아니구 저 뒤에 있는 분이 홍 도령이야."

"저 도부꾼이?"

산돼지는 갑수를 돌아다보고 나서 믿어지지 않는다는 얼굴이다.

"잘 봐둬. 네 눈엔 도부꾼으로 밖에 보이지 않지만 저 분이 틀림없는 홍 도령이란 말야."

"저것도 진짜 홍 도령이냐."

"도련님 앞에 그건 무슨 말버릇이야."

길동이가 버럭 호령을 쳤다. 그러나 산돼지는 꺾이는 일이 없이

"진짜 길동이는 저렇게 늙지를 않았어. 자네처럼 젊었지."

"그래?"

길동이는 갑수에게 눈을 돌려

"이 녀석이 도련님을 가짜 도련님이라고 하니 무슨 말이요."

"선비님, 그래서 그 녀석의 말을 정소리로 믿소?"

"그러기에 나도 도련님에게 묻는 것이 아니오. 이런 놈을 어떻게 할까요?"

"우지개를 꺾어 놓구료."

그러자 길동이는 다시 산돼지에게

"자네두 지금 도련님이 이야기하는 말 들었지. 우지개를 꺾어 놓기 전에 잘못했다고 빌게나."

이 말에 산돼지는 화가 난 얼굴로

"빌라니 저런 녀석한테? 내 팔을 잠깐만 놓아주게나. 저 녀석의 입으로 가짜 길동이라는 말을 대번에 실토하게 할테니."

길동이는 다시 갑수에게 고개를 돌려

"이 녀석이 이런 수작을 하니 도련님이 이 녀석의 버릇을 좀 고쳐주시오."

산돼지를 그의 앞에 밀어 버리려고 했다.

갑수는 급기야 질겁을 하다 못해 울상이 되어

"선비님, 제발 그 녀석을 놔주지 말아요. 저렇게 무식한 녀석은 기어이 내 등뼈를 분질러 놓고야 말겝니다."

사정을 해 가며 빌었다.

"자네가 길동이라면서 이런 녀석 하나 건사 못하겠다고 울상인가."

알 수 없다는 듯이 말하자

"예예, 사실 저는 길동이가 아닙니다. 그저 이놈의 입이 못돼서……."

"그러면 역시 도부꾼이란 말인가."

"예, 예, 바로 그런 놈이랍니다."

"틀림 없는가."

"예 틀림없습니다. 제 짐을 풀어봐도 알겠습니다."

그러자 아무 말 없이 서 있던 은주가

"아무래도 당신이 동침을 꺼내야겠어요."

하고 길동이에게 함축 있는 말을 했다.

"동침을 꺼내라니 아가씬 무슨 말을 그렇게 하시오."

갑수는 누구보다도 은주의 말이 싫은 모양이다.

"아저씨가 통 바른 말을 하지 않으니 거짓말 안 하는 동침이라도 놓는 수밖에 없지 않아요."

"아가씬 어째서 내 말은 통 믿으려고 하지 않고 그런 말만 하시우."

"그건 내 잘못이 아니지요. 아저씨가 믿을 소리는 한 마디도 하지 않기 때문 아니에요."

"내 말을 그렇게 못 믿겠다면 하는 수 없군요. 등짐을 풀어 뵈는 수밖에. 그러면 내가 틀림없는 도부꾼이라는 걸 아시겠지요."

갑수가 짊어진 등짐을 내려 놓으려고 하자

"그만 둬요. 그 속에서 패부(牌符)라도 나오면 어떻게 해요?"

"패부라니?"

"패부 모르세요? 포교들이 꽁무니에 차고 다니는 것."

"난 또 무슨 말인가 했더니—왜 이러세요. 오늘 밤은 아가씨 신방까지 마련해 주기 위해서 앞장을 선 사람 보고서."

"그것이 믿을 수가 없다는 거예요."

"?"

눈을 뒤집는 품이 무엇인가 가슴에 찔리는 것이 있는 모양이었다.

"우리를 그 암자로 꼭 데리구 가야할 이유는 무엇이지요?"

날카로운 눈으로 은주는 따져 물었다.

"두 분을 조용히 모실 만한 곳이 이 부근엔 그곳 밖에 없으니."

"그것이 아니겠지요. 포교가 그곳에서 우릴 기다리고 있으니까 데리고 가는 것이겠지요."

"그건 또 무슨 말이요?"

하고 시침을 떼려 하자

"그러니까 아무래도 동침을 맞아야 한다는 것 아니에요. 나는 산을 넘어 오면서 그곳으로 십여 명이나 되는 포교들이 가는 걸 본 걸요. 그건 여기서 길목을 지키고 있던 저 사람도 봤을 거예요."

그리고는 산돼지에게 고개를 돌려

"봤지?"

하고 물었다.

"예, 봤습니다. 난 나를 잡으러 오는 포교인 줄만 알고 떨고 있었지

요."

"그럼 우리를 그 암자에 몰아넣고 손쉽게 잡을 생각이었구먼. 그 것이 사실인가?"

하고 길동이가 갑수에게 물었다.

"사실입니다."

발목이 잡혔으므로 이제는 말꼬리도 돌릴 수가 없는 모양인지 순순히 말했다.

"그렇다면 자넨 내 전대를 탐내던 이 산돼지보다 더 무서운 친구였네그려."

길동이는 별로 화내는 일 없이 말했다.

"그렇지만 그건 내 죄라고만도 할 수 없는 일입니다."

"그건 또 무슨 말인가?"

"도부꾼으로 살자면 그놈들의 앞잡이 노릇 안 해가지고서는 못 사는 걸요."

"그러니 먹고 살기 위해서 했다는 수작이구만. 그건 자네가 모가지를 비틀어야 한다는 이 산돼지도 마찬가지라네. 그렇지 않은가 이 사람—."

"······."

산돼지가 대답 없이 눈만 껌벅거리고 있자

"자네들, 마음 달리 먹고 나와 동행할 생각 없나?"

뜻밖에도 이런 말을 했다.

"예?"

갑수와 산돼지는 그 말이 잘 믿어지지 않는 모양으로 눈이 뚱해져 길동이를 쳐다보고 있었다.

"내 얼굴을 쳐다만 보지 말고 싫다든지 좋다든지 대답을 하게나."

길동이는 그들에게 대답을 재촉했다.

"싫을 리가 있겠습니까. 살려만 주신다면 무슨 짓이라도 하겠습니다."

갑수는 손을 비벼 가며 말했다. 그러나 산돼지는 눈만 껌벅이고 서서 말이 없다.

"자넨 싫은가."

길동이는 다시 산돼지에게 물었다.

"난 조건이 있네."

"무슨 조건?"

"자네가 칼쓰는 법을 배워준다는 약속이라면."

"이 사람아, 칼이야 내가 썼나, 자네가 썼지."

"그런 소린 말어, 자네 칼쓰는 솜씨쯤은 나도 알아보는 놈이야."

"배우고 싶은가."

"배우고 싶네."

"어쨌든 걸으면서 이야기함세."

길동이는 먼저 걷기 시작하며

"그렇지만 자네 같은 녀석에게 칼쓰는 법 배워줘야 사람 잡는 일밖에 더 있겠나."

"길목지기를 하다 잡혔으니 할 말은 없네만 나두 길 떠난 건 뜻이 있어서 떠났다네."

"뜻이 있었다니 대체 무슨 뜻인가."

"알아서 무엇하겠나. 칼쓰는 법을 배워준다든지 안 배워준다든지 그거나 이야기하게."

굴하지 않고 자기 할 말을 하는 걸 보니 길목지기를 업으로 삼는 녀석은 아닌 모양이다.

"그럼 사람을 해치지 않는다는 약속은 하겠나?"

"하지."

"내 말이면 무슨 말이건 복종도 하고."

"하인이 됐으면 그럴 수밖에 없잖아."

"말버릇도 고치고."

"고치지."

"그러면 내 아내에게 물어보고서 하인을 삼기로 하지."

그리고는 은주에게 고개를 돌려

"저 사람도 마음을 고친다니 하인으로 삼아도 괜찮겠지?"

의논하듯이 물었다.

"괜찮겠지요. 당신의 동침 맛은 본 셈이니."

은주는 해죽 웃으며 어깨를 같이 했다.

"내 아내도 싫다고 하진 않네. 참, 자넨 통성명을 다시 해야겠네그려. 이름이 뭔가."

"칠덕이."

"자네는 내 아내한테도 마님 대하듯 깍듯이 존대어를 써야 하네."

"⋯⋯?"

칠덕이는 말없이 은주를 힐끔 쳐다봤다. 불만이면서도 싫다고는 할 수 없는 모양이었다.

길동이는 다시 은주에게 고개를 돌려

"암자엔 포교들이 있다는 것을 알고서야 그리고 갈 수 없는 노릇 아닌가. 오늘 밤은 어디서 자야 하나?"

잘 자리가 걱정인 듯 물었다. 은주는 그 말이 기다리기나 했다는 듯이

"이 산모퉁이를 돌면 조그마한 초가집이 하나 나올 거예요. 내가 아는 노파가 사는 집이니 오늘 밤은 그리고 가서 자요."

"그럼, 이 길은 늘 다니던 길인가."

"어쨌든 잠자코 따라와 봐요."

은주는 수수께끼 같은 웃음을 띠고 길을 앞섰다.

은주가 앞서서 걷는 오솔길은 자꾸만 산속으로 접어들 뿐 산모퉁이 돌면 있다던 초가집은 좀처럼 나타나지를 않았다. 그동안 날도 아주 저물어 깊은 계곡도 울창한 수풀도 검은 일색으로 보일 뿐, 지금 들어선 길도 되찾아 보니 나갈 수 없게끔 심산에 들어선 것만 같았다.

이따금 들려오는 짐승 우는 소리가 더욱 그런 느낌이었다. 이윽고 은주가 걸음을 멈춘 곳은 수풀 속에 싸인 다 기울어져 가는 초가집 앞이었다.

"이곳이 내가 말하던 집이예요. 오막살이지만 포교들이 찾아올 염려는 없어요. 그러니 다리 펴구 잘 수 있지요."

"그랬으면 됐지."

길동이는 이런 산막으로 끌고 오리라는 것은 이미 알고 있던 얼굴이다. 그 집은 막상 들어가 보니 밖에서 보던 것처럼 그렇게 작은 집도 아니었다.

은주는 마중 나온 노파에게 두어 마디 귓속말을 했다. 그리고는 그들에게 노파를 따라 방으로 들어가게 하고서는 안으로 사라져 버렸다.

노파는 그들을 사랑방으로 안내하고서는 냉수다, 세숫물이다 하고서 시중을 들었다. 척척 해 나가는 그 솜씨가 익숙할 뿐 아니라 공손하기가 그지없다.

이 집에는 노파 외에는 사람이 사는 것 같지가 않았다. 그런데도 방도 잘 치워져 있고 가구들도 모두가 값싼 것은 아니었다. 집 뒤에는 개천이 흐르는 모양으로 물소리가 요란스레 들려왔다. 그 소리도 싫지는 않았다.

길동이는 목침을 베고 누워 은주가 사라진 안방을 살펴봤다. 은주가 부채질이라도 하고 있는 듯이 무엇이 어른거렸다.

'도대체 이곳은 무슨 집이야. 은주가 우릴 여기까지 데리고 온 것은 분명 무슨 생각이 있어서 데리고 온 모양인데.'

이런 생각은 갑수와 칠덕이도 마찬가지인 모양이다. 뚱한 눈으로 별로 말이 없는 것을 보면 알 수가 있었다.

이윽고 노파가 주안상을 들고 나왔다. 산해진미를 갖춘 대단한 상이었다. 그러나 더 놀라운 일은 그동안에 노파 혼자서 이렇게 장만한 일이었다.

'하늘에서 떨어지게 하는 재주가 없고서야 이렇게 빨리 만들 수가 있어.'

"피곤하실 텐데 어서 드세요."

술상을 갖다놓은 노파는 음식을 권하고서 나가려고 했다.

"은주아가씬 어떻게 됐소?"

길동이는 이 노파 앞에서 아내라는 말을 쓸 수 없어 이렇게 물었다.

"지금 선비님에게 곱게 뵈겠다고 머리 빗고, 옷을 갈아입고 있어요."

농으로 받아 넘기고는 그냥 나가버렸다.

"그럼 시장한데 먼저 들기로 하지."

길동이가 상 앞으로 가까이 앉았다.

"그렇지만 새색시가 나오기 전에 우리야 감히 음식에 손을 델 수가 있어요. 모르긴 해도 이것이 신랑신부의 상인 모양인데."

갑수가 결코 조롱이 아닌 이런 말을 하고 있는데 은주가 안에서 나왔다. 아까와는 달리 눈이 부신 아가씨가 되어 갖고 나왔다.

산막

"왜들 술을 들지 않고 보고만 있어요."

은주는 술상에 나 앉으며 말했다.

"임자가 상에 앉기 전에는 이 사람들이 술잔을 들 수가 없다는 구만."

길동이가 말했다.

"어떻게 이렇게들 예의를 차릴 줄 알게 됐어?"

은주는 갑수와 칠덕이를 웃는 눈으로 돌아다봤다. 그러나 그들은 꿀먹은 벙어리처럼 아무 말이 없이 눈만 껌벅거리고 있었다. 요란스러운 술상에 기가 눌렸는지, 그렇지 않으면 눈이 부시게끔 예뻐진 은주 용모에 정신이 얼떨떨해진 모양인지.

"그런 얼굴들 하고 있지 말고 어서 술을 들어요. 이 집은 허물없는 집이예요."

은주는 이런 말로 그들에게 술을 권하고 나서

"당신도 들어요."

하고 길동이에게 술을 부어줬다. 길동이는 쭉 들이켜고 나서

"역시 임자가 부어주는 술맛은 다른데."

좌석의 흥을 돋우기 위해서도 한 마디 안 할 수 없는 듯이 히죽 웃으며 말했다.

"정말이에요?"

"음, 꿀맛이야."

길동이는 빈 잔을 은주에게 내댔다.

"저를 주시는 거예요?"

"응, 임자도 한 잔 하게나. 몸이 풀려."

"그래도 전 술 못해요. 당신이나 들어요."

다시 술을 부어주고 나서

"그렇다고 너무 많이 잡숫진 마세요. 취하시면 잠자리에 드셔도 재미를 모르실텐데."

눈을 내리뜨며 이런 말을 태연스럽게 했다.

그러자 칠덕이가 마시던 술잔을 분주히 놓고

"늙은 총각 둘을 두고 저런 소리니 견뎌낼 도리가 있다고. 여보게, 우린 술이나 실컷 먹세."

갑수에게 잔을 주었다. 그러나 갑수는 신이 나지 않는 얼굴로 술잔을 받으려고도 하지 않고

"자네나 실컷 마시게. 난 싫네."

"왜, 자네는 술을 좋아하지 않는가."

길동이가 가로채 물었다.

"그런 것도 아닙니다만 오늘은 마실 생각이 없습니다."

"가짜 길동이 노릇한 것이 가슴에 걸리기 때문인 모양이네그려."

"그런 것도 아닙니다."

"그러면?"

"이왕 선비님에게 하인노릇하기로 약속했으니 충실히 하기 위해서 입니다."

"그렇다면 역시 내 전대가 걱정이 돼서 그런 모양인가."

"그런 걱정뿐이 아닙니다."

"아니라니?"

"아가씨에게 물어 보시구료. 여기가 어디냐구."

길동이는 은주에게 고개를 돌려

"저 사람이 못 올 데나 온 것처럼 걱정하는 모양인데 마음을 놓을 수 있도록 이야기해 주게나."

"우리가 살 집이예요."

거침없이 말하는 은주의 말에 길동이도 그만 놀란 얼굴이 되어

"우리가 살 집이라니, 도대체 그건 무슨 말인가."

하고 은주를 쳐다봤다.

"이제부터 이 집에서 우리가 산다는 거죠. 모를 것 없잖아요."

은주는 당연한 것처럼 말했다.

"아가씨가 정작 내 아내가 되어 갖고서?"

길동이는 어이가 없는 얼굴로 물었다.

"그렇지 않고요. 저 사람들이 가짜 홍길동이 노릇하듯 우리가 가짜 부부 노릇하겠어요."

"그렇지만 우린 약속이 다르지 않아. 길을 걸을 때만 편하라고 부부가 된다는 약속이었지 어디 정작 부부가 된다고야 했어?"

"선비님은 자기 입으로 그것만은 불만이라고 하시고서."

"그건 농담이지."

"어마, 농담이라니. 나는 그 말만 믿고 이렇게 집까지 모시고 왔는데."

"아가씨도 생각해봐요. 우린 오늘 덕소에서 만났을 뿐인 전혀 모르는 사람 아니었소. 그런 사이로 어떻게 부부가 된다는 거요."

"선 한번 보지 못하고 생판 모르는 사람들이 부부가 되는 일이 얼마나 많다구요. 우린 한 종일 길을 걸으며 이야기한 사인데 뭐가 부족해서."

"하, 난 어쨌든 그 때문에 따라온 것이 아냐."

"그 말은 너무해요. 선비님이 그렇게 박정한 사람인 줄은 몰랐어

요."

"박정?"

"전 선비님의 아내가 되고 싶다고 몇 번이나 말하지 않았어요? 선비님은 그걸 조금도 싫다는 얼굴을 하지 않고 지금와선……."

"그거야 지금도 말한 것처럼 그런 약속이었으니 하는 수 없는 일이었지."

"알고 보니 그렇게 된 일이군요. 글쎄 나도 선비님이 아가씨 같은 여자에겐 만만히 넘어갈 사람이라고는 생각지 않았는데."

갑수가 길동이의 편을 들 듯이 한 마디 하자 은주는 바늘 같은 눈으로

"주인이 말하는데 하인이 버릇없게 함부로 입을 여는 게 아냐."

하고 꾸짖고 나서

"그래서 내가 싫다는 거예요?"

대들 듯이 물었다. 그렇게도 정색해서 물으니

"싫다는 것은 아니야."

하고 길동이도 대답하지 않을 수가 없었다.

"그럼 싫지도 않지만 좋지도 않다는 뜨뜻미지근한 생각이란 건가요. 난 진정인 만큼 분명한 대답을 해줘요."

"좋기는 좋아."

"그러면 그뿐 아니에요. 오늘부터 부부가 돼도 되잖아요."

"그러니 좋다고 그 자리에서 아내를 삼을 수는 없는 노릇이야."

"왜요? 이런 산속에선 먹을 수 없을 것 같아서요?"

"그것도 있지."

길동이는 사실 그런 걱정은 아니면서도 대답이 궁한 대로 말했다.

"그런 걱정은 말아요. 젊은 하인 두 녀석이 있는데 무슨 걱정이에요? 칠덕이 녀석 보곤 길목이나 지켜 벌어 오는 걸 갑수 보고서 장

에 내다 바꿔오라면 되잖아요."

웃지도 않고 이런 말을 했다.

"그래 자네들 아가씨 말대로 하겠나?"

길동이는 웃으면서 그들에게 묻고 있는데 방문이 열리며

"아씨, 도사님의 화가 약간 풀린 모양이니 지금 들어가서 인사를 해요."

하고 노파가 알려줬다.

"도사님은 몹시 화가 났었나요?"

은주는 걱정되는 얼굴로 물었다.

"그럴 것 아닌가, 열흘이면 다녀온다던 서울을 한 달도 더 있다 왔으니."

은주의 일이 자기 걱정이나 되는 것처럼 말했다.

"그건 서울의 일이 뜻대로 되지 않아서지요. 그래서 기별도 하지 않았어요."

"그래도 젊은 너를 보낸 도사님이야 걱정이 왜 안 됐겠니. 잠도 잘 자지를 못하고 기다렸단다."

이 말을 듣고 있던 길동이가

"도사님이라니, 그 분이 대체 뉘신가요?"

하고 물었다. 그러자 은주 대신 노파가

"아가씨에게 검술을 배워준 도학자랍니다. 아가씨를 키웠으니 부친이나 다름없지요."

"그렇다면 혹시 평산(平山) 도사님 아니신가요?"

"어떻게 도사님 이름을 아세요?"

"명지산 속에 그런 훌륭한 분이 있다는 말을 들어 알고 있었지요. 그분이 바로 아가씨를 키워준 분이군요. 그런 줄도 모르고 오늘 제가 아가씨에게 너무 무례하게 군 것 같은데 너무 나무라지 말고 용서하시우."

길동이는 정색해서 말했다.

"무례스러웠다니 뭐가요? 선비님이 그런 심각한 얼굴을 하는 건 싫어요."

은주는 길동이의 그런 말을 진정으로 받아들이려고 하지 않았다.

"아가씨는 어서 도사님한테 가 보시오. 우린 이만 환대를 받고 물러나렵니다."

"물러나다니, 무슨 말씀이에요?"

은주는 당황한 얼굴이 되었다.

"어서 물러나야 할 일이지요. 아가씨를 사나이 세 녀석이나 따라와서 술을 처먹고 있다는 걸 도사께서 아신다면 어떻게 되겠소. 그야말로 노발대발할 노릇이 아니오."

"그런 걱정은 말아요. 그건 괜한 걱정이에요."

"어쨌든 우린 이곳에서 잘 수는 없어."

그러고 나서는 갑수와 칠덕이에게

"자네도 어서 일어설 채비를 하게."

"예—."

모두 일어서려고 하자 은주는 분주히 길동이의 옷자락을 잡아

"가긴 어딜 간다는 거예요 이 밤중에. 저하고 같이 도사님한테 가서 이야기를 해요. 어떻게 해서 같이 동행이 됐다는 이야길."

"동행이 될 만한 이유가 있어야 말이지."

"이유가 왜 없어요. 팔당에서 포교를 만난 이야기며 암자로 데려가려던 갑수 이야기와 길목을 지키던 칠덕이 이야기도 있지 않아요."

은주는 그들 둘을 슬쩍 보면서 이야기했다.

"그러면 저 사람들이 호되게 경칠 판 아니오. 나두 경을 칠는지도 모르지."

하고 히죽 웃자

"참 그렇구만요. 그런 말을 안 한다고 해도 여기까지 동행이 돼 준 선비님에게 도사님이 고맙다는 인사도 해주지 않으면 제 마음이 편안하지 않아요."

"그렇다해도 지금 도사께선 화가 나셨다니 내일 다시 찾아뵙기로 하겠소."

"선비님께서 그렇게 고집을 부리면 좋아요. 선비님 가는 곳으로 저도 따라 가겠으니."

은주는 어떻게 해서든지 길동이를 돌려보낼 생각이 아닌 모양이었다.

"따라 오다니? 억지 같은 그런 말은 그만 두고 아가씬 어서 도사님한테 가서 잘못했다는 말이나 해요. 도사님이 더 화가 나신다면 우리의 입장도 곤란해지니."

길동이가 타이르듯이 말했다.

"그러니까 선비님도 같이 가서 제 이야길 해달라는 것 아니에요."

"그러면 공연히 오해나 받을지 몰라요."

"오해 받을 일이 뭐에요? 조금도 그럴 일이 없지 않아요?"

"그렇지만 도사님은 아가씨 때문에 화가 난 중이니 나 같은 놈을 보면 더 화날 노릇 아니요."

"그럴는지도 모르지요. 그렇다고 겁낼 일은 조금도 없지 않아요. 아무리 도사님이 화가 났다고 해도 제게는 선비님이 누구보다도 중한 사람인 걸요. 이대로 헤어질 수는 없다는 겁니다. 그러니 도사님한테 가서 이해할 수 있도록 정정당당히 이야기하자는 것이 아닌가요."

"그래서 도사님이 더욱 화를 낼 땐?"

"그때는 하는 수 없는 일이지요. 저도 선비님을 따라 이 집을 나갈 수밖에."

"여기서부터 이야기가 좀 달라지는 것 같은데."

"달라지다니 어떻게요."

"도사님은 아가씨를 길러준 지금엔 부친이나 다름없는 분이라지요."

"그래요."

"그렇지만 난 오늘 노상에서 만났을 뿐인 전혀 모르는 사람이나 다름이 없지 않소."

"어쩌면 그런 말을 할 수 있어요? 한종일 부부까지 됐던 사람이—"

"그러나 그 약속은 이미 끝났으니 역시 우리는 처음 모르던 사이로 돌아갔다는 것이지요."

"어떻게 그런 말을 할 수 있냐 말예요. 전 이렇게도 선비님을 좋아

하게 되고 선비님도 시원치 않은 대답일망정 좋아한다지 않았어요?
그런데 다시 모르는 사이가 됐다니."

　"그 말은 다른 말이 아니라 부부 노릇하던 일이 이미 끝났으니 다
시 남이 되어 우리 사이를 냉정하게 생각해 보자는 것이지요. 그래
서 나는 이 집을 나가서 생각해 보고 다시 이곳을 찾겠다는 것입니
다."

　"그렇지만 이곳을 나가면 잘 집도 없어요."

　"그런 염려는 마우. 우리는 노숙이라도 할 수 있으니."

　"다시 생각해보고서 내가 싫어지면 그땐 어떻게 하는 거예요. 그
대로 홀 떠나버리는 것 아니에요?"

　"그럴 리야 없겠지요."

　히죽 웃고 있는데 안에 들어갔던 노파가 다시 나와

　"도사님에게 선비님 이야기를 했더니 고맙다는 인사를 하고 싶대

요. 아가씨와 같이 들어가서 뵙는 것이 어떨까요."

하고 공손히 말했다.

"그러면 우리가 여기 온 이야기를 한 모양이군?"

"아가씨가 왜 빨리 들어오지 않느냐고 야단을 치기 때문에……."

"그렇다면 뵙는 수밖에 없군. 뵙지 않으면 아가씨가 더 오해를 받을지도 모르니."

드디어 길동이는 도사를 만날 생각을 했다.

길동이가 은주의 안내를 받아 집 뒤에 있는 초당으로 가자 평산도사는 책을 앞에 펴 놓고서 괴로운 얼굴로 기다리고 있었다. 욕심은 넘었으리라고 생각되었지만 촛불이 비친 혈색은 젊은이나 다름없었으며 지덕이 높은 분이라는 것은 첫눈으로 알 수가 있었다.

"지금 막 돌아왔습니다. 며칠씩 지체해서 죄송하옵니다. 이분은 오는 도중에서 만난 홍길동이란 분입니다."

은주는 길동이 옆에 앉으면서 평산도사에게 인사를 드렸다. 길동이 옆을 떨어지려고 하지 않는 것이 도사가 화를 내어 길동이를 꾸짖기라도 하면 자리를 박차고 이곳을 나갈 생각인 모양이다.

"선비님, 난 이 산속에서 사는 평산이라고 불리는 늙은 놈이오. 이번에 은주 때문에 많은 욕을 보신 모양인데 그 인사는 다시 드리기로 하겠으니 잠깐만 참아 주십시오."

평산도사는 이런 말을 먼저 길동이에게 하고 나서

"은주, 네가 이번 서울 가서 한 일을 어떻게 생각하니?"

꾸짖을 일은 호되게 꾸짖어야 한다는 듯이 무서운 눈길을 돌렸다.

"잘했다고는 생각지 않습니다. 그렇다고 잘못했다고도 생각지 않습니다."

은주는 주저하는 일 없이 자기 할 말은 분명히 했다.

"한 달이나 지체하고서 어떻게 그런 말이 나오냐."

"그렇다고 일을 끝내지 못하고 중도에 올 수는 없지 않습니까."

"처음 길 떠나면서 너는 나와 무슨 약속을 했나. 네 부모의 원수들이 어떻게 살고 있는지 그 동정이나 알고 온다고 했지. 그런데 서울 장안을 소란케 하고 왔으니."

"그 점은 저로서도 경솔했다고 생각해요. 그렇지만 막상 서울에 가서 그 원수놈들을 보고 나니 제 성미로선 참을 수가 없던 걸요."

"내가 여태까지 네게 가르쳐준 것이 뭐냐. 그럴수록 자중해야 한다고 했지."

"화가 나면 물불을 가리지 못하는 제 성미 때문이었지요."

"나쁜 것이라는 걸 알면서도 고치지 못하고서 사람이 될 줄 아느냐?"

"알겠어요. 앞으로 다신 그런 일이 없도록 명심하겠어요."

은주는 약간 풀이 죽은 얼굴이 되었다. 평산도사는 그만 길동이에게 고개를 돌려

"선비님, 저도 지금 들어서 알았소만 오늘 은주 때문에 많은 고생을 하신 모양이더군요. 보신대로 아직 철없는 애라 선비님을 당황케 하는 말도 많이 했을 줄 아오만 모든 걸 웃고서 용서해 주기 바라오."

평산도사는 길동이에게 머리를 숙였다.

"그러시면 오히려 제가 송구스러울 뿐입니다. 아가씨와는 우연히 동행이 된 것 뿐인데 도사님께 인사를 받을 아무런 이유도 없습니다. 아가씨 덕으로 조금도 지루하지 않게 길을 걸을 수 있을 것을 생각하면 오히려 제가 고맙다는 말씀을 드릴 일입니다. 어쨌든 아가씨의 동행이 됐던 길동무로서 제 일은 끝난 셈이니 저는 그만 물러가겠습니다."

길동이는 자기의 생각대로 자리를 뜨려고 했다.

"물러나시다니, 그건 무슨 말씀이요?"

평산도사는 놀라는 얼굴로 물었다.

"우리는 이미 바깥사랑에서 만반진수의 저녁 대접도 받았습니다. 이 이상 더 폐를 끼칠 수도 없는 노릇이니."

길동이는 역시 자리를 뜰 자세로 말했다.

"그런 말씀은 마시고—처마 밑에서 비를 긋는 손이 있어도 안으로 모시라고 하는데 은주와 동행이 되어 내 집까지 온 사람을 하룻밤 유하지도 않게 하고 보낼 수야 있겠습니까. 더욱이 이곳은 산속이라 이 밤중엔 숙소를 찾을 수 없으니 애써 그런 생각은 마시구 편안히 앉으시우."

"그렇게 하기로 하세요. 아까부터 아가씨도 선비님을 붙잡는 품이 그대로 보낼 심정이 아닌 것 같아요. 이 아가씬 자기 뜻대로 못하면 견디지 못하는 애인만큼 무슨 짓으로 우릴 걱정 시킬는지 알 수 없어요. 그러니 딴 말씀 마시고—더구나 도사님은 이 산속에 계셔서

세상 이야기를 몹시 듣고 싶어 한답니다. 그런 이야기나 들려주시면
서—.”

뒤따라 들어와 앉았던 노파가 조용조용히 말했다.

바깥사랑에서 처음 대할 땐 은주가 데리고 있는 찬모(饌母)라고만
알고 있었는데 지금 다시 보니 그런 것 같지가 않았다. 무엇보다도
그 말씨가 그렇게 생각되었다.

“저 같은 행각을 그렇게까지 붙잡아 주시니 고맙기는 합니다만 그
렇지 못할 사정도 있습니다.”

“무슨 사정이요?”

“행객이 저 혼자뿐만 아니라 바깥사랑에 두 사람이나 더 있으니.”

“주무실 방이 없을까봐? 그런 걱정은 마시오. 집은 작아도 손님들
이 주무실 방은 있습니다.”

“그뿐이 아닙니다. 동행인 사람들이 믿을 수가 없는 사람들입니다.

그건 아가씨도 잘 아시는 일이지만 한 녀석은 포교의 앞잡이고 또 한 녀석은 길목지기랍니다. 만일 댁에서 자게 된다면 이놈들이 무슨 짓을 할는지 모르니."

길동이는 무슨 생각 때문인지 이 집을 뜨려고만 하자 도사 옆에 앉아서 이마를 숙이고 있던 은주가 고개를 들어

"그것은 공연한 말이랍니다. 선비님은 침술이 능한 분이에요. 동침한 대면 거짓말 잘하는 사람들의 버릇도 고칠 수 있답니다. 그 동침 갖고 벌써 그 사람들의 마음을 고쳐 놓은 걸요."

장난치듯 어깨를 치켜올리며 웃었다. 평산도사가

"그건 대단한 침술이군요. 이왕 오신 김에 며칠 묵으면서 그 침술법도 좀 배워주고 가시오."

은주는 다시 입을 열어

"그뿐이 아니랍니다. 관상도 잘 보는 걸요."

"허 그러면 더욱 붙잡아야 할 노릇이군요."

이렇게 되고 보니 딴 곳에서 자겠다고 더 우길 수도 없는 노릇이었다.

"그러면 오늘 밤은 댁에서 신세지기로 하지요."

길동이는 결국 이런 말을 하고 바깥사랑으로 나왔다.

바깥사랑으로 나와 보니 이부자리 셋이 깔려 있었다. 솜이 두툼한 이부자리였다. 그러나 갑수와 덕보는 자리에 들 생각 없이 불안스러운 눈으로 서로 얼굴만 쳐다보고 있었다.

"어떻게 됐어요? 나가서 자게 됐습니까?"

하고 물었다.

"나도 나가서 자고 싶은 생각이지만 부득부득 잡으니 어떻게 하겠나, 여기서 자는 수밖에 없지."

길동이는 태연스럽게 말하며 베개를 끌어 자리에 누웠다.

"선비님은 도대체 여기가 어딘지나 아시구 그런 말씀이우?"

"어디긴 산중에 있는 산막 아닌가?"

"누가 사는지도 아시우?"

"평산도사님이 사시지. 방금 만나고 나온 사람을 내가 모르겠나?"

"그 평산도사가 누군지 아시나 말입니다."

"누구긴, 명지산 화적의 괴수지."

갑수는 조그마한 눈이 힘껏 벌어진 채

"선비님을 꾀인 그 아가씨가 너울아가씨란 것도 아시구?"

"지금 와서야 그걸 모르겠나."

"그걸 아시면서도 태평스럽게 자리에 누워 코를 골겠다는 거유?"

"그러면 어떻게 하겠나. 이미 그들에게 걸려 들었으니."

"그렇다고 여기서 잘 생각을 하면 어떻게 합니까. 어서 빠져나갈 계구를 생각해야지."

갑수는 마음이 급해도 이만저만 급하지가 않은 모양이었다. 길동

이는 그런 말을 하고 있는 갑수의 말에 화를 내듯이

"이 사람이 지금와서 그런 말을 해 무슨 소용인가. 자네가 너울아 가씨라는 걸 잘 알려주지 않아서 이 꼴이 됐는데."

갑수는 할 말이 없는 모양으로 잠시 눈만 껌벅거리고 있다가

"그것도 내 책임만은 아닙니다. 선비님도 너무 여자를 받치는 때문이었지요. 그렇지 않으면야 이 산속까지 즐겨 왔겠어요?"

"여자를 받치지 않는 자넨 왜 여까지 따라와서 얼굴빛이 검해 가지구 야단인가."

억박아 주는 바람에 갑수는 그만 쓴 얼굴로 고개를 돌렸다. 길동이는 이번엔 먹먹하니 앉아 있는 칠덕이를 향해

"자네가 가진 것이 뭐 있나?"

"아무 것도 없어."

"그래도 비수 한 자루야 더 있겠지. 괜히 품고 있을 생각 말구 꺼내 놓게나."

그것이 사실인 모양으로 칠덕이는 얼굴이 붉어져

"그건 뭣하게?"

"어쨌든 내 말대로 꺼내 놔."

길동이 말대로 칠덕이는 허리춤에서 비수를 꺼내 놓았다.

"그러면 자넨 걱정할 것 없네. 나도 전대는 풀어 놓을 생각일세. 몸에 지닌 것을 모두 바치는 데야 아무리 고약한 화적이라고 해도 죽이기야 하겠나. 걱정이야 너울아가씰 포교에게 넘겨주려던 갑수뿐이지."

내 걱정은 아니란 투로 말했다. 갑수는 얼굴이 빨개져

"그래서 선비님은 이대로 있다가 내가 죽는 것을 보고 싶다는 말입니까."

"이 사람아, 내가 왜 그런 생각이겠나? 나도 동정심이 있는 놈이라

자네를 살려주고 싶은 생각은 태산같지만 뾰족한 수가 없다는 것뿐이지."

"뾰족한 수가 없다고 한탄만 하면 어떻게 됩니까? 어서 빠져나갈 궁리를 해야지."

갑수는 멍청하니 앉아만 있을 수도 없는 모양이었다.

"그래서 자넨 빠져나갈 무슨 계구가 있나?"

자리에 누운 길동이는 천장에 눈을 둔 채 물었다.

"선비님이 절 살릴 생각만 있다면야 없는 것도 아니지요."

"그렇다면야 자네 말을 안 듣겠나. 어서 이야길 해보게."

말을 재촉하듯이 고개를 돌렸다.

"선비님이 아가씨의 방문만 열 생각이라면 되는 수가 있어요."

"어떻게?"

"아가씨는 건넌방에서 노파와 둘이서 자는 모양인데 선비님이 방문을 열면 싫다고 하지 않을 겝니다."

"이 사람아, 그 아가씨가 너울아가씨라는 걸 알면서 그런 소린가."

"그렇지만 그 아가씬 선비님에게 반한 것은 틀림없지 않아요."

"말 같지 않은 소리 말게. 지금 와서도 그 아가씨가 나한테 정말 반한 줄 아는가. 그건 이곳으로 끌고 오자는 수단이었어."

"그렇지만도 않을 겝니다. 아무튼 내가 하라는 대로 해봐요. 아가씨가 반드시 선비님이 누울 자리를 내 줄테니."

"그러면 자넨 어떻게 하겠다는 거야?"

"그 틈을 타서 나와 칠덕인 도망치겠다는 것이죠."

"그래서 이 집을 꾀 도망쳐 나갈 것 같나?"

"너울아가씨만 단잠에 취한다면야 뭐 두려울 것이 있어요?"

"이제 도사님의 이야기를 들으니 이곳엔 자기 부하가 삼백 명이나 된다고 하데. 그런데 이 집을 지키지 않고 그대로 내버려 두었을 줄 아나. 눈에 보이지 않아도 첩첩이 지키고 있는 거야."

길동이는 갑수에게 침을 주기 위해서 일부러 이런 말을 했다.

"어쨌든 도망치다가 죽어도 죽을 노릇 아니요. 칠덕이가 앞서면 화적 두서너 녀석이야 못 건사할 노릇도 아니고."

"그러면 혼자 남게 되는 난 어떻게 되겠나?"

"선비님이야 그 계집만 삶아 놓은 후에야 무슨 걱정입니까. 계집의 서방이 되려면 될 수 있는 일인데."

"이 사람아, 그래 자네만 도망치면 남은 아무렇게 돼도 좋다는 수작인가."

"그것이 아니라 서방이 되기 싫으면 도망칠 기회도 있다는 겝니다."

"어쨌든 자네부터 도망치고 보겠다는 생각이니 그게 그 수작 아니고 뭐인가."

꾸짖듯이 소리치고 나서

"그래 칠덕이 자네도 저런 녀석하고 도망칠 생각 있나?"

하고 고개를 돌려 물었다.

"나도 저런 놈하고 도망칠 생각 없어."

길동이는 다시 갑수에게 고개를 돌려

"자네도 칠덕이 말을 들었으면 혼자나 도망칠 생각해 보게. 우린 자네 같이 의리를 모르는 놈하곤 행동을 같이 하고 싶지 않네."

잘라 말하고서는 칠덕이에게

"자네도 그렇게 앉아 있지 말고 어서 눕게나."

하고 불을 꺼버렸다.

피곤했던 사람들이 술까지 한잔 했으니 잠이 저절로 오게 마련이었다. 칠덕이가 눕기가 무섭게 코를 골기 시작했다. 그러나 갑수만은 쉽게 잠이 들지를 못했다.

자기가 한 짓을 생각하면 아무래도 그대로 둘 것 같지가 않았기 때문이었다. 그렇다고 섣불리 도망칠 생각도 하지 못했다. 문밖에는 눈에 보이지 않는 자들이 지키고 있다는 것도 알고 있었기 때문이었다.

'그렇다면 이렇게 누워 있다가 그놈들에게 끌려가 죽는 도리 밖에 없는가.'

갑수는 밤이 깊는 줄도 모르고 그런 생각으로 몸만 뒤채고 있는데 문득 밖에서 무슨 소리가 났다.

풀을 밟는 소리다. 한 사람의 발소리도 아니다. 너울아가씨와 노파가 자고 있는 건넌방 뒤쪽에서 났다.

갑수는 분주히 일어나 문틈 사이로 바깥을 내다 보았다. 발소리는 여전히 들려왔으나 사람의 모습은 하나도 보이지 않았다.

'어디서 나는 소릴까.'

그러는 동안에 여자의 치맛자락이 나는 것이 보였다. 그리고는 다시 아무 것도 보이지가 않았다.

이윽고 풀을 밟는 여럿의 발소리는 썰물처럼 뒷문이 있는 쪽으로 사라져 버렸다.

하늘에는 어느 새 여자의 눈썹 같은 초생달이 조용하게 비쳐주고 있었다.

'옳지, 알았다.'

갑수는 무릎을 탁 칠 것만 같은 얼굴이 되었다.

'이놈들이 한 판 치러 가는 모양이었구나.'

그렇다면 이 틈을 타서!

갑수는 신을 찾아 신을 틈도 없이 재빨리 마당으로 뛰어내렸다. 다람쥐 같이 달려 앞마당에서 뒷마당에 이르러 돌각담을 넘으려고 하는데 누가 뒤에서 어깨를 탁 쳤다.

'어이쿠!'

갑수는 혼비백산이 되어 뒤로 나자빠졌다.

"안 됩니다, 안 돼요. 지금 나가시다가는 큰 결딴나요."

"……?"

갑수가 퀭해진 눈으로 쳐다보니 자기 앞에 젊은 아가씨가 서 있었다. 갑수는 그것이 너울아가씨인가 하고 분주히 눈을 닦았다. 너울아가씨에 못지 않게 예쁜 아가씨였으나 분명 너울아가씨는 아니었다.

"아가씬 누구요?"

갑수는 떨리는 말로 물었다. 아가씨는 웃음을 지어

"손님을 도와드리려는 사람이예요."

"나를?"

"손님은 이곳을 도망치려는 것이지요?"

"……?"

갑수가 무슨 영문인지를 몰라 말을 못하고 있자

"저를 무서워할 건 조금도 없어요. 저도 이 적굴을 도망치려는 사람이예요. 그러나 지금 도망치다가는 잡히기가 쉬워요."

자기도 도망꾼이라는 것을 증명이나 하듯이 손에 든 조그마한 보자기를 들어 보이고서

"여기 숨어서 한참 기다리고 있으면 지금 나간 사람들이 다 들어와요. 그때 도망쳐요."

갑수는 무엇엔가 꼭 홀린 것만 같은 기분인 채 다시 눈을 닦아가며

"아가씬 어떻게 돼서 여기 온 사람이요?"

하고 물었다.

"이 산채에서 살던 계집애예요."

봇짐을 든 아가씨는 별로 당황하는 일도 없이 태연스럽게 대답하고서는

"여기선 눈에 띄기 쉬우니 저 나무 밑으로 가서 숨어요."

하고 담 옆에 커다란 느티나무가 있는 데로 갑수를 데리고 갔다.

"지금 나간 화적들이 언제쯤 들어와?"

갑수가 초조하게 물었다.

"오늘 밤은 훈련을 받으러 나갔으니 그리 오래 있지 않을 거예요."

"그 사람이 들어와도 망보는 사람들이야 있을 거 아냐?"

"있지요, 왜 없겠어요."

"그런데 어떻게 도망을 쳐?"

"염려 말아요. 그 사람들은 미리 내통해 두었으니 나하구 나가면 무사히 나갈 수가 있어요. 그런데 아저씬 이곳에 언제 왔는데 도망치려고 해요?"

"어제 저녁."

"아, 그러면 은주언니에게 홀려서 왔구만요. 그러면 왜 벌써 도망칠 생각을 하세요. 이왕 온 김에 며칠 살아볼 생각을 하지 않고?"

"여기 있다가는 죽일 것이 뻔하니 도망치려는 것이지."

"죽이긴요?"

"죽일 거야. 틀림없이 날 죽일 거야."

"무슨 잘못을 했게요?"

"잘못이야 없지."

"그런데 왜 죽여요. 여기선 되도록 사람을 죽이려고 하지 않는답니다."

"그래도 난 그대로 둘 리가 없어."

갑수는 그런 말만 했다. 자기와 마찬가지로 도망치는 계집이라고

해도 포교 앞잡이 노릇한 이야긴 말할 수가 없었기 때문이었다.

"죽인다고만 하지 말고 무슨 일을 했는지 이야기 해봐요. 죽일 일인지 그렇지 않은지 알려드릴게요."

"……"

갑수가 역시 입을 못 떼고 있자

"말을 못하시는 걸 보니 그렇게 좋은 일은 못하신 모양인가 봐요."

조롱대듯 생글생글 웃었다.

"그런 건 아니야."

"아니긴 뭐가 아니에요. 알겠어요. 아저씬 골 원님의 비장노릇을 하셨지요?"

"왜 비장노릇하면 죽이나?"

"이 화적들은 백성을 괴롭히는 벼슬아치들을 제일 미워하니까. 그런 사람들을 그대로 두지 않아요. 뒷산으로 데려가 목을 매 죽여요."

"목을?"

갑수가 자기도 모르게 목을 만지며 질겁한 얼굴이 되자

"저것 봐요. 놀라는 걸 보니 내 말이 틀림없어요. 그렇다면 아저씬 토색질해서 돈도 많이 모았겠네요?"

"난 비장이 아니라잖어."

"그럼 뭐예요."

"도부꾼이지."

"도부꾼이라면 위험을 무릅쓰고 도망칠 필요도 없지 않아요? 여기도 살아보면 그렇게 못 살 곳도 아니랍니다."

"그렇다면 아가씬 왜 도망치려는 거야?"

"나 말이에요?"

아가씨는 해죽 웃고서

"이유야 있지요. 그렇지만 도사님이 허락을 해주지 않으니 도망이라도 칠 생각을 한 거죠."

둘이서 이런 말을 하고 있는데 갑자기 소리가 나며 사방에서 검은 그림자들이 모여 들어 저편 박우물이 있는 바위 뒤로 사라졌다.

"도망치려면 빨리 담을 넘어요."

길동이는 아무리 코를 골고 있었다고 해도 갑수가 문을 열고 나가는 소리까지 모르게 잠이 들어 있지는 않았다.

그 소리에 눈을 뜨자

'저 녀석이 기어이 도망칠 생각을 한 모양이지.'

하고 분주히 옷을 껴입고 갑수를 뒤따라 나갔다. 도망을 치다가 잡혀도 그렇거니와 요행히 잡히지 않는다고 해도 자기 입장이 곤란해질 판이니 내버려 둘 수가 없었기 때문이었다.

길동이는 뒤뜰로 사라지는 그의 뒤꼬리를 보며 마당으로 내려서던 그 순간 깜짝 놀랐다. 그의 앞에는 은주가 웃고 서 있었기 때문이었다.

"선비님, 뭐 그렇게 덤비며 야단이셔요?"

"갑수가……."

"그 도부꾼이 도망친다는 것이지요. 내버려둬요."

여전히 웃기만 했다.

"내버려두다니 그 녀석이 이곳을 도망치게 된다면 어떻게 돼?"

"어떻게 되긴요, 선비님이 거짓말하는 사람이 되는 거죠."

"내가 거짓말하는 사람이 되다니?"

"그렇지 않아요? 선비님의 동침은 그릇된 사람을 고친다고 했는데 도부꾼의 마음을 고치지 못한 걸 보니."

"그런 농말 할 때가 아니야. 그 녀석이 이곳을 도망쳐서 포교에게 알리기라도 하면—"

"그럴 수가 있다면야 도부꾼이 도망치는 것을 알면서도 내가 내버려두겠어요? 그렇지 않아요?"

이 말을 듣고 나선 길동이도 자기가 너무 덤볐다는 것을 느끼며 얼굴을 붉히지 않을 수가 없었다.

"그렇다면 제 아무리 달아나려고 해도 이곳을 달아날 수 없단 말인가."

"그래요. 뿐만 아니라 이곳을 도망치려고 해도 다시 찾아들어올 수도 없어요. 지형이 그렇게 돼 있는 걸요."

"지형이—."

길동이는 알겠다는 듯이 고개를 끄덕이고 나서

"이곳서 달아나던 사람이 잡히면 어떻게 돼?"

"말할 것도 없이 사형을 당하지요."

"그럼 갑수가 너무 불쌍하지 않아."

"선비님은 쓸데없는 동정심이 너무나 많아요. 그런 녀석 죽는 것이 뭐 그렇게 불쌍해요?"

"⋯⋯."

길동이가 은주의 차가운 말에 대답을 못하고 있자

"그래도 그 녀석은 죽진 않아요."

"잡히면 죽을 거 아냐."

"잡히지도 않아요. 도망치는 걸 내버려 두라고 했으니까요."

"왜?"

"그럴 만한 이유가 있어요. 그래서 옥섬이란 처녀까지 딸려 보낸 걸요."

"처녀까지 딸려서?"

"선비님두 그 이유는 차차 알게 될 거예요. 그러니까 그런 걱정 마시고 저 개울로 내려가서 나와 이야기나 좀 해요."

하고 앞장서 걸었다.

"이 밤중에 무슨 이야기를 하자는 거야."

길동이가 따라가며 묻자,

"물귀신처럼 달라붙지는 않을 테니 안심하고 따라와요."

은주가 얼굴을 돌려 흰 이를 드러내며 히죽 웃었다.

집 뒤로 돌아나오자 갑자기 개울에 물 흐르는 소리가 요란스럽게 들려왔다.

둘이서 개울 옆에 있는 바윗돌을 찾아 앉았다. 산 뒤에서 불어오는 바람이 시원하기가 그지없다.

"선비님두 이제는 이곳이 어디란 걸 잘 아시겠지요?"

은주는 조용히 말을 꺼냈다.

"알 것 같군요."

"그렇다고 저를 따라온 걸 후회하진 않겠지요?"

"아가씨를 믿고 온 일인데 무슨 후회가 있겠소만 그런데 무슨 일로 나를 이곳으로 끌고 온 거요?"

길동이는 궁금해 하며 물었다.

"선비님 같이 두뇌가 명석하고 용기가 있는 분이 필요해서지요."

은주는 생글생글 웃으면서 말했지만 그것은 단순한 농담만도 아니었다.

"난 그렇게 아가씨에게 칭찬받을 만큼 재능이 있는 사람이 못 되오."

"겸손할 필요는 없어요. 오늘 동행하면서 그 점만은 충분히 알았어요."

"그렇다고 해도 사나이 셋씩을 제 발로 줄줄 따라오게 하는 아가씨 재능이야 당할 수 있겠소."

"그런 농담은 그만 하시고 어떻게 할 생각이세요?"

"뭣을?"

"우리 같이 일할 생각이 있냐 말예요."

"말하자면 나더러 화적이 되란 말이군요."

"화적도 천층만층, 남을 돕는 화적도 있답니다."

"남을 돕기 위해서 두 사람을 죽이고 남의 재물을 빼앗는 것만은 딴 화적이나 다를 수 없겠지요."

"그래서 우리와 같이 일할 수가 없다는 건가요?"

"지금엔 그렇게 대답할 수밖에 없군요."

"난 선비님이 그런 대답을 하리라고 생각지 않았는데—."

의외란 듯한 얼굴을 하자

"나도 세상에 분풀이를 하고 싶은 일은 많은 놈이지만 그렇다고 도둑이 될 수는 없소."

"그러면 제가 한 마디 묻겠어요. 선비님은 가슴에 뭉친 그 분풀이를 어떻게 풀겠다는 것인가요."

"나도 거기에 대한 생각이 없는 건 아니요. 그러나 지금은 그런 이야기를 할 때가 못되오."

"말부터 앞서고 싶지가 않다는 거지요."

"옳게 말했소."

"그런 분이 난 뭣하러 따라 왔어요. 내가 화적 계집이라는 걸 모를 리도 없는 분이—."

비웃는 투로 말했다.

"솔직히 말해서 검술을 배우러 온 거요."

"검술을?"

"예, 아가씨의 검술이 무서운 검술이라는 것쯤은 나도 알고 있소."

"검술은 뭣하러 더 배우겠다는 거예요. 지금 검술도 훌륭한데."

"사람을 앞에 두고 너무 놀리지 마오."

"결코 놀리는 것 아니에요. 지금의 검술을 갖고서도 팔도강산 유람이나 하기엔 충분하단 거예요."

"그러지 말고 좀 가르쳐주시오."

"가르쳐 준다고 해도 용처를 알고서야 가르쳐 줄 것이 아닙니까. 내가 보기엔 길목지기도 못할 분 같으니."

"싫다는 거요?"

"싫다는 것이 아닙니다. 선비님의 그 생각이라면 아무리 검술을 배운다고 해도 더 큰 검객은 될 수가 없다는 겁니다."

은주는 어린애를 타이르듯이 말했다.

"화적이 못 되겠다는 내 생각이 글렀다는 말이군요."

길동이는 자기를 무시하는 듯한 은주의 말에 비위가 거슬린 모양이었다. 은주는 여전히 길동이를 어린애 대하듯이

"글렀다느니보다 생각이 너무나도 좁다는 거예요."

"좁다구?"

"선비님은 양반집 울타리를 벗어난 것처럼 생각하고 있지만 아직도 생각은 그 울타리 속에서 벗어나지 못했다는 것입니다."

"화적이 되기 싫다기 때문에?"

"선비님은 아까부터 화적이란 힘 안 들이고 남의 것을 빼앗아 먹으려는 세상에서 가장 못된 녀석들만이 모인 패거리라고 생각하시는 모양인데 알고 보면 그런 것도 아니랍니다. 선비님의 생각과는 정반대로 가장 착한 사람들이 모인 패거리랍니다."

"……?"

길동이는 말없이 눈을 치떴다. 무슨 말을 하려느냐는 얼굴이다.

그러나 은주는 그런 길동이를 무시하듯이

"그건 무엇보다도 그들이 왜 이런 산속을 찾아서 화적이 됐는가를 생각해 보면 알 수 있는 일이예요. 본시 화적이란 씨가 따로 있을 리 없는 것이고, 또한 밥 먹고 커서 화적이 되겠다고 생각한 사람도 없을 것 아니에요. 그들도 선비님이나 마찬가지로 화적이 되고 싶지는 않았답니다. 먹을 수가 없고 살 길이 없으니 산속으로 찾아들어 그런 흉악한 짓도 하게 된 것이지요. 그런데 이 사람들은 누가 그렇게도 못살게 만들었습니까. 그건 벼슬아치라는 건 선비님도 잘 알

고 있겠지요."

"……."

"위로 백성을 다스린다는 임금을 먼저 생각해 봐요. 자기만이 부귀영화를 누리겠다고 핏줄을 나눈 자기 형제를 예사로 죽인 일은 선비님도 잘 알겠지요. 그럼 또 밑의 것들인 지방관들은 어떠합니까. 농부들이 피땀 흘려 지은 낱알을 빼앗기 위해서 백가지 천가지의 간악한 짓을 짜 내는 것을 설마 선비님이 모를 리야 없겠지요. 그래 그놈들은 도둑이 아니요? 그야말로 드러내놓고 도둑질하는 철면피의 대도둑이 아니요."

"……."

"이곳의 화적인 활빈당은 그놈들의 재물을 빼앗아 없는 사람들에게 나눠주는 것이 일이랍니다. 다시 말하면 도둑의 물건을 빼앗아 잃어버린 사람들에게 나눠주는 셈이지요. 그런데 선비님은 무엇이 꺼려 세상에선 혼자만 청렴하신 것처럼 우리와 같이 일하기를 꺼려 하시는가요."

은주의 이야기는 자기 한 몸을 떠나서 당당히 한 나라의 정사(政事)를 논하고 있었다.

그것은 참으로 놀라운 일이라 하지 않을 수가 없었다.

그럴수록 길동이는 재상가의 첩 소생이라고 양반집 울타리 안에서 갖은 수모를 받아가며 우울한 그날그날을 보내던 지난 날의 생활이 새삼스럽게 떠오르며 가슴속엔 뜨거운 무엇이 스멀거렸다. 그러면서도 화적을 꺼리는 그의 마음은 변함없이

"사리야 어쨌든 할 수 없는 일은 어쩔 수 없소."

하고 말하자

"선비님은 역시 내 말을 못 알아주시는군요."

은주는 그만 실망하는 얼굴이 되었다.

"사실 전 선비님이라면 남이 못할 큰 일도 할 수 있으리라고 믿고 이곳까지 모시고 온 거랍니다."

은주는 길동이를 물끄러미 쳐다만 보고 있다가 그렇게 말했다.

"나의 뭣을 보고 그런 생각을 하게 됐다는 거요?"

"이런 적적한 산속에서 살게 되면 사람을 보는 눈만은 확실해진답니다. 그렇지만 지금 생각해보니 선비님을 잘못 본 것 같아요. 선비님은 역시 양반집의 핏줄을 받은 분이니 벼슬을 못하게 된 것만이 한스럽다고 생각하시는 모양이에요."

이 말에는 길동이도 참을 수가 없는 모양으로

"그런 놈이라면 왜 집을 뛰쳐 나왔겠소. 나도 집을 나온 것은 바른 세상을 만들어 보겠다는 뜻이 있기 때문이요."

하고 자기의 소신을 밝혔다.

"그렇다면 왜 우리와 같이 일하기를 꺼려요. 이곳엔 꿈이 있어요.

도탄에 빠진 백성들을 구해 보겠다는 씩씩한 꿈이 있다는 겁니다.”

“도둑떼가 백성을 구한다?”

“힘과 덕이 있는 분이 이들을 잘 이끌어주기만 하면 왜 못하겠어요.”

“그건 참 좋은 이야기군요.”

“선비님, 저는 이 산채에서 자라며 그건 우리가 해야 할 일이라는 것을 알았답니다. 권력을 가진 그놈들에게 희생을 당한 불쌍한 우리들이—.”

“이곳엔 평산도사같은 훌륭한 지도자도 있지 않소.”

“물론 그분도 훌륭한 분이예요. 그러니까 이 산채를 이만큼이라도 만들어 논 것이지요. 그러나 사람에게는 분수가 있는 걸요, 그 분은 나이도 칠순일 뿐만 아니라 이 이상 더 끌고 나갈 힘이 없는 걸요.”

“분수라 음—.”

길동이가 고개를 끄덕이는 걸 보니 이 말에는 동감이 가는 모양이었다.

“그러니 선비님이 제 기대를 저버리지 말고 불쌍한 백성들의 편이 되어 큰 일을 한번 해달라는 거예요.”

은주는 어느덧 길동이에게 애원하듯이 간절한 얼굴이 되었다. 길동이는 잠시 생각에 취해 있다가

“이곳엔 동지들도 많은 모양인데 얼마나 되는가요?”

“삼백 명쯤 돼요.”

“나도 그쯤은 되리라고 생각했는데 어지간히 들어가 맞았군요.”

“그들은 모두가 세도 잡은 놈들에게 부모나 형제를 잃고 재물을 빼앗기고 못 살게 된 불행한 사람들입니다. 그러니만큼 그놈들에 대한 적개심은 대단하지요.”

“그러나 그 병력을 갖고서는 그들을 상대로 싸우긴 너무나도 힘이

약하군요. 다시 말하면 세도를 잡은 그들을 상대로 싸워 봤댔자 희생이나 당할 것 밖에 없다는—."

"그런 염려는 없어요. 우리들은 그 때문에 십년이라는 고생을 쌓아온 것이랍니다."

"그렇다고 해도 어떤 명분으로나 사람을 죽이는 방법을 나는 찬성하지 않아요. 딴 방법으로 그들을 물리칠 수는 없을까요?"

"그건 자기 부모나 형제를 잃어보지 못한 사람들의 잠꼬대 같은 소리예요. 선비님도 자기가 보는 눈앞에서 금녀가 죽는 것을 봐요. 그런 생각을 하고 있을 수는 없을 겁니다."

은주의 눈에서는 불이 튀어나는 것 같았다.

"하기야 그렇지요. 사람이란 누구나 성질에 거슬리는 일엔 참기가 힘든 노릇이지요. 나도 오늘 양수리에서 만난 포교들을 해치우고 싶은 걸 겨우 참았으니까요."

길동이는 자기 생각을 솔직히 말했다.

"그것 봐요. 그런 벌레 같은 포교에 대해서도 그런 걸요. 그러니 벼슬아치라는 권력 밑에서 갖은 악한 짓을 다 하고 있는 그놈들을 그대로 내버려 둘 수 없지 않아요."

"그렇지만 그 몇 놈을 죽인다고 세상이 바로 될 리도 없는 것 아니오? 또 그것이 무모하게 돌아가신 은주 부모의 참다운 복수가 될 리도 없는 것이오."

"그렇다면?"

은주 눈에 불이 번쩍 켜졌다. 무엇보다도 길동이한테서 듣고 싶던 말이었기 때문이었다.

"한 마디로 이야기해서 조정을 송두리째 둘러엎는 수밖에 없는 일이지요."

길동이는 한 마디로 자기의 속을 털어놓았다. 너무나도 대담하고

시원스러운 그 말에 은주는 질리기라도 한 듯이 눈을 한참이나 깜박이고 있다가

"그러면 우리 생각과 조금도 다른 것이 없지 않아요?"

"그래서 은주아가씬 이 산속에 있는 화적 삼백 명을 갖고서 조정을 둘러엎을 수 있다고 생각하오?"

"선비님은 어째서 지금의 삼백 명을 언제까지나 삼백 명이라고만 생각하려는 거예요? 그 배로 육백 명이 될 수 있고 또 그 배로 천이백 명이 될 수도 있지 않아요? 그래서 선비님 같은 두뇌가 명석한 분이 필요하다는 거예요."

"육백 명이 천이백 명이 된다……."

길동이도 이 말은 그대로 흘려버릴 수가 없는 모양이었다.

"천이백 명이 이천사백 명이 되고, 이렇게 불어 나간다면 만 명의 군사도 잠깐 될 수 있지 않아요."

"으음."

"그렇지만 실제로 우리가 거사하는 데는 그렇게 많은 군사는 필요 없다고 생각해요."

"어째서?"

"지금의 썩고 물커진 조정을 누가 옳다고 하겠어요. 탐관오리 몇 녀석을 내놓고서야 모두가 싫다고 할 일이 아니에요."

"그러니 백성들은 모두 우리 편이 될 수 있다는 말이군."

"그럴 것 아니에요."

"그러나 세상 일이란 아가씨가 생각하는 것처럼 그렇게 간단한 것 아니겠지요."

"그건 저도 알아요. 그래서 더욱이나 선비님 같은 훌륭한 분이 필요하다는 것입니다."

"그렇지만 난 불행히도 그럴 만한 능력을 갖지 못했소."

"그렇게 겸손할 건 조금도 없어요. 선비님이 나선다면 팔도강산에 널려 있는 화적들을 모두 의적으로 만들 수 있다고 생각해요. 그렇게만 되면 못할 일이 뭐 있겠어요."

열을 띤 은주의 말에 길동이는 공감이 가는 모양으로

"팔도강산의 화적을 의적으로—."

혼잣말처럼 외자

"그래요. 힘과 덕이 있는 분이 위에 서기만 하면 모두가 옳은 일을 할 사람이에요."

"알겠소. 내가 그런 재목감이 되는진 모르지만 어쨌든 이 산채에서 살아봅시다."

길동이는 드디어 자기의 결심을 밝혔다.

평산도사

다음날 아침.

눈을 뜬 길동이는 무엇을 잃은 것만 같이 허전하기가 끝이 없었다. 이제는 육친도 고향도 없다고 생각하니 덧없는 마음이 느껴지는 것도 어쩔 수 없는 일이었다. 더욱이 가슴에 걸리는 일은 어머니에게 이렇다 할 인사 한 마디 없이 떠난 일이었다.

'어머니는 내가 집을 나간 것을 알고서 얼마나 놀랐으며 실망했을까. 어머니가 오직 믿고 사는 것은 나뿐이 아니었던가.'

길동이는 눈을 다시 감고 집을 나오던 그날 밤의 일을 생각해 보았다.

그는 어머니에게 인사 한 마디 없이 집을 나가기에는 차마 발이 떨어지지 않아 어머니가 자는 방을 찾았다.

그 방에도 달빛이 가득히 찬 채 소나무를 스치며 지나가는 바람 소리가 이따금 들릴 뿐으로 고요하기 그지없었다.

길동이는 가만히 마루 위에 올라가서 방문을 열었다. 방안에는 갑자기 달빛이 스며들어 혼곤히 잠이 든 어머니의 얼굴을 비쳐줬다. 언제 보나 인자한 얼굴이다. 길동이는 어머니 얼굴을 물끄러미 보고 있으면서도 깨울 용기는 나지를 않았다. 깨운다면 떠나야 할 길을 필시 떠나지 못할 것만 같은 생각이 들었기 때문이었다.

'그건 정말 그랬을 일이지. 목을 놓아 울면서 내 목에 매달려 놓아 주지 않았을 거야.'

길동이는 생각다 못해 벼루함을 내리어 두루지에다

'불초자식 지금 어머니의 슬하를 떠나옵니다. 반드시 훌륭한 인물이 되어 다시 뵈올 날이 있겠으니 부디 기체 보중하옵소서.'

라고 써서 어머니가 자는 머리맡에 놓고 나왔다.

어머니는 무슨 괴로운 꿈이라도 꾸는 모양으로 비명 같은 잠꼬대를 한 마디 지르고 몸을 뒤쳐 벽을 향해 누웠다.

그날 밤의 그 일이 길동이 눈에는 지금도 선하다.

"길동이 네게 어떤 아가씨가 올 것 같니."

언젠가 열병으로 몹시 앓을 때 어머니는 문득 미소를 지으며 이런 말을 한 일이 있었다. 아들의 며느리를 보지 못하고 죽을 것만 같은 생각에 몹시 슬퍼서 한 이야기인 모양이었다.

"혼사란 연분으로 되는 것이지 자기 생각대로 되는 것이 아니란다. 그러니 넌 아내를 무엇보다도 몸이 건강하고 마음이 바른 사람을 맞도록 해라."

어머니는 자기가 몸이 약하기 때문에 눕는 날이 많았으므로 길동이의 아내는 건강한 여자를 바라는 모양이었지만 길동이와 금녀가 좋아하는 것을 알고 있는 만큼 길동이의 마음을 돌려보려는 말이기도 했다.

길동이는 그때의 어머니의 말을 생각하니 갑자기 금녀가 그리워 그날 밤 금녀를 찾아갔던 일이 다시 눈앞에 어른거렸다.

그날 밤 길동이는 금녀에게만은 그대로 떠날 수 없어 작별인사를 하러 그 집의 담을 넘었다. 그러나 금녀는 자기 방에 없었다. 그렇다고 그녀의 행방을 한가스럽게 찾고 있을 수도 없는 일이었으므로 길동이는 그대로 길을 떠났던 것이다. 그러니 금녀의 행방에 대한 것도 걱정이 되지 않을 수가 없었다.

길동이가 멍청하니 누워서 이런 생각을 하고 있는데 밖에서 갑자

기 요란스러운 고함소리가 났다.

길동이 옆에서 날이 밝은 줄도 모르고 코를 골고 있던 칠덕이가 그 고함소리에 눈을 뜨고

"그게 무슨 소리요? 벼락이 떨어지는 것 같은 소리니."

눈이 뚱해서 물었다.

"자넬 부르는 소린가봅세. 간밤엔 갑수가 불려간 채 여태 오지 않았다네."

"예?"

칠덕이가 더욱 눈을 크게 떴을 때 다시 고함소리가 들려왔다.

"에잇 에잇" 하고 고함치는 품이 누가 밖에서 검술 연습을 하고 있는 모양이었다. 칠덕이도 그제야 알아채고 나서

"선비님 사람 놀라게 하지 말아요. 그렇지 않아도 간이 콩알만해서 잤는데."

길동이는 간밤에 눈 한번 뜨지 않고 코만 곤 녀석이 이런 소리를 하는 것이 어이가 없이

"그런 녀석이 갑수도부꾼이 끌려가는 데도 눈 한번 뜨지 못했나?"

"그것이 정말이우?"

"정말 아니면, 그 사람이 자던 자리에 왜 사람이 없겠나."

"하긴 포교 앞잡이 한 녀석을 이 화적들이 내버려 둘 리도 없지요."

"자네도 끌고 간다는 걸 아가씨에게 이야기해서 겨우 면한 줄이나 알게."

"나까지요?"

칠덕이는 길동이가 꾸며댄 소리에 몹시 놀란 얼굴이 되었다.

"그러니 이 산채에서 살 때까진 말이나 행동을 조심해야 해. 그리고 아침 늦도록 자지는 말고."

이런 말로 칠덕이에게 침을 주고 나서 길동이는 마루에 나 앉았다.

뜰에는 어깨가 버그러진 스물 미만의 젊은이가 혼자서 긴 몽둥이를 들고 검술을 연습하고 있었다. 웃통을 벗어던진 그의 몸에는 땀이 비 오듯 흘러 아침 해에 번쩍였다. 그의 손에 들린 몽둥이는 윙윙 울면서 그의 몸 주위를 마치 찻바퀴가 도는 것처럼 빙빙 돌았다.

그런가 하면 그 몽둥이를 하늘 높이 튕겼다가 어깨로 받아 양어깨로 번갈아 받기도 했다.

"봉술(棒術)을 하시는 구만요."

이 산채에서 있기로 한 것이 무엇보다 검술을 배울 뜻이었던 만큼 길동이는 자기도 모르게 미소를 지었다.

그러자 그것을 문득 느낀 모양으로 봉술을 하던 젊은이는 손을 멈추고서

"남이 열중해서 하는데 왜 비웃는 웃음을 웃어."

하고 날카로운 눈을 했다.

"비웃은 것이 아닙니다. 놀랄 만하게 잘한다고 감심하고 있었습니다."

"뭐 놀랄 만하다구. 사람을 그렇게 맞대 놓고 놀리는 법이 어디 있소."

"노하셨다면 젊은 분이 오해입니다. 난 진심으로 감탄했을 뿐이오. 그대로 계속해요. 더 보고 싶으니."

"뭐 어쨌다구요. 내가 이러고 있는 게 무슨 광대희 놀음 같은 구경거린 줄 아시우. 노형이 비웃는 품을 보니 검술엔 꽤 자신이 있는 모양이군요. 자신 있으면 나와요. 그 대신 대가릴 두 조각으로 쪼개 놓을 테니."

길동이 앞으로 와서 소리쳤다. 이때 방을 치우고 나오던 칠덕이가

"어린 녀석이 무슨 건방진 수작이야. 맞서 보려면 나하고 한번 맞

서보자."

팔을 걷으며 나서려고 했다. 길동이는 그러한 칠덕이를 꾸짖어

"이 사람아, 금시 내가 뭐라고 일러주던가. 잘난 체 하지 말고 잠자코 있으라고 하지 않던가."

"그렇지만 꼭대기에 피도 마르지 않은 저런 녀석에게 그런 말을 듣고 가만 있을 수가 있어요."

"어쨌든 자넨 입 닥치고 있어."

그리고는 젊은이에게 고개를 돌려

"비위에 거슬린 일이 있다면 용서하시우. 절대로 비웃는 건 아니니."

그러나 젊은이는 노기를 걷을 생각 없이

"지금 그런 소리해야 쓸데가 없어. 네 갈빗대를 두서너 개도 꺾어 놓지 않고서는 내 마음이 가라앉질 않으니."

생트집에 길동이는 어이가 없었지만 그러나 역시 화 내는 일 없이

"그렇다면 이렇게 빌기로 하지요."

길동이는 머리를 숙여 가며 손을 모아 빌었다. 그러자 젊은이는 더욱 화가 나서

"그것이 나를 놀리는 것 아니고 뭐야. 그런 비겁한 짓으로 남을 화나게 하지 말고 사나이답게 나서."

젊은이는 회나무 밑에 세워 뒀던 목봉을 길동이에게 던져줬다. 그러나 길동이는 발밑에 떨어진 목봉을 집으려고 하지 않고

"싸울 의사가 없는 사람에게 싸움을 거는 건 군자가 하는 일이 못된답니다."

"뭐 어째?"

젊은이의 눈에 불이 확 켜질 때 뒤에서

"소백이, 손님에게 무슨 짓이야!"

하고 고함치는 소리가 났다. 길동이가 놀라 눈을 들어보니 언제
와 있었는지 평산도사가 서 있었다.

"도사님!"

"비켜라."

평산도사는 소백이라고 부르는 젊은이를 꾸짖고서

"손님, 볼 낯이 없소이다. 저놈은 내 조카랍니다. 산속에서 자란 버
릇없는 놈이니 나쁘게 생각하지 마시고 용서하시우."

"아니 도사님, 잘못은 제가 먼저 했습니다. 젊은 분이 검술연습에
열중한 걸 보고 제가 실없이 웃었으니 화도 날 일이 아닙니까."

"이것도 무슨 인연이라면 인연이라고 할 수 있겠지요. 이 일을 잊
을 수 없도록 제 조카녀석에게 검술의 묘기를 좀 가르쳐 주시우."

"무슨 말씀을, 저 같은 놈을 보고서 조카님에게 검술을 가르쳐주
라니 황송한 말도 이만 저만이 아니올씨다. 저는 서당에 앉아서 책
을 뒤져 본 일은 있으나 칼이란 손에 쥐어도 못 본……."

"그런 말은 나한테는 통하지 않으니 그만 하우. 선비님의 오체(五體)를 보고서 이만 저만한 검객이라는 건 알고 있소."

"그만 뒤요 도사님, 저런 녀석을 뭐 그렇게 쳐주는 거예요."

소백이는 불쑥 길동이 앞으로 나서며

"도사님이 쳐주는 말에 입만 혜작하고 있지 말고 어서 목봉을 집어들고 나서. 난 너 같은 뜨내기에 검술을 배우는 대신 이 산골의 몽둥이맛이 어떤가를 알려 줄 테니."

말이 떨어지기가 무섭게 그의 목봉은 픽 하고 길동이의 목 위에 떨어졌다.

목봉이 목 위에 떨어지는 그 순간에 길동이는 어떻게 잡았는지 한 손으로 그 한 끝을 잡고서

"도사님 괜찮습니까."

하고 평산도사에게 얼굴을 돌려 의미 있게 웃었다.

"염려 마시고 혼을 좀 내주시우. 해변 개가 범 모르는 격으로 자기 위에는 무서운 사람이 없는 줄 아는 놈입니다. 등골이 썰늘하도록 혼이 나야 세상에 무서운 사람이 있다는 것도 알고 겸손할 줄도 알 테니."

"알겠습니다. 도사님이 그렇게 말씀하신다면—."

길동이는 목덜미에 얹혀졌던 목봉을 머리 위로 쳐들면서 빼앗으려고 했다. 그러나 쉽게 목봉이 빼앗아질 리는 없었다.

"그렇게 생각처럼 만만할 줄 알았나."

목봉을 공중에 쳐들은 소백이는 이런 말로 길동이를 비웃으며 내려칠 틈을 보고 있었다.

그렇다고 해도 대단한 검술은 아니었다. 길동이는 처음부터 그것을 알고서 나선 일이므로 그가 아무리 투지가 왕성하다고 해도 어린애처럼 보였던 것은 말할 것도 없다.

　길동이는 높이 쳐든 목봉에 눈을 둔 채 앞으로 나가지도 뒤로 움 츠리지도 않고 멈칫 서 있었다. 얼굴빛도 별로 달라진 것이 없었다. 도화빛을 띤 볼에 햇빛을 받아 더 한층 붉게 보일 뿐으로 입술에는 미소를 짓고 있는 것 같은 도시 싸우는 사람의 열기가 있는 것 같 지가 않았다. 그러나 눈에만은 불빛이 번쩍이는 것 같은 정기가 있 었다.

　이윽고 소백이는 쳐들고 있던 목봉을 내리쳤다. 그와 동시에 길동 이의 몸은 놀란 학처럼 공중으로 껑충 뛰어올랐다. 목봉은 다시 달 려들었다. 눈에 보이지 않는 빠른 속도로 계속해서 달려들었다.

　일진일퇴—둘이서는 누가 누군지 모르게 엉겨 마치도 춤을 추듯 이 돌아갔다. 그러던 중 드디어 소백이가 지친 모양이었다. 목구멍으 로 오장육부를 토할 듯이 헉헉하고 가쁜 숨을 내쉬었다. 그래도 항 복한다는 소리는 내지를 않았다. 눈알도 빙빙 도는 모양이었다. 눈 을 비비고 다시 달려들려고 발을 내짚었던 그는 자기 다리가 공중 에 떠 있는 것을 느꼈다. 권공잡이로 잡혀 던져진 몸이 된 것이다.

"이 녀석 봐라."

일어서려고 하자 바윗돌 같은 손이 다시 머리를 떼미는 바람에 뒤로 나자빠졌다. 물론 목봉도 길동이 손에 와 있었다. 길동이는 그 목봉 끝으로 소백이의 목을 짓누르고서

"칠덕이 너 빨리 우물에 가서 물 좀 떠 오너라."

하고 소리치고는 평산도사에게 얼굴을 돌려

"본을 뵈 준다는 것이 좀 지나친 것 같습니다. 그렇다고 상처 입은 데 없으니 안심하시오."

하고 미안스러운 듯이 말했다.

"내 생각 같아서는 좀 더 혼을 내줬으면 했는데 어쨌든 그 녀석에겐 좋은 약이 됐을 겝니다."

말인즉 그러면서도 조카가 혼나는 걸 보니 자기도 식은땀이 난 모양으로 도포 소매 끝으로 슬쩍 씻고 나서

"그렇지 않아도 손님에게 여쭐 이야기가 있어 찾아 나오던 길이오. 땀이나 씻으시고 내 방으로 좀 와 주시오."

하고 뒤뜰에 있는 초당으로 돌아갔다.

길동이가 땀을 씻고 초당으로 찾아가자 평산도사는 보이지 않고 열 두 살 난 사동이 방을 치우고 있었다.

"도사님 어디 가셨니?"

하고 길동이가 물었다.

"아, 홍 장사님이신가요. 도사님은 뒷산 쌍바위로 가신다면서 오시면 그리고 보내라고 했어요."

길동이는 사동이 자기 보고서 홍 장사라고 하는 말을 알 수가 있었다. 평산도사가 그렇게 말하라고 일러준 모양이었다. 그러나 이곳의 지리를 모르는 길동이는 쌍바위라는 말만으로써 그곳이 어딘지 알 수가 없었다.

더욱이 초당 뒤에는 기암괴석이 병풍을 치듯 서 있었으니 뒷산으로 올라가는 길조차 짐작할 수가 없었다.

"그곳은 어디로 가니, 네가 좀 안내를 해다고."

"참, 홍 장사님은 이곳이 처음이니 길을 모르시겠구만요."

하고는 방을 쓸던 비를 놓고 마당으로 나와

"저 절벽 중턱에 구부러진 소나무가 보이지요. 그리고 가면 굴이 있어요. 그 굴을 빠져 나가면 소로 길이 나서는데 그 길을 따라 올라가면 바로 도사님이 있는 쌍바위가 나서요."

사동이 알려준대로 가보니 역시 굴이 있었다. 길동이가 그 굴로 들어서려고 하자

"홍 장사님 어서 오시우."

굴목을 지키는 모양인 듯 험상궂게 생긴 두 사나이가 역시 홍 장사라면서 공손한 절을 했다.

굴은 그리 길지가 않았다. 잘 돼야 열댓발 되나마나했다. 그 굴을 빠져나오자 양쪽에 절벽으로 되어 있는 골짝길이 나섰다.

그 절벽에는 잡목이 무성하며 햇빛도 통하지 않아 굴속이나 별 차이가 없었다. 그곳은 나무 열매가 많이 떨어진 때문인지 열 발자국을 떼기가 무섭게 다람쥐가 그의 발밑으로 지나갔다.

그 다람쥐 한 마리가 갑자기 대여섯 발자국 앞에서 푹신한 털로 된 자기 꼬리를 자랑이나 하듯이 들며 고개를 돌려 길동이를 보았다.

"선비님."

분명 다람쥐가 부른 것 같이 생각되었다. 길동이는 분주히 주위를 두루 살펴보았다. 나무 위에는 멧새가 한 마리 앉아 있을 뿐 아무도 보이지가 않았다.

'저 멧새가 나를 부를 리가 없을 터인데.'

이런 생각에 밀리듯 길동이는 돌을 집어 멧새를 향해 던졌다. 멧새가 놀라 날아가고 그 대신 나뭇잎 사이로 파란 하늘이 쳐다보였다.

"선비님, 뭘 그러세요. 호호……."

물론 그의 앞에는 다람쥐로 그대로 있을 리가 없었다.

'어디서 나는 소리야?'

왼쪽에 커다란 이끼 낀 바위가 있었다. 그 밑에서는 샘이 솟아 길동이가 걸어 올라오는 골짜기로 흘러내렸다. 창포 같은 풀이 무성한 샘 뒤에서 풀색이 아닌 연분홍색이 얼핏 눈에 띄었다.

"누군가 했더니 은주아가씨군요."

"은주아가씨가 뭐예요. 은주면 은주구 아가씨면 아가씨지."

"사람을 그렇게도 놀라게 하는 법이 어디 있소."

"장난치자고 여기 있는 것 아니에요. 선비님 오는 걸 기다리구 있은 걸요."

"무슨 일로 나를 기다렸어요?"

　길동이는 약간 무뚝뚝하게 말했다.

　"선비님께 여쭐 이야기가 있어요."

　은주는 다람쥐 같은 가벼운 동작으로 이낀 낀 바위 위에 올라가 앉았다.

　"내게 할 이야기는 어젯밤에 충분히 하지 않았소. 그런데 무슨 이야기가 또……."

　"난 오늘 이곳을 떠나야 해요."

　"이곳을?"

　길동이는 놀란 눈을 들어 은주를 쳐다봤다.

　"도사님의 명령이에요."

　은주는 가만히 눈을 내리뜨고 말했다.

　"도사님은 무슨 일로 그렇게 하는 거요?"

　"질투하는 거예요. 도사님은 우리 둘 사이를 질투하는 거예요."

"질투?"

"그렇답니다. 말인즉 선비님에게 둔갑술을 배워주자면 나 같은 계집이 있어서는 안 된다는 거지요. 그렇지만 사실은 질투를 하는 거지요. 도사님은 자기가 혼자 산 것처럼 나도 혼자 살게 만들려는 거예요. 그런데 선비님을 내가 좋아한다는 것을 알고서……."

눈 한번 깜박이는 일 없이 말했다. 눈이 부실 정도로 아름다운 얼굴이다. 그것이 암석과 수풀이 뒤덮인 계곡의 경치에 조화되어 더한층 아름답게 보였다.

"떠나면 어디로 떠나?"

"강원도 단발령으로 가라는 거예요. 그곳에는 도사님을 배반한 올배미라는 사나이가 있어요. 그곳에서 화적의 두목노릇을 하고 있어요."

"그 자를 죽이고 대신 두목이 되라는 것인가?"

"그런 것이요."

"자신이 있어?"

"그렇게 힘든 일은 아니지만 가고 싶은 일은 아니에요."

"……."

"그렇다고 선비님 보고 같이 가 달라는 것도 아니에요. 역시 선비님은 이곳에 남아 도사님에게 둔갑술을 배워야 해요."

"……."

"그렇지만 이대로만도 떠날 수가 없어요. 내 몸은 이렇게도 타고 있는 걸요."

카해진 소리로 애원하듯 말했다.

"그러나 나는 서울에 이미 아내로 삼겠다고 약속한 여자가 있어."

길동이는 이 말을 하지 않을 수가 없었다.

"그건 나도 알고 있어요."

　은주는 조금도 놀라는 일이 없었다.

　"이춘섭의 딸 금녀 말이지요?"

　"응."

　길동이는 고개를 끄덕이며 분명히 말했다.

　"이춘섭인 은주의 원수라는 것도 알고 있지만 그의 딸인 금녀와
나는 어렸을 때부터 굳은 약속을 한 사인걸. 지금은 가족도 모두 죽
고 혼자뿐인데, 돌봐 줄 사람은 나 혼자 밖에 없어."

　"불쌍하다고 아내로 삼겠다는 것이 옳은 일일까요?"

　은주는 비웃듯이 말하고 나서

　"금녀의 행방도 모르고 있는 사람이 뭐 그렇게 잊을 수 없다는 거
예요."

　"은주는 알고 있어?"

　"내가 알 게 뭐예요. 설사 알고 있다고 해도 말하고 싶지 않아요.

난 이대로 선비님과 헤어질 수 없다는 것뿐이에요."

"……."

길동이는 은주의 눈이 활활 타오르는 것을 봤다. 자기의 가슴도 활활 타게 하는 연정의 불길이었다.

길동이는 타는 눈으로 은주를 가만히 지켜봤다.

'저처럼 색다른 여자도 좀처럼 없을 거다. 처음 만난 사나이에게 아내로 삼아달라는 말도 태연스럽게 하는 귀여운 데가 있으면서도 나라를 바로잡겠다는 정열에 타는 여자, 처음엔 그저 나를 세상 모르는 선비로만 여기고 조롱대는 줄만 알았더니 알고 보면 그런 것도 아닌 거 아냐. 순진하고 솔직한 때문이랄까. 어쨌든 자기가 옳다고 생각하는 일이라면 기어이 상대편을 설득시키고야 마는 투지가 있는 여자가 아닌가. 이런 여자를 어머니가 본다면 어떻게 생각할까. 건강한 점으로는 서울 장안 포교들의 간담을 서늘케 한 여자이니 더 말할 필요도 없고 그렇다면 그녀의 성격은 어떻게 생각할까. 흠 잡자면 약간 고집이 센 것이 흠이라면 흠이랄 수 있지만 그것도 자기 신념에서 나온 고집이니 나쁘다고도 할 수 없는 노릇이다. 더욱이 그녀의 미모를 생각하면—.'

길동이가 이런 생각을 하고 있는데 은주가 다시 입을 열어,

"내일 일은 생각하고 싶지 않아요. 그땐 아무 말도 않겠어요. 그렇지만 지금은 이대로 못 떠나 가겠다는 거예요."

그리고는 아무 말 없이 수풀 속으로 걷기 시작했다. 길동이는 어쩔 수 없는 듯이 끌려갔다. 은주는 동굴 앞에서 몸을 돌렸다. 몹시 긴장한 때문인지 화가 난 듯한 얼굴이었다.

"선비님에게 순결을 바칠 곳이 이런 곳이에요."

"은주 —"

길동이는 가쁜 숨 속에서 겨우 목소리를 냈다.

"네."

"은준 남녀의 순결을 바꾼다는 것이 뭣인지 알아?"

"몰라요."

은주는 갑자기 눈시울이 빨개지면서 분명히 말했다.

"선비님이 알려주는 대로 전 따르겠어요."

은주는 길동이의 손을 끌어 동굴 속으로 들어갔다. 한 간 방이나 되는 그 동굴 속은 음침하기가 그지없다. 그러나 바닥에는 나뭇잎이 쌓여 마치 융단을 깐 것처럼 푹신하다.

길동이는 맥을 잃은 채

"도사님이 쌍바위에서 나를 기다리고 있소."

"그런 것이 핑계가 되지 않아요."

"그렇지만—"

"도사님은 노할진 몰라요. 그렇다고 선비님을 버리지는 않을 거예

요."

"내가 주저하는 것은 그것뿐이 아니야."

"……?"

"난 지금 죄를 느끼고 있어."

"죄를?"

"은주를 행복하게 할 사나이가 못 돼. 이대로 헤어지는 것이 좋을 것 같아."

이 말에 은주는 노여운 눈으로 길동이를 쳐다보고 있다가 갑자기 길동이 가슴에 머리를 묻었다.

"그러니 생각을 돌려."

길동이는 다시 부드럽게 말했지만 은주는 싫다고 머리를 힘껏 흔들고 나서 치마끈을 풀었다. 그의 발밑에 치마폭이 수룩 내려지자 길동이는 당황해서 움츠렸다. 그러나 은주는 자기 일은 자기가 한다는 듯이 저고리를 벗어던지고 속옷을 벗었다.

은주와 헤어진 길동이는 쌍바위로 뛰어 올라갔다. 아직도 그의 가슴속에는 은주를 안았던 따스한 체온이 남아 있었다. 그 때문에 더욱 숨이 가빴다. 그러나 그는 걸음을 늦추지 않고 달렸다.

얼마큼 올라가서 서너길 쯤 되는 절벽이 나섰다. 그 위에 사람의 엉덩이처럼 된 쌍바위가 있었고 그 바위 틈엔 늙은 소나무 한 그루가 뿌리를 박고 있었다. 길동이는 그 밑에서 잠시 절벽 위를 쳐다봤다. 아침 해를 받은 소나무가 유달리 청청해 보일뿐, 사람은 아무도 보이지 않았다.

"도사님."

길동이는 목청을 놓아 불렀다. 그러나 평산도사의 대답은 없고 메아리만 들려올뿐이었다.

"도사님, 제가 왔습니다."

길동이는 다시 소리쳤다. 그러나 역시 대답이 없었다. 그래도 길동이는 돌아갈 생각이 없이

"도사님, 그만큼 숨었으면 이제는 나오시오."

"길동인가."

"왜 제가 오는 걸 아시고 숨는 것입니까."

"뭐하러 여긴 왔나?"

"도사님이 이곳으로 오라고 하지 않았습니까?"

"난 그런 기억 없어."

"없다니 무슨 말씀입니까."

"계집에 눈이 어두운 자네 같은 사나이를, 자네는 따라갈 계집이 생기지 않았나."

"아닙니다."

"뭐가 아니란 말야."

"이곳에 남아서 도사님께 둔갑술을 배우고 싶습니다."

"하하하……, 자네 같이 계집에 눈이 어두운 놈이 둔갑술을 배우겠다구."

"그것은 제 잘못만도 아닙니다. 도사님이 은주를 떠나게 하지만 않았어도—."

"듣기 싫어!"

산이 쩌렁하고 울리는 소리가 났다.

그 고함소리가 떨어지기가 무섭게 소리도 없이 한 마리의 거미가 줄을 타고 내려오듯 소나무에서 사람이 내려왔다. 평산도사였다. 그러나 길동이가 지금까지 본 인자한 얼굴과는 딴판인 무서운 얼굴이었다.

평산도사는 길동이에게 눈을 두는 일도 없이 산마루를 향해 걷기 시작했다. 길동이는 불안과 긴장한 마음으로 분주히 그 뒤를 따라

가며

"제 경솔을 한번만 용서해 주시오."

하고 소리쳤지만 평산도사는 걸음을 빨리 걷는 일도 천천히 걷는 일도 그리고 돌아보는 일도 없이 그저 자기가 가는 길만 걸었다.

"제가 집을 나온 것도 실은 도사를 찾기 위한 것입니다. 저를 친어버이처럼 키워준 성초영감에게 도사님의 말을 듣고서……."

길동이는 이런 말도 해 보았지만 평산도사는 앞만 보고 걸었다.

마치 구름이 흘러가는 것처럼 가벼운 걸음이다. 그 걸음걸이로 산을 넘고 또 넘어 자꾸만 높은 산으로 올라갔다. 뒤따라가는 길동이는 숨이 차서 쓰러질 것만 같았다.

그러나 둔갑술을 배우려는 그의 정열은 이런 괴로움은 참고 견딜 수가 있었다.

길동이는 어디까지나 따라가서 어떻게 해서든지 도사의 마음을 돌릴 결심이었다. 머리 위에서 이글이글 타던 해가 기울기 시작하다 아주 없어지고 말았다. 그래도 길동이는 여전히 도사의 뒤를 따랐다.

"그만 하면 자네의 인내심은 알겠네."

평산도사는 걸음을 멈추고 비로소 입을 열었다. 길동이는 그 말에 기대를 걸며 자기도 걸음을 멈췄다.

사방은 어둠에 묻혀 아무 것도 보이지 않았다. 앞에 서 있는 평산도사도 어두운 윤곽으로 보일 뿐이고 그 뒤에 우뚝 서 있는 바위도 그러한 윤곽으로 짐작될 뿐이었다.

"이곳에는 모기도 없을 걸세. 사람이 살 수 없는 이렇게 물 한 방울 없이 매마른 곳엔 모기도 살 수 없으니 말야. 그렇지 않은가 길동이."

"그렇겠지요."

"그렇지만 길동이는 이곳에서 살 수 있겠지?"

"······?"

"이 뒤에는 비바람을 막을 수 있는 조그마한 동굴이 있으니 잘 수는 있지. 먹는 것이 좀 문제겠지만 이것도 사흘만 굶게 되면 어떻게 해결할 방법이 생길 테니 이곳서 일년 동안만 견디구 살아보게."

"일년?"

"싫은가?"

"그런 건 아닙니다만—."

"싫지 않으면 살아 보게."

"이것은 제게 무슨 벌을 주는 것인가고 묻고 싶습니다."

"하하하, 내가 무슨 질투를 하고 있는 줄 아는 모양이네그려."

평산도사는 웃고 나서

"어쨌든 이리로 오게나. 와서 천천히 이야기함세."

길동이가 가까이 오자.

"발밑의 나뭇가질 잘라 불을 좀 일으키게. 이야길하면서 서로 얼굴도 보지 못한다면 무슨 재민가."

길동이는 하라는 대로 나뭇가지를 긁어모아 불을 붙였다. 불길에 바위들이 드러났고 평산도사의 얼굴도 드러났다. 평산도사는 좀전에 하던 말을 계속 이어

"사실은 질투라기보다 화가 난 거지. 여태 애써 키운 제자를 하나 잃었으니."

"잃다니요?"

길동이는 알 수 없다는 듯 물었다.

"여자란 그런 거야. 사나이를 알게 되면 칼 쓰는 자신을 잃게 되고 마니 말야. 그래서 은주를 단발령에 보낼 생각을 했는데…… 그러니 자네가 밉지 않을 수 있나. 밉지, 밉지만 하는 수 있나, 자네 검술에 반했으니."

"그건 또 무슨 말씀인가요?"

"상대해서 칼 쌈 해보고 싶은 사나이를 처음 만났다는 거야."

평산도사의 눈에서는 갑자기 화광이 돌았다. 길동이는 그 화광에 질린 채

"저는 도사님의 싸움 상대가 되지 못합니다."

하고 공손히 말했다.

"왜 사나이답지 못하게 그런 수작을 해."

평산도사는 굵은 나뭇가지를 꺾어 길동이 앞에 던져줬다. 그러나 길동이는 그 몽둥이를 집을 생각 없이 우뚝 서 있었다.

"왜 몽둥이를 집을 생각을 안 해."

"싸울 마음이 없습니다."

"그렇다면 여긴 뭣하러 따라 왔어?"

"둔갑술을 배우기 위해서입니다."

이 말에 평산도사는 호탕스럽게 웃고 나서

"배우고 싶은가?"

"네, 배우고 싶습니다."

길동이는 조금도 굽히지 않는 대답을 했다.

"길동이, 자네가 둔갑술을 배우고 싶으면 그 몽둥이를 들어 내 어깨를 내리쳐 보게."

평산도사는 빈정대듯이 말했다. 길동이가 몽둥이를 들어 평산도사의 어깨를 내리쳤다. 비호보다도 더 빠른 동작이었다. 그러나 길동이가 내리친 것은 평산도사가 등지고 서 있던 바위였다.

"길동이, 너무 덤비지 말고 내 어깨를 쳐."

평산도사가 약을 올리듯 또 소리쳤다. 길동이는 바위를 친 몸을 돌리는 순간 평산도사의 아랫도리를 후려쳤다. 평산도사의 몸은 공처럼 튀어올랐다.

"이 사람아, 내 어깨를 치라는데 아랫도리를 치면 어떻게 되나."

역시 빈정대는 소리였다.

침착을 잃은 길동이는 화가 머리끝까지 치밀어 올랐다. 어떻게 해서든지 평산도사의 어깨를 쳐서 찍소리를 못하게 해주고 싶었다.

길동이는 몽둥이를 번쩍 머리 위로 쳐들었다. 그의 팔에 단 한 칼에 상대방을 박살 낼 듯한 기운이 뻗쳤다.

그러나 평산도사는 돌아선 채 태연히 하늘의 별만 쳐다보고 있었다. 뒤에서 길동이가 몽둥이를 들고 있는 것은 조금도 느끼지 않는 그런 자세였다.

그렇건만 길동이는 한 발도 내디딜 수 없었다. 아무 방어도 없는 자세인 것 같으면서도 그 속에는 검술의 극치가 숨어 있는 것만 같았다.

어느덧 길동이 이마에는 땀이 비오듯 흘렀다. 불이 붙는 것처럼 목구멍이 탔다.

평산도사는 숨도 쉬지 않는 듯 조용히 서서 여전히 별만 쳐다보고 있었다.

하늘에는 무수한 별이 깔려 있었다. 평산도사는 그 별을 쳐다보며 은주를 더럽힌 이 사나이를 어떻게 처치했으면 좋을까 생각하고 있는 것 같기도 했다. 그러나 그런 생각을 그렇게도 무심한 얼굴로 생각할 수 있을까.

"길동이."

평산도사가 문득 불렀다.

"저기 별이 장가가는 걸 보게나."

손가락으로 가리키는 순간 길동이는 그 틈을 놓칠세라 평산도사의 어깨를 내리쳤다.

그러나 평산도사는 그것을 미리 계산한 모양이었다. 몸을 피했다

가 땅을 치는 몽둥이를 쉽게 빼앗는 바람에 이제는 길동이의 머리가 바스러질 판이 되었다.

"자네 검술도 막상 맞서보니 대단치도 않네 그려."

길동이는 앞으로 엉금엉금 기기 시작했다. 어쩔 수 없이 그럴 수밖에 없었다. 그리하여 마침내 낭떠러지까지 기어가게 되었다. 몽둥이 끝으로 한 번 더 떼밀면 떨어질 판이다.

"길동이 분하지."

평산도사는 벌쭉 웃고서

"분하면 오늘 밤 이 산속에서 자면서 날 어떻게 이길까 하고 생각해보게."

하고 몽둥이를 내던지고 천천히 내려갔다.

평산도사가 난 곳은 평안도 삭주(朔州)에서 그리 멀지 않은 천마산(天摩山) 밑이었다. 그의 부친 김옥(金沃)은 한 때 진무영(鎭撫營)에서 교련관(敎練官) 노릇을 하다가 상관과 뜻이 맞지 않아 벼슬을 내

놓고 다시 고향으로 돌아왔다. 그리하여 천마산에서 초부와 다름없는 생활을 하며 사냥으로 생계를 잇다 죽었다. 죽기 전에 그는 열여섯 살 난 아들을 불러놓고 이런 유언을 했다.

"무술(武術)은 십팔기(十八技)라고 하는데 네가 그것을 완전히 체득했다고는 할 수 없겠지만 그래도 그만했으면 대략 배운 셈이다. 이제 더 수업을 쌓고 싶으면 둔갑술을 배워라. 그걸 배우자면 백두산이나 향산 같은 깊은 산으로 찾아가서 도사님을 만나야지. 둔갑술에 통한 사람은 물욕이나 공명심 같은 것은 잊고 산속에서 짐승이나 다름없이 사니 이름도 잘 알 수가 없다. 그러나 향산의 진백(眞伯)이란 사람은 아는 사람은 알지. 나도 영변에 나가 있을 때 어떤 일로두어 번 만날 기회가 있어 알게 됐다. 나보다 여남은 살 아래로 몸도 나보다 작지만 패기가 있는 것이 손을 대하는 걸 봐도 사람은 된 사람이었어. 내 이름을 대면 푸대접은 안 할 게다."

부친은 여기서 말을 끊고 잠시 무엇을 생각하는 듯이 있다가 갑자기 뜻 모를 웃음을 짓고 나서

"둔갑술을 배워서 제일 요긴한 건 남에게 머릴 숙이지 않아도 살수 있는 일이야. 넌 무슨 일이 있어도 관복으로 살 생각은 하지 말어. 해먹을 노릇이 없으면 차라리 길목지기를 해먹는 한이 있어도 융복(戎服)을 입을 생각은 하지 말란 말야."

그가 교련관으로 있으면서 상관한테서 받은 쓰라림을 죽을 때까지 잊을 수 없었던 모양이다.

평산도사의 어머니는 아버지가 교련관으로 있을 때 이미 죽었으므로 아버지가 돌아가자 그는 천애의 고아가 됐다. 그는 부친과 산속에서 살면서 많은 것을 배웠다. 생활 그것이 무엇보다도 그의 육체를 단련시켰다. 길 없는 길을 뛰어다니는 일도, 새와 짐승을 잡는 일도, 원숭이처럼 이 나무에서 저 나무로 건너뛰는 일도, 절벽을 기

어오르는 일도 모두 그가 배우려는 둔갑술의 기초로서 필요했던 것이다.

열여덟 나던 이른 봄 어느 날 그는 드디어 천마산을 뒤에 두고 길을 떠났다.

바가지와 광주리 버린 일 없이 살림도구 일체를 짊어지고 길을 떠난 그는 마치도 피란민이나 도망꾼 같기도 했다.

사람들의 눈을 피해 소로로 갔지만 그래도 아는 사람을 만나 어디로 가느냐고 물으면 변경에 수자리〔軍役〕를 살러 간다고 했다.

임꺽정을 비롯해 어디나 화적떼가 난동하던 때라 화적을 피해서 이사를 가는 사람이 많았으므로 살림도구를 지고 가는 것이 그렇게 눈에 띄는 일이 아니었지만 목, 허리, 엉덩이 할 것 없이 짐을 주렁주렁 달고 가는 젊은이는 좀처럼 없었다. 그런데다 그의 걸음이 말이 달리는 것처럼 빠른 데는 행인들의 눈을 놀라게 하지 않을 수가 없었다.

천마산에서 묘향산을 가자면 태천(泰川) 운산(雲山)을 지나 향동(香洞)이란 곳까지 와서 청천강(淸川江) 나루를 건너야 한다. 길은 삼백리 밖에 안 되는 길이지만 험준한 산길이라 보통 사람이면 대엿새나 걸리는 길이다. 그 길을 그는 다음 날 저녁에 향산 앞인 장곤 나루터에 이르렀다. 그곳은 절벽이 가로막혀 천상 나룻배로 절벽을 돌아가야 했다.

그가 나루터에 이르렀을 땐 마침 마지막 나룻배가 건너려는 참이었다. 그는 나루삯을 꺼내려고 했으나 너무 깊이 두었기 때문에 짐을 먼저 내려놓지 않고서는 꺼낼 수가 없었다. 그는 언덕에 짐을 내려놓고 돈지갑을 찾았으나 어딜 두었는지 아무리 찾아도 나오지가 않았다.

뱃사공은 옷이 남루한 보잘것없는 더벅머리 총각과 빨리 타라고 꾸짖었다. 그래도 그는 돈지갑을 그대로 찾고 있었다.

사공은 화가 난 나머지

"그만 우린 가겠네."

하고 배를 떼려고 했다. 평산은 그제야 당황해서

"같이 가요."

하고 소리쳤다. 그러나 지갑은 역시 나오지를 않았다. 사공은 더 기다릴 생각을 않고 삿대질로 배를 떴다. 평산은 그제야 겨우 찾아낸 녹피로 만든 돈지갑을 꺼내 흔들며

"찾았어요, 찾았어요."

하고 소리쳤다. 그러나 사공은 배를 언덕에 대 줄 생각은 하지 않고

"뱃삯은 내릴 때 내도 되는 거야, 너같이 모르는 녀석은 거기서 하룻밤 고생을 해야 해."

산골 강이라 그리 넓지는 않았지만 강물은 아직도 얼음이나 다름없이 찼으니 헤엄쳐 건널 수도 없었다. 그런데 사공은 일부러 골려주기 위해서 배를 대주지 않은 것이다.

"배를 태워주지 않으면 난 절벽을 넘지. 누가 먼저 가나 내길 하자."

"네 녀석이 절벽을 넘어 오겠다고?"

"그래 내길해."

"네 녀석이 지면 어떻게 하겠나?"

"이 지갑에 든 돈을 다 주기로 하지. 그 대신 네가 지면?"

"네가 하라는 대로 다 하겠다."

선객들은 이 말을 듣고 모두 웃었다.

사람이 넘을 수 없는 깎아세운 절벽이었기 때문이다. 그 절벽을 무거운 짐까지 지고 넘겠다니 웃을 수밖에 없었다. 그러나 배를 대고 보니 놀랍게도 그 더벅머리 총각이 먼저 와 있었다. 뱃사공은 깜짝

놀랐다. 그러면서도 절벽을 넘어 왔으리라고는 생각되지 않은 나머지

"이 미욱한 녀석이 그 얼음 같은 찬 물을 차다고 하지 않고 헤엄을 쳐 왔구나."

하고 선객들을 둘러보며 응원을 청하듯이 킥킥 웃었다.

그 말을 듣자 더벅머리는 뱃사공 앞으로 다가서며

"이 녀석아, 넌 사람 미욱한 것만 볼 줄 알구 헤엄치면 옷 젖는 것도 모르니? 모르면 어떻게 되나 봐라."

뱃사공을 한 손으로 번쩍 들어 강물에 집어던졌다. 그러고는 짐을 지고서 뒤도 돌아보는 일도 없이 걷기 시작했다.

더벅머리는 삽시간에 보이지 않았다. 선객들은 눈이 휑해서 그가 간 길을 보고만 있었다.

묘향산은 단군(檀君)이 내려왔다는 전설이 있는 곳이다. 산에는 향나무와 사철나무가 많아 묘향산이라는 이름이 생겼다고 한다.

산 중엔 보현사(普賢寺) 안심사(安心寺) 등의 사찰이 있으며 또한 폭포도 많아 산의 모습이 웅장하기 이를 데 없다. 임진왜란 때 의승(義僧) 오천을 일으켜 크게 공을 세운 서산대사(西山大師)가 만년에 산 곳도 이곳이다.

더벅머리 총각은 그날 밤으로 보현사를 찾아가 하루 묵고 다음날 아침에 진백이가 살고 있는 산속으로 찾아 들어갔다.

둔갑술을 하는 사람은 대체로 짐승처럼 동굴에서 살았지만 진백이는 산골에서 흔히 볼 수 있는 너와집에서 살았다. 돌담을 둘러친 뜰도 꽤 넓었다.

더벅머리가 대문 안으로 들어서려고 하자 대문을 지키고 있던 위병이 물었다.

"어떤 녀석이야?"

그는 자기 부친의 이름을 대고 천마산에서 여기까지 둔갑술을 배우러 왔다고 했다.

천마산에 검술 잘하는 김옥이가 살고 있다는 이야기는 위병도 들어 알고 있던 모양이다. 부릅떴던 눈이 풀어지며 말했다.

"먼 곳에서 왔군요. 도사님은 지금 부하들을 데리고 제기차기를 하는 중이니 여기서 끝날 때까지 기다리우."

마당 한 가운데서 젊은 사람들이 제기놀이 하는 것이 그곳에서도 보였다.

옛날 제기놀이라면 일고여덟 명씩 두 패로 나누어 가운데에 그물을 높이 매달고 단단한 가죽공을 발로 차서 그물 위로 넘기면 저편에서 땅에 떨어지기 전에 또 받아 넘기는 놀이였다. 이를테면 지금의 발레볼을, 야구공 같은 단단한 공을 손으로 받아넘기는 대신 발로 차서 넘기는 놀이였다.

　제기차기라면 오금을 못 쓰는 더벅머리였다.

　뿐만 아니라 이것은 무예(武藝)의 기본이 되는 만큼 어렸을 때부
터 해 와서 남보다 뛰어난 기술도 갖고 있었다. 그러니 그는 멀리서
보고만 있을 수 없어

　"제기차기는 내가 무엇보다 좋아하는 놀이니 가까이 가서 볼 수가
없을까요?"

　"그거야 어디 못할 일이요, 어서 가 보시오."

　하고 위병이 승낙했다.

　더벅머리는 그곳에 짐을 부려놓고 제기차기하는 곳으로 갔다. 그
곳에는 구경하는 사람도 십여 명 되었다. 그는 그 속에 끼어 구경을
했다.

　모두가 보통 솜씨가 아니었다.

　"자, 간다."

하고 말이 떨어지기가 무섭게 통 하고 차면 저편에서도 넘어오는 공을 멋지게 받아넘겼다. 뒤로 앞으로 자유자재로 받아넘겨 차는 것을 보니 구경하는 더벅머리도 신이 나서 자기도 모르게 웃음이 흘렀다.

그러던 중 어떻게 된 일인지 어느 한 사람이 잘못 차서 공이 구경하는 사람 쪽으로 달려들었다.

"악!"

하고 소리치며 그 공을 피하려고 몰려 쓰러졌다.

그러나 바로 그 옆에 서 있던 더벅머리는 옳지, 잘 됐다 하는 듯이 뛰어올라 '펑'하고 공을 멋있게 차 넘겼다. 그 날쌘 동작을 보고 모두 손뼉을 쳤다.

그때 오십쯤 난 키가 짤막한 사람이

"이제 그 공을 찬 사람이 누구야, 이리로 나와."

하고 소리쳤다. 산이 쩌렁 울리는 목소리였다.

더벅머리 총각은 가슴을 두근거리며 그의 앞으로 나섰다.

"네가 찼느냐?"

"예, 제가 찼습니다. 평소 제기차기를 좋아하는 놈이라 그만 장소를 가리지 못하고 찬 일이오니 용서해 주시오."

머리를 숙여 사과했다.

"이 사람아, 난 자네를 꾸짖으려는 것이 아닐세. 지금 자네가 찬 것은 축국십법(蹴鞠十法) 중에서 가장 힘든 묘기의 하나라고 봤는데 내가 혹시 잘못 보진 않았나."

"역시 아시는 분은 아시는군요. 그걸 아시는 걸 보니 진백도사님이 틀림없습니다."

더벅머리는 그 자리에서 엎드려 큰절을 했다.

"그래 도대체 넌 누구냐?"

"천마산에서 온 놈입니다. 제 부친의 함자는 성은 김가구 이름은 기름질 옥자 한자 이름입니다."

"네가 바루 김옥이 아들이란 말인가. 그래 부친은 건강하시냐?"

"삼 년 전에 돌아가셨습니다. 돌아가시면서 도사님을 찾아가서 둔갑술을 배우라는 유언대로 찾아온 것입니다."

더벅머리는 자기가 온 뜻을 말했지만 진백도사는 그런 말보다도 그의 제기차기 묘기에 더 흥미가 있는 모양으로

"이 사람아, 자네가 나한테 배우는 것보다 내가 자네에게 가르침을 받아야 하겠네. 지금 제기찬 그 묘법을 다시 한 번 보여주겠나?"

더벅머리에게 있어선 그런 일쯤은 손바닥 뒤집기보다도 더 쉬운 노릇이었다.

그런 일로 칭찬까지 듣게 되니 기쁘지 않을 수가 없었다. 그러나 어디까지나 겸손을 피워 사양했으나 진백도사가 듣지 않았으므로

"결코 자랑할 것은 못 되지만 도사님이 그렇게까지 말씀하시니 그럼 한번 해보겠습니다."

하고 마당 한 복판으로 나아가서 축국십법을 처음부터 차례차례로 한번씩 해 보였다.

어깨받기 잔등받기 무릎받기 머리받기 오체십부의 기본 위에 팔십팔법의 재주가 있어 비연(飛燕) 화차(花車) 용발(龍髮)과 같은 이름들이 모두 붙어 있다.

이 더벅머리 총각의 부친인 김옥은 영변 진영에 있을 때부터 제기차기로 이름을 날린 사람이다. 그 밑에서 제기차기를 배웠을 뿐만 아니라 어렸을 때부터 이것을 무엇보다 좋아했으니 누구나가 따를 수 없는 기술이 단련되었다.

앞으로 뒤로 좌우 옆으로 자신이 차고 싶은 마음대로 차는 그의 기술은 정말 사람의 재간 같지가 않아, 보는 사람으로 하여금 눈을 황홀케 하고 혀를 차게 했다.

그의 제기차기 묘기가 끝나자 진백도사가 그의 앞으로 가서

"자네의 그 묘기를 아침 저녁으로 좀 배워주게."

"무슨 말씀을—저는 도사님에게 배우러 온 놈입니다."

"그런 말은 말고, 그 대신 내 비술(秘術)을 가르쳐 주기로 하지."

이리하여 더벅머리는 그날부터 진백도사 밑에서 둔갑술을 배우게 되었다.

더벅머리 총각은 그때부터 삼십 소리를 들을 때까지 진백도사와 기거를 같이 했다. 평산이라는 이름은 그때 진백도사가 지어준 이름이다. 아무리 높은 산도 탄탄대로(坦坦大路)처럼 걷는다고 하여 평산(平山)이란 이름을 지어준 것이다.

진백도사는 평산이를 동굴로 데리고 가서 어두운 밤에도 사물을 분간하는 법도 배워주고 깊은 개울로 데리고 가서 머리를 담그고 물

속에서 오래 견디는 잠수법도 배워줬다. 그러면서 작두를 맨발로 타고 원목을 건너놓은 다리를 까치다리로 건너고 겨울에 한길이나 쌓인 눈길을 빠지지 않고 걷고 머리를 디밀 수 있는 구멍만 있으면 마음대로 지나다닐 수 있는 것쯤은 아주 예사로운 일로 되었다. 또한 포승으로 결박을 당하고서도 사지의 관절을 움직여 손쉽게 풀려나오는 법도 배웠다. 한종일 사람의 말은 하지 않고 새와 짐승의 소리로 지나는 일도 있었다.

어느 날 진백도사는 사랑방에서 팔꿈치를 괴고 낮잠을 자면서 벽에 걸린 '君字不憂不懼'라는 논어(論語)의 글을 쓴 족자를 펄럭이게 했다. 옆에 앉아 있던 평산은 그것을 보고 처음엔 진백도사의 콧김이 그렇게도 센가 하고 놀랐다.

그러나 다시 보니 콧김이 아니라 술법으로 그렇게 펄럭거리게 하는 것이었다. 평산도사는 펄럭거리는 족자를 멈춰 보려고 정신을 모아 술법을 써 봤다.

　그러나 족자는 여전히 펄럭거렸다.

　"자네가 아무리 멈춰 보려고 해도 그건 안 될 걸세."

　자는 줄만 알았던 진백도사가 문득 소리쳤다.

　"예?"

　평산이가 당황한 얼굴이 되자

　"삼라만상은 언제나 움직이고 있는 거야. 움직이지 않는 것처럼 보여도 역시 움직이고 있는 거야. 움직이는 것을 더욱 움직이게 하는 일은 그리 힘들 일이 아니지만 억지로 멈춰보겠다는 것은 미욱한 녀석이나 하는 짓이야. 난 그럴 생각만 있으면 이 집의 기둥도 흔들리게 할 수 있지."

　"그건 어떻게 해서 할 수 있습니까."

　"물건에는 흔들거리며 움직이는 중심이 있는 거야. 아이들이 얼음판에서 돌리는 팽이를 보면 잘 알 수 있는 일이지. 그 중심을 잘 잡아만 내면 자네가 새끼손가락 하나 갖고도 고래등 같은 집도 움직일 수 있는 거야."

　"저 족자를 움직이는 것도 그 이치인가요?"

　하고 평산이가 묻자, 진백도사는 그 대답을 하는 대신

　"자네가 그렇게 질문해 갖고선 자네 술법으로 족자를 좀처럼 움직이지는 못할 걸세. 여기 누워서 저 창문을 열게 할 수도 없는 노릇이지. 그러나 자네가 저 족자를 멈춰 보려고 애쓴 것처럼 자꾸 애쓰면 나중엔 자네 하고 싶은 대로 물체를 움직일 수가 있게 될 걸세."

　"……."

　역시 멍청하니 있자,

　"자네 계집을 낚아본 일이 있나?"

　진백도사는 무슨 생각인지 갑자기 이런 말을 꺼냈다.

　진백도사가 계집을 아느냐고 묻는 말에 평산이가 얼굴이 붉어져 없다고 고개를 돌리자

　"그렇다면 다행일세. 계집의 맛을 알게 되면 정기가 모두 그리로 빠져 술법을 배우기가 힘든 노릇이야."

　"계집의 맛이라니, 거기도 밥이나 술처럼 맛이 있습니까?"

　평산이가 이런 말을 하는 것을 보니 계집 낚는 일은 고사하고 색정도 느껴본 일이 없는 모양이었다.

　"세상 모든 물건이 맛을 갖고 있는 만큼 그거라고 왜 맛이 없겠나? 맛치구선 상품이지. 꿀맛처럼 달기만 한 것도 아니고 살구맛처럼 새큼한 것만도 아니고, 그렇다고 술처럼 취하게 하는 것만도 아니고 무슨 맛이라고나 했으면 좋을까, 어쨌든 진진한 맛이야. 그러니 애써 그 맛을 알 생각을 말게. 그 맛을 한번 알게 되면 자네 술법 배우는 일은 끝나는 판이니."

둔갑술은 음양오행설(陰陽五行說)에 근거를 두어 화목토수금(火木土水金)의 다섯 가지 법으로 나뉘어 있었다. 즉 만물(萬物)은 이 다섯 가지 물체로 된 것으로 이 술법을 하는 사람은 어느 때나 어디서나 물체에 따라서 자기의 몸을 그 물체로 화하는 것을 배워야만 했다. 불에 있을 때는 불로, 물에 있을 때는 물로, 나무에 있을 때는 나무를 적당히 이용하지 않으면 안 된다.

어느 날 평산은 불을 갖고 적을 피하는 장신법(藏身法)을 배우다가 다리에 화상을 입게 되었다. 진백도사는 급기야 평산이를 업고 개울로 달려가서 깊은 물에 쓸어 넣었다. 평산이가 쓰림을 못 참아 기어나오려고 하자

"이건 오행상극(五行相剋)의 하나인 불을 물로 이기는 법이야."

하고 그의 어깨를 두 손으로 꾹 눌렀다.

"다리가 끊어지는 것 같아 견딜 수가 없습니다."

평산이가 죽을상을 하자

"그걸 참고 견뎌야 하는 거야. 왼쪽 팔 왼쪽 다리가 당장에 떨어져 나가는 한이 있다고 해도 아프다는 소린 고사하고 꿈쩍도 하지 않는 것이 둔갑을 부리는 술법자라고 할 수 있는 거야. 화상은 자기 실수로 된 일이니 부끄러워 할 줄이나 알아."

"벌에 쏘이고도 소리치면 술법자의 수칩니까?"

평산이가 아픔을 참느라고 얼굴을 찌푸린 채 물었다.

"말할 것도 없지, 그 물속에서 나올 생각을 말고 내일 아침 날이 샐 때까지 그대로 있게나."

평산이는 진백도사가 말하는 대로 아침까지 물에 있었다. 그러는 동안에 아픈 것도 아주 없어졌다.

"어떤가, 그냥 아픈가."

진백도사가 나와서 물었다.

"아픈 것이 없어졌을 뿐만 아니라 난 둔갑술의 묘한 뜻도 알았습니다. 물로 화난을 이긴다는 것은 별 것이 아니라 나를 물로 화하는 일이군요. 난 밤새껏 물이나 다름없는 몸이 되어 있었습니다."

"너도 그걸 깨닫게 되었으니 이제는 술법자가 된 셈이다. 계집을 안다고 해도 거기에 빠질 일은 없을 테니 경계할 것 없네."

진백도사는 평산에게 여자를 멀리하라는 말을 비로소 풀어주었다.

어느 날 평산은 고향인 천마산으로 돌아가겠다는 것을 진백도사에게 말했다. 진백도사는 몹시 섭섭한 얼굴로

"자네도 이제는 내게 더 배울 것이 없게 됐으니 여기 더 있을 필요도 없겠지. 난 자네가 떠나면 여편네나 하나 얻어 데려다 살겠네."

그때는 이미 진백도사의 나이가 예순이었다. 여태까지 독신으로 산 그가 지금 와서 그런 말을 하는 것이 평산은 알 수가 없어

"도사님은 그보다도 더 큰 할 일이 있는 것 같습니다."

그러자 진백도사는 크게 웃으며

"나보고서 천하를 잡아보란 말인가."

"도사님은 옛날 제갈공명에 못지않은 술법을 가졌다고 생각되니 못할 일은 없을 겝니다."

이 말에 진백도사는 빙그레 웃으며

"이 미욱한 놈아, 한낱 초부와 다름없는 나를 제갈공명과 같은 어른에 비하다니 그런 버릇없는 말은 말어."

하구 꾸짖고 나서

"어쨌든 난 그런 일에는 흥미가 없다. 지금 조정은 동서 양당으로 갈라져 어지러운 모양이더라만 난 옛날부터 그건 아무래도 좋았다. 동인(東人)의 세상이 되건 서인(西人)의 세상이 되건…… 사람은 결국 한 마디로 말하자면 혼자서 나고 혼자서 살고 혼자서 죽는 것이니까."

평산은 이마가 유난스럽게 넓고 입이 큰 진백도사의 얼굴을 쳐다보면서 역시 이 사나이라면 그럴지도 모른다고 생각했다.

"누가 세상의 권력을 잡는다 해도 도사님의 먹고 사는 데는 별로 관계가 없다는 것입니까."

"난 그렇게 살아왔네. 그렇지만 자넨 자네대로 큰 뜻을 가져보게나. 둔갑술은 길목지기 하는 데도 필요하고 남의 권력 밑에서 밀정 노릇 하는 데도 필요하겠지만 난 자네에게 그런 노릇이나 해 먹으라고 가르쳐 준 것이 아니란 것만은 잊지 말게."

"잘 알았습니다."

"자넨 오늘 밤 떠날 생각인가."

"옳게 맞혔습니다. 그러면 여기서 작별인사를 하겠습니다."

"언제라도 내가 보고 싶을 때가 있으면 찾아오게나. 자네를 반갑게 맞을 테니."

평산은 그날 밤 잠자코 자리를 빠져나왔다. 잠자리라 해도 이불과 베개가 있는 것도 아니었다.

평산은 바삭하는 소리도 내지 않고 방을 빠져 나오려고 생각했다. 그러나 진백도사는 벌써 안 모양으로

"지금 떠나는 길인가."

하고 소리쳤다.

"예."

"떠나면 떠난다는 말이 있어야 할 것이 아닌가."

"역시 도사님은 당해낼 수 없구만요."

평산이 웃자 진백도사는 그 말은 하지 않고,

"자네, 길은 좀 돌지만 안주에 들러서 이 편지 좀 전해 주게. 북문 밖에 부용이라는 젊은 무당이 살고 있으니 그 집을 찾아가서 말야."

"무슨 편진데요?"

"자네가 알 필요 없는 거야."

"그럼 전하기만 하지요."

평산이 방문을 열려고 하자 방문이 저절로 열렸다. 평산은 진백도사를 돌아다보고 웃으면서

"열어줬으면 닫아도 줘요."

하고 뜰로 내려섰다.

무녀부용(巫女芙蓉)

　사람은 좀처럼 굶어서 죽는 법은 없다고 하지만 뭐니 뭐니해도 배고픈 것처럼 참기 힘든 노릇도 없다.

　평상은 어젯밤에 묘향산을 떠나 이백리나 되는 길인 안주 나루 앞까지 아무 것도 먹지 않고 걸었으니 배도 고플만 했다.

　그는 등에서 식은땀이 나고 맥이 풀려 서 있을 수도 없어 길옆 소나무 밑에서 쉬고 있었다.

　둔갑술을 하는 사람들은 본디 노자를 갖고 다니지를 않았다.

　그 대신에 새의 간과 약초와 녹용 같은 것을 이겨서 메추라기 알만큼 빚어 말린 것을 갖고 다니며 먹었다. 그것은 썩는 일도 없고 하루에 대여섯 알만 먹으면 기운이 보장되는 편리한 물건이었으나 평산은 그 준비가 없이 떠났으니 굶는 수밖에 없었다. 길을 떠난 첫날부터 음식을 빌어먹고 싶은 생각이 없었기 때문이다.

　이미 해는 저물어 서쪽 하늘에는 놀이 져 있었다. 그 놀에 반사되어 앞에 바라보이는 청천강도 그리고 건너편 백상루(百祥樓)도 모두가 빨간 일색으로 화한 것만 같았다. 그것을 보니 풍류와는 인연이 먼 평산이면서도 어쩐지 풍객(風客)이 된 것 같은 생각이 들었지만 배가 고프고서는 언제까지 머리를 들고 있을 수도 없는 노릇이었다. 자기도 모르게 팔짱을 끼고 머리를 떨구고 있게 됐으니 남이 보면 무슨 큰 걱정이 있어 죽자나 살자나 하고 그걸 골몰하게 생각하는 덧없는 모양으로 보인 것도 사실이었다.

"이거 봐요, 거기서 쉬고 있는 길손 —."

드디어 지나가던 사람이 걱정해 주었다. 여자의 목소리였다. 얼굴을 들어 멍청한 눈으로 보자

"어디 몸이 편치 않은 사람인가요."

머리에 떡 동고리 같은 것을 인 예쁜 눈이 수줍음을 머금고 내려다보고 있었다. 스물두 세 살이나 났을까. 평산이가 처음 본다 하리만큼 살색이 희고 눈매가 고우면서 젖가슴이 볼록한 것이 아주 건강한 여자였다.

"몸이 아파서 이러구 앉아 있는 건 아닙니다."

평산은 그녀의 미모보다도 먼저 그녀의 머리에 무겁게 이고 있는 것이 혹시 떡 동고리가 아닌가 하는 생각으로 군침을 꿀꺽 삼켰다.

"사실 배가 고파 보긴 처음이요."

"그래요."

여자는 웃었다. 소 같은 장정이 배가 고프다고 눈을 껌벅껌벅하고 앉아 있는 것이 우습기만 한 모양이다.

"웃긴 왜 웃으오. 남은 배가 고파서 죽을 지경이라는데."

하고 다시 동고리를 쳐다봤다.

"그런데 이 동고리는 왜 자꾸 쳐다봐요?"

"혹시 떡이 들어 있지 않나 해서."

평산은 부끄러움도 잊고 이런 말을 했다.

"떡이면 줄까 해서요?"

여자는 생글생글 웃었다. 분명 놀려대는 웃음이었다. 평산이 화가 난 대로 입을 다물고 있자 여자는 한술 더 떠서

"이 동고리 속에는 떡뿐만 아니라 닭 뒷다리 돼지머리 민어전도 있답니다."

이 말에 평산도사가 더욱 침이 넘어가는 것을 억지로 참으며 외면을 하자

"안 준다니까 노하신 모양이야. 안 드리겠다는 게 아니에요. 점잖은 분이 길에서 먹을 순 없다는 거죠. 그러니 먹을 생각이라면 저를 따라오라는 거예요."

배가 고픈 판에 동고리 속에는 떡과 고기가 가득하다니 평산은 체면 같은 것을 생각할 겨를이 없었다.

"아가씨 집은 어딘데요?"

"나루 건너서, 그리 멀지 않아요."

"따라가면 배부르겐 먹여주겠지요?"

"이 동고리에 든 음식을 혼자서 다 먹어도 괜찮아요."

"그렇다면 따라가기로 합시다."

맥을 잃었던 몸이 어디서 원기가 생겼는지 불쑥 일어섰다.

"그래 혼자서 걸을 순 있어요?"

젊은 여인은 또 놀려대듯이 웃었다.

"사람 놀리지 마시우. 이래봬도 묘향산서 여기까지 당일로 걸어 온 놈이요."

"그래요. 그러면 본시 걸음은 잘 걷는 분이군요. 그런데 왜 그렇게도 배를 곯게 됐어요?"

"왜라니요? 주머니가 무일푼이니 굶는 수밖에 없잖아요."

"그렇게도 먼 길을 떠난 사람이 노자 한 푼도 없이 떠났어요?"

젊은 여인은 알 수 없다는 얼굴을 했다. 평산은 어떻게 대답할지를 몰라 잠시 머뭇거리다가

"잃었어요."

아무렇게나 주워댔다.

"어마 잃었어요? 어디까지 가시는지는 모르지만 내일도 또 한종일 굶고 걸어야겠구만요."

"그런 걱정은 없습니다. 안주에 편지 전해줄 집이 있으니 오늘밤은 그집에서 묶고 노자도 좀 얻어갖고 떠날 생각이오."

"오늘은 노자 없이 길을 걷다가 혼이 난 모양이군요."

젊은 여인은 또 생글생글 웃고 나서

"안주에 뉘집을 찾아가셔요?"

"성문 밖에서 사는 무당집이라는데 그런 집 모르시우?"

"그 집이라면 저도 잘 알아요."

하고 알 수 없게 웃었다.

"그렇다면 마침 장날격으로 잘 되었구만."

"우리 집에서 그리 멀지도 않으니 떡과 고기를 잡수시고 천천히 찾아 가시도록 해요. 제가 그 집을 알려 드릴 테니."

그가 나루를 건너 그 여인의 집을 따라가 보니 집은 그리 크지 않지만 뜰과 방이 깨끗이 치워져 있었고 찬장이며 경대 같은 알뜰

한 가구도 눈에 띄었다.

여인은 쪼르르 따라나온 종년에게 떡 동고리를 내려 주고 나서

"손님에게 세숫물 떠다 드려라."

하고 호령했다. 이 집엔 종년 외에 문간방에 늙은 부부가 살고 있었다.

평산이가 세수를 하고 방으로 들어가자 젊은 여인은 준비했던 술상을 그의 앞에 갖다놓고 먼저 술을 권했다. 평산은 손이 선뜻 나가지 않아 주저하고 있자

"술은 좋아하지 않으세요?"

하고 웃음을 담뿍 먹은 눈으로 그를 봤다. 그 눈이 알 수 없게도 가슴에 파고드는 것 같고 온몸이 훈훈하게 데워지는 것 같은 이상한 기분을 느꼈다.

"좋아하지 않는 건 아닙니다만,"

"그럼 받으시지."

역시 손을 내밀지 않고 주저하고만 있자

"아, 알겠어요. 배가 고프니 떡부터 눈에 보인다는 거죠?"

"사실 그렇습니다."

"그럼 떡부터 드세요. 우리 집엔 어려워 할 윗사람도 없으니 마음 놓고 잡수시고 싶은 대로 잡수세요."

평산이는 콩보송이를 묻힌 인절미 한 대접을 삽시간에 먹어 치웠다. 여인은 종년을 불러 떡을 한 대접 더 갖고 오라고 하고 나서

"여기 꿀도 있는데 왜 발라먹지 않아요? 단걸 좋아하지 않으세요?"

"좋아하지 않는 건 아닙니다만 그대로도 맛있는데 꿀은 발라서 뭣해요. 김치하고만 먹어도 맛만 있습니다."

그래도 두 대접째의 떡은 빨리 먹어 치우지는 않았다. 공복에 너

무 급히 먹으면 복통이 일어날 염려가 있다는 것을 아는 모양이었다. 고기도 먹어가면서 천천히 먹었다. 그것이 아주 재미나기나 한 것처럼 여인은 보고 있었다.

평산이는 떡 두 접시를 다 먹고나자 이제는 기운이 나는 모양으로

"덕분에 잘 먹었소."

"배에 차지 않으면 사양할 것 없어요. 더 가져오라고 하지요."

"아니 아니, 잔뜩 먹어서 더 먹을 순 없소. 배가 부르다는 것은 참으로 고마운 일이군요. 그걸 난 처음으로 알았소."

평산이는 배를 쓸면서 만복의 쾌감을 느끼듯이 웃었다.

"그러면 이제 술을 좀 마셔요. 그래야 먹은 떡두 잘 내릴 게구 피곤도 풀릴 거예요."

여인은 떡을 다 먹기를 기다리기나 한 듯이 술을 부어주었다.

"술은 그만합시다. 이제 또 찾아가야 할 집이 있으니."

"무당네집 말인가요."

"예, 그 집에 전할 편지가 있는데 취해서 갈 수는 없지 않소."

"그런 걱정은 마시고 어서 드세요. 그 집은 제가 잘 아는 집이니 편진 제가 전해줘도 되고 그리 급한 편지가 아니라면 우리 집에서 주무시고 내일 전해줘도 되잖아요."

여인은 자기 집에서 자고 가라는 말이 부끄러웠던지 고개를 떨구었다. 그러면서도 눈만은 슬쩍 치떠봤다. 그 눈길이 이상스럽게도 평산이의 가슴을 불타오르게 했다. 평산이가 얼빠진 사람처럼 멍청하니 앉아서 여인의 얼굴을 쳐다보고 있자

"그런 눈으로 나만 보고 있지 마시고 어서 술을 받아요."

"그럼 한 잔만 하기로 할까."

술을 싫어하는 편도 아닌 평산이는 마지못하는 체하고 손을 내밀어 술을 받아 마셨다. 문배 향취가 물큰 나는 것이 이런 술은 처음 마셔본다 하리만큼 맛나는 술이었다.

한 잔 마신다는 술이 두 잔 되고 석 잔 되고―평산이는 연거푸 맹물처럼 쭉쭉 마셨고, 여인은 평산이가 잔을 내기가 무섭게 부어 줬다.

"허, 내가 이렇게 마시다가는 취하겠다."

"취하면 어때요. 제 집에서 주무시면 된다지 않아요."

"그렇다면 내가 너무나도 무례한 놈이 되지 않소. 처음 만난 아가씨에게 음식대접 받은 것만도 그 은혜를 잊을 수가 없는데."

"그런 염려는 하지 말아요."

여인은 다시 술을 부어주고 나서

"손님은 내일 이곳을 떠나야 하는가요?"

"그렇지요."

"그러면 안 되겠구만요."

"뭐가요?"

"이런 말은 실례가 될지 모르지만 이곳을 떠나지 않아도 되는 분이라면 언제까지나 저의 집에 있어 줬으면 해서지요—"

무슨 생각인지 이런 말을 했다.

"난 무슨 재주가 있는 놈도 못 됩니다만 하인으로 써 준다면 있기로 하지요."

평산이는 천마산 고향으로 돌아간들 반갑게 맞아줄 사람도 없으니 얼마동안 이곳에 있어 볼 생각으로 말하자

"무슨 말을 그렇게 하세요. 누가 하인으로 있어 달라는 건가요. 혼자 살기가 외로우니 힘이 돼 달라는 거예요."

당치도 않은 말을 한다는 듯이 여인은 밉지 않게 눈을 흘겨 가면서 웃었다. 그 웃는 눈길이 그의 가슴에 파고들며 전신을 달뜨게 하

는 것만 같았다.

그러나 평산이는 알 수 없는 일이 한두 가지가 아니었다. 그리 큰 집은 아니라고 해도 여인 혼자서 독채집을 쓰고 있다는 것도 이상 하려니와 자기 같은 사람이 뭐 그렇게 대단한 사람이라고 이렇게 각 별히 대접하는지 알 수가 없었다.

'모르긴 해도 이 여자가 분명 무엇에 나를 이용하려는 것이 틀림 없어. 그렇다면 도대체 뭣에 이용하려는 것인가.'

평산이는 이런 생각도 해 보았으나 그의 생각으론 좀처럼 알 수가 없었다. 그는 생각다 못해 나중에는 갑산에 가는 한이 있더라도 주 는 대접은 잠자코 받을 생각을 했다. 그렇게 생각하고 나니 어느 정 도 마음이 가라앉는 것 같기도 했다.

그는 그저 사람이 좋은 얼굴로 그녀가 술을 부어주는 대로 받아 마시다가

"술도 이제는 그만합시다. 이 이상 더 마시면 정신을 잃을 것 같으 니."

"그래요."

그녀도 평산이가 알맞게 취했다고 생각하는 모양인지 더 권하지 않고

"분이야 상 치워라."

하고 종년을 불러 상을 치우게 했다. 그리고는

"자리를 봐 드릴테니 이리로 좀 비켜 앉으세요."

장지문을 열고 침구를 내렸다. 평산이가 처음 보는 구름무늬의 비 단 이불이었다.

그는 너무나도 황송해서

"도대체 무슨 일로 나를 이렇게 극진히 대접합니까."

아까부터 묻고 싶었던 말을 드디어 물었다.

"우리 집을 찾아온 손님이니 그런 거죠."

여인은 고운 이를 드러내 웃으면서 말했다.

"나 같은 놈을 어떻게 손님이라 할 수 있소. 떡이나 얻어먹으러 온 녀석을 갖고서."

"그래도 손님은 우리 집을 찾아온 손님이죠, 침구를 펴드릴 테니 잠자코 어서 옷이나 벗고 주무세요."

아랫목에 자리를 펴 놓았다.

"그렇지만 난 여태 맨 바닥에서만 잤지 이런 침구에서 자 본 일이 없습니다. 이런 데서 자면 오히려 잠이 안 올지도 몰라요."

"그건 자 보고서 할 이야기가 아니에요. 자 보고서 내일 아침 이야기해요."

"그렇지만—."

"뭐가 또 그렇지만이에요?"

"사실 난 이렇게도 호사해 보긴 난생 처음입니다. 오늘은 이렇게 과분한 대접을 받았으니 그 댓가로 무슨 일이곤 꼭 시켜줘요. 아가씨가 하라는 일은 무슨 일이곤 꼭 할 생각입니다."

미안한 생각이 잔뜩 든 평산이는 이런 말이라도 하지 않고서는 견딜 수가 없는 모양이었다.

"손님은 제가 요구하는 건 다 들어주고 싶은 생각이에요?"

웃고만 있던 그녀는 비로소 처음으로 대담다운 대답을 했다. 평산이는 그것이 기쁜 나머지

"예. 그것이 제가 바라는 것입니다."

"그렇다면 저를 위해서 수고를 좀 해줘요. 그러나 수고를 해주겠다고 하고서 중도에서 못한다는 그런 말을 하면 안 돼요."

"절대로 그런 일은 없습니다."

"지금은 그렇게 말씀하셔도 믿을 수가 없어요. 손님처럼 마음이 어진 사람은 막상 일을 당하게 되면 무섭다고 못하겠다고 할는지도 모르니......"

"내가 무서워할 것 같아 걱정이요? 그런 염려는 마시고 어서 이야기나 해보우, 무슨 일인지."

"그렇지만 일을 해준다는 약속을 하고서 도중에서 못하겠다고 도망칠 생각은 정말 말아요. 그런 손님을 그대로 두지 않을테니까요."

독기가 서린 눈으로 말했다. 평산이는 그러한 눈에서 더욱 매력을 느끼며 히죽 웃으면서

"그대로 두지 않으면 어떻게 한다는 거요?"

"죽이는 거죠."

눈하나 까딱 없이 말했다. 예쁜 여인의 입에서 그런 말이 나오는 것이 더욱 귀엽기만 해서

"허, 내 목을 자르겠다는 거군요. 그렇지만 난 그렇게 못 믿을 사

나이는 아니요. 아가씨가 성문에 불을 지르고 오라면 질러 놓고 오고 안주 군수의 목을 잘라 오라면 그것도 싫다지 않겠소. 제발 하늘에 뜬 달만 따 오지 말라고선 무엇이나 시키우, 하라는 대로 하겠으니."

평산이는 이 여인을 위해선 자기가 지금까지 배워온 둔갑술도 쓸 생각으로 말했다.

"저를 위해서 그렇게까지 말해주니 고마워요. 그렇다면 손가락 고리를 걸어 약속을 해요."

그녀는 고운 새끼 손가락을 내밀어 약속고리를 걸자고 했다. 그러자 평산이는 자기의 투박한 손가락으로 고리를 집기가 부끄러워 명덩이 밑에다 손을 감추고 싱글싱글 웃기만 했다.

"그러지 말구 빨리 걸어요."

"그건 거나마나 마찬가지 아니오? 약속을 꼭 지킨다는 내 마음만 알았으면 그뿐이지."

"그런 마음이라면서 손가락을 못 걸 일이 뭐에요."

"산에서 풀뿌리나 캐던 손가락으로 그 옥 같이 흰 손가락을 다치기가 거북해서……."

혜혜 웃자

"그런 말은 괜한 핑계에요."

"그럼."

평산이는 얼굴이 발개진 채 부싯돌 치듯이 자기 새끼 손가락으로 그녀의 새끼 손가락을 쳤다. 그러나 그녀는 그것으로 고리를 건 것으로 생각지 않는 모양으로 여전히 손가락을 내민 채

"그렇게 빨리 걸면 안 돼요. 그건 그렇게 마음이 빨리 변하겠다는 뜻이라고도 할 수 있잖아요."

"그렇지 않대도."

"그렇다면 왜 그렇게 빨리 걸어요? 보는 사람도 없는 우리 둘 뿐인데."

평산이는 하는 수 없이 장작개비 같은 손가락을 내밀어 고리를 걸었다.

그녀는 그제야 만족한 듯이 해쭉 웃고 나서

"이제는 내가 하라는 일을 꼭 해야 해요. 그러면 잠깐만 기다리세요."

하고 치마를 질질 끌며 방을 나갔다. 방에 혼자 남게 된 평산이는 그녀와 고리를 걸었던 자기 손가락을 다시 보았다. 거기에는 아직도 그녀의 부드러운 촉감이 남아 있는 것만 같았다. 그는 빙그레 웃으면서 그 손가락을 혀끝으로 핥아 봤다.

쩔쩔한 때꼽재기 맛밖에 없었다. 그런데도 알 수 없게 전신을 활활 타게 하는 것 같기도 하고 째릿하니 몸을 자지러들게 하는 것 같

기도 한 쾌감이 느껴졌다.

'어째서 이럴까.'

그는 다시 손가락을 핥아 봤다. 쩝쩔한 때꼽재기 맛은 역시 마찬가지였지만 전신에 퍼지는 쾌감은 더욱 강렬하게 느껴졌다.

'참 이상한 일인데.'

이런 쾌감을 처음으로 느낀 그는 손가락을 핥다 못해 빨아대기 시작했다.

"어린애처럼 손가락은 왜 빨고 있어요?"

문득 쳐다보니 그녀가 어느 틈에 들어왔는지 웃고 있었다. 아까보다 얼굴도 더 예뻐졌거니와 몸에서는 사향 냄새가 확 풍겨졌다. 몸단장을 하러 나갔던 모양이었다. 평산은 그 향기에 취한 듯 얼벌벌한 얼굴이 된 체

"참 이상하군요."

"뭐가요?"

"아가씨와 고리를 건 손가락을 내 혀끝으로 핥아 보니 온 몸이 찌릿해지니."

"그래요?"

그녀는 간드러지게 웃고 나서

"이렇게 하면 더 좋답니다."

그의 맷돌 같은 커다란 손을 쳐들어 자기 입에 갖다 대고 손끝을 잘근잘근 깨물어 줬다. 그러나 그녀가 두서너 번 깨물어 주기가 무섭게 그는 손을 뽑았다.

"왜 싫어요?"

"오금이 저려서 견딜 수가 없어요."

"호호호……."

그녀는 다시 자지러지게 웃고 나서

"그걸 참지 못하는 걸 보니 평산장사는 정말 소문대로 여자를 모르는 숫총각인 모양인가 봐."

말끔히 쳐다보며 하는 이 말에 평산은 뚱해진 눈이 되어

"내 이름을 어떻게 아우?"

"그럼 내집을 찾아온 손님의 이름도 모를라구, 난 평산장사가 뉘 편지를 갖고 온 것도 다 알고 있어요."

"뉘 편지를 갖고 왔다는 거요?"

"진백도사님의 편지, 맞았지요?"

평산은 다시 놀란 눈이 되어

"그걸 어떻게 아우."

"묘향산에서 나한테 편지 보낼 사람은 도사님밖에 없는 걸요."

"그럼 아가씨가 바로 내가 찾아온 부용이란 무당이오?"

하고 묻자

"통성이 늦었어요."

고운 이를 드러내어 해쭉 웃었다.

"그러면 처음부터 그렇다고 말할 것이지."

평산은 나무라듯이 말하며 배낭 속에서 진백도사의 편지를 꺼내 주었다. 그러나 그녀는 그 편지를 읽을 생각도 하지 않고 촛불에 태웠다. 평산은 알 수 없다는 듯

"왜 도사님의 편질 읽지도 않고 불에 태우오?"

"읽지 않아도 무슨 편진지 다 알아요."

하고 그대로 태워버렸다.

"남이 쓴 편지의 사연을 읽지도 않고 어떻게 안다는 거요?"

둔갑술을 십년이나 수업한 평산이면서도 그것을 안다는 말이 이상해 물었다.

"그럴 이유가 있어요."

"그럴 이유라니?"

"십년 전엔 나도 진백도사에게 둔갑술을 배울 생각이었답니다. 그걸 배워 갖고 무당으로 이름을 떨쳐 볼 생각이었지요."

"그런 생각이라면서 왜 배우진 않았소?"

"도사님이 제자로 받아주질 않은걸요."

"그건 그랬을 거요. 도사님은 돈이나 명예를 위해서 둔갑술을 배우겠다는 사람은 싫어하니까."

"그 때문만도 아니었어요. 계집이라서 배워 줄 수가 없다는 것이었지요."

"계집이라구?"

"그렇지요. 그때가 장사님이 술법을 배우기 시작한 때라 장사님과 나를 같이 배워줄 수가 없는 거예요. 술법은 이성을 사모하게 되면 배울 수가 없다나요. 그렇지만 그땐 어떻게 해서든지 술법을 배우고 싶었던 걸요. 그래서 도사님의 여편네까지 될 생각을 했어요. 그런데 찾을 때까지 기다리라는 것 아니에요?"

"아직 어리다구?"

"어리긴요. 그때두 시집갈 나인 됐었지요."

"몇 살이었는데?"

"열여덟이었어요."

"그렇다면 지금은 몇 살이오?"

"몰라서 물어요?"

"몰라서가 아니라 알 수가 없어서 묻는거요."

"날 몇 살로나 봤어요?"

"기껏 스물 한두살."

"그렇게 말해주니 고마워요."

웃음을 지어 보이고 나서

"이쯤 말해주면 그 편지의 사연이 무엇이란 건 알 수 있는 일이 아니에요?"

"아가씰 여편네로 데리고 가겠다는 사연이란 말이오?"

"뻔한 것 아니에요?"

"그렇다고 불에 태우는 이유 뭐요?"

"싫다는 거죠. 이젠 둔갑술을 배울 마음도 없고 그 영감에게 시집갈 마음도 없는 걸요."

"왜 그렇게 마음이 변했소?"

"둔갑술보다도 더 재미난 일을 안 때문이죠."

"그게 무엇인데."

"사나이를 홀리게 하는 일—."

"사나이를 홀리게 하는 일이라니?"

"장사님 같은 분의 얼을 뽑아놓는 일이에요."

"그렇지만 내 얼은 좀처럼 뽑지 못할 거요."

"뭐 둔갑술을 안다구요."

타는 눈으로 바라봤다. 그 눈길에 평산은 호흡이 뜨거워짐을 느끼면서

"그렇다구 할 수 있지."

"그렇지만 사나이가 여자에게 홀리지 않는다는 건 결코 자랑할 일이 못되는 거랍니다."

"그래?"

"그렇지 않구요."

그녀는 평산의 커다란 손을 쳐들어 자기의 젖가슴에 넣어 주었다.

"어때요, 기분이?"

따스하고 부드러운 촉감은 손가락을 빨던 그런 일에 비할 바가 아

니었다.

평산이가 가슴이 너무 뛰어서 말도 못하고 가쁜 숨만 쉬고 있자

"여자에게 홀리는 건 이런 기분이에요. 이렇게 좋은 일을 왜 싫다고 하겠어요."

"……."

평산은 여전히 말없이 눈만 껌벅거리고 있었다.

부용이는 그의 목에 매달렸다. 그리고는 자기의 부드러운 뺨으로 그의 거친 뺨을 비벼대며

"이런 기분이 어때요. 싫은 기분 아니지요?"

"응."

평산은 뜨거운 숨소리로 말했다.

"이것이 바로 여자에게 홀린 기분이라는 거에요. 둥둥 뜬 것 같은 기분이 좋지요?"

"응."

역시 뜨거운 숨소리로 말했다.

"장사님이 날 좋아하는 걸 알게 되니 얼마나 기쁜지 몰라요."

그녀는 지금과는 달리 굳어진 얼굴로 말했다. 그런 얼굴이 오히려 피부 한껍질 속에서 스멀거리는 부끄러움을 감추려는 때문인 것 같기도 했다.

"난 무당이 된 후로 매일 같이 암내난 개처럼 사나이를 찾고 있었답니다. 내가 찾고 있는 사나이는 잘 났건 못났건 나한테 반해 갖고서 악의 밑바닥까지 만족을 채워주는 그런 사나이랍니다. 난 이렇게도 못된 계집이에요."

그는 귀가 빨갛게 달아 갖고서 듣고 있었다.

"내가 싫어하는 사나이는 약아빠진 사나이에요. 이해타산이 밝은 사나이에요. 내가 좋아하는 것은 한곳으로만 파는 사나이! 나는 나

루터에서 장사님을 본 첫눈으로 이 사나이라면 내 만족을 채워줄 사나이라고 생각했지요. 그래서 이야기를 걸어보니 바로 우리 집을 찾아오는 손님이 아니에요. 난 그때부터 벌써 가슴이 타기 시작했답니다."

부용이는 더욱 팔에 힘을 주어 목을 끌어안으며

"어서 장사님도 나를 힘껏 껴안아 줘요."

"그래도 난 힘이 너무 세서 껴안을 수가 없어."

"예?"

부용이가 타는 눈으로 쳐다보자

"그러면 부용의 몸이 바스러질지도 몰라."

"그것이 내가 바라는 거예요. 장사님 가슴에 안겨 가루가 돼도 좋아요. 어서 힘껏 힘껏—."

그 말이 떨어지기가 무섭게 정말 부용이의 갈빗대가 부러지는 것 같은 우직하는 소리가 났다.

질식되는 것만 같은 그 뼈근한 포옹 속에서 부용이는 할딱거리며 그의 뜨거운 입술을 빨았다.

꿀 같이 단 부용이의 혀가 평산이 입안에 퍼졌다. 요정(妖情)에 취한 것만 같은 황홀한 느낌이 거센 파도처럼 젊은 두 몸에 몰려들었다.

"장사님 더 힘껏 으스러지게 껴안아줘요. 난 죽어도 한이 없어요."

부용이는 열병에 미친 듯이 소리쳤다. 죽어도 좋다는 기분은 평산이도 마찬가지였다. 입술이 합해지고 몸이 밀착되고 뼈가 으스러지게 껴안고 있으면서도 아직도 부족한 듯이 둘이서는 서로 무엇을 구하고 있다. 그것을 꽃에 비한다면 개화(開花)의 일순이라고나 할까. 둘이서는 자연 거기까지 이르게 마련이었다.

더군다나 이런 일이 처음인 평산이로서는 그 미지의 세계에 두려움과 기쁨으로 가슴을 울렁거리면서……

평산은 꿈속에서 사는 것만 같은 달콤한 생활을 부용이와 더불어 십여 일 동안이나 밤낮을 가리지 않고 계속했다.

물론 그동안에 굿해 달라고 찾아온 사람도 많았다. 그러나 부용이는 가슴앓이로 누워 있다는 핑계로 얼굴도 내밀지를 않았다. 평산의 그 맛을 한번 알고 나서는 잠시도 떨어지고 싶은 마음이 없는 모양이었다.

서른한 살이라고 해도 아직 잔주름 하나 가지 않은 예쁜 얼굴을 가진 그녀는 그것을 미끼로 셀 수 없는 사나이를 알았지만 자기 정욕을 시원스럽게 채워준 사람은 여태까지 없었다. 그 한을 평산을 만나 처음으로 푼 셈이었다. 평산은 어렸을 때부터 산속에서 짐승과 다름없이 자란만큼 기운도 워낙 셌지만 삼십이 날 때까지 그 연장을 한번도 쓰지 못하고 자랐으니 셀 수밖에 없는 노릇이었다. 셀뿐

만 아니라 박달나무 밑동이처럼 굵고 장대처럼 길고 풀뭇간의 벌겋
게 단 쇠뭉치처럼 뜨거웠다. 그러므로 보통사람으로선 견뎌낼 도리
도 없었다. 그러나 부용이는 좋기만 한 듯이 해죽 해죽 웃으며 평산
의 품에서 떨어지려고 하지 않았다. 그것을 보면 그녀의 정욕도 어
지간하다는 것을 알 수가 있었다.

평산이도 그녀를 알고 나서는 사는 보람을 느끼게 되었다.

자신은 느끼지 못했지만 말도 능란해졌고 얼굴 표정도 뚜렷해졌
으며 시골냄새를 풍기던 소박한 맛도 모르는 사이에 없어지고 말
았다.

'역시 내가 사나이를 잘못 보진 않았어.'

그녀는 혼자 마음으로 이렇게 생각하며 늠름하고도 표표한 사나
이로 변해 가는 그를 쳐다봤다.

그녀도 평산이와 지내게 된 뒤로는 얼굴에 윤기가 흐르며 전보다

몇 갑절이나 아름다워졌다.

평산은 아무 이유도 없이 그녀가 자기를 바라보며 웃어줄 때가 제일 기뻤다. 이빨이라든가 허리라든가 입 가장자리라는 것은 아무리 미인이라고 해도 대체로 조금은 이지러지게 마련이었다. 그러나 그것들이 너무나도 가쁜한 것이 흠이라고 할만큼 그녀는 예뻤다. 그 예쁜 얼굴로 평산이를 위해선 갖은 교태를 다 부리니 아무리 굳은 사나이라도 녹을 수밖에 없는 일이었다.

'여태까지 이런 행복을 모르고 산속에서 짐승처럼 살았담.'

평산은 자기 몸에 밴 그녀의 향긋한 체취를 생각하고 혼자서 히죽히죽 웃을 때가 많았다. 그녀도 역시 마찬가지로 바위에 가슴이 억눌린 쾌감에 몸을 혼자서 비꼬아대는 일도 많았다.

이렇게도 둘이서는 행복에 취해 날 가는 줄도 모르고 지내던 어느 날 밤—그날 밤도 둘이서는 불나는 일을 끝내고 나란히 누웠을 때였다. 문득 부용이가

"이거 봐요. 당신은 그 일을 걱정해 본 일이 없어요."

하고 알 수 없는 말을 꺼냈다.

"무슨 일?"

"진백도사가 찾아올지도 모르니 말예요."

"진백도사가?"

"자기 마누라로 삼을 나를 당신이 가로챘다고 말예요."

—〈대한일보〉 연재 중 작고로 중단

홍길동전

불우한 홍도령

  신록이 무르익기 시작한 어느 날, 적선골에 있는 홍 판서 댁에서
는 아침부터 풍악소리가 울려나오며 수많은 손님들이 들끓어댔다.
당대의 세도가 홍 판서의 생신이기 때문이다.

  이 집에서는 생일잔치를 하기 위해 소 다섯 마리와 돼지 스무 마
리, 그리고 술을 스무 독이나 빚어 넣었다고 하며 기생과 광대 또한
백여 명이나 불러들였다고 하니, 그 놀음놀이가 얼마나 거창하다는
것은 가히 짐작할 수 있는 일이다.

  미시(未時)가 지나면서부터 차일을 친 그 집의 넓은 앞마당에서는
흥에 겨운 웃음소리가 더욱 높아갔다. 장구와 꽹과리소리가 요란스
러운 것을 보면 기녀(妓女)들을 얼싸안고 춤판이라도 벌어진 모양이
다. 그러나 이 댁 뒤뜰 누각에는 그러한 소란도 모르는 양, 총각 하
나가 네 활개를 펼치고 낮잠을 자고 있었다. 기골이 비범한 것으로
보아 벼슬 나부랭이나 얻어 하려는 초라한 선비 같지는 않다. 아니,
그는 이 집의 둘째 아들인 길동이다.

  그가 누워 있는 이 누각도 꽤 오랜 연대를 겪은 모양이다. 못 하나
하나가 빨갛게 녹이 슨 것을 봐도 알 수가 있다. 사방의 기둥들은 비
바람에 풍화되어 늙은이의 뱃가죽처럼 거칠기가 그지없다. 이 집은
성종(成宗) 때 홍문관(弘文館) 대제학(大提學) 벼슬을 지냈다는 그의
고조가 지은 집이라니 이 누각도 그때 지은 것이 틀림 없으리라.

  붕 붕,

벌들이 날아 와서는 기둥이 터진 틈 사이로 기어들어가 없어진다. 또한 그 속에서 기어나와 어디로 날아가는 놈도 있었다. 그러나 코를 골고 있는 길동이에게는 그런 벌소리도 들릴 리가 없었다.

그는 어젯밤, 아니 그젯밤도 그끄젯밤도 제대로 자지를 못했다. 부친 생일 준비로 며칠동안이나 밤낮없이 부산을 피우는 통에 잠을 잘 수가 없었다. 그리하여 그는 잘 곳을 찾아 아까부터 이곳에 올라와서 기분좋게 코를 골기 시작한 것이다.

이곳은 무성한 노목이 둘러서 있어 주연이 베풀어진 앞마당에서도 보이지 않았고 또한 그 노목이 그늘을 던져줘 낮잠을 자긴 아주 좋은 곳이다.

"그렁 그렁—."

세상모르고 코만 골던 그가 갑자기 자기 목덜미를 탁 치면서 눈을 떴다. 그 순간 손에는 말벌 한 마리가 잡혔다.

"이놈이로구나, 내 단잠을 깨운 놈이."

그는 쓴웃음으로 벌을 퉁기고 나서는 눈시울을 비벼댔다. 얼마나 잤는지는 모르나, 그래도 하품을 켜고 나니 한결 머리가 가벼워진 것 같기도 했다. 그러나 그는 일어날 생각없이 멍청히 하늘만 쳐다보고 있었다.

나뭇잎 사이로 비껴진 푸른 하늘.

푸른 하늘을 헤엄치듯이 흘러가는 흰 구름 떼.

단순한 그 풍경에 길동이는 물릴 줄도 모르는 얼굴이다. 그러면서도 무엇을 엿듣고 있는 얼굴 같기도 하다. 앞마당에서 들려오는 풍악소리를 듣고 있는가. 그렇지 않으면 흥에 취한 탐관오리들의 웃음소리를 들어가며 그들을 비웃고 있는 것인가. 아니 어쩌면 자기 자신을 비웃고 있는지도 모른다.

그는 틀림없는 홍 판서댁 둘째 도련님이면서도 떳떳한 존재가 못

되었다. 어머니가 한낱 계집종이었기 때문이다. 그 때문에 그는 아버지를 아버지라 부르지 못하고 대감(大監)이라고만 불러야 했고, 정부인(貞夫人)에게서 난 형을 형님이라 부르지 못하고 반드시 진사(進士)님이라고 부르지 않으면 안 됐다.

누구나가 홍 판서댁 홍 도령이라면 문무겸전(文武兼全)한 기재(奇才)라고 했다. 그러나 고작 지평(持平)이나 정랑(正郞) 벼슬밖에 할 수가 없었다. 천첩자손(賤妾子孫)은 정오품(正五品)의 하급 벼슬 노릇밖에 못하기로 돼 있기 때문이다.

길동이는 이러한 자기 신세를 한탄해 본 것이 물론 한두 번이 아니었다. 초당에서 혼자 글을 읽다가도 이 어두운 마음을 풀지 못해 서안(書案)을 밀어 놓고 멍청하니 앉아서 먼 하늘에 흘러가는 구름만 쳐다보기가 일쑤였다. 그럴 때마다 그는,

"대장부 세상에 나서 공맹(孔孟)을 본받지 못할진대 차라리 병법(兵法)을 배워 대장인(大將印)을 요하(腰下)에 비껴 차고 동정서벌(東征西伐)하여 국가에 공을 세우고 이름을 만세에 빛냄이 쾌사(快事)가 아니런가. 그런데 나는 어찌하여 일신이 적막하고, 부형이 있으되 호부호형(呼父呼兄)도 못하는 신세이니 어찌 통분치 않으리오."

이런 설움으로 길동의 얼굴엔 어두운 그늘이 덮이곤 했다.

그래, 부친의 생신잔치에 얼굴을 내밀어 보았자 수모밖에 받을 것이 없지 않은가.

이윽고 길동이는 누각에서 몸을 일으켜, 앞뜰의 풍악소리를 등진 채 홀로 뒷문을 빠져나왔다. 그는 이런 울적할 때면 잘 찾아가는 안국동(安國洞)의 이 생원(李生員)집으로 향했다. 그러나 찾아간 이 생원은 출타하여 없었으니, 여기서도 되돌아설 수밖에 없었다.

'허 참 허무한 날이로군.'

그는 혼자 중얼거리며 이미 땅거미가 깔리기 시작한 언덕길로 천

천히 걸음을 옮겼다. 길가에는 버들들이 휘늘어져서 어두운 그늘을 만들어주고 있었다. 그때 문득 그 그늘 밑에서 인기척이 났다. 길동이는 젊은 남녀가 사람들의 눈을 피해서 그러고 있거니만 생각하고 모른 체 그냥 지나치려고 했다. 그러자,

"여보셔요, 아 여보셔요."

사나이한테 한쪽 팔을 붙잡힌 것 같은 여인이 필사적으로 소리를 치면서 쫓아왔다. 얼굴 가득히 공포를 담은 여인의 모습은 죽은 빛이면서도 눈을 다시 떠 보게끔 아름다웠다. 그 순간,

'복실이—.'

길동이는 소스라치게 놀랐다. 그리고는 여인을 뒤쫓아오던 놈과 마주섰다.

힘깨나 쓰는 모양인지, 놀음패 같은 그 녀석은 험상궂은 상을 들이대면서,

"뭐야, 이 녀석."

하더니만,

"다방골의 호랑이를 못 알아봐?"

번쩍 몸을 날려서 머리로 받으려고 했다. 길동이는 몸을 움직이는 일도 없이, 호랑이의 목덜미를 가볍게 붙잡고,

"다방골까지 던져줄까."

세차게 한두 번 흔들다가 앞으로 콱 밀어버렸다. 그 바람에 언덕 밑으로 미끄러지면서 개구리 같이 사지를 퍼덕이던 호랑이는 겨우 일어나 뒤도 돌아보지 않고 어둠속으로 사라졌다.

"훈도골의 복실아가씨 아니요?"

"도련님—."

복실이는 아무런 주저도 없이 길동이에게 매달렸다. 숨소리는 아직도 거칠었다.

"웬일이요?"

"알지도 못하는 놈이, 여자 혼자 밤길을 걸으면 위험하다면서 따라나서더니……별 망측한 녀석이 다 있어요."

"그야말로 큰일 날 뻔했군요."

"정말 도련님을 이렇게 만났기 말이지."

아직도 두려움이 서린 그대로의 얼굴로 길동이를 쳐다봤다.

그 어깨를 가만히 품고 향긋한 살내음을 맡고 있노라니 길동이는 이상한 생각이 들었다. 이렇게 아무 주저하는 일도 없이 그전 그대로의, 아니 어렸을 때 그 옛날대로의 복실이를 만날 줄이야……. 길동이네와 복실이네는 이전에 이웃해서 살았다. 그 당시 복실이 부친 이원택(李元澤)은 육조(六曹)의 좌랑(佐郎) 벼슬을 하고 있었다. 그래서 홍 판서댁에는 늘 허리를 굽히고 드나들었다. 아니, 부친만이 아니고 복실이 모친도 판서댁의 마나님께 문안을 드린다면서 자주 드나들었다.

복실이도 어머니의 치맛자락을 붙잡고 잘 따라다녔던 것이다. 그러다가 어린이는 어린이끼리 어울려서 숨바꼭질도 잘 했다. 복실이가 아홉 살쯤 났을 때였을까, 길동이가 하루는 복실이 머리에다가 바가지를 씌워서 짓궂게 놀려준 일이 있었다. 복실이는 싫다고 도리질을 치다 못해 마침내는 울음보를 터뜨렸다. 후원의 밤나무 밑에서 엉엉 울다가,

"너 같은 심술장이한텐 각시도 안 온다, 얘."

하고 엉뚱한 소리를 했다. 길동이가 뺄죽 뺄죽 웃고만 있자,

"나더러 아무리 각시가 돼 달라고 해봐, 돼줄 줄 아니."

그리고는 제 말에 어린 소견에도 부끄러운 생각이 났던지, 뒤도 돌아보지 않고 쪼르르 자기 집 쪽으로 달려가 버렸다.

'각시가 안 돼주면 누가 겁날까봐.'

길동이도 이상스레 얼굴이 붉어지는 마음으로 혼자 중얼거려 보았으나 곧 후회가 됐다.

'잘못했다고, 곧 빌 걸 그랬구나.'

이런 생각도 해보고

'복실이 같이 예쁜 각시는 또 없을 텐데.'

종일 마음이 울적했다. 그러다가도,

'각시가 뭐 저뿐인가.'

혼자 우쭐대 보지만 그날은 밤이 되도록 무엇인지 허전했다.

다음 날에는 아침부터 복실이가 기다려졌으나, 그날따라 놀러오지 않았다. 길동이는 기다리다 못해서 후원의 사철나무 가지를 막대기로 마구 후려갈겼다. 그러자 다시는 놀러오지 않을 줄만 알았던 복실이가 부러진 나뭇가지를 주워 들면서,

"오늘은 나무에다 심술이야."

가볍게 나무라듯 눈을 크게 떠 보이며 웃었다.

"복실인 정말 내 각시가 안 돼 줄 테야?"

길동이는 너무나 기뻐 복실의 두 팔을 움켜쥐면서 물었다. 복실이는 귀밑머리를 살래살래 흔들며 대답을 안 했다.

"안 돼 줄 테야?"

"으응."

"정말이야?"

복실이는 캬들거리며 길동이의 두 팔을 뿌리치고 도망쳤다.

길동이가 따라가서 잡았다.

그러면 또 뿌리치고, 도망가고, 붙잡고.

그때부터 길동이는 복실이가 더 좋아졌다.

그것이 벌써 거의 십 년 전의 일이 아닌가. 그동안에 길동이는 서출(庶出)인 자기의 처지를 잘 알게 되었다.

복실이 부친도 좌랑벼슬에서 차츰 올라갔다. 복실이가 여남은 살 났을 때는 길동이와 어울려 노는 것도 완연히 꺼리는 눈치였다. 그 러다가 얼마 안 있어서 남촌으로 이사해 버린 것이다.

자기 가슴에 곱다랗게 안긴 복실이를 가만히 떼어 놓으면서 길동 이의 마음속에는 백 가지 감회가 함께 감돌았다. 복실이 부친이 지 금은 궁안의 살림을 맡아보는 제용감정(濟用監正)이다. 좌랑벼슬을 조금씩 벗어나면서 벌써 길동이의 신분을 꺼리던 그 위인이 지금 자 기가 복실이를 가슴에 품은 것을 안다면 어떤 얼굴을 할까. 더구나 풍문에 듣자니, 복실의 인물을 탐내서 포도대장을 거쳐 호조판서(戶 曹判書)가 된 정기섭(鄭起燮)이가 후부인으로 원한다는 것이다. 그렇 다면 출세욕에 불타는 복실이 부친이 그 혼사에 혹했을 것은 짐작 이 가고도 남을 일이었다.

'복실인들 옛날의 복실일 리 있나, 그것이 또한 내가 검술을 배운 스승하고 이야기가 있다니……'

길동이의 얼굴에는 금세 허무한 빛이 돌았다.

그런데, 그러한 복실이가 아름다운 처녀로 성장해 뜻밖에도 예전 그대로의 아무 거리낌도 없이 지금 자기 가슴으로 뛰어든 것이다. 배꽃 같이 하얀 목덜미, 아름다운 두 어깨, 불룩한 가슴의 구릉, 그 동안에 십년 가까운 세월은 흘렀지만 이렇듯 가만히 서 있으면, 사 철나무 가지를 줍던 옛날 그대로의 복실이로만 생각되는 길동 이다.

"댁에까지 바래다 드리리다."

하고 싶은 말도 묻고 싶은 말도 많았다. 그렇건만 무엇이라고 말머 리를 끄집어 내야할지 길동이는 그저 망설여질 뿐이다.

훈풍이 선들거리는 하늘에는 으스름달까지 떠올랐다. 복실이는 길동이와 나란히 걸으면서 가만히 한숨을 지었다.

"이렇게 만나다니 참으로 뜻밖이군."

그 말에 복실이는 수줍음을 머금은 채,

"저의 집에도 가끔 들려주시지 않고."

발뿌리를 내려다보면서 가느다란 소리로 말했다.

"……."

"저는 판서님댁에 가보고 싶어도 여자의 몸으로 그럴 수도 없었고, 도련님은 너무나 무심하셔요."

뜨거운 눈길로 쳐다보았다.

"내가 찾아가면 복실이 부친이 이맛살만 찡그릴 걸."

"그래도 저는 달라요. 도련님과 후원에서 각시놀음하던 그때와 조금도 다른 데가 없어요."

어린애 같은 말을 한다고 길동이는 쓴웃음을 지었다.

"부질없는 소리는 마오. 부친께서는 복실이를 정 판서에게 시집보낼 생각만 하고 있을 텐데."

"누가 그런 늙은이한테……도련님까지 그런 말씀을 하면 전, 전 죽고만 싶어요."

그리고는 정말 울먹한 소리로,

"오늘밤도 실상은 아버지 말씀을 거역할 수가 없어 정 판서댁에 갔었어요. 정원의 꽃구경을 오라는 기별을 받고……. 그렇지만 속내야 빤한 것 아니에요. 그래서 중도에서 몰래 뛰쳐 나왔답니다."

그 때문에 밤길을 혼자 걸은 것인가고 그제야 길동이도 알 수가 있었지만, 그렇게 해서까지 딸을 정 판서에게 출가시키려는 이원택의 심사가 고약스러웠다. 그러면서도 입으로는,

"부모의 의사를 너무 거역하지 마오."

"……."

복실이는 원망스러운 듯한 눈으로 길동이를 쳐다보았다. 길동이는

그것도 일부러 모른 척하고,

"빨리 갑시다. 댁에서도 걱정할 테고, 따라갔던 하인들이 얼마나 낭패할 거요."

그러자 복실이는 아주 걸음을 멈추어,

"도련님은 그동안 복실이를 깨끗이 잊고 계셨구면요. 전 줄곧 기다렸어요."

"잊고 있지 않았으면—."

복실이는 그 말도 다 듣지 않고,

"저 혼자서만 도련님 생각을 하고 살았나 봐요."

소매부리로 아주 얼굴을 감싸버렸다. 길동이는 안타까운 마음이 울컥 솟아 그 어깨를 가만히 흔들며,

"복실이, 내가 떳떳한 신분이기만 했다면 복실이 입에서 무심하다는 책망이 나올 때까지 이러고 있었겠소."

"그렇지만 우리 사이에 신분이 무슨 신분이어요."

"그래도 세상 돌아가는 이치는 그렇지 않으니."

"싫어요 도련님. 말도 한번 건네보시지 않고……일이 틀어질 때면 그때 가서 다시 마음을 다잡을 노릇 아닌가요."

"고맙소, 복실이가 그렇게까지 말해주니."

길동이는 지그시 눈을 감고,

"사람을 내세웠다가 설혹 일이 틀어지는 한이 있더라도 나는 복실이 아니고는 아무도 아내로 맞지 않으리다. 맹세하겠소."

복실이는 말없이 머리만 끄덕였다. 그리고는 눈물이 그렁한 얼굴을 들어,

"도련님도 역시 그전 그대로에요."

소리없이 아련히 웃었다.

그렇다, 오늘 밤은 우연히도 이렇게 만나 보았지만, 이원택이가 딸

을 서출(庶出)의 길동이에게 시집보내지 않을 것은 뻔한 일이다. 현실로 돌아온 길동이는 그저 어두운 꿈에서 깬 듯한 기분이었다.

훈도골의 제용감 댁에서는 아가씨가 꽃구경 중도에서 없어졌다 하여 하인들이 돌아와 큰 법석이 일어났다. 부친 이원택은 없어진 딸의 일이 걱정된다기보다 정 판서에게 무슨 말로 둘러댈까, 그 일부터가 한심스러워서

"기어이 일을 저질러 놓았군 그래. 제까짓 게 뭘 안다고 이 혼담이 싫다는 거야. 이런 고얀 일이 어딧누."

고래고래 소리를 질렀다. 그래도 마나님이,

"영감, 역정은 앨 찾아놓고나 내시우. 밤길에 계집애가 혼자 나섰다가 봉변이나 당하면 어떡하려고."

치마폭을 걷어 안고 밖으로 내달았다. 이윽고 대문간이 왁자지껄하면서,

"아가씨 돌아오셨어요."

"홍 판서댁 도련님을 만나 예까지 같이 오셨대요."

하인들의 아뢰바치는 소리가 들렸다.

동네 어귀에서 만난 복실이 모친이 굳이 들렀다 가라는 통에 제용감 댁에 들어선 길동이는 어쩌는 수 없이 이원택에게 인사를 드리지 않을 수가 없었다.

"길동인가, 거 오래간만이로군."

세도 놀음에 제법 살점이나 붙은 이원택은 점잖게 인사를 받았다. 예전에 좌랑으로 허리를 굽히면서 판서댁을 드나들 때는, 적출의 형은 큰 도령, 서출인 길동에게는 작은 도령 하면서 깍듯이 존대를 잊지 않던 이 위인이 제용감 자리에 오른 지금엔 또 그만한 풍채가 있어 뵈니 이상한 노릇이기도 했다.

"오늘밤은 우리 딸애를 우연히 만났다고?"

"예, 하인도 없이 밤길을 걷기에 예까지 동무해 왔습니다."

이원택은,

"아직 철이 없어서."

쓴 얼굴로 중얼거리다가 무슨 생각이 났던지,

"우리가 정 판서 어른과 혼사를 맺게 됐다는 이야길 자넨 못 들었나?"

"……."

"그래서 오늘밤도 그 애가 그 댁엘 갔던 거라네. 그런 애가 도중에서 자리를 떴다니 도무지 모를 일이야."

이원택은 일부러 머리를 꼬아 보이며 알 수 없다는 얼굴을 했다. 길동이는 그런 연극이 얄미워 그 이유도 모르십니까 하고 한 마디 쏘아주고도 싶었지만, 좀전의 복실이와의 애틋한 맹세를 생각하고 그만 입을 다물고 있기로 했다. 이원택의 비위를 될 수만 있으면 건드리지 않으려는 것이다.

"복실이가 어려서는 자네와 무관히 지낸 사이지만, 이제는 자네도 지체를 좀 생각해야 하지 않겠나."

길동이의 얼굴빛이 홱 달라졌다. 지금까지 참으려고만 했던 마음도 지체 소리에는 도저히 견뎌낼 수가 없었던 모양이다.

"제 지체를 생각하라니 무슨 말씀이지요?"

"그걸 따져보려고 덤빌 게 아니고, 철없는 아녀자를 꾀지말라는 내 부탁이나 들어주게."

"아녀자를—."

이원택은 손을 흔들어 길동이의 격한 말허리를 꺾어 놓고,

"거야 오늘밤도 위급한 자리를 구해줬다는 이야기지만, 그런 핑계도 한 번이나 통할 일이 아닌가."

길동이는 너무나도 어이없는 모욕에 주먹이 불끈 쥐어졌다.

"무슨 오해를 하고 계신지는 알 수 없습니다만, 따님께서는 아까 길에서 우연히 만난 저에게, 정 판서 같은 늙은이한텐 시집갈 마음이 없어서 중도에 자리를 빠져나온 것이라고 이야기하더군요."

"그 애가 그러더라구?"

이원택의 가느다란 눈이 바늘같이 한 번 번쩍했다.

"그것이 아직 세상을 몰라서. 내가 이따 잘 이야기해 두지. 판서 벼슬이 서출 자손에게 감히 쳐다볼 수나 있는 벼슬이던가. 그 어른을 늙은이라고 함부로 말하는 자네도 잘 명심해두게."

"······."

길동이는 참기 어려운 것을 참고 일어섰다. 온몸이 부르르 떨리고, 발길이 헛밟혔다. 부친의 체면만 생각지 않았다면 이런 모욕을 당하고 잠자코 돌아설 길동이가 아니었다.

아, 그렇다고는 하지만 실상 자기는 부친을 부친이라고도 부르지 못하는 천첩자손이 아닌가. 어느덧 길동이 눈에는 이슬이 맺혔다.

달은 아까보다 더 가까이 중천에 이르렀다. 자기 그림자를 밟으며 어두운 담을 끼고 모퉁이를 막 돌았을 때,

"도련님."

복실이었다. 가슴에 와 안기며 흐느껴 운다.

"······."

그러나 울분을 터뜨릴 곳이 없었던 길동이는 그 가냘픈 어깨를 거머잡고 힘껏 밀쳐버렸다.

"악."

비틀거리며 담벼락에 냅다 부딪친 복실이는 상이 찌그러지는 듯한 아픔도 잊은 양, 한동안 멍하니 길동이만 쳐다보았다. 그러나 길동이의 불꽃이 튀듯 성난 눈길과 마주치고는 그만 소리를 죽여 눈물을 흘릴 뿐이다.

그것을 본 길동이의 분노도 스르르 꺼져버렸다.

'이 여자한테야 무슨 죄가 있을까. 내가 서자라는 것을 뻔히 알면서도 나를 사모하고 있지 않은가. 이 여자야말로 나와 자기 부친 사이에 끼어서 괴로운 처지에 있는 것이다.'

멀리서 개 짖는 소리가 들렸다─일시적인 분노로 해서 정신도 없이 복실이를 밀쳐버린 자기, 아니 방금 조금 전에 그녀 외에는 아무도 아내로 맞지 않겠노라고 맹세한 자기가, 이만 일로 모든 것을 잊어버린 난폭한 행동을 하다니.

"복실이!"

길동이는 깊이 사과하는 마음에서 복실의 어깨에 손을 얹었다.

"내가 잘못했어."

"아니에요. 아버지가─전 도련님에게 미안해서."

"그런 것은 이미 각오한 일이 아니요."

"아가씨."

어디서 누가 부르는 듯했다. 복실이는 흠칫 놀라 사나이의 가슴에서 머리를 떼고는 그 젖은 눈으로 그리움과 슬픔을 함께 담은 채 길동이를 쳐다봤다. 그러고 보니 그곳은 제용감 댁에서 얼마 떨어지지 않은 담모퉁이다.

길동이는 아녀자를 꾀지 말라던 이원택의 말이 되살아나서 몸을 움츠리려고 했다. 그러나 복실이는 머리를 흔들며 떨어지려고 하지 않았다.

"우린 우리의 맹세를 지키면 되는 거야."

떨어지기 싫은 것은 길동이도 마찬가지다.

"도련님, 절 잊지말고 꼭 데리러 와 주셔요."

"잊지 않아."

"꼭요─."

두 사람 눈에 다시금 불꽃이 튄다—.

"아가씨—."

부르는 소리가 더 가까워졌다.

길동이는 복실이의 몸을 지그시 떼밀어 달그림자 속에 사라져가는 그 모습을 언제까지나 지켜보고 있었다.

생이별

연 사흘이나 계속된 생신잔치에서 풀려나, 홍 판서 내외는 오래간만에 한가로이 대청마루에 마주앉았다.

"어느새 꽃도 다 졌구먼."

앞마당을 두루 살피며 홍 판서가 혼잣말처럼 중얼거리자,

"춥지도 않고 덥지도 않은 참으로 좋은 절기올시다."

난데없이 신방돌 밑에서 젊은 사나이 하나가 넙죽 절을 하며 대꾸를 했다. 도무지 기억에 없는 얼굴이다. 홍 판서가 의아한 낯빛으로,

"너는 누군데, 어떤 일로 거기 와 있느냐?"

하고 묻자,

"관상 보기를 업으로 하는 놈이올시다. 지금 우연히 대감댁 앞을 지나다가 걸음이 끄는 대로 이렇게 대감어른을 뵙게 된 것입니다."

"관상을 본다고."

"예, 소망하는 분이 계시면 물으시는 대로 보아 드립지요."

"그래 관상이 잘 맞는가?"

"글쎄올시다. 무녀(巫女)들이 함부로 지껄이는 요사스러운 말과는 달리, 관상은 근거 있는 신수풀이라고 하면 그것이 대감어른에게 곧 이들리십니까."

"하하……아주 그럴 듯한 소리를 하는군 그래. 내 관상도 어지간히 볼 듯하냐?"

홍 판서는 관상쟁이 말에 그대로 걸려든 모양이다.

신방돌 밑의 젊은 사나이는 말없이 홍 판서의 얼굴을 주시했다. 그러다가 문득 시선을 떨구고는 언제까지 있어도 입을 여는 기색이 없었다.

"어떤 관상인가 말을 해보아라."

홍 판서가 재촉을 하자,

"부귀영화, 아무 부족할 것이 없이 다 누리시겠습니다만."

"그런데?"

"장차 오년 내로 멸문지화(滅門之禍)를 당하실 상이올시다."

거침없이, 그런 엄청난 말을 했다. 멸문지화라 하면 그 많은 죄 중에서도 제일 무서운 역적질로 입는 대죄가 아닌가. 홍 판서는 생벼락을 맞은 사람처럼 벌떡 안석에서 일어나,

"이런 고연놈, 다시 한 번 말해봐라."

손끝에 스친 목침을 집어서 관상쟁이 면상에다 냅다 던졌다. 그러나 젊은 사나이는 머리를 약간 돌려 목침을 피하고 나서는 조금도 당황하는 빛이 없이,

"대감, 고정하시오. 그런 역정으로 대감님 상(相)에 나타난 화가 모면되는 것은 아니올시다."

천연스레 동정하는 듯한 표정까지 지으며 판서를 쳐다보는 것이다.

"이놈, 그렇다면 그것이 네 망발이 아니고 어디까지나 내 상이 진정 흉하다는 말이로구나."

"제가 본 관상이 맞고 안 맞고는 두고 봐야 알 일, 대감 노염을 살 것 같으니 저는 그만 물러가겠습니다."

"안 된다. 네가 그렇게 우길 테면 흉하다는 그 연유부터 말해라."

젊은 사나이는 잠시 생각에 잠기는 듯하다가,

"하기는 화액(禍厄)을 사전에 모면한 예가, 아주 없는 것은 아니지

요. 좀 전처럼 역정만 내시지 않으신다면 제가 본대로 말씀해 드립지요."

그러고 나서는 사방을 둘러본 뒤에,

"좌우를 물리쳐 주십시오."

크게 남의 이목을 꺼리는 눈치다.

홍 판서는 화액을 사전에 모면할 수도 있다는 말에 험했던 얼굴도 약간 누그러져 잡인을 물리치게 한 후 젊은 사나이를 가까이 불렀다.

"대감께서는 서출 자제분이 있을 터인데."

"음, 그래서—."

긍정도 부정도 아니다.

"인물로 말하자면 천고영웅(千古英雄)에 일대호걸이겠습니다. 그 기상으로 왕가에 태어났다면 복과 수(壽)를 아울러 누리고 명군(名君) 칭호까지 받겠습니다만 부족한 지체에 이 엄청난 팔자를 타고났으니 어찌 되겠습니까."

"그래서 화근은 바로 그 자식에게 있다는 말이로구나."

"그렇지요."

"화근을 모면할 수도 있다고 했겠다?"

"글쎄올시다. 화근이 무엇이라는 것을 밝혀 드렸으니, 그 다음은 대감께서 알아 처리할 일이겠지요."

홍 판서는 그만 더 화를 내는 일도 없이 가만히 눈을 감아버렸다.

서출 자식이라면 물론 길동이를 두고 하는 이야기일 것이다. 자식을 아는데 그 부모만한 것이 없다는 말대로, 길동이가 남달리 총명하다는 것은 누구보다도 홍 판서 자신이 제일 잘 아는 터였다. 그러기에 그 재간을 아깝게 여기면서 적출이 아닌 것을 한탄한 적이 한두 번이 아니었다. 재질이 있는 자가 활동할 길이 막히면, 어떻게 된다는 것쯤 짐작하기 어렵지 않다. 그러고 보면 화근이 길동이에게 있다는 말도 필경 터무니없다고만 화낼 일이 아니다.

'그렇지, 역적이 되기도 쉬운 노릇이지. 그렇게 되면⋯⋯.'

감았던 눈을 뜬 홍 판서는 어두운 낯빛인 채,

"네가 오늘 여기서 본 관상 이야길 함부로 퍼뜨리고 다니다가는 네 일신이 어떻게 된다는 것쯤 알겠지?"

젊은 사나이를 똑바로 쏘아보며 말했다.

"여부가 있겠습니까. 그러나 대감께서 그렇게 다짐을 주지 않으셔도 본시 관상쟁이는 남의 비밀을 절대로 누설하는 법이 없습니다. 그 점만은 조금도 염려 마십시오."

이윽고 이 젊은 사나이는 은자(銀子)를 두둑이 받아 가지고 판서 댁을 나섰다. 이런 일이 있은 후로 길동이는 부친의 엄명을 받고 산정(山亭)에 들어가 있게 되었다. 홍 판서의 생각으로는 그렇게 함으로써, 첫째는 길동이를 남의 이목에서 멀리하려는 것이었고, 둘째는 불경 공부나 하게 하면서 장차 적당한 시기에 될 수만 있으면 입산이나 시키려는 심산이었던 것이다.

그러나 그는 읽으라는 불경은 거들떠보지도 않고 병서(兵書)며 천문지리(天文地理)에 관한 책만 읽었다.

'허, 기어이 이놈이 일을 저지를 모양이로구나.'

홍 판서는 벼슬도 내놓았다. 사는 게 사는 것 같지 않았다. 마침내는 발병하여 드러눕게 되고 말았다.

그것도 그럴 것이, 태조가 이씨조선을 세우고 근 이백년을 내려오는 동안에, 왕위 계승 문제로 여러 번의 분규가 있었다. 태조 때 벌써 방번·방석의 변이 있었고, 정종의 선위사건, 또 그 뒤에 단종 퇴위사건이 있었고, 중종반정(中宗反正), 지금도 광해군의 폭정을 원망하는 백성들의 원성이 보이지 않는 곳에서는 소용돌이치고 있었다.

그러므로 조정에서는 양반 집안에 힘깨나 쓰는 자제가 있는 것을 매우 꺼렸다. 걸핏하면 역모라 해서 잡아죽이곤 했다. 그뿐이랴, 일문(一門)이 연좌(連坐)되어 모조리 죽었다. 그야말로 멸문지화인 것이다.

판서 마님과 적출의 맏아들인 좌랑(佐郎) 인형(仁衡)도 판서의 병이 길동이 때문인 것을 알고 있었다. 서로 얼굴을 맞대기만 하면,

"이 일을 장차 어떻게 하나."

삼년고개에서 넘어진 노인이 이제 삼년 밖에 더 못산다는 말을 듣고 하릴없이 신음하며 죽는 날만 기다리는 모양으로, 그들도 그저 닥쳐올 무서운 운명을 저주할 뿐이었다.

그러나 이런 일이 모두 초란(草蘭)의 조작으로 벌어진 줄이야 누가 알랴.

초란이도 길동의 친어머니인 춘섬(春纖)이나 마찬가지 홍 판서의 소실이다. 곡산(谷山) 태생의 기녀(妓女)로 있던 것을 홍 판서가 머리를 얹었다. 그러나 소생이 없는 데서 늘 춘섬이를 시기해 왔다. 아들을 낳은 춘섬에게 홍 판서의 총애를 빼앗길까봐 두려웠던 것이다. 그리하여 기녀시절에 가까이하던 배 활량의 계교를 빌어 홍 판서의 관상을 본답시고 길동이를 모함한 것이다. 그런 줄을 알 리 없는 홍 판서가 상심 끝에 병석에 누워버린 것이다. 그들의 계교는 성공한 셈이었다.

그런 기색은 티끌만큼도 비칠 리 없는 초란이가,

"홍인문 밖에 병점에 귀신같은 판수가 있다고 해요. 혹시 무슨 방패는 없는지 한번 다녀오렵니다."

몹시 영감을 걱정하는 척하고 집을 나선 것은 이른 조반 후였다.

그러나 초란이가 찾아간 곳은 홍인문과는 엉뚱한 생민골의 배 활량네 집이었다.

"아재 계셔요?"

하고 부르는 소리만 듣고도 배 활량은 누구라는 것을 알아채고,

"초란이냐?"

하고 기다리고 있었던 듯이 분주히 문을 열고 얼굴을 내밀었다.

배 활량이라는 말이 좋지, 실상은 이 부근에서는 배 건달로 통하며 남의 등을 쳐먹고 사는 위인이었다. 그것은 무엇보다도 전날 홍판서댁에 관상을 봅네 하고 나타났던 자가 바로 이 사나이였다는 것을 안다면 그가 어떤 자라는 것은 충분히 알 수 있는 일이다.

"영감의 병은 좀 어떤가."

"자꾸만 더해 가니 걱정이에요."

"그게 무슨 걱정이야."

"그럼 걱정이 안 되겠어요? 아재 관상에 영감만 죽어나는 판이 됐으니."

"그러니 일이야 잘 된 셈이지."

"일이 너무 잘 돼서 야단이란 거예요. 그러다가 정말 영감이 죽기라도 한다면 난 누구를 믿고 살아야 해요."

"누구를 믿긴, 나를 믿구 살지."

"어마, 아재를 믿구 살라구요?"

초란이는 어이가 없다는 듯이 능청거리며 눈을 흘겼다. 그런 얼굴이 배 활량에게는 귀여워 견딜 수 없는 모양으로, 급기야 마른 침을 삼키며 초란의 손을 끌었다.

"왜 이래, 아침부터 버릇없이."

초란은 배 활량의 손을 뽑아내려고 했다. 배 활량은 의아한 듯이,

"내가 싫다는 거야?"

"싫은 건 아니지만."

"그런데 뭐?"

"배 활량이란 건달을 일평생 믿고 살 수는 없다는 거지."

"어째서?"

"어떻게 믿구 살아요. 석 달이 멀다하구 나 같은 건 헌신짝처럼 버리고 딴 계집을 찾을걸."

"천만에."

"뭐가 천만이에요. 그렇다고 얼굴에 써 있는 걸요."

"초란이, 그런 말은 제발 말아. 나는 초란이가 없으면 잠시도 살 수가 없어."

"그런 말로 계집들을 울리고 또 나까지 울릴 생각이지."

"절대루 절대루, 난 초란이한테처럼 미쳐 보긴 난생 처음이야."

"글쎄, 그런 말만 가지구선 날 넘기지 못한대두."

"초란인 내 속을 이다지도 태울 생각이야."

"속은 누가 태웠어. 자기 혼자 타 갖구서."

톡 쏘듯이 말하자 배 활량은 이 말엔 더 견딜 수가 없는 듯이 와락 달려들어 초란이의 허리를 끌어안았다. 그러자 초란이는 지금까지 톡톡 쏘던 것과는 딴판으로 순순히 끌어안기면서

"그러면 아재가 내 말을 들어줄래?"

핼끔한 눈을 치떠 올렸다.

"내가 여태까지 초란이 말 들어주지 않은 것이 뭐 있어. 팔자에 없는 관상쟁이까지 하래서 관상쟁이까지 했는데."

"누가 그걸 모른다나."

"그런데 뭐—."

"그렇지만 이번엔 아재도 들어줄지 의심스러우니 말야. 물론 진짜로 사랑한다면야 안 들어줄 리가 없겠지만."

"그래서 내가 초란이를 사랑하는 것이 의심스럽다는 거야?"

"그렇지 뭐."

"글쎄 들을 테니 어서 치마나 벗어."

"싫어 싫어, 확답을 받기 전엔."

"뭐 말야?"

"그럼 꼭 들어준다고 해요."

"들어준다지 않았어."

"정말 들어줄 테야?"

"제기. 그거라도 떼 달라면 떼 줄 터인데, 염려말구 말해."

"어마, 그걸 떼 버린다면 난 뭘 믿구 아젤 좋아해요. 사실 내가 말하려는 것도 우리가 깨 쏟아지듯 살기 위해서 하는 말인데."

"그렇다면 싫달 리가 없잖아."

"그러니 말에요, 정말 싫다는 소릴 하지 말아요."

하고 초란이는 다짐을 또 두고 나서 음성을 바꾸어 가만히,

"우리 집 둘째 도령을 없애줘요."

"길동이를?"

하고 배 활량은 급기야는 놀라, 초란이를 안고 있던 팔의 힘이 빠진다.

"겁나요?"

"겁나는 것은 아니지만."

"그런데 뭐."

"길동이를 꼭 죽여야 할 이유는 뭐야."

배 활량은 길동이가 보통 힘이 아니란 말을 듣고 있는 만큼 성큼 마음이 내키지 않는 모양이었다.

"뭐긴요. 돈을 빼내기 위해서지요. 그 집에선 아재가 관상을 봐준 그대로 대감의 병이 길동이 때문이라고 생각하는데, 길동이를 없애 준다면 돈 천 냥쯤 안 내놓겠어요. 그만큼만 빼 놓으면야 우리가 어디 가선들 알뜰하게 못 살겠어요."

"흠—."

"그렇지 않구서야 우리가 어떻게 살 수 있어요. 아무리 정이 통한다고해도 먹을 수도 없는 데야 무슨 정이냔 말에요."

"그렇지."

"그러니 길동이를 없애자는 것이지요."

"사나이가 두 마디 하겠나."

말은 이렇게 하면서도 배 활량은 역시 어두운 얼굴이었다. 그러나 초란은 그런 것도 아랑곳없이 아양을 떨어,

"사실 난 처음부터 아재가 으레 그렇게 대답할 줄 알았어요. 그러면 내 치마 벗을 게. 침구두 펴고 천천히 놀아요. 이제 우린 남이 아닌데."

초란이는 배 활량의 팔을 풀고 일어나 침구를 내려 펴기 시작했다. 그러나 배 활량은 지금까지의 색정도 잊은 듯이 멍청하니 천장만 쳐다보고 있었다.

생민골에서 돌아온 초란이는 영감 병시중에 수척해진 마님을 살짝 불러냈다.

"좀 어떠신가요?"

마님은 머리를 절레절레 흔들며 한숨과 더불어,

"정신도 이젠 혼매한 모양이네. 그래 병점은 뭐라고 나던가?"

"너무 엄청나서 여쭙기조차 황송해요."

"뭐라기에?"

"큰 화를 작은 화로 때려면 한 사람이 죽어서 되고, 그것도 못할 경우에는 온 집안이 살(殺)을 맞는 것 밖에 더 있냐구요. 그 시초가 대감님이라는구먼요."

"점깨나 관상쟁이 말이 다 그 말이구면."

"그러니 어떡합니까. 대감님 병에 바꿀 수야 없잖아요."

"그래서 무슨 수가 있대?"

"없는 것은 아니지만 그게 너무 엄청나고도 무시무시한 일이니……."

"어떤 일이기에?"

"돈 천 냥만 싸 놓으면 액땜을 맡아 해주겠다는구먼요."

"영감의 병환만 난다면야 돈 천 냥이 아깝겠네만, 어떻게 액땜을 한다고?"

"길동이를 없이해 준다는 거죠."

초란이는 냉정하게 잘라서 말했다.

"길동이를? 그건 안 될 일이지. 영감의 노염을 사면 어떡하라구."

"산정에 있다가 횡사한 거야 대감님인들 누굴 보고 탓하겠어요. 그만 거야 맡는 그들이 어련히 안 꾸밀라구요. 도둑이 들어 인명을 해쳤대도 될 거고, 어쩌다가 낙상(落傷)을 했대도 되는 일 아니어요?"

"그러니 차마 인륜(人倫)을 갖고 할 일인가."

마님이 인륜을 찾자, 그들의 그럴싸한 체면차리기에 화통이 터진 초란이는,

"그거야 알아서 분부하셔요. 저야 본시 운수 기막힌 년이라 마지막 길은 관비(官婢)로 내쳐지는 것 밖에 더 있겠어요. 대감님이며 좌랑님 신상이 기막힐 뿐이죠."

권하던 사람이 샐쭉해지자 판서마님은 그제사 마지못한 체,

"자네의 지극한 마음을 내가 모르겠나. 큰 액을 작은 액으로 때우자는 게 도리지. 뒷감당은 내가 할 테니 집안이 무사하도록만 해보게."

도리어 부탁하는 말을 남기고 돌아섰다.

뒤에 남은 초란의 얼굴에는 회심의 미소가 떠올랐다.

한편 부친의 엄명으로 산정에 와 있는 길동이는 그날 밤도 늦게까지 책을 읽다가, 자시(子時)가 되어서야 자리에 들었다. 하루종일 산길을 오르내린 젊은 몸은 이어 단잠에 빠져들었다.

　그때를 기다리고 있었던 듯, 어디로부터인지도 알 수 없게 어깨가 떡 벌어진 장정 하나가 산정 처마끝에 나타났다. 그는 잠시 사방에 귀를 기울인 채 가만히 서 있었다. 부친이 병석에 누웠다는 소식을 듣고 상노아이마저 집으로 내려보낸 산정에는 지금 길동이 혼자만이 단잠에 빠져 있다.

　검은 그림자는 발소리를 죽여 가며 마루 위에 올라섰다. 길동이가 자고 있는 방 앞에서 다시금 주춤했다. 일정한 간격을 두고 숨소리가 새어나오는 미닫이에 귀를 바짝 갖다 댔다.

　새근새근—

　분명 깊은 단잠에 빠진 고른 숨소리다.

　검은 그림자는 미닫이를 열기 시작했다. 길동이가 누워 있는 발치쪽으로 미끄러져 들어갔다. 그의 손에는 비수가 들려져 있었다. 내리치면 그대로 길동이는 꿈속에서 저승으로 가는 판이다.

　그때, 검은 그림자는 숨을 들이마시며 앞으로 거꾸러졌다. 자고 있는 줄만 알았던 길동이가 정갱이를 찼기 때문이다. 검은 그림자는 자기가 뽑아들었던 비수 위에 배를 깔았다.

　"여!"

　하는 비명을 들으면서 길동이는 검은 그림자의 목덜미를 잡아 일으켰다.

　"이놈, 무슨 원수가 졌다고 나를 죽이려 했느냐?"

　"나는 다만, 다만 돈으로 일을 맡았을 뿐, 제발 살려주오."

　비수가 옆구리를 꿰뚫었는데도 놈은 살려달라고 애걸을 한다.

　"그렇다면 누구의 부탁으로?"

"부친께서 몸소 내리신 분부라고 들었소."

"미친 소리 마라."

길동이는 놈의 몸뚱어리를 힘껏 방바닥에 던지면서 소리쳤다. 그자는 눈을 희번득이고 신음하면서도,

"곡산댁(초란)이 돈 천 냥을 갖고 와서 판서 분부시라면서 부탁하고 갔소. 죽는 놈이 거짓을 왜 말하리까."

그제야 길동의 머리에도 번개 치는 생각이 있었다. 평소부터 길동이 모자를 눈 속의 가시처럼 질시(嫉視) 해오던 초란이가 감언이설로 부친께 참소해 길동이를 없애려고 자객을 보낸 것이 분명했다.

길동이는 너무도 분했다. 계집의 참소에 넘어간 부친 일이 더욱 분했다. 자기의 향락을 위한 끝에 맺어진 열매에게 무고한 죄명을 뒤집어씌워서 끝내는 자객의 손에 죽게 해야 옳단 말인가.

가자, 가서 부친에게 맺혔던 한이나 풀어놓자.

길동이는 질풍같이 산정을 뛰쳐나왔다. 골짜기, 등성이, 바위 틈, 숲 새로 어두운 산길을 편편대로처럼 뛰었다. 글을 읽다가 지치면 산으로 달음질해 바위를 굴리고 시내를 뛰어넘어, 속에 넘치는 힘을 삭이던 날랜 몸짓이다.

재상가 자제(宰相家子弟)가 무엇이냐.

부생모육지은(父生母育之恩)이 무엇이냐.

서자가 내 죄더냐, 양반이 개자식이다. 집에 붙이는 종년들 가운데 낯짝이나 좀 반반한 계집이 있으면 기어이 요정을 내고야 마는 것이 기껏 양반이 아니더냐.

이런 기세로 뛰어든 길동이고 보니 침소에서 괴로운 잠을 청하고 있던 홍 판서는 깜짝 놀라 머리를 들었다.

"길동이가 아니냐. 웬일로 이 밤중에?"

길동이의 분하고 억울했던 마음은 우선 눈물이 되어 온 얼굴을

적셨다. 그러나 홍 판서는 길동이가 자기 말을 어기고 산정을 제 마음대로 떠난 것만이 못마땅해서,

"너는 왜 행동이 그다지도 경솔하냐. 산정에 올라간지 며칠이 되었다고 밤으로 뛰쳐나오고."

그러지 않아도 길동이 때문에 태산 같은 걱정을 안고 있던 홍 판서로서는 꾸짖는 말도 자연 냉정할 수밖에 없었다. 길동이는 눈물로 젖은 얼굴을 번쩍 쳐들었다.

"대감, 소인은 뉘 피를 받았기로 목숨까지 끊어야 할 죄가 있습니까."

"해괴한 말, 목숨까지 끊어야 하다니 그게 무슨 소리냐?"

"오늘 밤, 산정의 소인 처소로 비수를 품고 들어온 자가 있었습니다. 곡산댁이 대감 분부를 받들어 소인을 죽이려고 보낸 자라 하옵디다."

"그게 정말이냐?"

"날이 밝거든 산정으로 사람을 보내보시오. 자기 비수로 제 몸을 찌른 그자는 지금쯤 싸늘한 시체가 되어 있을 겁니다."

"이런 변괴가 어디 있나. 어서 초란을 불러라."

"아니올시다. 일은 곡산댁이 저질러 놓았는지 모릅니다만, 미련한 계집 소견에 질시가 앞선 소행이 분명합니다. 죄인 즉 오직 소인이 서출로 태어난 죄, 그러나 대감 억울하옵니다. 세상 만물에 아비 없고 어미 없는 것이 어디 있겠습니까. 그렇건만 소인은 부친이 계셔도 부친이라 부르지 못하고, 형이 있어도 형이라 불러 보지 못했습니다. 그 뿐입니까. 끝내는 불미스러운 대감 집안의 반목(反目)과 음모에 말려 까닭도 모르게 죽어버릴 뻔했습니다. 이 설움을 어이 풀어야겠습니까. 대감이 제 어미에게 정을 나눠 자식을 둔 때는 언제이고, 죽으라고 천시할 때는 언제입니까. 이 일이 하늘의 마음일까요. 하늘은

그토록 비루할 리도 없고 모순될 수도 없습니다. 오직 양반네들의 철면피한 짓이, 무고한 서자들을 괴롭힐 따름이옵니다.”

길동의 피를 토하듯 울부짖는 말 마디마디에 홍 판서는 잠시 넋을 잃은 듯 말이 없다가 그만 측은한 생각이 돌았던지,

“길동아, 공연한 생각말고 글이나 잘 읽어라. 아무리 처지가 어떻다 하더라도 저만 바른 길로 나아가면 마음이 편하느니라.”

격한 길동의 마음을 위로해주었다.

길동이는 부친의 부드러운 그 말이 뜻밖이었다. 방자하다는 꾸지람을 각오하고 함부로 내뱉은 말들이었다. 그랬더니 그 정도라도 자기의 마음을 위로해 주려는 것이 아닌가. 길동이는 부친의 가문과 체면에 얽매인 괴로운 흉중을 생각하고는 더 부친을 미워할 생각도 못하고 그만 침소에서 물러나왔다.

그러나 밖으로 나와 달빛이 가득한 하늘과 땅을 굽어보는 동안에, 길동이 마음에는 다시금 분한 생각이 끓어올랐다. 서자(庶子)—서자라는 말 하나로 받는 이 원통하고 애절하고 분한 마음을 어떻게 풀어보랴.

‘그렇다, 서자가 비록 나 혼자가 아닐진대, 이렇듯 한숨만 쉬고 눈물만 흘리고 있을 일이 아니다. 내가 여태 비관하면서 산 것도 홍 판서라는 양반집 울타리 속에서 살았기 때문이다. 이 집의 울타리를 벗어나 나대로 살면 천첩소생이라는 수모를 받을 일도 없지 않은가. 아니, 나 같은 억울한 처지에 있는 사람들을 위해서도 이 세상의 되지 못한 제도를 쳐부술 필요가 있다. 어떠한 비행이 있고 망측한 품행이 있어도 정처면 그만이요, 정처 소생이면 그만이라서야, 팔자가 기구해 남의 소실이 되고 서자로 태어난 자, 그 한을 풀 수 있겠는가.

그렇다.

세상에 이런 생각을 하고 있는 사람이 비단 나 혼자 뿐이 아닐 테니 뜻이 같은 동지를 찾아 이 집을 나가는 것이 옳은 일이다.'

길동이는 어머니의 방으로 발을 옮겼다.

그곳에도 달빛은 가득히 찬 채 소나무를 스치며 지나가는 바람소리가 이따금 들릴 뿐으로 고요하기가 그지없다.

길동이는 가만히 마루 위로 올라서서 방문을 열었다. 방안에는 갑자기 달빛이 스며들며 혼곤히 잠이 들어 있는 어머니의 얼굴이 드러났다. 언제 보나 인자한 얼굴이다. 길동이는 그 얼굴을 한참이나 멍청하니 보고만 있었다. 자는 어머니를 깨워 이별의 말을 차마 할 수가 없다고 생각되었기 때문이다. 아니 그보다도 어머니가 붙잡는 손을 뿌리치고 길을 떠날 수는 도저히 없다고 생각됐기 때문이다.

'그건 정말 못할 일이지. 어머니가 목을 놓고 울 것은 너무나도 잘 알 수 있는 일이 아닌가. 나를 내버리고 혼자서 어딜 간다는 거냐, 네가 정말 이 집을 떠날 생각이라면 나를 데리고 가라. 너까지 없는 이 집에 내가 무엇한다고 있겠니, 네 마음 고통은 역시 나도 마찬가지란다, 나도 데리고 가라, 하고 따라 나설지도 모르지. 그러나 내가 정처 없이 떠나는 이 길이 어머니를 모시고 갈 길이 되느냐.'

예까지 생각한 길동이는 가만히 방안으로 들어가 서가 위의 벼룻집과 두루마리를 내렸다. '어머님 전 상서'라고 쓰고선 다음엔 무슨 말을 써야할지 몰라 잠시 생각하다가 '소자 지금 슬하를 떠나옵니다. 그러나 후일 반드시 훌륭한 사나이가 되어 다시 어머니를 모실 날이 있사오니 그동안 부디 기체를 보중하옵소서.' 하고 쓴 것을 어머니가 자는 머리맡에 놓고 다시 그 얼굴을 물끄러미 들여다보았다.

어머니는 무슨 괴로운 꿈이라도 꾸는 모양으로 한 마디 비명의 잠꼬대를 하고는 몸을 뒤채었다.

동행여인(同行女人)

　부난없이 밝는 것은 여름의 밤이다. 한강 상류를 따라 단숨에 덕소(德沼)에 이르렀을 때는 벌써 훤하게 날이 밝기 시작했다. 마름냄새가 풍겨오는 아침의 강바람은 땀 밴 이마에 상쾌하기가 이를 데 없다.

　—예까지 나왔으니 이제는 한 시름 놓을 수 있겠지.

　길게 숨을 돌리고 난 길동이는 이것으로 서울과는 이별이요, 이제부터는 세도가 홍 판서의 아들도 아니고 정처 없이 떠돌아 다녀야 하는 한낱 나그네의 신세가 된 것이라고 생각하니, 뭐라 말할 수 없는 덧없는 마음이기도 했다.

　어디서 장이 서는지 한길에는 사람들의 발길이 끊이지 않았다. 강 건너에서도 사람과 짐이 연방 나룻배로 넘어왔다. 그런가 하면, 신행의 새색시가 차일을 친 소달구지에 앉아 덜거덕거리며 지나치는 한가로운 풍경도 보였다.

　언뜻,

　"선비님."

　맑은 여자의 목소리가 귓전을 스친 것 같았다. 그러나 길동이는 뉘 나를 부르랴 하는 마음으로 개의치 않고 그대로 걸었다. 그러자 다시 한 번,

　"선비님—."

　목소리는 더 분명히 크게 들렸다.

길동이는 목소리를 좇아 뒤를 돌아다보았다. 지금 막 나무 그늘에서 나선 여자가 길동이를 부른 모양이다. 얼핏 보아 어느 귀한 집 따님 같은 행색이다.

"날 불렀소?"

"불렀소가 뭐에요. 몇 번이나 소리쳐 불렀는데 돌아도 안 보시고."

까맣게 탄 얼굴에 흰 이를 드러내 웃는 것이 여간 예쁜 얼굴이 아니다. 나이도 갓 스물난 길동이보다는 분명 두서너 살은 아래다.

"무슨 일로 날?"

"무슨 일이긴요, 길가는 사람끼리 길동무 되자는 거지요."

그런 일엔 길동이도 싫을 리가 없었다. 어깨를 같이하고 걸으며,

"그래 아가씬 어디까지 가는데?"

"선비님은 어디까지 가셔요?"

생글거리는 웃음으로 되묻는다.

"길 가다 저무는 데가 나 가는 곳이요."

길동이는 뭐라고 대답할 수가 없어 이런 말을 했다.

"어마, 어쩌면 저하고 가는 데가 꼭 같아요."

얼굴 하나 까딱하지 않고 태연히 받아 넘긴다.

그 말에 길동이는 그만 질리기나 한 듯이 눈을 내리뜨며 여자의 아래위를 다시 한 번 살펴봤다. 만만치 않은 여자라고 생각했기 때문이다.

—도대체 어떤 여자냐.

얼핏 보기에는 귀한 집의 따님 같기도 했지만, 그러나 아니다. 걷는 품이며 말 붙이는 품이 강렬한 동물적인 내음새, 발랄하면서도 민첩했다. 깊은 산속에서 뛰노는 사슴 같다고나 할까. 서울 여자들에게서는 찾아볼 수 없는 싱싱한 모습이다.

"선비님은 먼 길을 가시면서 배낭도 행전도 치지 않으셨네요."

"그런 게 다 귀찮아서."

말은 그렇게 하나 사실은 그런 것을 일일이 다 갖추고 떠날 계제가 못되었던 것뿐이다.

"하여튼 선비님이 나그네 길이 처음이란 건 틀림없어요."

"뭘 보고 그렇다는 거요?"

"걸음걸이가."

"걸음걸이가 어떻다고?"

"나그네들은 길이 바쁘니까 그런 팔자걸음은 걷지 않아요. 선비님은 양반걸음인 걸요."

"양반걸음?"

길동이는 그만 쓴웃음을 지었다. 양반집 울타리 속에서 자랐다고 자기도 모르는 동안에 그들의 걸음걸이까지 흉내내고 있었던가. 그것을 대뜸 알아차리는 것을 봐도 보통 여자가 아닌 것만은 확실하다.

—그렇다면 포도청의 순교(巡校)질이라도 하는 계집이 아닌가.

그러나 여태까지 여자 순교가 있다는 말은 듣지 못한 일이다.

길동이는 피식 웃고 이죽거리는 말투로,

"포도청의 밥을 먹는 오라비라도 있는 모양인데?"

슬쩍 말을 던졌다.

"왜요?"

"사람을 보는 눈이 대단하니."

"그럼 역시 양반집의 귀한 자제분이라고 본 건 틀림없군요. 내친 김에 선비님 이름까지 물어봐도 괜찮아요?"

"성은 홍가구, 이름은 길할 길자, 아이동. 그러나 양반집의 귀한 자제라는 아가씨의 점은 빗맞은 것 같소."

"그래요?"

"아가씨 이름은?"

"제 이름은 옥녀에요. 귀여운 이름이죠."

길동이에게 눈을 돌려 해죽 웃었다. 간장을 타게 하는 웃음이다.

"이름도 예쁘지만 그 웃음은 더 예쁘군요."

"어마, 그래요."

사뭇 밝은 얼굴이다.

"그러니 길 가다 저무는 데까지 동행하자는 아가씨의 청을 마달 수가 있겠소. 설마 집을 도망친 철없는 아가씬 아닐 테니."

그런 말로 알 수 없는 여자의 정체를 떠보려고 했으나, 여자는 그저 '호호' 웃고

"동행해 주신다니 고마워요."

살짝 대답을 돌려버렸다.

팔당 나루터에 이르게 되었을 때는 사시(巳時 : 오전 9시~11시)쯤 되어, 뜨거운 여름 해가 머리 위를 내리쬐어 모두 땀투성이가 되었다.

"견딜 수 있어, 이렇게 더워서야."

"그러게 말에요. 눈이 막 핑핑 도는 것 같아요."

"어디서 좀 쉬어갈까."

"네, 그렇게 해요."

옥녀는 그 말을 기다리고나 있었다는 듯이 반가워했다.

"이 산모퉁이를 돌면 조그마한 정자 하나가 있어요. 그리로 가서 쉬어요."

"늘 다니던 길이요? 그런 것도 아는 걸 보니."

"그저 따라와 보셔요."

옥녀는 수수께끼 같은 웃음을 짓고 길을 앞섰다.

―정말로 알 수 없는 여자다.

길동이는 호기심에 사로잡힌 채 잠자코 옥녀의 뒤를 따랐다.

그러나 산모퉁이를 돌면 있다던 정자는 좀체 나타나지 않았다. 그 대신에 옥녀가 앞서서 걷는 오솔길은 어느덧 산속으로 접어들었다. 머리를 쳐들면 이마 위로 보이는 산봉우리는 그다지 높다고 말할 수는 없었다. 그러나 산길은 걸음을 옮길수록 계곡이 깊고 울창한 수풀이 하늘을 가리고 있어, 지금 헤치고 들어선 길도 되찾을 수 없는 심산(深山) 같은 느낌이다.

이윽고 옥녀가 걸음을 멈춘 곳에는 정자 대신 수풀 속에 지붕만이 겨우 내다보이는, 꽤 큰 초가집 한 채가 있었다.

"이곳이 제가 말하던 정자에요. 너무 볼품이 없어 놀라셨지요."

그러나 길동이는 머리를 끄덕끄덕해 보이며,

"과연 아가씨가 인도해 올 만한 곳이군요."

무엇인가 짐작이 가는 듯한 표정이었다.

"그러셔요?"

옥녀는 가볍게 넘기고 안에서 마중 나온 노파에게 두어 마디 귓속말을 했다. 그러고는 길동이를 노파에게 맡겨둔 채 자기 혼자 안으로 사라져버렸다.

노파는 길동이를 사랑방으로 안내했다. 그리고는 냉수다, 세숫물이다 하며 시중드는 품이 아주 공손했다. 밥상도 들어왔다. 모든 시중을 노파가 도맡아 하고 있지만 익숙한 솜씨로 척척 해나갔다.

그것은 그렇다 하고, 이 큰 집안에 옥녀와 노파 외에는 인기척이 없다는 것은 이상한 일이다.

대문을 들어섰을 때부터 길동이는 빈 집 같은 공기를 느꼈다. 상심부름을 하는 머슴 하나도 보이지 않았다.

그렇건만 마당은 깨끗이 비질이 가 있었다. 방도 잘 치워져 있었다. 밥상인들 하늘에서 떨어지지 않는 한, 노파 혼자서 이렇게도 빨리 장만될 리가 없었다.

참으로 이상하다—.

눈을 들어 옥녀가 사라진 안방 쪽을 살펴보았다. 발을 내린 방 속에서 옥녀가 부채질이라도 하고 있는지 무엇이 어른거렸다.

—나를 어쩔 셈으로 예까지 끌고 왔을까.

저녁이 되어 주안상이 들어오고, 밥상까지 물리고 났는데도 옥녀는 나타나지 않았다. 노파는 잠자리를 보아주고 문까지 닫아준 후에 편안히 자라면서 돌아서려고 했다.

"아까 그 아가씨는 어떻게 됐소?"

하고 묻자,

"선비님 생각을 하면서 자리에 드셨소."

농으로 받아넘기고는 그냥 나가버렸다.

길동이는 자리에 들었으나 잠이 오지 않았다.

—무슨 일이 일어나려나?

유심히 귀를 기울여 보았으나 여전히 아무런 인기척도 없었다. 그러면서도 오랏줄에라도 묶인 듯, 이곳에서 한 발자국도 떠날 수 없는 압박 같은 것을 느끼는 것이었다.

문밖에는 이쪽의 일거일동을 하나 놓치지 않고 엿보는 날카로운 눈이 있었고, 사랑방을 에워싼 사방팔방에도 빈틈없이 사람이 숨어 있을 것만 같은, 눈에 보이지 않는 적이 느껴졌다.

또 다시 산정에서와 같은 봉변, 그 불길한 생각에 사로잡혀 길동이는 그날 밤은 한숨도 자지 못했다.

날이 밝자 노파가 다시금 시중을 들었다. 해를 보내기에는 아무 불편한 것도 없었다. 그러면서도 잔칫날에 쓸 돼지 팔자 같은 느낌이 자꾸 드는 것은 웬일일까.

옥녀는 그날도 끝내 나타나지 않았다.

밤이 되자 안방에도 등잔불은 켜졌으나, 여자의 모습은 한 번도 보이지 않았다.

간밤에 자지 못했던 피곤과 마음의 긴장이 풀리면서 길동이는 저도 모르는 동안에 잠이 든 모양이다.

문득 무슨 소리에 잠을 깼다.

풀을 밟는 소리다. 한 사람의 발소리도 아니다. 여자가 기거하는 안방 쪽에서 났다. 자리를 차고 일어나 내다보았으나, 발소리 나는 곳은 안방 저쪽인지, 사람들의 모습은 하나도 보이지 않았다. 얼핏 여자의 치맛자락이 나는 것이 한 번 보였을 뿐, 다시는 아무 것도 보이지 않았다.

이윽고 풀을 밟는 여럿의 발소리는 썰물처럼 뒷문이 있는 쪽으로 사라져버렸다.

하늘에는 어느새 여자의 얼굴같은 흰 달이 조용하니 사방을 비쳐 주고 있었다.

—옳지, 알았다.

길동이는 무릎을 탁 칠 것만 같은 얼굴이 되었다.

"여도둑, 한 판 치러 갔구나."

그렇다면—길동이는 맨발로 마당에 뛰어내렸다. 다람쥐처럼 달려 앞마당에서 뒷마당으로 돌각담을 끼고 뒷문에 이르렀을 때, 키를 넘는 아주까리 잎 사이에서 여우처럼 허리를 편 것은 다름 아닌 그 노파였다.

노파는 이빨도 없는 입술을 오무리고 희미하게 웃고 있었다. 그리고는 웃음 진 그 얼굴을 천천히 돌리며,

"안 됩니다. 안 돼요. 여길 나가시면."

"……"

"선비님은 이곳을 아직 나갈 수 없어요."

앞을 막고 서 있는 것은 보잘것없는 노파 하나지만, 나가려도 나갈 수 없는 그 무엇이 이미 갖추어져 있는 말투다.

"조금만 더 참으시우. 오늘 밤엔 모든 것이 알아질 터이니. 어서 방으로 돌아가시오. 그 대신에 노루고기를 구워서 맛있는 주안상을 차려 드리리다."

밤은 깊었다.

마당 한가운데로 온 달은 가을 달처럼 맑았다.

물을 뿌린 듯한 마당의 달빛을 밟고 검은 그림자가 일곱·여덟 땅속에서 솟아나듯 나타나면서 그대로 길동이가 있는 사랑방으로 들어섰다.

막일군 같은 차림의 사나이, 등거리, 나졸(羅卒), 패랭이, 갖가지 차림새의 사나이들이었다.

그중의 두령인 듯싶은 머리를 빡빡 깎은 거대한 사나이가 날카롭게 번쩍이는 눈으로 길동의 위아래를 살폈다. 사람됨을 꿰뚫어 보려는 눈빛 같았다. 그러다 문득 뒤를 돌아보며,

"이 녀석이냐?"

거기에는 남장(男裝)의 옥녀가 서 있었다. 보부상(褓負商) 차림에 목화송이 패랭이가 잘 어울렸다.

"그래요. 도사님."

옥녀가 그 사나이를 보고 도사님이라고 하며 머리를 끄덕이자, 그는 길동이 앞에 털썩 마주앉았다.

"총각."

"왜 그러시오."

오늘밤엔 모든 것이 알아질 터이라더니―기다리고 있었던 만큼

길동이는 웃는 낯으로 그 도사(道士)라는 사나이를 바라보았다. 그러자 그도 웃었다.

나이는 오십 쯤 났을까. 웃는 얼굴에는 뜻밖에도 소박하면서도 위엄이 있는 일면이 드러나 보였다.

"너도 벌써 알아차렸겠지만, 나는 황산(黃山)이라는 산적이다."

"홍길동이라 하오. 정처 없는 손이외다."

"그렇다면 손쉽게 말해서 건달패가 아닌가, 어디—."

황산 도사는 손을 내밀어 느닷없이 길동이의 한 팔을 쑥 쳐들어 보았다.

"과연 좋은 몸이다. 칼도 휘두를 줄 아는 모양인데 어디서 배웠나?"

"따로 배울 것 있소. 힘깨나 쓰는 놈과 싸움질하는 틈에서 그만큼은 됐지요."

"음, 말인즉 잘했다. 배짱도 그만하면 괜찮군."

황산 도사가 저 혼자서 끄덕이는데,

"그런데 무슨 일로 나를 이곳으로 끌고 왔소?"

길동이는 궁금하던 말부터 우선 물었다.

"이곳을 맡길 만한 놈이 필요해서."

"나더러 화적떼가 되라는 말이요?"

"화적떼도 천층만층, 나는 좀 더 큰 그릇을 구하고 있던 중이야. 알았나."

"알겠소."

"그렇다면 동지가 돼 주겠나?"

"그것은 할 수 없소."

"할 수 없다고?"

"나도 세상에 분풀이하고 싶은 일은 많은 놈이지만, 그렇다고 도둑놈이 될 수는 없소."

"그야 도둑놈이 되려고 밥 먹고 큰 놈이야 없겠지. 그렇지만 도둑놈 아닌 놈이 이 세상 어디에 있더냐 말야. 도둑놈을 잡아들이면서 도둑질하는 놈, 도둑놈입네 드러내놓고 도둑질하는 놈, 그저 그 정도의 차 아니던가."

"사리야 어쨌든 할 수 없는 일은 어쩔 수 없소."

"음, 그렇다면야 할 수 없지."

황산 도사는 옥녀를 돌아보면서,

"모처럼 네가 주워온 이 녀석이 싫다지 않아."

눈길이 번쩍한 것 같았다. 그리고는 길동이더러,

"도둑의 소굴로 들어왔다가 무사히 돌아갈 줄이야 생각지 않았겠지."

"그럴 테지요."

"그렇다면 좋아."

황산 도사는,

"이놈을 처치하고 곧 따라오도록 해라. 거기서 기다리고 있을 테니―괜히 지체했군."

그는 일어서는 길로 앞의 길동이를 홱 걷어차고 뒤도 돌아보지 않고 젊은 놈 셋만 거느리고는 마당 저쪽으로 사라져버렸다. 이제부터 한판 털고 올 참인지.

그가 적괴(賊魁)라면 나머지 사나이들은 그의 졸개인 모양이다. 그렇다면 옥녀라는 계집은 무엇인가.

길동이는 방에 남은 네 사나이한테 꼼짝 못하게 잡혔다. 양쪽에서 두 놈씩 팔과 어깨를 붙잡고 있었다.

"일어나, 이놈. 간이 콩알만 해 갖구서 뭐가 사나이야."

그들은 이쪽저쪽을 괜히 툭툭 찼다.

길동이는 쓴웃음을 지으며,

"쓸데없는 짓 말아."

사나이들을 꾸짖고는 옥녀를 보고,

"맛있는 음식을 먹고 좋은 술대접까지 받고 무사하지 못할 줄은 알았어. 그렇지만 하루 이틀의 호강의 대가로는 너무 과한 걸."

어이없는 중에도 날카로운 눈총을 보내자,

"잔소리 말구 빨리 나와."

사나이들은 길동이를 붙잡고 밖으로 끌고 나왔다.

마당을 질러 밖으로 끄는 품이 풀숲으로나 가서 목을 칠 꼴이다. 더구나 시간을 약속해 놓은 벌이를 앞둔 그들의 행동은 매우 거칠었다.

'맹랑한 꼴이 된 걸.'

그러나 길동이는 조금도 긴장을 풀고 있는 것은 아니었다. 언제 어느 곳에서, 어떤 틈새에 이 위기를 벗어날 것인지 온 정신으로 그 생각만 하고 있었다. 그러나 사나이들은 저마다 손에 병장기를 들고 있는 대신 길동이는 맨손이다. 무사히 이 위기를 뚫고 나가기란 여간 어려운 일이 아니었다.

그러자 사나이들은 길동이의 만만치 않은 기세를 눈치 챘던지 잡고 있던 양팔을 뒤로 돌려 포승을 지으려고 했다.

다음 순간, 길동이는 땅을 차고 한 길이나 뛰어올랐다.

"너희들 잠깐 기다려."

하는 날카로운 소리가 들려온 것과 동시다.

그것은 옥녀였다.

환도를 빼 들었던 사나이들도, 몸의 자유를 얻은 길동이도 다함께 꼼짝을 않고 옥녀에게 시선을 모았다.

"그 사람은 내가 데려온 거니 나한테 맡겨."

"어떡하시려구요? 이 녀석은 우리 소굴을 알고 있어요. 얼굴도 알고 있어요. 도망이라도 하면 어떡하시렵니까."

"그건, 내가 알아 할 테니 걱정 말아."

나이는 어리면서 사나이들에게 반말질이다.

"도사님이 기다리고 있을 테니 어서들 가요."

사나이들은 머리를 맞대고 수군거리기 시작했다. 길동이를 어떻게 해야 할까를 의논하는 모양이다. 그러나 결국은 옥녀의 말을 듣지 않을 수 없는 처자인지,

"그럼 맡기고 갈 테니, 나중에 우리가 도사님한테 꾸중을 듣지 않도록만 해줘요."

이런 말을 남기고는 어디론가 사라져 버렸다. 바람같이 날랜 사나이들이다.

옥녀는 그 자리에 가만히 선 채, 귀를 기울여 사나이들의 발소리가 사라지기를 기다리고 있었다.

그리고는 몸을 돌려서 길동이가 들어 있던 사랑 쪽으로 걸음을 옮겼다. 으레 길동이가 뒤따라오리라는 것을 믿고 발을 옮겨놓는 걸음걸이 같았다.

길동이도 허둥대고 도망칠 게 없다는 생각에서 사랑방으로 되돌아왔다.

이 집에 온 후, 둘이서는 처음으로 얼굴을 마주 대했다.

"참으로 괴상한 여자를 만나 당치 않은 곤경에 빠졌다고 화내고 계시죠?"

옥녀의 첫마디다.

"그런 말이라도 해주니 고맙군."

"그렇지만 저도 기대에 어긋나서 낙심천만인 걸요."

"내가 도둑패에 들지 않아서?"

"그보다도 우리같은 무리들을 이용할 생각을 안 하시는 것이 애석해요."

"도둑떼를 내가 어떻게?"

그러자 옥녀는 앉음새를 바로잡고,

"선비님은 뭣하자고 이 세상에 태어났어요?"

여자답지도 않은 엉뚱한 말을 물었다. 그리고는 길동이의 대답을 기다릴 것도 없이 자기의 기구한 출생(出生) 전후의 사정을 이야기했다.

검풍(劍風)·연풍(戀風)

"저는 물귀신이 붙은 여자예요."

"……?"

"선비님도 비오는 날 밤이면 늪에서 빨래하는 방망이 소리가 처덕 처덕 난다든지, 강변의 으슥한 버드나무 밑에 머리를 풀어헤친 귀신 이 나온다든지 하는 따위 이야기 들어본 일이 있지요?"

"……."

"제가 어제 선비님을 만난 그곳에 검바위강이라고 있어요. 검바위 강도 물론 한강 줄기에는 다름없지만, 그래도 그곳 사람들은 마을 앞을 흐르는 강을 검바위강이라고 부르지요. 검바위라는 큰 바위가 있기 때문에 아마 검바위강이라고 부르게 된 모양이에요."

옥녀는 말을 잠깐 끊었다가,

"지금부터 바로 십칠 년 전, 그 김바위에서 열여덟 살 난 어린 어 머니가 갓난애를 업은 채 치마를 뒤집어쓰고 검바위강으로 몸을 던 진 일이 있었답니다. 다행히도 그곳을 지나던 행인이 물로 뛰어들어 이들 모녀를 무사히 건져내긴 했다지만 그 못난 어머니는 행인이 불 씨를 얻으러 마을로 뛰어간 틈에 어린것만 내려놓고는 다시 물로 뛰 어 들었다고 해요. 선비님, 세상엔 참으로 무정한 어머니도 다 있지 요?"

길동이를 빤히 쳐다봤다.

"무정하다기보다도 참으로 독한 여자도 다 있군. 사람이 한 번도 죽기 어려운데 그 물로 또다시 뛰어들다니,—그래 그때 그 어미한테 버림을 받은 갓난이가 옥녀요?"

길동이는 오히려 웃음을 머금은 말투로 되물었다.

"그렇답니다. 용케도 아시네요."

"아까 자기는 물귀신이 붙은 여자라지 않았소."

"아, 제가 정말 그랬구면요."

옥녀도 그만 가볍게 '호호' 소리 내어 웃었다.

"그래, 그 버림받은 가엾은 아기는 그 후 어떻게 됐소?"

"도둑놈 손에 고이고이 이만큼이나 컸답니다."

"……."

"사람의 운명이란 참으로 헤아리기 어려운 것, 그때 저를 구해준 그 행인이 바로 아까 그 도사님이었으니……. 그는 어미를 잃고 울어대는 저를 안고 이곳으로 왔다고 해요. 그리고는 그 한 해를 저 때문에 졸개들 손에 얻어먹었다니, 산적의 인정두 그만하면 무던하다고 할 수 있겠죠?"

말끝에는 살짝 적당에 들지 않는 길동이에 대한 원망이 비쳐졌다.

길동이는 대꾸 없이 그대로 귀만 기울인 채다.

"저는 철없이 도사님을 아버지로 알고 한 살, 두 살 먹어 갔어요. 그러다가 못난 어미에 대한 얘기도 알게 될 때가 왔지요.—저의 어머니는 서울 어느 양반집의 계집종으로 있었답니다. 양반들의 버릇이 그러하듯이, 얼굴이나 좀 반반한 계집종을 그 양반네가 그대루 뒀을 리 있어요. 그리고는 계집종이 아이를 밴 것을 알자, 첩으로라도 꼭 데리고 살 테니 얼마동안만 집에 가 있으라면서 돈 열 냥을 주더라지 않아요. 부모도 형제도 아무 것도 없었던 제 어머니는 생각다 못해, 양수리에 있는 이모를 의탁하고 내려왔답니다. 그러나 열 달이 다 차서 몸을 풀고 다시 일 년을 더 기다려도 데리러 오마"

던 서울 양반댁에선 기별조차 없었으니, 못난 어머니는 어린것을 들쳐업고는 서울로 그 집을 찾아갔더랍니다. 그러나 그 양반네는 그게 내 새끼라는 증거가 어디 있느냐면서 펄쩍 뛰더라지 않아요. 어떤 놈의 새끼를 나한테 떠맡길 심보냐고 호령호령하면서."

옥녀의 말소리는 급기야 떨리기 시작했다.

"그런 기막힌 말로 우선 어머니의 기를 눌러놓은 뒤에는 자식은 내 자식이 아니지만, 너하고 내가 인연이 전혀 없었던 것은 아니니 받아두라면서 이번에도 또 돈 열 냥을 주더랍니다. 어머니는 그 열 냥을 그놈 얼굴에다 힘껏 던져줬대요."

"잘했어."

길동이도 어느덧 주먹을 불끈 쥐고 분개했다.

"울면서 길을 되짚어 내려오던 어머니가 검바위에 이르러 두 목숨을 끊어버리자는 결심을 한 거지요."

"그런데 그 아버지 된다는 사람이 누군지 짐작도 못하나?"

"그것을 안다면야 제가 이러고 있겠어요. 하여튼 지금 세상에 내로라고 행세하는 것들이 다 그러한 것들인 걸요. 정말이지 그들의 뜻대로 되지 않는 일이 뭐 있던가요. 착한 사람도 모함해서는 죽이고, 죄가 있는 자도 뇌물만 바치면 놓여나고. 그뿐인가요, 벼슬도 글이나 인품을 보아서 뽑는 것이 아니고, 돈과 가문에 좌우되어 다루어지지 않아요. 아니, 그중에는 혹 돈 없는 사람이 벼슬을 한다 해도 그것은 외상벼슬이요, 도임(到任)한 뒤에 백성의 피를 긁어모아 곱으로 갚아야 하는 벼슬이 아닙니까. 선비님은 이런 세상에서 무엇이 바르고 그르다 판단해서, 옳은 길을 가려는 겁니까?"

옥녀의 이야기는 놀랍게도 자기 한 몸의 비운(悲運)을 떠나서 당당히 일국의 정사(政事)를 논하고 있었다.

그것은 참으로 놀라운 일이라 하지 않을 수 없었다.

그럴수록 길동이는 재상가의 천첩 소생이라고 양반집 울타리 안에서 우울한 나날을 보내던 지난날의 자기의 모습이 새삼스럽게도 부질없어 보였다. 그런 그의 솔직한 심정은 그대로 말이 되어,

"옥녀같은 예쁜 아가씨에게서 이런 아픈 말을 들을 줄은 정말 몰랐소. 적도가 되고 싶은 생각까지는 아직 없지만, 옥녀가 이것이 사나이 대장부의 진정할 일이라고 옳게 말만 해준다면 나도 다시 한 번 깊이 생각해보지요."

"그 이야긴 절 놀리시는 말씀인가요?"

"놀리다니요."

"전 실상 선비님이라면 남이 못할 큰일도 할 수 있으리라고 믿고 이곳까지 모시고 온 거랍니다."

"나의 뭣을 보고 그런 생각을 하게 됐다는 거요?"

"이런 험악한 적굴 속에 살고 있으면 사람을 보는 눈만은 확실해진답니다. 그렇지만 어쩌면 제가 잘못 생각했는지도 몰라요. 선비님은 정일품(正一品)이니 이품이니 그런 벼슬에 혹 생각이 있었는지도 모르니."

"옥녀의 말을 듣고 보니 그런 벼슬이야 이제 더러워서 하겠다고 할 수 있겠소."

"그래요. 그런 벼슬에 비한다면 이곳에는 꿈이 있어요. 도탄에 빠진 백성들을 구해 보겠다는 씩씩한 꿈이 있어요."

"도둑떼가 백성을 구한다?"

"힘과 덕이 있는 분이 위에 서기만 한다면 왜 못하겠어요. 지금의 구더기 같은 벼슬아치들보다는 훨씬 백성들을 사랑할 수 있는 힘이 생기지요."

"그건 참 좋은 이야기요."

"그렇지요? 선비님, 저는 적굴에서 크면서 그것만은 우리 핍박받

는 이 사회의 불쌍한 희생자들이 해야 할 일이라고 생각했어요."

"그렇다면 옥녀 자신이 왜 해보지 않고?"

"저도 물론 돕지요. 그러나 사람에는 다 분수가 있는 걸요."

"분수라, 음—."

길동이는 그 말에 아주 동감인 모양이다.

"그러니 선비님께서 제 기대를 저버리지 말고, 불쌍한 백성들의 편이 되어 큰일을 한 번 해달라는 거예요."

옥녀는 어느덧 길동이의 무릎이라도 흔들 듯한 간절한 얼굴이다.

"참 곤란하게 된 걸."

길동이가 혼잣말처럼 중얼거리며 턱 밑을 쓸자,

"뭐가 곤란해요. 선비님 같은 분이 이 세상을 바로잡지 않으면 그 일을 누가 하겠어요."

이번에는 사뭇 공격이다.

"그렇지만 앞길이 바쁜 나그네를 붙잡아 와서—."

"거짓말 마셔요. 팔자걸음으로 팔도유람이나 떠난 것 같은 얼굴을 하고 있었으면서 뭘 그러셔요."

"그거야 옥녀 아가씨도 매일반이 아니겠소. 귀한 집 따님 같은 행색으로 길 가는 나그네를 꾀어 왔으니."

"그래요. 그렇지만 백성을 해치는 잔악한 도둑이 되어 달라는 게 아니고 지금 이야기한 그 같은 청을 듣고서도 선비님은 이곳을 뒤지고 나갈 수 있겠어요?"

옥녀의 말에는 웃음 속에도 가슴을 찌르는 마디마디가 있었다.

이 대결에서 어쩔 수 없이 길동이가 진 모양이다.

이때, 달은 구름 속에 숨고 어둠만이 깔린 앞마당에 소리도 없이 사람 하나가 나타났다.

그는 숨을 죽이고 사랑방의 거동을 살폈다. 그러자 방안의 불이 깜빡하고 꺼졌다.

마당에 서 있던 사나이의 얼굴에는 소리 없는 웃음이 번졌다. 방안의 길동이가 밖의 인기척을 이미 알아차린 바에는 그도 그러고 더 서 있을 필요는 없는 일이다. 사나이는 여느 때처럼 걸어가서 사랑방의 미닫이를 열었다.

방안은 타다 남은 심지의 매캐한 냄새만 풍겨질 뿐, 깜깜절벽이다.

사나이는 갑자기 웃어댔다.

"총각, 그만하면 됐어."

"……."

"불이나 켜."

"……."

"의심도 무던하군."

"황산 두령인가요?"

"물어볼 필요가 뭐야, 이미 알면서."

"……."

방안에는 다시 옥녀의 손으로 등잔불이 켜졌다.

"도사님—."

옥녀는 긴장한 눈을 들어,

"이만하면 만족하겠죠?"

"네 서방으로 ?"

"그래요."

"아침에 다시 한 번 보자."

황산 도사가 방문 앞을 떠나자 옥녀도 그 뒤를 따랐다. 길동에게는 한 마디 말도 없었다.

다음 날 아침, 길동이가 미처 단잠에서 깨기도 전에 옥녀가 머리맡에 와서 흔들어 댔다.

"왜 그러누, 또."

"도사님이 마당에서 기다리고 있어요."

"옥녀에게나 도사님이지 난 모르오."

길동이가 돌아눕자,

"빨리 일어나지 않으면 볼기짝을 얻어맞아요. 저 보셔요."

옥녀가 가리키는 곳에는 아닌 게 아니라 황산 도사가 몽둥이를 지팡이처럼 짚고 서 있었다.

"저 늙은이가 나를 쳐?"

길동이는 어이가 없다는 듯 하하……웃으며 일어나 앉았다.

"내가 이래뵈두 검술만은 자신이 있어."

"그래도 길고 짧은 것은 대봐야 안다는데요."

"그렇다면 한 판 휘둘러보고 올까."

길동이가 마당에 내려서자, 황산 도사는 다른 한 손의 몽둥이를 던져 주었다.

길동이는 몽둥이를 번쩍 머리 위로 쳐들었다. 단 한 칼에 상대방을 박살 낼 듯한 기운이 뻗쳤다.

그러나 황산 도사는 그 자리에서 움직이지도 않았다. 그대로 내리치기를 기다리는 자세였다. 그렇건만 길동이는 한 발도 내디딜 수가 없었다. 아무 방패도 없는 자세 속에, 검술(劍術)의 극치(極致)가 숨어 있는 것을 느꼈던 것이다.

어느덧 길동이 이마에는 진땀이 내비쳤다. 숨도 거칠어졌다.

황산 도사는 숨도 쉬지 않는 듯 고요했다.

그러나 다음의 일순, 황산 도사의 몽둥이는 길동이의 정수리를 향해 날아왔다. 그것을 막던 길동이의 몽둥이는 공중에서 두 동강이가 나고, 이제는 길동이의 머리가 바스러진다고 느껴지던 순간, 황산 도사의 몽둥이는 길동이의 이마 위에 딱 멎었다. 이마에는 아무런 상처도 나지 않았다.

"그런 정도를 가지고 검술에 무슨 자신이 있다고—."

황산 도사는 얼굴이 백짓장 같아진 길동이를 돌아다보지도 않고 옥녀를 불러서 밥풀 한 알과 방 안의 환도를 가져오게 했다. 그리고는 밥알을 그녀 앞머리에 붙여 놓고,

"거기 서 봐."

그녀에게 서 있게 하고, 자기는 환도를 빼들고,

"자!"

하며 내리쳤다.

머리칼의 밥풀은 둘로 쪼개졌으나, 그 밑의 머리칼은 한 오리도 다치지 않았다. 그것을 보고 있던 길동이가,

"도사님—."

하고 땅바닥에 두 손을 짚었다. 그러나

"다시 한 번."

황산 도사는 세 번이나 머리칼에 붙인 밥풀을 쪼개 보였다. 그리고는 두 조각이 난 밥풀을 길동이에게 보이면서,

"보아라. 이만한 칼재간이 있어도 좀체 이기기란 어려운 일이다. 너같이 거리의 불한당이나 때려눕혀 보고서의 그 장담이 부끄럽지 않으냐."

하고 꾸짖었다.

길동이는 그 후로 황산 도사를 선생이라 부르며, 밤낮을 가리지 않고 검술을 닦았다.

황산 도사도 그의 노후의 희망을 모조리 길동이에게 건 것처럼 자기가 가지고 있는 모든 것을 전수(傳授)했다.

"길동아, 해를 등에 지고 싸운다는 것은 누구나 다 알고 있는 일이지만, 그와 마찬가지로 달도 등에 지고 싸워야 한다. 바람도 마찬가

지로 등에 받는 것이 편하다. 비가 올 때는 칼을 번쩍 쳐드는 것이 유리하며, 눈 오는 날에는 내가 가지 않고 저편에서 오도록 할 것. 이때도 칼은 높이 들고 기다리고 있는 것이 유리하며, 산 또는 언덕 같은 곳에서는 높은 곳을 차지하고 상대방을 밑에 서게 할 일이다. 대문이나 담벽, 방축 같은 것은 자기 바른 편에 두며 강이며 늪도 마찬가지니, 이런 것을 뒤로 하여서는 안 된다. 많은 사람을 상대하여 싸울 때는, 될 수 있는 대로 왼쪽 적부터 쳐 눕혀, 왼편으로 돌도록 할 것이다. 들에서 싸울 때는 발을 자르고, 거리에서 싸울 때는 목을 친다. 도망가는 것을 쫓을 때는 열 발자국 안이면 곧 쫓아가 치고, 그보다 더 먼 곳에 있는 적은, 일단 그자로 하여금 멈추게 하여 저편이 맞서는 것을 기다려서 이쪽이 친다. 혹시 도망치던 적이 느닷없이 서 버렸을 때에, 뒤따르던 이편이 멈출 수가 없게 되면 적의 바른쪽을 그대로 지나쳐서 앞으로 가서 친다. 구경꾼들이 많을 때는 구경꾼을 앞에 둔다. 넘어진 적을 칠 때는 머리가 아니면, 왼쪽 편부터 친다. 밤에 불은 왼편 두 자쯤 뒤에 둘 것. 방안에 불이 켜 있을 때에는, 짐 같은 것을 운신(運身)에 불편한 곳에 두었다가, 불을 끈 후에 자기한테 편리하도록 놓을 것이다. 길은 되도록 돌아가고, 여름에는 그늘을 걷고, 겨울엔 인적이 드문 응달을 걸을 것. 밤엔 되도록 소리 없이 걸어야 한다—."

길동이가 눈이 푹 패이도록 고된 수련을 쌓고 있을 때면 옥녀는,

"도사님, 저녁 진지."

하여 황산 도사는 불러가면서도 길동이는 붙잡는다.

"선비님, 여기 선선한 나무 밑에서 잠깐 쉬었다 가요."

"여기서 쉬느니 보다 우물물이나 끼얹는 편이 더 시원하지 않겠어?"

"제가 잠깐 쉬었다 가자는 게 그렇게도 싫으셔요?"

또 강짜구나, 하고 생각하는 길동이는 하는 수 없이 옥녀 곁에 와 앉으며,

"옥녀같은 귀여운 아가씨 곁에 앉는 일을 어떤 놈이 싫다겠나."

"그렇죠. 자고로 영웅호걸은 여색을 즐긴다고 했거늘."

좀해서는 여느 여자들처럼 얼굴을 붉힐 아가씨가 아니다.

"아무리 생각해 봐도 옥녀는 남자로 태어났어야 했을 걸."

"그래도 저는 여자로 태어나서 다행인 걸요."

"그건 또 왜?"

"선비님의 아내가 될 수 있으니 말에요."

농인지 진정인지는 알 수 없으나 너무나 대담한 말이었다.

길동이도 그 말에는 정색한 얼굴이 되어,

"나는 일생 아내를 안 얻기로 한 사람이야."

"알았어요. 이미 약속한 아가씨가 있다는 말이군요."

길동이는 숨길 일도 아니라고 생각했던지,

"그렇다고도 말할 수 있겠지."

"그렇다면서 일생 아내를 안 얻기로 했다는 것은 더 우스운 이야기 아니어요?"

"그래도 그런 사정이 있는 걸."

길동이는 어디까지나 정색한 얼굴인 채 대답을 했다.

"그렇다면 대갓집 따님에게라도 눈독을 들였던 모양이군요. 그래서 담을 뛰어넘어 규수방에 들어가다가 들켰거나, 수상한 글발을 적어 머슴애한테라도 쥐어 보내다가 그 집 대감님한테 들켰거나, 그렇죠?"

"글쎄……."

"정말 그런가보죠?"

"난 담 같은 것을 뛰어넘은 일은 없어."

"그래요?"

"그 아가씨 편에서 도련님 아니면 못산다고는 했지만."

"어마, 저런 거짓말."

대가의 규수라면 외간남자는 좀체 대하기 어려운 법이다.

"그 아가씨가 어디서 선비님을 봤기에 사느니 못 사느니까지 했단 말예요."

옥녀에게는 아무렇게나 지어낸 말로만 들리는 모양이다.

"이야기하자면 내가 열두어 살 됐을 그때로 시작되지만—."

"아주 옛날이야기구먼요."

"그렇지, 우리 이웃에 열 살쯤 난 계집애가 있었어—."

"그래서 그 어린 계집애하고 벌써 눈이 맞았단 말이어요?"

"가만히 듣고만 있어요. 그 아가씨와 알게 된 시초를 이야기하는 것인데."

"그럼 그렇겠죠. 여남은 살에 아무리."

"그때는 아가씨의 부친도 하찮은 벼슬에 있던 때라—."

"선비님네와 별로 층이 지지 않았단 말이죠."

"아니지, 가문으로 친다면 그때나 지금이나 우리가 훨씬 양반이라 할 수 있겠지."

"그렇다면 이야기의 앞뒤가 맞지 않는데, 아무튼 다 이야기해 봐요."

"옛날부터 남녀칠세부동석이라 하지 않았어? 그것을 우리는 어린 소견에 한 뜰 안에서 늘 같이 놀았단 말요."

"어떤 놀음을 하면서 놀았어요?"

"옛날이야기며 술래잡기."

"각시놀인?"

"그것도 했지."

"선비님은 아버지고 그 아가씬 어머니?"

"옥녀도 그런 놀음을 많이 했겠지."

"몰라요."

눈을 흘기고 나서 옥녀는 다시 앞을 재촉했다.

"그로부터 거진 십 년, 아가씨의 부친도 지금은 상당한 벼슬까지 기어올랐단 말야."

"선비님네의 혼삿말을 뜽기기까지?"

"꼭 그런 것은 아니지만, 비슷하기야 하지."

"그래도 이상하지 않아요. 그때나 지금이나 선비님네가 훨씬 양반이라면서."

"나는 재상가 천첩소생, 이 사회에서는 뉘 집 서딸이나 아내로 맞아야 할 신분이야."

"어마!"

옥녀는 짧게 외마디 소리를 질렀다. 그러나 다음 순간,

"알았어요 알았어요. 선비님은 역시 우리 편이어요. 내 편이어요."

길동이 가슴에 몸을 던져,

"선비님, 선비님!"

마구 흔들어댔다.

옥녀의 두 어깨를 토닥거려주는 길동이의 눈에는 어느덧 축축한 이슬이 빛났다.

적굴답사(賊窟踏査)

　농민들은 아침에 일어나 기지개를 켜기 전에 비가 오나, 안 오나 하고 온몸이 귀가 되어 듣는다. 방문을 열고 하늘부터 쳐다본다.

"오늘도 또 비군."

하는 날과,

"오늘도 또 가물 모양이야."

하는 날과—농민들이 아무리 애써 보아도 장마가 계속되지 않으면 내내 가물기만 하고, 하늘은 무정하기만 했다.

　보리밭에는 잡초가 보리만큼이나 자랐고, 끝내는 보릿대가 잡초한테 억눌려 이삭이 여물지도 못한 꼴로 서 있었다.

　콩도 잎새만은 제법 싱싱해 보였지만 콩알은 쭈글쭈글 크다 말았고, 호박은 불량소년처럼 애호박 때에 벌써 밑둥이가 썩어버렸다.

　우물물은 밑이 드러나 흙물이 몇 바가지 고여 있을 뿐.

　그러다가 비가 계속되었다. 개울물이 넘쳐버렸다. 보리밭에 물이 들고, 콩은 떠내려가고, 벼모는 흘러내린 흙과 자갈 밑에 파묻혀버렸고, 며칠 전만 해도 비를 기다리다 못해 지친 만물이 지금엔 어이없어 하면서 물에 흘러 내려가고만 있었다.

　농민들은 정신적으로나 육체적으로나 어지러울 뿐이다. 저주와 절망으로 모든 힘을 잃고 말았다. 굶주린 뱃가죽을 안고, 어른 아이 할 것 없이 눈이 퀭해 가지고 빗발을 보고 있을 뿐이다.

　그런 중에서도 아낙네와 닭들만은 울부짖기도 하고 소리치기도

하고—그러면서 황소가 팔려 나가고, 밭뙈기가 남의 손으로 넘어
갔다.

호미도 삽도 빨갛게 녹이 슬고 말았다.

그렇건만, 백성의 어버이이신 대궐 안의 상감님이나 감사(監司)·부
사(府使)가 그들 보리밭의 비참한 꼴을 알아줬을까. 기운 없는 아이
들의 배고픔을 알아줬을까. 어림도 없는 이야기다.

상감 광해(光海)는 부왕인 선조(宣祖)를 시살하고 형님과 아우님
을 죽였으며, 모후 (母后)를 폐출(廢出)한 후, 다시 허무맹랑한 지관
(地官)들의 말을 믿어 선조의 능(陵)을 파서 다른 곳으로 이장(移葬)
했다. 술수(術數)한다는 자들이 원 자리에 능이 있었다가는 광해의
몸에 해롭다고 충동질을 했기 때문이다. 그 뿐인가, 색문동(塞門洞)
에 왕기(王氣)가 있다는 말을 듣고 아우님인 정원군(定遠君)의 궁을
빼앗아 그 근방에 있는 민가 수 천 호를 부수고, 승군(僧軍)과 민부
(民夫)를 풀어 색문(塞門) 안에 대궐을 지었다. 그리고 자기가 거기에
가서 거처했으니, 그 왕기를 자기가 누리자는 뜻에서였다.

이런 혼군(昏君) 아래에는 으레이 못된 신하들이 들끓는 법이다.
그들은 출세를 위해 별별 짓을 다 하는 법이다.

그러므로 못된 놈, 아부 잘하고 모함 잘하는 놈은 두 팔을 휘두르
고 다니면서 이른 바 출세를 했다. 그 한 예로서 이충(李冲)이란 자
는 잡채(雜菜)를 바쳐 호조판서(戶曹判書)가 되었고, 한효순(韓孝純)
은 산삼(山蔘)을 드리고 우의정(右議政)이 되었다.

나라 정사가 이 꼴이니 수해(水害)와 한발(旱魃)에 시달린 백성들
이 옳은 생활을 꾸려 나갈 수 있을 리가 없었다.

오늘은 이천(利川) 장날인 모양이다. 어디나 굶어 죽는다는 소리
가 들려도 장터엔 사람들이 붐빈다. 하기야 조상을 모시는 뫼를 팔

아서라도 양식은 사 먹어야 할 판이니 그럴 수밖에 없으리라.

노인 하나가 무명 적삼에 무엇을 분주히 감추면서 장거리를 빠져 나왔다. 그 뒤로 젊은 장군이,

"할아버지 나 좀 봐요."

하고 소리치며 따라 나왔다. 그러나 노인은 그 소리를 못 들었는지 분주히 걷기만 했다. 아니 그 소리에 당황한 얼굴이 된 것을 보니 못 들은 것은 아닌 성싶다.

"저 늙은이, 찾는데 왜 가요?"

젊은 장군이 다시 불렀다. 그래도 영감은 가기만 했다.

"저 늙은이 봐라."

보부상은 달려와서 늙은이의 어깨를 잡아챘다.

"부르는데 왜 모르는 척해."

"나를? 왜 그러시우."

"왜 그러시우가 뭐야. 지금 장판에서 뭘 훔쳤어?"

"훔치긴, 내가 뭘."

"안 훔쳤다고? 그래 안 훔쳤단 말이지?"

젊은 장군은 불시에 손을 내밀어 촌 영감의 앞자락을 잡으려고 했다. 촌 영감은 앞자락을 움켜잡고 한 발자국 뒤로 물러섰다. 이미 똥빛이 된 얼굴이다.

"이 도둑놈아."

고함소리와 함께 젊은이의 주먹이 날아들었다. 촌 영감은 한편 귀쪽이 떨어져 나가는 것 같은 아픔과 따가움을 느꼈다. 귀가 멍멍해지면서 그제는 절망과 암흑으로 뭐가 뭔지 알 수 없게 되고 말았다. 반사적으로 한 손으로는 앞자락을 움켜쥔 채, 한 팔을 휘둘러 도망치려고 했다. 그러나 먹살을 쥐어 잡힌 늙은이는 땅에 푹 쓰러졌다. 한 길의 집이 자기한테 무너져 오는 것만 같다. 어느덧 사람들이 모

여 들었다.

늙은이는 겁에 질린 나머지,

"사람 살려요."

하고 소리쳤다.

"사람 살리라구? 이런 늙은 놈이 어딨어?"

사정없이 마구 차고 치는 바람에 촌 영감의 무명 적삼 밑에서 홍합꼬치가 우르르 떨어졌다.

그러자 양쪽으로 사람들의 그림자가 막아서고, 앞으로는 튀어 나올 듯한 눈초리가 달려들고, 여러 사람들의 손이 얼굴에, 잔등에— 촌 영감은 그만 숨이 꺼져 갈 듯했다.

"사람 살려요. 잘, 잘못했어요!"

두 손으로 머리를 감싸쥐고 겨우 소리쳤다.

"그만해서. 용서하세요."

하고 젊은 소리가 들렸다. 촌 영감은 흙과 피와 아픔의 범벅이 된 상태에서 어렴풋하게 그 소리를 들었다.

"건방진 수작 말아."

하고 사나운 소리가 반박했다.

"불쌍치도 않소? 노인이 남의 물건을 훔친 거야 잘못이지만 도둑질이라도 하지 않으면 먹을 것이 없으니 그것도 딱한 일이 아니오?"

이런 젊은이의 소리를 에워싸고, 사람들의 욕지거리와 시비를 가리는 소리가 들끓어댔다.

촌 영감은 굶주린 손자 녀석의 눈물로 얼룩진 얼굴과, 꼬치꼬치 마른 마누라를 생각하면서 손과 발을 오므리고 쓰러진 채 가만히 눈물을 흘리고 있었다.

머리 위에서의 욕지거리와 시비는 마침내 촌 영감에게 동정한 젊은이한테로 옮아 간 모양이다. 그렇다고 촌 영감은 그것을 고맙게 생각하는 것도 아니었다. 그저 될 대로 되라는 마음으로 이글거리는 뜨거운 태양 밑에 아까 그대로 쓰러져 있을 뿐이었다. 그러면서도 눈만은 가느스름히 뜨고 사람들의 움직임을 보고 있었다.

사람들의 발의 혼잡한 움직임 속에서 젊은이의 발만은 무예(武藝)의 소양이 엿보이는 여덟팔자로 확고하게 서 있었다.

"저놈의 대가리를 까줘라."

"몽둥이 맛 좀 보여줄까."

장터 사람들의 입과 발은 함께 나불거렸지만, 버티고 서 있는 젊은이의 위압에 눌리는지 섣불리 덤벼들지는 못하는 모양이었다.

촌 영감은 자기의 존재가 완전히 사람들의 관심 밖에 난 것을 알자, 땅에 떨어진 홍합꼬치 몇 개를 재빨리 적삼 밑으로 쑤셔 넣었다. 그리고는 슬금슬금 기어가다가 논두렁길로 숨어버렸다. 그는 지금 곧 죽어도 좋으니 적삼 밑의 홍합을 먹는 손자 놈의 얼굴을 보고 싶다고 생각했다. 그러면서 땅 위에 그냥 흩어져 있을 홍합꼬치가 눈앞에서 떠나지 않았다.

촌 영감이 그 자리에서 없어진 후에도 장터 사람들은 괜히 죽이느니 살리느니 하며 젊은이를 에워싸고 있었다.

싸움질을 좋아하는 장돌림패들은 돌팔매질을 할 모양으로 돌을 줍고 있었다.

한 사람에 여럿—젊은이도 이제는 어쩌는 수 없이 몽둥이를 들어 대적할 수밖에 없게 되었다.

그때다.

"소나기가 막 몰려오는데 무슨 싸움질이야."

처녀 하나가 사람들 속으로 뛰어들었다. 얼굴이 까맣게 탄 처녀다.

살기등등했던 사람들의 머리가 일제히 처녀한테로 돌려졌다.

"저기서 소나기가 와요."

사람들은 무슨 암시나 받은 듯, 싸움질하던 것도 잊고 처녀가 가리키는 쪽을 쳐다봤다.

"어딜 보고 있는 거예요? 저 산봉우리 저쪽 하늘을 보란 말예요."

처녀는 눈알을 반짝거리며 여러 사람들을 꾸짖듯이 말했다.

"산을 보라는 게 아녜요. 산에야 나무가 있죠. 그 산 위를 보란 말예요."

사람들의 눈은 산이랄 것도 없는 북쪽의 언덕받이 쪽을 쳐다보고 있었다.

"구름이 보이죠? 소대가리 같은 구름이. 봐요 점점 커지지 않아요?"

처녀가 그런 말을 할 즈음에는 벌써 바람이 불기 시작했다. 그 바람이 강해지면서 여기저기서 구름이 뭉글거려 삽시간에 구름이 하늘을 덮고 말았다.

"하늘에서 눈을 떼면 안 돼요. 저 봐요. 먹구름이 비바람이."

그렇게 보아 그런지 바람은 어느덧 물기에 젖어 몸에 선뜻한 것만 같았다.

"눈길을 돌리면 안 돼요."

처녀는 사람들의 시선을 하늘가에 못박아 놓고,

"봐요, 이 비바람소리, 여기 버들가지가 춤을 추는구먼요. 버들을 보라는 게 아녜요. 하늘만 보고 있어요. 빗방울이 떨어지기 시작했지요."

빗방울이 뚝하고 누구의 목덜미엔가에 떨어졌다. 사실은 목덜미에 파리라도 붙었던 모양이다. 그것을 빗방울이라고 생각한 모양으로,

"소나기다!"

"아니 아니, 소나긴 이제 곧 와요. 천지가 맞붙도록 쏟아져요."

사람들이 많이 모인 자리에는 꼭 쉽사리 암시에 걸리는 정신력이

허약한 자가 한둘은 섞여 있는 법이다. 그 한두 사람의 동요가 곧 군중화(群衆化) 되는 수가 많다.

여기서도 젊은 농사꾼 하나가 이제 곧 소나기가 오기를 바라는 기대와 긴장을 못 이겨 머리를 감싸 안고,

"비가 온다!"

"소나기다!"

소리치자, 사람들은 일시에 떠들썩해졌다.

"소나기야."

그들 머리 위에 대통 같은 빗발이 사정없이 내리퍼부었다.

뛰어 달아나는 자, 한 그루만 서 있는 길가 버드나무 밑으로 웅크리고 들어와 앉는 자, 물론 하늘에서는 비 한 방울이 떨어질 리 없다. 이리저리로 뛰어 달아나는 사람들의 눈망울만이 몽유병자(夢遊病者)처럼 퀭할 뿐이다.

하늘은 좀 전이나 조금도 다름없이 푸르렀다. 무더운 태양이 머리 위에서 내리누르고 있었다. 그런데도 난데없는 소나기가 온다고 사람들은 뿔뿔이 흩어지고, 그 자리에는 소나기가 온다고 먼저 소리치던 처녀의 모습도 보이지가 않았다.

그럴 수밖에 없었다. 그 처녀는 홍합을 훔친 촌 영감의 싸움을 가로 맡았던 젊은이와 이천 장거리에서 두 마장이나 떨어진 산 밑을 사이좋게 걸어가고 있었던 것이다.

"소나기가 온다고 사람들을 홀리게 한 것도 황산 도사님에게 배운 술법인가?"

젊은이가 물었다.

"누구한테 배웠건 어서 길이나 걸어요."

처녀는 약간 샐쭉한 얼굴이다.

"내가 남의 싸움에 공연히 나섰다는 것이지?"

"그렇지 않아요. 그 때문에 이천 장거리에선 점심도 못 먹게 되고."

"그렇지만 그 영감도 불쌍하지 않아."

"누가 불쌍하지 않다나요. 그렇지만 그런 영감을 일일이 동정하다가는 하루에 십 리 길도 못 걷는다는 거지요."

"뭐 바쁜 길이라구."

"그래도 일 년 동안에 팔도강산의 산적을 두루 만나보겠다는 사람이 그렇게 딴전을 부려서 될 것 같아요?"

"아가씨가 그런 술법도 갖고 있는데 이런 일쯤 무슨 걱정이야."

"사람을 그만 놀려요."

"하여튼 소나기 오는 술법엔 정말 놀랐어. 나도 꼭 비가 오는 줄만 알았으니."

"에구, 그런 술법에 홀릴 사람이 저러구 있게."

"아니 정말이야."

"정말은 뭐가 정말이에요? 그보다도 여자가 홀릴 것 같으면 자기도 홀린 척 좀 해 봐요. 그것이 남자랍니다."

처녀는 고운 눈매를 들어 젊은이에게 익살을 피워 흘겼다.

이 처녀야말로 옥녀요 젊은이는 물론 길동이다.

그들은 그들의 말대로 팔도강산에 널려 있는 산적들을 하나하나 만나려고 길을 떠난 것이다. 산적에는 백성을 돕는 의적도 많았으나 그와 반대로 몰인정한 산적도 많았다. 그러한 산적을 의적(義賊)으로 바로잡기 위해서였다.

"선비님 배 속에서 쪼르륵거리는 소리가 나네요."

옥녀가 조롱대듯 말했다.

"아닌 게 아니라 시장도 좀 하구만."

"하는 수 없지요. 자기 때문에 점심을 굶게 됐으니."

옥녀는 이천서 싸움한 탓을 또 끄집어냈다. 길동이는 첩첩산중인

사방을 둘러보며,

"여주까지나 가야 점심 먹을 데가 나설 걸."

"그럼 난 어떡하라는 거예요?"

"배가 고파서 못 걸을 지경이면 내가 업어주지."

"정말이에요?"

정말이라면 옥녀는 금방이라도 풀숲에 주저앉을 모양새다.

길동이는 속으로 좀 미안하다고 생각했던지, 인적이 드문 산 밑의 밭고랑에서 풋콩을 사르고 있는 십팔구 세의 더벅머리 머슴을 보고,

"그것 좀 얻어먹을 수 없니?"

문자 더벅머리는,

"드리지요."

자기 옆으로 오라는 듯이 자리를 비켜 보였다.

"그럴 것 없이 한두 대만 주렴. 길을 가면서 먹을 테니."

길동이가 손을 내밀면서 받으려고 하자,

"배가 고픈 모양이군요. 그렇다면 여기 토끼다리도 있으니 불에 구워 먹어요."

더벅머리는 그런 말을 하고 옆에 있던 활을 들고 일어나 가버렸다.

"저는 안 먹고 이걸 우리더러 다 먹으라는 거지요?"

"그렇기 말야. 보매 사냥으로 사는 소년인 모양인데, 참 이상한 녀석이군."

옥녀는 연기만 맵싸하게 감도는 불꽃에 토끼다리를 구우면서,

"그것도 선비님 복이지 뭐에요."

눈웃음을 쳤다.

그날 밤, 해가 지고 밤이 되었는데도 인가는 나타나지 않았다.

"뭐이 이런 무인지경일까요."

옥녀가 그만 울상이 됐을 때야 앞턱에 불빛이 반짝였다.

"오늘 밤은 저 집에나 가서 신세를 져야겠군."

길동이도 그제야 마음이 놓였던지 걸음이 가벼워졌다.

그러나 불빛이 반짝이는 그 앞까지 막상 가보니 그것은 집이라기보다는 움막이었다.

길동이가 묵어가기를 청하자 안에서 목소리만이,

"이곳은 누추해서 당신들이 묵어갈 곳이 못 되니 좀 더 가 보시오. 객점이 있을 테니."

하고 거절했다.

"누추해도 좋소. 먼 길을 걸어오느라고 피곤해서 더 갈 수가 없으니, 하룻밤만 껴 서서 자도록 해주오."

"정 그러시다면."

하고 문을 열고 내다보는 것이 뜻밖에도 낮에 콩을 사르다 훌쩍 자리를 뜬 그 소년이었다.

"아저씨들이었군요."

소년도 반가웠던지, 두말없이 손님들을 맞아들였다. 움막 안은 세 사람이 겨우 누울 수 있는 좁은 방이었다. 등잔불에 타는 짐승 기름 냄새가 매캐하니 코를 찔렀다.

"야단났군요. 손님들은 받고도 대접할 저녁이 없으니."

"점심도 얻어먹었는데 저녁까지 또 얻어 먹을 수야 있겠니. 먹고 왔으니 걱정 말아."

"그래요. 그러면 하룻밤만 고생하셔요."

잠자리를 채비해 주었다. 벽에 활통이 걸려 있는 걸 보니, 이 소년은 이곳에서 혼자 사냥으로 사는 모양이다.

길동이가 코를 골다 문득 눈을 떠 보니 소년은 언제 일어났는지 불을 켜 놓고 칼을 벅벅 갈고 있었다.

"저놈 봐라."

길동이는 눈이 휘둥그레졌다. 그러나 옆의 옥녀는 아무 것도 모르고 색색 잠깐 자고 있었다. 칼 가는 소리에 귀를 기울이고 있던 길동이는 별안간,

"너 거기서 무얼 하니?"

하고 물었다. 소년은 태연스럽게,

"칼을 갈고 있어요."

"칼은 무엇 하려고 이 야밤중에?"

소년은 그제야 칼을 갈던 손을 멈추고 길동이에게 얼굴을 돌려,

"내가 칼을 갈고 있으니까 이 칼로 선비님을 어떻게나 할 것처럼 생각하시는 모양이군요."

하고 웃었다.

"그럼 무슨 일로 야밤중에 칼을 갈고 있나?"

길동이는 무슨 딴 이유가 있는 모양이라고 생각하면서도 그렇게 물었다.

소년은 다시 웃으며,

"선비님은 보기보다 겁보군요."

"내가 겁보라구?"

길동이는 부러 눈을 부릅떴다.

"겁보뿐만 아니라 눈치도 없어요."

소년은 무서워하기는커녕 한 술 더 떠서 말했다.

"그러니 바보란 말이구나."

"선비님이 정말 그렇게 생각했다면 그렇달 수밖에 없지 않아요."

"어째서?"

길동이는 소년의 말에 흥미를 느낀 모양이다.

"그렇지 않구요. 내가 선비님과는 처음 보는 사인데 무슨 원심이 있어 죽일 생각을 하겠어요. 선비님의 봇짐이나 탐내서요?"

"……."

길동이가 할 말이 없어 웃자 소년은 다시,

"설혹 봇짐이 탐이나 죽일 생각을 했다고 해도 미련스럽게 불을 켜 놓고 칼을 갈고 있겠어요. 우리 집엔 선비님을 해치울 창도 있고 활도 있는데 말이에요."

"그럼 무슨 일로 자지도 않고 칼을 가니?"

"그것도 손님들 때문이지요."

"나 때문에?"

"그렇지요. 내일 아침 두 분의 아침을 지어 드리려 해도 찬거리가 없어 새벽에 사냥을 나가려고 칼을 갈고 있는 거예요."

"그럼 짐승은 그 칼로 잡니?"

"짐승이야 활로 쏴서 잡지만, 큰 멧돼지라도 잡게 되면 칼이 필요하니까요."

"네가 활로 멧돼지를 잡아?"

"멧돼지뿐만 아니라 범도 만나기만 하면 잡지요."

"그런 말하는 걸 보니 활엔 대단한 자신이 있는 모양이구나."

"뭐 대단하달 건 없지만, 내가 자랑할 건 그것 하나지요."

"그렇다면 날이 밝는 대로 같이 사냥을 가서 활쏘기 내기나 해볼까."

길동이는 이 소년의 활솜씨가 어느 정도인지 알고 싶어 이런 말을 했다.

"내기요?"

"왜 싫은가?"

"싫은 건 아니지만, 내기에 걸 물건이 없으니 말이지요."

"그건 나도 마찬가지야. 내기에 걸 만한 물건이 없으니 우리 이렇게 해보자. 활쏘기 해서 네가 이기면 내가 네 하인이 되고 네가 지면 내 사동이 되기로."

더벅머리 소년은 그 내기가 싫지 않은 모양으로,

"그럽시다."

하고 대뜸 대답했다.

이리하여 그날 새벽 길동이와 더벅머리 소년은 자는 옥녀를 혼자 두고 뒷산으로 사냥을 갔다.

그들이 얼마쯤 걸어 산 밑에 이르렀을 때, 느티나무에 앉았던 까투리 한 마리가 그들을 보고 놀라 푸드득 날았다.

"선비님, 저 날아가는 꿩을 제가 먼저 맞혀 볼까요?"

"나는 꿩을 맞힌다는 거지?"

길동이는 부러 놀란 얼굴을 했다.

"그럼 선비님은 그만한 솜씨도 없이 저와 활쏘기 내길 걸었어요?"

소년은 싱글싱글 웃어댔다.

길동이는 여전히 시치미를 떼고,

"네게 정 그런 재간이 있다면 한 번 맞혀 보아."

"그럴까요."

소년은 날쌔게 무릎을 꿇어 활을 메워 시위를 당겼다.

"핑—."

바람을 찢는 소리가 나며 화살은 꿩을 따라가다 푹 꽂히며 땅으로 떨어졌다.

"과연 명수로구나."

길동이는 입을 쩍 벌려 감탄했다.

"이번엔 선비님이 맞혀 보셔요."

소년이 길동이에게 활을 내밀자,

"나도 나는 새를 맞혀야 하니?"

"그럼요."

그러나 길동이는 활을 받는 대신 소년이 잔등에 멘 활통에서 화살을 뽑아들어 앞에 있는 바위를 향해 던졌다.

그 순간 바위에서 으르릉 하는 소리와 함께 이마에 활을 맞은 호랑이가 굴러 떨어졌다.

"내 솜씨도 무던하지?"

길동이가 껄껄 웃었다.

소년은 잠시 호랑이가 쓰러진 쪽을 멍청하니 보고 있다가 급기야 길동이 발밑에 엎드리며,

"제가 선비님을 몰라 뵌 것이 부끄럽습니다."

"그럴 것 없어. 그런데 누구에게 그 활 쏘는 법을 배웠나?"

"제 부친이 어렸을 때부터 사냥에 데리고 다니며 배워주었습니다."

"그 부친은 지금 무얼 하고 있니?"

"지난 가을에 바로 저 호랑이에게 물려 돌아갔습니다."

"저 호랑이에?"

"예, 제가 이 산에서 혼자 사는 것도 저 호랑이에게 원수를 갚기 위해서였어요. 그런데 뜻하지 않게 선비님이 원수를 갚아 주셨어요."

"그렇다면 이젠 이곳에서 살 필요가 없겠구나."

"그렇지요."

"그럼 나와 같이 가서 칼 쓰는 법을 배울 마음 없니?"

"정말인가요?"

소년이 반색을 하자,

"그 대신 내 말은 절대로 복종해야 한다."

"예, 무슨 말이든 듣겠어요."

둘이서는 호랑이 가죽을 벗겨 가지고 산에서 내려왔다.

옥녀는 조반을 지어 놓고 그들을 기다리고 있었다.

"옥녀, 우리들의 동행이 또 하나 생겼어."

옥녀는 그 말뜻을 이내 알아차리고,

"저 총각도 우릴 따라간다는 건가요?"

"옥녀한테 칼 쓰는 법을 배우겠다는 거야."

그러자 소년은 불만인 듯,

"난 선비님한테 배우겠다고 했지, 저 아가씨한데 배우겠다진 않았어요."

길동이는 웃으며,

"사실은 저 아가씨가 내 선생이란다. 나도 저 아가씨에게서 칼 쓰는 법을 배웠으니."

이 말을 옆에서 듣고 있던 옥녀가,

"너를 뭐라고 불러야 하니, 칼 쓰는 법을 배워 주려면 이름이나 알아야지."

하고 소년에게 물었다.

소년은 자기가 놀림감이나 된 것 같은 얼굴인 채 무뚝뚝하게,

"바위라고 불러요. 아가씬 뭐라고 불러요?"

"누님이라고 하렴."

"싫어요. 누나라고나 할 테요."

"그래 보렴. 검술을 제대로 배워주나."

"안 배워줘도 좋아요. 난 선비님한테 배울 테요."

"아무렇게나 하렴."

옥녀는 그러면서도 귀여운 소년이라고 생각했다.

그날도 셋은 온종일을 걷고 어느 늦가에 이르러 시원스레 미역을 감고 있을 즈음 앞마을 비단골에서는 처참한 화적떼의 행패가 벌어지고 있었다.

어린 아이가 울고 여자들의 비명이 계속된다.

"이 놈이 뉘 앞에서 감히 항거를 해!"

벼락 치는 소리와 더불어 '어이쿠' 하고 쓰러지는 그림자. 약탈이 시작된 한 모퉁이에서는 벌써 불길이 오른다. 불길은 순식간에 온 마을에 번지며 화적들 마음을 더욱 잔인하게 해준다. 그들은 이미 여러 번의 경험으로 어디를 찾으며는 뭣이 있고 어디를 뒤지면 뭣이 나온다는 것을 잘 알고 있었다. 재빨리 집뒤짐을 해서는 닥치는 대로 메고 온 자루에 처넣었다. 비단골은 약 오십 호 되는 호구로서, 한 집에 힘을 쓰는 장정이 두 명이라고 쳐도 백 명이라는 전투력이 있는 셈이다. 그렇건만 겁을 집어먹은 두메 사람들은 서른 명도 될까 말까한 화적떼에 꼼짝을 못하고 일을 당하는 판이었다. 그래도 흉측한 그놈들한테 아내며 딸이 겁탈당하는 것을 눈앞에 보고 제 정신이 아닌 채 덤벼들었다가 사정없는 칼바람에 목숨을 잃은 자만도 대여섯이 되었다.

마을 사방으로는 말을 탄 망지기가 서 있었다. 그것으로 보아 이들은 분명 문수봉 (文繡峰)의 화적패들이다. 그렇다면 목테에 흰 줄이 간 말을 탄 자가 괴수 최학성에 틀림없었다. 나이는 마흔이 가까웠을까, 눈썹이 곤두섰고, 안광(眼光)도 매눈같이 날카로웠다. 어디서 굴러들어온 자들인지는 알 수 없으나, 얼마 전부터 문수봉에 자리잡고 인근 주민들을 괴롭혀 오던 터였다.

괴수 최학성은 불꽃을 튕기며 타오르는 초가집이며 울부짖는 마을 사람들, 또한 필사적으로 버둥거리며 엎혀 오는 여자들의 모습을 만족한 듯이 바라보며,

"두목, 양식이요."

"꽃 같은 공주님이요."

날도둑 부하들이 아뢰는 소리에 일일이 머리를 끄덕이고 있었다.

그때 또 다른 두 놈한테 거의 실신하다시피 된 처녀 하나가 끌려왔다. 비단골에서도 제일 예쁘다는 곱단이다.

"두목, 이년은 어떻소?"

"낯짝을 쳐들어 보여라."

"이년아, 두목님이 선을 보자신다."

우락부락한 손들이 치켜든 박꽃 같은 곱단이의 예쁜 얼굴을 보자, 최학성은 단번에,

"그년을 내 말에 올려라."

이미 끌려온 서너 명의 여자의 존재는 잊어버린 듯 자기 말을 가리켰다.

돈 나가는 물건—이라 해도 양식과 여자들을 말에 실은 화적떼는 덤비는 일도 없이 천천히 발길을 돌렸다. 최학성은 말머리에 비스듬히 올려 앉힌 곱단이의 부드러운 감촉을 즐기며 산모퉁이를 돌아가고 있었다. 그 뒤에 계속되는 몇 놈도 여자를 하나씩 차고 있었다.

산모퉁이를 돌아서자 늪이 나섰다. 앞서 가던 망지기 두 명이 별안간 말을 세웠다.

"거기 자빠져 있는 이 녀석아, 넌 웬 놈이냐?"

하나가 소리치자 하나는 창을 고쳐 들었다. 늪가 버드나무 밑에 웬 사나이 하나가 천하태평으로 팔베개를 벤 채 낮잠을 자고 있던 것이다.

"일어나!"

창끝을 얼굴 위에 바짝 대고 다시금 소리쳤다. 사나이는 잠을 자고 있는 것도 아니련만, 코끝을 선뜻하게 하는 창바람에도 놀라는 빛이 없이 움직이지를 않았다.

"이놈, 안 일어날 테냐?"

창 가진 자가 또 한 번 창대를 휘둘러댔다.

그제야 뒤미처 오던 일행도 말을 몰아 무슨 일이냐 싶은 얼굴로 모여 들었다. 그래도 늪가에 드러누운 사나이는 꼼짝을 안 했다.

"좀 모자라는 녀석 아니야?"

적괴도 목을 꼬았다. 사나이가 자지 않는 증거로는,

"하나, 둘, 셋……."

하고 말의 수효를 세고 있지 않는가.

"이 녀석이……."

적괴는 창을 가진 망지기에게 찔러버리라는 눈짓을 했다.

창끝이 번쩍하고 사나이의 가슴을 내리 찔렀다. 그러나 어찌된 영문인지 첨벙 하고 늪에 가 처박힌 쪽은 창 가진 망지기였다.

한편 사나이는 늘씬하게 일어나 섰다. 그것을 본 망지기 한 녀석마저 눈이 뒤집혔던지 환도를 빼들고 정신없이 덤빈다. 그러나 그 자역시 늪에 처박혔을 뿐이다.

"모두 덤벼라."

사나이를 에워쌌던 적도들이 욱 덤비자,

"가만!"

적괴가 소리쳤다. 그리고는 사나이를 향해서,

"대단한 솜씨로군."

사나이도 맞대꾸로,

"단잠을 깨워줬으니 화도 날 만한 일 아닌가."

"왜 하필 이런 곳에서 자고 있었나?"

"잠이 왔으니 잤을 것 아닌가."

서른 명 가까운 화적떼와 마주 서 있으면서도 겁내는 빛은 조금도 없었다.

"으음……."

적괴는 그 대담한 사나이의 말이 마음에 든 모양인지,

"젊은이, 우릴 따라올 마음은 없는가?"

"산적이 되란 말이로군."

"우린 산적이 아니야. 의적(義賊)이야."

"하하……의적이라."

사나이는 눈길이 번쩍하면서 그들 옆구리에 차고 있는 여자를 비로소 보았다는 듯이,

"의적이라―나도 의적을 자처는 하지만, 그렇다고 입 가진 도둑이 저마다가 의적이던가."

"뭐라구?"

성미 급한 한 자가 도끼자루를 고쳐 쥐는 것을,

"가만 있어."

적괴는 한 손으로 막고,

"어쩔 텐가. 따라오려나, 안 오려나?"

적괴다운 위엄을 보이며 재차 물었다.

"글쎄 따라가 보는 것도 좋지만―."

"그렇다면 오래 생각할 것도 없지. 그런데 나는 문수봉의 최학성이야."

최학성이라면 알만도 하지 않느냐는 얼굴이다. 길동이는 가벼운 웃음을 짓고,

"나는 홍길동이라 하오."

자기도 통성을 했다. 그리고는 칡덩굴 밑에 숨어 있는 옥녀와 바위에게 손짓을 했다. 칡덩굴 밑에서 나타난 옥녀를 보자 산적들은 다시 한 번 놀랐다. 그러나 길동이는 그들의 동요에는 눈도 주지 않고,

"최 두령, 말머리에 늘어진 여자 말인데―."

"이 여자 말인가?"

적괴는 자기가 끼고 있는 곱단이를 히죽 웃으며 가리켰다.

"자네가 데리고 온 여자와 이 여잘 바꾸자는 소린가?"

"그런 쓸데없는 소린 말구."

길동이는 이미 명령조로 말했다.

"여자를 끌고 다니는 것은 화적떼나 하는 짓이지. 그러니 거기 끼고 가는 여자들은 놔줘요. 양민에 대한 행패는 절대로 해선 안 되니."

"뭐라고?"

부하들이 가만 있을 리가 없다.

"이 자식 봐라. 누굴 보고 하라 마라야. 이 녀석아, 희떠운 소리 말아. 목숨을 걸고 빼앗아 온 계집들을 놔줘? 마을은 뭣하자고 턴 거야? 마을을 습격해서 재물을 빼앗고 계집들을 메고 오는 것이 우리들의 일거리야. 그러니 너도 우리 패거리에 들어온 이상에는 우리들의 규칙을 따라야 하는 거야."

그렇다, 그렇고말고, 하는 얼굴들이 적괴 뒤로 포개졌다.

"그런가."

길동이는 천연스레 머리를 끄덕여 보이고는

"의적이라면서 저런 소리를 하고 있군."

적괴한테 따지듯이 웃고 나서,

"당신들은 산적이 아니고 의적이라 했지요?"

"그야 그렇지."

"그렇다면 같은 도둑질을 하면서도 의적이 왜 떳떳한지 그 이유도 물론 알겠지요?"

"흠—."

"양민을 괴롭혀선 안 되지."

"알았어."

적괴는 비위가 거슬리는 듯하면서도 하는 수가 없었던지 옆구리에 끼고 있던 곱단이를 땅 위에 내려놓았다

"자네들도—."

길동이는 다른 자들에게도 말했다.

"두령님의 본을 따야지."

그러나 순순히 말을 들을 리가 없었다. 모처럼 예까지 데려온 것을, 저런 건방진 놈 보았나 하고 웅성거리는 것을

"뭘 우물쭈물하고 있는 거야!"

길동이는 다시금 소리를 질렀다.

"난 싫다! 우리가 무엇 때문에 이런 위험한 짓을 하고 있는 거야. 산적은 뭐고 의적은 뭐야. 우리들 세계에는 오직 힘이야, 힘."

"그렇지."

"암, 그렇고말고."

"기어이 싫다는 거냐?"

"싫다!"

화가 치민 길동이가 졸개 하나를 번쩍 들어 돌멩이처럼 내동댕이치려고 하자,

"아, 아니에요."

졸개는 질겁을 하고 손을 모았다.

"너도 싫다던 놈 아니냐?"

"천만에요."

"너는?"

"아, 아니 그저 하라는 대로 합지요."

"네 놈은?"

"아, 아닙니다."

"그러면 이제부턴 내 말에 절대 복종할 테냐?"

"예."

길동이는 최 두령 앞으로 가서,

"최 두령의 의향은 어떻소?"

"어련하겠소."

"여자들은 놔줍시다."

"암, 말씀대로 하지요."

붙잡혀 오던 여자들은 모두가 놓여났다. 그것을 본 길동이는 비로소 미소를 짓고,

"자 그럼, 산채로 안내해 주시오."

"예, 예."

최 두령은 분주히 앞장을 섰다.

해인사(海印寺) 기습(奇襲)

.

　문수봉의 최학성 패에 섞인 길동이는 우선 양민을 괴롭히는 도둑질을 절대 금했다. 그러자 처음에는 도둑질해 먹는 놈이 무슨 경우를 찾느냐고 투덜대던 졸개들도,

　"하긴 배때기가 불러 터진 양반네를 털어야 먹을 것도 있지."

　"아니야, 서울 가는 봉물짐이나 한 번 털었으면 통쾌하겠네."

　"나는 그저 우리 마을의 마름녀석 모가지만 비틀어 빼놓으면 한이 없겠구면."

　제각기 한 마디씩 했다. 최두령이 가만히 듣고 있다가,

　"내가 평소에 꼭 한 군데 점찍어놓은 곳이 있는데요."

　길동이를 돌아보며 말했다.

　"그것이 어딘데?"

　"합천(陜川)의 해인사(海印寺)요."

　"석청대사가 주지(住持)로 있는?"

　"그렇지요. 그놈이 천하의 허풍장인데 어리석은 임금의 돈을 제주머니 돈 쓰듯 갖다 쓴다지 않소."

　석청대사의 소문은 길동이도 서울에서 들은 일이 있었다. 미신을 좋아하는 광해에 아첨해 지술(地術)을 압네 하고 색문 안 대궐을 짓게 한 것도 그요, 선조(宣祖)의 능(陵)을 파서 다른 곳으로 이장(移葬)하게 한 것도 다 그 자리에 능이 있었다간 광해의 몸에 해롭다고 충동질했기 때문이다. 그뿐이랴. 모후(母后)인 인목대비(仁穆大妃)를

서궁(西宮)으로 폐출하는 마당에도 그는 간악한 궁녀들과 짠 다음, 광해주를 저주하는 글을 써서 그것을 집에 싸서 여러 곳에 파묻었다가 도로 꺼내어 광해에 올리게 했다. 이런 요사스러운 짓을 해서 해인사에 부정한 재물을 끌어들인 자가 바로 석청대사다.

"그런 좋은 곳을 보아놓고서도 왜 여직 일을 꾸미지 않으셨소?"

"지략이 부족해서 망설이고만 있었지요."

"그렇다면 이번에는 기어히 성사를 시켜 봅시다."

"그곳에는 승군(僧軍)만 해도 여러 백 명이라 들었는데."

최두령이 머리를 꼬자,

"힘을 힘으로 대하려 해서야 무슨 일을 해 보겠소."

길동이는 묘책이 있는 모양으로 그저 웃었다.

다음 날 길동이는 바위만을 데리고 문수봉의 소굴을 떠났다. 청포흑대(靑袍黑帶)에 말을 탄 모습이 영락없는 재상가의 자제였다. 그의 전신(前身)을 알 턱 없는 졸개들은,

"홍두령은 무술만 능한 것이 아니라 기골도 양반 뺨치겠네요."

속없는 소리들을 하고 있었다.

"이만하면 중 녀석들두 속겠지? 내가 재상가 자제노라 하면."

"속고 말고 있어요? 그놈들의 눈이 눈인가요. 가문만 그럴싸하게 꾸미면 방아개비처럼 굽실거리는 녀석들인데."

"그럼 다녀오지. 동정이나 두루 살피고 올 테니."

"홍두령만 믿어요. 한 판 멋있게 쳐봅시다."

바위를 머슴처럼 꾸미고 절에 당도한 길동이는,

"이 절의 주승(主僧)은 누구요?"

아주 점잖이 수작을 걸었다. 그 위풍에 눌려 석청대사가 바삐 뛰어나왔다.

'궁덩이가 이렇게도 가벼워서야 천생 아부질 밖에 더 할 것이 있

어.'

길동이는 속으로 생각하며,

"나는 서울 홍판서댁의 자제 홍길동이요."

하고 통성을 하자, 당대의 세도가 홍판서의 이름을 듣고 놀란 석청대사는,

"소승은 석청이라 하오."

나랏님 앞에 나선 신하나 같이 황감무쌍한 모양으로 읍하고 서 있었다. 하기야 조정에 끄나풀이 달린 자들의 손으로 모든 것이 좌지우지되는 판이니, 일신의 영달에 눈이 빠진 석청대사가 재상가 자제의 호감을 사려는 것도 무리는 아니었다.

"대사의 고명은 나도 일찍이 전해 들었소."

"분에 넘치는 말씀이오이다."

길동이는 더욱 거만스레 턱을 쳐들어올리며,

"그런데 내가 오늘 여기 온 것은……."

"네, 네."

"얼마 동안 이 절에 묵으면서 글공부나 할까 해서 일부러 찾아왔지요."

"좋은 생각이십니다. 이곳은 경개 좋고 물 좋고 그래서 몸 보하시는 어른이나 글공부하시는 어른에겐 더 바랄 나위가 없지요."

"그보다도 대사께서 여러 모로 염려해 주셔야겠소."

"그거야 분부가 없으시다고 소승이 소홀히 할 일이옵니까."

대사는 연신 허리를 굽신거리며,

"이곳에서 잠깐 지체하실까요. 곧 거처하실 거실을 마련해 올릴 터이니."

"그럴 것 없소. 오늘은 그냥 둘러보기나 하고 가려는 거요."

길동이는 점점 더 턱을 쳐들어보이며,

"나도 손 없는 날을 택해서 이리로 오도록 하지요. 이사도 손 없는 날에 해야 좋다고들 하지 않소."

사나이 대장부가 미욱스러운 소리를 했으나,

"헤헤, 어르신네께선 별걸 다 아십니다. 그럼 어느 날로?"

"이번 열 아흐레가 어떻겠소?"

"열 아흐렛날요? 좋습지요. 그럼 그날로 기다리고 있겠습니다."

대사는 어디까지나 재상가 자제의 비위를 맞추느라고 두 손을 비비대고 있었다.

다시금 길동이가,

"그런데 내가 대사의 호의를 입으면서 초면치레도 못 해서야 쓰겠소. 그러니 이제 곧 돌아가 쌀 스무 석만 보내도록 하지요."

대사의 구미가 한층 더 당길 만한 소리를 했다.

"쌀 스무 석이나 무엇에 쓰시려고요?"

"절의 여러분과 음식이나 같이 나누면서 안면이나 익히려는 거지요. 그러니 내가 열 아흐렛날에 올 셈 잡고 음식이나 정히 마련해 주시오."

"그거야 여부 있겠습니까마는, 너무나 황송하외다."

길동이는 중들의 전송을 받으며 성주(星州)로 돌아왔다.

그곳에서 기다리고 있던 바위가,

"일은 어떻게 되었소?"

하고 묻자,

"잘 됐지. 그런데 네가 성주 장에서 백미(白米) 스무 석만 사서 해인사에 갖다 주고 문수봉 소굴로 돌아오너라."

"중놈들의 도둑 물건을 뺏자는 게 아녜요? 그런데 도리어 쌀을 갖다 주라니 어떻게 된 일이요?"

"고기를 낚는 데도 미끼가 있어야 하지 않니. 그와 마찬가지로 백미 스무 석도 미끼다.”

“그렇다면 굉장한 미끼군요.”

“하여튼 시키는 대로만 해.”

바위와 헤어진 길동이는 문수봉을 향해 걷기 시작했다.

산채에 이르는 사이의 산길은 마치 푸른 동굴 속을 헤치고 가는 감이었다. 갖가지 잡목이 비탈을 덮고 있어서 자연 나무 열매도 많은 모양인지 이끼에 덮인 길을 열 발자국도 못 가서 조그만 짐승이 발뿌리를 스치고 도망가곤 했다.

그때, 다람쥐 한 마리가 발 밑으로 고운 등줄을 반짝이며 도망치다가 문득 길동이를 쳐다봤다.

“선비님.”

분명 누가 부르는 목소리였다.

길동이는 재빨리 사방을 둘러보았다.

아무도 없었다. 푸른 하늘만 나무잎 사이로 무늬져 보일 뿐 바람까지 잔 수풀 속에는 아무런 인기척도 없었다.

“호호, 선비님.”

다람쥐는 이미 보이지 않았다. 오른쪽으로 이끼낀 바위가 있었다. 샘물이 그 밑을 흐르고 있었다. 바위 틈새로 치맛자락이 내비쳤다.

“난 또 누구라구.”

“마중 나왔어요.”

“마중 나온 사람이 장난은…….”

“장난을 누가 해요. 선비님이 공연히 다람쥐 따위에 혼을 빼앗기고서.”

호호 웃으며 바위 틈새로 다람쥐처럼 일어선 것은 옥녀였다. 그것은 전날의 옥녀와도 또 다른, 바위 위에 올라앉은 요염한 인어 같은 자태였다. 그러자 길동이 머리에는 검바위의 황산 도사가 하던 말이 생각났다.

'저 애는 칼을 품은 바람같은 계집애라고나 할까, 어떤 놈도 가까이 하지 않는단 말야. 내 눈에 든 실팍한 젊은 놈도 몇은 있었는데 모두가 저 애 칼바람에 쫓겨났단 말야. 그놈들도 필시 어느 골짜기엔가 처박혀 있을 텐데.'

선생은 무슨 마음으로 길동이에게 그런 말을 했는지 모르지만, 그녀의 천태만상(千態萬象)으로 변하는 모습에서 확실히 평범한 여자와는 다르다는 것을 알 수 있었다.

길동이의 잠시의 명상을 깨뜨리는 듯 옥녀는 바위에서 뛰어내리면서 다람쥐처럼 달리기 시작했다.

자연 뒤를 따르는 길동이의 발도 빨라졌다. 그렇건만 옥녀의 모습은 이미 어디로 사라졌는지 보이지 않았다.

비탈 위의 떡갈나무 아래에서 잠깐 숨을 들이느라고 서 있던 길동이는, 그 나무 위에 옥녀가 숨어 있는 것을 느꼈다. 그만 빙긋 웃음이 떠올랐다.

'이번에는 또 무슨 장난을 할 참으로 저렇게 숨어 있을까?'

길동이는 어디 기다려보자는 마음이 된 자기가 우스워졌다.

'내가 이 여자를 좋아하는 것일까?'

위에서 떡갈나무 잎이 우루루 떨어졌다. 길동이가 한 발자국 비켜서자 이번에는 그 자리에 옥녀가 떨어지면서,

"선비님, 왜 도망치세요."

길동이의 허리를 두 손으로 꽉 잡았다.

"또 장난인가?"

길동이는 어린애 같이 안간힘을 쓰는 옥녀의 손가락을 하나하나 풀어놓았다. 그러면서 그 탄력있는 옥녀의 몸이 한 줌의 연기가 되어 자기의 손아귀 속에서 연소(燃燒)되어 퍼지는 것만 같은 야릇한

현기증을 느꼈다.

"선비님……."

길동이는 그 말을 막듯,

"산채에는 별일 없었나?"

"그거야 가 보시면 알 것 아녜요."

옥녀는 금방 볼멘소리가 되었다.

"그새 불쾌한 일이라도 있은 모양이군?"

옥녀의 볼멘 까닭을 모르는 것은 아니지만, 그럴수록 길동이가 엉뚱한 소리를 하자,

"선비님, 좀 쉬었다 가요."

옥녀는 두 팔을 벌여 길동의 앞을 막아섰다. 꼭 어린아이 같았다.

길동이는 하는 수 없이 그녀를 달래듯,

"옥녀는 내가 해인사를 다녀 온 결과도 궁금하지 않아?"

"난 그런 것 몰라요."

"왜 별안간에 바보같은 소리를 해?"

"선비님이 가시니 막 불안해지는 걸요. 난 선비님한테 확답을 얻기 전엔 아무 것도 싫어요."

"확답은 무슨 확답?"

"너무해요, 선비님. 그렇게도 여자의 마음을 몰라주는 법이 어딨어요."

"알 수 없구만. 그렇게도 잘 표변하는 것이 여자의 마음인가? 옥녀는 늘 나한테 뭐랬어? 둘이서 힘을 합쳐 불쌍한 사람들의 편이 돼주자고 하지 않았어? 그 말을 한 혓바닥이 마르기도 전에 아무 것도 싫다는 것이 무슨 소리야."

"알았어요. 그러니까 나는 오로지 선비님의 패거리일 뿐 선비님의 마음은 서울 그 아가씨한테 있다는 그 말이지요?"

"옥녀—.

"좋아요, 호호, 좋아요."

길동이가 붙잡으려고 하자, 옥녀는 더욱 크게 웃으며,

"그렇지만 선비님, 나도 호락호락 물러서지는 않을 테요. 관상쟁이가 보면 선비님 얼굴에는 여자 일로 고생한다는 상이 나와 있을지도 몰라요. 호호호……."

웃음소리만이 꼬리를 끌 뿐 옥녀의 모습은 벌써 하늘로 올라갔는지 땅으로 꺼졌는지 시야에서 사라지고 없었다.

길동이가 돌아오자, 산채에는 갑자기 활기가 떠올랐다. 그러다가 열이렛날부터는 갖가지 복장을 한 졸개들이 하나둘씩 소리도 없이 산채를 빠져나갔다. 최두령도 농부처럼 이마에다 수건을 질끈 동이고 산을 내려갔다.

저녁 때엔 길동이도 졸개 여남은 명을 데리고 역시 그들의 뒤를 따랐다. 석청대사와 약속한 열아흐렛날, 해인사에 나타난 길동이는 전날과 마찬가지로 청포흑대에 말을 탄 늠름한 자태였다. 그를 따르는 졸개 여남은 명도 양갓집 자제들 같은 호탕한 한량들이었다.

온 절 안의 중들이 마주 나와,

"더우신데 어서 땀이나 들이시오."

약수를 떠다 바치고, 무명 수건을 내밀고, 환대가 지극했다. 이윽고 길동이는 석청대사를 돌아보며,

"전날의 쌀은 틀림없이 받으셨는지요?"

"네, 그 날로 쌀 스무 석이 실려 왔습지요."

길동이는 머리를 끄덕끄덕해 보이면서,

"그걸로 혹시 오늘의 음식 준비가 부족하지는 않았소?"

"부족할 리 있습니까. 부족한 거야 이곳의 음식 만지는 솜씨올시다만 그런대로 이리들 들어오시오."

그곳에는 과연 큰상처럼 차린 교자상이 두 줄로 여남은 개씩 붙여 놓여 있었다.

"호!"

길동이는 아주 만족한 듯이 감탄하고 나서,

"대사, 수고를 끼치었소."

점잖히 치하하는 것도 잊지 않고 대사가 이끄는 상좌에 가 앉았다. 동승(童僧)들이 재빨리 길동이와 그 종자들 잔에다 술을 쳤다. 중들은 술은 사양하노라는 뜻인지 덤덤히 앉아만 있었다.

길동이가,

"우리만이 술을 들 수야 있소. 오늘은 내가 내는 술이니 까다로운 생각은 떠나서 함께 마시고 즐깁시다."

우선 잔을 대사에게 권했다. 재삼 권하는 바람에 대사는 못이기는 체 잔을 받았다. 다른 중들도 대사를 따라 사양하던 잔들을 비웠다.

그때에 문득 길동이 입에서 뿌지직하고 돌멩이를 씹는 요란스러운 소리가 들렸다. 그 소리가 어찌도 요란스러웠던지, 대사를 비롯해서 모든 중들 얼굴에 당황해 하는 빛이 스쳤다. 그들은 길동이가 제 손으로 몰래 집어넣은 돌을 씹은 줄은 꿈에도 생각 못했다. 더구나 돌멩이를 씹은 소리가 그처럼 요란스러웠을 때에야 필시 무슨 벼락이 떨어질 일이 아닌가!

아니나 다를까, 한동안 얼굴을 찡긋하고 있던 길동이는 금시 안색이 붉어지면서,

"너희들이 이 음식을 손으로 만진 것이 아니고 발로 짓뭉갠 게로구나!"

눈썹을 곤두세워 소리를 질렀다.

모든 중들이 황급해하며,

"죽을 죄를 지었습니다."

"황송하옵니다."

"용서해 주시오."

얼굴이 질려 사죄했으나,

"이것은 필시 너희가 나를 업신여겨서 한 짓에 틀림이 없다. 이런 괘씸한 일이 어디 있느냐? 하룻강아지 범 무서운 줄 모르는 놈들이로구나. 이런 놈들에겐 본때를 보여야 한다. 얘들아, 이놈들을 모두 한 줄로 묶어라."

말이 떨어지기가 무섭게 따라갔던 부하들은 중들을 한 줄로 묶어버렸다.

그러자 어디에 숨어 있었던지 알 수 없는 이십여 명의 마부·농군·도부꾼, 가지각색의 복장을 한 사내들이 바람같이 휘몰려와서 온 절 안의 재물을 제 물건 가져가듯이 실어냈다. 길동이를 따라왔던 부하들도 물론 일순간에 도둑으로 변해버렸다.

그제사 중들도 자기들이 속아넘어간 것을 알고,

"화적떼다!"

"도둑이야!"

입을 모아 고함을 질렀다.

음식을 나르며 잔심부름을 하던 동승 하나가 그 광경을 보고 뒷길로 빠져 합천 관아에 난(難)을 고했다.

합천 관아에서는 급보를 받고 관군을 풀었다.

관군이 해인사로 들이닥치면서 문득 언덕을 쳐다보니, 송낙을 쓰고 장삼을 입은 한 중이 뫼 위에 서 있었다. 언뜻 보아 그 중은 대단히 위품이 있어 보였다. 필시 이름 있는 대사이리라.

"대사, 혹시 화적떼는 못 보셨는지요?"

중은 대답 대신 팔을 들어 북쪽을 가리켰다. 그리로는 오솔길이

꼬불꼬불 가다가 송림(松林)이 시작되어 있었다. 화적떼가 몸을 감추기에는 안성맞춤이었다.

"북편 소로(小路)로 도망쳤다!"

관군은 저마다 소리치며 오솔길에서 삐어져나와 밭이랑을 타고 도둑들의 뒤를 추격했다.

이때 문수봉 패들은 남편대로(南便大路)로 도망쳐 그날이 장날임을 기화로, 재물을 항아리 속에 넣기도 하고, 나무바리 속에 감추기도 하고, 필목 등속은 새삼스레 감출 것도 없이 장에서 막 사온 물건인양 어엿하게 지고들 돌아갔다.

한편 북편 소로로 도둑을 쫓아간 관군은 고스란히 헛물을 키고 돌아왔다. 그러나 그 때는 이미 해인사를 턴 적도들은 감쪽같이 자취를 감춘 뒤였다. 헛물만을 킨 그들은 그 중녀석이 대체 누구였나 하고 분개하고 떠들어댔지만, 길동이가 중의 복색을 하고 관군을 속인 것은 다시 말할 것도 없는 일이다.

길동이가 산채로 돌아왔을 때는 벌써 재물과 사람이 무사히 돌아온 뒤였다.

그들은 길동이를 보자, 최두령이 먼저 쫓아나와,

"장군, 우리가 장군을 못 알아봤소이다. 이렇듯 훌륭한 장군을 못 알아 본 죄를 사하시오."

새삼 그의 재주와 간담이 큰 것에 탄복하여 스스로 부하되기를 청했다. 졸개들도 괜히 어깨가 벌어지고 마음이 든든해진다면서 입이 헤벌어졌다.

그 광경을 본 길동이는 대단히 만족하게 여기면서,

"모두들 듣거라. 오늘부터 우리들의 모임을 활빈당(活貧黨)이라 이름짓는다. 그리하여 우리는 조선 팔도로 두루 돌아다니며 각읍 수령(首領)의 불의의 재물이 있으면 이를 탈취하여 빈한한 자에 분배한다. 따라서 절대 백성은 범치 않을 것이며 또한 나라에 속한 재물도 범치 않는다. 이 규율을 어기는 자는 용서없이 벌한다."

듣고 있던 졸개 몇 놈이 멋도 모르면서 만세를 부르자, 그것은 곧 화동되어,

"홍길동 행수 만세!"

"활빈당 두령 만세!"

문수봉이 떠나갈 듯이 만세성이 진동했다.

문경의 술집

문경(聞慶) 장터에서 조금 떨어진 네거리에 장대에다가 갈모를 매어 단 집이 새로 생겼다. 비올 때에 갓을 덮는 유지(油紙) 고깔을 매단 것을 보면 분명 술청이었다. 이 술청은 꽃같은 술청장이가 어린 중노미 하나를 데리고 문을 연 그날부터 날이 갈수록 번창해 갔다. 남편이란 이름이 달린 사나이가 없는데다 예쁘기까지 한 술청장이가 이 집에 오는 손님에겐 누구에게나 친절을 베푸니 번창해지기도 할 일이었다.

그야 손님에게 친절하자니 자연 애교 있는 웃음도 웃게 되지만, 사나이들은 대체로 저 잘난 맛에 사는 것들이라 그 웃음이 저마다 자기에게 반한 때문이라고 생각하는 모양이니 발이 닳도록 술청에 드나드는 것도 무리는 아니리라.

그러나 이 젊은 술청장이가 정작 사모하고 있는 사나이는 따로 있었다. 그것이 이 집에 가끔 들르는 길동이라고 하면 이 젊은 술청장이가 누구라는 것쯤은 독자들도 곧 짐작이 가리라. 말할 것도 없이 검바위에서부터 홍길동을 따라나선 옥녀였다.

문수봉 활빈당 패거리는 해인사의 재물은 빼앗았지만 이것을 어떻게 가난한 백성들에게 나눠 주느냐가 큰 문제였다. 장판에 쌀을 가려 놓고 오가는 사람들에게 거저 퍼 줄 수도 없는 노릇이라, 안전하고도 공평하게 가난한 사람들을 도와줄 방법이 필요했기 때문이다.

길동이는 최두령과 이것을 의논하던 끝에,

"그럴 것 없이 골에 술청을 하나 내기로 합시다."

하고 길동이가 말을 꺼냈다.

"아니, 골에 술청을 내다니 백성들에게 공짜 술이나 실컷 먹여 선심을 쓰자구요?"

지금은 아주 딴사람이 된 최두령은 알 수 없다는 듯이 반문했다.

"그런 것이 아니라 연락처로 두자는 것이지요. 술청에는 사람들이 많이 모여들게 마련이니 어느 집이 살기가 곤란하다는 것도 알게 될 게고, 어느 골의 원이 백성들을 못 살게 군다는 소문도 들을 수 있지 않소."

최두령은 그제야 알겠다는 듯이 고개를 끄덕이고 나서,

"그러자면 술집을 맡아볼 쓸 만한 술청장이를 하나 업어 와야겠군."

무심중 이런 말이 나왔다.

"그야 최두령이 전날에 하던 말이지 지금에 할 말이요?"

길동이가 침을 놓자,

"그럼 누가 맡아 할 계집이 있소. 그래도 술청장이를 맡아 하려면 깔끔한 계집이라야 할 텐데."

"옥년 어떻겠소?"

"옥녀야 적임자지만 그래도 술청장이 노릇을 하겠소?"

"싫달지 모르지만 내가 잘 이야기해 보지요."

그러나 옥녀는 최두령의 생각대로 술청장이 되라는 말에 첫마디로 펄쩍 뛰었다.

"이 산속까지 데리고 와서 술청장이 노릇을 하라니, 선비님 날 어떻게 생각하는 소리에요."

길동이는 난처한 얼굴이 되어,

"우리가 길을 떠날 때, 옥녀는 내 말이면 무슨 말이건 듣는다고 약속하지 않았어."

"그렇지만 들을 말이 따로 있지 술청장이 노릇을 어떻게 헤요."

"옳은 일을 하기 위해선 때로는 그런 일도 마다할 수 없는 일이지."

"선비님은 정말 알 수 없는 말만 하시네. 술청장이 노릇하는 것이 뭐가 옳은 일이에요?"

길동이는 최두령에게 이야기한 대로 어째서 술청이 필요하다는 설명을 해주었다. 그래도 옥녀가 마음이 내키지 않는 모양으로 대답이 없자,

"옥녀, 내가 도둑이 되기가 싫다고 할 때, 나보구 뭐라고 했나. 옳은 일을 위해서 도둑이 되라는데 왜 싫다느냐고 했지? 마찬가지로 옳은 일을 위해서 술청장이 되라는데 왜 싫다는 거야."

이 말엔 옥녀도 할 말이 없는 듯 머리를 숙이고 잠시 생각하고 있다가,

"그럼 선비님 말대로 술청장이 노릇을 하지요. 그런데 조건이 있어요."

"무슨 조건?"

"혼자선 외로우니 바위를 데리구 가게 해 줘요."

"그쯤이야 어렵잖은 일이구만."

"그리고 또 한 가지, 선비님이 하루에 한 번씩 술청에 꼭 들러준다는 약속을 해요."

알고 보니 옥녀가 선뜻 대답하지 않은 이유가 길동이와 떨어지기 싫은 때문인 모양이었다.

길동이는 난처한 얼굴로,

"여기 일도 있으니 매일이야 나갈 수 없지만 사흘에 한 번씩 나가기로 하지."

이런 조건으로 겨우 옥녀가 술청장이 된다는 승낙을 받게 되었다.

그 날도 길동이는 문경 고을에 있는 옥녀의 술청으로 찾아가는

길이었다.

다리 앞턱의 주막거리는 장날이나 여느날이나 가릴 것 없이 아침부터 들끓어댔다. 새벽에는 해장하러 오는 사람들, 아침에는 국밥 사 먹으러 오는 사람들, 이런 사람들로 번잡을 이루어 벌써부터 비틀거리는 취객들이 보이기 시작했다.

길동이가 이 거리를 지나고 있는데, 어느 주막집 앞에 오가던 사람들이 걸음을 멈추고 안을 들여다보고 있었다. 무슨 구경거리라도 있는가 싶어 길동이도 무심코 사람들의 시선을 쫓아 안을 들여다보았다. 그러자, 술청에서 상심부름이나 하는 계집아인지 열여넷 쯤 난 예쁘장한 계집애가 험상궂은 두 사나이에게 두 손을 잡혀가지고,

"놔 주세요, 제발 놔 주세요."

하고 가냘픈 비명을 지르고 있었다.

"안 돼, 오늘은 꼭 데려오라는 도련님 분부였어."

어느 양반네의 청지기나 되는지 얼금뱅이 곰보와 우락부락한 키 다리 두 놈이 억지로 계집애를 한길까지 끌고 나왔다.

"놔 줘요, 놔 줘요."

계집애는 두 다리를 버둥거리며 그저 "놔 줘요."만을 되풀이했다. 끝내는 울음을 터뜨리면서, "놔 줘요, 놔 줘요." 애절한 울부짖음을 남기면서 질질 끌리어가고 있었다.

모여 선 사람들의 얼굴에는 다 같이 동정의 빛이 흘렀다. 주막집 주인 같은 늙수그레한 부부도 한길까지 쫓아나와서,

"나리네, 오늘은 그냥 뒀다가 내일에나 데려가시우. 그 동안에 우리가 잘 타일러 둘 테니."

하고 허리를 굽신거려 사나이들에게 부탁을 했다.

그러나 청지기들은,

"왜 이래, 어서 비켜!"

인정사정없이 그들을 떠밀어냈다.

길동이가 막아서자,

"그 선비님도 어서 비키시우."

서슬이 퍼래서 한 손으로 밀치면서 그냥 지나치려고 했다.

"왜 이러시우?"

길동이가 그 손목을 꽉 잡았다.

"어라, 어데 얼치기 선비가 섣부른 수작을 걸어."

청지기는 손목을 잡힌 채 눈알을 부라렸다.

"이게 하룻강아지 범 무서운 줄 모른다."

길동이는 벌죽 웃으며,

"마마를 앓은 범은 과히 무섭지 않구만."

길을 메우고 섰던 구경꾼들이 하하 웃어댔다.

곰보는 어이가 없었던지,

"이 손을 안 놀 테냐."

얼굴이 빨개지도록 힘을 주어 잡힌 손목을 뿌리치려고 했다.

"가만히 있어."

길동이는 꿈쩍도 않고,

"웬일로 싫다는 계집애를 끌고 가는 거야. 그 이유나 좀 압세."

점잖게 물었다.

"우린 돈으로 이 애를 산 거야."

"돈으로 사?"

그러자 주막 주인이 두 손을 비비며 한 걸음 나섰다.

"그게 아니라요 선비님, 사정인즉 이 애 아버지가 빚을 좀 지고 죽었습지요. 그 돈이 무서운 급전이라 스무 냥이 새끼가 새끼를 쳐서 금방 백냥 가깝게 되지 않았겠어요. 아버지마저 잃고 혼자가 된 길순이는 생각다 못해 그래도 믿는 이웃이라고 우리한테 하소연하더군요. 그래서 우리와 같이 살게 됐지요."

"그러니 그 돈을 이 처녀보구 물라는 것인가요?"

"그렇지요."

그러자 길동이는 두 녀석에게 천천히 몸을 돌려,

"그런 빚을 어째서 이 아가씨에게 받겠다는 것인가? 자네들이 그렇게까지 빚을 받고 싶으면 이 아가씨의 아버지가 있을 지부황천에나 따라가서 재촉할 일이지."

"자네는 도대체 뭐기에 이래라 저래라 가운데 나서 참견인가?"

"그건 자네들이 경우없는 수작을 하고 있으니 보고만 있을 수 없어 하는 소리야."

"아가리 닥쳐. 어째서 우리가 경우없는 수작을 한다는 거야."

곰보가 소리를 치며 말했다.

"스무 냥 밖에 쓰지 않은 돈을 다섯 배나 불려서 백 냥씩이나 받겠다는 것도 경우없는 일이요, 얻어 온 빚돈을 만져도 보지 않은 아가씨에게 받겠다는 것도 경우없는 일이요, 또한 돈이면 돈이었지 돈값으로 사람을 강제로 끌고 가겠다는 것도 경우없는 노릇이 아닌가? 이만큼 이야기해 주면 자네들이 얼마나 경우없다는 것을 알만하겠지."

"자넨 뭣이 어떻게 된 일인가나 분명히 좀 알고 떠벌이게. 저 계집애 아버지가 지난날까지 돈을 물지 못하면 저 계집을 내 준다고 분명히 돈표에 밝혔단 말야. 그러니 우리도 그 돈표를 이백 냥이나 주고 샀지, 뭣보구 샀겠나?"

말하지 않을 말까지 하는 것을 보니 곰보의 머리가 그렇게 영리하지를 못한 모양이었다.

길동이는 웃으며,

"그렇다면 자네 주인이라는 자는 처음부터 저 아가씨 아버지한테 돈을 준 것이 아니라 딴 녀석이 준 걸 샀단 말이구만."

"그걸 이제야 알았나?"

"응, 대체로 안 것 같네. 그런데 자네들 주인이 도대체 누군가?"

"그건 알아서 뭘 해."

"머리가 돈 녀석 같으니 말야. 그렇지 않구서야 스무 냥 썼다는 돈표를 이백 냥이나 주고 살 리는 없잖은가?"

"뭐 어쨌다고? 원님댁의 도련님을 돌았다고?"

"아, 그게 바로 원님댁의 도령인가? 그렇다면 무슨 동정이라도 하고 싶어서 그런 모양이구만. 동정을 하려면 가련한 아가씨에게나 할 일이지 어째서 그 거머리 같은 빚쟁이한테만 한단 말인가?"

"그건 자네 같은 사람이 알 필요 없는 거야. 그런 수작 말구 어서 길이나 비켜."

"하긴 자네들이 아무리 얼굴에 쇠가죽을 쓴 놈이라 해도 그 말에야 입을 열지 못하겠지."

"뭐 어째?"

"저 아가씰 장난감으로 필요하다는 그 말 말일세."

하고 어디까지나 침착하게 말했다.

"곰보, 저런 수작을 하는 걸 가만히 둬?"

"염려 말어."

곰보는 얼굴이 충혈되어가지고,

"이 자가 정말 맞서 보겠다는 거야?"

하고 가슴에 품었던 비수를 뽑아들었다. 그것을 본 길동이는 약간 맥을 놔두고 있던 왼손을 비틀어 걸어찼다.

"아야야!"

곰보는 보기좋게 나자빠지며 키다리가 서 있는 쪽을 향해 비명을 쳤다.

"저 녀석 사람 친다!"

키다리는 계집애만을 잡고 있을 수가 없는 듯 그도 달려들려고 비수를 꺼냈다.

"자네들 그런 흉기는 버리게. 그런 것 갖고 달려들어야 자네들 얼굴에 흉터밖에 생길 것이 없어."

"뭐 어쨌다고!"

"얼굴에 흉터가 생기면 자네 여편네들두 달가워하지 않는단 말야."

"이자식 봐라."

키다리가 비수를 들고 곰처럼 덤벼들었다.

길동이가 재빨리 몸을 피하면서 칼을 빼앗으며 그의 옆구리를 찼다.

"사람 살려!"

그만 자기 입으로 소리치며 자기 발로 기어나가면서 고꾸라졌다.

구경꾼들이 통쾌한 듯이 함성과 함께 손뼉을 쳤다.

길동이는 더럽탄다는 듯이 손을 털고 돌아서서 주인에게,

"지나가던 사람이 공연히 뛰어들어 소란케 해서 미안합니다."

"무슨 말씀을 그렇게 하십니까?"

주인은 허리를 굽신거리며,

"선비님은 어디 계신 분인지요?"

"지나가던 사람으로 알아두구려."

"이런 말씀 드리긴 죄송합니다만, 그놈들이 으레 다시 와서 선비님에 대한 것을 물을 거예요. 그때 지나가던 선비님이라고 하면, 우리 부처가 목을 달아매고 있는 이 술청이 박살이 나고 마는 판이오니……."

하고 울상이 됐다.

"참 그렇기도 하겠군요."

길동이는 잠시 생각하다가,

"그렇다면 이렇게 하는 것이 어떻소. 저 장터 뒤에 얼마 전에 생긴 술집이 있지 않소. 그 집이 내가 잘 아는 집이요. 그러니 저 아가씰 데리구 가서 그 집에 맡겨 놀 테니까, 그놈들이 오면 그 집으로 가서 해결하라구 하시오."

"그러면 저 애의 모든 일을 선비님이 책임을 지겠다는 겁니까?"

"이왕 돕던 일이니 그래 보겠소."

"그러시다면야 우리네가 더 할 말이 있습니까?"

영감은 한시름 놓은 듯한 얼굴이다. 큰 걱정을 덜게 됐으니 그럴 수밖에 없다.

"그러면 저 아가씨한테도 그럴 의사가 있는지 물어봐야겠지요."

길동이는 비로소 울고 서 있는 길순이에게 얼굴을 돌렸다.

"저 애야 있을 곳이 없어서 우리집엘 와 있는 걸입쇼. 선비님 같은 분이 뒤를 봐 준다는데 싫달 리가 있겠어요."

길동이는 영감이 지나치게 좋아하는 것이 아니꼬운 대로,

"그건 영감의 생각이구, 이 아가씨의 의견을 들어야 할 것 아니요."

하고 면구를 주고 길순이 옆으로 가서,

"나하고 같이 갈 생각 있나?"

하고 부드럽게 물었다.

길순이는 억지로 눈물 끝을 맺으며 고개를 끄덕였다.

"그럼 영감도 이제는 안심하고 술장사하게 됐소."

그리고는 길순이에게,

"아가씨도 아무 걱정 말고 가. 그 집 아가씨는 마음씨가 좋아서 아가씰 귀여워 해줄 거야."

길순이는 길동이를 따라 한길로 나섰다.

술청장 옥녀(玉女)

언제나 부산스러운 옥녀네 술청도 조반 손님을 치르고 나면 점심 손님 때까지는 한가해진다. 이 동안을 이용해서 바위는 부엌을 치우고 옥녀는 얼마 전에 온 길순이를 데리고 술청을 치웠다.

오늘도 길순이가 술청의 걸상을 치우는 동안에 옥녀는 목노판을 닦고 있었다. 그러나 어쩐 일인지 요즘에 와선 신이 나지 않았다. 옥녀는 문득 행주질하던 손을 멈추고,

"어째서 내가 이럴까?"

하고 생각해 봤다. 그러나 생각해 보면 그 이유를 모르는 것도 아니었다. 말하자면 자기가 술청장이 된 후로 길동이와 사이가 자꾸만 멀어지는 것 같은 생각이 들었기 때문이었다. 그렇다고 길동이가 처음의 약속대로 사흘에 한 번씩 술청에 들리지 않는 것은 아니었다. 그러나 마치 지나가는 나그네처럼 목노판에 선 채 술을 한 잔 쭉 들이키고 가버리는 것이었다. 옥녀는 그것이 대단히 못마땅했다.

"내가 이 노릇도 뉘 때문에 하는데 뭐가 그리 바쁘다고 오기가 바쁘게 달아나는 거야. 내가 싫어진 건 아닐까?"

이런 불안스러운 생각이 자꾸 앞섰다. 옥녀는 길동이의 아내가 되지 못한다면 살고 싶은 마음도 아니었다. 그것은 반했다든가 좋다든가 그런 정도의 것이 아니었다. 그저 잠시도 잊을 수 없게 그리운 대로 부부가 되기 전엔 안심이 되지 않는 그런 기분이었다. 그렇지만 길동이는 자기의 그런 애타는 마음을 알아주는 것 같지도 않다. 그

렇게도 자기를 사모하는 이편의 마음을 모를 리가 없으면서도 막상 대하고 보면 한 번 웃어주는 일도 없다. 웃어주기는커녕 쓴 외를 보는 듯 시무룩한 얼굴이다. 분명 싫어서 그런 얼굴을 하는 것은 아니리라고 생각하면서도 마음 한편으로는 불안스러워지는 것도 어쩔 수 없는 일이다.

'역시 서울에 두고 온 아가씨 때문일까? 서울아가씨가 그렇게도 못잊을 사람이라면 서울에 그대로 두고 올 리도 없는 일인데. 아니 그보다도 내가 너무 자기한테 반한 것을 그대로 드러내보이기 때문인지도 몰라. 사나이란 누구나가 이편에서 반한 것 같으면 자기가 잘난 줄 알고 우쭐해지는 걸 그 사람이라구 다를라구. 내가 새침을 떼구 모른 척해 봐요, 틀림없이 자기편에서 열을 올리지 않나)

옥녀는 화가 나는 끝에 이런 생각도 해봤다. 그러나 이편에서 모른 척하니 새침을 떼면 저편에서 오히려 잘됐다는 듯이 모른 척해버리면 그땐 어떻게 하나, 걱정부터 먼저 앞서니 그럴 수도 없는 노릇이다.

"더군다나 선비님은 눈치가 빠른 분이라 그런 눈치를 알아채면 그땐 정말 부끄러워 어떡해."

혼자서 생각한다는 말이 그만 입 밖으로 튀어나온 모양이다.

"언니 뭐라고 했어요?"

걸상에 걸레질을 하던 길순이가 문득 얼굴을 돌리며 물었다.

"아니, 아무 말도 안했어."

"그래도 무슨 일이 부끄럽다고 하던데요. 아, 알겠어요. 선비님에게 무슨 부끄러운 일이라두 있는 모양이군요?"

생글생글 웃었다.

길순이는 눈치가 지나치게 빨라, 옥녀가 가끔 난처한 일을 당할 때가 있다.

"이것 봐 길순아. 남이 혼자 생각하는 말을 옆에서 듣는 것이 아니에요."

"네 알겠어요. 그렇지만 언니가 너무 심각한 얼굴을 짓기에."

"내가 뭐 심각한 얼굴을 했다고."

옥녀는 자기 얼굴이 빨개지는 것을 분명 느끼면서도 억지로 화난 얼굴을 하고 있는데 문이 열리며 사나이 둘이 들어섰다. 코에 주독이 오른 코빨갱이와 목이 짧아 자라목이라는 별명을 가진 사나이였다.

길순이는 그들을 보자 급히 안으로 뛰어 들어갔다. 둘이 다 관아에 붙어서 무고한 백성들의 등을 쳐먹고 사는 자들이라 길순이가 피할 만도 한 일이다.

그들은 술청에 앉게 되면 좀처럼 엉덩이를 뗄 줄 모를 뿐더러 옆의 사람과 싸움이나 걸어 공짜술 먹기가 일쑤니 결코 좋은 손님이라고는 할 수가 없다. 그래도 옥녀는 싫은 얼굴을 할 수가 없어서,

"어서 오세요."

하고 인사를 했다.

"왜 그런 얼굴이야?"

"왜요, 제 얼굴이 어때서요?"

"손님이 오는데, 사나운 시어머니가 며느리 대하듯 한 얼굴이니 말야."

목노판에 앉기가 무섭게 옥녀를 꾸짖기나 하듯이 코빨갱이가 입을 열었다.

"그래요? 그렇지만 천성으로 이렇게 못난 얼굴이 돼서 그런 걸 어떻게 해요."

"오늘은 옥녀에게 아주 좋은 이야길 갖고 왔는데, 그런 얼굴이니 우리가 기분이 날 리가 있어?"

자라목은 한 마디 하지 않을 수가 없다는 듯이 입을 열었다. 그러자 옥녀도 그 이야기가 듣고 싶기나 한 듯이,

"무슨 이야긴데요?"

"아주 좋은 이야기야. 그러니 이런 데서 이야기할 수가 없지."

하고 골방으로 안내를 하란 듯이 그쪽을 넘겨다봤다.

그러나 그런 자들을 골방으로 들여놓고 싶은 옥녀가 아니었다. 옥녀는 그런 눈치를 모른 척하고,

"어서 술이나 들어요."

목노판에 앉은 그들에게 술을 한 잔씩 쳐 줬다.

"그럼, 여기서 이야기하기로 하고 말지."

자라목이 먼저 술잔을 들자, 코빨갱이도 따라 들면서

"그래, 우선 한 잔씩 듭세나. 이런 이야긴 목을 축이기 전엔 제대로 할 수 없는 노릇이지."

하고 들이키자 옥녀는 다시 술을 따라주며,

"정말 무슨 이야긴데 그렇게도 야단이세요?"

"이야기란 다른 게 아냐. 저 몇 번 우리와 함께 술을 마시러 온 원님의 도련님 알지?"

"알지요. 얼굴이 참외쪽처럼 긴데다 눈이 뱀눈처럼 가는 사람 말이지요?"

"옥녀, 아무리 우리끼리라 해도 말 좀 조심해. 그분이 그렇게 못생긴 사람은 아냐."

"암 그렇지. 입이니 코니 하나하나 뜯어보면 어디 나무랄 데가 있나? 게다가 돈 잘 쓰고 인심좋고, 그렇지 않아? 자라목."

"그러니까 가는 곳마다 계집들이 오금을 못 쓰지 뭐야."

자라목과 코빨갱이는 주거니 받거니 하며 참외쪽의 칭찬을 늘어놓았다.

옥녀는 잠자코 듣자니 견딜 수가 없어,

"그건 손님들이 잘못 보신 거예요."

"응?"

"계집을 보면 그 분이 오금을 못 펴는 것이 아니냐 말예요."

"천만에, 내 말이 믿어지지 않거던 지금이라도 다리목 술집 계집들한테 가서 물어봐."

"어머나! 원님의 도련님이라면서 얼마나 지지리 못났으면 그런 술집이나 찾아다녀요."

"그건 옥녀가 모르는 소리구. 그런 목노 술집일수록 술맛이 나는 거야."

"그래서 그 사람이 어떻다는 거예요?"

그들이 길순이 때문에 왔다는 것을 아는 만큼 옥녀의 말은 자연 거칠게 나왔다. 그러나 자라목은 그런 것은 아랑곳없이,

"그 도련님 덕으로 옥녀에게 복이 덩굴째 떨어졌다는 거야."

하고 말했다.

"내가요?"

옥녀가 모르겠다는 듯이 말하자,

"뭐 어물거릴 것 없잖아. 터놓구 이야기하게나."

코빨갱이가 자라목에게 말했다.

"그럼 내 이야기하지. 아까두 말했지만, 원님댁 도련님은 인정이 많은 분이란 말야. 그건 길순이의 빚을 이백 냥이나 선뜻 물어준 걸 봐도 알 수 있잖아."

"어디 그뿐인가? 길순이를 의지할 곳 없는 불쌍한 몸이라고 자기 소실로 들일 생각까지 했으니 말야."

이 말을 듣고 옥녀는 어이가 없는 대로,

"그것이 나와 무슨 관계란 말예요?"

하고 쏘아줬다.

"글세, 잠자코 듣고나 있어. 이제 다 알게 될 테니."

옆에서 코빨갱이가 실눈이 되며 말했다.

"그렇지만, 그 도련님이 소실로 들일 생각이 있어도 부모님의 승낙 없이는 못하는 일이거든. 그래서 그걸 우리보구 원님에게 잘 말해서 승낙을 맡아달라고 하지 않겠나. 그러니 말야, 도련님 좋고 길순이 좋은 일을 우리가 마다할 순 없단 말야."

"그래서요?"

옥녀는 무슨 말이 나오는가 하고 듣고 싶은 대로 앞을 재촉했다.

"그래서 우리가 원님에게 그 이야기를 비치지 않았겠나. 그랬더니 원님은 길순이 계집애를 자기 눈으로 봐야겠다는 것이 아닌가. 그래 서 하는 수 없이 어젯밤에 원님을 이곳으로 모시고 왔지."

"아, 어제 왔던 그 분이 바로 원님이군요. 무쪽같은 얼굴의 늙은이 가."

"옥녀두 생각이 나는 모양이구만, 바로 그분이지. 그분이 길순이도 좋다 뿐이 아니라 옥녀까지 마음에 든다는 거야. 그러니 도련님 덕 에 길순인 말할 것도 없고 옥녀까지 호박이 덩굴째 떨어진 것이 아 니구 뭔가."

"뭐, 뭐라구요. 난 도대체 무슨 말을 하는지 모르겠구먼요."

"모를 것 없잖아. 말하자면 원님이 첫눈에 옥녀에게 반한 것이지. 하여튼 우리 손을 붙잡고, 어떻게 꼭 좀 해달라고 간청하는 정도니."

"들고 보니 길순이와 내 중신을 서주기 위해 왔다는 거군요?"

"그렇지. 사실 지금까지 우린 남을 위해서 별로 좋은 일을 한 적이 없지만 이번만은 정말……"

"그러니 말야, 옥녀가 고개만 끄덕이면 오늘부터 길순이와 같이 팔 자를 고치는 판이야."

옆에서 코빨갱이가 또 입을 열었다.

"그렇지만 전 사양하겠어요. 첫째로 그럴 만한 자격이 없는 걸요. 그건 길순이도 마찬가지일 거예요."

옥녀는 조금도 주저하는 일 없이 잘라서 말했다.

"자격이 없다고?"

"이런 술청에서 술이나 치고 있는 계집이 어떻게 그런 내로라하는 사람의 아내가 될 수 있겠어요?"

"그런 걱정은 안 해도 돼. 옥녀나 길순이를 정실로 맞겠다는 것이 아니고 소실로 맞겠다는 것이니까."

"그래도 그만두겠어요. 정실의 눈총이나 맞자고 누가 소실 노릇을 해요. 난 이런 술청에 앉아 있는 것이 마음 편하고 좋아요."

소실이라는 말에 화가 난 듯이 고개를 돌렸다. 그 얼굴을 보고 그들은 그제야 겨우 옥녀의 본심을 알아차린 모양이었다.

"싫다는 거야?"

코빨갱이가 눈을 흘겼다. 그러나 옥녀는 여전한 얼굴로,

"그렇다는 거죠."

"그렇게 뽀로통하지 말구 옥녀도 다시 생각해 봐요. 이것도 다 옥녀나 길순이를 위해서 나선 일인데."

자라목이 은근한 말로 다시금 옥녀의 마음을 구슬러보려고 했다. 그렇다고 넘어갈 옥녀가 아니었다.

"이왕 좋은 일을 하려고 나선 바에는, 목을 길게 뽑고 기다리고 있는 사람들이나 위해서 힘써 줘요."

"옥녀가 언제부터 그렇게 도도해졌어?"

코빨갱이가 다시금 목에 핏대를 올렸다.

"제가 도도한 것이 뭐 있어요. 술청에나 앉아 있을 자격 밖에 없다는 게지."

"그게 그런 수작 아니고 뭐야?"

"여보게, 그렇게 말할 게 아냐. 그게 아무리 좋은 자리라고 해도 앉은 자리에서야 어떻게 속답을 하겠나. 그건 옥녀나 길순이도 천천히 생각해 보고 대답하라고 하고서……."

하고 자라목은 잠시 말을 떼고 옥녀를 쳐다보고 나서,

"그런데 꼭 한 가지 물어보고 싶은 말이 있는데."

"무슨 말을 또요?"

"이 술청에 가끔 들리는 선비 녀석이 옥녀와는 그렇지 않은 사이라는 소문이 들리니 말야."

"정말 그런 소문이 들려요?"

옥녀는 그런 일을 마음으로 바라고 있던 만큼 기쁜 얼굴을 완연히 드러냈다.

"그럼, 그것이 사실인가?"

"그래요. 난 그 사람 없이는 잠시도 살 것 같지 못한 걸요."

그러자 화가 난 코빨갱이가 볼멘소리로,

"징글맞게 굴지 마, 철없는 계집도 아니면서."

하고 소리치자 뒤이어 자라목이,

"그러니 옥녀두 생각을 돌리는 것이 좋다는 거야."

"어떻게요?"

"그 자를 잊으란 말야. 그런 자란 대체로 궁해빠져 갖고서도 입만 산 자니 그런 자를 믿었단 고생 밖에 할 것이 없어."

"고생은 타고난 팔잔 걸요. 그건 아무래도 좋아요. 나만 귀여워해 준다면 만족이에요."

"그러나 그런 선비들이란 마음이 뒤틀려져서 여잘 위해줄 줄도 모르는 거야."

"말 조심해요. 길순이를 끌어가려던 청지기들이 엉덩뼈가 부러졌다는 소문을 못들었어요?"

"그러나 세상엔 그보다 더 센 주먹이 있다는 것도 알아야겠지."

코빨갱이가 자기 주먹을 들어보이며 말했다.

"그 친구 오늘쯤 나타날지 모르겠구만. 주먹 맛을 좀 뵈줘야 세상이 무섭다는 것도 알 거야."

둘이서 이런 말을 주고 받는 것을 듣고 있자니 옥녀는 웃음이 터질 것 같았다. 그것을 간신히 참고 있는데 문이 벌컥 열리며 길동이가 들어섰다.

"어마, 호랑이두 제소리 하면 온다더니 지금 선비님 이야기를 하고 있었어요."

옥녀는 길동이에게 달려가 맞으며 말했다.

"무슨 이야길?"

"저분들이 선비님에게 주먹 맛을 뵈 준다는군요."

어린애가 어른에게 고자질하듯 말했다. 길동이는 싱긋 웃고서

"오늘은 술청이 좀 분주한 것 같구만. 옥녀, 골방에 들어가 앉아두 괜찮겠지?"

그 말이 옥녀로서는 평생 소원이었으니 좋아했을 것은 말할 것도 없다. 옥녀는 옆에 그들이 있거나 말거나 조금도 꺼리는 일 없이,

"언제나 선비님을 위해서 방을 비워둔 걸요."

"그러면 안주를 두어서너 가지 해서 술상을 골방으로 가져와 줘요."

하고 골방으로 들어가려고 했다.

"이거 봐요, 그 양반."

"날 부르는 거요?"

얼굴을 돌린 길동이의 눈은 웃음이 감돌면서도 서늘하기가 그지없다.

"이야기가 있으니 부른 것 아니오. 하여튼 이리 와 앉으시우."

"도대체 내게 무슨 일이오?"

"아따 그 양반, 이야기가 있다면 와 앉을 게지."

자라목이 언성을 높이며 눈알을 부라렸다.

"통성도 하지 않은 사람을 오라 가라, 참 대단하신 분들이오."

"그럴 만한 사람이니 그럴 것 아니야."

하게조로 나왔다.

"어떤 양반들이신데?"

"선비라는 자가 그만한 눈치도 없나?"

코빨갱이가 뒤를 받아,

"모르겠으면 우리 얼굴을 잘 보게나. 알 만할 터이니."

하고 자기 얼굴을 내대며 말했다.

"알 만하군요. 부글부글한 얼굴이 공짜 술복을 타고난 것 같습니다만 그 대신 맷복도 그만큼 타고난 것 같군요."

"뭐 어째, 그건 네 상판에다 대구 할 소리다."

"제 얼굴이 그래요? 그렇다면 명심하지요."

"도대체 네 녀석은 이 집엔 뭣하러 드나드는 거야?"

"당신들은 뭣하러 오는 겁니까?"

"우린 술 마시러 오는 거야."

"나도 마찬가집니다."

"그러면 술이나 처먹구 갈 게지 골방엔 왜 들어가 앉겠다는 거야?"

"그건 당신들과는 격이 좀 다른 때문이겠지요."

"뭐 어째, 술장수하는 계집의 등이나 처먹구 사는 녀석이."

"그건 당신들이 오해를 한 것 같소."

"하여튼 내일부턴 이곳에 나타나지 않는 것이 좋아. 원님이 옥녀 뒤를 돌봐주기로 됐으니."

자라목이 명령하듯이 말했다.

"옥녀가 그런 일을 승낙했을 리가 없소. 우린 약속이 있는 사이인 만큼."

"옥녀, 분명히 말해봐. 옥녀가 저런 사나이하고 약속했을 리가 없잖아?"

"분명히 말해서 우린 약속이 있는 사이랍니다."

옥녀는 기쁨을 감추지 못하는 얼굴이었다.

"그 말을 들었으면 어서 돌아가시우. 나는 골방에 들어가 술상을 받아야겠소."

"그래요, 어서 들어가 상이나 받아요."

옥녀는 길동이의 소맷자락을 끌었다.

"이 녀석아, 하던 말을 끝내고 가."

"난 당신들과 더 할 말이 없다고 생각하는데."

"이 녀석아, 그렇다면 돈에 매인 길순이는 내놔야 할 게 아냐."

"그리고 보니 당신들은 오늘 양면치기로 온 셈이군요."

"왜 할 말은 못하고 딴말을 하는 거야."

"그건 당신들과 왈가왈부할 일이 못되오. 도련님이 직접 돈표를 갖고 와서 귀결지으라시우."

하고 천천히 골방으로 들어갔다.

"뭐 어째?"

둘이서는 살기등등한 얼굴로 일시에 일어났다.

그러나 길동이의 너무나도 태연자약한 태도에 그만 기가 눌리는 모양으로 멍청하니 보고만 있다가,

"이년, 여기서 며칠이나 술장사를 해먹나 보자."

결국 그 한 마디를 남기고 돌아가버렸다.

남장미녀(男裝美女)

"선비님."

그것들이 가자 분주히 술상을 차려가지고 들어온 옥녀가 술상을 놓기가 무섭게 입을 열었다.

"이제 말한 것 틀림없는 정말이지요?"

"뭐 말이야?"

"우린 약속한 사이라는 것."

"그렇지, 우리야 약속한 사이 아닌가, 옳은 일을 하기로."

옥녀의 생각과는 다른 뚱딴지 같은 대답을 했다.

"어마, 선비님, 그런 뜻으로 말했어요?"

"그렇지, 옥녀도 그 때문에 이런 술청장 노릇까지 하며 고생 아닌가?"

하고 시치미를 뗐다. 옥녀는 하고 싶던 말을 할 수도 없게 되어 하는 수 없이,

"선비님, 다음부턴 늘 이렇게 술상은 골방에서 받기로 해요."

하고 말을 돌렸다.

"그런 생각을 왜 갑자기 해?"

"갑자기 한 것은 아니에요. 지나가는 남처럼 선비님이 술 한 잔 들이키구 가는 건 싫은 걸요."

"그야 나도 그런 마음이 없는 건 아니지만, 내가 골방에서 늘 술상을 받는 것을 남이 보면 이상하게 생각할 것 아냐. 이제두 그자들을

대하기가 귀찮아 골방으로 들어간다니까, 대번에 흰 눈을 돌리는 것 보지."

"그러면 어때요. 전 하루라도 빨리 그런 소문이 나 주기를 바라고 있는데."

"그리구 또 한 가지 걱정은 옥녀 같은 예쁜 여자와 단둘이 마주앉게 되면 내가 무슨 짓을 할지 알 수가 없는 노릇이니."

"공연한 말로 피하려고만 하지 말아요. 그런다고 크게 잘못될 일은 하나도 없는 걸요."

"먼 듯하면서도 가까운 것이 남녀간의 정이라고 하는데 우리도 그저 그렇게 지내는 것이 좋을 것 같은데."

"싫어요. 다음부터는 골방에서 술상을 받는다고 확답을 받고야 말 테요."

싫다면 거치장스러운 술상이라도 차고 목에 매달릴지도 모르는 옥녀이므로,

"그럼, 다음부터는 이 집의 특별 손님이 되기로 하지."

옥녀의 말에 순종하기로 했다. 그러니 자라목과 코빨갱이가 왔던 것이 결과적으로 옥녀로서는 큰 덕을 본 셈이 되었지만, 한 가지 좋은 일이 생기면 그 대신 다른 불길한 일도 생기는 모양이다. 바로 그 다음 날인 저녁, 시장보러 갔던 길순이가 돌아오지를 않았다. 처음엔 전날에 살던 다리목 술집에라도 들린 모양이라고 생각하여 사람을 보내 보았으나 그곳에도 없다는 대답이었다. 더구나 어두워도 돌아오지 않는 것을 보면 무슨 사고라도 난 것이 분명했다.

"틀림없이 어제 왔던 그 놈들이 꾸민 장난이야. 그 놈들은 길순이만 잡아가면 으레 내가 관아로 찾아갈 테니 그때 나까지 잡아 보겠다고 생각하고 있는지도 모르지."

그러나 산에 연락할 시간은 없었다. 그 동안에도 길순이의 몸이

어떻게 될지 알 수 없기 때문이다. 옥녀는 생각다 못해 남장을 하고 거리로 나섰다.

그녀는 어두운 밤길을 바람같이 살살 돌아서 어느 솟을대문 앞에 이르렀다. 대문 앞의 괘등이 희미하게 졸고 있었다. 예사 손님이라면은 여기에서 목소리를 가다듬어 "이리 오너라!" 하고 집주인을 찾아야 할 것이지만, 옥녀는 대문앞을 지나서 문석대(紋石臺)를 끼고 돌다가 조벽(照壁)이 나서자 그 문우리 구멍을 밀고 문석대를 제비처럼 넘어섰다.

안마당에 내려선 옥녀는 망설일 것도 없이 곧장 별당으로 갔다. 쪽마루 밑에 몸을 감추고 귀를 모으니 아나나 다를까 방안으로부터 원님 아들이라는 자가 술에 취한 탁한 목소리로,

"이리 가까이 오래두, 뭘 우물거리누."

대답이 없었다.

"너를 데리고 온 수만이가 너의 오라비라지?"

"수만이가 누구에요?"

계집아이의 모기소리 만큼한 가냘픈 목소리다. 그것은 분명 길순이 목소리에 틀림없었다.

"너를 데리고 온 그 사령 녀석 말야."

"전 모두 모르는 분들입니다."

그러나 원님 아들은 그 말에는 개의치도 않고,

"이리 가까이 와서 술이나 쳐라."

능글스러운 말소리로 길순이의 손이라도 잡아당긴 모양인지,

"앗."

길순이의 공포에 떠는 목소리가 뒤를 이었다.

"호호호……."

원님 아들은 너털웃음을 헤쳐 놓고,

"너는 오늘부터 이 집에서 살 사람이다. 고분고분히 내 말을 들어야지."

"그렇지만."

"그렇지만 뭐야?"

"……"

"조금도 두려워할 것 없다. 그저 나 하라는 대로 하면 되는 거야."

"앗, 그, 그러지 마세요."

"넌 돈 2백냥으로 내 손에 들어온 물건이나 다름 없는 거야."

"그렇지만 저는 그 돈을 만져본 일도 없는 걸요."

"아가리 닥쳐, 이년아! 네 아비 녀석이 쓴 돈이란 말야."

길순이의 대답이 막히자, 원님 아들은 여보란 듯이 문갑 속의 종이뭉치를 끄집어내 보이며,

"이렇게 돈표가 내 손아귀에 딱 들어와 있는데도 그 돈을 모른다는 거야?"

"……"

"이젠 아무리 버둥거려야 소용 없다. 순순히 내 팔에 안기는 것이 네 팔자 펴는 일이지."

마침내 체면도 없이 길순이에게 달려들었다.

"이러지 마세요, 제발!"

길순이가 악을 썼다. 그러나 극도로 달뜬 원님 아들에게 그런 말이 들릴 리가 없다. 그는 술내 나는 입을 갖다 대려고 했다. 길순이가 죽기를 한하고 그 입을 피하자 이번엔 타고 앉을 모양으로 길순이를 쓰러뜨리려고 했다. 넘어지게만 되면 여자는 그것으로 그만 힘이 빠지게 마련이다.

"싫어요 싫어, 비켜요!"

필사적으로 넘어가는 몸을 지탱하려고 하자,

"싫기는 뭐가 싫어?"

"비키라는데 왜 이러세요!"

"좋게 해 준다는데 왜 이래."

길순이가 악을 쓰면 쓸수록 사나이는 욕정이 끓어오르는 모양이다.

그 짐승 같은 힘에 그만 길순이가 넘어지자,

"흐흐……."

원님 아들은 짐승 같은 본성을 드러내어 꼴 좋다는 듯이 웃어댔다. 그리고는,

"돈에 팔려 온 년이 뭐가 좋고 싫고가 있어. 죽으라면 죽는 시늉이라도 해야 할 년이."

가슴을 풀어헤치고 다시금 길순이에게로 다가왔다.

"이 짐승 같은 놈아!"

"빨리 옷이나 홀랑 벗어."

길순이가 앞섶을 여미자,

"빨리 못할까!"

어깨를 탁 떠밀었다.

"아!"

꽃이 지듯 쓰러진다.

"아직도!"

"……."

공포로 숨도 못 쉬는 길순이다.

사나이는 사지가 굳어버려서 운신조차 할 수 없게 된 길순이에게로 다가왔다. 구린내가 나는 입을 다시금 갖다댔다.

이빨과 이빨이 맞부딪치면서 혀끝이 파고 들었다.

피할래도 목을 돌릴 수가 없었고 마침내 길순이는 공포와 수치

속에서 거진 몸을 내던지고 있었다.

적삼 속으로 기어들어간 사나이의 손은 아직도 남자를 모르는 처녀의 살갗을 간지르며 치마허리 밑으로 불룩한 젖무덤을 잡았다. 길순이는 몸서리가 나서 꼭 죽고만 싶었다.

"싫어요……싫어."

겨우 덮쳤던 입에서 놓여나자 그녀는 그 한마디 말만 되풀이했다. 그러나 징그러운 사나이의 손끝은 이미 무르익은 과일과도 같은 그녀의 몸을 주물럭거리고 있었다.

"흐흐……이 젖가슴이며 몸뚱아릴 봐라, 돈 이백냥이 아까운가."

능글능글한 웃음소리와 함께 사나이의 손끝은 아래로 미끄러져 갔다. 속옷 끈도 끊어져 나갔다. 힘껏 포개져 있던 두 다리가 조금씩 벌려졌다. 무릎이 드러나고 허벅지까지 보이게 되자,

"음!"

사나이는 더는 견딜 수 없다는 듯이 침을 꿀꺽 삼켰다.

"싫어요!"

길순이는 마지막 것에 손이 와 닿자 마지막 힘을 다해서 요동쳤다.

"사람 살려요, 사람—."

절망적인 고함이 길순의 입에서 튀어나올 때,

"이 뻔뻔한 놈아!"

장지문이 벌컥 열리면서 눈을 치뜬 옥녀가 들어섰다.

"어떤 놈이냐?"

원님 아들은 길순이를 안은 채 옥녀를 쳐다봤다.

"활빈당에서 왔다면 내가 누군지 알겠지."

"뭐, 홍길동이야!"

질겁을 한 원님 아들은 분주히 목침을 들어 던지며 달아나려고

했다. 그러나 옥녀는 어느 틈에 원님 아들의 뒷다리를 잡아 쥐었는지, 원님 아들은 문창에 머리를 박고 쓰러졌다.

"이 녀석아, 어디로 달아나려는 거야, 고함쳤다가는 죽는다."

이 말에 원님 아들은 찍소리도 못하고 벌벌 떨기만 했다.

"이 짐승 같은 녀석, 허리띠를 풀기가 그렇게도 좋거든 어서 네 허리띠나 풀어."

"......"

그는 무슨 뜻인지를 몰라 멍청하니 쳐다보고만 있었다.

"허리띠를 풀라는데 왜 그러구 있어, 귀가 먹었어?"

"예예."

하라는 대로 허리띠를 풀고 흘러내리는 바지를 한 손으로 움켜쥐자 옥녀는 그것을 기다리고나 있던 듯이 면상을 쥐어박았다. 그 한 대에 사나이는 어이없게도 뻗어버렸다.

"길순아, 그 허리띠로 저녀석의 상투를 매라."

그제야 길순이는 옥녀를 알아보고,

"언니 아니에요?"

울음을 터뜨리며 달려들었다.

"울지 말고 어서 하라는 대로 해라, 저 녀석의 상투를 매달고 어서 가자."

둘은 그놈의 손발을 묶고 상투를 허리띠로 매어 문고리에 달아 놓고는 방을 나왔다. 하늘에는 둥근 달이 그녀들을 칭찬이나 해주듯이 히죽 웃고 있었다.

"언니, 이제는 어떻게 해요? 저 때문에 언니까지 술장수도 못하게 됐으니."

담을 넘어 한길에 나서자 길순이는 걱정이 되는 모양이다.

"그런 걱정은 말고 욕 안 당한 것을 천행으로나 알아."

"우린 이제 어디로 가는 거예요?"

"그런 걱정두 말구, 따라 와."

그날 밤으로 옥녀는 술청을 지키고 있던 바위를 데리고 셋이서 문수봉으로 돌아갔다. 밤길을 걸으면서 옥녀는 이런 뜻하지 않은 일로 술청을 집어치우게 된 것이 시원스럽게 잘됐다고 생각하는 모양이었다. 아니 그보다도 사흘에 한 번씩 보던 길동이를 늘 볼 수 있게 된 것이 기쁜 모양이다.

문수봉에는 전부터 십여 명이나 되는 여자들이 살고 있었다. 그 중에는 해인사 주지의 첩노릇하던 여자도 있고, 관아의 기녀를 업어 온 것도 있었고, 살 수가 없어 산의 오빠를 찾아온 시골처녀도 두셋 있었다. 산채에서는 그들을 위해 집을 지어주기로 했다.

집을 짓는 집터 앞으로 여자들이 지나가면 사나이들이,

"이것이 내 살림집이라면 얼마나 신날까."

들으라는 듯이 실없는 소리를 씨부려댔지만, 여자들은 듣고도 못 들은 체 쌀쌀하게 돌아섰다.

그래도 남자들은 여자들과 가까이 살면서부터는 산채생활이 전에 없이 즐거운 모양이었다. 눈이 맞아 장가를 들어도 좋으냐고 길동이한테 허가를 맡으러 오는 자들도 있었다.

길동이는 되도록 그들의 소원을 풀어주고 방 한칸이라도 마련해 주었다. 그러면서 산채의 방비를 더욱 더 튼튼히 했다.

문수봉패는 말을 많이 타고 다녀서 늘 다니는 곳에는 어느 사이엔가 풀이 짓밟힌 오솔길이 생기고 말았다. 그 길에만 들어서면 산채가 있다고 손짓하는 것이나 다름이 없었다.

"이런 때엔 여우길을 만들어놔야 하는 거다."

길동이는 졸개들을 모아놓고 여우길이 왜 필요한가를 설명해 주었다.

"언젠가는 관아에 있는 놈들이 우리를 잡는다고 나설 것이다. 그때에 길이 사방 팔방으로 나 있으면 좀해서는 산채를 찾아내지 못한다. 너희들도 모처럼 재미나는 살림을 꾸며놓고 놈들에게 쫓겨가기는 싫을 테지."

졸개들은 그 말을 심각하게 듣고 있다가 부역이 시작되자 한눈도 팔지 않고 길을 닦았다.

오솔길은 그럴듯하게 북으로 남으로 서로 동으로 꼬불꼬불 뻗어나갔다. 늘 다녀 버릇하지 않은 사람이면 산속에서 방황하기 꼭 알맞은, 그야말로 여우길이었다. 곡괭이질을 하고 있던 한 졸개가 문득,

"우리 행수(行首)가 제일이야."

그 옆의 졸개가 받아서,

"그야 그렇지."

아주 동감이라는 얼굴이었다.

"그런데 장군께서는 북쪽을 한판 돌아오신대지?"

"북쪽엘?"

"못 들었나?"

"못 들었는데, 우리들 다 데리구?"

"그렇지두 않은 모양이야."

"그럼?"

"북쪽에두 활빈당을 또 만드실 모양인게지."

"거 신난다. 그럼 조선팔도가 우리 활빈당 세계가 아닌가."

"그야 그렇지."

이들은 괜히 신이 나서 날이 저무는 줄도 모르고 길을 닦고 있었다. 그 중에는 길동이가 이곳을 떠날 때면 기어이 따라 나서겠노라고 미리부터 기고만장해 있는 자들도 있었다.

그로부터 며칠 후, 길동이는 이곳의 최두령에게 새로 활빈당의 두

령이란 이름을 주었다. 그리하여 최두령은 그때부터 문수봉의 활빈
당 두령이 된 셈이다.

이 최두령의 나이는 사십 세, 꼬장꼬장하고 마른 매눈의 사나이었
다. 졸개들 중에는 매두령이라고 부르는 자들도 있었다. 문수봉을 떠
나기 전날, 옥녀는 길순에게,

"우린 이곳을 떠나야 하는데 너는 어떻게 하련?"

하고 물었다.

"어떻게 하긴, 저도 따라가지요."

"그렇지만 우리가 가는 곳은 길이 험한걸."

"길이 험하다고 언니가 가는 델 제가 못 가요."

"그래도 너는 여기 남는 게 좋겠다. 이곳에는 동무도 많이 있는데."

"싫어요. 난 언니 가는 데는 어디나 따라갈래요."

"그렇지만 우린 하루에 백오십 리나 걷는데 그래도 따라오겠니?"

그 말에는 자신이 없는 듯 대답을 못하자,

"그럴 것 없이 우리와 같이 떠나서 너는 김화에 있다는 할머니 댁
에나 가 있어, 언제구 우리가 데리러 갈테니."

"그렇게 해요."

길순이는 싫은 얼굴이면서도 고개를 끄덕이었다.

활빈당(活貧黨)의 선심(善心)

함흥 성내(城內)의 아래거리에는 요즘 보기드문 광대의 일행이 와서 머물러 있었다.

서울에서 왔다는 이들은, 빈터에다가 막을 둘러치고 꽹과리, 날라리 등을 불어대어 손님을 끌었다.

"자 오십시오, 어서 와 구경하십시오. 이번 기회를 놓치면 다시는 볼 수 없는 서울 광대들의 놀이를 와서 구경하십시오. 춤에 요술에 줄타기, 황홀한 구경거리 모두가 마련돼 있습니다. 몸뚱이를 흔들고 손발을 움직이면 여러분은 춤이라 할지 모릅니다만, 춤에도 무당춤·부처춤·칼춤·곱새춤·학춤·장구춤·승무·처용무·강강술래, 세려면 한이 없고 끝이 없지요. 그러나 백문불여일견(百聞不如一見)이라고, 자 들어가 보시오, 들어가서 선녀(仙女) 같은 서울아가씨들의 춤을 한번 보아두십시오."

손님을 부르고 있는 남자는 나이가 꽤 든 노인이면서도 눈빛이 날카롭고 아주 정정해 보였다. 거기에다 옷까지 이상야릇한 것을 입고 있었다. 이런 것이 양놈의 옷이라는 것인지, 홀죽바지에다가 단추가 번쩍번쩍하는 웃도리를 입었는데, 허리에는 시뻘건 띠를 질끈 동여맸다.

그는 다시 날라리에 가락을 맞춰가며 한바탕 또 사설을 늘어놓았다.

"요술이란 본시 사람을 홀린다는 데서 시작된 말이지요. 칼을 삼키고도 상한 곳이 없고 불을 밟고 다니고도 살이 데지를 않으니, 이런 알고도 모를 이상한 일이 어디 있겠습니까. 아니, 그 뿐인가요, 아이들의 배를 갈라서 참외씨를 심는 것도 요술, 눈 깜빡할 동안에 호박씨에서 싹이 나고 덩굴이 뻗어 잎이 나고 꽃이 피고, 꽃이 지고나니 호박이 열리더라는 이것도 순 요술, 자 백문불여일견이라고 이 기회를 놓치면 다시는 볼 수 없는 서울 광대놀이를 구경하시오. 못 보시면 자자손손(子子孫孫) 두고 두고 한이 되고 원이 될 거외다……."

손님을 부르는 영감의 이야깃거리도 그럴싸했지만, 실제로 보고나온 사람들이 전하는 말은 더구나 굉장했다.

"서울아가씨들의 춤이 어쩌면 그렇게도 훌륭할까요. 눈이 부시더구만요. 참 예쁘기도 하더라."

소문은 소문을 낳아 광대 놀이터 앞에는 언제나 구름 같은 사람 떼였다. 처음에는 여자들이 들끓어대던 것이,

"이런 때에나 서울색시 구경을 해둡세."

총각에, 상투에, 나중에는 갓쓴 점잖은 이들도 구경을 오게 되었다. 그러자 광대놀이 측에서도 상석(上席)을 따로 마련하여 양반네들을 안내했다.

그렇게 되자 감영(監營)의 벼슬아치들까지 구경을 다녔다. 마침내는 감사의 귀에까지 광대들의 소문이 들어갔다.

그러지 않아도 서울서 불러 올리기만을 여삼추 같이 기다리던 함흥감사라 서울아가씨들의 춤이야기에 급기야 향수나 불러 일으킨 듯,

"그자들을 감영으로 불러들여라."

하고 영을 내렸다. 곁에 있던 도사(都事)가,

"그렇지만 광대놀이를 어찌 감영 속에서……."

하고 망설였지만,

"내가 보고 싶으니 어서 불러라."

감사는 언제나처럼 억지를 썼다.

뉘 영이라 감히 거역하랴.

광대놀이가 감영 앞뜰에서 열리던 날, 감사는 관원과 관속들의 가족까지 모두 모이게 하여 구경을 시켰다. 그러자 관기(官妓)들까지도 구경을 시켜달라고 아양을 떨며 졸라대는 바람에 결국은 그들도 한 자리에서 구경을 하게 되었다.

상피(象皮)의 북에다 동고(銅鼓)·쟁(錚)·여덟 구멍의 호적(胡笛), 이런 악기들이 한꺼번에 음색을 다투는 가운데 세 명의 남자들이 추는 중국춤이 시작되었다. 그들의 이상한 옷차림과 야릇한 춤에 기생들이 우선 웃어댔다. 그러자 그 웃음은 온 마당으로 퍼져, 평소에는 늘 어마어마하기만 하던 관아 뜰안이 이날만은 봄바람이 살랑거리는 화창한 봄날씨 같았다.

석자도 더 되는 칼을 집어 삼킨 뒤에 물을 토하고, 불을 먹고, 줄을 타고, 이러한 요술은 그만 사람들의 눈을 휘둥글게 만들고 말았다. 악기소리는 한층 더 자지러지면서 모두가 은근히 기다리고 있던 서울아가씨들의 춤이 시작되었다.

스란치마에 당저고리를 입은 세 아가씨가 오색 한삼으로 얼굴을 가리고 나타났다. 음곡(音曲)에 맞추어 한삼 끝이 하늘로 날아오르면서 가리웠던 얼굴이 드러났을 때,

"야아!"

모두가 넋을 잃은 얼굴로 무희(舞姬)들을 쳐다보고 있었다.

감사는,

"과연 서울 여자들이로구나."

오래간만에 눈앞이 확 트이는 것 같으면서, 오늘 밤에는 그 중의 하나는 기어이 자기 것으로 만들 생각으로 마른 입술을 연방 축이

며 몸이 달아 앉아 있었다.

　감사의 눈치 코치에는 귀신 같은 통인 녀석이,

"가운데 계집애가 천하일품이랍지요, 아마."

옥녀를 가리켜 천거했다.

　감사는 만족한 듯이 머리를 끄덕이며,

"네 녀석 눈도 눈은 눈이로구나."

　그렇다면 오늘 밤의 수청은 그 계집애더러 들게 하라는 분부인 모양이다. 한편, 기생들도 서울아가씨들의 용모에는 한풀 꺾이는 모양으로,

"서울물에 씻기우면 저렇게도 아름다와지는 것일까?"

　샘을 낸다기보다도 그저 탄복할 뿐이다. 여염집 부인네에 이르러서는 입만 뻥 벌리고 춤이 언제 시작되었다가 언제 끝났는지도 모를 지경이었다.

　이렇게도 좋은 구경을 하고도 대접이 없을 수가 없었다. 광대놀이에 뒤이어 마당에서는 그대로 잔치가 벌어졌다.

　관원들은 정자로 자리를 옮기고 여자들을 불러들였다. 그러나 아무리 광대 일행이라 해도 관아에 속한 기녀들과는 다르니, 함부로 여자들의 손을 잡거나 끼고 돌 수는 없는 일이었다.

　더구나 여자들의 거동이 예의에 밝았다. 아름다운 용모에 예의범절까지 밝고 보니 시골 관원들로서는 괜히 가까이 하기 어려운 여자들로만 보였다. 그럴수록 억지로라도 손아귀에 넣어보고 싶은 충동이 강해지는 모양이기도 했다.

"어서 술을 쳐라."

　감사는 애꿎은 술만 퍼마시며 통인 녀석이 일을 다 꾸몄노라고 아뢰 바치기만을 기다리고 있었다.

　도사나 판관(判官)의 마음도 매한가지였다. 감사만 자리를 뜨면 자

기들도 서울 여자 하나씩을 차지할 참이었다. 그것은 생각만으로도 몸이 훅훅 달아오를 일이었다.

그런 판에 난데없이 밖이 소란해지면서,

"불이야, 불이야!"

벌집을 쑤셔놓은 것처럼 법석대는 소리가 들려왔다.

"불이라고?"

감사는 취중에도 정신이 획 돌아오는 모양이었다. 비틀거리며 일어서려는데,

"성안이 온통 불바다요."

사령이 달려오더니,

"성안까지는 아직 불이 안 미쳤다 하오."

종잡을 수 없는 말이 오가고, 술에 거드럭거리던 관속들은 괜히 우왕좌왕, 잔치판은 삽시간에 대혼잡을 이루었다. 그제사 불은 남문 밖에 났다는 것을 알게 되었다. 불에 쫓겨 온 사람들이,

"남문 밖이 불바다요."

정신없이 떠벌려대고는 피해 달아났다.

감영에서는 극도로 당황하여,

"불을 구하라!"

하고 감사가 허둥거리며 나서는 바람에 모든 사람이 앞을 다투어 남문 밖으로 쏟아져 나갔다. 뒤에는 광대 일행만이 물 나간 자리처럼 어수선하고도 허전한 감영에 꿔온 보리자루 모양 남게 되었다.

그러자 어디에선가,

"뻐꾹."

하고 뻐꾸기 울음소리가 들렸다.

그 울음소리가 신호였던 모양으로, 밖으로부터 들이닥친 새로운 한 무리와, 허울을 벗어던진 안의 광대 일행이 합류하면서 덤비는

일도 없이 함흥감영의 창고를 습격했다. 그리고는 있는 대로의 전곡(錢穀)과 군기(軍器)를 실어내어 북문으로 빠져나갔다. 그것은 개울의 물이 흘러내리기보다 더 순조롭고 손발이 맞는 행동이었다.

그러나 놀라 자빠진 것은 성안의 백성들이었다. 남문 밖의 불로 한참 소란스러운 판인데 전곡과 병장기가 북문으로 실려나가고 있었으니 백성들이 놀라 자빠진 것도 무리한 일은 아니었다.

"혹시 오랑캐가 쳐들어온 것은 아닌지?"

"역적모의가 일어났는지도 모를 일이다."

온 성안이 술렁거렸다.

그런 일을 꿈에도 알 까닭이 없는 남문 밖에서는 겨우 불길을 잡고 나서 한숨을 돌리면서 성안으로 되돌아왔다. 그런데 감영에는 창고를 열고 전곡과 군기를 실어낸 해괴한 일이 기다리고 있는 것이 아닌가.

"어떤 놈의 짓이냐!"

감사는 머리가 곤두서서 소리쳤다.

"광대들의 짓이 아닌지, 그 놈들이 한 놈도 보이지 않습니다."

"뭐 광대들?"

그러자 옆에서,

"그렇지야 않겠지요. 여자들과 노인을 섞은 남자 몇을 가지고 이 큰 창고 속의 물건을 어떻게 다 가져가겠소? 이는 분명 이름 있는 큰 도적떼들이 한 짓에 틀림없소이다."

"큰 도적떼라면 대체 어떤 놈들 말이냐?"

감사의 노성은 더욱 크게 튕겼다. 그러나 그것도 결국은 당황한 나머지의 호령에 불과했다. 지금에 와서 생각해 보면, 광대들의 거취며 남문 밖의 화재, 창고 습격 등에 눈에 보이지 않는 어떤 연관성이 있을 것만 같았다. 감사는 곧 장병을 풀어서 북문으로 빠진 적당들

의 뒤를 쫓게 하였다. 그러나 북문에 나붙은,

　—함경감사 서동건은 탐관오리로 준민고택(浚民膏澤)하여 백
성이 도탄(塗炭)에 든지라 활빈당이 그 불의의 재물을 탈취해 가
노라—
활빈당 당수 홍길동

이라는 방문을 보고는,
"홍길동이가 우리 함경도엘 왔단 말인가!"
입이 뻥해 가지고 사색이 되고 말았다.
　그것도 그럴 것이, 당시 해인사 사건은 이 북방에까지 소문이 자자했다. 그것도 백발삼천척(白髮三千尺) 식으로 홍길동이가 땅속으로 꺼졌다느니, 아이가 되었다가 노인으로 변했다느니, 도저히 있을 수 없는 소문까지 그럴듯하게 퍼졌던 것이다. 그 판에 자기들이 홍길동의 방문을 받았으니 변경 관리들이 놀라 자빠지지 않을 수가 없었다. 그러나 그것은 곧 터무니없는 용맹심으로 변했다.
　"제아무리 홍길동이가 아니라, 손오공(孫悟空)이라 해도 잡고야 말리라."
　길동이를 잡은 공로로 서울로라도 불리어 올라가게 된다면 이에 더한 경사가 어디 있는가, 꿩먹고 알먹는 격이라, 감사는 눈이 뒤집혀서 곧 군사를 사면으로 풀었다.
　그들의 일부는 우선 성천강(城川江) 변을 막았다. 관북(關北)의 대당(大黨)이라는 칭호를 받고 있는 백운산(白雲山) 패가 길동이의 앞잡이를 선 소행이라면, 그들은 어떠한 수단을 써서라도 성천강을 건너기 마련이기 때문이다.
　그래서 성천강으로는 보리 한 톨도 건너가지 못하게 되었다. 소바

활빈당의 선심 513

리, 함지박 속의 물건까지 샅샅이 뒤져서 혹시나 병장기가 실려가지 않나 검색을 당했다.

또한 인근 고을에는 파발말을 달려서 도망쳐 가는 적당의 수탐을 부탁했다. 그러나 그 경계망에는 병장기를 실어내는 적당은커녕 미꾸라지 한 마리도 걸려들지 않았다.

성 밖에서 이런 소란이 벌어지고 있을 즈음 길동이 일행은 북문에 잇달은 산길로 해서 치마대(馳馬臺) 쪽으로 이동하고 있었다. 광대를 가장하여 오늘밤의 안내를 도맡은 옥녀 패거리와 합치면 모두가 육칠십 명이나 될까, 그들의 태반은 역시 백운산에 본거지를 둔 용매 일당이었다.

백운산 패의 우두머리인 용매는 아직도 나이 삼십 안짝으로 광대뼈가 툭 튀어나온 사나이었다. 그야말로 산적에 어울리는 무지스럽게 생긴 사나이었으나,

"장군, 내 생전에 오늘같이 통쾌한 날은 없었소."

길동이를 뒤쫓으며 감격어린 말을 뱉는 것을 보면, 그도 역시 길동이의 인품에는 어느덧 머리가 수그러지는 모양이었다.

"장군, 놈들은 지금쯤 얼마나 당황하고 있을까요?"

"그렇지요. 함경감사 서동건이라는 자는 본성이 우매한 만큼 우리를 잡아 공을 세워 보겠다고 눈이 뒤집혀 있을 테지요."

길동이도 사사로운 자리에서는 두목들에게 반드시 공대를 했다.

"하하……우리를 잡아보겠다고?"

용매는 입을 함지박만큼이나 벌리고 소리없는 웃음을 한참이나 웃고 나서,

"이 멧부리 하나만 넘으면 바로 치마대요. 치마대 밑에 그 동굴이 있지요."

"내가 미리 와보지 못한 것이 좀 미심쩍기는 하지만, 동굴이란 것

이 과연 크오?"

"크다 뿐이겠소. 앞턱에 바위만 하나 괴어 놓으면 영락없는 산마루지요."

"대처 가까운 산속에다가 그런 좋은 장소를 마련해놨다는 것은 참 잘한 일이었소."

"언제나 한판 친 뒤에는 긁어온 물건 간수하기가 골치였으니까요."

"그렇지, 떠들썩한 판에 물건 나르기처럼 말썽은 없으니."

용매는 길동이가 칭찬해주는 소리에 더욱 입이 헤벌어지며,

"장군, 이제 다 왔소."

용매가 가리키는 곳에는 과연 토민들이 사는 토굴 같은 것이 입을 벌리고 있었다. 일행은 그 속에다가 무거운 등짐을 풀어놓았다.

"이젠 여기서 한숨들 자고 날이 밝거든 여러 길로 빠져 나가도록 하자."

산적들은 이런 일에는 익숙해서 두목의 한마디가 떨어지기 바쁘게 사방으로 망지기가 서고 나머지는 풀숲에 제멋대로 뒹굴었다. 길동이는 앞뒤에서 부스럭대는 졸개들을 돌아보며,

"너희들, 여기에 치마대라는 것이 왜 생겼는지 아나?"

"모르는뎁쇼, 장군."

졸개들은 괜히 좋아하며 길동이를 둘러쌌다.

"모르나? 그렇다면 내가 이야기해 주지. 이곳이 이태조(太祖)가 난 곳이라는 것은 알지?"

"이 산에서 임금이 나요?"

"아니, 이 고장에서."

"예, 그렇다더군요."

"함흥차사는 아나?"

묵묵 대답이 없었다.

"그럼 본궁(本宮)은 알겠지?"

"예예, 바로 저 곳인뎁쇼."

길 아래 남쪽을 가리켰다.

"그렇지, 이태조는 어릴 적에 그곳에서 글공부도 하고 무예도 닦았다네. 그런데 태조께서 무척 아끼던 말이 하나 있었어. 이 말이 어찌나 빨랐던지, 활을 쏘면서 달리면 그 활보다 더 빨랐다는 거야."

"활보다 더 빠른 말이 어딨어, 장군님은 맹탕 거짓말쟁이군요."

"거짓말 같기는 하지만 전하는 말에 그렇다는 걸."

"옛말이란 다 그런게 아니에요. 그래서 어떻게 됐어요?"

"음……."

길동이는 웃으면서 말을 이었다.

"하루는 태조가 활을 쏘면서 말에게 말하기를, 내가 저 멧부리의 소나무를 맞힐 터이니 너는 그 활이 날아가 닿기 전에 그곳까지 뛰어가야 한다. 만약 네가 활보다 늦게 뛰면 네 목을 칠 터이다."

"장군, 아무리 임금이라도 그런 억지가 어디 있습니까. 화살보다 빠른 말이 어디 있을라구."

"이 자식, 가만 있어. 그 거짓말이 옛말 아닌가. 장군님, 어서 얘기 계속해주셔요."

"화살이 시위를 떠나는 것과 동시에 태조를 태운 말은 번개처럼 뛰었다. 그러나 이곳까지 왔으나 화살은 보이지 않았겠다. 태조는 크게 노해서 화살은 벌써 날아간 지가 오랜데 너는 그것을 못 따랐구나, 하고는 단숨에 말의 목을 쳤다는 거야. 그러자 씨잉하며 바람을 찢는 소리와 함께 화살이 소나무에 와 꽂히더라는군. 태조는 아차 하는 생각과 동시에 말의 목을 끌어안고 뜨거운 눈물을 흘리지 않았겠나."

"그러면 뭘해, 말은 죽어버린 걸."

"가만 있으래두, 그래서요 장군님."

"음, 태조는 죽은 말을 아끼는 마음에서 저 멧부리에다 말의 비(碑)를 세워주었고, 말을 달리던 곳이라 해서 이 산 이름을 치마대라고 부르게 된 거란다."

"그렇다면 장군님, 본궁에서 쏜 화살이 이곳까지 날아 왔단 말입니까."

"그렇게 되는군."

"본궁에서 이곳까지? 그건 순 거짓말이야. 첫째 이곳의 소나무가 본궁에서 보일 리 있습니까?"

"이 미욱한 놈아, 그런 이야긴 다 자기대로 새겨서 듣는 거야."

"그야 우리 장군님이 그러셨다면 있을 법도 한 일이지만."

이윽고 이들마저 잠이 들자 산위는 아주 고요해졌다. 옛부터 훔친 놈은 다리를 오무리고 자고 빼앗긴 놈은 뻗고 잔다고 했지만, 웬걸 그들의 행방을 수탐하는 관원과 관속들이 밤을 새워가며 우왕좌왕하고 있을 즈음 이들은 태평으로 코를 골고 있었던 것이다. 결국 관가에서는 인근의 수백 호를 발칵 뒤집다시피 했지만 아무 소득이 없었다.

이때 귀주사(歸州寺) 밑의 보고로라는 동네에 돈이 굉장히 많다는 서울영감이 딸 하나를 데리고 이사왔다. 서울서 이사왔다 하여 동네사람들이 서울집이라고 했지만 그들의 본고향은 보고로라는 것이다.

그들이 이곳을 떠날 때엔 아주 가난한 천민이었던 만큼 그들의 거취(去就)를 아무도 마음에 둔 사람이 없었는지 모르지만, 이제 재물을 이룩하고 금의환향(錦衣還鄕)했으니 서울집 사랑에는 언제나 마실객이 끊이지 않았다. 마을 노인들이,

"영감은 보고로의 어디 사셨기에 우리가 통 생각이 안 날까요?"

"이미 오십 년도 더 되는 옛날 일이니 무슨 생각이 나시겠소."

"웬걸요, 이 고장의 일만은 우리가 다 알지요."

"저 산모퉁이 토굴서 살던 사람들의 기억도 있으시오?"

"대개는 알지요."

그러자 서울영감은 점잖은 웃음을 띠면서,

"나두 부모 등에 업혀 이곳을 떠났으니 그때의 일은 잘 모르오. 그러나 선친들의 생전 고향이 이곳이었던 만큼 나에게 고향이란 이곳뿐이요."

그 대답은 동네 노인들의 마음을 아주 흐뭇하게 해주었다.

"옳은 말씀이시오. 사람은 흔히 귀히 되면 근본을 잊기 쉬운데 영감님만큼은 그렇지 않은가보오."

그러나 동네사람들이 감심한 일은 비단 이 일 뿐이 아니었다. 서울영감은 가난한 사람들을 위해서 재물도 아끼지 않았던 것이다.

하루 아침에는 과부가 네 자식들을 데리고 이집 저집의 궂은일을 도맡아 해주며 사는 복순네에 들러서,

"무엇을 하면 살 만하겠소?"

하고 묻자,

"성문 가에 주막이나 하나 얻어 딸자식들을 데리고 그 장사나 하면 손발이 맞아 저희 식구는 먹을 만 하겠소."

하는 대답을 듣고는 곧 그 이야기대로 주막을 차려주었다.

그 말을 전해들은 동네 총각 태돌이가 찾아왔다. 찾아들어설 때의 기세로 보아서는 꽤 성찬 걸음이었으나 막상 서울영감을 대하고는 입을 떼지 못했다.

"시원스레 이야기해보게나, 무슨 일로 왔는가?"

그래도 태돌이는 머무적거리고만 있다가 밖에서 나는 서울집의

딸애 소리를 듣고는 더욱 당황하는 눈치였다.

서울영감은 이어 짐작이 간다는 얼굴로 머리를 끄덕이며,

"젊은 녀석이 무슨 못할 말이 있어, 길고 짧은 것은 대본 후에 알 일인데."

"그렇지만—."

"장가들고 싶단 말인가?"

서울영감이 벌쭉 웃자 태돌이는 한길이나 뛰어,

"절대로 그런 일은 아닙니다."

너무도 정색한 얼굴로 아니라는 바람에 영감은 콧등이 허애지며,

"그게 아니었던가."

입맛이 떨어진 얼굴이다. 그러나 태돌이로서는 그렇게 오해해 준 것이 되려 이야기의 실마리를 뽑아준 격이 되었던지,

"실은 영감님께 노자를 좀 얻자고 왔습니다."

"서울 가려나?"

한 번은 헛짚었으나 역시 서울영감은 보는 눈이 빨랐다.

"예……."

"과거라두 볼 생각으루?"

"어디요. 북도놈이 그런 생각을 먹을 수 있을라구요."

이태조가 나라를 세운 후로 서북(西北) 출신이 괄세를 받던 시절이었다.

"그렇다면 서울엔 무엇하러?"

"저의 일가 아저씨가 이번에 환갑이라 한 번 찾아뵙자는 거지요."

"뭘하는 사람인데?"

"참판을 지낸다더군요."

"그래서 유경(留京) 살이 가겠다는 거군, 그렇지?"

"……."

"전에두 서울엘 더러 갔었나?"

"예, 두어 번."

"그러구두 또 가겠다는 거군."

그러자 태돌이는 갑자기 열을 띠어,

"그렇지만 영감님, 젊은 놈이 이곳에서 뭘 하겠어요. 배도 채우지 못하는 밭뙈기나 붙들고 전 정말이지 매일같이 오장육부가 뒤틀려서 못 살겠어요. 손아귀 만한 천지라두 좋으니 한 번 내 뜻대루 살아보고 싶어요. 그러자면 하다못해 충의(忠義) 벼슬이라도 얻어 해야지 않겠어요."

"두 번씩이나 유경살일 하고도 아직 그런 요행을 버리지 못하는가."

서울영감은 무슨 생각인지 곰곰이 생각한 끝에,

"세상에는 초벌 삼득(三得)이란 말도 있으니 유경살일 한 번 더 해보는 것도 좋을 걸세."

넉넉한 노자를 내주고는,

"그러나 이번까지도 하릴없이 돌아오게 될 경우에는 덕소 땅의 검바위골을 한 번 찾아가보게. 그곳 주막에서 서울영감을 찾으면 혹시 자네 뜻에 맞는 일이 생길지도 모르니."

태돌이의 호방한 성품이 마음에 들었던지 서울영감은 매우 흐뭇한 얼굴이었다. 서울집의 이러한 소문은 곧 성안에 퍼져 손을 벌리고 찾아오는 사람이 하루에도 부지기수였다. 그래도 서울영감은 이제는 내 힘에 부친다는 비명도 올리는 일이 없이 그들에게 일일이 살아갈 길을 터주어서 돌려보내곤 했다.

"저 영감은 얼마나 돈을 가졌기에 저렇게도 적선할 수가 있을까?"

"원의 창고를 열어놓는다 해도 저만큼은 쏟아져나오지 못할 걸."

"아무튼 고마운 노인이야."

"고맙다 뿐인가. 있는 사람이라고 다 저러지는 못하는 걸세. 분명 보통 노인은 아니야."

마침내는 관에서도 그 무궁무진한 재물에 의아한 생각이 들었던지,

'금품으로 민심을 동요케 하는 수상한 자.'

라는 죄명으로 잡아다 가둘 기세가 보였다. 관으로서는 물론 그렇게 함으로써 가난한 사람들을 돕는 돈을 자기들에게 뇌물로 바치리라는 꿍꿍이속이 있었기 때문이다.

그러나 관에서 포졸들이 나오기 하루 앞서서 서울집에는 건장한 젊은이 수십 명이 들끓어대면서 곡식을 백성들에게 나눠주고 돈을 지워 보내고, 전에 없이 부산스러웠다. 다음 날 불꺼진 집같이 조용한 속에 포졸들이 들이닥쳤다. 그러나 그때는 이미 텅텅 빈 집에 보리알 하나 떨어져 있지 않았다.

"어제까지도 사람들이 들끓어댔다는 집이 웬일이야."

그러자 누구의 입으론지,

"분명 그놈들이 감영을 털어간 적당들인가보다."

"정말로―."

"흠……등잔 밑이 어둡다고, 그런지도 모르지."

이 소리는 삽시간에 포졸들이 들이닥치는 것을 보고 모여든 군중 속에 퍼지면서,

"뭐 그게 홍길동이 패였다고?"

"옳구나, 서울영감인즉 홍길동이었구나. 어쩐지 이상하더라."

서울영감이 바로 홍길동이었다는 소문은 그날로 함흥 안팎을 일곱 번하고도 반을 더 돌았다.

주막거리, 논두렁 구석, 두부집 안방……곳곳에서,

"홍장군, 이 은혜를 어찌 갚으리까!"

두 손을 맞잡고 남몰래 눈물을 흘리는 사람들은 그 수조차 헤아릴 수 없이 많았다.

사실 길동이는 용매 두령에게 백운산의 홍길동이라는 이름을 주고 갔지만, 함흥사람들은 서울영감, 즉 백운산 패의 나이먹은 졸개 하나를 꼭 홍길동이라고만 믿게 되었다.

가짜 홍길동

찌는 듯한 햇빛이 내리쪼이는 오뉴월의 산길을 걷자면 땀이 비오듯한다. 그러나 산골짜기의 개울에서 얼굴 씻는 시원한 맛도 있다.

강원도의 통천(通川)에서 김화(金化)로 통하는 산길에는 고개도 많거니와 쉬어가기 좋은 개울도 많다.

그렇건만 옥녀는 무엇에 화가 났던지 아침부터 통 말도 않고 쉬어갈 생각도 없이 걷기만 했다. 통천서 회양골로 가는 그 어간엔 철마산(鐵馬山)이라는 기암절벽이 있다. 골짜기를 따라 들어가면 맑은 개울이 흐른다. 산높이는 그리 대단치 않지만 풀이 우거져 나그네들의 눈을 즐겁게 한다.

옥녀 뒤를 터벅터벅 걷기만 하던 길동이가 바위를 돌아다보며,

"이쯤에서 점심 요기나 하자구."

하고 말하자 바위가,

"누님, 선비님 시장하시대요."

일부러 큰소리를 질렀지만 그럴수록 옥녀는 더욱 화가 치미는 모양으로 다달다달 성크름하게 걸어가고 있었다.

바위는,

"선비님 어떻게 좀 하셔요."

자기도 갑자기 시장기가 돌았던지 가련한 얼굴이 되었다. 그것도 그럴 것이, 아침에 객주집을 나서면서 옥녀가,

"바위야 오늘의 점심은 수수팥떡에 쇠염통이야, 우리 가다가 푸짐

히 먹자."

하고 봇짐까지 두들겨 보이면서 싱끗 웃어주던 일을 생각하면 그럴 수밖에.

길동이는 하는 수 없이 옥녀에게 다시 한 번 알아듣도록 이야기해줘야 했다.

"내가 옥녀더러 검바위로 돌아가라는 것은—."

"더 듣지 않아도 알아요, 선비님의 마음쯤."

"그렇게 우기지 말고 선생님 곁으로 먼저 가 있어요. 나도 곧 갈 테니."

"가요, 누가 안 간다기에 야단이셔요."

"허 참……."

"그렇지만 선비님도 너무하셔요. 언제나 나를 따돌리려고만 하고."

옥녀의 목소리는 갑자기 울먹해졌다.

이렇게 되면 홍장군 소리를 듣는 길동이로서도 말문이 막히고 마는 것이다.

"나는 노상 딴 곳으로만 돌리시죠. 술집 주모로 내쫓는가 하면, 광대판으로 들어가 있게 안 하나……. 그나 그 뿐인가요, 이번엔 또 서울영감의 딸노릇까지 하라구선—."

"옥녀가 아니면 감당하기 어려운 일이니 그런 것 아냐."

"그것도 알아요."

"안다면서."

"그렇지만 사실 선비님은 나를 피하고만 있는 걸요."

하기야 그것이 사실이니 길동이는 아니라고 우길 수는 없었다.

"이번도 나더러만 도사님한테 먼저 가랄 것은 없잖아요."

길동이는 그만 딱한 얼굴이 되며,

"그건 우리가 조선 팔도로 두루 일을 벌리자면 검바위 선생한테 알려야 하기 때문에 그래야 한다지 않아, 왜 내 말을 못 알아듣누."

"그렇다면 바위를 보내도 될 일 아니에요. 도사님이 선비님의 전갈만 받으시면 어련히 잘 처리해 주실라구요."

그것은 옥녀 말이 옳았다. 그래서 길동이가 대답을 못하고 있자 바위가,

"싫어요, 난 선비님을 따라다녀야 해요. 그래야 좀 사람구실도 하게 돼요."

엉뚱한 대답으로 검바위로 가는 것을 싫어했다.

그러자 옥녀는,

"네가 무슨 말참견이야, 버르장머리 없게."

매섭게 쏘아붙였다. 바위의 주둥이가 석자나 뽑아질 듯싶더니 금세 변덕스럽게,

"누님, 검바위는 내가 가도 좋아요, 누님이 좋아하는 얼굴을 보면 나도 기분이 봄날 같아지는 걸."

옥녀는 바위 말은 일부러 들은 척도 않고,

"그렇다면 바위는 김화까지나 데려다 줄까요?"

그리고는 혼잣말처럼,

"김화에서 포천(抱川)으로 나가 청평(淸平) 양수리(兩水里)를 거쳐 검바위로 가라지요."

그래도 길동이는 선뜻 대답이 없다가,

"바위야, 그럼 검바위는 네가 갈까?"

바위는 또 능청을 떨어,

"그거야 선비님이 알아서 분부하실 일 아닙니까?"

옥녀가 발끈하며,

"금세 제 입으로 가겠노라고 하던 애가 웬 딴소리야."

"누님, 괜히 화내지 마셔요, 속이 허해서 이소리 저소리 막 나와요."

옥녀도 하는 수 없이 웃음을 터뜨리며,

"이제보니 선비님도 속이 허해서 딱히 뭐라 하지 못하는 모양이군요."

그제야 나무 밑에 반반한 자리를 잡고 군침만 삼키게 하던 점심 보따리를 풀어놓았다.

길동이와 바위가 사흘이나 굶은 사람 모양 음식에 접어드는 것을 본 옥녀는 바가지를 들고 물을 찾아나섰다.

산의 석간수(石澗水)는 수정같이 맑았다. 한 바가지 넘실넘실 퍼온 물을 길동이에게 건네주려고 하던 그 순간, 씨잉 바람이 울면서 난데없는 화살 하나가 날아와 바가지를 꿰뚫을 것 같이 보이던 그 찰나 무슨 조화인지 화살은 길동이 손에 잡혀 있는 것이 아닌가.

길동이는 그것을 땅에다 꽂아놓았다.

연이어 두 번째 화살이 날아왔다. 그것도 역시 길동이는 손으로 잡아 땅에 꽂았다. 그러기를 수 십 차, 상대방의 화살이 다 떨어진 모양이다.

그러자 겁을 더럭 먹은 상대방은 도망칠 생각도 못했던지 풀숲을 헤치고 황망히 길동이 앞으로 와 엎드렸다. 건장하게 생긴 사나이 둘이다.

"장군을 몰라뵙고 죽을 죄를 지었습니다. 그저 목숨만 살려주십시오."

"흠, 재물을 탐내어 우리를 죽이려던 것인가?"

"아, 아니올시다. 이 녀석이—."

말을 맺지 못하고 벌벌 떨고만 있는 것을 보자,

"분명히 말해라."

"활재주가 있다고 그저 괜히—."

"장난으로 그랬단 말이냐?"

그러자 또 한 놈이,

"아, 아니올시다. 이 녀석이 실없이—."

"이놈들 죽어봐야 알까. 왜 바른 말을 못해."

　마침내 길동이의 노성이 찡! 하고 산을 울렸다.

"예예, 백 번 죽어 마땅한 죄를 지었습니다."

"이놈들, 여자를 잡아 희롱할 생각이었지?"

"아니……."

"장군님, 그저……."

"이 고약한 놈들, 네놈들은 상대가 무력한 자라고 보면 인정사정이 없으면서 더럽게 빌붙기도 잘하는구나. 도대체 뭘하는 놈들이냐?"

"여쭙기 황송하오나, 단발령(斷髮嶺)의 활빈당패라 하옵니다."

　옆에서 옥녀가 어이없는 대로 웃으며,

"활빈당패라구?"

"예, 그렇습지요."

"그러면 남을 돕기 잘하는 홍길동이가 너의 두령이겠구나."

"예, 바로 그분이 저희 두령입니다."

　두 녀석은 약속이나 한 듯이 입을 모아 대답했다. 활빈당 같은 의적 패거리라고 하면 이들이 혹시나 용서해줄지도 모른다고 생각한 모양이다.

　그러나 그들 생각과는 딴판으로 옥녀는 화가 독같이 나서,

"다시 한 번 말해 봐라. 너희놈들이 누구의 졸개라구?"

　그러자 이번에는 바위가 나서며,

"이런 녀석들은 그냥 둘 수 없지 않아요. 선비님의 이름을 팔아 무슨 짓을 했을는지 모르는 녀석들이니."

　이 말에 두 녀석은 눈알을 뒤집어쓰며,

"아니, 그러면 당신이 바로 진짜 활빈당 두령이신가요?"

"그렇다, 틀림없는 활빈당 두령이니 얼굴을 들어 잘 봐라."

바위가 기운이 나서 소리쳤다.

두 녀석은 급기야 길동이 발 밑에 엎드려,

"죽을 죄로 잘못했으니 한 번만 살려주시오."

길동이는 두 녀석을 내려다보며,

"너희놈들은 여기서 활빈당 이름을 팔아 얼마나 고약한 짓을 했느냐?"

"예예, 우리는 그저 두목이 시키는 일을 한 것 뿐입니다."

"너희 두목이 무슨 일을 시키더냐, 말해봐라."

"그거야 뻔한 것 아닙니까. 지나가는 행인들의 봇짐털기와 그리고 또—."

다음 말을 못하고 어물거리자 길동이가 불호령을 쳐,

"어서 썩썩 말을 못해."

"예예, 말을 하지요. 우리 두령님이 계집을 바치기 때문에 헤헤……."

말끝을 못 맺고 엄살을 떨자,

"지나가는 여자들을 잡아다 바쳤단 말인가?"

"예, 바로 그것이 제가 하려던 말입니다."

"너희놈의 두령은 도대체 뭐라는 녀석이냐?"

"예예, 올빼미라고 합니다. 올빼미라고 하면 이 단발령 일대에선 모르는 사람이 없습니다."

그때 옥녀가 놀라며,

"올빼미라니?"

"예, 이 일대에서는 그를 당할 사람이 없지요."

"밤눈이 십리라는 그 사람 아니야?"

"예, 그렇습지요."

그러자 길동이가,

"올빼미라는 놈의 소문을 들은 일이 있어?"

"검바위에서 도사님한테 같이 검술을 배우던 사람이에요."

옥녀는 간단히 대답했다.

"그런 사람이 되다 못해 계집 도둑이 됐어."

옥녀는 입맛이 쓴 듯이 아무 말이 없었다.

그러자 길동이는,

"그래, 너희들의 두령은 지금 어디 있느냐?"

"이 아랫골 주막에서 술을 마시고 있습지요."

"그렇다면 그리로 안내해라."

두 녀석은 우선 호랑이 굴을 벗어났다고 생각했던지 한숨을 돌리면서 골짝 길로 내려섰다.

바위가 옥녀 곁으로 다가와.

"누님, 이렇게 되면 우리는 둘이 다 검바위론 안 가도 되지요?"

신이 나서 눈알을 반짝였다.

"그거야 누가 알아, 역시 가야 할 일이라면 가야겠지."

"그래도 난 안 갈래요. 여기서 한판 벌어지면 굉장히 신날 텐데, 난 절대로 선비님을 안 떨어지겠어요."

옥녀는 바위와 다투는 일도 부질없는 짓이라고 그저 웃고 말았지만, 바위가 길동이를 따르는 심정도 생각해보면 가슴 아픈 일이었다. 아무도 없는 천애고아로서 길동이를 태산같이 의지하고 있는 마음을 옥녀가 모를 리 없었다. 그럴수록 길동이가 지닌 인품이라는 것에 마음이 끌리는 옥녀이기도 했다. 실상 지금 찾아가는 올빼미도 황산 도사의 말을 빌린다면 옥녀의 칼바람을 맞고 검바위를 떠난 자이다. 그러므로 그와 이렇게 만나게 되는 일도 옥녀로서는 낯간지러운 일이다.

등성이를 하나 넘어서자 올빼미가 술을 먹고 있다는 주막이 나섰다. 산 밑에 커다란 돌배나무를 등지고 외따로 있는 집이었다. 졸개의 말에 의하면, 그 주막의 술청장은 올빼미의 여편네라 하며 올빼미는 한 달에 보름은 여기 와서 지낸다고 했다. 그곳을 찾아가던 길동이가 무슨 생각에서인지 졸개에게,

"너희들, 두령 앞에 가서두 내가 홍길동이란 말은 절대로 입밖에 내서는 안 돼. 만일에 입밖에 내면 그대로 두지 않을 테니."

하고 다짐을 두었다.

"예, 우리야 분부대로 하지요."

졸개들은 그렇게 말하면서도 속으로는 그 말이 기쁜 모양이었다. 자기네 소굴로 들어가기만 하면 기운이 세다는 녀석도 별 수가 없다고 생각했기 때문인 모양이다.

그들이 산 밑으로 내려서자, '뿌' 하는 소라 소리가 났다.

"저것이 무슨 소리냐?"

길동이가 물었다.

"우리가 온다는 것을 두령에게 알리는 소립니다."

길동이 일행을 데리고 온 졸개 둘은 지댓돌이 높은 방 앞으로 가서,

"두령님, 손님이요."

하고 소리쳤다.

"어떤 손님이냐?"

안에서 졸개들과 어울려 술을 마시던 올빼미가 머리를 내밀었다. 그 순간 마당에 서 있는 옥녀를 본 올빼미는 급기야 사발눈이 되어,

"옥녀 아니야!"

옥녀도 반가운 모양으로,

"올빼미."

하고 방 앞으로 달려갔다.

"이거 웬 일이야?"

올빼미는 맨발로 뛰어나와 옥녀를 와락 안았다.

"올빼미, 네가 있다기에 왔어."

"옥녀를 이렇게 만날 줄은 정말 몰랐다."

올빼미는 하늘을 향해,

"하하……."

하고 한바탕 호탕스럽게 웃고 나서,

"너 예뻐졌구나."

"너두 두목 노릇을 한다면서?"

올빼미는 동문서답으로,

"옥녀가 여길 올 줄은 몰랐다. 야아……."

다시금 "하하……." 하고 웃어댔다. 그는 옥녀를 보자 십 년 묵은 체기가 날아가는 듯 무척 통쾌한 모양이다.

"사실은 말야, 저기 계신 저 선비님—."

옥녀는 눈으로 길동이를 가리키고,

"저 선비님두 너를 한 번 만나고 싶대서 온 거야."

옥녀 밖에 안중에 없던 올빼미의 얼굴빛이 불시에 달라졌다. 험악한 얼굴이 되더니

"그래, 저 선비가 네 서방이야?"

옥녀는 분명한 대답은 않고 모호한 웃음을 띠었다.

"왜 대답을 못해."

"내 서방이라면 어떻게 하겠다는 거야?"

"너희들을 그대로 곱게 보낼 리가 없다는 거지."

"세상이 마치 네 세상처럼 말하는구나."

"맞았다. 여기서만은 내 세상이다."

그때에 길동이가 그들 뒤로 다가서며,

"머리를 치렁치렁 땋아늘인 처녀보구 남의 아내라면 옥녀도 화 날 일 아니요."

하고 넌지시 웃었다. 그리고 보니 옥녀는 아직도 처녀태였다. 올빼미는 너무도 흥분했던 것이 열적어진 대로,

"그러면 그렇지, 옥녀가 날 버리고 남의 아내가 될 리야 없는 것이지."

하고 옥녀의 손을 잡고 방으로 끌어들이자,

"아이 별꼬라지야, 눈이 시어 볼 수 있다고."

안방 미닫이가 탕 닫히며 빼꼼히 엿보고 있던 아낙네의 종알대는 소리가 들린다.

"미친 년 지랄한다."

올빼미는 피식 웃고 손님들을 방으로 안내하고 나서,

"여봐라, 어서 이 상 물리고 새로 술상을 봐 오너라."

부엌에 대고 큰소리로 호령했다.

부엌에서는 대답 대신에 쟁그렁, 우당탕, 그릇이 부딪고 박살나는 소리가 요란스러웠다.

옥녀는 듣다못해 민망한 나머지,

"이런 바늘 방석이 어딨어, 누구기에?"

올빼미에게 물었다.

"미친 년이야."

"올빼미 색시, 그렇지?"

"그까짓 거 따질 것 뭐 있어. 뱀보다 더 징그러워졌다."

"에그 주착이야, 괜스레 나만 억울한 눈총을 맞겠네."

올빼미는 난처한 대로 옥녀에게 눈알을 부라리고 나서,

"이년아, 귀청 떨어지겠다. 그 놈의 손모가지 콱 꺾어줄라."

부엌에 대고 다시금 소리쳤다.

옥녀는 어이없는 웃음을 웃어,

"언제나 여자한텐 저런 언성이니 누가 좋아할 리 있어."

한참만에 졸개 둘이 술상을 새로 차려 맞잡고 들어왔다. 산해진미의 술안주이 가득한 술상이다.

"오늘은 옥녀두 힘껏 취하도록 마셔봐."

올빼미는 극히 만족한 듯이 웃었다.

"싫어, 난 네 여편네 눈총 맞기가 싫어."

옥녀가 술자리를 피하여 나가려고 하자 올빼미는 옥녀의 치마자락을 당기며,

"술을 먹지 않겠으면 앉아서 술이라두 쳐줘야 할 게 아니야."

"내가 무슨 기생년인 줄 아나배, 술을 쳐주게."

옥녀는 화가 나서 치마를 잡아챘다.

"오래간만에 만나서 이렇게두 매정할 수 있어?"

"정말 오래간만에 만나서 왜 버릇없이 야단이야? 점잖은 선비님 앞에서."

"선비님두 내가 너를 그리워하던 심정이야 알아주겠지."

"그런 싱거운 수작 말고 얌전히 앉아서 술이나 마셔요. 나는 나가서 이 댁 아씨의 오해나 풀어줘야겠어."

옥녀는 재빨리 방문을 열고 나갔다.

옥녀가 나가자 올빼미는 술맛이 떨어지는 모양인지 입맛을 다시고 있다가,

"옥녀가 이 산속으로 나를 찾아온 것을 보면 싫어하진 않는 모양인데."

혼잣말처럼 중얼거리자, 길동이가 올빼미에게 술을 부어주며,

"싫다면 무슨 걱정이요. 이곳에서야 두령님 마음대로 하는 세상인데."

시치미를 떼고 올빼미의 비위를 맞춰줬다.

올빼미는 그 말이 마음에 당기는 모양으로 히죽 웃고는,

"그래도 제가 좋아서 안기는 것과 억지로 안는 것과는 다르지. 그런데다 옥녀는 주먹이 사나이 등 떼먹는 주먹이니."

이런 걱정을 하고 나서는,

"선비님은 무슨 생각으로 옥녀를 따라 이곳에 왔소?"

하고 물었다. 길동이는 그 말을 기다리기나 한 듯이,

"세상엔 아니꼬운 놈들이 많아서 눈뜨고 살 수가 있어야지요. 그래서 정처없는 길을 떠났다가 우연히도 옥녀 아가씨를 만나 예까지 오게 됐지요."

의젓하게 말했다.

"그러면 우리와 같이 살아볼 마음으로 온 모양이군요."

"말하자면 그렇지요. 저같이 무능한 놈두 졸개로 써주시겠다면 있어볼 생각이 없지 않지요."

"그거야 옥녀와 함께 온 사람이니만큼 혼자 돌아가랄 수가 있겠소?"

하고 길동이를 자기네 패거리에 넣어줄 의향을 보였다.

"저를 받아주시겠다니 고맙습니다만, 한 가지 묻고 싶은 것이 있어요."

"묻고 싶은 것이 뭐요?"

"두령님의 패거리는 탐관오리의 재물을 빼앗아다 가난한 사람들을 돕는 의적이라지요?"

"그렇지, 함흥 감영을 친 것도 우리 활빈당에서 한 일이지. 그 일은 아마도 삼척동자도 알 일이야."

"사실 저도 그 말을 듣고 예까지 찾아온 놈입니다. 소문엔 이 활빈당에선 여자들에게 손을 대지 않는다는 말을 들었는데, 그것이 사실입니까?"

"그야 말할 것도 없지, 우리들은 나쁜 짓을 하는 사람들이 아니니."

올빼미는 태연스럽게 말했다.

"그것은 두령님 밑에 있는 졸개들도 마찬가지겠지요."

"그런 놈이 있으면 내가 용서하질 않아."

"그런데도 오늘 이곳에 오는 도중에서 두령님의 졸개 두 녀석이 그러한 서약을 어기고 여자를 잡아가려고 했지요."

"그놈이 누구야?"

"모르긴 해도 옥녀 아가씨가 너무 예쁜 때문에 그런 불순한 마음이 생겼다고 생각됩니다만, 옳은 일을 하는 활빈당의 패거리가 할 수 있는 일입니까. 돈 같은 건 잃었다가도 벌 수가 있는 일이지만, 여자의 정조는 한 번 잃게 되면 그만이니 하는 수 없이 내가 그놈들을 때려 눕혔지요."

"⋯⋯."

"그런데 그 졸개 두 녀석의 말에 의하면, 여자를 끌고 오라는 것이 두령님의 명령이라고 하는데 설마 그것이 사실이야 아니겠지요?"

"⋯⋯."

"저도 분명 거짓말이라고 생각했기 때문에 매달고 쳐도 보았지만, 그래도 사실이라니 어찌된 일입니까?"

"⋯⋯."

"왜 말이 없습니까? 그렇다면 그것이 그 놈들의 거짓말도 아닌 모양이군요."

얼굴이 벌게져서 씨근거리고 있던 올빼미도 입을 다물고만 있을 수 없다고 생각한 모양으로,

"그래서 어쨌단 말인가?"

하고 볼멘소리를 내질렀다.

"옳은 일을 하는 활빈당의 의적들인지 의심스럽다는 것이지요."

"의심스럽다면서 너는 왜 우리 패에 들어오겠다는 거야?"

"거야 나라도 들어와서 옳은 활빈당으로 고쳐야 하니까요."

그러자 극도로 화가 난 올빼미는,

"밖에 누가 없니? 이 스라소니 같은 녀석을 묶어라."

하고 고함을 질렀다.

그러나 누구 하나 얼씬하는 녀석이 없었다.

길동이는 천천히 입을 열어,

"고함쳐야 목구멍이나 아팠지, 누구 하나 나타나질 않을 겁니다.
두령님의 졸개들은 내가 누구라는 것을 이미 알고 있을 터이니까."

"네놈이 누구란 말인가?"

"활빈당의 이름을 팔아 악한 짓을 하는 놈을 제일 싫어하는 사람
이요."

"그게 누구야?"

"그렇게 말해도 모르겠으면 이름을 대지요. 성은 홍가구 함자는
길동이요."

"성은 홍가구 함자가 길동이라면─."

하고 잠시 혼자서 이름을 불러보다가 눈을 번쩍 뜨고는 갑자기
미친 사람처럼 헤헤 웃으면서,

"사람 놀라게 하지 마, 너 같은 졸장부가 홍길동이라구."

억지로 위엄을 보이려고 눈을 부릅떴다.

"미안스럽게 됐네. 내가 진짜 홍길동이가 돼서."

"홍길동이가 여긴 뭣하러 왔어?"

"네 버릇 가르치러 왔다."

"버릇을 가르쳐?"

순간 올빼미는 일어서며 길동이에게 술상을 둘러엎으려고 했다. 그 기미를 재빨리 알아챈 길동이는,

"이건 왜 둘러엎으려고 해, 음식상을 둘러엎으면 천벌 받는다네."

하고 조롱대듯이 웃었다. 올빼미는 그 날랜 동작을 보자 틀림없는 길동이라고 생각한 모양으로,

"네가 정말 길동이라면 대장부답게 칼을 들고 나가서 승부를 가리자."

선반 위에 얹어뒀던 환도 두 자루를 내리어 칼 한 자루를 길동이에게 던져줬다. 올빼미는 그런 허세라도 부리지 않고는 견딜 수가 없었던 모양이다. 그러나 길동이는 그 환도를 보지도 않고,

"자네는 언제부터 그렇게 상판에 피칠을 하기 좋아했는가?"

"네 상판에 피칠을 해주려는 거야."

"그렇게 끔찍한 이야긴 그만하고, 좀 조용히 앉아서 이야기해보기루 하지. 사실 자네가 활빈당 이름을 팔아 갖은 악한 짓을 한 생각을 하면 당장에라도 목을 날려 버리고 싶지만 사람에겐 입이 있어 서로 의사가 통하는 말이 있는 만큼 칼쌈이란 나중에 하는 거야. 말로 맺을 수 있는 일도 있으니 말야. 말 모르는 개들처럼 만나기가 무섭게 물어뜯을 수는 없는 것 아닌가."

"그래서 무슨 말이 있다는 거야?"

"자네나 나나 옥녀나 모두가 검바위 선생한테 검술을 배웠는데, 하필 자네만이 사람 덜된 짓을 하고 사느냐 말이야."

"이 녀석아, 비겁한 소린 그만하고 어서 칼이나 들어."

그 소리가 떨어지기도 전에 길동이는 언제 칼을 들고 달려들었는지 칼을 친 소리가 한 번 났을 뿐 올빼미는 칼을 놓친 채 넘어져서 뒷걸음을 치고 있었다.

"올빼미, 이것으로 내 칼 쓰는 솜씨가 어떻다는 것을 알았겠지, 그러니 그런 살벌한 놀음은 그만두기로 해."

하고 길동이는 자기가 들었던 칼도 집어던지고 나서,

"그 대신 오늘부터 자네가 내 부하 노릇 하게나, 싫다지는 않겠지."

"……."

역시 두목의 체면상 뭐라고 입이 떨어지지 않는 모양이다. 그 심정을 알고도 남는 길동이는,

"그것도 자네 마음 고쳐주자는 생각에서 하는 말이니 어서 곳간 쇠나 꺼내놓게."

하고 재촉했다.

올빼미는 풀이 죽은 얼굴로 길동이를 한 번 쳐다보고 나서 주머니 끝에 잡아맨 곳간 쇠를 풀어놓았다.

올빼미가 길동이에게 땀을 빼고 있을 때, 안방에서는 이 집 주모와 옥녀 사이에 험악한 공기가 감돌고 있었다. 주모는 눈에 쌍심지를 돋구어 꼭 씨앗을 본 계집의 눈이 되어,

"옳지, 네년이 옥녀라는 계집이구나."

그러나 옥녀는 조금도 욕을 타는 기색이 없이,

"성님, 내 이야길 오라범한테 들으셨소?"

웃으며 대답했다.

"이년아, 오라범이 무슨 육실할 오라범이냐. 저 도둑놈은 말끝마다 옥녀라는 계집을 들어 나를 구박하더라."

"성님두, 외로운 오라범이 동생 자랑 밖에 더 할 게 있겠어요. 그런 거야 그러려니 알아 새기지 않구."

"흥, 말이 좋다."

"그래도 퉁명스런 사나이보다 삽삽한 시누이 말이 들을 만하다우."

"시누이 소리는 입에 담지 말아. 사내 홀리는 여우 같은 년이."

"성님, 남의 속 알지도 못하면서 그런 소리 말아요."

"알면 뭣해, 예까지 쫓아온 그 속이야 뻔한 것 아냐."

"성님 눈엔 안개가 끼었구려."

옥녀가 안타까이 한숨을 푹 쉬자 주모도 사실은 성님 소리가 과히 나쁘지는 않았던 모양으로,

"그렇다면 어디 좋아하는 사내라도 따로 있단 말야?"

금세 누그러진 목소리로 물었다.

"있으면 뭣해요? 그분은 나 같은 것은 안중에도 없는 걸요."

"저 선비가 바로 그 사내유?"

말씨도 그만 공손해졌다.

"말해야 부질없는 일."

옥녀는 일부러 애잔한 얼굴을 지어보였다.

"아니야, 아가씨 마음을 안 지금이니 하는 말이지만, 사내들이란 다 똑같은 도둑놈이야. 난들 이 산골로 와서 이 짓을 하고 싶어 하는 줄 아우, 저 사람한테 업혀와 가지구선 이 꼴이 되었지."

"업혀오다니요?"

"조촐하게 사는 과부를 업어왔지 뭐야."

"아이 망칙해라."

입으로는 그렇게 말하면서도 옥녀는 산채에 사는 적당들의 험한 생활을 알고 있는 만큼 놀랄 일은 아니었다.

"그렇지만 성님, 성님 같은 사람은 이런 생활이 더 성에 차지 않우?"

"하긴 거지도 사흘이면 인이 배긴다니까."

어느덧 이 알쏭달쏭한 시누, 올케 사이에는 오해가 완전히 풀린 것 같았다. 그러나 그 여신(餘燼)은 밤에까지 끌어 잠자리 때문에 또 한바탕 소동이 벌어졌다. 올빼미가 손님방에서 화해 술을 먹느라

고 자리에 들지 않았기 때문에 주모가 또 발광을 시작한 것이다.

처음에는 주모가,

"여보, 밤도 늦었는데 어서 와 자요."

그래도 고분고분하게 말했다.

올빼미는 주모와의 사이가 옥녀에게 아주 민망한 모양이었다. 그 민망한 것을 감춘다는 것이,

"저년은 뭣이 잘났다고 아까부터 지랄이야."

괜히 서슬을 피웠다. 주모는 그러지 않아도 가슴속이 맹랑하던 터에 얼씨구나 트집 꼬투리가 생겼다고,

"오냐, 잘난 계집이 왔으니 좋겠구나."

대뜸 옥녀를 걸고 늘어졌다.

"저, 저년이 정말 죽어봐야 맛을 알까."

"오냐 죽여봐라, 죽여봐. 네놈이 사람을 얼마나 죽였으면 눈만 뜨면 죽인다는 타령이냐."

뒷방에서 아직 잠은 들지 않았을 터인데도 옥녀는 쥐죽은 듯이 인기척이 없었다. 올빼미와 마주 앉아서 앞으로의 일을 의논하던 길동만이,

"올빼미 두령이 아주머니한테만은 단단히 쥐었구려."

떡집에 불난 것같이 심심치 않은 구경거리라고 생각하는지 벌쭉벌쭉 웃어가며 조롱댔다.

"홍두령만 안 계시다면 저런 년은 그저."

"그저 어떡할 테야, 해볼대로 해봐라."

"당장에 쫓아내지 가만둬."

"누군 네놈과 살구싶어 사는 줄 아냐? 아이구 네놈한테 업혀와서 이 꼴이 된 것을 생각하면 원통해서 못살겠다."

"그렇다면 오늘 밤으로라두 도로 업어다주지."

"그 한 마디면 단 줄 아니, 이 도둑놈아."

주모가 벌떡 일어난 모양이다. 올빼미는 장지문이라도 벌컥 열릴 것 같았던지 자기가 먼저 문을 박차고 아랫간으로 내려갔다. 뒤이어 철썩 쿵쾅 요란스러웠다.

"이놈아, 네놈이 날 죽이는구나, 아그 아그."

힘에 부치는 주모가 역시 얻어맞아 다 죽어가는 소리를 지르고 있었다. 옥녀는 마당으로 돌아와서 길동이가 앉아 있는 방문을 열고,

"선비님 어떡해요."

안방을 가리키며 물었다.

"내버려둬요, 가끔 저래야만 직성이 풀리는 사람도 있으니."

"그렇지만 이런 속에 오래 있으면 위험해요. 지각없는 주모가 무슨 짓을 할지 누가 알아요?"

길동이는 싱글싱글 웃으며,

"싸움의 원인인즉 옥녀한테 있는 것 같은데."

옥녀는 발끈해서,

"나한테 있을 게 뭐에요, 선비님두."

길동이를 노려보았다.

"화는 왜 내? 옥녀 좋아하라고 한 이야긴데."

"내가 왜 좋아해요. 남의 싸우는 것을 보고 좋아할 사람인 것 같아요?"

"그렇다면 옥녀는 날 괴롭히는 일도 그만둬야지."

"어마, 내가 선비님을 꿈엔들 괴롭힐 생각이 있는 사람인가요?"

"그렇기 말야. 괴롭힐 생각이 아니면서두 괴롭히고 있으니 내가 더욱 괴롭지 않아."

옥녀는 이어 그 말뜻을 알아차린 모양으로 고개를 떨구고 잠시 무

엇을 생각하는 듯 하더니,

"몸은 비록 천리를 떨어져 있어도 서울에 있다는 그분, 그분이야말로 행복한 여자예요."

"그런 것도 아니야."

"뭐가 아니에요."

"옥녀가 이곳에 있으면 겨우 마음을 돌린 올빼미가 또 어떻게 발광할지도 모르니 말야."

"그러니 저보구 검바위로 떠나라는 것이지요?"

"······."

길동이가 뭐라고 말을 못하고 있자,

"알겠어요. 저는 선비님의 말은 무엇이나 복종할 마음인 걸요. 내일 아침 바위를 데리고 검바위로 떠날 테니 도사님에게 보낼 편지나 써줘요."

눈을 섬뻑거려 말하고는 조용히 문을 열고 나갔다.

쫓기는 의사(義士)

안상(安上) 장거리는 통천에서 김화로 빠지는 길과 회양(淮陽)에서 단발령(斷髮嶺)으로 들어가는 길이 서로 엇갈리는 곳이다. 칠팔십 채의 초가들이 길 양쪽으로 줄을 지어 서 있어 제법 장거리 같기도 하거니와, 장이 서지 않는 날도 주막집이 있고 떡집도 있어 길가는 나그네들이 쉬어가는 곳이다.

올빼미 화적떼의 두목이 되어 단발령으로 들어가는 홍길동이와 검바위로 황산 도사를 찾아가는 옥녀와 바위는 이곳에서 서로 갈라졌다.

옥녀는 하루 종일 말없이 걷기만 했다. 도시 기운이 없는 얼굴이다. 뒤에서 따라가는 바위도 역시 말이 없었다. 기운이 없는 옥녀의 마음을 너무나도 잘 알고 있기 때문이었다.

'홍두령님은 어째서 옥녀 누님의 마음을 몰라줄까. 자기를 그렇게도 사모하는 옥녀 누님의 마음을—역시 옥녀 누님의 말대로 서울에 약속한 여자가 있기 때문인가. 그렇다고 해도 서울 여자가 옥녀 누님보다 더 예쁠 리는 없지 않아. 더 예쁘다고 해도 그렇지, 저렇게도 옥녀 누님을 버릴 수는 없지 않아. 아니, 버린 것은 아닐 거야, 홍두령님처럼 어진 분이 매정스럽게 옥녀 누님을 버릴 수는 없는 거야. 그의 말대로 옥녀 누님이 검바위 도사님한테 가지 않으면 안 될 중요한 일이 있기 때문이겠지.'

바위는 혼자서 이런 생각을 하며 걸었다. 허전한 마음으로 걷는 걸음이란 길도 제대로 걸리지 않았다. 하루에 백오십 리는 쉽게 걷는 옥녀의 걸음으로 안상 장거리에서 팔십리 밖에 안되는 말고개에 이르자 해가 지고 말았다.

"오늘은 여기서 자고 내일은 부지런히 걸어 검바위로 대 가자."

옥녀가 처음으로 입을 열었다.

다음 날 아침, 눈을 뜬 옥녀는 어제의 우울한 기분은 싹 씻은 듯 아주 명랑한 기분이었다. 주막집을 나서면서도 바위를 놀려대어,

"네가 나를 못 따라오면 널 버리고 갈 테야."

"그래도 난 누님이 못 따라올 것 같아 걱정이요."

옥녀의 걸음이 가벼우니 거기에 따라서 바위의 걸음도 가볍다.

말고개에서 가평(加平)으로 빠지는 길은 대성산(大成山)과 복주산(伏主山)·광덕산(廣德山)·명지산(明智山) 같은 큰 산을 넘는 험악한 길이다. 보통 사람은 좀처럼 걸을 수도 없는 길이다.

옥녀와 바위는 산에서 자란 만큼 산길을 더 잘 걸었다. 소나무·떡갈나무·칡덩굴로 뒤덮인 가파로운 비탈길을 내려가는 것을 보면 사슴이나 멧돼지가 달리는 것과 다름이 없다.

산은 옥녀가 더 잘 탔다. 눈 깜짝할 동안에 숲을 지나 골짜기로 내려서 옥녀는 지금 막 내려온 산 위를 향하여 손을 모아 입에 대고,

"빨리 와요."

하고 소리쳤다. 그 메아리가 꺼지자 뒤이어 숲속을 달려 내려오는 소리가 들렸다. 뒤따라 내려온 것은 바위였다. 검은 얼굴엔 땀이 비오듯 했지만, 그렇다고 숨을 헐떡이지는 않았다. 그는 옥녀 옆으로 가까이 오자 흰 이를 드러내 웃으면서,

"누나 걸음엔 내가 진 거로 하지."

그만 항복을 하자,

"바위 걸음이 너무 느리기 때문이야."

"그렇지만 사람이란 제각기 장기가 있는 거요."

"활쏘는 재간을 또 자랑하고 싶다는 것이구나, 아직 범도 못 잡아본 것이."

"꿩 잘 잡는 매는 발톱을 감추는 법이랍니다."

"건방진 수작 말아. 네 활재주는 아직 멀었다고 선비님이 말한 줄이나 알아."

"선비님이야 귀신도 당할 수 없는 사람 아니우, 그런 훌륭한 분을 누난 왜 놓쳐버리고 나한테만 못살게 구는 거요."

"뭣이 어쨌다고?"

아픈 데를 다친 옥녀는 화가 나는 대로 바위의 뺨을 때리고 날쌔게 몸을 돌려 다시 뛰려고 했다. 그 순간 저 앞의 낭떠러지 골짜기 쪽을 본 옥녀는 문득 걸음을 멈췄다.

"바위야 저것이 뭐야?"

옥녀가 가리킨 쪽을 본 바위는,

"사람이 아니우? 어떻게 된 사람일까?"

하고 놀란 눈이 되었다.

"저 위에서 떨어진 모양이다."

옥녀는 수십 길이나 되는 발밑의 낭떠러지를 내려다봤다.

"저 위에서 떨어졌으면 이미 지부황천간 몸이겠군요."

"네가 까부니까 저런 것도 보게 되는 거야."

옥녀는 언짢은 얼굴로 눈을 섬뻑이다가,

"나무가지에 걸려 있는 걸 보니 혹시 죽지 않았을는지도 모르겠다."

"저렇게 됐으면 죽지 않아도 병신이야 되게 마련이지요."

바위는 뺨맞은 투정을 하듯 말했다.

"하여튼 가보자. 안 봤으면 몰라도 보구서야 그대로 지나갈 수가 있니."

"그래 가봐요."

바위가 앞섰다. 뛰기에 진 바위는 자기도 용감하다는 것을 옥녀에게 보여주고 싶은 모양이다.

떨어진 사람이 있는 곳에 가자면 가파로운 그 밑을 내려가야 했다. 보통 사람은 내려갈 엄두도 못내는 아슬아슬한 벼랑길이다. 바위는 이리저리 내려갈 길을 눈을 뒤룩거려 찾고 있었다.

"덤비지 마라. 너두 그 사람 신세가 되지 않으려면."

"염려 말아요."

바위는 겨우 내려갈 길을 찾고 벼랑 아래로 발을 내리 짚었다. 바로 그때 저편 산모퉁이에서 수 명의 군교들이 나타났다.

옥녀는 군교들을 만나는 것이 귀찮은 일이므로 자기도 분주히 벼랑 아래로 내려서려고 했다. 그러나 바위가 성큼성큼 내려가지를 못했다. 워낙 가파로운 벼랑이니 그럴 수밖에 없었다. 그러나 옥녀는 급한 대로,

"뭘 우물거리니, 저기 군교들이 와."

"군교들이?"

"대여섯 명이나 온다. 와서 뭐라면 시끄럽지 않니."

"그래도 어디 마음대로 내려갈 수가 있어요."

그러는 동안에 군교들이 그들을 본 모양이다.

"너희들 거기 있어."

하고 소리치며 이리로 뛰어왔다.

"네가 우물거리기 때문에 저것들이 보고야 말았다."

"봤으면 어때요, 우린 산사람이라고 합시다."

바위는 다시 벼랑 위로 올라왔다.

군교들이 달려와서,

"너희들은 뭣하는 놈들이야?"

눈을 부릅뜨고 물었다.

"우린 이 산에서 사는 사람이요."

바위가 말했다.

"여기서 뭣하는 거야?"

"사냥하고 있었어요."

바위는 활통을 메고 있었으니 그런 말도 할 수가 있었다.

"맞은편 벼랑에서 떨어진 사람 못 봤어?"

"저기 보이지 않아요."

바위가 손가락으로 가리켰다. 군교들은 일제히 그쪽을 보고 눈을 번득였다. 그러나 그곳은 깎아 세운 듯이 가파로운 벼랑 아래이니 내려갈 생각은 엄두도 못내고 보고만 있다가 그 중의 한 자가 옥녀와 바위를 번갈아 보며,

"너희들은 이곳에서 산다니 내려갈 수 있겠지?"

이 말에 바위가 자랑이나 하듯이 선뜻,

"내려가자면 내려갈 수도 있지요."

하고 대답했다. 옥녀는 바위에게 눈을 흘겼다. 마치 '바보야' 하고 흘기는 눈이었다.

"그러면 잘 됐어. 우린 서울 금부에서 온 사람인데 저놈은 조정을 둘러엎자는 역적 황두석(黃斗石)이란 놈이야. 목숨이 붙어 있는 한 서울로 데리고 가서 조사를 해야 하니 네가 내려가서 업고 올라와. 상금은 후히 줄 테다."

하고 명령조로 말했다.

"……."

바위는 잠자코 있었다. 옥녀가 눈을 흘겼기 때문이다.

"왜 대답이 없어?"

군교는 더욱 언성을 높여 위압적으로 말했다.

"……."

바위는 여전히 대답이 없이 불안스러운 눈으로 옥녀를 쳐다봤다. 옥녀는 화가 난 매서운 눈이 되어,

"네가 왜 내려가, 내려가지 말어."

하고 팩 소리를 지르고 나서 그들에게 고개를 돌려,

"역적을 잡는 건 당신네들의 직분인데 왜 철없는 이 애한테 내려가라고 야단이에요?"

그러나 군교들은 옥녀의 말은 들은 척도 않고 바위한테 내려가라고 재촉했다. 바위는 저편 숲속에서 다시 칠팔 명의 군교가 나타나는 것을 보고 더욱 흐린 얼굴이 되었다. 아무리 검술이 용한 옥녀라 해도 이 많은 군교를 상대하여 당해 낼 재주가 없다고 생각된 모양이다.

"군교님들이 저렇게 말하는데 어떻게 해요?"

바위가 풀이 죽어 말하자,

"넌 잠자코나 있어."

옥녀가 다시 꾸짖었다.

"왜 내려가겠다는 사람까지 막는 거야?"

그 중에서 제일 우두머리 같은 녀석이 나서며 눈을 부라렸다.

"내 동생이니 막는 거지요."

"동생이라두 금부의 명령은 막을 수 없어, 금부의 명령은 임금의 명령과 조금도 다름이 없어."

"그렇다면 누가 겁날 줄 아세요. 사실은 그렇게 위협하는 꼴이 아니꼬와 못 내려가겠다는 거예요."

"내려가 주십사, 하고 빌란 말인가?"

"으레 그래야 할 것 아니에요."

그러고 나서 옥녀는 어떻게 마음이 돌아갔는지,

"바위야, 내려가서 저 사람을 업고 오자."

하고 앞서 아까 바위가 내려가던 곳으로 갔다.

위에서 보는 사람들의 손에 땀을 쥐게끔 하는 아슬아슬한 벼랑을 둘은 한참 동안 내려갔다. 드디어 안전한 곳에 이르게 되자 그들은 칡덩굴로 덮인 숲속을 요령 있게 빠져나갔다. 목적지는 그 밑으로 흐르는 개울 건너에 있었다.

"살쾡이나 다름없어."

군교 하나가 감탄하며 말하자 옆의 친구가,

"그래도 안는 맛은 있겠는데."

"그렇지, 호박맛 같은 다방골 계집과는 다를 테니."

그들은 어디가나 그런 수작이었다.

옥녀와 바위는 나무에 걸려 있는 사람을 안아서 내렸다. 얼굴은 피투성이었으나 그래도 숨은 쉬고 있었다.

"이것 봐요. 우리를 알겠어요?"

옥녀는 옷에 피가 묻는 것도 생각치 않고 머리를 들어 흔들며 소리쳤다. 떨어진 사람은 간신히 눈을 뜨고 뭐라고 입을 열다가 힘없이 눈을 감아버렸다.

"죽지는 않았어요?"

"너 빨리 물 좀 떠와."

"어디다 떠와요?"

"여기다 물을 좀 적셔와."

허리에 둘러맸던 수건을 풀어줬다. 그 수건으로 얼굴을 닦고보니 그렇게 큰 부상은 아니었다. 옥녀는 그의 상반신을 안고 무엇을 생각하고 있었다. 바위는 빨리 업고 돌아갈 생각으로,

"누님은 뭘 그러구 있어요."

하고 말했다.

"나는 이 분을 어떻게 하면 구할 수 있을까, 하고 생각하고 있다."

"예?"

"난 여기 내려올 때부터 그런 생각으로 온 거야. 그런 생각이 없었다면 내려올 리도 없지."

"……."

"우리가 구해주지 않으면 이 사람은 죽고 마는 거야, 그렇지 않아?"

옥녀는 눈물이 그렁한 눈으로 바위를 쳐다보며 말했다.

"그렇지만 군교들이 저기서 보고 있는데 어떡해요?"

"보고 있으면 어때, 저것들은 내려오지도 못하려니와 내려오면 박살을 내주지."

"그보다도 저 군교들이 우리의 뒤를 따르면 어떻게 돼요. 잘못하면 검바위 도사님한테 보내는 편지까지 빼앗길지 모르니 큰일 아닙니까?"

"그런 걱정보다도 사실은 무서워서 그러는 거지?"

"아니에요. 그런 일만 없다면 뭣이 무서워요."

"벌벌 떨구 있으면서……사내자식이 뭐야."

"누님은 이 사나이가 도대체 어떤 사람인 줄 알구 위험을 무릅쓰고 구해주겠다는 거요?"

"그건 넌 몰라도 좋아, 구해줘야 할 사람이니 구해주는 줄만 알아."

바위는 당황한 채 벼랑 위에 서 있는 군교들을 쳐다봤다. 바위도 마음만 결정되면 무서울 것이 없었지만, 그것이 되지 않은 지금엔 가슴이 활랑활랑 뛰었다.

"네가 싫다면 나 혼자라도 이분을 구할 터이니 넌 저것들을 따라가 군졸 노릇이나 해."

옥녀의 말이 바위 얼굴에 물을 끼얹듯 토해졌다.

"……."

"그래서 여태까지 선비님을 따라다니며 그 꼴 밖에 되지 않았냐 말이다."

옥녀는 바위를 노려보다가 떨어진 사람을 일으켜 업으려고 했다.

"알았어요, 누님의 말을 들으니 내가 잘못 생각한 것 같아요. 내가 업지요."

"겁나지 않겠어?"

"염려 말아요."

바위는 다친 사람을 둘러업었다.

벼랑 위에 서 있는 군교들은 바위가 업고 으레 올라올 줄만 알고 있었는데, 반대 방향으로 가니 당황한 모양이다.

"어디로 가는 거야?"

"빨리 이리로 올라와!"

위에서 야단스럽게 고함을 쳤다. 메아리가 마구 어려댔다.

"그리로는 올라갈 수가 없어 돌아 올라가려는 겁니다."

바위가 넌지시 소리쳤다. 그러나 군교들은 그런 말을 믿을 수 없었다. 점점 멀리 도망치는 것이 분명했기 때문이다.

군교들은 벼랑 위에서 활을 꺼내 쏘기 시작했다. 그러나 그들이 있는 곳까지는 화살이 미치지를 않았다. 군교들은 활쏘는 것도 단념하고 멍청하니 보고만 있었다. 옥녀와 바위는 다행히 조그마한 굴을 찾아 다친 선비를 무사히 눕힐 수가 있었다. 그날 밤 옥녀는 잠시도 그의 옆을 떠나지를 않았다.

늦은 달이 뜨기 시작하자 달빛은 굴속까지 스며들어 그의 얼굴을 분명히 드러냈다. 옥녀는 물릴 줄도 모르고 그의 자는 얼굴을 물끄러미 내려다보고 있었다.

그는 무서운 꿈이라도 꾸는 모양인지 신음소리가 갑자기 커지며 비명을 치곤 했다.

'어디 잡혀가서 처형이라도 받는 꿈을 꾸는가)

옥녀가 혼자서 이런 생각을 하고 있는데 그는 다시 비명을 치다가 문득 눈을 떴다. 그리고는 반사적으로 몸을 일으켰으나 아픔을 느끼고 신음소리와 함께 도로 누웠다.

그리고는 천천히 물었다. 옥녀는 긴장으로 반짝이는 눈으로 대답했다.

"당신은 누구요?"

"당신을 구해준 사람이에요."

"그러면 이곳이 명지산 산속이요?"

"그래요."

"어떻게 나를―아, 물을 좀 줘요."

선비는 하려던 말을 못하고 물을 청했다.

옥녀는 표주박의 물을 내줬다. 그는 그 물을 다 마시고 한참이나 가쁜 숨을 내쉬다가 그제야 좀 정신이 드는지 놀란 눈으로 옥녀를 쳐다보며,

"당신은 여자가 아니요?"

"여자라구 왜 놀라세요?"

"당신이 나를 구해줬다니."

"여잔 사나이를 못 구해주나요?"

"……."

"난 당신이 좋아졌어요. 좋아졌기 때문에 구해준 거지요."

"……."

"난 선비님을 일으키는 순간, 내가 찾던 사람을 만났다고 생각한

걸요. 난 선비님을 놔주지 않을 테요."

옥녀는 불시에 자기 얼굴을 신비 얼굴에 갖다댔다.

"!"

"나는 당신이 역적죄로 쫓기는 몸인 줄도 알아요. 이곳을 벗어나면 죽어요. 그러니까 여기서 나하고 같이 살아요. 이곳은 군교놈들이 아무리 찾으려고 해도 못찾아요. 당신이 몸만 추세면……."

다음 말을 하려던 순간 옥녀는 굴 앞에서 나는 발자국 소리를 들었다.

"누구야, 바위야?"

날카로운 소리와 함께 굴 밖으로 뛰어나오자 검은 그림자는 희멀거니 밝기 시작한 산 밑으로 달아났다.

옥녀는 미친듯이 따라갔다. 달음박질론 옥녀에게 당할 수 없다는 것을 알고 있는 바위는 계곡의 물소리가 요란한 자갈밭에 우뚝 섰다. 옥녀는 손이 나가는 대로 바위를 마구 때렸다.

아무 반항도 없이 맞고만 있던 바위는 그냥 울기 시작했다.

"울긴 왜 울어? 비겁스레 몰래 엿보고 뭐가 슬퍼서 울어?"

"누님을 생각해서지요."

"뭐야?"

"누님이 저 선비님을 좋아하지만, 저분이 누님을 싫다하면 어떻게 할 테요?"

엉뚱한 말에 옥녀는 절망을 느낀 듯 바위를 쓸어안으며,

"바위야 바위야, 그럴 리 없다. 그럴 리 없어."

하고 울음을 터뜨렸다.

"누님."

이번에는 바위가 옥녀의 눈물을 보고 당황하지 않을 수가 없었다.

"그 선비가 그렇게도 마음에 드세요?"

"나는 저 사람마저 잃으면 살 것 같지가 않다."

"그렇게도 좋다면 할 수 없지요, 그러면 난 혼자 떠나겠어요."

"혼자?"

"그럴 수밖에 없지 않아요."

옥녀는 미안한 얼굴로 잠시 바위를 보고 있다가 길동이에게 받은 편지를 꺼내줬다.

"검바위에 가면 먼저 내 이름을 대요. 그러면 모두 친절히 대해줄 거야."

하고 돌아서려다 문득 무슨 소리를 들은 모양으로,

"바위야."

놀란 얼굴이 됐다.

"저놈들이 오는군요."

개울 건너쪽에서 군교들이 오는 것을 바위가 먼저 보고 말했다. 어제 만났던 군교들이다.

"바위야 어쩌면 좋아."

옥녀는 벌벌 떨었다. 사랑하는 사람이 생기면 그렇게 되는 모양이다.

"누님, 걱정 말구 그 사람을 데리고 달아나요."

"너는 어떻게 하고?"

"난 여기서 저놈들을 막겠어요. 활을 쏘면 두서너 녀석은 꺾어버릴 수 있어요."

"바위야, 나는 너를 잊지 않겠다."

"그런 말 말구 어서 가요."

바위는 바위 뒤에서 겨누는 자세로 군교들을 맞았다. 동쪽 하늘엔 햇살이 오르기 시작했다.

난세(亂世)

고스란히 깊어가는 산속의 밤, 두석을 업고 산속을 헤매던 피로가 일시에 몰려왔는지 옥녀도 이제는 잠이 든 모양이다. 어둠 속에 새근거리는 숨소리가 규칙적으로 들려왔다.

'참으로 이상한 여자를 만났구나. 난데 없이 선비님이 좋아졌다며 달려드니……'

두석은 어둠 속에서 쓴웃음을 지었다. 그러나 결코 불쾌한 일은 아니었다. 자기의 생각을 분명히 표현하면서 조금도 부끄러움을 타지 않는 그녀의 밝은 성격, 그러나 두석으로서는 이곳에서 같이 살자는 그녀의 말을 그대로 받아들일 수는 없었다.

'서울에선 동지들이 눈이 빠지게 기다리고 있겠지)

구사일생(九死一生)으로 옥녀의 구함을 받은 이 선비―황두석은 여주를 다녀오던 길이다.

무슨 일로?

군교들의 추격은 왜 받았는가?

조선왕조 오백 년 역사를 들쳐보면, 왕가의 직계(直系)이면서도 왕의 칭호를 받지 못했던 왕이 둘이 있었다. 즉 십대 연산군과 십오대 광해군이다. 연산군은 재위 십이 년 만에 왕위에서 쫓겨났거니와, 지금 광해도 내일의 자기 운명을 짐작도 하지 못하면서 폭정을 거듭하고 있었다.

'왕이 왕답지 못하면 신하가 신하답지 않아야 하느냐?'

'왕이 왕답지 못하여도 신하는 신하다와야 하느냐?'

이런 번민으로 주저하던 신하들도 마침내 반정(反正) 거사의 결의를 굳게 하고 동지를 규합하기에 이르렀다. 나라의 대권을 빼앗는다는 것은 옳지 못한 일이지만 임금이 나랏일을 그르칠 때에는 정도(正道)를 위하여 대권을 빼앗아도 상관이 없다고 결론을 내리게 된 것이다. 반정 거사의 분위기는 젊은 동지들 간에 나날이 익어갔다. '새 들보'인 신왕(新王)도 동지들 사이에는 내정이 되었다. 선왕 선조(宣祖)의 다섯째 아드님이자 광해의 넷째 동생되는 정원군(定遠君)의 소생인 능양군(綾陽君)을 추대하여 신왕으로 모시기로 의견이 합치된 것이다. 본시 선조는 왕자·왕녀를 합해서 스물다섯이나 두었다. 이 많은 왕족 중에서 능양군이 신왕으로 추대된 데에는 그럴 만한 이유가 있었다. 대체 이런 사건의 중심인물이 된다는 것은 '왕이냐, 죽음이냐'의 두 갈래에서 죽음을 각오하지 않고는 중심인물로 나설 수는 없는 일이다. 사건이 그만큼 어마어마하고 보니 웬만한 왕족들은 이런 사건에 관계치 않으려고 피할 뿐 아니라, 그런 일을 꾸미는 듯한 사람과는 교제도 꺼리고 삼가는 것이었다. 그런 문제에만 관계치 않으면 왕족은 왕족대로 왕의 형제나 조카라는 신분을 유지하면서 부귀영화를 누리며 안락한 평생을 보낼 수 있었다. 그러니 섣불리 왕위를 넘보는 욕심을 부리다가는 아까운 목숨을 고스란히 바치게 되므로 누구든 그런 사건은 피하며 꺼렸던 것이다.

그런 중에서 능양군만은 남다른 사정이 있었다.

광해가 즉위하자 능양군의 넷째 동생은 반역 혐의를 받아 귀양을 가게 되었다. 동생의 결백함을 믿는 능양은 즉시로 삼촌 왕께 사후하고 탄원하였다. 그러나 왕은 들어 주지 않았다. 왕에게서 좋은 결과를 보지 못한 능양은 생각다 못해, 왕비의 오라버니 되는 유희분

(柳希奮)을 찾아 애걸해보기도 했다. 그러나 유희분은 능양군을 만나주지 조차 않았다. 술을 먹고 있으면서 분주하다는 핑계로 만나주지 않은 것이다. 왕비의 오라버니로 세력이 도도했던 유희분에게 몰락한 왕손 같은 것은 안중에도 없었다. 능양은 입술을 깨물면서, 그러나 방법을 바꾸어서 이번에는 다시 유희분의 첩을 만나러 갔다. 현왕의 조카로서 일개 외척의 첩 따위가 무엇이랴만, 그래도 동생을 구해낼 한 마음으로 그런 굴욕을 참았다.

그랬더니 유의 첩은 서슴지 않고 금품을 요구했다.

"되고 안되고는 모르지만, 재물만 흡족히 쌓아올리면 대감께 여쭙기는 하지요."

능양은 그날부터 돈을 만들려고 뛰어다녔다. 모든 값진 가산이며 선조가 하사한 가보(家寶)까지 헐값으로 팔았으나, 그래도 재물은 부족하여 빚까지 얻게 되었다. 그러는 동안에 귀양가 있는 동생은 약사발을 받고 죽고 말았다. 그러나 비운(悲運)은 그것으로 끝난 것이 아니었다. 사랑하는 아들을 비명(非命)에 잃고 만 아버지 정원군은 그 일로 그만 울화병이 나서 신음 뒤에 곧 아들을 따라 죽고 말았다. 아버지와 동생을 잃어버린 능양.

그의 가슴 속에는 슬픔을 넘어서 크나큰 분노와 원한이 맺히게 되었다. 비록 의로 보자면 군신지간이지만, 왕이 무어냐, 삼촌이 무어냐, 내 이 원수는 갚고야 말테니.

이리하여 능양은 지사들의 거사에 호응하게 되었다.

그러나 '새 들보'만으로 집이 세워지는 것은 아니다. 거사를 하고 성공을 한다 할지라도 백성들 사이에 아무 명망도 없는 젊은이끼리만 해 놓으면, 그것은 왕위나 엿보는 한낱 역적의 행동으로 밖에는 알려지지 않을 것이다. 지조(志操)가 굳고 백성들 사이에 덕망이 높은 통솔자가 없어서는 안될 일이었다.

그렇다면 그 통솔자로서 누구를 모셔야 할까. 젊은 동지들 사이에는 완평부원군을 모시기로 의견이 일치되었다. 완평부원군 이원익(李元翼)은 호를 오리(梧里)라 했으며, 선조와 광해 두 임금을 모시면서 영의정 벼슬까지 지낸 일이 있는 노재상(老宰相)이다. 그러나 광해조에 이르러서 멀리 홍천(洪川)으로 귀양을 갔다가 지금은 여주 배소에 머물러 있는 덕망 있는 학자요 정치가인 것이다.

"그렇다면 누가 빨리 여주를 다녀와야지."

"그렇지, 우리들의 거사에 대감이 가담해 주겠느냐는 확답을 받아야지."

그리하여 그 중대한 임무를 짊어지고 여주로 내려왔던 두석이다.

"대감 황두석이 문안드리러 왔습니다."

"누구라고?"

"황두석이올시다."

"그래 자네가 두석이란 말인가?"

"예, 못뵈온지 벌써 팔구 년이나 되나 보옵니다. 그러나 대감님의 소식만은 늘 풍문으로 들어왔습지요."

"정말 두석인가."

오리공은 감개무량한 듯 정회가 담긴 눈자위로 두석을 지켜보고 있었다.

두석도 잠시는 말을 잃고 오리공을 우러러보았다.

'대감도 무척 늙으셨구나. 흰 수염, 흰 머리칼, 얼굴의 깊은 주름살, 부자유스런 귀양살이에서 팔구 년이 짧은 세월인가. 그러면서도 서울을 떠나던 때의 기백이 아직도 남아 있는 듯한 것이 얼마나 대견한 일인가. 대감이 서울을 떠날 때 자기는 스무 살 남짓한 한창 소년이었다. 대감이 정녕 두석이냐 놀라시는 것도 무리가 아니다)

수인사와 잡담은 잠시 계속되었다.

"대감, 지금 저희가 살고 있는 집의 들보가 매우 상했습니다. 이것을 상한 자리만 약간 손질해서 그냥 써야 할지, 아주 들어내서 다른 들보로 갈아야 할지 주저중이올시다. 어느 편이 좋을까요?"

이런 말로써 두석이 묻자 오리공은 눈을 감고 잠깐 생각에 잠겨 있다가,

"아주 갈아 치워야겠지."

하고 무거운 입을 열었다.

"들보를 갈자면 서까래도 한번에 다 갈아버려야겠지요. 하긴 마침 한 서까래가 하나 멀리 굴러다니는 것을 보았습니다만 이것도 찾아다 써야겠습지요?"

이번에는 오리공도 서슴지 않고 대답을 했다.

"좋지, 재목만 좋다면 그것을 쓸 일이지."

이런 대수롭지 않은 말을 주고받는 동안 두 사람 사이에는 서로의 의사가 완전히 들어맞은 것이다. 그것은 더 말할 것도 없이 지금의 조정이 부패했으니 다른 임금을 추대해야겠는데, 오리공이 거기에 가담해 주겠느냐는 물음에,

"좋지, 나도 쓸모만 있다면 자네들의 힘이 되고말고."

하고 오리공이 쾌락했던 것이다.

오리공과 두석은 자정이 훨씬 넘어서야 잠자리에 들었다. 그러나 두석은 좀처럼 잠이 들 수가 없었다. 자기들은 신왕을 능양군으로 손꼽았으나 대감의 흉중을 알기 전에는 오늘의 임무를 다했다고 할 수 없는 것이다.

고요한 가운데 두석의 숨소리, 오리공의 숨소리, 방안은 먹칠한 듯 캄캄했다. 밤은 차차 더 깊어갔다.

드디어 두석은 잠에 취한 채 벌떡 몸을 뒤채며 자기의 다리를 오

리공의 허리에다가 걸쳐 놓았다. 건장한 남자의 무겁고도 억센 다리, 그러기를 두 번. 오리공은 그때마다 두석의 다리를 조심스럽게 저편으로 도로 밀어놓았다. 그것은 분명 대감도 아직 잠이 들지 못했다는 것을 말하는 반응이었다. 잠이 들었다면 두석의 다리를 잠결에 역정을 내서 밀쳐버리거나 그렇지 않으면 그냥 모르고 잘 것이다. 그렇게도 조심스럽게 치워 놓는다는 것은 오리공도 아직 잠이 들지 못했다는 증거였다. 그것을 분명히 안 뒤에 두석은 잠꼬대처럼 중얼댔다.

"능양군,— 들보, 능양군 밖에 없으시지—."

말을 맺지 못했다. 오리공의 손이 두석의 입을 막아버린 것이다.

두석은 그냥 몸을 뒤채면서 연해 잠든 채했다.

얼마를 그러고 있었을까. 다시금 두석의 입에서 나오는 잠꼬대.

"들보야 능양군—."

그러나 이번에는 더 빨리 오리공의 손이 와서 두석의 입을 덮어버렸다. 동시에 두석의 한편 어깨를 힘차게 흔들며,

"두석이, 두석이."

노인의 입이 두석의 귀에 와서 꽉 붙었다.

"잠꼬대가 심하네."

"예? 예······."

두석은 겨우 잠에서 깬 듯 분명치 않은 대답을 하고는 다시금 돌아누웠다. 그러나 이미 두석의 가슴에는 기쁨이 샘솟듯했다. 오리공도 새로 추대될 신왕이 누구인지를 몰라 잠을 못 이루고 있었다는 것을 안 것이다. 그것을 안 지금, 오리공은 비로소 숨소리도 고르게 잠이 들지 않았는가. 이것으로 두석의 임무는 완전히 성과를 거둔 셈이다.

날이 밝기를 기다려 두석은 길을 떠났다. 오리공만 승낙을 하면

한 군데 더 다녀와야 할 곳이 있었다. 명지산에서 암자를 짓고 어지러운 세상과 등지고 사는 백운대사를 만나야 할 일이 있었다.

두석의 걸음은 저절로 빨라졌다. 그러나 명지산에 접어들면서 저도 모르게 발걸음이 멈춰지곤 했다. 앞에도 뒤에도 옆에도 여름날 빛을 자랑하는 청청한 초목들, 지저귀는 새소리에 흐르는 샘물, 솔솔 부는 바람, 모든 것이 그의 앞길을 축복해 주는 듯싶었다. 그러나 그의 마음을 흡족하게 하던 그 명랑한 기분도 이상한 예감에 사로잡혀 뒤를 돌아다 보았을 때 까닭모를 불안으로 바뀌고 말았다.

예사 과객일 테지. 그러나 선비도 아니요 농사꾼도 아니요, 그렇다고 관속도 하인도 아닌 수상한 장정 한 명이 자기의 뒤를 슬슬 뒤쫓아오는 것이 아닌가.

'예사 과객일 게다. 외딴 산길에서 불쑥 사람을 만나면 괜히 섬찟해지는 법이니.'

두석은 불안한 예감을 애써 쫓아내려고 했다. 그러나 일단 의심쩍은 생각이 들었던 만큼 뒤는 돌아다보지 않으면서도 세심한 주의는 게을리하지 않았다. 그러자 심상치 않은 공기가 비로소 앞에도 뒤에도 느껴졌다. 자기 몸이 포교들의 포위 속에 들어가 있는 것이다. 그것을 분명히 알아차린 두석은 한 번 사면을 살피었다. 그의 마음속에는 절망의 부르짖음이 저절로 새어나왔다. 수풀마다 나무 뒤마다 포교들의 그림자가 내비치고 있지 않은가. 한 번 통솔자의 군호만 있으면 그를 향해서 벌떼처럼 몰려들 것이다. '삶이냐, 죽음이냐', 그러나 주저함을 허락치 않는 막다른 골목에서 '도망'이라는 한 가지의 활로 밖에는 찾아낼 수가 없는 두석은 등에 짊어졌던 괴나리봇짐을 던졌다. 동시에 그의 몸은 나는 듯이 산길에서 벗어나 왼편 수풀로 뛰어들었다. 그러나 이 행동은 두석의 도망의 첫걸음이자 마지막 걸음이기도 했다. 다급한 나머지 똑똑히 살피지 못하고 도망의 첫걸음을 내짚은 두석은 포교 세 명이 한꺼번에 몰려서 지키고 있는 그 품안으로 뛰어든 것이다.

"이놈."

"이놈."

처참한 격투가 벌어졌다. 포교 하나는 코피를 쏟으며 넘어졌고 하나는 아랫도리를 안고 거꾸러졌다. 나머지 하나가 황급히 자세를 바꾸며 달려드는 그 순간의 틈을 타서 두석은 번개처럼 내달았다.

둑이 터진 듯이 포교 일행이 몰려들었다. 내닫는 바로 눈앞엔 깊이조차 헤아릴 수 없는 낭떠러지가 시꺼먼 입을 벌리고 기다리고 있었다.

두석은 아무 주저도 없이 뛰어내렸다. 어디선가 '두석이!' 하는 동지들의 부르짖음이 들리는 듯했다.

단발령(斷髮嶺)의 토벌(討伐)

그 즈음.

군기와 전곡을 모조리 잃은 함흥 감영에서는 서울로 장계를 올리는 한편, 인근 각 도에다 이문(移文)을 보내어 범인 기찰(譏察)을 당부했다.

이문을 받은 각 도에서는 범인 기찰을 변을 당한 함흥 감영을 위해서라기보다 언제 자기들도 그와 같은 적환(賊患)을 당할지 알 수 없는, 말하자면 불이 당장 발등에 떨어진 다급한 마음으로 범인 기찰이 여간 심하지가 않았다. 그리하여 감사가 내린 감결(甘結)을 받은 각 고을에서는 일제히 군관을 풀어 범인잡기에 나섰다.

노략질이 심한 원이면 원일수록 범인잡기에 더욱 눈이 빨개서 날뛰었다. 그들도 역시 양심은 있는지, 자기가 한 짓을 생각하면 그러지 않고서는 견디지 못할 심정이었으리라.

그러자 강원도 일대에는 길동이가 바로 강원도에 들어왔다는 소문이 퍼지면서, 관가에서는 길동이에 관한 정보를 제공하는 자에게는 상금을 후히 준다는 방문이 곳곳에 나붙었다.

이 방문에 관한 소문은 올빼미와 대판 싸우고 헤어진 술청 주모에게도 날아들었다.

그녀는 부엌 앞에 쪼그리고 앉아서 짚단에 붙은 빨간 불꽃을 들여다 보면서 지그시 입술을 깨물고 있었다.

"그놈들을 그만 한꺼번에 고해바친다?"

하고 중얼거리다가,

"돈, 돈, 돈만 있으면 나야 살 게 아닌가."

불시에 큰소리가 튀어나오고 말았다.

바깥일을 보고 있던 마당쇠가 짚단을 나르다 말고,

"돈이 어떻게 됐어요?"

주모는 괜히 퉁명스럽게,

"네가 알 일 아냐, 어서 비켜."

마당쇠를 떠다밀었다.

마당쇠는 시뿌둥해서 밖으로 나갔다.

스물둘로 아직 총각 신세를 면치 못한 마당쇠로서는 때로는 과도하게 친절하고, 때로는 지금같이 톡 쏘는 주모의 마음같은 것은 도무지 알 길이 없었다. 그런대로 쑥단을 헤쳐놓고 마당에서 모깃불을 피우고 있자, 주모는 아까와는 딴판으로,

"마당쇠 이리 들어와서 다리나 좀 주물러주렴."

아주 은근한 목소리로 불렀다.

마당쇠는 부르는 대로 안방으로 들어갔다.

방안에는 이미 잠자리가 깔려 있었고, 행주치마를 벗어던진 주모는 베개 위에 비스듬히 몸을 눕히고 있었다.

"너 화났니?"

빤히 마당쇠를 쳐다보며 물었다.

"아니요."

"그렇다면 괜찮다마는, 아까는 내가 괜히 성밀 부렸나부다. 그렇지만 너도 환히 아는 일이지만, 그 도둑놈이 한번 다녀가기만 하면 이 오장육부를 몽땅 뒤집어놓는구나. 정말이지 나야 신세가 기박해서 그런 놈한데 업혀와 갖구선—."

주모는 또 한바탕 신세타령을 할 모양이다.

그녀는 언제나 입버릇처럼, 소년과부로 얌전히 수절하고 있는 자기를 올빼미가 업어온 양으로 떠벌리고 있지만, 사실은 그런 것도 아니었다. 사당골의 교태(嬌態)를 파는 계집이던 그녀를 올빼미가 업어온 것이다. 그러나 그런 사실은 통히 모르는 마당쇠로서는 그녀의 농간에 빠지지 않을 수 없는 노릇이었다. 다리를 주물러 달라고 내맡긴 그녀의 하반신의 자태만으로도 가슴이 뛰고 얼굴이 확확 다는 통에,

"정말이지 나한텐 마당쇠 밖에 더 믿을 사람이 없어."

셋이나 손위인 산전수전 다 겪은 주모의 유혹을 받고 얼뜨기 마당쇠가 사세를 분별할 지각이 있을 리가 없었다. 급기야 내던져진 살덩이 위에 덮치고 말았으니……

"아이 싫다, 이러는 게 아냐"

주모는 몸을 뒤채는 듯하면서도 달콤한 간지러운 목소리로 더벅머리 총각의 귀에다 속삭여댔다.

"날 어쩌자고 이러는 거야, 응 마당쇠."

"어쩌긴, 같이 사는 거지."

"어떻게 같이 살아? 올빼미한테 목대 부러지려고?"

"둘이서 도망치면 되잖아."

"무슨 돈으로?"

마당쇠는 잠시 대답이 막혔다가,

"내가 남의 머슴살이라도 하면 되잖아."

고지식하게 대답했다.

"바보, 마당쇠가 남의 머슴살이를 하면 난 어떻게 돼? 그보다 정말은 좋은 수가 하나 있어."

"무슨 수가?"

"……"

"좋은 수가 무슨 수요?"

"마당쇠는 정말 나하고 같이 살 생각이야?"

"그럼 살아야지, 이렇게 되고 나서 안 살 수가 있어. 안 산다면 정말로 나쁜 일이지."

주모는 마당쇠의 손을 잡아 젖가슴에 얹으며,

"그렇다면 내가 하라는 대로만 해요, 응."

"뭘?"

"그걸 고해바치자는 거야."

"그거가 뭔데?"

"홍길동이, 그자를 말야……."

하자 말이 끝나기도 전에 마당쇠는 자리에서 벌떡 일어나 앉으며,

"그건 안 돼."

"뭐이 안된다는 거야?"

"난 그런 짓은 싫어."

그러자 주모는 단번에 얼굴이 꽈리 같이 부풀어오르며,

"남의 계집 훔치는 짓은 싫지 않으면서 그런 일은 싫다는 거구면."

자기와 이렇게 된 일이 마치 마당쇠의 책임이나 되는 것처럼 둘러씌웠다.

"그렇지만."

"그렇지만이 뭐야. 마당쇠는 그것들이 언제까지나 무탈할 줄 알고 그런 소리야? 하지만 웬걸, 세상일이란 꼬리가 길면 으레 잡히게 마련인 거야. 그때가 돼서 우리 관계까지 드러나봐, 우린 꼼짝 못하고 한 패로 몰려서 죽게 돼. 그렇게 돼도 마당쇠는 좋다는 거야?"

마당쇠가 대답을 못하고 있자, 주모는 더욱 득세해 가지고 덤빈다.

"그런데 조금만 마음을 달리 먹으면 매부 좋고 처남 좋고, 원에선 도둑놈 잡고, 우린 우리대로 살림 밑천이나 잡게 되잖아."

"……."

"그래도 싫어? 어디 대답 좀 해봐요."

주모는 대답이 없는 마당쇠를 사지로 꼭 졸라댔다. 얼뜨기 마당쇠는 그것만이 자기의 재간인 듯 뱀같이 칭칭 감기는 주모의 몸뚱아리를 다시금 타고 덮쳤다.

다음 날, 마당쇠의 내통(內通)을 접한 회양(淮陽) 원에서는, 부사(府使)를 비롯한 모든 아전들이 모여서 이마를 맞대고 길동이를 잡을 묘책(妙策)을 세우고 있었다. 마당쇠의 말에 의하면, 길동이는 지금쯤 단발령의 올빼미한테 가 있을 것이라는 이야기였다. 그렇다면 지금 바로 길동이를 잡지 않는다면 귀신같이 들고 나는 그를 잡을 가망은 도저히 없을 것이다.

의견은 구구하여, 산을 에워싸고 있다가 적당들이 나타나는 대로 이잡듯 모조리 잡아 버리자는 의견과, 그보다도 밤으로 백여 명의 군관을 풀어 기습(奇襲)으로 감쪽같이 잡아버리자는 두 의견이 마지막까지 대립되었다.

결국 산을 에워싸는 전략(戰略)에는 시일이 걸릴 것이니 자연 난관도 그것에 따르리라는 의견이 많아 기습 전략을 취하게 되었다. 더구나 마당쇠의 이야기를 들어보면, 적굴은 산 중턱의 험악한 절벽 위에 있되, 밤이면 적당들이 저마다의 살림집으로 흩어져 가게 되어서, 별안간에 습격을 받게 되면 적당들이 모이는데 시간이 걸리고 혼잡을 이룰 것만은 뻔한 사실이었다.

기습 작전을 주장한 토포병방(討捕兵房)은 곧 선발대를 보내어 나무꾼이며 사냥꾼으로 변장한 그들로 하여금 단발령 일대의 지리(地理)를 조사하게 하였다.

그러나 이 일은 완전히 병방의 실수였다. 아무리 그들이 감쪽같은 변장을 하였다고 해도, 수십 명이나 되는 낯선 나무꾼이며 사냥꾼이 단발령 일대의 산길에서 툭툭 튀어 나온다는 것은 올빼미패의 파수꾼 눈에 수상히 비치지 않을 리가 없었다. 따라서 그 보고는 곧 길동이 귀에도 들어갔다. 길동이는 부하들을 모아놓고 그자들이 나타나리라는 것을 알려줬다. 한편 밤을 기다려서 산으로 들어선 포졸의 수는 백 명도 더 되는 모양이었다. 선발대를 앞세운 그들은,

"여기엔 집채 같은 바윗돌이—."

하고 길을 다짐하기도 하고,

"이리로는 개울을 끼고—."

하고 설명하기도 하면서 잘 익혀둔 길을 소리없이 올라가고 있었다. 때마침 깜깜절벽 같은 그믐밤이라 옆의 사람의 얼굴도 보이지 않았다. 자기 편에서도 남이 보이지 않았지만, 저편에서도 나를 볼 수 없다고 생각하자, 사람들 마음에는 틈이 생기면서 절대로 이야기를 해서는 안된다는 주의도 잊어버리고,

"어두워 걸을 수가 있소?"

하고 말하기도 하고,

"어이, 미끄러워."

하고 중얼거리기도 하고, 뒷사람은 앞사람 궁둥이를 치며,

"빨리 좀 못 가나."

하고 말하기도 하고,

"떠들지 말아."

야단을 쳐놓고는,

"적굴은 아직도 멀었나?"

오히려 자기가 길잡이에게 큰 소리로 물어보기도 했다.

이러한 말소리며 풀숲을 밟는 발자국 소리가 그들 자신에게는 아주 대수롭지 않은 것으로 생각이 되었지만, 그러나 그 대수롭지 않은 소리가 백여 명의 것으로 뭉칠 때 그것은 밤새들을 놀라게 하는

데에는 충분하고도 남음이 있었다. 더구나 사방이 어둡고 조용한 만큼 그 속에서 퍼지는 음향은 더욱 크게 번졌다.

그때 별안간,

"저것이 뭐야!"

한 사람이 소리쳤다. 그 부르짖음은 곧 아래로 아래로 번지면서,

"봉화(烽火)다."

"신호다."

"불꽃이야."

모든 사람이 쳐다보는 산봉우리에서는 빨간 불꽃이 하늘 높이 한 번 올라솟았다가 꺼졌다.

'그만 들켰구나.'

하고 포졸들은 생각했다.

'홍길동이는 재주가 귀신 같다니까, 무슨 수를 쓰려는지 알 수 없는 일이지.'

그렇게 생각하자 포졸들은 일제히 병장기를 바로잡고 어둠 속을 노려보았다.

"정신 바짝 차려."

"덤비지 말어!"

포졸들은 서로 부딪치고 소리치며 그 자리에 서 버렸고, 군교는 병방이 있는 쪽으로 더듬거리며 지휘를 받으러 내려갔다.

그러자 다시금,

"저것 봐, 저걸!"

누군가의 부르짖음에 뒤돌아보니 단발령 기슭으로 짐작되는 곳에 불이 서 있었으며, 그것이 세 개·네 개로 갈라지면서 다시금 일곱·여덟—삽시간에 그들이 지금 막 올라온 산기슭 일대로 뺑 둘러쳐지는 것 같았다.

동요(動搖)와 경악(驚愕)이 어둠 속에 소용돌이쳤다.

"떠들지 마라."

"덤비면 낭떠러지로 떨어진다."

"함부로 병기에 손을 대지 마라."

"횃불, 횃불—."

겨우 횃불 한두 개에 불이 켜지자, 머리 위에서 "와!" 하는 고함소리가 터졌다.

군병은 그와 동시에 자기 뒤의 사람을 밀쳤다. 그러면 그 자는 또 그 밑사람을 밀치고—이런 중에 가파로운 산길에는 밀치고 덮치고 구르고 넘어지면서 포졸들이 달리기 시작했다. 그 뒤를 횃불이 달리고 고함소리가 뒤따랐다.

사람들은 자기가 도망가야 할 길에 불이 자꾸 퍼지는 것을 보자 그 불구덩이 속을 돌파하지 않고서는 도망갈 수 없는 것같이 느껴졌다.

그런 생각이 드는 것만으로 포졸들은 이미 싸울 기력을 잃고 말았다. 병방도 적당을 모조리 잡아 큰 공을 이룰 생각으로 나왔던 사람이, 그만이야 공포로 도망갈 길만이 바빴다. 그중에는,

"놈들의 계책에 넘어가지 마라!"

소리소리 지르는 젊은 포졸도 있었지만, 그도 마음속으로는,

'이꼴로 누굴 잡는다는 건가.'

분하게 여기면서도 물러서지 않을 수 없었다.

"이봐, 그쪽으로 뛰자."

한 사람이 옆 사람의 옆구리를 찔렀다.

그러면 다섯·여섯 명이 그쪽으로 확 몰렸다. 그러자 그 발자국 소리는 다시금 뒷사람을 불렀다.

왼쪽으로 뛰고, 오른 쪽으로 뛰고,—그들은 앞을 가로막는 횃불

에만 떨어대는 것이 아니라

'홍길동이란 자는 정말로 무서운 놈이다.'

하는 마음으로 상전도 명령도 모든 것을 돌보지 않고 도망갈 따름이었다.

이러한 군병들에 휩쓸려 한참을 정신없이 도망치던 병방은,

"석보."

하고 포교(捕校)를 불렀다. 그러나 어둠 속에서 두세 사람의 다급한 숨소리가 들려올 뿐 사령의 대답은 없었다. 그러자 산봉우리 쪽에서 피어나던 횃불이며 손 아래로 둘러쳤던 횃불은 훨씬 줄어들고 적당들이 뒤쫓아오는 기색도 없었다. 병방은 부하들 앞에 부끄러운 생각과 지각도 없이 도망친데 대한 후회 같은 것을 느끼며,

"석보, 어디 있어?"

하고 다시금 소리쳤다.

그러는 동안에 여기저기서 포졸들이 모여들어, 자연 병방을 가운데로 하고 둘러서게 되었다. 그 중의 한 사람이,

"어쩐 일야, 불이 하나도—."

그제는 산봉우리 쪽에도 발 아래로도 횃불은 하나도 보이지 않았다.

"모두 어떻게 됐어?"

한참이나 서서 기다렸으나, 겨우 오십여 명이나 모였을까, 더는 모여들지 않았다.

"어떻게 된 거야, 석보는?"

병방은 그의 수족이나 다름없는 포교만 자꾸 찾았다.

그때 석보 같은 자가 가까이 다가왔다. 병방은 상전으로서의 위엄도 잊고,

"석본가, 무사했군그래."

하고 반가이 맞았다.

"싸우지도 않았는데 죽을 리가 있습니까?"

석보는 비겁하게도 앞장을 서서 달아난 병방에게 은근한 비난조의 볼멘소리였다.

"그렇다 해두 너무나 감쪽같이 속았는걸."

"그게 전술(戰術)이 아닙니까?"

병방은 말없이 서 있다가,

"어떻게 하면 그렇게도 온 산을 불로 포위할 수 있을까?"

"인심이 그만큼 그들의 편이 된 증거겠지요."

"어떻게?"

"백성들을 사서 불을 지르게 한 것이 아니겠습니까? 도대체 우리 편이야 싸울 기세조차 없었는데."

석보는 병방을 힐끗 돌아다보며,

"그만 돌아갑시다."

병방도 별 수 없이 군병들의 뒤를 쫓아 산을 내려갔다.

백 명이 넘던 그들이 관아로 돌아왔을 때는 거진 반이나 줄고 오십여 명, 그들이 너무나 일찍 돌아왔기 때문에 관아에 남았던 몇몇 아전들이 놀라 뛰어나오며,

"어떻게 됐어?"

"말도 말어."

포졸들은 제각기 머리를 흔들고 한숨을 쉬며 마당에 풀썩 주저앉았다.

"어떻게 됐기에?"

"어떻게 되긴."

그 중의 포졸 하나가 그렇게 대답하고서는,

"아, 내 모가지가 붙어 있는 것이 천만다행일세."

중얼거리며 졸린 듯 눈을 감았다. 다른 포졸이,

"뭐가 뭔지도 모르겠네. 꼭 여우에 홀린 놀음만 같으니."

그들은 싸움도 한번 못해보고 자기편이 반이나 없어진 데는 어이가 없는 모양이었다.

길순(吉順)이의 미소(微笑)

이 일에 누구보다도 화가 난 것은 회양 부사였다.

'홍길동이가 사람의 탈을 쓴 귀신이 아닌 이상 그걸 못잡다니.'

그는 이번에 단발령으로 토벌갔던 토포병방을 동헌에 불러다놓고,

"이 스라소니 같은 녀석들, 병졸을 백여 명이나 거느리고 가서 불과 삼사십 명 되는 산적도 쳐부수지 못하고 온단 말야."

하고 욕을 퍼부었다. 그는 홍길동이를 잡아서 크게 공을 세워볼 생각이었는데 여지없이 실패하고 말았으니 화도 날 법한 일이었지만 그보다도 이 일이 조정에 알리게 되면 부사 노릇도 다 해먹는 판이니 뒤가 켕기지 않을 수 없었다.

그는 생각다 못해 이번에는 자기가 직접 산적떼를 쳐부술 생각을 했다. 그러나 이미 군졸을 백여 명이나 잃었으니 자기 골의 군졸만으로 활빈당을 치자고는 도저히 엄두도 낼 수가 없었다. 그는 이웃 고을인 김화와 통천골의 원님에게 청을 대어 그곳 군졸을 빌려 이번에는 전의 곱이나 되는 이백여 명의 군졸을 거느리고 홍길동이를 잡으러 단발령으로 들어갔다.

삼십명·오십명씩 한 패거리가 되어 창검을 둘러메고 가는 군졸들을 보자 논밭에서 농사짓던 사람들의 눈이 둥그레졌다.

"어디서 또 난리가 난 모양인가?"

난리를 한 번 겪게 되면 삼년 흉년 든 것이나 마찬가지라고 한다.

뿐만 아니라 집까지 불에 태우면 있을 곳도 없어지고 만다. 그들이 눈이 둥그레질만도 한 일이었다.

"난리가 아니구 단발령의 산적들을 잡으러 간다는군."

"단발령 산적이라면 활빈당 패거리가 아닌가."

"그렇지, 홍길동 행수가 거느리는 활빈당 패거리지."

"활빈당 패거리를 왜 잡는다는 거야?"

"활빈당이 있고선 자기들이 학정질하기가 겁나니 잡는다는 것이지."

"아, 그래서 잡자는 것이지만, 그렇다고 활빈당 패거리가 저런 놈들한테 그렇게 쉽게 잡히겠냐 말이지."

농군들은 밀려가는 군졸들을 바라보며 이런 말을 했다. 홍길동이가 단발령에 들어온 이후로는 검부러기 하나 가져가는 일이 없는 대신 굶는 집엔 쌀을 대주는 노릇을 하니, 농민들의 입에서 이런 말이 나오지 않을 수가 없었다.

회양에서 단발령까지는 팔 십리 길이니 하룻길이 잘 되었다. 그들은 금곡(金谷)까지 와서 묵으며 동네사람들에게 활빈당에 대한 정보를 탐문했다. 그러나 모두가 하나같이 모른다는 대답이었다.

"글쎄요. 단발령에 화적떼가 있다는 말은 저도 듣기는 했습니다만, 한 번도 만난 일은 없는 걸요."

기껏 이런 대답이었다.

그들은 하는 수 없이 전번에 왔던 군졸들을 앞세우고 적굴을 찾기 시작했다. 그러나 워낙 무성한 수풀로 덮여 있는 산인만큼 좀처럼 적굴이 눈에 띄지 않았다. 그들은 준비해간 나물밥으로 점심요기를 하고 다시 단발령을 뒤졌으나, 그들이 만난 것은 멧돼지 두 마리뿐이었다.

"저 멧돼지라도 몰아 잡아라."

회양 부사는 적굴을 못 찾아 화가 난 김에 고래고래 소리쳤다. 그 말이 떨어지자, 화적을 찾던 군졸들은 급기야 몰이꾼으로 변했다.

"워이, 워이."

한참 멧돼지를 몰던 중에 어떤 군졸 하나가,

"저 산 밑에 적굴이 있습니다."

하고 고함쳤다.

"어디, 어디?"

지금까지 멧돼지를 몰던 군졸들은 눈이 벌개서 맞은편 산비탈을 바라보았다. 구멍이 군데군데 뚫린 것을 보니 화적들의 토굴인 것이 분명했다.

"흥 저놈들, 우리가 온 줄도 모르는 모양이다."

회양 부사는 활쏘는 군졸들을 앞에 내세우고 화살을 쏘게 했다. 수십 개의 화살은 연달아 적굴을 향하여 날아갔다. 그러나 그쪽에서는 아무런 대항도 없이 조용했다.

"지독한 놈들이다. 꿈쩍도 하지 않는구나."

활쏘는 군졸들은 거리를 단축시키고 계속해서 쏘아댔다. 그러나 역시 아무 반응이 없었다.

"어떻게 된 일인가?"

부사는 의아스러운 얼굴이 되었다.

"정말 이상합니다. 모두 피한 것 아닙니까?"

옆에 섰던 토포병방도 흐린 얼굴이 되었다.

"하여튼 가까이 가보세나."

군졸들은 토굴을 습격하라는 명령이 떨어지기가 무섭게 창과 칼을 들고 함성을 올리면서 달려갔다.

그러나 토굴 속에서는 생쥐 한 마리 튀어나오지 않았다.

"모두 도망쳤어."

"우리가 오는 걸 미리 안 모양입니다."

소란을 부리고 보니 일인즉 싱겁게 되고 말았다.

"어떤 놈이 내통했어?"

"하여튼 홍길동이란 놈은 귀신같은 놈이에요."

회양 부사는 싱거운 대로 군졸들을 데리고 내려오는 수 밖에 없었다.

가잿골이란 동네에 이르자 기나긴 여름해도 완전히 저물었다. 그 동네는 이십 채도 못되는 조그마한 동네였지만, 적굴을 찾느라고 온 종일 산을 오르내리기에 극도로 지친 군졸들은 더 걸을 수 없다고 그곳에 주저앉고 말았다. 뜰에서라도 자고 갈 생각들인 모양이었다.

"하는 수 없다. 그러면 동네에서 쌀을 거둬 군졸들의 저녁을 짓도록 하라."

부사는 한 마디 명령하고 군교들을 데리고 주막으로 찾아갔다.

"어서들 오세요. 더우신데 마루로 올라가실까."

이런 산골짜기에서 만나리라고는 생각지 못했던 계집이 해사한 웃음으로 맞이한다.

"회양골 원님의 행차니 너희들 재주껏 술상을 차려봐라. 술값은 달라는 대로 줄 테니."

앞서서 들어간 토포병방이 소리쳤다.

"어마, 그러셔요. 그렇지만 이런 산골에 뭐가 있겠어요."

"하여튼 재주껏 차려봐."

거듭 목청을 돋우는데, 부사는 옆에 서 있는 이방에게,

"여보게, 오늘 화적은 허탕을 쳤지만, 여기서 계집년 하나는 바로 걸린 모양이네."

하고 히죽이 웃었다.

"마음에 드십니까?"

"해롭게 생기진 않은걸, 몇 살이나 나보이나?"

"기껏 해야 십팔구 세가 아니겠습니까?"

"나이도 알맞은 나이야."

자못 흐뭇한 웃음을 웃어댔다.

그들이 방으로 들어가서 얼마 동안 있으려니까 중노미가 술상을 맞들고 들어오는 뒤로 그 계집이 술병을 들고 따라 들어왔다.

부사의 눈에는 그 계집만이 보였다. 계집이 술병을 놓고 상 한 옆에 다소곳이 앉자 부사가 기다리기나 한 듯이,

"우선 나한테 술 한 잔 쳐라."

계집은 양손으로 술병을 곱게 받들어 부사의 잔에 술을 부었다.

"술을 받았으니 이름도 알아야지, 뭐라고 부르냐?"

"춘담이라고 합니다."

"춘담이라, 춘담이라면 봄이 짙었다는 뜻이 아닌가, 정말 춘담이는 이름 그대로 봄이 무르익은 얼굴이야."

부사는 받은 술잔을 쭉 들이키고 나서,

"너도 한 잔 받아라."

"그렇지만 어른들도 술을 받기 전에……."

좌중을 꺼리는 양으로 사양했다.

"괜찮아, 받아."

"사실은 저는 술을 못합니다."

"못하는 술이 더 맛나는 법이야."

춘담이는 바들바들 떠는 예쁜 손을 내밀어,

"그럼 조금만."

그러나 조금 부어달라는 계집의 술잔엔 억지로 가득 채워주는 것이 사나이의 심술이다.

술판엔 술잔이 오가면서 몇 순배 돌았다. 그 술을 춘담이가 혼자

치려니 급하기도 한 일이다. 몇 잔의 술로 얼굴이 빨개진 춘담이를 본 부사는 불시에 욕정을 느꼈음인지,

"술은 그만 치고 내 옆으로 오너라."

"그렇지만 술을 칠 사람이 없사오니."

"술을 먹고 싶은 사람은 자기 손으로 쳐 먹으라지."

"그건 안 돼요."

"그런 걱정 말구 어서 원님 옆으로 가 앉아."

춘담이 옆에 앉았던 군교가 타일렀다. 춘담이는 거역할 수 없어 부사 옆에 가 앉았다.

"좀더 가까이 와서 내 무릎 위에 앉아."

"싫어요."

"싫긴 왜?"

"……"

춘담이는 말없이 귀밑이 빨개진 얼굴을 숙이고 있었다. 그 자태가 더 한층 아름다왔다.

'회양골의 관기들도 저만한 인물이 없지 않아.'

부사는 이런 생각을 하며 마른 침을 꿀꺽 삼키고 나서,

"그러면 내가 싫다는 것인가?"

"아니에요."

춘담이는 그만 놀란 듯한 얼굴을 들어 머리를 살살 흔들었다.

"그런데 왜? 아, 부끄러워서?"

"……"

"부끄러울 건 조금도 없는 거야."

부사는 춘담이의 손을 잡아끌었다. 춘담이는 싫은 얼굴이 아니면서도 잡혔던 손을 뽑으며,

"그러지 마셔요. 이렇게 제가 옆에 앉아 있으면 되잖아요."

"그런 것이 아니구, 춘담이에게 꼭 물어볼 말이 있기 때문이야."

부사는 다시 손을 끌었다. 역시 손을 뽑을 줄만 알았던 것이 춘담이는 뜻밖에도 순순히 끌려들어 무릎에 앉았다. 부사는 춘담이의 엉덩이를 들어 편안히 앉게 하고 나서,

"내 무릎맛이 어떠냐?"

"하늘에 둥둥 뜬 것 같아요."

부사는 더욱 흡족해서,

'요것 봐라, 말도 제법인데.'

속으로 생각하다 문득 이런 계집이 어떻게 이 깊은 산속에 와서 술청장 노릇을 하게 됐는지 알고 싶어졌다. 혹시 화적과 무슨 내통이 있는 계집이 아닌가 하는 의심도 없지 않았기 때문이다.

부사는 춘담이의 귀쪽을 잡아끌어 속삭이는 말로 그 사연을 물었다. 그러자 춘담이는 지금까지 헤헤 웃던 얼굴이 금시에 눈물이라도 떨굴 듯한 서글픈 얼굴이 되며,

"그런 말은 묻지 마시고 술이나 드셔요."

하고 부사의 술잔을 들어주며 가만히 말했다. 그럴수록 부사는 더욱 그 일이 알고 싶어졌다.

"무슨 깊은 사연이 있는 모양인데 내게도 말 못할 일인가?"

"……."

춘담이는 고개를 숙인 채 머리만을 흔들었다.

"그렇다면 어서 이야기해봐, 내 힘이라면 네 마음 하나쯤은 쉽게 풀어줄 수도 있으니."

"고마워요. 고맙지만—."

"역시 말할 수는 없다는 것인가?"

춘담이는 대답 대신에 눈을 들어 좌중을 훑어봤다. 여러 사람이 있는 자리에서는 말할 수 없다는 눈짓이었다. 그 기미를 알아챈 부

사는 핑계가 생긴 대로,

"오늘은 피곤들 할테니 술은 그만하고 어서 자게나, 나도 눕고 싶네."

그 말이 떨어지자 부하들은,

"예, 저희들은 물러가겠습니다."

하고 모두들 일어섰다. 그들은 부사의 속을 너무나도 잘 알기 때문이었다.

춘담이는 조용한 뒷방으로 부사를 모셨다. 자리를 보아주고 나서,

"그러면 안녕히 주무셔요."

춘담이가 인사를 하고 방을 나오려고 하자,

"춘담이, 나와의 약속을 벌써 잊었나?"

"무슨 약속?"

"나한테만 알려주겠다던 말."

춘담이는 눈에 웃음을 피워,

"어마, 그런 것을 아직도 생각하고 계셨나요?"

"그 때문에 술도 파흥하고 만 거야, 여기 앉아서 어서 이야기해."

춘담이를 끌어안았다.

"들으셔도 별로 재미도 없으실 텐데."

"춘담이 이야기가 왜 재미 없겠어."

"그러면 제 이야길 들으시고서 원한도 풀어주시겠어요?"

"암, 원한이 있다면야."

"그러면 이야기하지요. 저도 본시는 이런 술청장이나 할 신세는 아니었어요. 제 부친은 함흥 찰방(察訪)이었답니다. 그것이 뜻하지 않았던 활빈당 화적떼의 습격을 받아 온 가족이 몰살당하고 저 혼자 남게 되었지요. 그날 밤 저는 이모집에 가 있었기 때문에 그 난은 면했지만, 그러나 제가 살고 싶은 마음이겠어요. 그저 그 원수를 갚

을 생각뿐이지요. 그 후부터 저는 그놈들의 거처를 알려고 무척 애를 썼지요. 그러던 중에 이 단발령에 그놈들의 소굴이 있다는 말이 들리지 않아요. 그래서 이 산속을 찾아 들어와 주막을 차린 거랍니다. 여기 주막이 있다는 것을 그놈들도 알게 되면 언제구 그놈들의 두목이 들릴 때가 있을 테니, 그 기회를 기다려 내 장두칼로 그놈의 목을 찔러죽일 생각이지요."

춘담이의 말을 심각하게 듣고 있던 부사는,

"듣고 보니 앙갚음할 놈이 나와 같은 놈이 아닌가. 나도 지금 활빈당 두목 길동이란 놈을 잡으러 단발령에 갔다오는 길이야."

춘담이는 수심이 가득했던 얼굴이 대번에 밝아지며,

"그래요, 어쩌면 이렇게도 의사가 서로 통할 사람끼리 상봉할 수 있을까요."

"이것이 다 천생배필의 인연이야. 춘담이도 내 품에 안겨 자는 것을 싫다고야 않겠지?"

춘담이는 고운 눈을 흘겨 쳐다보며,

"싫을 리야 있겠습니까만, 후일을 생각하면 제가 불쌍해요."

"불쌍하다니?"

부사가 알 수 없는 모양으로 반문하자,

"이 몸을 보시고 회양골로 돌아가시면 저같은 계집은 잊으실 것 아니에요."

"하하, 그것이 걱정인가?"

"저는 울면서 살아야겠으니."

"그래 내가 너를 이곳에 놓고 갈 줄 알고 울며 살겠다는 것인가?"

"그러면 저를 데리고 가신다는 건가요?"

"그런 걱정은 말고 어서 잠자리에나 들자."

춘담이를 끌어안은 채 자리 위에 쓰러졌다.

"그래도 옷을 벗어야 할 것 아니에요. 옷이 구겨져요."

"그렇지, 옷은 벗어야지."

안았던 팔의 힘을 늦춰주자 춘담이는 일어나 앉아 부사를 가만히 내려다보며,

"정말 저를 버리지 않는다는 거죠?"

"내가 너를 왜 버리겠니, 잠시도 네가 없으면 살 것 같지도 않은데."

"저를 귀애해주기도 하고요?"

"업어달라면 업어주고 안아달라면 안아주지."

"제 원수도 갚아주고요?"

"오냐오냐, 내일 다시 군졸들을 몰아 단발령을 쳐들어 가마."

욕정이 극도로 끓어오르는 판이니 무슨 말인들 듣지 않는다고 하랴. 춘담이는 그러한 부사가 우습기나 한 듯이 해죽해죽 웃으며 앉아 있으니, 부사는 더 참을 수가 없는 듯이 와락 끌어안았다.

"부사님은 왜 그렇게 서두르셔요? 옷을 벗어야 한다지 않아요."

"그럼 어서 옷을 벗어, 나도 벗을 테니."

부사는 일어나 옷을 활활 벗기 시작했다. 춘담이는 그것이 우스워 견딜 수 없다는 듯이 캐들캐들 웃어대자,

"왜 옷은 벗을 생각 않고 웃고만 있어?"

"우습지 않구요."

"뭐가?"

"부사님은 정말 모르시네, 제 몸을 보시겠다면서 옷도 벗겨줄 생각을 않으니 말예요."

"그것 참 내가 잊었구먼."

부사가 웃통까지 벗은 몸으로 춘담이의 옷을 벗기려고 했다. 춘담이는 여전히 웃어대며,

"웃통을 벗고 신부의 옷을 벗기는 신랑이 어디 있어요."

"허, 그러면 다시 옷을 주워 입어야 하나?"

"모르시지도 않을 부사님이 오늘 밤은 왜 이렇게도 덤비셔요."

"춘담이가 예뻐서 그런 거지."

"그런 말씀은 마시고, 어서 옷이나 입으셔요."

춘담이의 말이 어느덧 명령조가 되었다.

"옷을 입는다면 도포 입고 갓까지 써야 하나."

"무슨 제삿날인 줄 아시나베."

이번엔 톡 쏘아주기까지 했다.

"정말 몰라서 묻는 말이야. 저고리만 껴입으면 되는가?"

"생각해보면 아실 것 아녜요."

"그것 참 춘담이에게 장가들기도 힘들구면."

부사는 자기의 열적음을 이런 말로 얼버무리면서 다시 옷을 껴입고 나서,

"이제는 춘담이의 옷을 벗길 차례겠다."

하고 춘담의 앞으로 가서 옷고름을 풀려고 했다.

그러나 춘담이는 자기 옷고름을 잡으며,

"부사님은 정말 오늘 어떻게 되신 모양이야, 이러는 것 아니에요."

"뭐가 또 틀렸다는 거야?"

"순서가 있다는 거지요."

"그럼 치마부터 벗겨야 하는 것인가."

"왜 옷만 벗긴다는 거예요. 옷을 벗기기 전에 마주앉아 다정한 이야기두 좀 해야지 않아요."

"그런 이야긴 이불 속에서 하는 것이 더 재미있어."

"그래도 이불 속에서 할 이야기와 앉아서 할 이야긴 따로 있는 거예요."

"뭐가 따로 있어?"

"이렇게 앉아선 깨 쏟아지는 이야기가 좋고, 이불 속에 들어서는 망측한 이야기가 좋고."

"나는 그것이 더 좋다."

부사는 더 견딜 수가 없는 듯이 달려들어 춘담이의 옷고름을 풀려고 하는데 문이 벌컥 열리며 젊은 사나이가 들어섰다.

"누구야?"

부사는 겁결에 소리치며 뒤로 움쳤다.

"알고 싶은가?"

"누, 누구야!"

질질 움치는 동안에 춘담이는 어느덧 젊은이 옆에 가 섰다.

"네년두 한 패거리였구나."

"그렇지 않구야 너 같은 놈한테 아양 떨 년이 어디 있겠어."

춘담이도 한 마디 했다.

"너희 놈들이 활빈당이구나."

"이제야 안 모양이군. 난 네가 찾던 홍길동이다."

"뭐?"

홍길동이란 말에 극도로 놀란 부사는 급기야 아랫간의 문을 차고 도망치려고 했다. 그러나 그 문밖에도 지키고 있던 사나이가 있었다. 그의 칼에 맞은 부사는 '으아—' 하는 비명 한 마디로 쓰러졌다.

간밤에 그런 일이 있은 줄도 모르고 아침에 눈을 뜬 군졸들은 동구 앞에 붙은 방문을 보고 모두가 눈이 휘둥그레졌다. 그 방문에는 다음과 같이 씌어 있었다.

부사를 비롯하여 너희들의 상전들은 어젯밤 우리들의 칼에 쓰러졌다. 그들이 죽어 마땅한 이유는 누구보다도 너희들이 잘 알리라. 너희들 중에서도 옳은 길을 걷고 싶은 자는 주저말고 단발령으로 찾아 들어오너라.

활 빈 당

이것으로써 독자들은 춘담이가 활빈당 패거리라는 것은 알 수 있었겠지만, 그녀가 바로 문경 다리목 술집에서 길동이에게 구원을 받은 길순이라는 것은 미쳐 생각지 못했으리라.

길동이는 외할머니 집에 와 있던 길순이를 불러 이런 연극을 꾸몄던 것이다.

검바위 패거리

오늘은 가평(加平) 장날이다. 검바위 산적들이 장을 보러 나갈 땐 서울 장사꾼 차림을 하고 몇 사람이 떼를 져 나귀를 몰고 나갔다. 백명이나 되는 대 식구의 식량을 사들이자니 그럴 수밖에 없었다.

장을 보러 나간 산적들은 오다가 으레 주막에 들러 한 잔씩 걸치고 오니 자연 늦게 마련이다. 그들이 검바위에서 삼마정쯤 떨어진 구릿재를 넘어올 때는 이미 해가 져 사방은 어둠에 젖어들었다. 나귀 바리를 몰고 가는 그들의 손에는 제각기 초롱불이 들려 있었다. 그들은 밤길을 늘 걸어서 초롱불을 켜들 필요가 없을 성싶지만, 오히려 그것이 자기네들은 산적이 아니란 표지가 되는 모양이다. 초롱불에 빨갛게 드러난 그들의 얼굴은 어디까지나 소박한 것이 도둑 같이 보이지는 않았다. 물론 이런 밤중에 고개를 넘는 사람이 있을 리가 없다. 고개는 그리 험악한 편은 아니었지만 수풀이 깊어 아주 호젓한 곳이다.

"절렁절렁—."

어둠 속의 호젓한 적막을 깨뜨리는 것은 다만 말방울소리 뿐이다. 나귀도 늘 걷는 길이기 때문인지 수걱수걱 잘 걸었다.

"아니—."

앞서 가던 마부가 나귀 고삐를 잡으며 문득 섰다.

"누구야?"

어둠을 헤쳐 경계하듯 초롱불을 앞에 내댔다.

"길가는 나그네입니다."

검은 그림자가 길숲에서 일어나며 가까이 왔다.

"왜 사람을 놀라게 해."

"미안합니다."

등불 속에 나타난 것은 더벅머리 소년이었다. 지팡이를 짚고 있었다. 뒤의 늙은 산적이 나서며,

"왜 그러구 서 있니?"

"상처에 바르는 약이 있으면 좀 얻을까 해서요."

"어디 다쳤니?"

"허벅다릴 다쳤어요. 괜찮을 것 같아 걸었더니 막 쑤시는군요. 곪기라도 하는 모양입니다."

그러면서도 아픈 기색은 하나 없이 태연스럽게 말했다. 늙은 산적은 소년이 불쌍하다고 생각한 모양인지 앞섰던 산적에게,

"약을 좀 발라주게나."

하고 말했다. 젊은 산적은 나귀 짐에서 약을 꺼내 갖고 와서,

"바지를 벗어봐, 약을 발라줄 테니."

소년은 허리띠를 풀어 바지를 내리우고 동여맸던 피가 밴 헝겊을 풀어보였다.

"대단한 상처구나."

초롱불로 비쳐 본 젊은 산적은 놀라며 소리쳤다.

"어디 내가 봐야지."

늙은 산적도 들여다보고,

"흠—."

하고 역시 놀란 얼굴이 되었다. 분명히 칼에 맞은 깊은 상처였기 때문이다.

"이렇게 큰 상처를 입고 어디서부터 걸어왔니?"

"명지산에서요."

"명지산에서?"

늙은 산적은 놀라서 소리쳤다. 명지산은 그곳서 칠팔십 리 길이 잘되니 그럴 수밖에 없었다.

약을 다 발라주고 일어서던 젊은 산적도,

"이렇게 상한 다릴 갖고서?"

믿어지지 않는 모양으로 소년을 쳐다봤다.

그러자 늙은 산적이,

"너 군교와 칼쌈했구나."

넘겨잡아 물었다.

"어떻게 아세요?"

소년은 그것을 알아주는 것이 기쁜 모양이었다.

"보면 알지, 군교들과 무슨 일로 싸웠니?"

"당신들 같은 장사꾼들은 몰라도 좋은 일입니다."

그들을 무시하듯이 말했다.

"이놈 봐라. 그래도 난 네가 어떻게 싸웠는지 다 알고 있다. 뭘 훔쳤기 때문이지?"

"훔쳤다면 군교들이 칼까지 뽑아들고 내게 덤벼들겠어요?"

듣고보니 딴은 그렇기도 했다. 늙은 산적은 약간 면구스러웠으나 다시,

"그럼 무슨 일로 칼에 맞았니?"

"군교에게 쫓기는 어떤 선비를 구해주다가 그랬지요."

"그게 정말이야?"

"정말 같지 않거든 믿지 말구려. 그것도 군교가 한 녀석이라면 이렇게 허벅다리에 상처를 입었을 리 없어요. 대여섯 녀석이 달려드는 통에 그만—"

이렇게 말하는 소년은 독자들도 이미 짐작이 간대로 바위였다. 늙은 산적은 아주 놀라는 얼굴로,

"네놈이 그렇게도 검술을 잘하니?"

"그렇다고 뭐 잘한다고 할 수야 있어요."

겸손한 척했다.

"어린 녀석이 군교 대여섯을 당해냈다면 잘하는 것이지."

"그렇지만 나보다 잘하는 검술선생이 얼마나 많다고요. 이 부근 검바위의 황산 도사 같은 분도 대단하다는군요."

약을 다 바르고난 바위는 허리띠를 매며 말했다.

이 말에 늙은이는 히죽 웃으며,

"그래, 넌 누구한테 검술을 배웠니?"

"그런 말은 왜 자꾸 물으세요."

홍길동이라고 뽐내고 싶으면서도 홍두령의 말은 입밖에 낼 수 없으니 귀찮은 듯이 말했다.

"그럼 내가 네 검술선생의 이름을 맞춰볼까?"

늙은이는 여전히 싱글싱글 웃으면서 말했다.

"젊은 선비님이 아니냐?"

"예?"

"홍길동이라는 선비님 말이다."

"예? 어떻게 아세요?"

바위는 눈이 둥그레지며 소리쳤다.

"천하의 큰 도적인 홍길동일 내가 왜 모르겠니?"

"그이가 큰 도적이라구요?"

바위는 불시에 화가 난 얼굴이 되었다. 늙은이는 일부러 바위의 약을 올리듯이,

"함흥 감영을 털어먹은 놈이니 큰 도적이 아니구 뭐야."

"그렇지만 그분은 약하고 억울한 백성들을 위해서 싸우는 사람이 어요."

"네가 그런 말을 하는 것을 보니 너두 분명 홍길동 패거리구나. 너 같은 놈은 잡아서 관가에 알려야겠다."

그러자 바위는 재빨리 옆에 놨던 지팡이를 들어 늙은이를 내리쳤다. 늙은이를 치고 도망갈 생각을 한 것이다. 그러나 어떻게 된 일인지 바위의 지팡이는 두 동강이가 난 채 바위는 공중잡이로 나자빠졌다.

"이놈, 버릇없게도 어른을 함부로 치겠다는 거야."

늙은이가 소리쳤다. 바위는 얼음판에 넘어진 황소처럼 눈만 번득이고 있었다. 마음으론 말할 수 없이 분했다. 그러나 손 하나 꼼짝할 수가 없었다.

"이놈, 다시 일어나 맞서봐."

그래도 바위는 일어날 생각은 못하고 늙은이의 얼굴만 쳐다보고 있었다. 늙은이는,

"장사꾼이라면 매나 맞는 물건인 줄 아는 모양이지."

그리고 나서는,

"흉한 녀석 만나서 길만 늦었다. 어서 가세."

하고 마부에게 길을 재촉했다. 바위는 무거운 다리를 끌면서 그 뒤를 분주히 따라갔다. 지금 만난 그 늙은이가 보통 장사꾼이라고는 생각되지 않았기 때문이다. 아니, 지금 자기가 찾아가는 황산 도사가 틀림없다고 생각했다.

"이것 좀 봐요, 장사꾼들."

바위는 불시에 일어나 헐떡이며 따라갔다.

"아직 덜 혼나서 따라오니?"

늙은이가 돌아서며 소리쳤다.

"황산 도사님이지요? 전 바위란 놈인데 홍길동이의 심부름으로 도사님을 찾아가던 길입니다."

"이놈 봐라. 미친 녀석 같이 무슨 딴소리를 하고 있어."

"아무리 시치밀 떼도 저는 다 압니다. 황산 도사님이지요?"

"이놈아, 황산 도사가 뭣해 먹는 놈인데 날보고 황산 도사라는 거야?"

"도사님이 자기를 모른다니 우습군요."

이 말에 늙은이는 그만 웃고 나서,

"나를 무엇하러 만나러 오는 거야?"

"그것 보셔요. 도사님이란 걸 제가 맞추지 않았어요."

바위가 기뻐하자,

"이 녀석아, 묻는 거나 대답해라."

"길동이 행수님이 도사님께 편지를 전해주라고 해서."

하고 편지를 꺼내줬다.

그 편지에는 '오는 칠월 스무하루가 임금의 생일이라 각도의 감영과 작청에서는 봉물짐을 올려 보낼 터이니, 이 기회를 이용하여 각도에 널려 있는 활빈당이 봉물짐을 털 계획을 하고, 옥녀와 바위에게 편지를 보내오니 검바위에서도 이에 협력을 해달라'는 사연이 적혀 있었다. 황산 도사는 초롱불에 비쳐 묵묵히 편지를 읽고 나서,

"검바위까진 아직도 십리길이나 되는데 너 그 발로 꽤 걷겠니?"

하고 그것을 걱정했다.

"염려 없어요."

"그래도 다친 발로 걸으면 좋지 않을게다. 이 나귀엔 그리 무거운 짐을 싣지 않았으니 너 하나쯤 올라타도 될게다. 어서 타라."

"싫어요. 걸을 수 있는데 왜 타요."

사양을 하자,

"이 녀석아, 타라면 타는 거야."

꾸짖듯이 말했다. 바위도 사실은 걷기가 힘들었던 만큼 못견디는 체하고 올라타면서,

"도사님, 제 마부가 됐으니 미안해서 어떡해요."

진정 절반, 엄살 절반 섞어 말했다. 그러나 황산 도사는 별로 화난 얼굴이 아닌 채,

"오늘 운이 나빠 너같은 놈을 만났으니 하는 수 없지."

그리고는,

"편지엔 옥녀도 같이 온다고 했는데 어떻게 됐니?"

황산 도사는 무엇보다도 그것을 알고 싶은 모양으로 물었다.

"옥녀 누님은 저와 같이 검바위로 오다가 군교들에게 쫓기는 어떤 선비님을 구해주기 위해서 산에서 떨어졌어요."

하고 바위는 그때의 일을 상세히 말했다. 잠잠히 듣고 있던 황산 도사는 알겠다는 듯이 고개를 끄덕이다가,

"그럼 옥녀도 그 선비가 걸을 수 있게 되면 검바위로 온다든?"

하고 물었다.

"그럼요. 그렇지만 낭떠러지에서 떨어진 사람이니까, 하루 이틀엔 걸을 수가 없을 겁니다."

이 말을 듣고 옆의 졸개가,

"그러면 빨리 옥녀를 구하러 가야겠구먼요."

하고 말하자 황산 도사도 걱정되는 얼굴이면서도,

"이 애가 다리도 저는데 어떻게 이 밤중에야 가겠나. 하여튼 검바위로 가서 생각해 보기로 하세."

하고 가던 길을 재촉했다.

검바위로 돌아간 황산 도사는 저녁상을 물려놓기가 무섭게 부하

두목들을 불러들였다.

그의 밑에는 부하 두목이 넷이 있었다.

춘천(春川)·가평 길목을 지키는 왕벌이.

원주(原州)·양평(楊平) 길목을 지키는 고슴도치.

이천(利川)과 안성(安城) 두 길이 합치는 광주(廣州) 길목을 지키는 미력이.

그리고 벌어온 물건을 건사하는 창고지기와 이들의 살림을 맡아 보는 검바위의 부두령 홍팔이다.

황산 도사는 무슨 일이 있을 때마다 이들을 불러 의논을 했다. 그들이 모이자 황산 도사는,

"너희들, 칠월 스무하루가 무슨 날인지 아나?"

하고 아닌 밤중에 홍두깨 내밀 듯 물었다. 그러나 아무도 그날이 무슨 날인지를 아는 두목은 하나도 없었다. 서로 얼굴만 쳐다보고 있으니까 도사는 다시 입을 열어,

"그날이 바로 우리 검바위 산채로 큰 재물이 들어오는 날이지."

"무슨 재물이 들어온다는 겁니까."

두목 하나가 묻자,

"무슨 재물이 들어올 것 같나?"

하고 도사는 되물었다. 두목들이 역시 대답을 못하고 있자,

"그날이 바로 임금의 생일일세. 그렇다면 내 말이 무슨 말인지 알겠지."

"알겠어요. 봉물짐이 올라온다는 말이군요."

눈치빠른 부두목 홍팔이가 알아차리고 말했다.

"그런데 그날이 앞으로 보름 밖에 남지 않았으니 우리도 서둘러야 하지 않겠나."

"그날이 임금의 생일이란 틀림없는가요?"

의심많은 미력이 물었다.

"그래 나도 그걸 몰랐는데, 오늘 길동이에게서 온 전갈로 알았네. 이 기회를 타서 각곳에 있는 활빈당이 저마다 봉물짐을 털자는 거야."

"그러면 조정의 벼슬아치놈들이 눈이 둥그레지겠구먼."

고슴도치가 말했다.

"그렇지, 길동이도 그 생각으로 하자는 것이겠지. 그러니 우리들도 이번엔 봉물짐을 털어도 좀 거창하게 해야 할 것 아닌가."

"암요. 도사님을 모신 우리가 다른 활빈당에게 질 수가 있어요."

우쭐대기를 좋아하는 왕벌이의 말이었다.

"그러자면 부근 골에서 오는 봉물짐을 내버려두고 원주 감영에서 오는 봉물짐을 털어야겠군요."

왕벌이가 눈을 뛰룩거리며 말했다.

"그러니 이번은 앞뒤를 재서 실수가 없도록 해야겠다는 거야. 자네들에 좋은 생각이 있으면 말해보게나."

"무엇보다도 먼저 자리를 잘 골라야겠다고 생각됩니다."

고슴도치의 의견이었다.

"무슨 자리를?"

미력이가 물었다.

"봉물짐을 빼앗는 자리 말이지."

"그놈들의 행차가 몇 명이 될지도 모르고 또 어느 길로 올지도 모르고 어떻게 자리부터 잡겠나."

이 말에 고슴도치는 화가 나서,

"자넨 봉물짐을 처음 치는 것 같은 소릴하고 있네 그려. 봉물짐 행차라야 기껏 스무 명 안팎이구 원주에서 오는 봉물짐이라면 구둔(九屯) 지나 양평으로 들어서는 큰길 밖에 더 있나."

"그것이 자네 생각대로 들어가 맞으면 몰라도 그렇지 않을 경우엔 어떻게 하겠나? 자네 말 듣고 우리끼리 허수아비 노릇 하라는 건가."

고슴도치와 미력이 서로 자기 말이 옳다고 승강이를 하자 황산 도사가 미력에게,

"그러면 자넨 무슨 좋은 계책이 있나?"

하고 물었다.

"내 생각으론 봉물짐이 떠나오는 날짜와 사람과 말의 숫자를 내탐하는 것이 무엇보다도 급한 일일 것 같습니다."

"흐음."

황산 도사는 그 말이 옳다고 생각되는 모양으로 고개를 끄덕이고 나서,

"그래 내탐할 계교도 생각해봤나?"

하고 물었다.

"예, 우선 눈치빠르고 걸음 잘 걷는 졸개 두어 사람 뽑아 원주 감영에 인삼을 팔러 보낼 생각입니다. 봉물짐엔 인삼이 필요할 테니 감영 안으로 쉽게 들어갈 수도 있을 게고, 그렇게 되면 봉물짐이 언제 어떻게 올라온다는 것을 알 수 있으리라고 생각합니다. 그리고 난 후에 봉물을 빼앗을 자릴 정하는 것이 좋을 듯합니다만……."

"그래, 자네 생각은 어떤가?"

황산 도사가 이번엔 고슴도치의 의견을 다시 물었다.

"제 생각 같아서는 그런 번거로운 것이 필요없다고 생각됩니다. 봉물짐은 떠날 날을 정했다가도 비가 오든지 또는 사또의 꿈자리가 나쁘기만 해도 미루는 수가 있고, 그와 반대로 앞질러 떠나는 일도 있을 게 아닙니까. 또한 사람과 말의 숫자도 마찬가지로 떠나는 것을 보기 전엔 분명한건 알 수가 없지요. 그러니 수리고개 같은 길목에 자리를 미리 잡고 나서 길목마다 걸음빠른 졸개를 배치해서 봉물행

차를 보는 대로 즉시 연락하도록 하는 것이 좋은 방법이라고 생각됩니다."

듣고 보니 그 이야기도 그럴 듯했다.

황산 도사는 어느쪽이 더 옳다는 것을 단정짓지 못한 채 제일 어린 동팔이에게 고개를 돌려,

"왜 부두령은 한 마디 말이 없어?"

하고 꾸짖는 기색으로 말했다. 사실 검바위에서는 그가 제일 꾀가 많은 만큼 그의 말을 듣고 싶었기 때문이었다.

"저도 한 가지 생각이 없는 것은 아니지만, 아직 계교가 채 나지 않아 입을 못 떼고 있습니다."

"계교가 채 나지 않았어도 이야기해 보게나. 여럿이서 의논을 하면 더 좋은 생각이 날지도 모르니."

"그러면 이야기하지요. 지금까지 말한 두 두목의 의견도 다 좋습니다. 그러나 제 생각 같아서는 봉물짐을 감쪽같이 빼내어 조정에 있는 벼슬아치놈들의 눈을 휘둥그렇게 해주고 싶습니다. 활빈당의 길동이 선비님이 귀신 같다는 소문도 있으니 말입니다."

"그것도 좋은 생각이구먼. 그래, 무슨 계책이 있나?"

"그것이 지금 잘 떠오르지 않아 이러구 있습니다만, 이런 때 옥녀만 있으면 문제가 없어요."

"옥녀가 있으면 어떻게?"

"봉물짐이 원주를 떠나면 그날은 구둔에서나 자게 마련 아닙니까. 그 숙소에서 옥녀가 홀림수만 쓴다면 봉물짐 빼앗는 노릇은 그렇게 힘들 것이 없으니 말이외다."

"그렇다면 내일이라두 옥녀를 데려오기로 하지."

"옥녀가 어디 있는지 아십니까?"

"오늘 내가 데리고 온 바위라는 놈과 같이 오다가 명지산에서 떨

어졌다니, 그놈을 앞세우고 가면 데리고 올 수가 있네."

황산 도사는 그렇지 않아도 옥녀를 데리러 사람을 보낼 판이었는데, 어차피 잘됐다고 생각했다.

그러자 오늘 장거리에 같이 갔다 온 왕벌이가,

"그 소년이 다리에 그런 상처를 입었는데, 내일 걸을 수 있을까요?"

하고 걱정했다.

"말을 태우면 되는 일 아닌가. 자넨 그런 계책두 없는가."

이리하여 다음 날 아침, 바위는 말을 타고 졸개 둘과 함께 명지산으로 옥녀를 찾아 떠났다. 그러나 다음 날 돌아온 것은 졸개 둘 뿐이었다.

"어떻게 된 일인가?"

여러 두목과 모여 앉아서 옥녀가 돌아오기를 기다리던 황산 도사가 물었다.

"옥녀 아가씨가 숨어 있던 굴을 찾아가보니 사람은 없고 도사님 앞으로 보내는 편지만 한 장 있더군요. 그래서 소년은 그곳서 헤어져 단발령으로 갔고 우리 둘이 편지를 가지고 있습니다."

하고 편지를 내놓았다.

편지에는 구해준 선비에게서 어머니의 원수를 알게 되어 서울을 가니 찾지 말라는 간단한 사연이었다.

황산 도사는 편지를 읽고 나서 잠시 어두운 얼굴을 하고 있다가,

"옥녀가 서울로 갔다니 이제는 어떻게 한다?"

하고 말하자 부두령이 혼잣말처럼,

"이런 때 길동이나 있으면 좋지 않아."

하고 나서,

"그럴 것 없이 오늘 하루만 여유를 주시오. 지금은 별 신통한 계교가 없지만, 한 이틀 누워서 생각을 하면 무슨 꾀가 생각나겠지요."

하고 말했다. 황산 도사는 그가 계략에 밝은 것을 아는 만큼,

"하루 이틀이 늦는다고 크게 잘못이 없겠으니 부두령의 말대로 해보지."

하고 있는데 문이 벌떡 열리며,

"안녕들 하시오?"

하고 길동이가 들어섰다. 모두가 놀란 얼굴이 되었다.

"옥녀가 걱정이 돼서 왔는데 아, 봉물짐을 터는 의논들을 하고 있구먼요."

하고 웃으면서 말하자 부두령 홍팔이가,

"그렇지 않아두 계교가 생각나지 않아 홍두령을 기다리고 있던 판이요."

하며 길동이를 반기었다.

봉물(封物) 짐

임금의 생일인 칠월 스무하룻날을 앞두고 각 도의 감영과 각 골의 작청에서는 경쟁이나 하듯이 진상봉물 싸기에 바빴다. 산이 많은 강원도는 다른 도에 비해 인구도 적고 토질도 좋지 못했으나, 그렇다고 진상봉물은 결코 딴 도에 떨어지지 않았다. 감사가 백성을 생각하는 마음보다도 임금에게 곱게 뵈려는 생각이 앞섰기 때문이다.

강원도에서 올라가는 봉물짐은 대체로 산삼·녹용·웅담, 산청같은 복령(茯笭) 약재를 비롯해 수달피·청서피·녹비 같은 피물들이었으며, 그것도 모두가 최상품으로 뽑아 보내었다. 말하자면 녹비 열 장을 쓰는데는 사슴을 오륙십 마리나 잡아서 그 중에서 좋은 가죽을 고르는 것이었다. 그러니 누구보다도 죽어나는 것은 그것을 장만해 내는 백성들이었다.

강원 감영에서는 이 진상봉물 준비로 며칠 동안 분주했다. 더욱이 이번에는 어떤 포수의 정성으로 호피까지 한 장 얻게 되었으니 봉물짐으로 다른 도에 떨어지지 않게 되었다. 그 준비가 다 끝난 것이 생일을 바로 엿새 앞둔 칠월 보름날로 막상 길을 떠나게 된 날짜가 백중(百中)날이었다. 이날은 불의출행일(不宜出行日)이라는 줄배긴 날은 아니었지만 모두가 노는 날인만큼 하루 미루어서 다음 날 떠나자는 이야기가 많았다. 그러나 그 중엔 임금의 생일이 엿새 밖에 남지 않았으니 하루라도 지체할 수 없다고 말했다. 그들의 말은 서울까지 가자면 아무리 빨리 가도 사흘은 잡아야 할 터인즉 도중에서 비가 와서 길이나 막히게 되면 큰 일이니 하루라도 빨리 떠나야 한다고 했다. 양쪽에서 서로 자기들의 주장을 세워 야단치는 소리를 듣고 있던 감사가,

"길을 떠나기도 전에 왜 그런 불길한 소릴 해."

하고 언성이 불쾌하게 나오자 모두 입을 다물고 말았다. 그러자 예방비장이,

"중도에서 무슨 지장이 있을까 염려해서 하는 말입니다."

하고 아뢴다.

"그렇다면 왜 이렇게도 진상봉물 준비가 늦어가지구 야단인가?"

감사가 꾸짖듯이 반문하는 말에 예방비장도 말문이 막혀 손만 비비고 있었다.

"이러니저러니 할 것 없이 내일 아침 떠나기로 하게."

감사는 잘라 명령하고 나서,

"봉물짐을 영거할 군관들에게도 그렇게 알리게."

하고 말했다.

"예."

예방비장은 머리를 숙여 대답하고 나서,

"그런데 대감께 한 마디 아뢰옵고 싶은 것은 맨손으로, 범을 잡아 이번에 호피를 바친 허달이 같은 사람을 봉물행차에 영거해 보내시면 혹시 도중에서 적도를 만난다 해도 염려 없을 것 같습니다."

"그런 사람이 같이 가게 되면 좋겠지, 그런데 믿을 만한 사람인가?"

"범을 자기 손으로 잡아 진상봉물에 써달라고 바치는 것을 보면 어떤 사람이라는 것을 가히 짐작할 수 있지 않겠습니까."

"그렇지만 그것만 보고 사람을 좋게 생각할 건 아니야. 그 중엔 벼슬이라도 하나 얻을 욕심으로 그런 짓을 하는 자도 있을 테니."

"그러면 대감께서 직접 대면하시구 결정을 짓기로 하시지요."

"그것이 좋을 것 같네."

"그럼 그 사람을 곧 부르랍시오?"

"물어볼 필요도 없는 일 아닌가."

"황송하외다."

예방비장이 감사 앞에서 물러나간지 한경쯤 지난 후에 허달이라는 사람을 데리고 왔다. 키가 크고 어깨가 딱 버그러진 것이 보매도 힘깨나 쓰게 생긴 사나이다. 감사가 방으로 들어오라고 하여 웃간에 꿇어앉았다.

"자네가 바로 범잡은 허달이라는 사람인가?"

"예, 소인이올시다."

"흠, 호피를 바쳐줘서 이번 봉물에 긴히 쓰게 됐네."

"변변치 못한 것을 그런 귀한 곳에 써주신다니 황송하옵니다."

"자네 혼자 힘으로 장정 몇이나 당하나."

"글쎄올시다. 지난 봄에 비석고개에서 열댓 명 되는 적당을 한꺼번에 눕힌 일이 있습니다."

"흐음."

감사는 이 말에 흡족한 모양으로 그 사나이의 아래위를 훑어보고 나서,

"술은 어떤가?"

"술은 한땐 한 말두 먹었습니다만 언젠가 취해갖고 제 조부님 앞에서 오줌을 갈기고서는 일체 입에 대지 않습니다."

감사는 이 말에도 솔직한 녀석이라고 좋게 본 모양으로,

"이번 봉물이 올라갈 때 자네를 영거시키려고 하는데 수고 좀 해주겠나?"

하고 물었다.

"그런 중대한 일을 아무 것도 모르는 소인이 혼자서야 어떻게 맡 겠습니까. 예방비장 같은 어른이 인솔해 주신다면 따라가옵지요."

감사는 예방비장이 술이 과한 것을 꺼리는 모양으로 잠시 생각하 고 있다가

"자네 허달이를 데리고 갔다올 마음 있나?"

하고 물었다. 예방비장은 서울집에 다녀올 생각으로 허달이에게 시킨 일인만큼,

"사또님의 분부대로 하오리다."

하고 대답했다.

"그럼 내일 일찍 떠나도록 지금 나가서 곧 준비하게나. 그리고 서 울 땅에 들어가기까지는 절대 술을 입에 대서는 안되네."

"명심하오리다."

이리하여 봉물짐은 다음 날 아침 원주를 떠나기로 되었다.

봉물짐의 일행은 예방비장과 허달이를 비롯하여 군교 셋, 군졸 열, 말꾼 넷, 짐꾼들 모두 합해서 스물여섯 명이었다. 말은 상마 네 필 외에 예방비장이 타고 가는 부담마까지 합해서 다섯 필이었다.

첫날은 예상대로 구둔에 와서 주막을 잡았다. 먼 길을 걷지 않던 사람들이 첫날로 칠 십리 길이나 걸었으니 말꾼·짐꾼·군교·군졸 할 것 없이 저녁 숟갈 놓기가 무섭게 쓰러져 코를 골았다. 그러나 예방 비장과 같이 안방에 든 허달이만은 피곤한 기색이 전혀 없이 봉물짐 짝을 기대고 앉아 있었다. 말을 타고 온 예방비장도 피곤한 모양으 로 아랫목에 팔베개를 하고 무료히 누워 있다가,

"자네 술생각 나지 않나?"

하고 물었다. 허달이는 예방의 마음을 알겠다는 듯이 싱긋 웃으며,

"비장님이 술생각 나신 모양이군요."

"나는 술을 마시지 않고서는 잠을 들지 못하니 큰 탈이야."

"그러시면 이 집 아주머니 보고 한 되 달래서 마시지요."

"자네도 같이 마시지?"

"제가 취하면 봉물짐은 누가 지키구요?"

"그러면 나도 그만두겠네."

"왜요?"

"돌아가서 자네가 감사에게 고자질하면 볼기짝 맞겠으니 그만두려는 것일세."

"설마 제가 고자질이야 할라구요. 비장님 덕으로 서울구경 가게 된 은혜를 잊을 수가 없는 놈이."

"참말 고자질하지 않겠나?"

"염려 마시오."

"그럼 난 술 한 되만 달래서 먹겠네."

예방비장은 서울에다 봉물짐을 갔다 놓기 전엔 한 방울도 입에 술을 대서는 안된다는 감사의 엄명같은 것은 벌써 잊은 듯이 술 한 되를 청했다. 그것을 다 마시고도 기별이 없는 모양으로 입술을 핥고 있다가,

"이번엔 자네 몫으로 한 되 더 청해서 내가 마시겠네."

하고 그 술도 혼자서 다 마시고 곤드레만드레가 되어 쓰러져 갔다.

다음 날 새벽 예방비장이 목이 타서 물을 먹으려고 눈을 떠보니 허달이는 아직도 자지 않고 앉아 있었다. 예방비장은 놀라기도 하고 어이없기도 한 채,

"자네 왜 아직두 자지 않고 앉아 있나?"

하고 물었다.

"군졸놈들까지 모두 세상모르고 자니 나까지 자면 어떻게 되겠어요. 그러다가 봉물짐 한짝이라도 없어지는 날이면 큰일 아니요."

이 말을 들은 예방비장은 세상에 이렇게도 우직하고 충실한 녀석

이 또 어디 있으랴 하고, 한편 미안한대로,

"하지만 오늘도 길을 걸을라면 눈을 좀 붙여야지."

"그런 염려 마시오. 전 대엿새쯤은 눈을 붙이지 않아도 까딱없어요."

"그래도 그런 것 아냐. 앞으로 무슨 일이 일어날지 모르니 고집부리지 말구 눈 좀 붙이게. 자네 대신 내가 봉물짐을 볼 테니."

"그럼 그럴까요."

허달이는 마지못한 듯이 짐짝에 기대서 눈을 붙였다. 그러나 코를 먼저 골기 시작한 것은 예방비장이었다. 목이 말라서 깬 설깬 잠이었으니 눈이 또 감겼던 모양이다.

예방비장이 해가 중천에 떴을 때야 다시 눈을 떴으니 그날 출발은 늦을 수밖에 없었다. 그러나 구둔서 서울까지 가자면 아무래도 이틀은 잡아야 하는 길이니 그리 서두를 필요는 없었다.

양평 가서 점심먹고 잠시 쉬고 있을 때, 마중 나왔던 그곳 향리(鄕吏)가 예방비장에게,

"되도록 수리고개를 피해 가시오, 그곳은 화적떼가 잘 나오는 곳이니."

"그러자면 길을 돌아야지 않소. 얼마나 돌게 되오?"

"한 삼십리 가량 돌지요."

이 말을 듣고 예방비장은 허달이에게,

"수리고개는 화적이 나온다니 어떻게 했으면 좋겠나, 좀 멀더라도 돌아가기로 하지."

하고 의논조로 말했다.

"그러면 오늘로 양수리(兩水里)까지 가서 자기는 힘든 일 아닙니까."

"그렇지."

"그렇다면 숙소가 문제 아니요, 외딴 동네루 들어가서 묵게 되면 그것도 위험한 일이니."

"그것도 그렇기는 해."

"그럴 바엔 그대로 수리고개로 가요. 화적이 백 명 나오더라도 내가 감당할 테니."

"그래도 화적뗄 만나지 않는 것만 하겠나, 돌아가는 것이 좋을 것 같네."

"외딴 마을에 숙소한다면 아무래도 위태롭소. 나를 믿고 그대로 갑시다."

들고 보니 위태롭긴 매일반이니 예방비장도 허달의 말을 들어 수리고개를 넘기로 하고 떠났다.

그들이 수리고개를 넘은 것은 해가 꽤 기울어서였지만 산적커녕 개 한 마리 얼씬하지 않았다. 고개를 넘어서자 예방비장이,

"그 향리 말을 들었다면 공연히 삼십 리 길을 돌 뻔하지 않았는가."

그제야 마음이 놓이듯 한숨을 쉬었다.

"그래도 난 산적들이 좀 나와줬으면 했는데 얼씬하는 놈 하나가 없으니 싱겁군요."

하고 허달이가 비장이 탄 말 뒤에서 따라오며 말했다.

"이 사람아, 무슨 말을 그렇게 하는가."

"무슨 말이긴요. 그놈들이 나타났어야 나도 힘자랑 했을 텐데 그러지 못한 것이 섭섭하다는 말이지요."

"에끼 이 사람, 생각만 해도 가슴이 서늘한 말은 그만두고 예까지 무사히 온 걸 다행으로 생각하게."

"그러면 난 공연히 따라온 셈이 아니요."

"공연히라니 감영에 돌아가면 자네 공을 몰라줄 것 같아서 그런

말인가."

"난 그런 것을 바라고 하는 말이 아니에요."

"하여튼 자네 덕으로 봉물짐이 서울에 떨어지게 될 것 같네. 오늘 양수리서 자면 내일 낮중으로 서울 들어가긴 누워 떡먹기니."

"더욱이나 양수리에는 내가 잘 아는 주막집도 있으니 발 펴고 잘 수도 있답니다."

허달이가 말했다.

"잘 아는 주막이라니 예쁜 주모가 있는 집인가?"

비장이 이제는 계집 생각도 나는 모양이다.

"그런 건 아니구 먼 일가가 되는 집이지요."

그날 밤 그들이 숙소를 잡은 곳은 허달이가 잘 아는 주막이었다. 오늘밤도 예방비장과 허달이는 안방에 들고, 다른 사람들은 술청으로 쓰는 넓은 방에 들었다. 예방비장은 오늘은 허달이를 꺼리는 일도 없이 저녁상에 반주로 술을 청했다. 낮에 수리고개를 넘어오느라고 진땀을 빼어 술생각이 더욱 간절했던 모양이다. 바깥방에 든 군교들도 옆에 술독을 두고는 그대로 잠들 수가 없는 노릇이었다.

"비장영감이 안에서 마시는 모양이니 우리도 한 사발씩만 합세다."

"그래 꼭 한 사발씩만 합세."

그러나 술이란 입에 대기 시작하면 뜻대로 되지 않는 것이다. 한 사발이 두 사발 되고, 세 사발·네 사발로 마시는 동안에 세 군교들은 모두가 얼근히 취하게 되었다.

그들보다 먼저 주막에 든 젊은 나그네 둘이 술을 마시다가 사발을 엎으니,

"술은 그만하고 절에 재 올리는 구경이나 갑세."

하고 말했다.

"그럴까, 소년과부가 남편 재 올린다니 여자들도 많이 오겠구먼."

"그렇기 오늘 같은 백중날은 중놈들이 세상 맛보는 날이라지 않던가."

"중놈들만 좋으랄 것 있나. 우리들두 개평 좀 뗍세나."

"그러기 어서 일어서자는 것 아닌가."

하고 둘이서 지껄이자 그 말을 듣고 군교 하나가 솔깃해서,

"절이 멀어요?"

하고 물었다.

"멀긴요. 고개 하나 넘어서면 됩니다."

"그러면 우리들도 저분을 따라가 봅세나."

하고 다른 군교에게 의논조로 물었다.

"멀지 않다면 가봅세."

먼저 말을 꺼냈던 군교가,

"우리도 좀 같이 갑시다."

그들에게 말하자,

"그럽시다. 이런 구경이야 사람이 많을수록 좋지요."

그들이 한 패가 되어 밀려나가자 자는 척하고 누워서 군침만 삼키던 군졸과 말꾼, 짐꾼들이 일어나 술을 퍼먹기 시작했다. 그 바람에 소란스러운 소리가 안방에까지 들렸다. 예방비장은 자기 취한 것은 생각치 않고,

"저 녀석들, 자지 않고 술을 처먹는 모양이구먼."

하고 화를 냈다. 허달이가,

"이제야 서울에 들어선 거나 마찬가진데 좀 마시면 어때요."

"그래도 내일 새벽에 떠날 녀석들이 그럴 수 있어?"

"그러면 제가 나가서 술상을 치우게 하고 들어오지요."

하고 바깥방으로 나갔다. 허달이가 방문을 여는 바람에 술을 들이켜던 군졸과 짐꾼들은 질겁을 하고 모두 제자리에 가서 누웠다.

허달이는 호인답게 웃으며,

"내가 나온다고 왜들 술사발을 놓고 눕습니까. 그렇지 않아두 비장님이 이제는 서울도 다 왔으니 마음놓고 절에서 재 올리는 구경이나 가라기에 나왔는데."

뜻하지 않는 그 말에 그들은 모두가 좋아서,

"그것이 정말이에요?"

"비장님이 마음 쓸 줄 아네."

하고 저마다 신을 찾아 신으며 나갔다. 다시 안방으로 들어간 허달이는 비장에게,

"이제는 조용해졌지요?"

"자네 수단이 참 용하네 그려, 어떻게 그렇게도 모두 감쪽같이 재워놨나."

"그런 재간이야 있지요."

"하여튼 말많은 그 놈들이 잠이 들었으니 자네도 마음놓고 한 잔 들게나."

"그래도 전 술을 입에 안대기로 했는데요."

"이 사람아, 너무 그러지 말게나. 혼자 술을 마시자니 무슨 술맛이 있어야 말이지."

허달이에게 술을 부어주려고 술병을 든 그 순간 난데없이 뒤에서 검은 사나이가 나타나 그의 상투를 잡아당겼다. 극도로 겁에 질린 예방비장은 전신을 와들와들 떨어대며 일어났다. 그러나 허달이는 알 수 없다는 얼굴로,

"비장님, 왜 갑자기 그러시오?"

"이 이, 사람아, 누가 내 상투를 잡아당기는 게 보이지 않나?"

"아무 것도 보이지 않는데요."

"자네 정말 보이지 않아? 똑똑히 보게."

"아무것도 보이지 않는데 왜 그러시오?"

"이 사람아, 그럼 내게 귀신이 붙은 모양일세."

그러자 상투를 잡은 검은 사나이가,

"난 귀신이 아니구 홍길동이다."

그 말에 예방비장은 '으악' 하는 외마디로 눈을 뒤집고 기절해 넘어지고 말았다. 그가 다시 제정신이 들어 눈을 뜬 것은 다음 날 새벽이었다. 그러나 웃간에 가려 뒀던 봉물짐이 고스란히 없어지고 허달이도 보이지 않았다. 뿐만 아니라, 군교·군졸·말꾼·짐꾼들이 누워 있어야 할 바깥방도 텅 비어 있었다. 마구간으로 가보니 말도 보이지 않았다. 급기야 그는 겁에 질려,

"길동이 귀신이 나 혼자만 내놓구 모두 잡아먹었구나."

하고 소리치며 말구유에 머리를 박고 다시 기절해 넘어졌다.

이것으로 강원 감영에서 올라가던 봉물짐이 어떻게 없어졌다는 것을 능히 짐작할 수 있으리라. 그것은 말할 것도 없이 검바위 화적들의 장난이다. 이것은 검바위에 온 길동이가 낸 꾀로 호피를 바친 허달이라는 장사는 검바위 두목의 하나인 왕벌이었다. 그가 한사코 그날로 양수리까지 가자고 우긴 것은 그곳에 검바위 패거리를 잠복시켰기 때문이요, 그들이 숙소한 술집 주인은 검바위 화적들과 내통이 있는 사람이었다. 군교 세 놈에게 절에서 재 올리는 구경을 가자고 끌어낸 두 나그네도 물론 검바위 패거리요, 그들에게 속아서 끌려나간 군교와 그 뒤로 따라나간 군졸과 말꾼, 짐꾼들은 모두 묶이어 검바위로 잡혀갔다. 그러나 말구유에 머리를 박고 두 번이나 기절했던 예방비장은 이런 속내를 알 리가 없었다. 그렇다고 예방비장은 책임을 느끼고 목을 매어 죽거나 도망칠 위인도 못되었으니 자기 발로 감사를 다시 찾아가서,

"홍길동이의 홀림꾀에 들어 모두 어떻게 됐는지 모르겠습니다만,

그래도 저만은 제 정신으로 돌아왔습니다."

하고 아뢰었다. 감사는 화가 독같이 나서,

"제정신으로 돌아왔다는 녀석이 일행이 어떻게 됐는지도 모르다니 비장이 술을 처먹고 곤드레가 됐으니 알 리가 있어!"

"천만에요. 술을 입에 대다니요. 이틀 동안 술이라는 술자두 입에 담아본 일이 없습니다."

"이 녀석아, 술두 취하지 않았단 녀석이 어째서 전후 사연을 모른단 말이냐. 저 녀석을 내다 곤장을 쳐라."

그렇다고 곤장 몇 대로 그의 죄가 사라질 리는 없는 노릇이다. 비장벼슬이 떨어진 것은 물론, 갖은 악독한 짓으로 그 동안 논뙈기나 마련했던 것도 모두 빼앗기고 알거지의 신세가 되고 말았다.

토포사(討捕使) 이흡(李洽)

그동안 각처에서 활빈당의 움직임이 대단했지만, 조정에서는 이에
대해서 별로 대책을 세우지 않았다. 지방의 부사·군수·현령·현감으
로부터 그들에게 피해를 당한 장계가 많았지만, 그때마다 삼공육경
(三公六卿)은 깔아뭉개고 말았다. 그것을 임금에게 알리면 노염이나
사게 마련이고, 또한 군사를 풀자니 귀찮은 노릇이었기 때문이다. 그
러나 이번만큼은 그럴 수도 없었다. 활빈당에게 봉물짐을 빼앗긴 것
이 비단 강원 감영 뿐만 아니라, 다른 지방도 모두가 그 꼴이었으니.

충청도 공주(公州)같은 데서는 계룡산(鷄龍山)의 활빈당 패거리들
이 대낮에 암행어사로 가장하여 감영에 쳐들어가 서울로 올려보내
려고 싸놨던 봉물짐을 고스란히 빼앗았을 뿐만 아니라, 감사를 위시
해 육방관속들을 묶어 사람들이 많이 모인 장터로 끌고 가서 곤장
까지 쳐 백성의 원한을 풀어줬다.

또한 평안도의 구성(龜城) 패거리는 그곳서 이백 리나 되는 중화
(中和)까지 나와 긴 고개 목에서 평양 감영과 각 고을의 봉물짐을
합쳐 올라오는 것을 송두리째 빼앗았다. 이렇게 봉물짐을 빼앗는 수
단 방법은 패거리마다 모두 달랐지만, 일을 끝내고 돌아가면서 써
붙이는 방문의 이름만은 '활빈당 행수 홍길동'이라고 언제나 꼭 같았
다. 이렇게 되고 보니 대신들도 들끓지 않을 수가 없었다.

"난 대신 노릇이 십년이지만, 이렇게도 봉물짐을 모두 잃어버리는
괴변은 처음 봤소."

"그러니까 홍길동이란 괴수놈이 무섭다는 것이 아니요."

"그러니 이 일을 어떻게 하면 좋소. 홍길동이 그놈을 무섭다고 한탄만 하고 있어야 일이 해결되는 것도 아니니."

"별 수 없겠지요. 상감에게 아뢰는 수밖에."

"그렇지요. 상감에게 아뢰야 합니다. 생신이면 으레 올라오는 진상 봉물이 없고 보면 우린 공연한 오해만 받기 쉬우니."

"그 뿐이겠소. 이번엔 아주 상감에게 아뢰서 홍길동이를 잡도록 해야 합니다. 그렇지 않고는 머지않아 이 나라가 그 놈의 천지가 될 판입니다."

드디어 그들은 활빈당과 길동이에 대한 일을 임금에게 아뢰게 되었다. 지방에서 가장 귀한 물건만을 모아 올려보내는 봉물짐을 기다리는 일은 임금으로서도 하나의 즐거움이었다. 그 봉물짐이 털렸다니 임금의 노염은 대단할 수밖에 없었다.

"지방의 사또니 부사·군수라는 놈은 모두 눈뜬 청맹관이냐. 군졸을 몇 백 명씩 거느리고서도 화적 하나 꺾지 못해 봉물짐까지 잃다니."

하고 소리쳤다. 그러자 신하 하나가,

"아뢰옵기 황송하오나 이 도적의 용맹과 술법은 옛날의 치우라도 당치 못하오리다. 어찌 신기한 놈인지 팔도에서 한날 한시에 나타나 봉물짐을 털었다 하오이다."

"그 놈이 귀신이란 말이냐?"

"듣건대 풍월도 짓고 술청에 나앉아 술도 마신다고 하니 분명 귀신은 아닌가 하옵니다."

"사람이라면 어떻게 팔도에서 한날 한시에 장난을 칠 수 있느냐, 미친 소리 말고 어서 좌우 포도대장을 불러라."

그때의 좌변 포도대장은 김대우(金大祐)요, 우변 포도대장은 이흡

(李洽)이란 사람이었다. 좌포장 김대우는 욕심이 많은 것으로 이름이 난자로 학정질로 거부가 된 자였으나, 이와 딴판으로 이흡은 공것이라면 남의 검부러기 하나 탐내지 않는 청렴한 사람이었다. 뿐만 아니라, 그는 수백 명이나 되는 군졸들의 얼굴을 한 번만 보고도 그 얼굴과 이름을 알아내리만큼 총명했으며, 담력 또한 남달리 뛰어난 사람이었다. 그들은 즉시 홍길동이를 잡아들이라는 어명을 받고 임금 앞을 물러나왔다. 대궐 밖으로 나오자 이흡의 뒤에서 따라오던 김대우가,

"영감, 이거 큰일났군요."

"큰일날 것 있소. 지엄하신 어명인데 우리야 복종할 수 밖에 없지요."

"복종해서 끝나는 일이라면 무슨 걱정이요. 길동이 그놈을 잡지 못하는 날엔 우리 목이 붙어 있지 못할 것은 명약관화(明若觀火)한 일이 아니요."

김대우는 동에 번쩍 서에 번쩍하여 어디 있는지 짐작조차 할 수 없는 길동이를 잡을 생각을 하니 아득한 모양이었다.

"그런 일이 닥친 걸 어떻게 하겠소. 잡든 못 잡든 기병(起兵)을 해서 잡아보는 수밖에 없지 않소."

"하여튼 내 집으로 가서 이야기나 합시다."

김대우는 이흡을 파자교(把子橋) 옆에 있는 자기 집으로 끌었다.

"댁엔 가서 뭐하겠소. 내일 새벽으로 발군하자면 나도 가서 준비를 해야겠는데."

이흡은 김대우가 끄는 것이 별로 달갑지가 않았다.

"기병을 하더라도 서로 의논을 해야지 않겠소."

"의논을 해야 하나는 북으로 가고 하나는 남으로 간다는 그것만 정하면 될 일 아니요. 영감은 어디로 가겠소?"

"그걸 정하더라도 노상에서야 될 일이요? 여하튼 잠깐만 들렸다 가시오."

무슨 생각인지 김대우는 자꾸만 자기 집으로 끌었다. 그 바람에 이흡도 뿌리치고 올 수가 없어 그의 집으로 따라갔다.

김대우는 이흡을 안사랑으로 모시고 비단방석을 내놓는다, 화청을 타온다, 술상을 차려온다 그 접대가 대단했다.

"내가 무슨 대단한 손이라고 이러시오. 송구스러워 어디 앉아나 있겠소."

"무슨 말씀을, 영감이 내 집에 왔는데 쓴 술 한 잔 대접도 않겠소. 술이나 한 잔씩 들면서 이야기합시다."

이흡에게 먼저 술을 부어줬다. 영리한 이흡은 대우가 이렇게도 수선을 피우는 꼴이 무슨 꿍꿍이 속이 있는 때문이라는 것을 이미 모르는 것은 아니었다. 그러면서도 시치미를 떼고,

"대감은 이번에 어디로 가시려우? 남쪽이건 북쪽이건 양자간에 먼저 택하시오."

그러나 대우는 그 대답을 하지 않고,

"어서 술을 드시오."

하고 술을 권하고 나서,

"사실 내가 영감을 집으로 모신 것은 그 때문이요. 홍길동이란 놈이 분신술로 팔도에 하나씩 여덟 길동이가 되어 작폐한다는 소문은 영감도 들어 아시겠지요?"

"그 말은 나도 들었소."

"그것을 어떻게 생각하시오?"

"그야 물론 당치도 않은 소리겠지요. 그놈이 하도 여기저기서 신출귀몰하니 어리석은 백성들의 입에서 그런 말이 나왔겠지요."

"그건 나도 그렇게 생각하오. 그러나 이번에, 각도에서 봉물짐이 거

의 같은 날에 모두 습격을 당한 것을 보면, 각도에 널려 있는 활빈당이 그의 지휘 밑에 움직이는 것만은 사실 아니요?"

"영감 말을 듣고 보니 그렇기도 하군요."

이흡은 그의 말에 감심하기나 한 듯이 말했다.

"그러니 야단이란 거요."

"뭐가 또 야단이요?"

"서울을 빌 수가 없으니 말요. 노하신 상감은 좌우포청의 군졸을 모두 기병하라고 명하셨지만, 놈들이 서울이 빈 것을 아는 날이면 어떻게 되겠소. 아니 그 놈들은 봉물짐 속의 물건까지 알고 있다는 놈들인데 그걸 모를 리가 있소."

"그러니 영감은 서울을 지키겠다는 의향이시군요."

대우의 속셈을 알고 남는 이흡은 약간 비꼬는 투로 말했다. 그러나 대우는 낯빛 하나 붉히는 일 없이,

"그럴 수밖에 없지 않소?"

"그러면 영감은 영감 생각대로 하시오. 난 내일 아침 서울을 떠나겠소."

"떠나신다니 길동이가 어디 있다는 짐작은 있으신가요?"

"있을 리 없지요."

"짐작도 없다면서 어디로 떠나시겠소?"

"영감처럼 서울에 눌러 있을 수도 없지 않소."

"그래서 의논이 아니요."

"하여튼 길동이는 어디 가서든지 잡아올 테니 영감은 서울에 앉았다 임금의 상이나 받으시우."

빈정대는 말을 남기고 이흡은 그의 집을 나왔다.

길에서 만난 선비

그 후 십여 일이 지난 어느 날이었다. 이흡은 충주 오가리(五佳里)와 문경 어간에 있는 연풍(延豊) 강거리 어느 주막집에서 혼자 술을 기울이고 있었다. 그 행색이 아무리 보아도 홍길동이를 잡으러 나온 포도사 같지는 않았다. 기껏 잘 봐야 과거에 낙방(落榜)하고 돌아오는 시골선비가 아니면 글방 훈장으로 밖에 보이지 않았다. 그렇다면 그 행색이 웬일이며 데리고 온 군졸들은 다 어떻게 된 것인가, 알고 보면 그는 처음부터 군졸을 거느리고 오지를 않았다. 일이백 명의 군졸을 기병해봤댔자 신출귀몰하는 홍길동이를 잡을 것 같은 생각보다도 오히려 그의 계교에 끌려들어 거느리고 온 군졸을 몰살시킬 것 같은 생각이 앞섰기 때문이었다.

'이런 일은 지금까지 각골의 부사 현감들이 몇 번인가 당한 일이라 길동이 녀석한테는 나도 별수 없이 그 꼴을 당할지도 모르지. 그렇게 되면 홍길동이를 잡는다고 세상에 광고만 해놓고 그 망신은 혼자서 뒤집어쓰는 판이 아닌가. 그러니 우선 적굴부터 알아놓고 보자. 그러면 독 안에 든 쥐가 아닌가.'

이러한 생각을 한 그는 수하에 있는 포교(捕校) 중에서 믿을 만한 사람 여덟 명을 추려냈다. 그리고는 모두 그럴듯이 변장을 시켜 각 도로 하나씩 보내어 활빈당과 홍길동에 관한 정보를 알아 팔월 초닷새날에 문경 어느 주막에서 모이기로 했다.

그가 문경으로 집합 장소를 정한 것도 물론 까닭이 없지 않았다.

문경은 활빈당 패거리가 처음으로 해인사 재물을 빼앗아다가 백성들에게 나누어준 곳일 뿐만 아니라, 그들이 오랫동안 술장사까지 한 곳인 만큼 활빈당의 본거지에 틀림없다고 보았고, 설사 홍길동이가 처소를 옮겼다고 해도 그곳에서 수소문하면 그의 종적만은 알 수 있으리라고 생각했기 때문이었다.

그는 포교들을 떠나보낸 후에 자기도 괴나리봇짐의 행인으로 차리고 홍길동이가 나타났다는 곳을 하나하나씩 돌기 시작했다. 얼마 전에 길동이 귀신이 나타나 강원 봉물짐을 감쪽같이 빼앗았다는 양수리를 비롯해 황해 봉물짐을 잃은 탑고개 등 여러 곳을 가봤다. 이렇게 실제로 자기가 수탐하고 또한 관원들에게 들은 이야기를 종합해 보면, 길동이는 사람이 아니라는 것이며, 따라서 길동이를 잡을 생각을 하는 것은 허무한 짓일뿐더러 활빈당은 언제나 백성들의 편으로 탐관오리나 간악한 토호(土豪)의 재물만을 턴다는 것이었다.

'길동이가 참으로 그런 사람이라면 안타까이 잡으려고 애쓸 필요도 없지 않은가. 나도 바른 말을 한다면야 잡아다가 두들겨주고 싶은 녀석이 얼마나 많은가.'

그래도 벼슬아치 치고선 청렴하다는 말을 듣는 만큼 그런 생각도 없지 않았다. 그러나 지엄한 어명을 받고 나선 사실 그런 생각을 할 수가 없었다. 더욱이 김대우라는 자 앞에서 홍길동이를 잡아온다고 호통을 치고 나온 것을 생각하면 빈손으로 서울에 들어갈 수는 없는 노릇이었다.

그러나 지금까지 홍길동이에 대한 이렇다 할 단서도 잡지 못한 채 서울을 떠난지 어느덧 한 달이 되어 문경에 모이자던 그날이 되고 말았다. 그것이 바로 오늘 밤이다. 이흡이 이 술집에 들려 다리쉼을 하게 된 것도 그곳으로 찾아가던 길이었기 때문이다. 이곳서 문경까지는 삼십 리라고 해도 새재(鳥嶺) 하나만 넘으면 바로 문경이었다.

이흡은 술잔을 받아놓고 오늘 밤 팔도에 퍼졌던 포교들이 무슨 좋은 소식을 가져올까 하는 기대도 가져보았다. 그러나 그들도 별로 신통한 정보를 갖고 올 것 같지 못하니 그의 얼굴은 자연 침울해질 수밖에 없었다.

이 집 주모는 아까부터 무료하니 앉아 있는 이 나그네가 이상한 모양으로 눈여겨보다가,

"선비어른은 새재 넘어 문경으로 가시는 분 아닌가요?"

하고 물었다.

"그건 왜 묻소?"

이흡은 고개를 돌려 되물었다.

"그리로 가시는 분이라면 어서 길을 떠나시는 것이 좋을 것 같아서요."

"왜요?"

"그곳은 날이 저물면 위태해요. 도둑이 많이 나오는 걸요."

"도둑이라면 홍길동이 패거린가요?"

어디서나 홍길동이에 대한 것을 내탐하려는 이흡이라 자연 이런 말이 나왔다.

"어디 홍길동이 패거리야 행인들의 주머니를 터는가요, 좀도둑들이지요."

이 집 주모도 홍길동이를 두둔해 주는 말을 했다.

"그래도 이 부근엔 늘 홍길동이 패거리가 나온다는 소문이 있던데요."

"그건 이년 전 옛이야기에요. 그땐 홍길동이 패거리가 해인사를 쳐서 문경골에서 술청까지 차리고는 가난한 사람들을 도운 것을 관가에서 모르고 있었지요."

"그럼 그 길동이가 지금은 어디 있는 모양인가요?"

이흡은 뜬소리처럼 물었다.

"그걸 어떻게 알아요. 오늘은 충청도 땅에 있는가 하면 내일은 평안도 땅에 가 있는 사람을."

주모에게서도 결국 이런 말 밖에 나오지 않았다.

이흡이 일어서자,

"선비님, 아무래도 새재 넘긴 늦은 것 같은데 여기서 주무시구 내일 아침에 가는 것이 좋을 것 같아요."

주모가 걱정해주는 것이 결코 밥이나 한 상 팔아먹자고 하는 말은 아닌 성싶었다.

"그런 말 해주니 고맙소. 그러나 봇짐엔 헌 버선 밖에 든 것이 없으니 도둑을 만나야 두려울 것 없지요."

이흡은 이런 말로 웃으면서 술청을 나왔다.

연풍 장거리를 벗어나 삼마장쯤 지나면 거기서부터 새재를 넘기까지 좁은 산길이다. 길 양쪽에는 박달나무 자작나무가 우거져 주모의 말대로 도둑이 나올 만한 곳이다. 그러나 도둑 한둘쯤은 너끈히 해치울 수 있는 이흡은 혼잣길이라고 해도 별로 겁낼 필요는 없었다.

"이거 봐요 선비님, 선비님."

하고 뒤에서 부르는 소리가 났다.

"나 말이요?"

이흡은 천천히 걸음을 멈추고 돌아다보았다. 얼굴이 수려한 스물두세 살의 젊은이가 도포자락을 날리며 따라온다.

"혼자서 새재를 넘자니 적적하군요. 동행해줄 수 없으신지요?"

예의가 바른 것이 어느 양반집의 자제라는 것을 첫눈에 알 수가 있었다.

"그럽시다. 그렇지 않아도 이렇게 늦어서 혼자 재를 넘기가 싫었는데 친구가 생겨 잘 됐소."

이홉은 젊은이와 어깨를 같이하고 걸었다.

"동행이 돼주신다니 고맙소. 노상에서 통성하기가 안됐지만 전 상주에 사는 이성갑이라는 사람이요."

"서울서 오는 길이시오?"

"예."

"난 떠돌아다니는 홍필수란 사람이요. 서울엔 이번 과거에 가셨던 가요?"

"난 그런 것은 별로 흥미가 없소."

젊은이는 그 말에 기분이라도 상한 듯이 말했다. 이홉은 젊은이의 비위를 맞추어,

"그래도 젊은 선비님은 글공부가 많은 분 같은데."

"그래요?"

젊은이는 쓴웃음을 짓고 나서,

"설혹 내가 글이 있다 해도 그렇지요, 낙방이나 하자고 과거를 보겠소."

"하긴 그 말이 옳은 말이요. 서울의 세도집의 자제가 아니고는 과거에 급제를 바랄 수 없는 세상이니."

하고 젊은이의 비위를 맞춰가며 말하다가 문득 가슴에 집히는 것이 있어,

"그러면 역시 조정에 반정의 뜻을 품고—."

"아니요."

젊은이는 고개를 흔들고 나서,

"아직 그런 것을 생각할 사람이 못됐습니다. 이제부터 수양을 해서 우선 사람이 돼 보려고 합니다."

"사람이……."

"그렇지요. 난 출세 같은 것은 바라지도 않습니다."

젊은이는 이상한 말을 했다.

"그렇다면?"

"사실 저는 꽤 세도 쓰는 명문집에서 태어났습니다만 서자로 태어나고 보니 출세할 길도 막히고 만 걸요. 처음엔 그것을 비관도 하고 세상을 저주도 했지요. 그러던 중에 문득 깨달은 것이 있었습니다. 세상은 출세하는 것만으로 보람있게 사는 것이 아니라, 좀 더 보람있게 사는 일이 많다는 것을……그래서 우선 사람이 되지 않으면 안되겠다는 생각을 하고 수양의 길을 떠났소."

조용하면서도 깊은 생각이 담긴 목소리로 말했다.

"참으로 옳은 말이요. 선비님의 말에 난 아주 감심했소."

이흡은 자기도 모르게 젊은이의 얼굴을 쳐다보다가 발을 헛짚어 넘어지려는 것을 젊은이가 바로 잡아주며,

"길을 보지 않고 걸으면 넘어집니다."

하고 웃었다.

"이야기에 너무 취해서 발을 헛짚어 미안하우. 그런데 수양을 하러 간다면 어딜 찾아가우?"

"문수봉에 홍길동이라는—."

하고 말하던 젊은이가 갑자기 입을 다물었다.

이미 어둡기 시작한 언덕길에 커다란 박달나무가 서 있는 그 뒤에서 수건을 머리에 처맨 수상스러운 사나이 셋이 이곳을 보는 것 같기도 하고 안 보는 것 같기도 한 자세로 서 있었다.

'나타났구나.'

이흡도 도둑을 보고는 걸음을 문득 멈췄다.

"선생, 모르는 척하고 지나갑시다."

"그렇게 합시다."

그러나 이편에서 그런 생각을 한다고 그것으로 무사할 것 같지가 않았다.

"만일 저편에서 뭐라고 말을 걸면 제게 맡기시오."

젊은이는 말했다. 손윗사람을 보호하는 것을 자기의 책임이라고 생각하는 모양이었다.

"그렇게 하지요."

이흡은 침착하게 말하면서 도둑을 다루는 품으로 젊은이의 본색도 알 수가 있다고 생각했다.

"나그네들, 거기 좀 서시오."

역시 세 사나이는 그들이 가까이 오자 어깨를 추어올리며 길을 막고 나섰다. 번득이는 눈은 먹을 것을 두루 찾는 늑대와 다름이 없었다.

"무슨 일로 서라는 거요?"

젊은이는 침착하게 말했다.

"우리는 부패한 조정을 바로잡기 위해서 동분서주하는 사람들이다. 동지들의 연락으로 급히 서울로 가던 길에 노자가 떨어졌어. 나라를 바로잡아 보겠다는 마음으로 있는 돈을 내놓고 가."

앞에 선 키다리가 천연스럽게 말했다. 싫다고 하면 그 대답이 떨어지기도 전에 비수를 뽑을 생각인 모양으로, 뒤에 선 두 사나이는 저고리 속에 손을 넣고 있다.

"서울까지 가는 노자라고 했지요?"

"그렇다."

"알겠습니다. 우리도 나그네 신세라 많은 돈은 드릴 수 없습니다만."

하고 젊은이는 허리에 찬 전대에서 은전 세 닢을 꺼내,

"이걸 받아주시오."

하고 주었다.

그것을 받은 키다리는 부족하다는 듯이,

"이것뿐인가?"

"예, 그것이면 세 분서 서울까지 갈 노자는 되리라고 생각합니다."

사실 한 사람에 은전 한 닢이라면 서울까지의 왕복 노자는 충분했다.

"이걸로는 부족해. 곳곳에 우리를 잡으려는 군교놈들이 눈을 벌겋게 밝히고 있어서 어디서 무슨 일을 당할지도 모르니 그 전대를 풀어줘."

"그건 너무나 무리스러운 요구가 아닙니까. 은전 세 닢도 우리에겐 적지 않은 돈입니다. 그렇지만 나라를 위해서 일하는 분이라니 드린 것입니다. 그걸로 어떻게 써 주십시오."

"입을 닥쳐. 우리는 목숨을 걸고 일을 하고 있는 거야. 그것도 누구 때문이야. 너희들을 편안히 살리기 위해서 이런다는 건 알겠지. 그런데도 돈 내놓기가 아깝다니 그건 국적이나 다름없어."

키다리는 눈을 부라리며 소리쳤다.

"선비님, 내가 이야기하지."

"아니 선생은 가만 계시지요."

그러나 이흡은 그대로 보고만 있을 수 없는 모양으로 앞으로 나서며,

"그래, 당신들은 참으로 나라를 위해 일한다는 사람들입니까."

하고 다짐하듯이 물었다.

"뭐 어째?"

"서울까지 가는 노자를 도와달래서 이분이 드리지 않았소. 그것이라면 서울을 충분히 다녀올 수도 있는데, 있는 돈을 다 털어내라니 그야 지사(志士)의 이름을 빙자해서 남의 돈을 빼앗는 도둑이나 다

름없지 않소."

"뭐야, 우리보고 도둑이라구?"

"칼을 품고 남을 위협해서 돈을 빼앗자는 것이 도둑이 아니고 뭐요?"

"늙은 놈이 지각없게두."

그러나 틈을 주지 않아 달려들지를 못하고 있는데,

"어물거릴 것도 없어. 찔러버려."

뒤에 섰던 두 녀석이 칼을 뽑아들고 일시에 나섰다.

"선생, 위험하오."

젊은이가 재빨리 이흡의 앞으로 나서며,

"하여튼 칼을 거두시우. 피 흘리는 것은 피차 보기 좋은 일이 아니니. 내가 돈을 드리기로 하지요. 은전 세 닢을 더 드리지요. 그러면 불만이 없겠지요."

젊은이는 조금도 두려워하는 기색이 없이 말했다. 그 기개에 눌리운 모양으로 키다리가

"어떻게 하재나?"

하고 자기 패거리에게 물었다.

"길이 바쁜데 여기서 그걸 다투고 있겠나."

양보나 하듯이 칼을 품에 넣었다.

"그렇지만 저 늙은이는 용서 못할 걸 용서해주는 줄이나 알어."

"고맙습니다. 그럼 이걸 받으시우."

젊은이가 은전 세 닢을 다시 꺼내주자 키다리가 가로채듯이 받아넣고서는,

"오늘 운수가 좋은 줄이나 알어."

그런 말을 하고 분주히 언덕길을 내려갔다. 젊은이는 어둠 속에 사라지는 그들의 뒷모양을 잠시 지켜보고 섰다가,

"자 갑시다."

하고 길을 재촉했다. 이흡도 걷기 시작하며,

"그 놈들에게 준 돈은 통행세로 생각하고 나도 반을 뭅시다."

하고 은전 세 닢을 꺼내주려고 했다.

"그런 염려는 마시오, 은전 몇 닢 없다고 노자에 궁하지는 않겠으니."

"그래도 그럴 수 없지요."

"그 놈들에게 줬다고 해도 그저 준건 아니니까요. 그만큼 이야기하면 그들두 생각하는 데가 있겠지요."

"젊은 분이 보통사람이 아니군요."

이흡이 다시 감심하자,

"그런 말은 마시고 그보다도 선생은 어디서 그렇게 칼쓰는 공부를 했습니까."

하고 싱긋이 웃으면서 물었다. 이흡은 자기의 칼쓰는 재주를 알아주는 것이 놀라우면서도,

"사람 놀리지 마우, 내가 무슨 칼을 쓸 줄 안다고요."

하고 시치밀 떼봤다.

"그것을 제가 모를라구요. 두 놈이 비수를 뽑아 달려들려고 할 때 조금도 당황하지 않는 태도를 봐도 알지요. 이만저만한 칼쓰는 수업을 하지 않은 사람은 도저히 할 수 없는 일입니다."

"그렇게 말한다면 그놈들을 거뜬히 때려눕힐 수 있으면서도 손 하나 대지 않고 순순히 돈을 주어 마음을 고쳐주려는 선비님의 태도엔 감복했소."

"사람이 돼 보겠다는 놈이 그만한 생각도 못하겠어요."

젊은이는 부끄러운 듯이 웃었다.

길은 한 발자국마다 밤이 되어갔지만 추석을 앞둔 달빛이 어둠을

대신하여 점점 밝아지기 시작했다.

"그런데 선비님은 아까 홍길동이를 찾아가신다고 한 것 같은데?"

이흡은 무엇보다도 묻고 싶던 말을 슬쩍 꺼냈다.

"예, 홍길동이가 하도 사람이 훌륭하고 검술이 능한 분이라기에 그것이 사실인지 한 번 가서 만나볼 생각입니다."

"그렇지만 홍길동이란 사람은 팔도강산으로 떠돌아다니는 사람이라 좀처럼 만날 수 없다는 이야긴데."

"그런 모양이더군요. 저도 무척 애를 써서 지금 문수봉에 와 있다는 것을 알았지요."

"그것이 사실인가요?"

이흡은 뛰는 가슴으로 물었다. 그러나 이흡이 토포사라는 것을 알 리가 없는 젊은이는,

"선생도 홍길동이를 한 번 만나고 싶은 모양이군요?"

"아닌 게 아니라 나도 전부터 그런 마음이 있었소."

그들은 이런 이야기로 심심치 않게 새재를 넘어 어느 동네로 들어가는 어귀에 이르렀다. 젊은이가 문득 걸음을 멈춰,

"전 이 동네에 백부님이 있어 들려야겠습니다. 문경까진 아직도 십릿길이나 남았으니 바쁘지 않으시면 이곳서 주무시고 내일 저와 같이 문수봉으로 가서 홍길동이를 만나보시지요."

하고 끝었다.

"나도 그러고 싶지만, 오늘 밤으로 문경에 들어갈 사정이 있어서……."

"그렇다면 할 수 없군요. 조심해 가십시오."

"길벗이 돼줘서 고맙소. 언젠가 또다시 만납시다."

젊은이와 헤어진 이흡은 문경을 향해 분주히 걷기 시작했다. 그곳에 자기 수하들이 기다리고 있을 생각을 하면 걸음이 빨라질 수

밖에 없었다.

'이제는 홍길동의 거처도 알았겠다. 남은 일은 묶어서 서울로 호송하는 일 밖에 없지 않은가.'

그는 오늘밤으로 수하들과 의논해서 문경 고을의 군졸들을 풀어 문수봉을 포위하고 홍길동 패거리를 이잡듯 잡아낼 생각을 했다.

적굴(賊窟)의 생활

　문경서 이흡이 군교들과 만나기로 한 곳은 다리목 술집거리에 있
는 배나무집이라는 술집이었다.

　이흡은 그 주막으로 찾아가서 술청에 앉아 우선 주모에게 술을
한 잔 달랜 후,

　"이 집에 청주에서 온 손님들이 들었지요?"

　하고 물었다. 청주손님이라는 것은 그들의 암호였다.

　삼십 전후의 예쁘장한 주모가 안주를 썰던 손을 멈추고,

　"그런 손님 없는데요."

　하고 고개를 흔들었다. 이흡은 혹시 집을 잘못 들어왔나 하고,

　"이 집이 배나무집이 아니우?"

　다시 물었다.

　"예, 이 집이어요."

　"그렇다면 청주서 분명 사람이 왔을 텐데."

　혼잣말처럼 중얼거리자 주모가 약삭빠르게 그 말을 받아,

　"오신다는 손님이면 오시겠지요, 술을 거를까요?"

　"그보다도 깨끗한 방이나 하나 내주. 그리고 청주서 오는 손님이
있으면 알려줘요."

　이흡은 저녁을 먹고 나서 피곤한 김에 퇴침을 베고 누워서 부하
들이 오기를 기다렸다. 그러나 아무리 기다려도 한 명도 나타나지를
않았다.

'아니, 이 녀석들이 일을 다 망쳐놓지 않나…….'

기다리다 못해 울화가 치밀었다.

'이 기회를 놓치면 동분서주하는 길동이 놈을 어디서 또 붙잡는단 말이냐.'

화가 나다 못해 이마에 내 천 자를 그리고 있자니 별의별 생각이 다 났다.

'혹시 이것들이 활빈당에 모두 잡힌 게 아니야?'

그러나 다시 생각해 보면 여덟 명이 모두 잡혔을 리는 없었다.

'그럼 내가 날짜를 잘못 알고 하루 미리 오거나 늦게 온 것은 아닌가.'

나중엔 이런 생각까지 하고 주모를 불러 날짜를 물어봤으나 모이자던 날짜에 틀림없었다.

"알 수 없는 일이야."

혼자 중얼거리고 있는데 밖에서 여러 사람의 발소리가 났다.

'이것들이 이제야 오는 모양이구나.'

이흡은 얼른 일어나, 호되게 꾸짖을 생각을 하고 있는데,

"대감, 문안드리옵니다. 소인은 문경 현감 박치보입니다."

뜻밖에도 이런 소리가 났다. 그 순간 이흡은 놀랐으나 태연스럽게 문을 열고,

"나를 부르는 것이요?"

"예, 대감께서 이 고을에 오신 줄을 미처 모르고 이런 누추한 곳에 잠시나마 머무르시게 하여 황송하옵니다."

현감은 땅에 머리를 대고 들지를 못했다.

"날보고 대감이라니 아무래도 원님이 사람을 잘못 생각한 것 같습니다."

"대감께서 숨기신다고 해도 소인은 잘 알고 있습니다. 서울서 길동

이를 잡으러 오신 토포사 이대장 어른이신 것을."

"내가 이대장이라니⋯⋯."

"그런 말씀은 거두시고 어서 가마에 오르시기 바랍니다. 소인이 영거하겠습니다."

"정말 사람을 홀리게 하지 마시오. 난 시골로 돌아다니며 글장이나 써주고 사는⋯."

"아무리 그런 말씀을 하셔도 다 아는 일입니다. 대감께서 보낸 군교들은 이미 관아에 와 있습니다."

"뭐 관아에?"

급기야 이런 말이 새어나오고 보니 이흡은 더 숨길 수 없게 되고 말았다.

'그 놈들은 이곳에 오기 전에 먼저 관아를 찾은 모양이구나. 그렇다면 지금쯤 기생년을 끼고 술을 처마시고 있을지도 모른다. 그 꼴을 내가 보기만 해봐라.'

그는 부아가 치밀어올라 견딜 수가 없는 대로,

"나 탈 가마를 가지고 왔다고?"

"예."

"그럼 가자."

이흡은 가마에 올라탔다. 가마는 주막집을 나와 어두운 한길로 나섰다. 그러나 관아는 그곳에서 그렇게 멀 리가 없는데 좀처럼 가마를 내려놓을 줄 모르고 어디론지 자꾸 가기만 했다.

이흡은 뒤에서 따라오는 향리에게,

"관아가 그렇게도 머냐?"

"예, 대감을 관아로 모시는 것이 아니올시다."

"그럼 어디로 가느냐?"

"원님이 산장으로 모시라 하옵니다."

"산장으로?"

"예."

"그곳은 아직도 머냐?"

"거의 왔습니다. 지루하신대로 조금만 더 참으십시오."

그러나 가마는 어떤 고개를 하나 넘고도 내려놓을 줄 모르고 더욱 험한 산골짜기로 자꾸만 들어갔다. 달밤이라 그런 것도 알 수가 있었다.

이흡은 불안스러워졌다. 자기가 분명 이놈들의 무슨 꾀임수에 빠졌다고 생각됐기 때문이다.

'이놈들이 혹시 내가 잡으려는 홍길동이 패거리는 아닌지, 그렇다면 어떻게 해야 한다?'

이런 생각을 하니, 홍길동이를 잡는다고 장담하고 나선 이흡도 가슴이 떨리었다. 그러나 그는 겁을 집어먹은 꼴을 그들에게 보여서는 안된다는 생각으로,

"도대체 너희놈들이 나를 어디로 데리고 가는거냐?"

하고 호령하여 소리쳤다. 그러자 지금까지 공손히 대하기만 하던 향리가,

"대감두 예까지 모시고 왔으면 우리가 누구란 건 짐작이 가겠지요."

하고 조롱하듯이 웃는 얼굴로 말했다.

"누구란 말이냐?"

"실은 홍길동 행수님이 보낸 사람들입니다."

"뭐 홍길동이가?"

"예, 대감님을 한 번 뵙고 싶다고 해서요."

"홍길동이가 나를 왜?"

"글쎄 우리야 압니까. 모셔오라니 모셔가는 것뿐이지요."

향리 노릇을 하던 녀석은 재미있다는 듯이 싱글싱글 웃어댔다.

"흐음."

그는 분한 마음을 억눌러 가며 가만히 생각했다.

'무서운 놈들이다. 이놈들이 어떻게 모든 것을 알아가지고 나를 이렇게 감쪽같이 속여 잡아가는가, 모르긴 해도 군교놈들이 잡혀서 모든 것을 실토했는지도 모르지. 하여튼 이렇게 됐으니 나 잘났다고 우쭐댈 필요는 없는 것이고, 그렇다고 지나치게 비굴스레 굴 필요도 없지. 길동이가 소문대로 정말 인자한 사람이라면 설마 내 목에 칼을 댈라구. 나를 자기 부하로 쓸 생각을 하고 있을지도 모르지, 그러면 도망쳐 나오는 길도 있지 않은가.'

좁은 가마 속에 앉아서 이흡이 이런 생각을 하고 있을 때도 그들은 어디라고 방향도 알 수 없게 자꾸 가고만 있었다.

이흡이 활빈당의 소굴인 문수봉으로 잡혀온 지도 어느덧 열흘이 지났다. 그동안 길동이는 한번도 나타나지 않았지만, 이흡에 대한 공대만은 극진했다. 아담한 방을 주어 편히 쉬게 했고, 읽을 책도 주고, 바둑과 장기도 있어 심심을 끄게 했으며, 먹는 음식도 먹을 만했을 뿐 아니라, 문수봉 둘레만에서는 마음대로 산책도 하게 했다.

그렇다고 마음까지 편안한 것은 아니었다. 아니 그들이 후대할수록 마음은 더욱 불안했다.

'도대체 홍길동이는 무슨 생각으로 나를 이렇게도 후대할까. 잡을 소는 며칠 놀린다는 것처럼, 내게도 이런 뜻으로 후대를 하는 것이 아닌가?'

이런 생각이 없지 않았기 때문이다.

그는 전부터 길동이를 미워했다. 남보다도 뛰어난 재주를 가지고 해먹을 것이 없어 도적이 된 것이 괘씸했다.

'타고난 재주를 바른 일에 쓰려고 하지 않고, 활빈당 같은 도둑떼를 만들어 민심을 소란케 하고, 불쌍한 사람들을 돕는다는 그들의 말도 결국 남의 재물을 빼앗아 호유하자는 허울좋은 소리가 아닌가.'

이러한 생각이었으니 길동이를 미워할 것도 당연한 일이었다.

그러나 토포사로 홍길동이를 잡으러 나온 이후로 그의 생각은 점점 달라지게 되었다. 어디 가나 길동의 칭찬뿐이요, 서울 관직에 앉아서 듣던 이야기와는 딴판이었기 때문이다.

'그렇다면 내 수하놈들은 모두 거짓 보고만 했는가?'

그것은 이 산채로 와서 직접 자기 눈으로 모든 것을 보고나니 더욱 그런 생각이 들었다.

적굴에는 고래등 같은 기와집이 몇 채나 되며, 그 속에는 세간에서 업어온 계집이 백여 명이나 되어 대궐 못지않게 매일 질탕하게 논다는 이야기였다. 그러나 막상 와보니 집이란 두목들이 모여 회의하는 도회청과, 지금 자기가 들어 있는 손님모시는 집뿐이었다. 모두가 땅굴에서 살았다. 먹는 것도 고기와 술은 무슨 날이 아니고서는 먹지를 않았고, 그것도 자기들이 잡은 멧돼지고기며 그들의 손으로 거른 술이었다. 산채에는 여자도 많았지만, 그녀들은 노리개의 여자들이 아니라, 두목과 졸개들의 현숙한 아내로 땔나무를 해오고, 산나물과 약초를 캐오는 것을 보면 사나이들에 못지 않게 부지런했다. 졸개들과도 이야기해보면 그것은 결코 이 문수봉 패거리만 그런 것이 아닌 모양이었다. 각처에 있는 활빈당이 모두가 그렇다고 한다. 그들은 지금까지 원님을 잡아내어 볼기도 치고, 때론 곳간에 잡아넣어 며칠씩 굶기기도 하고, 암행어사로 가장하여 감사의 혼을 빼주기도 했으나 그것으로 그들의 반성할 기회를 주었지, 목을 자르는 그 악한 짓은 되도록 삼가왔다고 한다. 말하자면 홍길동이는 그만큼 인명을 존중하는 사람으로 늘 부하들에게 남의 목을 자를 생각을 하기 전에 먼저 반성할 기회를 주라는 것이 입버릇처럼 말해오는 것이라 한다.

그러한 어느날, 그들의 한 사람이 와서,

"영감께서 장기를 잘 두신다는데 저와 한 번 놔볼까요?"

하고 청했다.

이흡은 서울 장안에서도 이름난 장기였던 만큼,

"그럽시다."

하고 장기판에 마주앉았다. 그러나 막상 두어보니 자기보다는 오히려 세면 세었지 약한 장기가 아니었다. 첫 회는 지고 다음 회는 이흡이 겨우 이겼다.

산채 사람은,

"아무래도 영감님 장기는 당할 수 없습니다."

하고 겸손해 보이고 나서,

"실상 오늘 영감님과 술이나 한 잔 할까 해서 온 겁니다."

하고 졸개들에게 술상을 들여오라고 했다. 그것을 보니 분명 졸개를 부리는 두목이었다.

술상이 들어오자 두목은 먼저 이흡에게 술을 부어주고,

"그동안 몹시 갑갑했지요. 이곳은 산 속이라, 침식도 매우 불편하셨을 겁니다."

하고 사과하듯이 말했다. 이흡은 무슨 뜻으로 이런 말을 하는지를 모르며,

"침식은 별로 불편을 느끼지 않았소."

이흡도 두목에게 술잔을 건넸다.

이렇게 술이 두어 순배 돌자 두목이 입을 열어,

"오늘 제가 술자리를 함께 한 것은 영감님이 우리들의 하는 일을

어떻게 생각하는지 그것이 듣고싶어서였습니다. 본대로 솔직히 좀 이야기해주시오.”

이흡은 이것도 자기를 죽일 구실을 찾기 위해서가 아닌가 하고 생각하면서도 굴하고 싶지 않은 마음에서,

“내가 보기에도 활빈당은 사리사욕 때문에 남의 재물을 약탈하지 않는 것은 알았소. 그러나 그 뜻이 좋건 나쁘건 간에 약탈한다는 것은 국법을 어기는 노릇이지요. 그 때문에 나라가 소란스럽게 됐으니 어찌 옳다고 하겠소.”

“영감의 말씀은 알겠습니다. 영감은 국록을 자시는 관직에 있고 또한 직분이 도둑을 잡는 포도대장인 만큼, 그렇게 생각할지도 모르지요. 그러나 그건 눈앞에 보이는 한 가지만 알고 뒤에 숨은 백 가지, 천 가지는 못보고 하는 소리외다.”

이 말에 이흡은 모욕이라도 받은 듯이 노기를 띄워,

“도대체 무슨 말을 하자는 거요?”

하고 언성을 높였다. 그러나 두목은 극히 침착한 어조로,

“영감께서도 눈을 크게 뜨고 세상을 보시라는 겁니다. 위로 백성을 다스린다는 임금을 먼저 생각해봐요. 자기만이 부귀영화를 누리겠다고 핏줄을 나눈 자기 형제를 예사롭게 죽인 일은 영감님도 잘 알겠지요. 그럼 또 밑의 것들인 지방 관헌들은 어떻습니까? 농부들이 피땀 흘려 지은 낟알을 빼앗기 위해서 백 가지, 천 가지의 간악한 짓을 짜내는 것을 영감님도 설마 모르지야 않겠지요. 도적이 별다른 것입니까. 포도대장으로 앉아 계신 영감님이 그런 도둑은 왜 한 번도 잡을 생각을 하지 않으셨소?”

“……”

“도둑은 본시 씨가 있어서 되는 것이 아닙니다. 누구나가 먹을 것이 없고 못살게 되면 그런 흉악한 짓도 할 생각이 나는 거지요. 그

런데 이 농민들을 누가 그렇게도 못살게 했습니까. 그것이 벼슬아치들이란 건 영감도 아시겠지요?"

"……."

"우리 홍길동 행수가 활빈당을 만든 건 이런 불쌍한 사람들을 모아 옳은 일을 하기 위한 것입니다. 영감은 우리 활빈당이 나라를 어지럽힌다고 했지만, 우린 그 반대로 나라를 바로잡기 위해서 일한 것뿐이지요. 그것은 우리가 욕을 보여준 벼슬아치들이 모두가 백성들의 원한이 사무친 탐관오리뿐이라는 것을 봐도 알 수가 있겠지요. 그런데도 영감님은 우리 활빈당이 하는 일이 옳지 못하다고 생각하시겠소?"

"……."

이흡은 할 말이 없는 대로 생각에 젖어 있는 듯 고개를 숙이고 있었다. 그의 말이 모두가 옳았기 때문인지.

두목은 다시 이흡에게 술잔을 부어주며,

"자 영감님, 그런 이야기는 그만두고 술이나 듭시다."

이흡이 술을 받자,

"그런데 이곳 두목들은 영감에 대한 것을 의논했습니다."

"무슨 의논?"

"영감도 우리와 같이 이곳에서 살자고 권해 보기로—."

"흠……."

이흡은 흐린 얼굴이 되었다.

이곳이 싫은 때문인가, 지엄한 어명을 어길 수 없다고 생각하기 때문인가, 또는 서울에 두고 온 가족들이 걱정되는 때문인가. 종시 입을 다물고 아무 말도 없었다. 그러면서도 한 가지 풀리지 않는 것은, 길동이는 어째서 나를 만나주지 않는가 하는 생각이었다.

이런 일이 있고 다시 며칠이 지난 날 밤이었다. 이흡이 책을 펴들

고 있는데 졸개가 와서,

"홍두령이 영감님을 뵙겠다고 도회청으로 모셔오랍니다."

이 말에 이흡은,

'이놈이 나를 보잘 때가 있기는 있구나. 어디 어떻게 생긴 놈인데.'

하고 따라 나섰다.

이흡이 들어서는 것을 보자 길동이는 귀한 손님이나 맞듯이,

"영감, 여기서 또 뵙게 됐습니다."

그 순간 이흡의 눈이 뚱해지며,

"아니 당신이?"

길동이는 허허 웃으며,

"예, 바로 제가 새재에서 만났던 그 사람이올시다."

"귀공이 홍길동이라니."

"저를 보고 몹시 놀란 모양이군요. 그러나 전 그날도 영감님이 서울서 온 토포사라는 것을 알고 있었지요. 저를 잡으러 오셨다기에 나가 봤지요. 그런데 뜻밖에도 영감같은 훌륭한 분이더군요."

조금도 꾸밈새없는 말이었다.

"정말 뜻밖이오. 선비같은 분이 홍길동이라니!"

"그래 영감님은 전날 이야기한 것을 어떻게 생각하십니까?"

길동이는 부드러운 웃음으로 물었다. 그러자 이흡은 금세 어두운 얼굴이 되며,

"나도 그동안 그런 일을 생각해보았소. 그러나 아무리 생각해보아야 이 늙은 놈은 이곳에서 살기가 힘들 것 같군요."

"어째서요? 가족이 마음에 걸리시는가요?"

"바로 그겁니다. 내가 여기 와 있다는 것을 알면 개돼지보다도 못한 그놈들이 그대로 두겠나요."

길동이는 웃으며,

"그런 걱정은 마시오. 가족들은 이곳으로 벌써 다 데리고 왔으니."

"예?"

"그런데 영감댁이 제용감인 이대감네 집하고 이웃간이라고 하더군요."

이흡은 의아스러운 얼굴로,

"그 집을 아십니까?"

"잘 알지요. 옛날엔 우리와 이웃에 살았지요."

"그러면 홍판서와?"

말을 못맺고 길동이를 쳐다봤다.

"예, 바로 제가 그 집 둘째 아들입니다. 전날도 그런 말씀을 드렸지만 영감님은 못 알아채시더군요."

"그런가요? 그렇다면 귀공이 어렸을 때 한두 번 봤을 법도 한데."

하고 웃으려다가 문득 생각난 듯이,

"그러면 얼마 전에 일어난 이대감댁의 불상사도 전해 들으셨겠군요?"

"불상사라니?"

"그 집 딸 복실이가 혼삿날 가마 속에서 목을 매고 죽었지요."

"복실이가?"

"예, 호조판서 정기섭이가 죽인거나 다름이 없지만, 이대감도 나빴지요. 정기섭이가 영의정으로 올라간다는 말을 듣고 자기는 호조판서에 앉을 생각으로 딸을 줄 생각을 했으니까요."

길동이는 말없이 굳게 입을 다물고 있었다. 그러나 그것은 비분을 억지로 참고 있는 졸변한 얼굴이었다.

반정전야(反正前夜)

길동이는 다음 날 새벽 단신 보행으로 서울을 향하여 떠났다.

옥녀가 없어진 이후로 서울 소식도 알 겸 한 번 다녀올 생각이었던 차에 복실이가 죽었다는 이야기를 듣자 불시에 떠날 생각을 한 것이다. 그는 두목들을 불러,

"서울의 정세가 이상스러운 모양이니 내가 한 번 다녀오겠소. 이흡 영감은 처음 마음 돌리기가 힘들지 한 번 생각을 고치고나면 결코 의리를 저버릴 사람이 아니니 잘 모시오."

이런 말을 일러두고 떠났다.

남보다 걸음이 배나 빠른 그는 사백 리도 넘는 길을 이틀에 댈 생각으로 부지런히 걸었으나, 다음다음 날 말죽거리에 이르렀을 때는 해가 진하고 말았다. 이곳에서 동작 나루만 하나 건너면 서울이었다. 그러나 저물어서 온 나그네들은 대개 이곳에서 하룻밤을 묵었다. 나루를 건넌다곤 해도 성문이 닫혔기 때문에 서울에 들어갈 수가 없었기 때문이다. 길동이도 숙소를 잡을 셈으로 어느 주막으로 들어가서 술청에 앉아 술을 청했다. 그는 시장했던 김에 한 사발을 죽 들이키고 다시 청했다. 그 술사발도 죽 내었다. 그렇게 다섯 잔을 내었다. 서울에 왔다고 생각하니 술이라도 먹지 않으면 가슴에 맺혀 있는 울분을 풀 수 없을 것만 같았다.

그는 다시 술을 받아놓고 복실이가 정판서 집에서 도망쳐 나오던 그날 밤의 일을 생각했다. 그날도 오늘처럼 분명 달밤이었다는 것도

생각났다. 달빛에 더 한층 예쁘게 보이던 복실이의 얼굴이 눈앞에 떠올랐다. '도련님, 절 잊지 말고 꼭 데리러 와주셔요' 하고 자기의 결심을 맹세하던 그 목소리도 귀에 쟁쟁했다. 그 복실이가 죽다니―.

길동이는 자기도 모르게 긴 한숨을 쉬고 있는데 뒤에서 어깨를 짚는 사나이가 있었다. 길동이가 문득 놀라며 돌아다보니 포교와 포졸 세 녀석이 서 있다.

"이 사람, 왜 이렇게 한숨을 쉬고 야단이요."

그 중에서 개기름이 번지르르 흐르는 포교가 물었다.

"서울에 오고 보니 하도 딱해서 한숨을 짓고 있습니다."

길동이는 놀란 것이 분해서 그 놈들을 좀 놀려줄 생각을 했다.

"서울 온 게 딱하다니?"

"예, 그렇게 됐습니다."

"이 녀석아, 똑똑히 말해. 뭘 우물거리고 있는 거야."

옆에 섰던 포졸이 한술 더 떠서 눈을 부라리었다.

"예예."

"어느 산골 두메에서 온 녀석이야?"

"예, 여주에 삽니다."

"여주?"

세 녀석은 무슨 약속이나 한 듯이 한꺼번에 소리쳤다.

"여주서 서울은 뭣하러 온 거야?"

"글쎄나 말이지요. 뭣하러 왔는지 저도 모르겠습니다."

"이 녀석이 사람을 놀리자는 셈인가. 뭣하러 왔느냐고 묻는데 무슨 대답이야."

"벼슬자리나 하나 얻어할까 해서 정기섭 대감을 찾아왔습니다."

"정대감을 잘 아시우?"

이제까지 이래라 저래라 하던 포교가 대번에 말씨가 달라졌다.

"그 어른네와 제 장인이 세교집이지요."

"그런데 한숨은 무슨 일로 쉬고 있소?"

"오늘 팔당에서 점심을 먹다가 봇짐을 잃었습니다그려. 그러니 벼슬도 못하게 됐으니 한숨 밖에 나올 것이 있겠소."

"그 봇짐에 무엇이 들었소?"

"그건 알아서 무엇하겠소. 찾아주지도 못할 사람들이."

이 말에 포교는 약간 기분이 상한 모양으로,

"여주에 산다면 이원익 정승 몰라?"

"예, 여주는 보잘것 없는 골인데 정승이 어떻게 있어요?"

길동이는 취한 듯한 얼굴을 했지만, 이원익 정승이 여주에 유배되어 와 있다는 것을 모르는 것은 아니었다.

그들은 길동이의 행색을 다시 한번 훑어보고서는 딴 사람한테 가서 검색했다. 길동이는 포교들이 검색하는 것이 수상하다고 생각되어 주모에게,

"저분들이 검색은 왜 합니까. 서울서 무슨 일이라도 났소?"

하고 물었다. 주모는 포교들이 있는 곳을 한 번 살피고 나서,

"어젯저녁 새남터에서 목 자르려던 사람이 달아났대요."

"목 자르려던 사람이?"

길동이의 지금까지 어리칙칙하던 눈에 갑자기 광채가 났다.

"어떤 사람인데요?"

"임금을 죽이려던 사람이래요."

"임금을—."

다시 놀랐다.

'서울은 몹시 소란스럽다더니 역시 그 말이 옳구나.'

하고 길동이는 속으로 생각하면서도,

"임금은 왜 죽이려고 했답디까?"

"글쎄요, 우리가 알아요. 하긴 세상을 바로잡자는 것이겠지요."

"흐음―."

길동이는 알겠다는 듯이 고개를 끄덕이었다. 그러나 그의 가슴에 젖어든 것은 그것이 아니었다.

'서울에도 사람이 있었구나.'

그날 밤 자리에 누워 내일 서울에 들어가서 할 일을 이것저것 생각하면서도 그 감격만은 좀처럼 사라지지 않았다.

서울거리는 삼엄하기가 그지없었다. 어디를 가나 모퉁이마다 육모방망이를 든 포졸들이 사나운 눈초리로 오가는 행인들을 노려보고 서 있다. 조금이라도 수상한 사나이가 지나가면 불러세워,

"어디로 가는 놈이냐?"

하고 닦아세웠다.

"거리에 무슨 포졸이 이렇게두 많소?"

지게에 나무를 지고 팔러 온 시골농부가 눈이 휑해서 행인에게 물었다.

"그런 건 물을 생각도 말구 어서 나무나 팔구 집에 돌아가요."

이때 저쪽에서 키가 늘씬한 시골사람 하나가 오다가 포졸들에게 걸려들었다. 괴나리봇짐을 짊어진 것이 서울구경이라도 온 모양이다.

"이놈, 너두 역모하는 놈이지?"

"역모라니 무슨 말요?"

"이놈아, 모른단 말이 뭐야."

두세 놈이 그의 어깨에 방망이를 내리쳤다.

"어구."

한 마디 비명을 올리며 쓰러지자, 포졸들이 우르르 달려들어 그 사나이를 묶었다.

"어서 가자."

"어디로 갑니까?"

"어디로 가긴 포청으로 가지."

사나이가 질질 끌려가기 시작하자 우두커니 보고 섰던 행인들도 급기야 걷기 시작했다. 나무바리 짐꾼도 질겁을 하고 분주히 나무장 터로 들어갔다.

포청에서는 애매한 백성들이 하루에도 몇씩 죽어나간다는 것이다. 그것은 결코 공연한 뜬소문이 아니었다. 저녁마다 거적으로 싼 시체 가 시구문 밖으로 나가는 것을 봐도 알 수 있었다.

'에구, 오늘은 또 누가 애매한 매를 맞고 죽었을까.'

그 부근에 사는 아낙네들은 시체가 나갈 때마다 얼굴을 찡그렸다. 이러한 이야기는 아낙네들의 입에서만 나오지 않았다. 장국집에 점 심을 먹으러 들어간 여릿군들도 그런 소리를 수근거렸다.

"새남터 형장에서 달아났다는 황아무개란 사람은 아직 잡히지 않 은 모양이지?"

"종각 처마 끝에 오늘 아침 목을 매단 걸 못 봤나."

"아니, 그게 그 사람의 목인가? 어떻게 잡았다나?"

"잡긴, 스라소니 같은 포졸들이 진짜야 잡나. 괜한 사람을 잡아다 가 칠 줄이나 알지."

"그럼 어떻게 목을 달아?"

"물속에서 저 혼자 뜬 걸 건졌대."

"그걸 또 목까지 잘라 걸어놨나?"

"이러니 무서워서 거리나 마음놓고 다닐 수 있어."

"누가 나다니래."

"나다니지 않으면 목구멍에 밥이 넘어가지 않으니 말이지."

"그런데 포도대장 이흡이 홍길동이를 잡으러 간다는 핑계를 대고 역모에 가담했다는 소문이 있는데 그것이 정말인가?"

"이 사람, 목에 칼 들어갈 소리 작작하게."

"하여튼 무슨 일이 일어날 것만 같아, 민심이 흉흉한게."

"우리야 이러나 저러나 구전이나 얻어먹는 여릿군이지."

"그래도 어진 임금을 모시고 사는 것하곤 다르지, 웃물이 맑아야 아랫물이 맑다고, 정기섭이 같은 놈이 판치는 세상이니."

"자네두 정대감한테 누이나 주고 대신 자리나 하나 얻어 하게."

"예끼 이 사람."

시골사람들을 속여먹고 사는 그들도 조정을 좋게 보지 않았다.

여릿군들이 그러한 수작을 하고 있는 그때—

정기섭이네 집 뒷뜰에는 삿갓을 쓴 사나이가 하나 나타났다. 그러나 이집 문지기도 모르는 모양이니 분명 담을 넘어온 모양이었다. 그러나 그 인품과 행색이 결코 남의 집 담이나 넘어다닐 사람 같지가 않다. 명주 도포에 발막을 신은 것을 봐도 어느 대감집의 아들같이만 보였다.

그는 비록 담을 넘어왔다곤 하나 천천히 태연스럽게 걸었다. 그것을 보면 이 집을 찾아온 귀한 손님이나 조금도 다름이 없었다.

그가 사랑채까지 왔을 때 그곳에서 시중을 드는 삼십쯤 난 청지기가,

"뉘신지 모르오나 이 댁에 들어왔으면 삿갓을 벗어주시오."

하고 공손히 말했다. 그도 귀한 손님으로 안 모양이다.

"참 그렇구면."

사나이는 웃으면서 삿갓을 벗었다.

"어느 댁에서 오셨다 하실까요?"

"서울에 집이 없는 놈이라 어느 집에서 왔다고도 할 수 없구면."

청지기는 이 말을 농담으로 알아듣고,

"그러면 어느 감영에서 올라오신 감사님이라고 할까요?"

"난 감사는커녕 벼슬이라곤 첨지 벼슬도 못한 녀석인데."

청지기는 여전히 농담으로 알고 웃으면서,

"그럼 뉘시라고 할까요?"

"자네가 이름을 물어두 이름을 써본지가 하두 오래서 그만 잊어버렸네 그려. 그럴 것 없이 대감이나 같은 그런 짓하는 사람이라고 하게나."

"그런 짓이라면?"

"도둑질 말야."

"농으로도 그 말씀은 너무 지나칩니다."

"하하, 도둑과 대감이 무슨 별 차이가 있는 줄 아는가. 남의 것을 빼앗는 것은 도둑이나 대감이나 꼭 같으니 말야. 자넨 이 집에 와서 얼마나 됐기에 여태 그것도 모르나."

"……재미난 말씀을 하십니다."

"재미나다니, 자네 주인도 이렇게 부귀영화를 누리고 사는 것이 다 그 재간 하나 배운 덕이라네. 나도 그 재간이 하두 부러워서 산으로 들어가 몇 해 동안 그 재간을 수업해 갖고 찾아온 거야. 대감하고 누가 더 기량이 훌륭한가 어디 내기를 한 번 해 보려고."

"산에는 어딜 가셨어요?"

"여기저길 두루 다녔지."

청지기는 백주에 이런 대감집 뜰 한복판에서 그런 말을 하는 것을 보면 대단한 지위에 있는 사람이라고 생각한 모양이다. 그런데 이런 사람을 자기가 몰라봤다고 꾸중이라도 들을 성싶어,

"그러면 여기서 기다려주십시오, 제가 아뢰고 오겠으니."

허리를 굽혀 절하고 들어가려는 것을 사나이는 어깨를 툭 치고,

"일부러 가서 알리지 않아도 좋아. 저기 내가 찾는 분이 오시는군."

청지기는 그 자리에 푹 쓰러지고 사랑으로 나오려던 정기섭이는 문턱에 한 발을 내딛고 서버렸다.

"대감, 왜 놀라십니까, 저를 잊으셨어요?"

"아니 자네가—."

"홍판서의 아들 길동입니다."

"네가 어째—."

"서울을 오래간만에 온 길에 문안드리러 왔습니다."

그 순간 정기섭이는 몹시 반가운 손님이나 대한 듯,

"이것 참 진객일세."

호탕스러운 웃음을 웃었다. 그러나 눈을 깜박이는 것을 보면 역시 당황한 얼굴이었다. 그런 얼굴이면서도,

"어서 들어오게나, 자네가 이렇게 찾아올 줄은 몰랐네."

"나 역시 생각지 못한 일이요. 대문에선 들여보내지도 않을 것 같아 담 넘어온 녀석을 이렇게도 환대해주니."

태연히 빈정대는 웃음으로 뜰을 한 번 둘러보는 척하면서,

"옛날이나 지금이나 달라진 것은 없군요. 저기 잣나무도 그대로고 여기 정자도 역시 그대로고—."

"달라진 건 나야."

정기섭이는 급기야 광채나는 눈을 번득이었다. 이제는 갈동이에게 얼쭝거려 봤댔자 쓸데없는 것을 안 모양이었다.

"나는 자네 같은 사람과 세상을 논할 사람이 아냐. 세상을 어지럽히는 너희 같은 녀석을 잡아 없애자는 것이 내 직분이란 말야. 너같은 적괴를 없애지 않고는 백성이 마음놓고 살 수가 없으니."

"하하, 백성을 생각한다는 그 말은 아직도 용케 기억하고 계시군요."

"말을 삼가, 너와 나와는 지위가 달라. 도대체 내 집엔 뭣하러 찾

아왔기에 불손한 말이냐."

"글쎄요. 뭐라고 할까요, 옛날 대감한테 배운 칼쓰는 솜씨를 자랑하러 왔다고나 할까요."

"이놈, 어디 버릇없는 소릴 함부로 지껄여!"

정기섭은 떨리는 마음을 감추기 위해서 고함을 쳤다. 길동이는 날쌔게 그에게 달려들어 그의 옆구리를 끼고 나서,

"그렇게 고함치지는 마시우, 이 집 수하들이 달려오게 되면 영감님과 오래간만에 만나 다정스럽게 이야기할 수도 없는 일인걸요. 어서 방으로 들어갑시다."

"이 팔을 놔."

"먼저 앞서요."

길동이는 정기섭의 팔을 놓고 앞으로 밀면서 뒤따랐다.

서쪽 들창에는 누렇게 물든 나뭇잎 그림자가 비쳐 있었다. 길동이는 그것을 보며,

"나뭇잎들도 머지않아 떨어지겠군요."

하고 혼잣말처럼 중얼거렸다. 뜻을 두고 한 말이었으나 정기섭이는 알아듣지 못하는 모양으로,

"자, 먼저 들어가."

사랑방의 미닫이를 열고 옆으로 비켰다. 앞섰던 길동이가 뒤의 손바람을 느끼고 획 돌아섰다. 주먹을 들었던 정기섭이가,

"하하, 천하대적 홍길동이란 녀석도 알고 보니 겁보로구면."

하고 태연스럽게 웃었다.

"내가 지나가는 기러기 그림자를 본 모양이군요."

길동이도 태연스럽게 웃고 나서,

"미닫이를 닫으시오."

하는 수 없이 정기섭은 손을 뒤로 돌려 미닫이를 닫으며,

"그래 나를 어떻게 찾아왔다고?"

"그렇게 서서야 이야기할 수 있어요? 앉읍시다."

길동이가 먼저 앉았다. 그러나 정기섭이는 선 채,

"내 목을 탐내서 온건 아니겠지?"

"그런 말 하시는 걸 보니 대감두 내가 온 이유를 잘 아시는군요."

"내 목을?"

"죽은 복실이가 대감의 목을 베달라구 하더군요."

"뭐 복실이가!"

정기섭은 급기야 문갑 위에 놓여 있던 검을 집으려고 했다. 그 순간 길동이는 어느 사이에 비수를 뽑아 들었는지 그것을 그의 목덜미에다 내리꽂았다.

"으아—."

정기섭은 외마디 비명과 함께 검도 채 잡지 못한채 쓰러졌다.

눈을 치뜬 정기섭을 잠시 내려보고 서 있던 길동이는 문갑 위에 있는 벼룻집 뚜껑을 열었다. 그리고는 붓에 먹을 묻혀 바람벽을 둘러보다가 송화(宋畵)인 듯싶은 산수화 족자 앞으로 갔다. 그는 그 그림 위에다 활빈당이라고 커다랗게 쓰고 있는데,

"선비님."

뒤에서 여자의 목소리가 났다. 길동이가 놀라서 얼굴을 돌리자, 그곳에는 얼굴이 새파랗게 질린 옥녀가 서 있었다.

얼마 후에 길동이와 옥녀는 어깨를 나란히 하고 천천히 모악고개를 넘어가고 있었다. 너울을 쓴 옥녀는 눈을 반짝이며,

"그때 선비님이 저를 검바위로 보내지 않았다면 이런 마음의 상처는 받지 않았을 거예요."

"흠—."

길동이도 비통한 얼굴이다.

"이야기를 듣고 보니 참 세상은 넓고도 좁군. 내가 말죽거리 어느 주막에서 그분의 이야기를 듣고 감격했었는데, 그것이 옥녀가 구원해 준 사람이라니."

"정기섭이 저의 아버지가 된다는 것도 그분한테 들었어요. 그 후로 저는 어머니의 원수를 갚을 생각을 몇 번이나 했는지 몰라요. 그러나 나에게 피를 나눠준 아버지라고 생각하니, 밉건 곱건 용기가 나지 않았어요. 그런데 오늘 아침 황두석 선비가 죽었다는 것을 알게 되고서는 벼슬아치놈들에 대한 증오가 끓어오르는 대로 먼저 정기섭 그놈을 죽일 생각을 했어요. 그런데 선비님이 먼저—저는 정말 놀랐어요."

"나도 놀랐어. 그렇게 된 줄이야 누가 알았어. 그러니 그놈은 내 원수자 옥녀의 원수였구먼. 아니 온 백성의 원수였지."

"선비님의 원수는 어떻게 된다는 거예요?"

"그건 몰라도 좋아. 그보다도 내가 옥녀를 검바위 황산 도사한테 보낸 것은 진짜 옥녀를 생각한 때문이었지."

"어째서요?"

"내게 할 일이 너무나 많았던걸. 그 일을 하기 위해선 그러는 것이 좋다고 생각했던 거야."

"그렇게 저를 아껴주셨다니 고마워요. 그러나……."

옥녀는 다음 말을 잇지 못하고 고개를 떨구었다.

'우리 둘은 처음 검바위를 떠날 때부터 그런 일은 초월했던 사이가 아니었던가. 그가 할 일은 나도 해야 할 일이고, 그가 위험을 당할 땐 나도 당해야 하는……."

그러자 용기를 얻어,

"어째서 선비님은 그런 생각을 했어요. 제가 선비님의 일을 방해나 놓는 사람으로 생각했던가요?"

"그런 것이 아니지."

"그럼 왜요?"

"그 반대로 옥녀가 내 옆에 있으면 내가 일을 제대로 하지 못할 것만 같은 생각이 들었던 것이지."

"그건 또 무슨 말이어요?"

"옥녀가 너무나도 예쁘기 때문에⋯⋯."

웃는 말이 아닌 길동이의 진심의 말이었다.

"정말이에요?"

옥녀도 역시 웃는 말이 아니었다.

"하여튼 나는 옥녀를 정기섭이네 사랑에서 봤을 때 가슴이 터지는 것같이 반가웠어."

"저도 마찬가지였어요."

"옥녀!"

길동이는 갑자기 쉰소리 같은 목소리로 불렀다.

"예?"

"지금 내가 무얼 생각하고 있는지 알아?"

"⋯⋯."

'그는 정말 무엇을 생각하고 있을까.'

옥녀는 길동이를 보던 시선을 돌렸다. 불을 뿜는 듯한 길동이의 눈길을 보기에 가슴이 떨렸기 때문이다.

"첫째는 황두석의 뜻을 이어 우리 활빈당이 반정에 가담할 것과, 그리고 다시는 내 품에서 옥녀를 놓아주지 않을 것을 생각하고 있어."

길동이는 옥녀의 손을 힘있게 잡았다.

김이석 연보

1914년   평안남도 평양 출생

1933년   평양 광성중학교 졸업

1936년   서울 연희전문학교 문과 입학

1937년   〈환등(幻燈)〉 발표

1938년   연희전문학교 중퇴. 〈부어(腐魚)〉 동아일보 입선

1939년   문학동인지 《단층(斷層)》 발간

1940년   〈공간(空間)〉 〈장어(章語)〉 발표

1951년   1·4후퇴 때 월남

1952년   문학예술에 〈실비명(失碑銘)〉 발표. 문학예술 편집위원. 〈악수〉 〈분별〉 등 발표

1954년   〈외뿔소〉(신태양) 〈달과 더불어〉 〈소녀태숙의 이야기〉(문학예술 3)

1955년   〈춘한(春恨)〉(문학예술 7)

1956년   〈추운(秋雲)〉(문학예술 1) 〈학춤〉(신태양 9) 〈파경(破鏡)〉. 단편집 《실비명》 출판. 제4회 아시아자유문학상 수상

1957년   〈광풍속에서〉(자유문학 창간호) 〈뻐꾸기〉(문학예술 5) 〈발정(發程)〉(문학예술 11) 〈비풍(悲風)〉(신청년 2) 〈아름다운 행렬〉을 조선일보에 연재

1958년   〈한일(閑日)〉(신태양 1) 〈풍속〉(자유문학 1) 〈화병〉(희망 1) 〈한풍(寒風)〉(신청년 2) 〈어떤 여인〉(자유세계 2) 〈청포도〉(신

태양 7) 〈동면(冬眠)〉(사상계 7, 8) 〈종착역 부근〉 〈잊어버리
는 이야기〉(사조 9) 〈이러한 사랑〉(소설공원 10)

1959년 〈적중(的中)〉(자유문학 3) 〈세상(世相)〉 〈기억〉 〈해와 달은
누구를 위해〉(새벗에 연재)

1960년 〈지게부대〉(현대문학 8) 〈흐름속에서〉(사상계 8) 〈흑하(黑
河)〉를 10월부터 민국일보에 연재

1961년 〈밀주〉(자유문학 10) 〈허민선생〉(사상계 12) 〈창부와 나〉(자
유문학) 발표.《문장작법》출판

1962년 〈관앞골 기억〉(자유문학) 〈난세비화(亂世飛花)〉를 한국일보
에 11월부터 연재

1963년 〈장대현 시절〉(사상계) 〈편심(偏心)〉 〈사랑은 밝은 곳에〉(사
랑사, 사랑에 연재)

1964년 〈교련과 나〉(신세계 3) 〈탈피〉(사상계 5) 〈금붕어〉(여상 8)
〈리리 양장점〉(여원 8) 〈교환조건〉(문학춘추 10) 〈재회〉(현대
문학 10) 〈신홍길동전〉을 대한일보에 5월부터 연재. 단편집
《동면》《홍길동전》《해와 달은 누구를 위해》출판. 9월 18일
급서(急逝). 제14회 서울시문화상 수상

1970년 《난세비화》출판

1973년 《아름다운 행렬》출판

1974년 《김이석 단편집》출판

2011년 《한국문학의 재발견 김이석 소설선》출판

2018년 《김이석문학전집》(총8권) 출판

김이석(金利錫)

평양에서 태어나 평양 광성중학교 졸업 연희전문학교 문과 수학. 1938년 《부어(腐魚)》가 〈동아일보〉에 당선. 전위적인 성격 순문예동인지 〈단층〉 창간 멤버. 1·4 후퇴 때 월남해 1953년 〈문학예술〉 창간 편집위원, 1956년 《실비명》으로 아세아 자유문학상. 1958년 박순녀와 결혼. 〈한국일보〉에 역사소설 《난세비화》 〈민국일보〉 《흑하》를 연재 사회적 인기를 얻었다. 문학적 업적으로 서울시 문화상에 추서되었다.

김이석문학전집 5

신홍길동전

김이석 글/이승만 그림

1판 1쇄 발행/2019. 3. 1

발행인 고정일

발행처 동서문화사

창업 1956. 12. 12. 등록 16-3799

서울 중구 다산로 12길 6(신당동 4층)

☎ 546-0331~6 Fax. 545-0331

www.dongsuhbook.com

＊

ISBN 978-89-497-1703-6 04810
ISBN 978-89-497-1687-9 (세트)